Reinhild Paarmann * Die Traumplaneten

Roman

Reinhild Paarmann

Die Traumplaneten

Roman

Wolfgang Hager Verlag

Falls Ähnlichkeiten mit lebenden Personen bestehen sollten, sind diese nicht beabsichtigt und wenn, nur rein zufällig.

Reinhild Paarmann
Die Traumplaneten
Roman

A-8852 Stolzalpe 70

ISBN 978-3-903443-04-4

„Wenn ich in mir und um mich her so viele Erinnerungen haben kann, an die ich mich nicht erinnere, kann dieses Vergessen (wenigstens das Vergessen de facto, dass ich nichts zu erkennen vermag) sich auch auf ein Leben erstrecken, das ich im Körper eines anderen Menschen, sogar auf einem anderen Planeten verbracht habe."

Marcel Proust „Auf der Suche nach der vergangenen Zeit" Band 4.

Traumplaneten

Sirius A

Sirus B

Erde

Venus

Mars

Plejaden

Roter Planet mit lila Aura

Neptun

Exoplanet „Teegarden“

Exoplanet „Procima b“

Figuren und Orte

Sirius:

Hartmut Hades, Diktator von Sirius
Taffy Calistus, Traumforscher, Esther, Krankenschwester, seine Frau, Jolanthe ihre Tochter, Kriemhild Stieftochter von Esther, Venus, Erde, Kriemhilds Freund Figaro, Jolanthes Freund Heiner
Uwe, Taekwondo Lehrer von Kriemhild, Freund von Elke, Venus
Euphrasia, Frau von Mangolf Polykrates, Erzieherin, Erde
Urania Tyche, Traumtherapeutin, Erde, Freundin von Bernd, Venus, Erde, Supervisorin vom Traumzentrum Erde
Nicole, Freundin von Urania, Reisebürokauffrau, Venus, Erde, Traum-Klientin
Tobias, Sohn von Ali Baba und Daria *1995

Venus:

Probst, gewählter Vertreter der Venuser
Hildegard, seine Partnerin, Erde
Vanas Sirene, Traumforscherin, Irenaesis, ihr Mann, Eurythmie-Lehrer, Nicole Freundin, Erde
Teiresias, Traumtherapeut, Freund von Gabi
Bromelius, Traum-Klient, Informatiker, Freund von Elke

Erde:

Oda, Leiterin des Traumzentrums, Psychiaterin
Wilderich und Laetus ihre Söhne, Jonas, Bibliothekar, ihr Mann, Miloslaw, Bruder von Oda, Dirigent und Komponist, Venus, Erde, Ex-Frau Gundula, drei Töchter
Horst, Vater von Oda und Miloslaw, Schriftsteller

Kyra, Schwester von Jonas, Psychologin, Familienhelferin
Bardolf, Arzt, jüngerer Bruder von Jonas, Erde
Ephraim, zweitälterer Bruder von Jonas, Bibliothekar, Erde
Bernd Holzhauser, Psychoanalytiker von Oda, extern, Sirius, Erde, später Musik-Rückführungen
Daria Voigt, Supervisorin vom Team im Traumzentrum, Venus, Sirius, Venus
Siegfried Klösch, Vorstandsvorsitzender des Traumzentrums, Venus
Bilhildis, Psychologin, Kinder-Traum-Therapeutin, Venus, Erde
Arsenius, Psychotherapeut, Schlaflabor, Venus, Erde, Elektriker
Britta Meyer, Klinische Psychologie im Masterstudium, Bürokraft
Bahram, Ingenieur, Wubke, Buchhändlerin, Sirius, Erde
Elke, Medizinstudentin, Erde, Venus
Ali Baba, Guru und seine 40 Jünger, Erde, Venus, Sirius
Gabi, Kamerafrau, Sirius, Venus, Erde, Traum-Probandin
Claudia, Studentin von Latein und Griechisch, Traum-Probandin, Sirius, Erde
Halbschwestern: Janina, 8-jähriges Mädchen, Swetlana, 7-jähriges Mädchen, Sven, ihr Freund, Psychologie-Student
Dieter, Traum-Proband, Motorradrennfahrer, Venus
Brigitte Rutz, Evolutionsbiologin, Venus
Wilhelm Zelthofer, Nervenarzt, Venus
Conny Mayer, Studentin der Psychologie
Heinz Dressler, Traum-Proband, Klinischer Gesundheitspsychologe, Venus
Balda, Bankkauffrau, Traum-Probandin, Sirius, Venus, Erde
Mangolf Polykrates, Traumforscher, Erde, Sirius, Venus, Erde, Traum-Proband, Ehefrau Euphrasia, Erzieherin
Peter, Traum-Proband, Metallarbeiter, Erde, Venus, Erde
Nico, 14-jähriger Junge, Traum-Proband, Hermann-Nohl-Schule
Tanja, 12-jähriges Mädchen, Traum-Probandin, Hermann-Nohl-Schule
Christine, 11-jähriges Mädchen, Traum-Probandin, Hermann-Nohl-Schule
Barbara, 13-jähriges Mädchen, Traum-Proband, Hermann-Nohl-Schule
Krystot, 10-jähriger Junge, Traum-Proband, Hermann-Nohl-Schule

Monika, Lehrerin in der Hermann-Nohl-Schule, macht bei Oda Rückführungen
Katja, Lehrerin in Ausbildung, Hermann-Nohl-Schule
Sophie Arnd, Sozialarbeiterin im Anerkennungsjahr, Kontaktzentrum
Regina Mehring, Sozialarbeiterin im Kontaktzentrum
Frau Stein, Frau Annan, Herr Turbo, Klienten im Kontaktzentrum
Karin Solve, Sozialarbeiterin im Anerkennungsjahr, Mann Ian, Sirius, Erde, Traum-Probandin
Dorothee, Traum-Probandin im Traumzentrum, Psychologie-Studentin, mit Detlef verheiratet
Robert, 15-jähriger Junge, Benjamin, 14-jähriger Bruder, Erde
Mike, 10-jähriger Junge, Erde
Holger, 15-jähriger Junge, Aternay, 14 Jahre, Erde
„Moppelchen", Psychotherapeutin, Schlaflabor
Hatice, Psychologin, Kinder-Traum-Therapeutin
Marco, 10-jähriger Junge, Schüler der Hermann-Nohl-Schule
Alexandra, 8-jähriges Mädchen, Schülerin der Hermann-Nohl-Schule
Simone, Französischlehrerin
Marc, Schüler von Simone
Ortwin, Musiker
Hans Äppelwein, Supervisor von Bernd
Ugor, 14-jähriger Junge, Schüler der Hermann-Nohl-Schule
Olaf Ludowitz, Schwager von Jonas, Rechtsanwalt, Erde, Sirius, Erde

Neptun:

Nestor und Godiva, Erde

1.Kapitel

Taffy Calistus, der Traumforscher auf dem Sirius, schlendert mit seinen Eltern, seiner Frau Esther und seiner Tochter Jolanthe auf der Zentrumsstraße, wo gerade ein Straßenfest stattfindet. Die Sonne scheint. Es ist angenehm warm. Überall sind Stände aufgebaut. Esthers Krankenhaus lässt Kinder mit Arztkoffern spielen, Euphrasias Kindergarten bietet Hör-Memorys an, das Reisebüro von Nicole wirbt mit Touren auf die Erde oder der Venus, die Schule führt Spiele durch, bei denen die Kinder mit ihren geworfenen Schuhe Außerirdische verjagen sollen, und viele andere Institutionen präsentieren sich. Techno-Musik ertönt, es riecht nach gebrannten Mandeln, Popcorn, Kaffee und Kuchen, Würstchen werden angeboten.

„Schaut mal, da ist Kriemhild mit ihrer Taekwondo Gruppe. Sie führen gerade etwas vor!“ Das Mädchen fliegt durch die Luft. Sie trägt einen weißen Taekwondo-Anzug mit einem Gürtel, ist etwas rot im Gesicht. Ihre kurzen, blonden Haare öffnen sich wie ein Fächer. „Ihr Freund Figaro ist auch dabei, schaut mal!“ Taffy winkt seiner Tochter zu. Kriemhild schaut stolz wie Bolle, Jolanthe eifersüchtig. „Und jetzt gehen wir zu meinem Traumzentrum. Durch das Fernrohr kann man auf die Erde und die Venus sehen, in die Vergangenheit, Gegenwart und Zukunft.“

Da stellt sich ihnen ein Mann in den Weg. „Was machen Sie denn hier?“, ruft er ärgerlich. „Sie haben am Fernrohr zu stehen und den Besuchern alles zu erklären!“

Taffy: „Ich habe nur meinen Eltern und meiner Tochter gezeigt, wo Kriemhild, meine andere Tochter gerade ihre Taekwondo-Vorführung macht!“

„Kommen Sie in mein Büro!“

Taffy folgt seinem Vorgesetzten Mangolf Polykrates. Er ist rot im Gesicht, was man bei seiner braunen Gesichtsfarbe kaum sieht, schwitzt etwas. Alle Sirianer haben eine braune Hautfarbe. Er ist 36 Jahre alt und etwas füllig. Braune, kurzgeschnittene Locken umgeben seinen Kopf. Mangolf schließt die Tür. Taffy sieht gerade noch, wie betroffen seine Eltern und Jolanthe schauen.

„Das ist eine grobe Dienstverletzung. Ich entlasse Sie hiermit ab sofort! Dafür werden Sie morgen, pünktlich um 9 Uhr, als Spion auf die Venus fliegen. Finden Sie heraus, warum die Venuser zu uns keine Kundschafter schicken. Erkunden Sie, ob sich die Venuser besser als wir an ihre Träume erinnern können und falls ja, wie sie das machen! Ihr Bericht von den Menschen ergab, dass sie sich ab und zu an Träume erinnern können, was bei ihnen meist aber keine Rolle spielt, da sie nicht wie bei uns einmal in der Woche zur Traumbeichte gehen müssen. Träume sind bei ihnen kein Überwachungsinstrument. Und jetzt gehen Sie!"
Taffy öffnet die Tür. „Ich würde sowieso nicht mehr für Sie arbeiten! Sie haben mich vor meiner Familie gedemütigt!"
Mangolf: „In der neuen Mission bin ich nicht mehr Ihr Vorgesetzter, sondern Hartmut Hades, unser Diktator von Sirius."
Taffy geht mit gesenktem Kopf zu seiner Familie. Sie verlassen betreten das Traumzentrum.
„Dieser Scheiß-Typ! Für den arbeite ich nicht mehr! Ich nehme eine andere Stelle an. Morgen um 9 Uhr starte ich zur Venus!"
Esther: „Und was machst du da?"
Taffy: „Das ist geheim. Ich komme jedenfalls wieder. Wann, kann ich noch nicht sagen!"
Jolanthe: „Das hört sich spannend an. Nimmst du mich mit?"
Taffy: „Nein, du musst hier weiter zur Schule gehen."
Esther sieht ihren Mann nachdenklich an. Eigentlich sieht er gar nicht so wütend aus. Eher als ob er eine heimliche Freude verbergen will.

Vanas auf der Venus schaut auf die Erde, sie ist Traumforscherin und will erfahren, ob sich die Menschen an ihre Träume erinnern können, denn wie auf dem Sirius, ist diese Gabe auf der Venus fast verloren gegangen. Durch ihre Träume materialisieren die Venuser fast alles, was sie brauchen. Sie haben eine Lichtbücherei, in der alle Bücher von der Erde gelesen werden können, aber in den Büchern steht nichts von diesem Problem.
Ali Baba, ein Guru aus der Schweiz, wanderte mit seinen 40 Jüngern vor einiger Zeit auf der Venus ein. Die Venuser waren begeistert und scharrten sich um ihn.

Er ermunterte sie dazu, zu träumen und bot Meditationen an, die die Traumfähigkeit zurückbringen sollte.
Die Venuser hörten auf ihn. Ihr Probst, die gewählte Regierung, verlor an Bedeutung. Warum war Ali Baba mit seinen Jüngern gekommen?
„Ihr seid Ungläubige. Iris und Osiris sind die Götter. Wir werden Tempel errichten und unsere Meditationen fünfmal am Tag dort verrichten. Tretet meinem Glauben bei, dann bekommt ihr von mir einen silbernen Ring."
„Na und? Wir können uns so viele silberne Ringe materialisieren, wie wir wollen", sagt Teiresias. „Aber nicht solche mit einem Namen. Der besagt, dass ihr zu mir gehört. Ich verspreche euch dafür Schutz vor den Erdlingen, die vorhaben, hier zu landen. Ich bin ein Magier."
Taffy und Vanas blickten zuvor gleichzeitig durch ihr Fernrohr auf Berlin, wo der Psychoanalytiker Bernd Holzhauser gerade hinter dem Kopf von Oda, einer Psychiaterin, die auf einer Couch liegt, sitzt, was ihr unangenehm ist, obwohl sie weiß, dass dies professionell so gemacht wird.
Oda: „Ich werde auf der Arbeit immer noch gemobbt." Bernd Holzhauser: „Erzählen Sie mir Ihre Träume. Werden Sie da auch gemobbt? Wir hatten ja schon vorher das Thema. Sie sagten, Sie werden von Bilhildis, ihrer Kollegin, und Arsenius, ihrem Kollegen, gemobbt. Deshalb sind Sie doch zu mir gekommen, oder? Wir haben festgestellt, dass eine Verhaltenstherapie nicht ausreicht, weil Sie schon von Ihrer Mutter gemobbt wurden."

Bilhildis: Klar mobbe ich sie. Solange, bis sie aufgibt. Ich war zuerst Leiterin des Traumzentrums. Dann kam Oda: Psychiaterin, ich bin Psychologin. Sie bekam die Leitung. Ich habe die Kartei genommen und wollte, dass sie nur die Hälfte der Klienten übernimmt, dann wäre ich mit der anderen gleichberechtigt. Sie ging erst auch darauf ein, aber der Vorstandsvorsitzende Siegfried Klösch untersagte es. Oda ist 10 Jahre jünger als ich, trägt die schwarzen, glatten Haare kurz und seitlich. Sie hat einen „Schlafzimmerblick" durch ihre Kontaktlinsen. Ich setze beim Lesen meine billige silberne Brille auf. Das erste Mal kam sie zur Arbeit mit einem langen, schwarzen Jersey-Rock, einer roten Bluse, einer grau-schwarzen dicken flauschigen Jacke mit roten Rosen drauf. Ja, sie hat im Januar bei uns angefangen, da war es kalt. Ich trage meine Garderobe, eine dunkelblaue Hose, Pullover und Jacke, schon jahrelang. Sie verdient mehr als ich. Könnte ich mir so modische Sachen leisten?

Nein, eigentlich nicht. Es würde auch nicht zu mir passen. Wie ich rumlaufe, ist mir so egal wie ein Sack Reis, der in China umfällt. Die Kinder sind aus armen Familien. Ich würde es als Affront empfinden, dann so gut gekleidet herumzulaufen. Oda hat viele neue Ideen. Sie wird vom Vorstand unterstützt, bekam sofort neue Möbel für das Traumzentrum, eine Garderobe, ein Schulmappen-Regal für die Kinder, die hier Traumtherapien machen und gleich nach der Schule kommen, abschließbare Schränke, Tische, Stühle und ein Sofa. Wenn ich etwas Neues beantragte, bekam ich nichts.

Arsenius: Klar mobbe ich sie, bis sie verschwindet. Wir haben zusammen im Traumzentrum angefangen. Erst hat sie mich bewundert, weil ich vorher mit „rechten" Jugendlichen im Knast arbeitete. Aber dann wurde sie 14 Tage später meine Chefin. Sie versucht, mich als Hausmeister zu missbrauchen. Ich kann doch nichts dafür, dass ich der einzige Mann vor Ort bin! Aber ich bin Psychotherapeut, ehemaliger Elektriker. Komme aus Rumänien. Soll sie doch selbst die Holzverschalungen von den Heizungen abschrauben mit ihren feinen Bürohändchen, um sie zu entlüften und die Neonröhren auswechseln! Ich kümmere mich um das Schlaflabor.

Oda: „Und dann werde ich von unserer Supervisorin Daria Voigt gemobbt. Sie ist Anhängerin der Sekte „Ali Baba". Der Guru ist zwar neuerdings mit seinen 40 Anhängern verschwunden, sie pflegt aber seinen Nachlass. Als wir unseren Teamkonflikt besprachen, schrieb sie mit Kreide an unsere Tafel: ‚Kinder, liebet Euch'! Sie hat wirklich einen Knall."
Psychoanalytiker: „Erzählen Sie doch mal, wieso Sie meinen, dass Sie von ihrer Mutter gemobbt wurden!"
Oda: „Wir Kinder mussten ihr immer unsere Träume erzählen. Dann analysierte sie diese, obwohl sie nicht Psychologin ist, beurteilte und tadelte meine, lobte die Träume der beiden Brüder. Einmal träumte ich, dass ich meine Mutter getötet hätte. Das habe ich ihr nicht erzählt. Ich erfand ab diesem Zeitpunkt ‚artige' Träume."
Psychoanalytiker: „Haben Sie schon mal geträumt, dass Sie jemand getötet haben?"
Oda: „Ja, den Papst."
Psychoanalytiker: „Warum denn das?"

Oda: „Ja, er hat mich in einem früheren Leben vergewaltigt, so träumte ich."
Psychoanalytiker: „Fand der Muttermord, den Sie träumten, auch möglicherweise in einem anderen Leben statt?"
Oda: „Ja. In China."
Psychoanalytiker: „Dann hat sich da was verfestigt. – Kommen wir zurück zu ihrer Kollegin Bilhildis und dem Kollegen Arsenius. Was meinen Sie, warum diese Sie mobben?"
Oda: „Bilhildis macht sich über meine Garderobe lustig. Einmal sagte sie schadenfroh: ‚Eltern haben mich wegen dir angesprochen. Du kamst vom Restaurant' – unsere Toiletten wurden renoviert, wir hatten nur ein Chemo-Klo, auf das ich nicht gehen wollte –, du hast deinen schwarzen, langen Jersey-Rock hinten ein Stück in der schwarzen Strumpfhose gesteckt gehabt.'
Ein anderes Mal meinte sie, ich habe wohl mit Siegfried Klösch, unserem Vorstandsvorsitzenden, geschlafen, sonst hätte ich die Stelle nicht bekommen. Sie äußerte auch, ich könnte nicht richtig Deutsch. Als ich von meinen Söhnen berichtete, der älteste und der ältere, fragte sie, ob ich drei Söhne hätte. Ich habe die Steigerungsform falsch benutzt. Sie verbessert mich spöttisch. Wenn ich etwas für ihre Kinder-Therapie vorschlage, dann lehnt sie es ab. Sie könnte doch eine Traumhauch-Hütte mit ihnen bauen, einen Aschekreis darum streuen, so werden die Träume eher gefangen.
Sie geht in den Widerstand, weil ich ihre Vorgesetzte geworden bin. Und Arsenius? Er lädt viel zu wenige Klienten ins Schlaflabor ein. Seine Berichte kommen nur schleppend. Er möchte sich nicht vor mir rechtfertigen. Dabei ist er verpflichtet, mir jeden Monat die Statistik und einen Bericht über seine Arbeit abzuliefern. In der Teamsitzung ist er der große Schweiger. Aber wir sind doch ein Team! Sollten nicht alle nebeneinander oder gegeneinander arbeiten! Siegfried Klösch gab ihm die Dienstanweisung, sich unserem Konzept gemäß zu verhalten. Trotzdem weigerte er sich."
Psychoanalytiker: „Widerstand kann man mit paradoxer Intervention beseitigen. Versuchen Sie es mal! – Sie müssen an sich arbeiten, um aus der Opferrolle herauszukommen. – Ich erzähle Ihnen jetzt mal von den Senois, ein indigenes Volk in Malaysia. Sie setzen sich jeden Morgen zusammen und erzählen sich ihre Träume. Wenn einer berichtet, dass er im Traum auf

die Jagd ging und Angst vor dem Tiger hatte, den er erlegen sollte, und wegrannte, dann wird ihm empfohlen, das nächste Mal seinen Pfeil auf den Tiger abzuschießen."

Schreiberin: Frühere Berichte, dass die Senoi sich luzider Träume bedienen, in denen sie ihr Handeln bewusst ändern können, ließen sich nicht bestätigen und entsprechen auch nicht ihrer eigenen Traumtheorie. Sie träumen und haben Trancezustände, ein wesentliches Element ihrer Kultur und Gesellschaft. In Träumen erscheinen jenseitige Geistwesen, die in Ritualen (Heilungszeremonien) eine wesentliche Rolle spielen.

Psychoanalytiker: „Die Zeit ist um."
Oda sagt zu Bilhildis später: „Gut, dass du keine Traumhauchhütte mit den Kindern bauen willst. Du hast völlig Recht, denn deine Ansprüche an unsere Kinder, da die meistens lernbehindert sind, wären zu hoch. Ich werde mit den Kindern eine Traumhauchhütte bauen, denn meine Erwartungen an sie sind geringer."
Bilhildis grinst amüsiert.
Zu Arsenius meint Oda: „Du hast Recht, uns nicht zu berichten! So kann ich das Experiment durchführen, zu träumen, was du für Erkenntnisse gewonnen hast."
Arsenius „Na siehst du, immer alles positiv sehen!"

02.04.2020: Oda liest im „Tagesspiegel" vor, den sie aus ihrer Handtasche zieht: „872 Tote in Deutschland, 73.522 positiv auf Corona getestete."
Heute war sie schon um 9 Uhr bei der Post, weil gestern 14 Leute um 10.30 Uhr dort anstanden. Genau im richtigen Abstand. Da fuhr sie gleich wieder weg. Also, heute ein neuer Versuch. Sie ist wieder die 15., aber nach einer Weile sieht sie, dass ein paar Leute in die Post reingehen, obwohl sie per Schlange nicht dran wären. Ihr fällt ein, wie sie in Indien eine große Schlange in den Armen hielt für ein Foto. Schlangen in China sollen das Corona-Virus auf den Menschen übertragen haben. Nein, das stimmt nicht mehr. Jetzt sagt man, ein Schuppen-Gürteltier aus China. Aber dessen

Corona-Virus hat nur 90 % Übereinstimmung mit dem menschlichen. Dann ist die Rede von Fledermäusen und einer Zibetkatze.

2021: Tatsächlich sollen Fledermäuse durch einen Zwischenwirt Corona auf Menschen übertragen haben.

Die Märkte in China – Oda hatte sie in Kanton auf ihrer Chinareise gesehen –, verkaufen seit Jahrhunderten wilde Tiere. Warum übertragen sie ihre Viren gerade jetzt auf die Menschen? Heute, am 02.04.2020, gibt es 1727 Infizierte in China und 3322 Todesfälle wegen Corona.
Odas Gedanken kommen wieder im Hier und Jetzt an. Also: Sie stürmt nach vorn, ehe sich die automatische Glastür der Post wieder schließt. Schließlich muss sie nur zwei Überweisungen einstecken und den Konto-Ausdruck mitnehmen.
Dann bei „Kaufhof". Da steht ein großes Schild „Betreten nur mit Wagen". Ein Sicherheitsmann drückt jedem, der mit seinem Einkaufswagen zum Eingang geht, ein Desinfektionstuch in die Hand. Sie fährt mit dem Wagen die Rolltreppe hoch. Vor der Verkaufshalle ein Desinfektionsapparat.
An der Kasse – die Kassiererin ist hinter einer Plexiglasscheibe gesichert – will ein Mann zwei Toilettenrollen-Packungen kaufen. Die Kassiererin sagt: „Nein, nur eine Packung!"

Oda erinnert sich an ihren ehemaligen Psychoanalytiker Bernd Holzhausen. Sie vereinbart bei ihm einen Termin.
Sie liegt wieder auf der Couch, der Psychoanalytiker in 1 1/2 Metern Abstand hinter ihr: „Was kann ich machen, um die Klienten und meine Mitarbeiter und mich im Traumzentrum emotional zu schützen? Ich denke natürlich auch an meinen Mann und meine Familie."
Herr Holzhauser: „Fühlen Sie sich durch Corona gemobbt? Da wären wir wieder bei Ihrem alten Thema. Sie, als Psychiaterin, sind doch Fachfrau für Ängste. Aber Sie sind befangen."
Oda: „Ich leide darunter, nicht mehr zu Kulturveranstaltungen gehen zu können. Ich vermisse das Vibrieren in der Luft, im Boden, wenn ich in der Oper sitze. Ich sehne mich nach dem Theater, den Lesungen, dem Kino.

Habe Angst, rauszugehen. Masken tragen, wie lästig! Vorräte einkaufen. Kein Kontakt zu Freunden, Bekannte, Verwandten. Nur per Telefon."
Bernd Holzhauser: „Ich habe heute Nacht geträumt, dass es ein Heilkraut gibt, das Corona und all seine möglichen Mutanten verschwinden lassen könnte. Ob es auf der Erde oder auf einem fernen Planeten wachse, wisse man nicht. Ein Liebespaar soll das Wunderkraut finden. Es müssen ‚alte' Seelen sein." Er lacht verlegen.
„Was meinen Sie mit ‚alten' Seelen?"
„Sie müssen sich schon sehr oft reinkarniert haben."
„Woran erkennt man ‚alte' Seelen?"
„Entweder sind sie unfruchtbar, können sich im Traum oder bei Rückführungen an ihre früheren Leben erinnern. Ich könnte meine Frau Urania fragen, ob sie mit mir auf die Suche geht. Unsere Kinder sind ja schon groß, aber ich müsste dann erst mal mit ihr meine früheren Reinkarnationen träumen." Unruhig ruckelt er auf seinem Stuhl hin und her. „Woher sollten wir eine Rakete nehmen, falls das Kraut auf der Venus oder dem Sirius wächst? Wir sind keine ausgebildeten Raumfahrer. Ob man so einem Astronauten diesen Traum erzählen sollte, damit er uns mitnimmt?"
Oda: „Der würde Sie auslachen."
Bernd Holzhauser: „Und doch ist das alles möglich. Ich habe so einen Trip 1994 gemacht. Zwei Gruppen und ich haben uns von Außerirdischen in der Wüste Nevada mitnehmen lassen. Aber da ging es um etwas anderes."
Oda: „Ich werde mal meinen Mann fragen. Wir sind das perfekte Liebespaar. Haben schon viele Reinkarnationen geträumt. Jonas, mein Mann, ist fast unfruchtbar. Da würde er schon eine der Voraussetzungen erfüllen. – Mir fällt gerade ein Traum ein, den ich hatte, als mein Frauenarzt 1990 bei mir eine Zyste an der Gebärmutter feststellte. Ich träumte, dass ich in einer Rakete zur Venus fliege. Ich kann aus dem Fenster sehen. Alles ist nachtschwarz, nur ein paar Sterne funkeln. Neben mir steht eine lange, dunkle, schlanke Gestalt.
Wir kommen auf der Venus an. Da pulsiert ein Lichtbrunnen in allen Farben von innen nach außen, ergießt sich in Kaskaden, hat Heilkraft. Ich trinke davon. Bei meinem nächsten Termin sagt der Gynäkologe: ‚Merkwürdig, die Zyste ist weg'. Vielleicht wächst auf der Venus dieses Kraut!"

Bernd Holzhauser: „Das war doch nur ein Traum."
Oda: „Dann hatte ich noch einen Traum. Ich war bei einer Theatergruppe auf dem Sirius, Wubke und Bahram, mit denen wir befreundet sind, waren auch dabei. Wubke sagt, sie müsse jetzt gehen. Figaro, ein 13-jähriger Junge, der mit einer Kriemhild auf Sirius befreundet ist: ‚Warte, ich will euch etwas auf dem Keyboard vorspielen'. Er intoniert eine Variation von einem Schlager, den ich nicht kenne, etwas laienhaft. Ich gehe danach auf ihn zu, schüttelte ihm die Hand und sage: ‚Wunderbar. Hast du Unterricht gehabt?' ‚Nein.' Miloslaw, mein Bruder erklärt: ‚Nachts sprengte er die Tür von der Kneipe Sonnenkrug, wurde erwischt, schlug den Entdecker nieder. Im Täter-Opfer-Ausgleich brachte das Opfer ihm Keyboard bei.' Mein Bruder war Nachhilfe-Lehrer und unterrichtete Figaro auf dem Sirius, so träumte ich. Ich kenne Figaro gar nicht.
Der Traum spielte in den 90er Jahren. Das ist doch völlig unlogisch! Mein Bruder lebt in Berlin und ist Komponist und Dirigent."
Psychoanalytiker: „Träume sind nie logisch! – Das ist ja interessant. Offenbar haben Sie Ihre Berufstätigkeit im Traumzentrum noch nicht bewältigt. Ich erinnere mich, dass Sie mir damals erzählten, Sie würden von Arsenius, Bilhildis und der Supervisorin Daria gemobbt. Jetzt fühlen Sie sich von Covid-19 gemobbt. Es besteht also ein Zusammenhang. Wir reden nächste Woche weiter darüber. Wir sollten uns auf die Suche nach den Wesen machen, die uns von Corona erlösen können!"
Oda berichtet Jonas von ihrer Therapiesitzung. „Das ist ja ein ganz netter Traum. Erinnert mich an die blaue Blume von Novalis. Er hat ja im ‚Heinrich von Ofterdingen' drei Träume beschrieben."
Oda fragt ihn, warum die Butter draußen steht: „Die ist für heute Abend gedacht, damit sie nicht so hart ist, wenn wir sie auf unser Brötchen schmieren."
„Die ist für heute Abend gedacht", sagt er nochmal. Jonas wiederholt öfter Sätze. Seine Mutter war schwerhörig, da hat er sich das angewöhnt.
Oda braucht harte Butter, um Mürbteig herzustellen. Sie bäckt einen Zitronenkuchen.
Jonas kocht ein sizilianisches Essen mit Auberginen, gefüllten Oliven, Koriander, Bleichsellerie und Kapern. Dazu gibt es Rumpsteak, Spaghetti und

Kohlrabi-Radieschen-Salat. Sie trinken sizilianischen Wein. Oda nimmt ihre Gabel in die Hand. Da hängt ein Essensrest vom vorigen Mal dran. Sie säubert die Gabel. Leider wäscht Jonas fast immer nur unter wenig fließendem Wasser ab. Nach dem Essen weicht Oda die schmutzige Nudelschüssel in Spülmittel-Wasser ein. „Das ist mein Job", sagt Jonas. „Wasser- und Spülmittelverschwendung."
„Lies' mal ‚Kruso' von Lutz Seiler. Sein Protagonist war professioneller Geschirr-Reiniger auf einer Insel. Er und seine Kollegen haben immer das Geschirr eingeweicht, bevor sie es abwuschen."
Oda verletzt sich den Finger, als sie die Zitronenschale raspelt. Sie sucht umsonst ein Pflaster, fragt Jonas. „In der Richtung", sagt er dann dreimal. „Müssen wir was kaufen." Er schrubbt den Küchentisch sorgfältig ab, der mit Teigresten verschmiert ist.

Malaysia: 50 Menschen sind an Corona gestorben, 3116 wurden positiv getestet. Es ist heute der 02.04.2020.
Ein Zen-Meister in Osaka empfiehlt für diese Corona-Zeit Meditation und Yoga, um sich daran bewusst zu werden, dass wir schon morgen sterben können. 2.384 sind in Japan erkrankt am 02.04.2020 und 47.000 Tote sind es bisher. Die Corona-Viren sollen Hitze nicht mögen. Indien: Wegen der Corona-Krise wurden die Hausangestellten in Indien aus den Städten entlassen und wandern nun, obwohl sie ihre Wohnorte nicht verlassen dürfen, in ihre Heimatdörfer zurück. 2303 Infizierte gibt es am 02. 04. 2020 und 72 Tote."
Taffy, der mit Nachnamen Calistus heißt, schaute nun nach der Venus. Warum? Nur so. Da sah er eine Frau, die am Fernrohr stand. Ein Liebestrank schien ihm durch die Luft auf ihn zu zufliegen und landet in seinem Mund. Er fühlte sich wie Tristan. Die Venuserin trägt einen Schleier vor dem Gesicht und eine Brokatjacke, die vorn offen ist wie ein Geschenk. Die Gestalt besteht aus einem menschlichen Körper, der um die Taille von einer farbigen, sich drehenden Kristallkugel umgeben ist. Licht in einer grünen Glasflasche, ein Rubinglas mit Feuer. Nordpolarlichter huschen dazwischen. Die Venuserin hat hüftlanges, rotes Haar, darauf ein rotes Drahtgebinde mit hängenden, wippenden, glänzenden Herzen. Sie schaut angestrengt durch

das Fernrohr. Falten auf der Stirn verraten, dass sie nicht mehr so jung ist. Na, so 35 Jahre.
Schnell dreht Taffy das Fernrohr – wie ertappt - zur Erde. Soll er nicht die Menschen beobachten?
Vanas hat zur Abwechslung kurz nach Sirius geschaut und dort einen Mann am Fernrohr entdeckt. Er ist rot im Gesicht, etwas füllig, schwitzt, leichte Falten längs an der Stirn. In jungen Jahren muss er ein „Schönling" gewesen sein, einer, bei dem alle Frauen- und auch Männerherzen höhergeschlagen haben. „Meine Ruhe' ist hin", fällt ihr ein, wenn sie an die jetzt aufsteigenden Gefühle vom Hals zum Mund, der einen süßlichen Geschmack bekommt, denkt. Ja, sie hat den „Faust" von Goethe gelesen. Sie kann nachvollziehen, dass man für diesen Mann alles vergessen kann, sogar der Mutter einen Schlaftrunk verabreichen würde. Was ist mit ihrer Mutter? Kein Venuser hat Eltern. Der Probst, Herrscher auf der Venus, lebte mit seiner Lebenspartnerin zusammen, die plötzlich verschwand. Sie war unermüdlich für die Gemeinde tätig, leitete einen Chor, spielte Klavier. Er predigt die Liebe. Das war bisher für Vanas nur abstrakt. Jetzt plötzlich fühlt sie diese. Hat sie überhaupt gemerkt, dass sie dem Sirianer einen Liebestrank geschickt hat? Nein, sie hat kein Bewusstsein davon. Der Sirianer hat kräftige Schultern, Bizeps unter dem T-Shirt, bullig-gutmütig sieht er aus. Ob seine dunkelblonden Locken Natur sind?
Und was fühlt Taffy? Ja, er hat sich auch in Vanas verliebt.
Vanas spricht mit ihren Supervisor Teiresias und wird nach Sirius gesandt, um herauszufinden, ob durch ihre Liebe zu Taffy, er und die anderen Sirianer sich der Unterwerfung unter die Traumkontrolle des Diktators abzubringen wären. Die Venuser finden es unmoralisch, dass Träume instrumentalisiert werden. Aber Vanas soll auch in Erfahrung bringen, warum auf Sirius, wie auf der Venus, das Erinnern an Träume langsam abnimmt. Das ist der Auftrag des Probst. Ali Baba ist gegen die Reise, und noch kann er sich nicht gegen den Probst durchsetzen. Für Ali Baba bedeutet Liebe ausschließlich Geschlechtsverkehr. „Sex kannst du auch hier haben!", sagt er zu Vanas. „Komm' zu mir, ich steh' zwar nicht so auf Frauen, aber wenn du mir ein Kind schenkst, ist das in Ordnung!"

„Was willst du denn auf einem primitiven Stern?“, fragt ihr Mann Irenaesis. „Sirius ist noch nicht so entwickelt. Sie essen sogar noch Fleisch, Gürtel- und Schuppentiere, Fledermäuse, Zibetkatzen, die sie von der Erde aus China einfliegen und auf dem Markt lebendig kaufen.“ Irenaesis hat wie Vanas rotes Haar, nur kürzer. „Deshalb müssen sie doch nicht primitiv sein! Vielleicht haben sie nichts anderes zum Essen und das hat bei ihnen Tradition. – Ich fliege zum Sirius, werde sie kennenlernen. Wir ernähren uns einseitig. ich will nicht immer nur Brot, Obst und Gemüse essen. Das hängt mir zum Hals raus!“

„Na, dann viel Spaß beim Fleischessen!“

Als Vanas auf Sirius ankam, war Taffy unterdessen zur Venus geflogen. Er grollte immer noch Mangolf, der verhindert hatte, dass er Jolanthe, seine Lieblingstochter, mit seiner Vorführung beim Fernrohr beeindruckten konnte. Ja, er war wie ein Chef mit seiner Familie umhergegangen. Das war wohl der Grund, warum Mangolf so reagierte. Diese Blamage! Was sich dieser Erdling Mangolf Polykrates einbildete, der noch gar nicht lange auf dem Sirius war! Hatte hier seine Frau Euphrasia, die einen Kindergarten leitete, kennengelernt. Der Diktator ließ Mangolf mit den Delikatessen einfliegen, weil er für den deutschen Geheimdienst als Traumforscher arbeitete. Dem Diktator Hades schien die Macht zu entgleiten. Für Mangolf war es ein reizvoller Auslandseinsatz, der ihm eine Beförderung einbrachte. Ein kostenloser Flug zum Sirius! Sonst musste man dafür sehr viel Geld bezahlen.

Taffy hatte gesehen, dass die Venuser und Erdianer anders mit Träumen umgingen. Er bekam Zweifel am Sinn seines Einsatzes als Traumforscher. Mangolf setzte noch einen drauf, als Taffy abreiste: „Ich habe erfahren, dass Sie nicht die ganze Zeit die Menschen beobachtet haben, wie Sie sollten!“

Eigentlich war es ja ganz schön langweilig, immer an der Sternwarte zu stehen. Natürlich wurde Taffy – er arbeitete nur nachts, damit er sich tagsüber um die Kinder kümmern konnte, wenn seine Frau arbeitete – von Mangolf, Urania oder Teiresisas abgelöst. Die Menschen wurden rund um die Uhr beobachtet, jedes Aufbegehren sollte gleich registriert werden. Taffy erregte der Gedanke an die Venuserin, aber das konnte die Überwachung ja nicht ahnen. Als Taffy feststellte, dass Vanas nicht auf der Venus war und umgekehrt, da fühlen sie sich traurig, aber auch erleichtert, denn sie wussten ja nicht, ob sich das Bild vom anderen mit der Wirklichkeit deckte. Würden sie sich dann noch lieben? Keiner weiß von den Gefühlen des anderen. So haben sie einen Aufschub, bis ihre Träume vielleicht zerplatzen würden. Vanas hätte sofort zurückfliegen können. Aber die Sparmaßnahmen erlaubten es nicht. Ihr Bauchgefühl sagte ihr, sie solle auf Sirius bleiben, um herauszufinden, wie es mit der Traumfähigkeit der Sirianer bestellt ist. Taffy wird schon zurückkommen. Offiziell stellte sie sich auf Sirius als Traumforscherin vor. Die Sirianer sollen von den Venusern das Erinnern an Träume lernen, so will es der Diktator, denn sie hatten es fast vergessen. Aber die Venuser gehen kaum noch zur Traumtherapie, haben selbst Probleme, sich ihre Träume zu merken. „Kümmere dich um ihre Träume. Das ist für dich persönlich auch nicht schlecht, dann kannst du dich besser in die Seele von Taffy hineinversetzen."

Vanas verstand dies als Vorbereitungsphase und Prüfung. Taffy musste als Lehrling des Traum-Supervisors Teiresias auf der Venus arbeiten. Wenn Sie wissen wollen, wie die Geschichte weiter geht, lesen Sie das 2. Kapitel oder träumen Sie es.

2.Kapitel

Wenden wir uns zuerst Vanas zu, die auf Sirius „stationiert“ ist. Wenn man hier gelandet ist, fällt einem als erstes auf, dass der Planet Geräusche macht, als ob man in einer Röhre eines MRT-Gerätes liegen würde: Lalala, krr, bum-bum-bum. Sehr unangenehm! Mit der Zeit gewöhnt man sich daran und hört es kaum noch. „Stationiert“, das ist ein sirianischer Ausdruck, oh ja, Vanas ist schon ein bisschen beeinflusst. Privat weilt sie hier in Liebesmission, beruflich soll sie die Sirianer durch Traumanalyse im venusischen Sinne beeinflussen. Vanas hat sich mit luziden Träumen beschäftigt. Charles Dickens soll ja diese gehabt haben. Vanas las seine „Weihnachtserzählung“ und „Klein Dorrit“, wo Träume eine wichtige Rolle spielen.

Sie werden sich jetzt sicher wundern, dass man auf der Venus Bücher von der Erde lesen kann. Aber das hat mit dem Studium der Venuser an den Erdlingen zu tun. Es gibt auf der Venus eine Lichtbibliothek, erinnern Sie sich. Das habe ich schon erwähnt. Dort kann man alle Bücher von den Menschen in verschiedenen farbigen Lichtern in einem Apparat einlesen.

Was macht Vanas Mann Irenaesis auf der Venus? Würde er sich scheiden lassen, wenn er erführe, dass seine Frau zum Sirius fliegt, um Taffy in sich verliebt zu machen? Ehescheidung gibt es auf der Venus nicht. Die Paare bleiben so lange zusammen, wie sie es wollen. Wenn sie das nicht mehr möchten, ist es aus. So wie es bei Vanas und Irenaesis sein wird. Kein Rechtsanwalt verdient, wie Vanas es durch ihr Fernrohr auf der Erde gesehen hat, an der Trennung. Geld gibt es sowieso nicht auf der Venus. Es ist verpönt und gilt als rückständig. Aber nicht mehr lange. Vanas Mann seufzt, aber da er nicht viel Gefühl hat – Ali Baba reduzierte die Emotionen der Venuser –, bei früheren Raubzügen der Außerirdischen entnahmen sie Iranaesis kaum Gefühlsfähigkeit – denn mit der Traumfähigkeit kommen auch die Gefühle –, das findet er nicht so tragisch. Er denkt, vielleicht fliegt sie zur Venus zurück. Ja, die Venuser waren auf der Erde und haben den Menschen Gehirnmasse entnommen, um sich wieder an ihre Träume erinnern zu können. Das hat aber nicht viel genutzt, denn jetzt ist Ali Baba Mode.

Irenaesis hat unterdessen gehört, dass sich seine Frau in einen Sirianer verliebte. Sie weiß nicht einmal, wie er heißt! Und Vanas? Sie denkt gar nicht mehr an ihren saft- und kraftlosen Mann, der in seinem Eurythmie-Kittel herumhüpft. Eifrig arbeitet sie im Traumzentrum der Sirianer, die froh sind, eine verständnisvolle Therapeutin zu haben, die sie nicht zwingt, zur Sitzung zu kommen, eigentlich müsste es „Knieung“ heißen, weil sie dabei knien müssen. Vanas hatte bei ihrer Ankunft auf Sirius behauptet, sie wäre auf der Venus arbeitslos geworden, oh, sie lügt, tatsächlich, sie hat das noch nie probiert, aber hier auf Sirius weiß sie, dass sie sonst nicht ans Ziel kommt. Alle sind beeindruckt von ihrer Empathie. Schnell bekommt sie Klienten, die hier Patienten genannt werden. Die Sirianer glauben, dass die Venuser alles besser können. Vanas will den Sirianern beim Erinnern an Träume helfen, damit sie selbst an sich arbeiten können, nicht, damit der Diktator sie kontrollieren kann. Sie sagt zu den Klienten: „Ich werde nichts der Kontrollbehörde melden, falls Sie die Regierung stürzen wollen. Dafür werde ich der Überwachung irgendwelche Märchen von Ihnen auftischen.“ Die Klienten, nur sie nennt sie so, sollen selbst das Bedürfnis haben, zu ihr zu kommen. „Jetzt werde ich Ihnen das luzide Träumen beibringen.“

„Was ist das?“

„Luzid heißt ‚hell, durchsichtig‘. Man ist sich im Traum bewusst, dass man träumt. Legen Sie sich ein Traumtagebuch an Ihr Bett mit einem Stift. Nehmen Sie sich vor, dass Sie in der Nacht aufwachen, wenn Sie geträumt haben und schreiben Sie die Träume auf. Tagsüber zählen Sie Ihre zehn Finger immer, immer wieder. Wenn Sie dann träumen, zählen Sie auch Ihre Finger. Wenn es plötzlich nicht mehr zehn sind oder mehr, wissen Sie, dass Sie träumen. Sie müssen Geduld haben, immer wieder üben. Mit der Zeit wird es klappen.“

Die Sirianer finden es genial, dass sie eine Traumtherapeutin haben, die für sie umsonst arbeitet. Vanas verlangt nur Nahrung, Kleidung und Unterkunft. Das Wetter auf Sirius ist leider ganz anders als auf der Venus. Es regnet viel und ist oft kalt. Das Wetter beim Straßenfest war eine Ausnahme.

Ich: Wie regnet es? Hunde und Katzen? Nein.
Dickens schildert in „Bleak House“: „So viel Schmutz in den Straßen, als wenn sich die Wasser eben erst von der Erde verlaufen hätten und es gar nicht verwunderlich wäre, einem vierzig Fuß langen Megalosaurus zu begegnen ...“
Nein, so auch nicht. Ich höre Chopin, op. 28, Nr. 15 Prélude, die Regenmusik, die er im Winter auf Mallorca schrieb. Ja, genauso regnete es hier.

Die Ausstattung, die Vanas vorfindet, ist immer noch sirianisch. Die Therapie findet in einem dunklen Häuschen statt, das durch eine Wand mit einem Loch in zwei Zimmer getrennt ist. Die Öffnung ist mit einem Gitter versehen, sodass man den Klienten kaum sehen kann und umgekehrt genauso. Vanas hat anfangs beobachtet, wie die Sirianer ihre Traumforschung praktizieren. Der Therapeut nennt sich ganz ungeniert „Gehirnwäscher“. Der Patient muss auf der anderen Seite am Loch knien.
Vanas richtet einen gemütlichen Raum mit einem Sofa ein, das Licht ist gedämpft, sie sitzt neben dem Liegenden.
Bahram: „Ich habe von einer blonden Frau geträumt und den heftigen Wunsch verspürt, mit ihr zu schlafen.“

Wie kann da sein? Bahram lebt doch mit Wubke auf der Erde? Er wurde von der Opposition gegen die Sirianische Regierung entführt und sollte als Ingenieur an der Abwasseranlage arbeiten. Das Trinkwasser war ja von den Gegnern des Regimes mit einem Medikament so manipuliert, dass die Sirianer sich kaum noch an Träume erinnern konnten. Da die Überwachung der Bevölkerung durch die „Beichte“ der Träume, die nicht geheim war, lief, verlor der Machthaber dadurch Informationen. Die Träume wurden von den Sirianer auf natürliche Weise ausgeschieden und landeten im Abwasser. Die Träume wurden durch die Gegner der Diktatur mit Medikamenten behandelt. Wenn die Regierung das herausfinden würde, dann hatte sie wieder volle Kontrolle über ihre Untertanen. Aber Bahram wurde gleich bei der Landung auf Sirius von der Spionageabwehr festgenommen und sofort ins Krankenhaus gebracht, denn er hatte einen großen Wutanfall, der ihn kollabieren ließ. Dort lernte er Esther kennen, die zur Opposition gehörte und seine Entführung mit veranlasst hatte, was die Regierung nicht wusste. Er beschimpfte sie, denn er war ja nicht freiwillig mitgekommen.

Esther: „Sie werden von Regierungsvertretern gleich ins Traumzentrum gebracht werden. Da lügen Sie irgendetwas vor. Der Lügen-Detektor funktioniert nicht bei Menschen. Ich gebe Ihnen meine Telefonnummer. Falls Sie es sich überlegen, doch mit uns zusammenzuarbeiten, rufen Sie mich an!"
Vanas: „Das ist doch pappelblättrig-windig aufregend, dass Sie sich verliebt haben." Bahram: „Is ja keene Wahl! Kann nichts dafür. Bin mit Wubke verheiratet."

Vanas wundert sich immer wieder über die rigiden Gesetze und Moralvorstellungen der Erdinaner, die denen der Sirianer ähneln. Sehr rückschrittlich.

„Es kommt auf die Liebe an. Prüfen Sie Ihre Gefühle. Ist es nur Sex, was Sie von der Frau wollen? Was heißt das? Sex ist doch wunderbar! Aber wenn Sie Skrupel haben, dann beenden Sie Ihre Beziehung zu Ihrer Frau und schlafen mit der Blonden, sofern diese das möchte. Denken Sie daran, Sie sind kein Hund, der einen Baum anpinkelt. Sie sind jetzt Sirianer und müssen sich auch beherrschen können."
Bahram: „Ich bin keen Sirianer! Ich bin Erdling! Bin entführt worden!"
Vanas: „Sie können nichts daran ändern. Gewöhnen Sie sich an die siranischen Verhältnisse, das musste ich auch. Ich komme von der Venus."
Bahram: „Und was machen Sie hier?"
Vanas: „Ach, das ist eine lange Geschichte. Ich habe mich in einen Sirianer verliebt. Sie haben sich in eine Sirianerin verguckt. Vielleicht hilft es Ihnen so, sich schneller anzupassen."
An das „Sie" hat sich Vanas erst gewöhnen müssen. Auf der Venus wird nur per „du" gesprochen.
Bahram: „Darf ich mich denn in eine Siranerin verlieben? Ich habe gehört, dass andere Therapeuten auf Sirius etwas ganz anderes sagen würden. ‚Ich nehme mir Ihren Stirnlappen, er muss gewaschen werden. Sie sind nicht gesund'. Wöchentlich müssen wir den Beweis antreten, dass wir psychisch stabil sind."

Vanas: „Um Gotteswillen! Der Stirnlappen ist für luzides Träumen zuständig! Bei uns auf der Venus werden alle Träume akzeptiert."
Bahram: „Aber die Scheidungskosten! Und ich weiß gar nicht, ob ich die Blonde kriege, falls sie mich möchte, ob ich bei ihr bleiben werde."
Vanas: „Sie sind aber ganz schön konservativ! Setzen Sie sich dafür ein, dass die Trennungen wie bei uns auf der Venus praktiziert werden. Tun Sie das, was Ihnen Ihre Gefühle sagen. Es zwingt Sie keiner, bei der Blonden zu bleiben!"
Bahram: „Ich habe das doch nur geträumt."
Vanas: „Das sind unbefriedigte Wünsche. Haben Sie die Blonde in Wirklichkeit mal gesehen?"
Bahram: „Ja, das is ja das Schlimme, es is Esther, die Krankenschwester", er seufzt gequält.
Vanas: „Was ist denn daran schlimm?"
Bahram: „Ich muss meine Wünsche unterdrücken."
Vanas: „Warum?"
Bahram: „Wünsche sind Freiheiten. Ich will nicht vogelfrei werden, sonst werde ich abgeschossen."
Vanas: „Wer schießt?"
Bahram: „Die Gehirnwäscher."
Vanas: „Und was passiert dann?"
Bahram: „Sie bringen die Blonde um, damit ich sie mir nicht mehr wünschen kann."
Vanas: „Meinen Sie, dass Ihre Wünsche damit verschwinden?"
Bahram: „Nein. Aber Wünsche stören die Ordnung."
Vanas: „Also werden Sie nicht versuchen, mit der Blonden Kontakt aufzunehmen, weil Sie sie sonst dem Tod ausliefern würden. Warum erzählen Sie mir das?"
Bahram: „Ich muss es, wie alle anderen Sirianer auch, das hat mir Mangolf gesagt. Er holte mich aus der Rakete ab, brachte mich ins Krankenhaus und dann hierher. Ich habe Angst vor meinen Wünschen."
Vanas: „Aber jetzt bin ich ja Ihre Therapeutin. Ich mache das nicht. Ich werde Ihnen helfen. Gut. Ich werde es Esther erzählen. Vielleicht hat sie sich

auch in Sie verliebt. Ihr Mann ist immer viel unterwegs. Wo haben Sie Esther kennengelernt?"
Bahram: „Im Krankenhaus. Ich hatte einen Kreislaufkollaps. Meine Frau Wubke hat meine vier Kinder aus erster Ehe großgezogen. Wir sind schon lange zusammen. Wollen keene eignen Kinder. Esther is so anders. Sie hat ein Kind und ein Stiefkind."
Vanas: „Machen Sie es gut, träumen Sie weiter Ihre Wünsche, denn ihr werdet euch auf Sirius nur entwickeln, wenn ihr den Weg der Wunscherfüllung geht. Aber da gibt es natürlich Grenzen, weil die Wünsche von den Anderen respektiert werden müssen. Das haben wir auf der Venus auch so praktiziert."
Wenn Vanas bei ihrer Traum-Supervisorin Urania Tyche ist, plagen sie die Zweifel. „Ich komme mir wie eine Kolonialistin vor, wenn ich sage: ‚Ihr werdet euch nur entwickeln, wenn ihr den Weg der Wünsche geht'. Das ist doch arrogant. Warum sollen sich die Sirianer entwickeln? Und wohin? Haben sie sich denn das gewünscht von uns, dass wir sie entwickeln? – Wieso meinen die Sirianer, dass die Venuser alles besser können?"
Die Supervisorin (lacht): „Das sagen die Sirianer nur, um Ihnen zu schmeicheln."
Vanas: „Ich weiß gar nicht, warum unser Probst wissen will, ob die Sirianer sich an ihre Träume erinnern. Er sagt zwar, um sie besser verstehen zu können. Aber stimmt das auch? Was hat er davon? Ob er die Sirianer gegen Ali Baba gewinnen will?"
Urania Tyche: „Gut. Sie denken schon sirianisch."
Vanas: „Ich werde dem Probst nichts über die Träume der Sirianer berichten oder nur Märchen. Ich finde meinen Auftrag hinterhältig. Die Sirianer müssen doch gefragt werden, ob sie ihre Daten weitergeben wollen!"
Urania: „Sie sind reichlich naiv. – Ich verrate Ihnen jetzt ein Geheimnis: Im Augenblick ist ein Sirianer auf der Venus und horcht die Venuser nach ihren Träumen aus, um diese der Sirianischen Regierung zu berichten. Betrachten Sie Ihre Arbeit als Ausgleich!"
Vanas: „Wer ist deshalb zur Venus geflogen?"
Frau Tyche: „Das darf ich Ihnen nicht verraten!"

Vanas nimmt Kontakt zu Esther auf. Diese reagiert entsetzt: „Bahram? Der ist jähzornig! Er soll schnell von seinem Wunsch, dass ich ihn liebe, ablassen. Wenn das rauskommt, werde ich abgeschossen!"
Vanas: „Gut, ich werde es ihm sagen!"

04.04.2020: Oda geht zu „EDEKA" einkaufen. Ein Security-Mann desinfiziert die Einkaufswagen, bevor er sie ausgibt. In den Regalen herrscht oft Leere. Toilettenpapier gibt es immer noch nicht. Aber sie hat genug zu Hause. Kartoffeln sind fast keine mehr da. Das hat sie schon vor den Nachrichten gestern im Fernsehen gehört. Kartoffeln sind das neue Klopapier, die gehamstert werden. An der Volkshochschule in Treptow, Baumschulenstraße, ist ein „Gnadenzaun". In Plastiktüten hängen dort Geschenke für Obdachlose. Für sie ist die Corona-Zeit besonders schlimm, denn wie sollen sie die Ausgangssperre einhalten? Ausgangssperre ist ja nicht richtig, Ausgehgebot. Man soll nur rausgehen, um lebenswichtige Dinge zu erledigen wie Einkaufen, Arztbesuche. Perspektivisch wird es immer mehr Obdachlose geben. Die Mieten steigen, die Leute arbeiten jetzt oft in Kurzzeit oder Selbständige haben gar kein Verdienst. Wie sollen sie die Miete bezahlen? Die Regierung erklärte als Sofortmaßnahme, dass man in dieser Zeit nicht gekündigt werden dürfte, wenn man die Miete nicht bezahlen kann. Daraufhin erklärten gleich große Firmen, sie würden jetzt auch keine Miete mehr entrichten. Immerhin entschuldigte sich Adidas für diese Äußerung, nachdem Kritik geäußert wurde.
Im „Tagespiegel" steht, dass eine amerikanische Firma die Mundschutzmasken, die für die Berliner Polizei bestellt waren und aus China kamen, für sich umgeleitet hätte. Die Deutschen haben vorher Atemschutzmasken gehortet, obwohl hier noch gar nicht so viel Infizierte waren, aber in Italien. Wo war da die Solidarität? Beide Länder sind in der EU.
Italien hat am 04.04.2020 119.827 Infizierte und 14.681 Tote wegen Corona. In Italien überlegt man, welchen man rettet, jedenfalls nicht die älteren Patienten. Die Kapazitäten im Krankenhausbereich reichen nicht. In Italien wurde im Gesundheitsbereich wie in Deutschland gespart. Nun, in der Krisenzeit, sieht man, was das bedeutet.

Oda beschäftigt sich mit Träumen, denn sie träumt seit einiger Zeit merkwürdige Dinge, die man mit Sigmund Freund und seiner Theorie, dass Träume Wunscherfüllung bedeuten, nicht erklären kann. Die Traumsymbole von C.G. Jung in der Traumphase sind weitgehend überholt, erfährt sie bei ihrer Recherche. 70 % der Träume beinhalten Alltagsdinge. Aber das was Oda träumt, hat nichts mit dem Alltag zu tun. Warum träumt sie jede Nacht vom Sirius und der Venus? Von Vanas und Taffy, die sie gar nicht kennt? Die Tatsache, dass ein gewisser Gehirnteil für das Träumen zuständig ist, wurde von der Wissenschaft revidiert. Menschen, die den sogenannten Traum-Teil aus dem Gehirn durch einen Unfall verloren, träumen und erinnern sich trotzdem an ihre Träume. Also haben die Außerirdischen, die bei den Menschen einen Teil vom Gehirn entnommen haben, keinen Schaden angerichtet, denn die Erdlinge können trotzdem träumen. Merkwürdig, dass die Transplantationen aber bei den Sirianern und Venusern wenig bewirkten.
Oda hört zum Einschlafen „Die Träumereien“ aus den „Kinderszenen“ Nr. 7. von Schumann. Hat sie früher selbst mal auf dem Klavier gespielt. Sie möchte träumen, wie der Roman weitergeht.
Am nächsten Morgen erzählt ihr Jonas von einem schrecklichen Traum: Er steht mit seiner Schwester Kyra, einer Psychologin, Oda und anderen Leuten draußen. Sie sehen auf ein Gebäude, aus dem schwarzer Rauch wie eine Zunge stößt. Hitze. „Wir müssen weg“, ruft er. Sie laufen davon. Einige Leute rennen in das brennende Haus, wollen wohl ihr Habe retten. „Nicht, kommt wieder raus!“ Die schwarze Wolke wird immer größer, scheint sie zu verfolgen. Aber sie schaffen es, ihr zu entkommen.
Oda träumt in der nächsten Nacht, dass sie Jonas eine Tablette gegen schlechte Träume gibt. Sie sieht sich im Traum von außen, weiß, dass sie träumt.

Taffy stellt sich auf der Venus als Traumtherapeut vor. Er möchte von den Venusern lernen, da doch jeder wüsste, dass diese Planetarier dort weiter entwickelt wären.

Ich: Wie sieht es auf der Venus aus? Sie müssen sich rotes Dämmerlicht vorstellen wie in der Oper „Tannhäuser" von Richard Wagner bei der Szene mit Frau Venus. Ein bisschen Rotlicht-Milieu.

Taffy tritt als Lehrling in eine Traumwerkstatt ein. Ein luftig-lichter Raum mit Spiegeln, bunten Fenstern, Mobiles, die sich in silbernen Kacheln auf dem Boden verdoppeln, duftende Blumen, Tischdecken, Teppiche, leise Sphärenklänge, leckeres Honigbrot und Nektar.

Sie müssen sich das vorstellen wie eine Kita der Reggio-Pädagogik, Spiegel auf dem Boden, damit man sich nicht den Kopf ausrenken muss, um die farbigen Mosaiken an der Decke sehen zu können.

Da liegt Elke, kurzes, blondes Haar. Ihre Gestalt wie die träumende Priesterin von Malta. Taffy, der seinen Sirius-Körper behalten hat, sitzt bei ihr. Er denkt an Vanas. Elke kann ihn überhaupt nicht „antörnen". Unter einem Phosphor-Sternenhimmel ziehen blinkende, in Kreisen trudelnde Planeten. Es ist angenehm warm. Eine Kuscheldecke und ein Kissen machen es gemütlich.
Strahlend erzählt Elke: „Ich komme ja eigentlich von der Erde. Darum habe ich auch keinen Venus-Körper. Eines Tages wurde ich von einem Raumschiff entführt. Ich weiß nicht, warum. Ich wachte in einem Krankhaus auf. Warum ich da war? Kulturschock, wurde mir erklärt. Ich war sehr durcheinander. Darum kam ich hierher. Ich träumte, dass ich ein Baby bekam! Es war eine leichte Geburt. Das Kind lächelte, hatte schönen blonden Flaum auf dem Kopf, die Augen waren weit offen, ernsthaft blickte es in die Runde, wurde herum gereicht, eine Hebamme mit schwarzen, hüftlangen Haaren versorgte das Baby und mich."
„Bist du schwanger oder wünscht du dir ein Kind?", fragt Taffy. Das „Du" fällt ihm noch schwer. Der Traumtherapeut Teiresias sagt freundlich: „Aber auf der Venus gebären Frauen keine Kinder! Auch Erdlinge nicht, wenn sie hierher kommen. Jeder ist unsterblich und bleibt immer 35 Jahre, wenn man das auf sirianische Zeit umrechnet, kann es sein, dass Venuser in Wirklichkeit 1000 Jahre alt sind. Was heißt schon Wirklichkeit?"

Teireias trägt eine schillernde Glaskugel um die Taille. Alle auf der Venus sehen so aus.

Taffy schauderte. Dann war die Frau, die er durch das Fernrohr gesehen hatte, vielleicht 1000 Jahre alt?
Taffy: „Die Klientin" …auch das fällt ihm schwer, nicht ‚Patientin' zu sagen … „möchte gebären."
Der Traumtherapeut: „Nein. Warum sollte sie sich das wünschen? Geburten wurden abgeschafft, weil sie eine unnötige Quälerei für Frauen sind."
Taffy: „Gibt es bei euch denn gar keine Babys?"
Teiresias: „Nein, schon lange nicht mehr. Warum auch? Babys schreien, machen in die Windeln, man muss sie säubern, stillen oder die Flasche geben, Eltern können nachts wenig schlafen und sind morgens auf der Arbeit müde."
Taffy: „Babys sind warm und duften, ich habe meine Töchter so geliebt, als sie klein waren. Ja, jetzt natürlich auch noch. Aber ich möchte die Erfahrung nicht missen. Aber warum träumt dann deine Klientin so etwas?"
Teiresias: „Träume bedeuten neue Projekte. Sie hat eine Idee geboren. Das ging leicht. Es ist ein schöner Einfall. Alle im Kreis begutachten die Kreation und freuen sich daran. Aber es ist klar, dass diese Schöpfung noch ein Baby ist. Es muss gefüttert und gepflegt werden, damit es wachsen und gedeihen kann. Es soll geliebt werden." (Zur Klientin) „Das siehst du doch auch so?"
Elke: „Ja. Aber meine Idee verrate ich Euch nicht!"
Teiresias: „Das musst du auch nicht. – So – die Therapiestunde ist beendet. Alles Gute!"
Taffy muss natürlich auch Supervision bei Teiresias machen und ihm seine Träume berichten. Teiresias: „Du erzähltest, dass du von einer Burg träumtest. Hier auf der Venus gibt es keine Burgen, noch nicht einmal viele Häuser. Möchtest du eine Burg haben? Es besteht keine Chance, den Kapitalismus einzuführen, wie wir ihn von der Erde her kennen. Willst du eine Burg erwerben, um Kapital anzulegen? Hast du denn Kapital? Da sind wir drüber hinaus. Sind das sirianische Gedanken, die dich beeinflussen? Eine feste Burg ist unser Gott. Glaubst du an Gott?"

Taffy: „Du weißt offenbar auch nicht, was dieser Traum zu bedeuten hat. Es war eine Burg in Frankreich. Zu einer anderen Zeit. An mehr kann ich mich nicht mehr erinnern."
Teiresias: „Letztendlich musst du den Traum selbst analysieren. Ich kann dir nur dabei helfen."
Taffy: „Ich glaube, ich muss noch viel lernen."
Teiresias: „Das sind auch die planetarischen Unterschiede."
Taffy ist so ergriffen von der anderen Atmosphäre, dass er plötzlich nicht mehr lügen kann. Er erzählt, dass er als Spion gekommen ist, weil er von Sirius aus keine Möglichkeit hatte, zur Venus zu fliegen zu der Frau, in die er verliebt ist.
Teiresias: „So etwas Ähnliches habe ich mir gedacht", er lächelt freundlich. „Letztendlich weißt du nicht, was fast allen auf der Venus bekannt ist: dass Vanas, die Venuserin dich liebt und deshalb zum Sirius geflogen ist?" Letztendlich ist das Lieblingswort von Teiresias.
Taffy: „Vanas heißt sie? Ach, was für ein wunderbarer Name! Sie liebt mich? Oh, wie herrlich!" Er steht auf und hüpft herum.
Seine Augen sind verklärt. Taffys Verliebtheit wechselt in den Modus Sex, ein brünstiger Geruch steigt aus ihm auf, aber wohin soll er mit seinen Trieben, seinen Gefühlen?
Teiresias: „Letztendlich wird Vanas kommen. Warte hier! Wir können dir kein Raumschiff geben. Bei uns sind Sparmaßnahmen."
Taffy: „Was soll denn gespart werden?"
Teiresias: „Energie. Ali Baba hat das angeordnet."
Taffy: „Wer ist denn das? Warum? Wenn man keine Energie mehr hat, überfällt man einen anderen Planeten und holt sich welche."
Teiresias: „Ali Baba ist unser Guru. Ja, ihr vom Sirius raubt, was ihr braucht. Wir nicht. Wir stellen nur so viel Energie her, wie wir benötigen. Nicht wie auf der Erde, wo Deutschland sich Atomstrom von anderen Ländern holt. Dein Flug wäre ein unnötiger Luxus."
Taffy: „Aber ist das nicht sehr national gedacht? … Eigentlich ganz vernünftig, wenn es nicht gerade mich treffen würde."

05.04.2020: Die Kinder des Nachbarn juchzen auf ihrem Trampolin, das die Eltern erst gerade zur Corona-Krise angeschafft haben. Der ältere Junge geht nicht zur Schule, nicht weil jetzt Osterferien sind, sondern da die Schulen wegen Corona geschlossen sind. Er wird digital wohl zu Hause lernen. Der jüngere Sohn besucht nicht den Kindergarten, weil dieser ebenso wie die Schulen nicht offen ist.
Oda liest im „Tagesspiegel", dass die Corona-Atemschutzmasken, die für die Berliner Polizei bestellt waren, nicht von den USA wie per Piratenakt auf dem Flughafen übernommen worden seien, sondern dass der thailändische Hersteller ein besseres Angebot erhalten habe. An wen nun die Masken gegangen seien, sei unbekannt.

Taffy schmiedet Pläne, wie er ein Raumschiff entführen könnte, um zu Vanas zu kommen. Aber dann regt sich sein Gewissen. Gewissen, was ist denn das? Auf Sirius kennt man das nicht. Wenn er Energie von der Venus abzieht, dann fehlt sie dort für lebenswichtige Dinge.
Die Traumwerkstatt, diese Halle, eines der wenigen Gebäude auf der Venus, die Kissen und Decken, Mobiles, Spiegel, alles wurde materialisiert kraft der Träume der Venuser. Blieb hier die Zeit stehen oder was war auf der Venus los? Ein Rätsel.
„Hier gibt es keine Zeit", sagt Teiresias.
Und was machte er mit seinen Gefühlen? Arbeiten, arbeiten, arbeiten, das lenkt ab. Gut, zum nächsten Klienten, der seine Träume gedeutet haben möchte. Es gibt hier keinen Zwang, dass die Venuser kommen müssen. Sowieso nicht müssen. Nur wenn sie wollen. Eigentlich ist Traumanalyse auf der Venus eine Mode wie es in New York früher war, zum Psychoanalytiker zu gehen. Natürlich nur die Reichen. Hier war das Angebot kostenlos. Es gab sowieso kein Geld. Arm und Reich – diese Unterschiede kannten die Venuser nicht. Vanas hat sich an Fleisch satt gegessen. Rindfleisch, Hühnerfleisch, Kaninchen, Hase, Wurst – alles hat sie probiert. Sie empfindet plötzlich Ekel davor. Vanas ist nicht mehr so blass, aber die groben, misstrauischen Schwingungen auf dem Planeten Sirius machen sie fast krank. Sie hat schon lange kein Satori mehr gehabt, dieses wunderbare Gefühl, alle und alles zu lieben. Sie erinnert sich an ihren ersten Einsatz als Traumthera-

peutin, als sie zu einer Patientin ging – auf der Venus heißen sie Klienten –, die in einem Bunker mit weißen Kacheln sitzt; grelles Neonlicht herrscht, die Luft ist steril, riecht nach Desinfektionsmitteln, dann der dunkle Kasten wie ein Beichtstuhl, merkwürdig. Kein Laut war zu hören, nur das ersterbende Flüstern der Patientin, wie aus einem Sarg. „Wie heißen Sie?"
„Balda." Vanas kann sie durch das Gitter kaum erkennen. Ihre Stimme ist tief.
Vanas: „Ich muss das alles registrieren. Sie wissen ja, jeder muss einmal in der Woche zur Traumanalyse. Wir müssen aufschreiben, wer da war."
Balda „Ist schon gut, das weiß ich." Sie nennt ihren Nachnamen und die Adresse.
Balda: „Ich träumte, dass ich eine Teekanne aus Ton geformt hatte mit Osterglockenblumen als Henkel wie Flügel. Das wäre in Italien gewesen, wo ich früher lebte. An mehr erinnere ich mich nicht mehr. In meiner Freizeit töpfere ich."
Vanas: „Wie schön das Bild mit der Teekanne, die fliegen möchte. Sie tönt und duftet, hat eine gelbe Farbe, die Bienen werden sie besuchen. Wollen Sie mit der Teekanne in ein früheres Leben fliegen?"
Vanas denkt, vielleicht hatte ich mit Taffy auch mal ein gemeinsames Leben. Zahlt sich das aus? Warum denke ich jetzt so fiskalisch?
Die giftigen Gedanken. Ich muss sehen, dass ich von Sirius wegkomme.
„Warum sind Sie zum Sirius geflogen?"
„Ich möchte die Massentierhaltung, die hier üblich ist wie auf der Erde, anprangern. Überhaupt das viele Fleischessen!"
„Na, so tierfeindlich sind wir hier nicht. Unser Diktator hält sich zwei Edelkaninchen. Sie dürfen in seinem Garten frei herumlaufen. Er streichelt sie. Sie scharren Löcher in die Erde. Haben den ganzen Rasen weggefressen. Ich habe den Diktator mal besucht, weil er mich einlud. Da habe ich das gesehen."
Balda hat eine füllige Figur, die braunen Dauerwellen-Haare hochgesteckt, etwas Schweiß auf der Stirn. „Ich esse gesund und außerdem ungesund", erklärt sie selbstironisch ihren Kollegen in der Bank. Das kommt gut an. Taffys Eltern, die in den Schlachtbetrieben arbeiten, lassen sich einmal von ihr beraten. So lernen sie sich kennen und gründen heimlich eine Tierbe-

freiungs-Gruppe. Taffys Eltern waren zu den Schlachthöfen versetzt worden, weil sie die drakonische Erziehung, die sie an ihrem Sohn praktizieren mussten wie alle Sirianer, nicht mehr mitmachen wollten. „Wer sein Kind liebt, der züchtigt es."
So kommt es, dass eines Nachts viele Kühe, Schweine, Hühner aus den Käfigen freigelassen werden und in der Stadt herumlaufen. Die Tiere werden wieder eingefangen und die Täter gesucht, aber ohne Erfolg.
Vanas kommt fast um vor Sehnsucht nach Taffy. Sie stiehlt sich eine Rakete und fliegt zur Venus. Da gibt es schon Legenden und Minnelieder, die jene unerfüllte Liebe zwischen Taffy und Vanas schildern.
Vanas ist vom Fliegen ganz verkrampft und macht gleich „Pilates", um sich zu entspannen. Hat ihre Gymnastik-Sachen an. Ihre geleeartige Blase um den Bauch schiebt sie über den Kopf wie eine Krone. Als sie bei der Position ist, wo man die Beine im Liegen öffnen muss, erscheint Taffy. Er erkennt sie sofort und möchte sich am liebsten gleich auf sie legen. Dann beherrscht er sich aber und fragt: „Wie alt bist du denn?"
„35 Jahre."
Vanas steht auf. Sie fallen sich in die Arme. Vanas spürt seine männlichen Muskeln, besonders den einen, bekommt fast keine Luft.
Endlich überschüssige Energien abführen, aber nein, er will in einen abgeschlossenen Raum, der möglichst dunkel ist, sie soll leise sein, wenn sie einen Orgasmus bekommt. Komisch, woher ein Gebäude nehmen? Die Sirianer und ihre Bräuche! Dieses Aufschieben irritiert Vanas. Taffy kommt ihr rückständig vor, sie verscheucht den arroganten Gedanken. Alle können sich an ihrem Glück freuen. In das Traumzentrum zu gehen, hält sie nicht für eine gute Idee. Es ist ihr Arbeitsplatz.

3.Kapitel

Das Klima auf der Venus ist immer so, als sei es stets Sommer, aber nicht zu heiß. Die Venuser brauchen keine Kleidung und tragen nur dann welche, um sich zu schmücken. Die vielen Nackten sind Taffy peinlich. Mein Gott, er ist doch nun schon eine Weile auf der Venus. Er hat sich noch nicht daran gewöhnt. Es gibt Büsche, Wiesen, Heu, Kornfelder, Wälder, wo sie allein sein können. Eigentlich sind das die Meditationsstellen. Vanas ist es befremdlich, hier zu kopulieren, aber wenn es Taffy nicht woanders will …
Was bleibt ihr anderes übrig!
„Weißt du, ich habe mich gleich in deine kleine bunt-schillernde Kugel verliebt", gesteht ihr Taffy.
„Das ist mein Bauch, den ich jederzeit nach hinten klappen kann, wie eben. Nur darin hast du dich verliebt?", Vanas ist beleidigt.
„Natürlich nicht nur. Auch in alles, was dazu gehört."
Bald erklingt eine neue Strophe auf dem Planeten, der Vereinigung von Venus und Sirius.
Taffy: „Was macht ihr, wenn es mal regnet?"
Vanas: „Wir haben unsere Edelsteingrotten, da können wir uns unterstellen oder auch mal schlafen."
Taffy: „Zeig' sie mir!"
Sie wandern zu den Höhlen. Eine hat innen Amethyste, eine andere Rubine, Granate, Smaragde, Saphire, Blau-Topase, Kristalle …

Ich: Sie müssen sich die Höhlen wie die Minnegrotte von „Tristan" (Gottfried von Straßburg) vorstellen:
„In der Mitte stand ein Bett,
herrlich und rein
aus Kristall geschnitten …"

Nachdem sie sich tage- und wochenlang aneinander gesättigt hatten, denn auf der Venus muss man nicht arbeiten, wenn man Hunger hatte, träumen sich die Venuser Obst und Brot, aber da sie sich an ihre Träume nicht mehr

so erinnern können, müssen sie hungern. Es gab eine Hobby-Bäckerei, wo man Brot backen konnte.
Vanas: „Du kannst auch mal versuchen, Brot zu backen. Hast du es schon mal probiert?"
Taffy: „Nein."
Vanas führt ihn in eine offene Küche. Erklärt ihm alles. Er mahlt den Roggen in einer Getreidemühle, gibt Sauerteig und Hefe, Wasser und Salz dazu. Lässt den Teig abgedeckt an einem warmen Ort zwei Stunden gehen. Schiebt ihn in den Backofen, holt das Brot nach einer Stunde heraus. Stürzt die beiden Kästen auf den Küchentisch. Die Brote dampfen. Er ist nicht zufrieden mit dem Ergebnis. Irgendwie sind sie offenbar nicht richtig aufgegangen. Aber sie duften wunderbar.
„Ja, Brotbacken ist eine Kunst. Das muss man erst lernen", sagt Vanas. Vielleicht hatten sie auch nicht genügend Zutaten geträumt.
„Ich werde jetzt zu Ali Baba gehen. Sein Vorschlag, zu meditieren, um sich mehr an Träume zu erinnern, hat nur wenig geholfen. Wir verhungern sonst alle. Energie stellen wir auch durch Meditieren her."
Taffy: „Ist Ali Baba eure Regierung?" Vanas lacht: „Ja leider, neuerdings. Vorher war es der Probst, der von den Venusern gewählt wurde. Ali Baba wanderte mit seinen 40 Jüngern bei uns ein, und plötzlich war alles anders. Du wirst schon sehen. Komm' mit!"

06.04.2020 Oda ist um 7 Uhr bei „Aldi". Sie will Brot backen. Aber dort gibt es weder Mehl noch Hefe. Ebay bietet im Internet Trockenhefe teurer als Silber an. Toilettenpapier ist alle. Oda geht zur Apotheke. Keine langen Schlangen wie sonst. Die Mitarbeiter sind durch eine Plexiglasscheibe geschützt. Bei „Edeka" um 8:30 Uhr gibt es Mehl, aber keine Trockenhefe. Sie kauft Schokolade mit 70 % Kakaogehalt, denn die soll gut für das Gehirn sein. In der Zeitung stand, dass Zartbitter-Schokolade im Augenblick der „Renner" ist, bald wird sie ausverkauft sein. „Edeka" ist nur noch von 7-20 Uhr geöffnet. Vor dem Laden sitzt ein Obdachloser und bettelt. Oda gibt ihm 1,- €.
Sechs Leute stehen an, um in das Geschäft zu kommen.
Aus der Zeitung erfährt sie, dass die 200.000 Schutzmasken offenbar doch

von den Amerikanern aus Thailand zu einem höheren Preis aufgekauft wurden. Die Berliner Polizei hat nun von der Bundeswehr Schutzmasken in dieser Menge erhalten.

Das Wasser versiegt auf der Venus trotz des warmen Klimas nie; die Felder werden künstlich bewässert, durch die Kraft der Gedanken gesteuert, die sich aus den Träumen speisen. Einzelne Meditierende hatte Taffy schon an gewissen Plätzen gesehen, die er eher für die Liebe geeignet hielt. Manchmal dachte er an seine Frau und Töchter auf dem Sirius und hatte ein schlechtes Gewissen. Wenn er mit Vanas darüber sprach, dass er von seiner Frau dominiert wurde und das nicht mochte, sagte sie: „Du hättest mit ihr darüber sprechen müssen. Sie sieht das vielleicht ganz anders. Da müsste ein neutraler Beobachter eure Partnerschaft beobachten und feststellen, ob dein Eindruck überhaupt zutreffend ist."

„Es war mir peinlich. Ich kümmerte mich nur noch um meine Töchter. Fuhr sie zum Taekwondo zu Uwe, holte sie ab, nachdem ich mich ausgeschlafen hatte."

Vanas: „Weißt du, deine Formulierung ‚meine Töchter' ist nicht in Ordnung. Die Töchter sind doch von euch beiden. Darum musst du sagen: ‚Unsere Töchter'."

Taffy: „Aber nur Jolanthe ist unsere gemeinsame Tochter. Kriemhild stammt aus meiner 1. Ehe."

Vanas: „Das spielt doch keine Rolle. – Wir gehen jetzt zum Meditationszentrum. Es wird nur bei schlechtem Wetter, wie jetzt, benutzt." Es nieselt, ein scharfer Wind bläst.

Im Meditationszentrum sitzt der Guru Ali Baba in Lotosstellung, die Augen geschlossen, aber nur halb, sodass man sieht, dass die Pupillen nach oben gedreht sind. „Zweimal am Tag teilt er seinen Segen aus", flüstert Vanas, „und lässt sich bei Problemen ansprechen. Aber er hilft nicht immer. ‚Wenn es dein Karma ist, so darf ich mich nicht einmischen'." An besonderen Festtagen streut er heilige Asche, die auf unerklärliche Weise aus seinen Händen auf die Häupter seiner Anhänger rieselt. Für mich hat er sogar einmal einen silbernen Ring materialisiert. Schau', hier an meinem Finger!"

Taffy macht ein eifersüchtiges Gesicht. Der Guru, der die Gestalt eines Menschen hat wie auch seine Jünger, ist aufgewacht. „Eine neue Zeit ist angebrochen! Eure Träume sind fast versiegt. Ihr könnt nicht mehr genügend Sachen herstellen. Schaut!“, er zeigt in eine Kiste mit Goldstücken. „Die verdient ihr, wenn ihr die Edelsteine in euren Höhlen abbaut. Mit euren Träumen materialisiert ihr keine Goldstücke, denn das funktioniert nicht. Wir werden die Edelsteine zur Erde transportieren, damit sie die Menschen uns abkaufen. Mit dem Geld, das ihr von mir bekommt, könnt ihr Träume kaufen, um euch Essen und Kleidung, außer Energie, zu materialisieren.“ Die Venuser sehen sich betroffen an. Sie haben noch nie gearbeitet. Woher hat Ali Baba Träume?

„Wie sollen wir die Edelsteine abbauen?“, fragt Irenaesis. „Ihr könnt bei mir auf Kredit das Werkzeug bekommen!“ Einige Venuser gehen zu Ali Baba, um sich das zu holen.

„Mein Kartenspiel“, ruft Ali Baba. Sofort rennt ein Jünger los, um es zu bringen. Dann spielt Ali Baba mit seinen „Aposteln“ Tarot.

Taffy fühlt sich unbehaglich. Ali Baba kommt ihm vor wie ein Gehirnwäscher vom Sirius. Die Träume kann er doch nur von den Venusern haben. Wie hat er sie eingefangen? Wo bewahrt er sie auf? Ali Baba sieht ihn an. Taffy meint, er schaue ihm bis auf den Grund der Seele. Er will vor ihm kein Seelenstriptease machen. Taffy dachte, auf der Venus sind die Gedanken frei? Das hier ist Kontrolle, Manipulation, Ali Baba gebärdet sich wie ein Gott, ein Herrscher, der Papst auf Erden, alle Venuser sind ihm untertan, machen nur, was er will. Alle? Nein, dazu will Taffy nicht gehören. Und Vanas auch nicht. Ali Baba fasst ihn in den Schritt. Vanas flüstert ihm zu: „Pass' auf, es gibt das Gerücht, dass er sexuellen Missbrauch bei jungen Männern macht. Er bestellt sie zu privaten Therapiesitzungen. Angeblich soll das Anfassen des Gliedes der spirituellen Reinigung dienen.“ „Du verbreitest schlechte Schwingungen und störst die Meditation. Hebe dich hinweg!“ „Ausländer raus!“, skandieren seine Anhänger. Vanas ist entsetzt: „Ich war vor kurzem auf Sirius. Nicht mal dort wurde ich, eine Ausländerin, so behandelt.“ Sie zieht den Ring, den ihr Ali Baba materialisiert hat, vom Finger und schleudert ihn in Richtung des Gurus. „Den kannst du wieder haben!“, schreit sie zornig.

Taffy spürt das Charisma von Ali Baba und sieht die fanatischen Blicke seiner Anhänger. Er wendet sich mit Vanas ab. Lieber verhungern, als die schönen Edelstein-Höhlen zerstören! Vanas überfallen fleischliche Gelüste, die sie zu Taffy treiben. Wenn es hier schon kein Fleisch gibt, will sie wenigstens Männerfleisch in sich spüren! Aber Taffy ist unterdessen in die Traumwerkstatt gegangen.

Ein junger Mann liegt da, kratzt sich ungeniert an seinen Eiern und erzählt: „Ich heiße Bromelius. Im Traum war ich ein kleiner Junge. Ich wusste nicht, wann ich zur Schule gehen sollte. Meine Mutter sagte: ‚Ruf' doch einen Klassenkameraden an'! ‚Ich habe nicht die Telefonnummer von Lichter Spiegel!', so heißt eine Klassenkameradin von mir. Meine Mutter meinte: ‚Ruf' mich später bei der Arbeit an. Da habe ich die Telefonnummer'. Lichter Spiegel besucht in der Freizeit den pädagogisch betreuten Spielplatz meiner Mutter."

„Das ist völlig unlogisch. Hier sind alle 35 Jahre alt. Du warst nie jünger!"

„Aber Träume sind doch unlogisch! Oft zimmert man sie sich beim Aufwachen auf Logik zurecht."

Taffy fielen seine Töchter ein, die im Schulalter waren. Sein schlechtes Gewissen ließ ihn wanken. Er bat Teiresias um Urlaub. „Ich habe auf eine Rakete verzichtet, um Vanas zu sehen, aber nun muss ich meine Kinder besuchen. Verstehen Sie das? Ich habe mit Vanas viel meditiert, um neue Energie herzustellen. Bitte!"

Wie schnell er wieder in seine Gewohnheit, zu lügen, fällt.

Tereisias: „Ich gebe dir eine Rakete, wenn du versprichst, nach deinem Besuch bei deinen Töchtern und deiner Frau zur Erde zur Wüste Nevada zu fliegen. Da wird es kritisch. Ali Baba fliegt zur Erde, um seine Edelsteine dort zu verkaufen, aber auch um Menschen dort zu entführen, denen er Eizellen und Samen entnehmen will. Er natürlich nicht allein, er nimmt seine Jünger mit. Dem wird zwar die amerikanische Regierung, die sie dort haben, zustimmen und dafür Edelsteine bekommen, aber sie ist nicht die Weltregierung, auch wenn sie es gern sein möchte. Es geht gegen das kosmische Gesetz, den Willen der Betroffenen nicht zu achten. Ich finde das nicht richtig, baue gerade heimlich eine Opposition gegen Ali Baba auf!"

Taffy denkt, das haben wir doch auch gemacht, die Venuser genauso, nur dass wir Gehirnmasse zum Traumerinnern von den Menschen entnommen haben. Hat nur nicht viel geholfen.

Als er nach Hause zum Sirius kommt, besucht er seine Töchter und seine Frau. Er erklärt ihnen, dass er beruflich zur Erde muss. Es würde eine Weile dauern. Dann käme er zurück. Plötzlich klingelt es. Taffy öffnet. Da steht Urania Tyche, seine Kollegin und Supervisorin, vor ihm mit einer großen Tasche. Sie trägt ihr blondes Haar, mit silbernen Einsprengseln, Ohrläppchen lang. Urania ist groß und fleischig.
„Hallo, nimm mich bitte auf die Erde mit! Ich habe geträumt, dass ich da einen Mann finde, den ich lieben werde!"

Ich: „Ich habe meiner Schreiberin noch gar nicht diktiert, wie die Wesen auf dem Sirius aussehen!"

Taffy ist überrascht. Seine Frau Esther und die Töchter schauen irritiert. Taffy hat kein Interesse an Urania. Aber ist ein gutmütiger Typ: „Na, gut, komm' mit!"
Dann zieht es ihn zu einer Schreiberin auf der Erde, die krampfhaft nach Papier wühlte. „Nun schreib' schon weiter, sonst sterbe ich", jammert Taffy.
„Aber ich habe schon eine rote Beule am rechten Mittelfinger."
„Warum tippst du nicht mit dem Computer?"
„Der Drucker ist kaputt."
„Du sollst tippen, musst doch noch nicht ausdrucken. Na, irgendein Papier wirst du doch finden! Zur Not Toilettenpapier … Ich habe dein Manuskript gelesen. Ich verstehe nicht: Warum sagen die Leute auf der Venus ‚Du' und die auf Sirius ‚Sie'?"
Schreiberin: „Du bist mir zu geschwätzig. Halt mal die Luft an. Ich will nicht immer nur schreiben. Ich lese auch gern! Will an meiner geistigen Entwicklung arbeiten."
„Haha, hast du denn einen Geist?"
„Na, nicht nur einen, wie man hört. Der andere nervt ganz schön."
„Sag' mal, was macht denn jetzt Vanas?"
„Ach ja, sie wird sich vor Sehnsucht nach dir aus dem nächsten Fenster, das es fast auf der Venus nicht gibt, stürzen! – Aber gute Idee! Flieg' mal zur Venus und schau nach. Dann habe ich meine Ruhe!"

Esther erinnert sich an Bahram und daran, warum er im Krankenhaus so ausrastete. „Erst entführt ihr mich auf den Sirius und dann soll ich eure Scheiße beseitigen! Als ob wir auf der Erde nicht genügend Probleme hätten!"
Esther: „Wir brauchen dich. Ich gehöre zur Opposition von Sirius. Wir haben ein Medikament entwickelt, das die Erinnerung an die Träume verringern soll. Das leiteten wir ins Trinkwasser. Nun kann uns die Regierung, unser Diktator, nicht mehr so kontrollieren. Wir haben festgestellt, dass unsere Träume ins Abwasser fließen und dort gut sichtbar auf dem Wasser zu erkennen sind. Wenn das die Regierung rausbekommt, dann hat sie wieder die totale Kontrolle. Sie sind doch in Berlin bei den Wasserwerken und mit für die Abwässer zuständig. Wir bitten Sie, dass Sie eine Kläranlage mit unseren Ingenieuren bauen, der die Träume rausfiltert, damit sie nicht mehr auf dem Abwasser zu sehen sind."
Bahram: „Sie haben mich extra kollabieren lassen, damit ich in Ihr Krankenhaus komme, um mich bequatschen zu können!"
Esther (lächelnd): „Das kann man auch so sehen!"
Bahram: „Ich bin nicht mit 20 Jahren aus dem Iran nach Paris zum Studium geflogen, um nun auf dem Sirius mich um die Abwässer zu kümmern! Dazu kann mich keener zwingen. – Haben Sie eine aktuelle Zeitung?"
Esther: „Klar!" Bahram: „Bitte geben Sie mir eine!" Esther reicht ihm die Zeitung, die er lesen kann, obwohl sie Sirianisch geschrieben ist.
Esther sieht ihn verblüfft an. Bahram reagiert nicht mehr auf sie.
Unterdessen besucht Balda eine Kirche auf Sirius, deren Mitglieder sich der Lichtnahrung verschrieben haben. Da stehen einige Anhänger. Sie spricht Uwe an. „Mangolf soll von Ihnen Macht versprochen bekommen haben, wenn er bei Ihnen in die Licht-Kirche eintritt!"
Uwe: „Wir sind doch nur eine Sekte. Das ist Quatsch! Wir haben ihm keine Macht versprochen!"
Balda glaubt das zwar nicht ganz, aber kehrt zu Esther und Elke zurück, die in der Widerstandsgruppe sind. Sie haben ein Erkennungslied: „Die-hi Träume sind frei, wer kann sie erraten, sie fliegen vorbei wie nächtliche Schatten".

Esther geht mit ihrer Tochter Jolanthe und Balda nachts heimlich Plakate gegen die Regierung kleben. Die Stieftochter Kriemhild nimmt sie nicht mit. Sie hat kein gutes Verhältnis zu ihr.
Taffy flog zur Venus, wollte zu Vanas. Aber er sollte doch zur Erde reisen! Auf der Venus hatte sich allerhand verändert. Die Venuser rollten jetzt unter den Büschen, sie hatten ja den glitzernden Luftballon-Bauch, wenn sie nicht gerade arbeiten, wie es Vanas getan hatte. Fast alle lehnten es ab, zu meditieren. Ali Baba wollte mit seinen Anhängern die Venus vernichten. Das war sein geheimer Plan. Auf der Erde hatte er es nicht geschafft, hier schon fast. Wieso nicht? 1994 forderte er seine Anhänger zum kollektiven Selbstmord auf, damit sie sich auf dem Sirius reinkarnieren, um eine neue Menschheit zu begründen. Daria und andere seine Anhänger in Berlin verweigerten den Selbstmord, denn der Weltuntergang war doch erst für das Jahr 2000 angesagt. Warum sollten sie sich also früher umbringen? 53 Anhänger von Ali Baba machten in der Schweiz und Kanada Selbstmord. Ali Baba floh mit seinen 40 Getreuen zur Venus, da ihm die Polizei nachstellte. Er wollte eigentlich auf dem Sirius landen, aber die Rakete brachte ihn zur Venus, denn der Rechtsanwalt Olaf hatte sie manipuliert. Taffy: „Seid ihr verrückt, was macht ihr da?", aber die Venuser antworteten nicht.
Und Vanas? Ihr Mann Irenaesis hatte endlich das Fleisch entdeckt und kugelte lachend und kosend mit Vanas unter den Sträuchern. Sie bemerkten nicht einmal, dass Taffy mit Urania gekommen war, die zwar wegen des Umweges murrte, aber auf ihren Begleiter angewiesen war. Die Venuser schämten sich. Aber die Gier ließ sie alles vergessen. Ali Baba verkündete ein neues Apostolat: „Die Venus war früher der Stern der Liebe. Dahin müssen wir zurück. Nur die Liebe kann uns retten." Damit meinte er Sex. Taffy führte Vanas, die endlich auf sein Rufen reagierte, in ein Café, Urania war dabei. Ja, es gab jetzt hier ein Café! Unglaublich. Vanas sah Taffy an.

Ich: Mir fiele das Gedicht „Sachliche Romanze" von Erich Kästner ein.
„...kam ihre Liebe plötzlich abhanden,
wie andern Leute ein Stock oder Hut."

Was war mit Vanas geschehen? Hatte der Magier Ali Baba es auch bei ihr geschafft, dass sie nicht mehr lieben konnte? Ali Baba schmunzelte. Bald würden Erdianer zur Venus kommen, denen er die Geschlechtsorgane entnehmen lassen würde. Wozu war schließlich Elke, die Medizinstudentin, bei ihnen auf der Venus? Sie arbeitete als Probandin für die Traumforschung. Sie würde die Geschlechtsorgane als Prototyp klonen, vermehren, den Venusern einpflanzen, damit auf der Venus wieder Kinder geboren würden. Dadurch waren sie dann beschäftigt und hatten keine Zeit für den Widerstand gegen ihn. Ali Baba konnte sich zwar selbst vom Mann zur Frau umwandeln, er führte auch Genmanipulationen durch, aber bei den Venusern und Menschen klappten seinen Vorgehensweisen nicht. Ali Baba hatte keine Ahnung von Taffys Mission.
Dieser stieg mit Urania in ihre Rakete und düste zur Erde davon.
Sie kamen in der der Wüste Nevada an – das Raumschiff flog schneller als in Lichtgeschwindigkeit. Tja, die Aliens haben eine Technik, die der des Menschen weit überlegen ist.
Dann versteckten sie ihre Rakete hinter einem Sandhügel. Über der Wüste Nevada wurden öfter UFO gesichtet. Es gab also keine Aufregung bei der geringen Bevölkerung. Außerdem konnte sich Taffys Raumschiff ab und zu unsichtbar machen. Das Militär entdeckte sie natürlich. Es wartete zunächst ab. Er tauschte Goldtaler, die er Ali Baby entwendet hatte, in Dollar, um in einem kleinen Shop in der Nähe einkaufen zu können. Sobald sie die Erde betraten, wurde Taffy und Urania sichtbar für Menschen.
Urania sah nun wie eine gewöhnliche Frau aus mit blonden, kurzen Haaren.
„Woher kommen Sie denn“, fragte ein netter Verkäufer. „Von der Venus.“
„Und was machen Sie hier?“ „Ich warte auf ein Raumschiff von der Venus, das demnächst landen soll. Die Außerirdischen wollen Frauen Eierstöcke und Männern Samen entnehmen, um wieder bei sich auf dem Planeten Kinder zeugen zu können.“
Der Verkäufer: „Das habe ich auch schon gehört.“ Er wunderte sich nicht, denn hier tauchen öfter Verrückte auf. Anderseits hatte er sich mit seiner Frau an diesem Ort angesiedelt, weil er auch UFO-gläubig ist.
Taffy mochte das Klima hier. Es war warm wie auf der Venus, die Luft nur etwas zu trocken. Er kaufte sich Nasensalbe.

Ich: „Es darf nicht vergessen werden, zu sagen, dass Taffy und Urania wie alle Außerirdischen sofort Amerikanisch können."

Taffy und Urania nutzten die Zeit – sie wussten ja nicht, wie lange sie warten müssten –, indem sie übten, luzide zu träumen. Sie wollte sich vorstellen, wie die anderen Außerirdischen landen, um dann im Traum zu probieren, wie sie sich richtig verhalten. Was sollte sie ihnen sagen, um sie von ihren Plänen abzuhalten? Sich auf die Universum-Ethik berufen? Aber die Sirianer hielten sich ja auch nicht daran.

Ich: Jeder Venuser oder Sirianer kann lernen, Raketen zu steuern. Das ist bei ihnen, als ob sie den Führerschein für ein Auto machen. Auf der Venus musste man als Bezahlung dafür durch Meditation Energie erzeugen. Seit Ali Baba dort ist, hat sich das natürlich verändert. Jetzt müssen die Venuser dafür bezahlen. Aber Vanas und viele andere hatten ja schon längst den Führerschein für Raketen. Auf dem Sirius muss man dafür eine Weile in den Schlachthöfen arbeiten, denn keiner macht diese Arbeit gern. Fleisch wollen sie aber alle essen."

Urania sieht Taffy und Vanas erschrocken an. Sie hatte diese so um ihre Liebe beneidet! Und nun war sie verschwunden. Es verschlägt ihr die Sprache.
Taffy zu Urania: „Weißt du, dass hier zum Teil militärisches Sperrgebiet ist? Atombombenversuche wurden hier gemacht. Die Wüste Nevada ist verstrahlt!
Ja, 1952 wurde ein oberirdischer Atomversuch durchgeführt, der die Leute verstrahlte. Angeblich machen die Amis seit 1992 keine unter- oder oberirdischen Atomversuche mehr. Eine Stimme hat mir gesagt, dass ich durch Meditation vor Strahlen geschützt bin."
Urania: „Und ich habe Meditation von Vanas gelernt."
Sie bauen ihre Zelte auf. Dann sitzt Urania vor ihrem Zelt, das sie mit Taffy teilt, im Schatten und weint. Sie hat einen Kulturschock. Sehnt sich nach dem Regen und kaltem Wetter von Sirius. Taffy steht ratlos vor ihr. Taffy: „Ich war schon mal auf der Erde. Aber das ist lange her. Weil ich auch die

Venus besuchte, macht mir der Wechsel zur Erde nichts aus. Ich denke immer nur an meine Aufgabe. Urania, erinnere dich an deinen Traum!"

Bilhildis und Arsenius, die Kollegin und der Kollege von Oda, ihrer Chefin, reisen 1994 in die USA mit dem Flugzeug ein. Bilhildis meldet sich krank, Arsenius hat Urlaub. Sie sind mit der Air Canada aus Berlin nach Las Vegas geflogen, haben sich einen Mietwagen genommen und fahren nun zur Area 51, Rachel, der High Way ist als Ort für Außerirdische bezeichnet. Menschen sollen hier UFO gesehen haben. Sie versorgen sich mit Lebensmitteln und bauen dann in der Wüste ihr Zelt auf. Nun heißt es warten. Arsenius packt seine Pomela aus und isst sie. Das ist sein Lieblingsobst.
„Was hast du geträumt?", fragt Taffy Urania, nachdem sie aus ihren Zelten gekrochen sind. Sie bereiten sich zusammen ein Frühstück. Natürlich sehen sie das andere Zelt, wollen aber erst mal abwarten.
„Ich bin in einem Schiff von Genua nach Andalusien unterwegs. ‚Aber da ist die Straße von Gibraltar, das ist gefährlich', sage ich zum Kapitän.
Wir kommen dort tatsächlich in einen Sturm, treiben dann ziellos auf dem Meer. Unsere Vorräte gehen aus. Jeden Tag wird ein Mensch getötet und gegessen. Sie müssen sich an einen Spieß anbinden lassen, werden über einem Feuer geröstet. Dann bin ich auch dran. An mehr kann ich mich nicht erinnern. Was meinst du, war das in einem anderen Leben?"
Taffy: „Das ist deine Angst vor den Venusern."
Urania: „Wir Sirianer waren noch viel schlimmer als sie. Wir holten uns von der Erde die Energie, wenn wir bei uns zu Hause keine mehr hatten. Und nicht zu vergessen, die Menschen, denen wir Gehirnmasse entnahmen!"
„Na, ja, so war das damals", brummt Dietmar verlegen.
Urania „Was hast du denn geträumt?"
Taffy: „Na, Kontrolle?"
Urania: „Quatsch. Du weißt doch, wir sollen träumen. Das hilft uns bei unserem Projekt."
Taffy: „Stimmt. Also gut: Ich war mit Vanas in einem Zimmer. Ich war unten herum nackt. – Kicher nicht so! Träume sind etwas Ernsthaftes! – Du hast mir eine Charakterisierung von mir vorgelesen. Da geht die Tür auf. Du kommst rein mit Nicole, deiner Freundin. Wir sollen mit euch gehen.

Du stellst dich vor den Türrahmen, damit sie mich nicht sehen und sagst: ‚Wir sind gleich fertig'! Ich meine: ‚Was du über mich geschrieben hast, finde ich Scheiße'. Ich sehe deine Gedanken. Es rattert in dir: Also habe ich ins Schwarze getroffen. Du liest weiter. Nochmals kommt Urania. Wir folgen ihr, aber sie hat wohl jetzt keine Zeit mehr für uns."
Urania: „Das ist ja interessant. Ich habe das nicht geträumt. Aber jetzt habe ich Zeit für dich."
Taffy: „Der Traum ist noch nicht zu Ende. Vanas hat auf der Venus nicht gern in den Spiegel geschaut. Du und Nicole wollten mich abholen. Es waren die Abgesandten von der Venus. Sie wollen meine Hoden."
Urania lacht scheppernd wie alle Sirianer.
Taffy: „Das ist nicht lustig. Wie soll ich dann meine Frau befriedigen?"
Urania: „Dann wärst du zum Lichtbrunnen auf der Venus gegangen und wärst geheilt worden. "
Taffy: „Wer weiß, Ali Baba hat ihn sicher unter seinen Besitz gebracht und verlangt Geld für die Heilung. Den Lichtbrunnen habe ich bei meinem letzten Besuch nicht mehr gesehen."

Am 07.04.2020 bekommt Oda wie alle anderen Berlinerinnen und Berliner einen Brief vom Regierenden Bürgermeister von Berlin, Michael Müller, wegen der Corona-Krise. Er bittet um Verständnis für die einschneidenden Maßnahmen. Auf der Rückseite sind die Möglichkeiten aktueller Information sogar in mehreren Sprachen angegeben. Heute stand im „Tagesspiegel", dass es einen Gebetsaufruf einer Neuköllner Moschee gegeben hat, es strömten viele Gläubige herbei. Die Polizei musste die Versammlung auflösen, da nur zwei Personen oder eine Familie in der Öffentlichkeit zusammen sein dürfen.
Der Regierende Bürgermeister ruft auch zur ehrenamtlichen Arbeit in dieser Zeit auf. Oda hatte sich bei den „Maltesern" gemeldet, um beim Projekt „Redezeit" Telefondienst für ältere, einsame Menschen, die jetzt ja möglichst nicht rausgehen sollen, zu machen. Sie erhielt keine Antwort.
Der englische Premier Johnson ist auf der Intensiv-Station wegen Corona. 48.496 Infizierte und 4.943 Tote hat Großbritannien wegen Corona zu beklagen. Die Queen hatte sich auf ihr Schloss Windsor zurückgezogen. Prinz

Charles war mit Corona infiziert. Die Queen hielt aber gestern schon wieder eine Fernsehansprache an ihr Volk und erinnerte an andere schwierige Zeiten, als sie mit ihrer Schwester nach dem 2. Weltkrieg die Kinder, die aus Deutschland evakuiert wurden, zur Zuversicht aufrief wie auch alle Briten, die sich um diese Flüchtlinge kümmerten. Unbegleitete Flüchtlinge. Luxemburg hat als erstes Land nun einige dieser Kinder aufgenommen. Deutschland zögert immer noch, obwohl es eine Zusage gemacht hat. In den Flüchtlingslagern ist nun Corona ausgebrochen, wie man befürchtet hatte.
Oda gehen die Bilder aus dem Fernsehen vom 4.5. im Kopf herum, wo Roma in Slowenien in ihrem Wohnviertel zwangsweise auf Corona getestet wurden, obwohl dort gar kein Corona-Fall aufgetreten war. Wieder diese Verdächtigungen, dass Roma die Krankheit eingeschleppt haben könnten. Ein Soldat, der diesen Einsatz leitete, sagte, er gehorche nur dem Befehl. Das erinnert ja sehr an eine andere Zeit. Die Slowakei hat 485 Infizierte und einen Toten.
Die Post kommt spät. Darum kann Oda ihre bestellten Bücher erst um 11 Uhr abholen, sonst um 9 Uhr. Ein vietnamesischer Obst- und Gemüseladen hat wegen Corona geschlossen, ebenso eine Bäckerei auf der Baumschulenstraße in Treptow.
Oda fegt das Bad, holt einen Handfeger und Schippe, kehrt den Dreck darauf.
Jonas: „Das hättest du doch nicht machen müssen. Ich hätte den Schmutz mit dem Staubsauger weggesaugt."
Jonas liest Zeitung. Er regt sich furchtbar über eine Meldung auf. „Das musst du dir mal auf der Zunge zergehen lassen." Das ist sein Lieblings-Schlagwort.
Oda hat wieder einen Termin bei ihrem Psychoanalytiker.
„Ich habe von Außerirdischen geträumt, die nachts an mein Bett kamen, die Decke anhoben und mir meine Kreativität, mein Schreiben können, stehlen wollten. Ich habe mich erfolgreich dagegen gewehrt!"
Bernd Holzhauser: „Gut. Sie haben Sie also nicht gemobbt, ein Fortschritt!"

4.Kapitel

Oda: „Dann träumte ich, dass Terroristen eine Bombe auf unseren Stadtteil geworfen hätten. Unser Haus war weg. Ich hatte nichts mehr, wusste nicht, wo Jonas war, lief von Treptow bis nach Zehlendorf zu Wubke und Bahram, ein mit uns befreundetes Ehepaar. Hatte ja kein Fahrgeld, kein Auto. Es ist sehr weit. Sie gaben mir zu essen. Dann ging ich wieder weg, um Jonas zu suchen. Aber wie kann das sein? Ich habe geträumt, dass Bahram auf dem Sirius ist."
Psychoanalytiker: „Sie haben Angst davor, ihren Mann zu verlieren. Er ist älter als sie. Die Wahrscheinlichkeit, dass er vor Ihnen stirbt, ist groß."
Oda: „Ja, ich will nicht ohne ihn leben"

1994: Wüste Nevada. Urania und Taffy unterhalten sich nun über das fremde Zelt.
„Sind die wahnsinnig? Umso schneller werden wir entdeckt!", schimpft Urania.
Sie kriechen wie Krokodile an das fremde Zelt, lüften etwas die Plane. Da ist kein Liebespaar drin.
„Guten Tag!", sagt Urania.
„Hallo! Ich heiße Bilhildis!", stellt sich eine Frau mit kurzem, gegen den Strich gebürsteten, Henna gefärbten Haaren, die offenbar mit Haarspray in Stand gehalten werden, vor. Bilhildis trägt blaue Hosen zu einer dunkelroten Strickjacke (Ist ihr da nicht zu warm?), die wie selbstgestrickt aussieht. Keiner, der sie kennt, kann sich vorstellen, dass sie mit ihren, durch Henna gefärbte Hände, strickt. Verschlungene Wege haben sie hierher geführt. Ihre negative Weltsicht hat sie immer wieder auf Skandale gestoßen: Ob es nun der Babystrich auf der Potsdamer Straße in Berlin war oder die gekaufte Thailänderin, die wie eine Gefangene in der Wohnung ihres Mannes in Britz gehalten wird, mit der Lederpeitsche geschlagen, aber die nur noch so Lust empfinden kann. Die Welt ist so schrecklich, wie sie mit ihren dünnen, zusammengekniffenen Lippen sagt.

Die kurze, dünne Gestalt mit flachen Schuhen, ich bin immer noch bei Bilhildis. Sie war verheiratet, hat zwei Kinder, die auf das französische Gymnasium gingen, denn Bilhildis ist hugenottischer Abstammung. Die Tochter machte mit einer Eins Abitur, da war ihre Mutter schon längst geschieden. Der Mann hatte sie betrogen, nein, er hatte seine Sexualität ausgelebt. Dass die Menschen immer denken, einer gehöre dem anderen! „Wenn er es mir gesagt hätte, aber so … Das ist so kleinbürgerlich, dekadent, bourgeoise …" Der Mann war Kunstmaler gewesen, sie musste ihn immer mit ihrer Arbeit als Psychologin ernähren. Bilhildis machte sich das Kreuz kaputt, als sie als Studentin auf einem Betreuten Pädagogischen Abenteuerspielplatz arbeitete und sie die schwere Schubkarre voll Holz auf dem Spielplatz schob, damit die Kinder Häuser bauen und Lagerfeuer machen konnten. Heimlich aß sie aus ihrer blauen Nylontasche ein Brathuhn; die Kinder sollten es nicht sehen, denn sie hatten immer Hunger. Schlug ein Kind, das meldete ein Kollege. Bilhildis bestritt das. Sie wurde zu einem Kinderclubhaus versetzt. Bilhildis deckte sexuellen Missbrauch auf. Schimpfte auf die miese, ausbeutende Gesellschaft. Der Sohn studierte Biologie, jobbte im Zoo.
Der Tochter musste sie erst mal den Führerschein bezahlen, dann das Auto. Mit diesem fuhr sie einfach in die Provence, nahm die Arbeits-Schreibmaschine der Mutter mit, die ihr aus dem Fahrzeug geklaut wurde.
Wie war das mit dem griechischen Abenteuer von Bilhildis? Damals war sie mit den Kindern nach Griechenland geflogen, sie blieben dort ein Jahr. Bilhildis hatte so einen Typen dort kennen gelernt und wurde schwanger. Sie trieb in Griechenland ab, verblutete fast. Diese vielen Fliegen!
Und wie war das mit der Portugiesin, der sie die Schreibmaschine von der Arbeit borgte? Mit ihr fuhr sie nach Portugal. Den dicken Sohn der Portugiesin betreute Bilhildis auf ihrem pädagogisch betreuten Spielplatz. Seine Mutter sollte sich an sie lesbisch herangemacht haben. Bilhildis' Arbeitgeber drohte ihr einen Prozess an, wenn sie nicht die Schreibmaschine, die sie nie an die Portugiesin hätte verborgen dürfen, zurückholte. Den Druck gab Bilhildis an ihre Freundin weiter, dann bekam sie die Schreibmaschine wieder.

Und was machte Bilhildis' s Tochter dann? Eine Weltreise, die die Mutter bezahlte, jedenfalls weitgehend. Zwischendurch jobbte die Tochter auch, dabei hatte sie einen Studienplatz an der Sorbonne erhalten.
Die Tochter rief aus Hawaii die Mutter an, sie solle sofort kommen, sie sei todkrank. Oder sie sollte Geld schicken. Als Bilhildis noch überlegte, ob sie reisen oder Geld schicken sollte, rief die Tochter wieder an, es ginge ihr nun besser.
Bilhildis hatte sich eine kleine Silberrandbrille aus dem Kaufhaus für 10,-DM gekauft. Sie schaute über die Brillengläser und entrümpelte dabei ihre Wohnung, bis sie japanisch leer war. Sie schenkte den Kindern nach und nach alles. Wollte sich damit bei ihnen beliebt machen.
Bilhildis trug silberne Kreolen-Ohrringe. Ihr wurde heiß von der Hitze in der Wüste, aber nicht nur davon, sie ist in den Wechseljahren und leidet unter aufwallender Hitze. Sie ist froh, Berlin entkommen zu sein. Der Baulärm ihres Hauses macht sie verrückt, denn es wurde saniert. Wahrscheinlich war die Wohnung auch deshalb so preiswert gewesen. Das würde sich nach der Sanierung schnell ändern.

Ich: „Mir fallen die Romas ein, die in Neukölln in der Weißen Siedlung kostenlos wohnen durften, während die Häuser durch eine amerikanische Immobilienfirma, die diese gekauft hatten, saniert wurden."

Nicht zum Aushalten der Krach! Über Bilhildis haben die Eigentümer schon ihre Wohnung wieder verkauft. Mal sehen, wie lange sie das aushalten wird, wenn sie wieder in Berlin ist.
Arsenius ist ihr Kollege. Er ist schüchtern, stottert etwas, weiß mit seinen langen Armen und Beinen nicht wohin. Hat Schwierigkeiten mit Frauen. Er streichelt die Geräte von „Braun", deren Design er so schön rund findet. Arsenius trägt Jeans zu einem roten, ausgewaschenen Baumwollpullover. Sieht wie Goliath aus, aber nicht sportlich. Sie unterhielten sich über die erwartete Ankunft der Außerirdischen. Arsenius bewunderte den Intellekt von Bilhildis, die alles in Grund und Boden kritisierte, bis nur noch Skelette übrigblieben. Arsenius würde auch gern so klug sein. Aber sein Verstand

ist schwerfällig. Trotzdem hat er sein Studium als Psychotherapeut geschafft.

Gott? Na ja, aber nicht der, der von der Kirche propagiert wird. Irgendeinen Sinn musste doch das Ganze haben. Oder? „Warum?", fragt Bilhildis. Für sie ist die Moral Gott. Sie würde es den Ebern auf der Erde schon zeigen! Alles würde schonungslos aufgedeckt, denn der Mensch ist schlecht. Nur sie nicht.

„Ich fliege nach Las Vegas, willst du mitkommen? Hier in meinem Haus ist der Lärm ja nicht auszuhalten. Außerdem habe ich gehört, dass in der Wüste Nevada Außerirdische landen werden. Sie wollen den Menschen Samen und Eizellen entnehmen, weil die Bewohner von der Venus keine Kinder mehr bekommen können. Ich will ihnen mal den Marsch blasen: Was denen einfällt! Umsonst bin ich nicht Freidenkerin!"

So kam es zur Reise.

Als sie ihr Zelt aufgebaut haben:

„Da sind noch andere Camper!", stellt Arsenius fest.

Verdammt, das Risiko entdeckt zu werden, wird größer. Das Militär würde sie festnehmen, mundtot machen, in die Psychiatrie stecken.

„Und da ist ein weiteres Zelt", sagt Bilhildis.

„Hallo!" Ein Mann kriecht raschelnd aus seinen Planen und kommt zu Bilhildis und Arsenius. Er spricht Deutsch. „Ich heiße Bernd Holzhauser, bin Psychoanalytiker. Ich habe gehört, dass demnächst hier ein Raumschiff mit Außerirdischen landen soll, die Menschen Eierstöcke und Samen entnehmen wollen, weil sie auf ihren Planeten keine Kinder mehr zeugen können. Ich finde das ungeheuerlich! Ich habe eine Patientin, die unbedingt ein Kind mit ihrem Mann haben möchte. Es klappt nicht. Wenn sie ein Opfer der Außerirdischen werden würde, da hätte sie ja erst recht keine Chance. Das hört sich für Sie sicherlich verrückt an."

Miloslaw, der Bruder von Oda, was Bilhildis und Arsenius nicht wissen, stellt sich vor: „Ich habe neulich von der Venus geträumt. Da soll jetzt Ali Baba mit seinen 40 Getreuen sein. Er hatte uns zwar zum kollektiven Selbstmord aufgefordert, aber die Gruppe in Berlin machte das nicht, denn das Datum des Untergangs ist nicht gewiss. Er hat sich auch nicht getötet, obwohl er sagte, er werde sich umbringen. Komisch auch, dass wir uns auf

dem Sirius reinkarnieren sollten, aber er ist auf der Venus. Ich möchte da unbedingt hin! Es sollen hier Venuser landen. Ich werde sie bitten, mich mitzunehmen! Ich bin Dirigent und versuche die Lehren von Ali Baba in meine Musik einzubringen. Die Venus soll ja der Planet der Musik sein. "
Bilhildis, die ihn nicht beachtet, sondern sich an Bernd wendet: „Das ist ja praktisch! Nebenbei können Sie bei mir eine Therapie machen. Wer weiß, wie lange wir warten müssen. Und ob überhaupt an dem Traum was dran ist, der uns das suggeriert hat. Ich habe auf der Arbeit so eine blöde Chefin, sie heißt Oda …" Miloslaw schaut auf. Oda hat ihm öfter von den Kollegen erzählt, die sie blockieren würden. Er wird sich auf gar keinen Fall zu erkennen geben.
Der Psychoanalytiker beißt sich auf die Lippen. Er darf nicht verraten, dass er Oda kennt.
„Wenn wir Zeit haben sollten, stehe ich Ihnen gern zu Diensten. – Was ist denn so Schreckliches an Ihrer Chefin?"
„Sie wollte mir aus dem zweiten Raum für Kindertherapie keine Dusche einbauen lassen. Ich bin in den Wechseljahren. Dafür hat sie ein Labor eingerichtet, in dem sie Kindern im Rem-Schlaf schwachen Wechselstrom von genau 40 Schwingungen pro Sekunde durch Elektronen an Stirn und Hinterkopf sendet. Zwei Drittel der Probanden berichten, dass sie dadurch Träume hatten, in denen sie sich bewusst waren, dass sie träumen. "
Arsenius: „Ich kann Oda auch nicht leiden."
Aber da ist noch ein weiteres Zelt. Daria – Arsenius und Bilhildis schlucken! Sie sehen ihre und Odas Supervisorin! Die blöde Kuh, die beim Teamkonflikt an die Tafel schrieb: „Kinder, liebet euch!"
Gabi, die offenbar mit Daria gekommen ist, hält eine Videokamera in den Händen. „Ich bin Kamerafrau", stellt sie sich vor. „Ich habe in Indien Kinder gefilmt, die sich an frühere Leben erinnern können. Natürlich will ich jetzt aufnehmen, wie Außerirdischen ankommen! Daria kenne ich von der Meditationsgruppe Ali Baba."
„Daria, musst du nicht arbeiten?", fragt Bilhildis. „Das gleiche könnte ich dich fragen. Du hast dich doch krankgemeldet! Du siehst gesund aus! – Na, ich bin nicht mehr eure Supervisorin. Oda hat mich abgesägt, gesagt, sie weigere sich, weiter mit mir zusammen zu arbeiten! Das macht nichts. Ich

habe nämlich geträumt, dass Ali Baba mit seinen 40 Jüngern jetzt auf der Venus ist. Miloslaw sagt das ja auch. Er ist auch in meiner Meditationsgruppe. Das Raumschiff, was ich erwarte, kommt von der Venus. Ich werde bitten, dass es Gabi und mich mitnimmt, natürlich auch Miloslaw, falls es zur Venus zurückfliegt." Taffy und Urania wechseln von Amerikanisch zu Deutsch. Außerirdische können alle Sprachen. Sie wissen, dass Arsenius und Bilhildis nicht so gut Amerikanisch können, tauschen ihre Gründe aus, die sie bewogen haben, hierher zu kommen. Daria kann sehr gut Amerikanisch. Sie war früher mit einem Amerikaner verheiratet.

Als Urania Bernd erblickt, läuft sie wie in Trance auf ihn zu.

Taffy: „Vielleicht können Sie sich ihrer annehmen. Sie hat einen Kulturschock erlitten. Kommt vom Sirius!"

Bernd nimmt sie zu sich ins Zelt.

Dann schließen alle ihre Zelt-Luken und schlafen.

Bilhildis träumt davon, dass sie in Bolivien ist. Eine schmutzige Alte will ihr aus der Hand lesen. Neben ihr steht die Tochter. „Du wirst eine Liebesbeziehung zu einer jüngeren Frau eingehen", verkündet die Alte Bilhildis. „Und dafür hast du so viel Geld genommen", schimpft Bilhildis. Sie packt ihre Sachen und geht zum wartenden Bus. Dann entdeckt sie einen Hut-Stand. Geht zurück. Kauft drei Hüte, die sie übereinander trägt. Ersteht drei Geldbörsen. Ihre Hose ist dreckig geworden. Sie trägt fast nur Hosen. Keine Handtaschen. Plötzlich merkt sie, dass ihr ein Ring fehlt, einer von den silbernen, die sie fast an jedem Finger hat.

Der Bus wartet immer noch. „Wie teuer ist die Busfahrt?", fragt sie auf Spanisch. „Drei Peseten." Die Alte humpelt herbei. „Ich habe schon für dich bezahlt." Dabei streckt sie die Hände aus und will das Geld ersetzt bekommen. „Was, so teuer?", ereifert sich Bilhildis. „Ich frage noch mal", bietet sich die Wahrsagerin an. „Schau' mal meine schöne Tochter!" Sie will offenbar Bilhildis mit der Tochter verkuppeln.

Arsenius schnarcht. Er träumt von einem Angebot, eine Reha zu machen. Ja, er hat es mit dem Kreuz. Dann ist er plötzlich bei der Kur. Wurde er vorher operiert? Seine Mutter ist auch da. Eine Eisenbahn fährt ein. Der Liebhaber der Mutter steigt aus. Sie werfen sich Handküsschen von fern zu. Später ist der Liebhaber auf Kosten der Rehaklinik dort. Arsenius ist ganz

empört, beschimpft sie. Dabei wird er ganz rot im Gesicht. Seine Mutter hat es mit dem Herzen.
Bilhildis weist ihn zurecht: „Brabbel' nicht so viel im Schlaf, sonst kannst du dir ein eigenes Zelt kaufen!"
Gabi träumt, dass sie eine Griechin ist. Sie eröffnet ihrem Vater, dass sie mit ihrer Freundin Mona zusammenziehen will. Der Vater ist harsch und streng, verbietet es. Sie sagt: „Hast du denn kein Herz?", und bricht zusammen. Der Vater ruft den Arzt und meint zu ihm: „Ich habe mich geirrt."
Taffy träumt von seiner jüngeren Tochter Jolanthe. Sie hat Geburtstag. Er geht mit ihr einkaufen.
„Was willst du haben?", fragt er sie.
„Hosen, Schuhe. Einen Schirm."

Ich: „Sie werden sich bestimmt wundern, dass es so etwas auf dem Sirius geben soll. Aber vielleicht träumt er auch davon, dass er auf der Erde mit seiner Tochter ist."

Es ist Mittagszeit. Taffy kümmert sich im Traum um die Fast-Food-Ernährung seiner Familie.
Und Urania? Sie ist gar nicht mehr aus dem Zelt von Bernd rausgekommen. Sie hat das Stadium „Hoffnung", wie bei Stendal „Über die Liebe", längst überschritten. Haben sich nicht neun Zehntel seines Dichtens und Trachtens auf die Liebe bezogen? Hingabe, aber auch Scham vor sich selbst zu rechtfertigen. Nein, Stendal hat im 18./19. Jahrhundert gelebt. Jetzt haben wir 1990. Aber ein bisschen Scham ist bei Urania vorhanden. Schließlich stammt sie von Sirius. Ist Bernd ein höherer Mensch? Nein, das glaubt sie nicht. Aber sie findet ihn exotisch. Ob er sie auf seine Liste der Eroberungen setzen wird? Die zweite Kristallbildung setzt ein, begleitet von der Furcht. Und bei Bernd? Er bewundert Urania und stellt sich vor, sie zu küssen und von ihr geküsst zu werden. Wie wohl eine Sirianerin schmeckt? Er fühlt Hoffnung, als er die Augen von Urania glühen sieht. Er berührt sie, die Liebe ist da geboren. Die erste Kristallbildung setzt ein. Urania küsst ihn. Bernd schmeckt nach Orangen. „Ja, ich war vorher in Genua, wo die Orangen gerade reif waren im Urlaub und habe welche mitgebracht. Eben aß ich eine. Willst du auch eine Apfelsine?" Eine besondere Seite wird bei Urania

angeschlagen. Sie weiß aber noch nicht, welche. Genua? Das kommt ihr bekannt vor. Und wie schmeckt Urania? Bernd denkt an gebratenes Rindfleisch. Schon stößt Urania den Juhu-Schrei der Syrierinnen aus und lässt ihre Hüften kreisen.
Nachts träumt Urania, dass sie hinten im Auto sitzt und sich nicht wundert, dass sie mit den Füßen steuern kann. Das ist zwar schwierig, weil die Scheiben beschlagen sind und sie nicht so richtig sehen kann, sie wollte links abbiegen, rechts von ihr fahren Autos. Sie rollt rückwärts. Bei der Ampel, die sie nur verschwommen erkennt, wischt sie mit einem Fuß ein Loch in die Nebelscheibe, lugte hinaus. Die Ampel wird grün. Sie fährt weiter. Vorher war sie instinktiv gefahren. Jetzt ist sie sicherer.
Am nächsten Tag sitzen alle wieder abends am Lagerfeuer. Der Himmel berührt mit seinen Sternen die Erde. Alles ist klar zu erkennen. Nur nicht die Stelle, wo der kleine Laden steht, er leuchtet.
Bernd und Urania sind eng umschlungen. Sie strahlen. Bernds Haare haben die Farbe von Pfeffer und Salz. Nur der Vollbart ist noch dunkel.

1994: Oda wundert sich, auf ihrem Anrufbeantworter hörte sie vor ein paar Tagen die Nachricht von Herrn Holzhauser, dass er verreist sei und ihr Termin deshalb auf unbekannte Zeit hin ausfalle.

Bernd: Wüste Nevada: „Wir müssen eine Strategie entwickeln, wie wir mit den Außerirdischen umgehen, wenn sie kommen. Wer was sagt."
Er umarmt Urania noch fester.
A passionata. Clara Schumann spielte das Stück von Beethoven voll Leidenschaft für ihren Mann Robert. So fühlt jetzt Urania. Ihr fehlt nur das Klavier.
Bilhildis: „Ich werde denen ordentlich Bescheid stoßen!"
Taffy: „Und ich gebe ihnen Zunder."
Urania: „Wie willst du das denn machen? Sie sind sicher stärker als wir."
Gabi „Wir werden das Militär um Hilfe rufen. Es ist ja gleich hinter dem Laden stationiert."
Arsenius: „Ja, so machen wir das. Und jetzt gehen wir alle schlafen. Es wird kalt!"
Sie löschen das Feuer, räumen das Geschirr weg, waschen es ab.

Jedes Paar geht in sein Zelt, wobei man sagen muss, dass Bilhildis und Arsenius keine Liebesbeziehung haben, Arsenius ist 10 Jahre jünger als Bilhildis.
Alle werden durch Sirenen aus den Träumen gerissen. Sie sehen mit weit aufgerissenen Augen, wie zwei UFO landen. Das Licht blendet sie, es wird heiß, obwohl es doch nachts in der Wüste kalt ist. Und schon rückt das Militär zu ihren Zelten vor.
Was sollen sie machen? Blindlings laufen sie auf die UFOs zu. Nur Urania bleibt gelassen und vergisst ihre große Tasche nicht. Die Außerirdischen sehen aus wie Menschen, denn die Venuser verwandeln sich erst auf der Venus in ihre Heimatgestalt. Allen acht Menschen wird schwarz vor Augen.
Zuerst kommt Bilhildis wieder zu sich. Sie liegt nackt auf einem Operationstisch. Vanas Augen mustern sie wissenschaftlich. Ali Baba und seine 40 Jünger sind nicht mitgeflogen. Sie meinen, die Stellung auf der Venus halten zu müssen. Vanas wurde von ihnen delegiert. Sie ist ja so scharf darauf, fruchtbar zu werden! Bilhildis richtet sich auf. „Was denkt ihr eigentlich, wer ihr seid? Das habt ihr schon mit meiner Freundin Nuran gemacht! Ich protestiere dagegen. Mit mir nicht! Ich bin 50 Jahre. Im Namen des kosmischen Gesetzes: Ich will das nicht. Gebt mir sofort meine Kleider wieder. Ab heute werde ich euch in Ethik unterrichten. Umsonst war ich nicht bei den Freidenkern. Wir denken nicht daran, eure Versuchskaninchen zu sein! – Und nun ab zu eurem Heimatplaneten! Ihr habt auf der Erde nichts verloren."
Verblüfft hält Vanas inne. Sie versteht Bilhildis, denn wie andere Außerirdischen kann sie alle Sprachen. Das war Außerirdischen noch nie passiert! Alle Menschen hatten bisher Angst vor ihnen. Was sollte denn Ethik sein? Sie erinnerte sich dunkel, dass es einmal eine intergalaktische Konferenz gab, wo die Außerirdischen unterschrieben hatten, dass sie kein Wesen ohne dessen Einverständnis etwas antun würden.
„Aber wir haben die Erlaubnis von der amerikanischen Regierung!"
„Ich bin eine Deutsche. Meine Mitreisenden sind es auch. Der amerikanische Präsident kann nicht über uns bestimmen. Außerdem will ich mal diesen Vertrag, den er mit euch geschlossen hat, sehen!"

Artig holten sie das Dokument hervor. „So, das ist jetzt meins! Falls ich jemals zur Erde zurück will, werde ich ihn der ‚taz' geben. Nun mal los, Count-down, ehe das Militär euch erwischt!" Brav starteten die Außerirdischen.

Auf dem Planeten Venus gibt es schon Kinder, die aus geklonten Eierstöcken, eingefrorenem Samen von Männern, gemischt mit den Genen der Außerirdischen gezüchtet worden sind. Merkwürdig sehen diese Mutanten aus, aber viel netter als die Außerirdischen. Daria läuft zu Ali Baba. Dieser aber sagt: „Sofort an den Operationstisch wie die anderen, bis auf Bilhildis, sie ist zu alt."

Miloslaw ist enttäuscht von der Venus. „Ich höre gar keine klassische Musik! Das ihr mir Hoden und Samen entnommen habt, ist mir egal. Ich habe drei Töchter." Zuerst geht er zum Lichtbrunnen, um sich zu heilen, denn er leidet seit Jahren immer wieder nachts an Angstattacken. Dann meditiert Miloslaw, um sich ein Orchester zu materialisieren. Schon dirigiert er von Bruckner: Symphonien Nr. 3-9. Te Deum & Messe in F-moll.

Während die anderen operiert werden, späht Bildhildis aus, woher die Jünger von Ali Baba die Träume holen, die sie den Venusern verkaufen. Sie lagern in einem Bunker. Bilhildis hat Ali Baba, als er Mittagschlaf machte, den Schlüssel entwendet. Nun schließt sie die Tür auf. Die Träume werden da gefangen gehalten. Sie schreien, seufzen und jammern. Dann fliegen sie wie bunte Plastiklaken durch die Luft, lachen, schweben zu ihren Besitzern, schrumpfen und verkriechen sich in deren Köpfen. Die Jünger von Ali Baba merken es zu spät. Sie und Ali Baba wachen auf, versuchen, die Träume mit einem Netz einzufangen. Die Venuser sind empört – Bilhildis berichtet, wie sie die Träume befreit hat. Irenaesis: „Los! Zu dem Traumbunker!", brüllt er. Die Venuser rennen mit ihm hin.

Sie müssen sich das vorstellen wie die Stürmung der Stasi-Zentrale durch die DDR-Bürger 1989.

Zärtlich tragen sie ihre Träume aus dem Keller, es ist nicht einfach, die Träume zu finden, die zu einem bestimmten Venuser gehören, nicht alle Träume sind von selbst losgeflogen. Die Träume schnurren behaglich, wenn ihr Besitzer sie an sich genommen hat. Die Venuser sind mit ihrer Beute glücklich, aber sie vergessen nicht, wem sie ihr Unglück davor zu verdanken haben. Sie stürmen zu Ali Baba und seinen 40 Jüngern, setzten diese in eine Rakete und schickten sie ins All. Daria fliegt mit ihnen.

Was sind das nun für Träume? Einer fliegt zu Miloslaw. Da sieht er, dass er Kaiser in China war, Oda, seine Schwester, war damals eine seiner Frauen. Ein anderer Traum: Er ist in Gnadenhütten, seine Tochter Viola lebt bei einer Herrnhuter-Familie, auch Oda, die ein kleines Mädchen ist. Die Franzosen überfallen mit den Indianern den Ort, schießen alle Einwohner nieder, zünden die Häuser an. Oda entkommt, trifft auf Miloslaw, der etwas älter ist. Sie schließen sich einer Räuberbande an. Zuletzt werden sie gehängt.

Ein weiterer Traum: Tiahuanaco. Er öffnet das Dach des Tempels, damit der Kristall darin explodieren kann, um die angreifenden Atlanter zu vernichten.

Einer der Atlanter ist Horst, sein Vater. Bilhildis ist eine der Priesterinnen, auch Oda. Noch ein Traum: Kollellaren, eine Insel mit einer Höhle in Norwegen. Er ist der Bruder von Oda, die eine Spinne gebiert.

Den geklonten Wesen wachsen „Schnippelchen", kleine, zarte Knabenpenisse, und bei anderen spaltete sich die Haut zwischen den Beinen.

„Könnt ihr nicht eure Forschung in Zukunft so gestalten, dass die Männer Kinder bekommen?", schlägt Bilhildis vor.

Und so wird es gemacht. Elke ist als Medizinstudentin dafür zuständig.

Arsenius erforscht das Energiesystem hier, das dem auf der Erde um Jahrtausende überlegen ist, denn er war früher Elektriker. Der Brei in seinem Kopf wird zunehmend klarer. Er kann nun auch nicht mehr jeden Abend Bier trinken.

Man sollte das „Wohltemperierte Klavier" von Bach spielen, um die Venus zu normalisieren, schlägt Miloslaw vor. Durch die Änderungen ist ein Brodeln zu spüren.

Miloslaw macht seine Schwangerschaft zu schaffen. Auf der Venus gibt es kein Haarfärbemittel. Er färbt sich seine nachdunkelnden, zum Grau neigenden Haare, blond, bändigt sie durch ein elastisches Band. Sieht mit seinen längeren Haaren aus wie ein Hippie. Er gründet eine Dirigentenschule, träumt von seiner Geige und seinem Synthesizer, die sich nun materiali-

sieren. Ach, seinen Laptop muss er noch träumen, damit er schreiben kann und Sendungen sehen. Er kann die Filme von der Erde empfangen. Hat Sehnsucht nach seinen Töchtern, besonders nach der Jüngsten.
Bilhildis und Arsenius wollen ein Traumzentrum gründen, wie sie es auf der Erde hatten. Kinder erzählen gern ihre Träume.
Und was machen Taffy, Bernd, Urania und Gabi, die auf dem Sirius landen?
Bernd: „Urania, du kennt dich ja hier aus, dann kannst du uns mal gleich alles zeigen!" Aber da ist Mangolf davor: „Was meint ihr denn, warum ihr hier seid? Doch nicht zum Vergnügen! Ab ins Krankenhaus. Da wird euch Gehirnmasse entnommen, damit wir diese als Prototypen für unser Traum-Erinnerung-Labor untersuchen und klonen können!"
Taffy: „Das haben wir doch schon mal gemacht. Hat nicht viel geholfen!"
Mangolf: „Du und Urania seid ja außen vor als Sirianer!"
Die Neuankömmlinge werden in einen Krankenwagen gepackt und weggefahren.
Taffy geht zu seiner Familie. Es brodelt in ihm! Was soll er nur machen, um die Erdianer zu befreien? Urania ist sehr wütend. Sie geht zu ihrer Freundin Nicole. „Wir müssen einen Widerstand installieren!" Nicole antwortet: „Aber den gibt es doch schon. Wusstest du das nicht? Na, durch deine Liebesgeschichte hast du wohl nichts davon bemerkt! Es wird immer schlimmer! Neuerdings werden auch die Zeitungen zensiert!" Bahram langweilt sich mit den nun zensierten Zeitungen, die er jeden Tag liest. Esther fragt ihn immer wieder, ob er nicht bereit ist, beim Widerstand gegen die sirianische Regierung mitzumachen. „Und was ist, wenn ich erwischt werde?"
Esther: „Das weiß ich nicht!"
Bahram: „Ich mache nur bei euch mit, wenn ihr meine Frau Wubke holt!"
Esther: „Und wenn sie nicht will?"
Bahram: „Probiert es!"
Während nun die Rakete zur Erde fliegt, entdeckt Esther die beiden Erdlinge Gabi und Bernd in ihrem Krankenhaus.
Sie befreit sie und schickt sie zu Taffy. Da sollen sie sich verstecken.
Eines Nachts ist Taffy mit Kriemhild und ihrem Freund Figaro mit Plakaten und Kleister unterwegs, um zum Aufstand gegen die Regierung aufzurufen. Taffy arbeitet in einem anderen Traumzentrum.

Sie können sich vorstellen, dass es viele Traumzentren auf dem Sirius gibt, wenn alle Planetarier einmal in der Woche zum Traumcheck gehen müssen.

Da trifft er eines Nachts plötzlich auf seine Frau und Jolanthe, seine Tochter mit Heiner, ihrem Freund. „Was macht ihr denn hier?", fragt er, denn sie sind mit einem Eimer voll Kleister und Flugblättern unterwegs.
„Wir sind in einer Widerstandsgruppe gegen die Regierung!" „Das wusste ich gar nicht! Können wir uns euch anschließen?" „Gern!"
Noch sind die Versteckten nicht entdeckt worden, aber man fahndet nach ihnen.

Wie hatte Ali Baba mit seinen Jüngern den Sirius erobert? Mit Waffen vom Mars. Aber wie installierte er seine Herrschaft?

Lautsprecherwagen fuhren durch die Straßen. Die Stimme von Ali Baba ertönte: „Wir haben Ihren Planeten erobert, weil Ihr Ungläubige seid! Ab sofort habt Ihr an Isis und Osiris zu glauben, Tempel werden errichtet. Fünfmal am Tag habt Ihr zu den beiden Gottheiten zu meditieren. Die Traumbeichte einmal in der Woche bleibt bestehen. Ihr esst Fleisch! Das ist gut! Ich war früher Vegetarier, aber als Gotteskrieger muss man Fleisch essen! Ihr werdet alles Gotteskrieger. Ich werde einige von euch auf die Venus und die Erde schicken, denn dort gibt es nur Ungläubige. Ihr habt sie zu beseitigen. Wir züchten hier eine neue Rasse, die dann auf der Erde und Venus siedeln wird!"
Die Rakete landet auf der Erde. Nicole war beauftragt worden, die Fahrt zu organisieren und mitzufliegen, denn sie ist Reisebürokauffrau. Sie fragt Wubke.
„Ich bleibe lieber zu Hause, habe meinen Garten, meine Bücher. Ich bin ja gewohnt, dass Bahram oft lange wech ist, er wandert. Er wird schon wiederkommen!" Wubke ist füllig, trägt eine starke Brille, die dunklen Haare kurz geschnitten. Schwarze Hose, dunkelroter Pullover, schwarze Halbschuhe mit kleinem Absatz.
Wubke kommt aus Kiel. Sie sagt statt „g" „ch."

Nicole: „Damals hat er die Sandinisten gegen Viola Chamorro unterstützt. Jetzt soll er helfen, die Sirianer von der Diktatur zu befreien. Ihr wart doch in Nicaragua mit einer Gewerkschafts-Brigade."
Wubke: „Ja, aber die Sandinisten haben die Wahlen verloren! – Gibt es überhaupt Bücher auf dem Sirius?"
Nicole: „Leider nein. Aber in der Rakete ist viel Platz. Du kannst alle deine Bücher mitnehmen!"
Wubke: „Die kenne ich ja schon."
Nicole: „Wollen wir einen Buchladen oder eine Bücherei ausräumen?"
Wubke: „Ja, die könnten doch für den armen Sirius spenden. Wie schrecklich! Ein Planet ohne Bücher!"
Sie bekommen Spenden aus Büchereien und Buchläden, packen das Raumschiff voll. Nun geht es los.
Wubke war Buchhändlerin gewesen, bevor sie anfing Jura zu studieren. Dann heiratete sie Bahram mit seinen vier Kindern aus der geschiedenen Ehe mit einer Deutschen. Da hatte sie keine Zeit mehr, weiter zu studieren. Mit Feuereifer widmet sie sich auf Sirius der Aufgabe, eine Leihbücherei aufzumachen.
Bahram gab seinen Widerstand auf. Er gesellte sich zu den Ingenieuren auf Sirius und tüftelte mit ihnen eine neue Kläranlage aus.
„Aber das ist doch alles Quatsch", meinte er nach einer Weile. „Ihr müsst die Regierung stürzen. Es ist schade um eure Träume!"
Balda: „Wir müssen die Banken-Chefs dazu bringen, dass die Vermögen vom Diktator eingefroren werden, das machen Länder, wenn sie diese, maßregeln wollen. Ich arbeite ja bei der Bank und werde mal mit meinem Chef sprechen. Wenn er es nicht macht, kann ich diese Aktion selbst durchführen. Ich habe Zugang zu allen Daten, die dazu nötig sind."

5.Kapitel

Ali Baba gibt bekannt, dass sich ein Ingenieur bei ihm melden soll, der eine Bombe bauen kann. Er will sich an dem Rechtsanwalt Olaf rächen, der ihn 1994 in Cheiry in der Schweiz und zwei anderen Orten nach seinen angeordneten Selbstmorden, bei denen 74 Personen starben, angeklagt hatte. Bahram und Wubke erscheinen. Das Fass zum Überlaufen hatte die Installation von Gabi auf Weisung von Ali Baba gebracht: Mithilfe eines Hirnscans war es gelungen, ganze Traumszenen aus den Köpfen der Schlafenden auszulesen, auch wenn, wie wir wissen, nicht viele Traumsequenzen übrig waren.
Wubke trägt ein schwarz-weißes dickes Palästinenser-Kopftuch, das sich deshalb nur mühsam unter dem Kinn knoten lässt. Der Gotteskrieger hat ein Gesetz erlassen, das alle Frau Kopftücher tragen müssen. Wubke kennt dies von ihrer Iran-Reise mit ihrem Mann, aber da war es warm, heiß. Hier auf dem Sirius ist es kalt und regnerisch.
Wubke trägt auch den vorgeschriebenen langen schwarzen Mantel, hält die Augen gesenkt.
Bahram: „Wir haben gehört, dass Sie einen Ingenieur suchen, der eine Bombe baut, um den Rechtsanwalt in die Luft zu jagen, der Sie angeklagt hat, Ihre Anhänger zum Selbstmord oder Mord getrieben zu haben. Außerdem wären bei ihnen Erziehungsmethode bei Kindern angewandt worden, wie das Schlagen mit ölgetränkten Weidenruten auf die Fußsohlen, die verboten sind.“
Wubke: „Aber das habe ich doch auch bei den Kindern meines Mannes gemacht!“ Das stimmt natürlich nicht. Sie hat sie klug und liebevoll erzogen.
Ali Baba hält ein Kaninchen auf seinem Schoß und streichelt es. Das andere Kaninchen schnuppert an seinen Beinen: „Ich habe Sie nicht gefragt. Bahram, Sie haben eine sehr verständige Frau.“ Er lächelt. „Sie sind Fachmann, wie ich gehört habe.“ Bahram: „Wir sind extra von der Erde hierher geflogen, um Ihnen zu folgen, denn wir waren schon in Berlin Ihre Anhänger. “Ali Baba: „Gut. Ich werde Ihnen das Material zum Bombenbauen zukommen lassen und eine Rakete, die Sie beide nach Cheiry fliegt. Sie

sprechen ja Französisch, da ist es für Sie kein Problem.“ Bahram bastelt die Bombe. Er hasst alle Sekten, denn seine Tochter ist bei den Zeugen Jehovas. Seitdem darf er sie nicht mehr sehen. Auch die Enkel bekommt er nicht zu Gesicht. Bahram deponiert die Bombe am Tag der Abreise unter dem Tisch des Diktators, zündet die Fernbedienung, als sie abfliegen. Aber die Bombe wird von den aus den Abwässern strömenden Fäkalien entschärft. Die Träume haben die Abwasserkanäle verstopft. Nun sind sie geplatzt. Die Kloake überschwemmt die ganze Stadt. Es stinkt erbärmlich.
Bahram ändert die Koordinaten der Landung. Das Paar kommt in Berlin an, entmaterialisiert die Rakete. Es fährt mit einem Taxi nach Hause.

2020: Seit Wochen hört Jonas „Die Winterreise“ von Franz Schubert in der Version von verschiedenen Interpreten: Hermann Prey, Fischer-Dieskau, Ian Bostridge, Schreier.
Oda erinnert sich, dass sie mit der 9. Klasse zu einem Schulkonzert in der Philharmonie war. Talwela, ein finnischer Sänger, dessen Kinder bei ihr in die Schule gingen, sang für alle kostenlos „Die Winterreise“. Oda wurde ausgewählt, ihm anschließend Blumen zu überreichen. Erst schüttelte sie ihm die Hand, dann gab sie ihm die Blumen. Hinterher wurde sie kritisiert, weil sie es anders herum hätte machen müssen. Das wusste sie nicht. Oda erinnerte sich noch genau an ihr Konfirmations-Jackenkleid, das hinten runde schwarze Knöpfe hatte, die drückten, wenn sie sich anlehnte.
Sie war damals tief beeindruckt vom Konzert. Die Musik entsprach genau dem Gefühl: Sie war unendlich traurig über ihre Situation in der Schule und zu Hause. Selbstmordgedanken beherrschten sie.
Aber warum hörte nun Jonas dauernd diese traurige Musik? Es ging ihm doch gut! Oda hatte im Studium „Die Winterreise“ bei einem Psychoanalytiker, der auch Musikwissenschaftler war. Ein taiwanesischer Student hatte das Referat über die Interpretation an Bostridge, dem englischen Tenor, angefertigt.
„Die Winterreise“ Texte von Müller, drücken die Todessehnsucht des Protagonisten aus.
Oda gerät in einen Disput mit Jonas über die Geschichte des Liederzyklus‘.

„Das ist doch ganz einfach. Er hat ihr ein Kind gemacht, flieht in der Nacht. Das Mädchen sprach von Liebe, die Mutter gar von Ehe. Warum hat er denn nun Liebeskummer?"
Jonas: „Ich habe viele Interpretationen darüber gelesen. Das, was du sagst, stimmt nicht. Der Zyklus drückt etwas Politisches verschlüsselt aus."
Er fühlt sich verletzt. Jonas liebt „Die Winterreise". Oda liest den Text von Achim Goeres: „... was will ich unter den Schläfern säumen?"
Die Zensur durch Metternich machte es nötig, dass Wilhelm Müller seinen Text verschlüsselte. Es gab zu dieser Zeit (1819) mehr als 10.000 „Geheimpolizisten". Der Text von der „Winterreise" befand sich in der verbotenen Leipziger Literaturzeitschrift **Urania.** Schubert musste sich die Gedichte illegal verschaffen. „Winter" ist die Metapher für eine Politik der Restauration wie auch schon bei Heines *Wintermärchen.* Nicht nur der Text richtet sich gegen die Regierung, sondern auch die Musik. 1820 war Schubert nach einer Razzia in einem Wirtshaus, wo eine politische Zusammenkunft stattfand, für kurze Zeit in polizeilichem Gewahrsam. Auch Martin Walser erkannte den politischen Inhalt „Der Winterreise": „Wie klänge ein Schubert-Lied, wenn der, der es singt, nichts hätte als seine Stimme und eine Ausbildung, von dem Unerträglichen aber, gegen das diese Lieder geschrieben wurden, hätte er keine Ahnung."

Ich: Leider bin ich keine Musikwissenschaftlerin, habe aber mal u.a. Klavier gespielt. Wie Schubert nun seine Revolte gegen die Regierung musikalisch ausdrückt, wird in dem Aufsatz von Goeres ausgeführt.

Oda findet es interessant, dass D-Dur darin als Tonart der Traumwelt beschrieben wird. „Ich bin zu Ende mit allen Träumen, /was will ich unter den Schläfern säumen?"
Thomas Mann schreibt in *Doktor Faustus,* dass „Die Winterreise" die „Rücknahme" des letzten Satzes der 9. Sinfonie Ludwig van Beethovens wäre. Also: kein „Freude schöner Götterfunken."

Aber warum hört sich Jonas das alles so lange an?

Er träumte, dass er im Abitur einen Aufsatz schreiben soll. Er weiß das Thema nicht mehr, es fällt ihm nichts ein. Plötzlich ist nur noch eine viertel Stunde Zeit, um den Aufsatz abzugeben. Er weiß, dass er die Prüfung nicht bestehen wird, geht weg. Was soll nun aus ihm werden?
Jonas fuhr damals, als er Schwierigkeiten in der Schule hatte, mit der Eisenbahn durch den Schneewinter, hoffnungslos, allein, traurig, verzweifelt. Die Sümpfe der Traurigkeit in der „Unendlichen Geschichte" von Michael Ende. Jonas ist Artréju auf seinem Pferd Atrax und versinkt fast im Moor. Aber das ist doch vorbei!
Oda möchte Jonas glücklich machen. Sie kocht Kalbsleber mit Portwein und Stampfkartoffeln.
Dann liest sie den Text vom Lied „Gute Nacht". „Will dich im Traum nicht stören …"
Ihr fällt das Traumlabor ein, das Arsenius leitete. Den Versuchs-Patienten, auch Kinder, wenn die Eltern einverstanden waren, wurden Messinstrumente an Bändern wie beim EEG um den Kopf geschnallt. Dann schliefen sie. Nach einer REM-Phase wurden die Probanden geweckt, damit sie ihre Träume erzählen oder aufschreiben konnten. Das war irgendwie brutal. Einen kenianischen Massai darf man nicht plötzlich aus dem Schlaf reißen, weil sein Geist sonst nicht in seinen Körper zurückfinden könnte. Aber hier im Lied meinte man es wohl ironisch. „Ich träumte von Lieb' und Liebe", na, davon träumt ja wohl jeder gern. „Ich träumte von bunten Blumen", das ist der Aufbruch, der Frühling, davon träumen auch die Sirianer. „Ihr lacht wohl über den Träumer", das ist die Angst der Sirianer, ihre Revolte könnte schief gehen. „Ich träumt' in seinen Schatten", die Siraner träumen: „Die- hi Träume sind frei …"

Vanas war mit einer Rakete, die sie zu Taffy zum Sirius bringen sollte – denn sie war jetzt operiert und meinte, nun empfangen zu können –, in ein schwarzes Loch geraten, das sie wie eine Nudel lang und eng drückte. Als sie zu sich kommt, hat sie wieder ihre normale Venus-Gestalt und ist auf der Venus gelandet, aber in einer Zeit, in der sie dort nicht gelebt hat. Rotes, pulsierendes Licht umgibt den Planeten. Er strahlt Liebe zu allen und jedem aus. Die Gegenstände sind farbig und kunstvoll, sodass sie schon an Kitsch grenzen. Es regnet Noten. Mozart, Robert Schumann, Clara Schumann (Wiek) Schubert, Beethoven, Händel, Bach, Brahms, Chopin bücken sich und sammeln Noten ein. Augenblicklich produzieren sie ohne Instrumente Musik, die man hört.

Am Himmel erscheinen wie durch einen Diaprojektor die Bilder von Rembrandt, van Gogh, Michelangelo, Leonardo da Vinci, Monet; Skulpturen bevölkern eine Art Lustgarten, Düfte, passend zu den Bildern und Tönen strömen aus Blumenkelchen, die leise vor sich hindichten. Sie messen das Metrum mit den Wurzelfüßen, gehen mit verschränkten Blattarmen hin und her. Die Lippen des Löwenmäulchens murmeln Verse. Wie Schleier schleppen sie feine, weiße Wurzeln hinter sich her. Der Himmel ist in den Farben wie das Bild „Sternennacht" von van Gogh, der blau in Orgon-Energie flimmert.

Vanas trifft auf Bruegel, der ihr eine goldene, atmende Kugel von Liebe schickt, wodurch sie einen noch nie so stark erlebten Orgasmus bekommt. Hier ist es nie langweilig. Schriftsteller und Schriftstellerinnen kommunizieren mit Medien und urteilen streng über das, was sie mal auf der Erde geschrieben haben. „Zu wenig Liebe und Anteilnahme", urteilt Thomas Mann über sich.

Die Kunstwerke werden auch gegessen. Wie schmecken die Farben? Braun schmeckt natürlich nach Schokolade. Wie schmecken Töne? Tiefe Töne sind wie Eintopfgerichte und hohe wie Zitroneneis. Alles scheint sich zu berühren, zu betasten und zu umarmen. Die Bäume kommen auf sie zu und kitzeln sie mit ihren Blättern. Geister streichen über die Kunstwerke, pulsieren in roten Herzblasen. Träumerisch über die Rillen der Ölfarben, die Kälte, das Poröse abgebrochenen Marmors, dann die Glätte von poliertem, die Rauheit des Holzes.

Vanas kommt aus dem Staunen nicht heraus. Findet sie ihren Mann? Nein. Ihr Kunstsinn wird befriedigt. Aber wo bleibt die Geschichte? Zeit fließt nicht, wie Heraklit sagt: „Alles fließt". Sie scheint zu stocken. Sie scheint aufwärtszufließen wie bei einer Bifurkation. Da begegnet ihr Clio, die getreulich alle Veränderungen auf der Venus aufschreibt. Wie ärmlich ist dagegen der Planet in der Zukunft! Clio warnt vor Veränderungen, die bevorstehen und die sie selbst erlebt hat. Kinder springen um sie herum, Vanas wird als Kunstwerk betrachtet. Niemand kommt auf die Idee, seine Schöpfung zu erziehen. Als sie die Kinder sieht, wünscht sie sich noch dringender ein Baby von Taffy.

Dieser denkt unterdessen auf dem Planeten Sirius an seine Töchter. Als Traumforscher liefert er der Regierung seine Beobachtungen über Oda auf der Erde, auch aus der Zukunft im Jahr 2020. Dann denkt er an Vanas. Wo sie wohl ist? Urania gibt Euphrasia, der Frau von Mangolf, Bauchtanz-Unterricht. Sie ist mit Bernd glücklich, wenn es hier nur keine Diktatur gäbe!

Taffy träumt von seiner jüngeren Tochter Jolanthe. Sie ist mit Heiner, ihrem Freund, im Fahrstuhl abgestürzt. Ihm wird das mitgeteilt. Er reagiert ganz cool: „Sie sind sicher tot. Da kann man nichts machen!" Wie kann das sein? Er hat Jolanthe doch so geliebt! Ist er ein Ungeheuer geworden?

Seine Angst, unten in den Keller zu gehen, wo der Fahrstuhl steht, ist irrational. Treppen hinabsteigen, um einen luziden Traum zu haben, so hat er es in einem Kurs gelernt. Katakomben fallen ihm ein. Sie warten dort auf mich, um mich zu foltern, fertig zu machen. Die Furcht ist größer als seine Liebe. Die Angst ist da, dieses Entsetzen, das er verspürt hat, als er wieder auf Sirius war. Nichts hat sich geändert. Er empfand den Unterschied zur Venus. Hat er nicht vorher einmal geträumt, dass Vanas gefangen genommen war und man sie in einen Nazibunker steckte? Er rannte hinter ihr her, um zu helfen. Da wurde er auch in diesem Verließ gefangen gehalten. Das hatte er nun davon! Wo es dunkel war und kaum frische Luft zu spüren. Dahinvegetieren, wie lange? Irgendwann würden sie herauskommen, hieß es. Aber wann? Wäre es nicht besser gewesen, Hilfe von außen zu bringen? Und hier? Er bemühte sich nicht um Hilfe. War es nicht die Tochter, die er bis zum Wahnsinn liebte? Er ging weg. Dann kamen Neonazis, Skins mit Waffen.

Er drehte sich um. Blieb stehen. Ja, diese Strafe hatte er verdient. Er wollte nicht helfen. Nun war er selbst dran.

Dann wachte er auf.

Entsetzt war er über sein Verhalten. Sein Schatten hatte ihn eingeholt. Er wollte zur Venus, zu Vanas. Die Ausreise wurde ihm von Mangolf gewährt. Er war froh, ihn wieder loszuwerden. Zur Bedingung macht er, dass er Claudia mitnimmt, die ursprünglich von der Erde stammt, dann aber zum

Sirius kam, um als Traum-Probandin eine Rückführung in andere Zeiten auf der Erde zu machen, denn es konnte doch kein Zufall sein, dass sie Griechisch und Latein studiert. Mangolf wollte sie loswerden. Sie schnüffelte für seinen Geschmack zu viel herum. Gehörte sie womöglich zu einer geheimen Widerstandsbewegung? Der Sirius warb mit dem Service der Rückführung All-weit. Es waren schon auch vorher einige „Rückführungs-Touristen" auf den Sirius gekommen. Dieser Service war kostenlos, denn die Sirianer entnahmen dann gleich heimlich ein bisschen Gehirnmasse bei den „Versuchskaninchen", die nichts davon merkten. Ihre Traumfähigkeit wurde dadurch nicht verringert. Claudia hatte erfahren, dass sie mal in Atlantis mit Oda reinkarniert war und die Nommos, fischähnliche Wesen vom Sirius B, die hier gelandet waren, um sich an das Festland zu gewöhnen, traf. Eine weitere Reinkarnation hatte sie in Italien, als Oda den Papst ermordete, denn sie war auch zuvor von ihm vergewaltigt geworden. In Griechenland reinkarnierte sie sich mit Oda zusammen, als diese Hetäre in Saloniki war und Jonas sich in sie verliebte, aber kein Geld hatte, sie zu bezahlen. Claudia weiß, dass auch Oda Rückführungen anbietet, aber Claudia wollte erst den Service vom Sirius annehmen. Später konnte sie ja bei Oda überprüfen, ob die Informationen vom Sirius stimmen würden. Das Raumschiff landete auf der Erde, nahe Berlin, wo Claudia hinwollte. Taffy versteckte das Raumschiff und fuhr mit Claudia in der S-Bahn. Sie hatte sich zuvor im Schlaflabor Geld verdient und wollte dort Bescheid sagen, dass sie von ihrem Urlaub zurück ist. Sie steigen in den Bus um. Kommen zum Traumzentrum. Die Tür ist angelehnt. Kinder wuseln rein und raus. Claudia ist eine Portugiesin mit hüftlangen, blonden Haaren, träumte, ihre Seele stammt von den Plejaden, die von dem persischen Dichter Hafis besungen wurden, sie sagt sich, was sollen nur diese Träume, interessant, ich freue mich jede Nacht, diese Geschichte weiter zu träumen, aber was soll's?

Claudia vereinbart Termine, wann sie im Schlaflabor sein wird. Dann geht sie zu Sven, ihrem Freund.

Sie studiert weiter Griechisch und Latein, ist sehr ehrgeizig. Mit 12 Jahren kam sie aus Portugal mit ihrer geschiedenen Mutter nach Berlin. Die Mutter heiratete wieder, gebar zwei Kinder, obwohl sie das erst nicht wollte, aber

ihr Mann wünschte sich Nachwuchs. Claudia sollte auf die Halbgeschwister aufpassen.
Das hat sie auch. Im Haushalt musste sie helfen. Die Nervosität der Mutter, wenn Gäste kamen! Alles in letzter Minute vorbereiten. Aber wo blieb das Leben von Claudia? Sie war nicht gefragt worden, ob sie mit ihrer Mutter von Portugal ausreisen wollte. Die jüngere Schwester war in der Heimat geblieben. Diese Kälte in Deutschland! Sie erinnert sich, wie sie im Juli hier ankam. Das Wetter war nicht besonders. „Wann ist denn hier Sommer?“, fragte sie. „Aber jetzt ist doch Sommer“, wurde ihr geantwortet.
Und die Schulferien nur sechs Wochen.
Claudia ging mit 17 Jahren von der Mutter weg. Sie versuchte, sich umzubringen, bekam eine Wohnung, machte Abitur. Diese hysterische Mutter konnte sie nicht ertragen. Jetzt hat sie keinerlei Kontakt mehr zu ihr. Claudia hält die Telefonnummer geheim.
Im Traumzentrum erzählt sie ihre Träume Britta Meyer, die Klinische Psychologie studiert und nebenbei Büroarbeiten macht. „Komisch“, sagt diese, eine blonde Frau mit braunen Augen, „ich schreibe gerade so einen Roman, wie du ihn mir erzählst …“
„Also gibt es doch ein Empyreum, wo alle Ideen schon da sind, wie die Griechen es beschrieben, man muss nur den Schlüssel dazu haben.“
„Was meinst du, warum Erfindungen oft zur gleichen Zeit an anderen Orten von unterschiedlichen Menschen gemacht werden? Aber erzähle mir doch, wie es weitergeht. Irgendwie habe ich jetzt meinen Schlüssel zum Empyreum verloren.“
Claudia: „Das muss ich doch erst träumen!“
Aber die Wirklichkeit kommt als Traum, um die Seelen nicht zu sehr zu erschrecken. Selbst bei Träumen kann man das Schaudern erleben.
Taffy sieht Britta und Oda im Traumzentrum, aber er kehrt zu seiner Rakete zurück. Claudia hat sich längst verabschiedet. Wollte er doch zum Sirius! Fliegt los und trudelt durch ein Wurm- Loch, aber er kommt in eine Zeit auf die Erde, die das 13. Jahrhundert genannt wird. Er ist das jüngste Mädchen in einer Weinbauerfamilie, Acqui, Italien. Acht Kinder gibt es in der Familie. Zwei starben an Krankheiten. Das älteste Mädchen, das auch die Älteste der Geschwister ist, wird 12 Jahre alt, als die Eltern bei einem Unfall umkom-

men. Es ist Mangolf, sein Vorgesetzter vom Sirius. Der Wagen, mit dem sie zum Markt fuhren, um ihre Töpferwaren zu verkaufen, da sie vom Verkauf ihres Weins allein nicht leben konnten, kippte um. Balda stellt die Töpfersachen her. Taffy fühlte sich in diesem Leben nicht wohl. Die älteste Schwester dominierte ihn. Claudia, die er auch vom Sirius her kennt, war eine andere Schwester. Sie wurde von Balda vorgezogen. Es ging ihm nicht schlecht, aber er hatte immer das Gefühl, zu kurz zu kommen. Jedenfalls war dies sein Eindruck. Balda töpfert auch gern auf Sirius. Das zweitältere Mädchen, jetzt Claudia auf der Erde, ist schlaksig und jungenhaft, ernst und verständig über ihr Alter hinaus.

Vanas gefiel es auf der Venus in der Thomas-Mann-Zeit, denn er hatte sich ja dort nach seinem Tod 1955 geäußert. Aber sie wollte doch zu Taffy! Wieder setzt sie sich in eine Rakete.

Oda liest am 10.04.2020 „Der Wal und das Ende der Welt" von John Ironmonger. Eigentlich hatte dieser Schriftsteller schon das ganze Szenario vorausgesagt, das jetzt durch die Corona-Pandemie eingetreten ist. In seinem Buch ist es die asiatische Grippe. Warum hat es so wenig Beachtung gefunden? Es entstand nach einem Artikel von Deborah MacKenzie, der im April 2008 in *New Scientist* veröffentlicht wurde unter dem Titel „Wird eine Pandemie unsere Zivilisation zerstören?"
Alles geht fast seinen gewohnten Gang. Oda war in der Königsheide spazieren. Die Mahonien blühen gelb. Die Menschen weichen sich aus. Viele Familien unterwegs. Oda kann Ostern nicht ihren Sohn und die Familie besuchen. Verwandtenbesuche sind untersagt. Das ist sehr traurig. Sie haben Ostern immer zusammengefeiert.
In der Gartenkolonie ist die Gaststätte „Die Linde" offen, aber man kann nur an der Klappe das Essen bestellen und abholen. Draußen stehen Tische und Stühle. Einige Leute trinken etwas. „Beelitzer Spargel und Schnitzel" werden angeboten.
Was soll so ein Corona-Tagebuch? Oda liest, dass die französische Schriftstellerin Leïla Slimani ein Shutdown-Tagebuch schreibt und dieses in der Tageszeitung „Le Monde" veröffentlicht. Sie erzählt über den Raureif auf

den Wiesen und von den Bildern ihrer Kinder, worauf im sozialen Netzwerk Häme und Hass erscheinen. Frau Slimani ist Absolventin einer Eliteuniversität, hat einen Banker als Mann und verkaufte „Chanson douce" mehr als eine Millionen Mal. Das Buch wurde in 44 Sprachen übersetzt. Aber sie hat noch andere Bücher geschrieben.
Die Kritik richtete sich an eine „bourgeoise" Schriftstellerin. Wo bleibt ein Tagebuch von versprügelten Frauen in einer 15 Quadratmeter großen Wohnung?
Die Ausgangssperre, die in Frankreich herrscht, hat die häusliche Gewalt ansteigen lassen, übrigens auch in Deutschland, obwohl Familien hier rausgehen dürfen. Aber das ungewohnte ständige Zusammensein, die Kinder, die nicht in den Kindergarten und Schule gehen können – es gibt ja nur eine Notbetreuung –, die finanziellen Sorgen – denn wie soll man nun Geld herbekommen, wenn man nicht arbeiten kann? –, schafft Aggressionen. Obszön ist es, wie sich die reichen Adligen in Boccacios „Decamaron" auf ihren Landsitzen außerhalb von Florenz vergnügen, während in ihrer Heimat die Pest wütet. 14. Jahrhundert.
Die Alten, wie Oda, sollen in der Corona-Zeit zu Hause bleiben. Sie sind eine Gefahr für andere und sich selbst.

Die Schreiberin erhält vom Deutschen Verband für Schriftstellerinnen und Schriftsteller eine E-Mail, dass Selbständige wieder Anträge auf Sofort-Hilfe stellen können. Allerdings haben auf dieser Plattform Betrüger Daten von Selbständigen abgefischt, indem sie auch solche Formulare ins Internet stellten.
Die Senatsverwaltung habe jetzt ein Sicherheitssystem eingeführt, damit das nicht mehr passieren kann. Heute gibt es keine Zeitung.
Die Schreiberin recherchiert über die Venus, um die Theorie der Katastrophe, die sie geschildert hat, zu verifizieren oder zu falsifizieren. Eine Hypothese besagt, dass die Venus sich deshalb von rechts nach links dreht – also genauso umgekehrt wie die Erde – und so eine geringe Geschwindigkeit bei der Drehung hat, ein Venus-Tag sind 116,751 Erd-Tage, weil die Venus eine Kollision mit einem großen Asteroiden hatte. Eine andere Theorie besagt, dass die vulkanische Wärmefreisetzung auf der Venus nicht kontinuierlich wie auf Erde, sondern in Schüben erfolgt. Ein anderer Ansatz zur Katastrophentheorie behauptet, dass die vulkanische Tätigkeit

die Oberfläche der Venus bis vor 750 Millionen Jahren ständig erneuert und erst seitdem stark nachgelassen hat. Die globale Vulkankatastrophe hat es nicht gegeben. Als Zeichen des Umbruchs werden die einzigartigen Coronae angesehen. Nun gut, sie schreibt weiter: Waren auf der Venus nicht schon Anzeichen da, dass sich die Bewohner dort nicht mehr so wohl fühlten, weil sie gehört hatten, dass sie auch anders leben könnten. Spürten die Venuser nicht den Drang zur Veränderung wie Vanas, ist dies ein Venusnebel?

Oda träumt von Balda, die auf Sirius eine Bankerin war. Taffy hatte in Aktien bei ihrer Bank investiert. Die Bank ging Bankrott.

Ich: Aber sie wollte doch ihren Chef fragen, ob die Gelder vom Diktator eingefroren werden könnten! Ja, schade, nun geht das nicht mehr!

Esther ist sauer auf Taffy. Jetzt haben sie keine Rücklagen mehr.
Taffy sagt: „In der Ruhe liegt die Kraft." Das ist sein Motto. Er sagt das oft.
Oda träumt von einer Frau und einem Mann mit länglichen grünen Köpfen. „Hallo, ich heiße Nestor. Und das ist meine Frau Godiva. Wir kommen vom Neptun, dem Traumplaneten und haben einen Auftrag." Sie lächeln Oda an. Welchen Auftrag sie wohl haben?
Der Neptun ist blau und vereist. Wie eine Landschaft aus der „Winterreise". Neptun steht für Inspiration. Diese kann Oda für ihren Roman brauchen. Er ist viel größer als die Erde, der achte und äußerste Planet. Wie Jupiter und Saturn hat er eine innere Wärmequelle. Ob da das Liebespaar Godiva und Nestor wohnt? Um ihn existiert ein Ringsystem. 14 Monde hat Neptun.

Vanas träumte davon, ein klitzekleines Baby von Taffy zu haben.

11.04.2020 Zehn Leute stehen bei „Edeka" um 8:30 Uhr an. Dort gibt es kein Birkengrün. Oda hält an einem Blumenladen, der überraschenderweise geöffnet hat. Es ist wieder gestattet. Eine Thailänderin holt ihr Korkeichenzweige aus dem Metallbehälter. Birkengrün gibt es hier auch nicht. „Der Chef hat mir erlaubt zu öffnen", erklärt die Thailänderin. Der Kassenbereich ist mit einer Plexiglaswand geschützt.

In der Zeitung steht, dass die Bundesregierung nicht alle Informationen an die Bevölkerung herausgibt, da Terroristen dies sonst nützen könnten, um zu erfahren, wo die Weizen- und Hülsenfrüchte-Vorräte gelagert werden. England hat unterdessen mehr Tote zu beklagen als Italien.

Nach dem Kaffee Spaziergang zur Späth'schen Baumschule. Der Hofladen und ein Verkaufsstand für Pflanzen sind offen. Es gibt kein Roggenmehl. Oda wollte Brot backen. Das Arboretum ist geschlossen. Die Brille von Jonas hat sich durch die Sonne verdunkelt.
Oda sieht Jonas im Profil: „Deine griechische Nase!", sagt sie schwärmerisch. Jonas lächelt geschmeichelt. „Und deine enganliegenden Ohren! Nicht wie Bernd Holzhauser, er hat abstehende!" „Meine blonden Haare", zieht er Oda auf, die das früher entzückt sagte. „Ja, jetzt sind sie grau."
„Und deine Augenbrauen, wie von einem Künstler gemalt", Jonas streicht darüber. „Huch, jetzt wird es kitschig! Deine langen Beine!", sagt Oda zu ihm.
„Deine tiefe Stimme, nicht so kleinmädchenhaft wie bei der Giffy."
Sie umarmen und küssen sich.

Die Schreiberin fährt in ihrem Roman fort:
Vanas hat eine Sinnkrise. „Das ist ja schön und gut mit den Reinkarnationen, dass man sich zu Gott hin entwickelt, bis man eins mit ihm ist, aber was ist dann? Ich weiß, dass wir alle von Gott abgefallen sind, aber warum?"
„Wenn du bei Gott bist, geht das Spiel wieder von vorn los", sagt ihr eine Stimme.
„Was soll das für einen Sinn haben?"
„Das weiß ich auch nicht. Ich bin in der Entwicklung. Viele Dinge sind mir verwehrt, zu wissen. Ich vermute, das ist so, weil das Bewegung, Leben bringt. Gott kann nur so am Leben bleiben."
Taffy fliegt nach seiner Zeitreise zu seiner Reinkarnation in Acqui zum Sirius. Endlich sieht er seine Töchter und seine Frau wieder. Jolanthe ist nach wie vor zart, verträgt Lidschatten nicht. Sie hat lange, lockige blonde Haare.

Taffy wiederum, ihr Vater, arbeitet in einem anderen Traumzentrum, ist bei der Rebellentruppe. Sein Chef Mangolf Polykrates klagt ihn wegen seines Versagens auf der Venus an. „Du warst ein schlechter Spion, du hast uns getäuscht. Du wolltest nur aus selbstsüchtigen Motiven zur Venus, nicht, um für unseren Planeten etwas zu erreichen."
Aber das ist nicht nur der eigentliche Grund. Sirius wurde durch Vanas „weichgespült". Die Bank hat Bankrott gemacht, also haben Mangolf und andere sehr viel Geld verloren. Sie sind geschwächt. Mangolf engagiert Gabi, die ja längst in ihrem Versteck entdeckt wurde und die Hirnscans von schlafenden Probanden machte, was aber auch nicht sehr ergiebig war, um eine Sirius-weite Überwachung mit Video-Geräten zu installieren. Überall werden Kameras aufgestellt. Angeblich, um Straftaten schneller aufzuklären. Die Bevölkerung findet das zum größten Teil gut. Es gibt Belohnungen für regelgerechtes Verhalten. Was kann die geheime Opposition dagegen machen? Durch Wahlen. Nein, Wahlen gibt es hier nicht. Ali Baba hat alle Repressionsmittel der vorigen Regierung übernommen und außerdem neue hinzugefügt wie den Schlafentzug. Die Stadt wurde von den Fäkalien gereinigt, was enttarnte Oppositionelle machen mussten. Diese reparierten als Sträflinge auch die Kanalisation. Die Bombe war entdeckt worden. Ali Baba ließ Oppositionelle foltern, um herauszufinden, wer hinter dem Anschlag steckte. Bald weiß er: Bahram. Er kommt auch auf seine Racheliste. Die meisten Menschen sind für die Überwachung. Taffy zerstört mit seiner Rebellentruppe heimlich Überwachungskameras.

6.Kapitel

Die Schreiberin recherchiert den Sirius. Aber ist Taffy nicht auf einem Traum-Sirius? „Hundsstern“ wird Sirius genannt, weil er im Sternzeichen des Hundes erscheint. Seine Rotationsdauer beträgt 5,5 Tage. Sirius A wird innerhalb der nächsten knappen Jahrmilliarden seinen Wasserstoff verbrauchen, danach in den Zustand eines Roten Riesen wechseln und schließlich zu einem Weißen Zwerg werden. Bei den Weißen Zwergen nimmt der Radius mit wachsender Masse ab. Sirius A und Sirius B entstanden vor 240 Millionen Jahre gemeinsam als Doppelsternsystem. Sirus B verlor seine schwach gebundenen äußeren Schichten wegen des starken einsetzenden Sternwindes. Sirius B befindet sich nun seit 124 Millionen Jahren in diesem Stadium und kühlt langsam ab. Er ist etwas kleiner als die Erde. Sirius B besteht aus einer vollständig ionisierten Mischung aus Kohlenstoff und Sauerstoff …

*Sirius A hat mehr Metalle in seiner Hülle z. B. Eisen 7,4-mal über dem der Sonne. Sein bläulich-weißes Licht neigt schon bei geringer Luftunruhe zu starkem und oft farbenfrohem Flackern, das in der indogermanischen Wurzel *tueis-ro „erregt sein“ oder „funkeln“ heißt. Bei den Cherokee werden Sirius und Antares Hundssterne genannt, welche die Enden des „Pfades der Seelen“ (Milchstraße) bewachen. Ein drittes Mitglied des Siriussystems ist der Stern emme ya tolo (benannt nach einer Sorghum-Hirse). Die Dogon, eine Volksgruppe im westafrikanischen Mali, sollen die Überbleibsel einer einstigen hochentwickelten Zivilisation sein. In einem Buch wird vermutet, dass sie vor 5000 Jahren außerirdische Besucher gehabt hätten.*

Taffy gibt bei seinem Verhör zu, dass er aus egoistischen Motiven zur Venus flog. Aber er gesteht nicht, dass er zur Rebellentruppe gehört.
„Ich finde Sirius abscheulich, nachdem ich Venus kennen gelernt habe“, äußert er sich.
„Du wirst zum Mars strafversetzt!“, lautet der Urteilsspruch. Und so startet seine Rakete mit anderen Exilanten zum Mars. Was Taffy hier erlebt, ist viel schlimmer als auf Sirius. Ständig wird gekämpft. Männlichkeit bedeutet Kampfeswille.

Der Mars wird wegen seines Eisenoxid-Staub (Rost) als der Rote Planet bezeichnet. Er wurde nach dem römischen Kriegsgott Mars genannt. Ein Mars-Tag beträgt 25 Stunden und 39 Minuten. Die Jahreszeiten sind fast doppelt so lang wie auf der Erde. Die Temperatur beträgt in Äquatornähe etwa 20° am Tag und -85° C in der Nacht. Die Mars-Atmosphäre besteht auch aus geringen Anteilen von Sauerstoff. Sie wurde wahrscheinlich im Laufe der Zeit vom Sonnenwind abgetragen. Die Polkappen bestehen auch aus Wassereis. Der Mars ist fast 4 Milliarden Jahre alt. In seiner Frühzeit könnte ein größerer Himmelskörper, etwa ein Asteroid, auf der Nordhalbkugel eingeschlagen sein.

Ist es diese Zeit, in der Taffy landete und der Mars unbewohnbar wurde? Früher soll er Wasser geführt haben, heute entdeckte man es. Die Wissenschaftler nehmen an, dass, falls es auf dem Mars Leben gegeben hat, es sich dort in der hydrothermalen Umgebung am längsten hätte halten können. Es wurden Hinweise gefunden, dass sich unter dem Eis ein 20 km breiter und 1,5 km tiefer See befunden hat. Es wird vermutet, dass das Wasser trotz einer Temperatur von ca. -75° C aufgrund von gelösten Perchloraten flüssig bleibt. Es existieren Visionen von einer Marskolonisation, den Planeten durch Terra-Forming in weiter Zukunft in einen für den Menschen lebensfreundlichen Ort umzuwandeln.
Wissenschaftler halten primitive Lebensformen (Mikroben) tiefer im Boden für denkbar.
Was wurde aus den Mars-Seelen, nachdem sie sich nicht mehr auf ihrem Planeten reinkarnieren konnten? Sie machten eine Zeitreise ins Römische Reich. Taffy wurde Legionär. Stumpf zog er in den Krieg. „Kämpfen, kämpfen, kämpfen“, so klang jeder seiner schweren Schritte. Bei den Eroberungen holte er sich sexuell, was er wollte. War aber auch selbst Opfer von Vergewaltigungen bei Niederlagen. Liebe kannte er nicht. Er erinnerte sich nicht an Vanas und seine Töchter.
Claudia wacht auf. Sie hat heute einen schwierigen Tag vor sich. Ihre Halbschwester Janina hat Geburtstag. Es ist heiß. Aber sie kann sich nicht darüber freuen. Ihr ist schwindlig. Sie setzt die schwarze Brille ab, die Glasstärke stimmt wohl nicht mehr. Als ob sie auf eine hohe Mauer gestiegen wäre. Rennt mit den anderen Kindern herum, die zur Feier eingeladen

wurden, hat Kopfschmerzen. Heute ist nicht ihr Tag. Sie hat Angst vor ihrer Mutter. Sicher lauert sie ihr auf, wenn sie nachhause kommt. Die Mutter möchte nicht, dass die Tochter Bafög beantragt, weil sie befürchtet, für die Tochter zahlen zu müssen. Außerdem will Claudia keinen Kontakt mehr zu ihr. „Ich bringe dich um", hatte sie einmal zu ihr gesagt. „Ich habe dir das Leben gegeben und kann es dir wieder nehmen!"
Dabei muss die Mutter gar nichts zahlen; sie hat sowieso zu wenig Geld.
Claudia ruft am nächsten Tag beim Bafög-Amt an, ob ihre Mutter die Papiere abgeben habe, denn dies ist der letzte Termin.
„Ja, hat sie. Sie hat angeben, dass Sie einen Vater haben, der irgendwo in Nord-Portugal Rechtsanwalt ist, er könnte zahlen."
„Aber das stimmt doch gar nicht. In Portugal gibt es ein Gesetz, dass Väter für ihre Kinder, wenn sie älter als 18 Jahre alt sind, nicht zahlen müssen."
„Aber Sie leben hier. Hier sind die Gesetze anders. Das werden wir klären."
So hat die Mutter erreicht, dass Claudia vorläufig kein Bafög erhält.
Wann war das? Das muss doch in den 90er Jahren gewesen sein!

12.04.2020 Jonas beschäftigt sich immer noch mit der „Winterreise" von Franz Schubert. Er setzt sich zu Oda und hat ein neues Papier „Müllers List" von Ingeborg Arlt. Im Gedicht „Letzte Hoffnung" kann nicht von dem Mädchen, das er verlassen hat oder von der er „ausgetrieben" wurde, die Rede sein. Es ist von der „reichen" Braut die Rede. Der Wanderer ist schon zu weit weg von *jenem Ort.* Caspar David Friedrich malte zu dieser Zeit das Bild „Die gescheiterte Hoffnung", später hieß es dann „Das Eismeer". Der Maler meinte dies auch politisch, wie er an seinen Bruder schreibt: „Hüte dich, diesen kalten herzlosen Menschen ein Herz zu zeigen, umziehe es mit einer Eisrinde!"
Die Karlsbader Beschlüsse, die Zeit der Demagogen-Verfolgung.
Oda erinnert sich an ihr Seminar „Literarisches Reisen". Da hatten sie über dieses Ölgemälde gesprochen. Die Dozentin erzählte ihnen, dass der Rhein zugefroren war. Caspar David Friedrich und viele andere Leute strömten zu diesem Naturschauspiel. Dann gab es ja zu dieser Zeit die Entdeckungsreise von James Cook. Auf dem Ölgemälde ist ein versinkendes Schiff zu sehen.

Das letzte Gedicht „Leiermann“. In der Erzählung „Drei Federn“ von Wilhelm Raabe heißt es: „Vielleicht erinnerst Du Dich eines einarmigen Invaliden, welcher sich täglich mit seiner Drehorgel neben dem kleinen See und der Bildsäule der Flora aufstellt und durch sein Instrument und vorzügliche Melodie ‚Wir winden dir den Jungfernkranz‘“ (Carl Maria Weber aus „Der Freischütz“) „das Publikum an die Schlachten bei Leipzig und Waterloo und die Soldaten, welche daselbst kämpften, erinnert.“ Der Leiermann nach Müller als Symbol für eine enttäuschte Generation.
Warum beschäftigt sich Jonas so ausführlich mit der „Winterreise?“ Ist es, weil er alt ist und sich mit dem Tod beschäftigt? Erinnert er sich an dieses Gefühl der Verzweiflung, an seine Reinkarnation in Griechenland, in der er sich umbrachte?

Ostern: Der jüngere Sohn von Oda kommt mit einem Osterkorb und Atemschutzmasken. 1,5 Meter Abstand an der Tür.
Später gehen Jonas und Oda im Britzer Garten spazieren. Die Spielplätze sind abgesperrt. Ein Kiosk ist offen. Die Leute stehen artig in einer Schlange mit Abstand zueinander an. Ein elektrischer Zaun auf einer Seite schützt die Tiere. Welche? Ameisen, Käfer, Regenwürmer? Die Parkeisenbahn fährt nicht, weil die Schienen aufgrund des heißen Wetters im Sommer verbogen sind. Offenbar ist kein Geld für die Reparatur vorhanden.
Claudia hat einen Tagtraum. Sie ist mit Vanas, die sie von Träumen her kennt, in Atlantis reinkarniert gewesen. Inseln wurden als Bollwerke benutzt. Claudia und Vanas hatten die Aufgabe, die Sirianer, die Amphibien waren, an das Land zu gewöhnen. Physiotherapeutisch und psychologisch arbeiteten sie. Als Atlantis unterging, glückte beiden die Flucht.
Oda meditiert und sieht sich in Norwegen. Sie lebt dort in einer Höhle, wo sie eine große Spinne gebiert. Leute, die in der Nähe wohnen, bezichtigen sie des Beischlafs mit ihrem Bruder, der heute Miloslaw ist. Sie wird dann freigesprochen und zu den Plejaden evakuiert. Als Aufgabe hatte sie, sich mit einem irdischen Mann einzulassen, um das Erbgut der menschlichen Rasse mit ihrer zu vermischen. Das hatte sie getan. Aber das Ergebnis war doch niederschmetternd.

Die Schreiberin recherchiert Plejaden, das Siebengestirn, auch Atlantiden genannt nach dem hellsten Stern Atlas, der nach einem griechischen Titanen genannt wurde. Die Plejaden sind ein offener Sternhaufen, er ist mindestens 125 Millionen Jahre alt und 400 Lichtjahre von der Erde entfernt. Die Plejaden sind nach der Bibel als Taube symbolisiert, welche als Frühlingsgestirn die Wiederauferweckung der Natur ankündigen. Das ist in vielen Kulturen so. Nach jüdischer Auffassung: „Die Welt kann wegen der Kälte der Plejaden nur deshalb bestehen, weil der Sirius mit seiner Hitze für Ausgleich sorgt."

Arsenius hatte von der Venus alles erforscht, was ihn interessierte. So nahm er ein Raumschiff und startete zur Erde. Aber er landete bei den Plejaden von den sieben Sonnen. Gleich bekam er den Auftrag, zur Erde zu fliegen. Er kam in Griechenland an, das Raumschiff trudelte durch starke, erdmagnetische Schwankungen. Als er aufwachte, war er im griechischen Heer, das gegen Troja zog. Nach ihrem Sieg bewachte er die Gefangene Oda mit ihrem Baby. Arsenius war früher Plejader gewesen, wie es ihm jetzt dämmert. Von dort kannte er Claudia und Oda. Arsenius flog zurück zu den Plejaden. Dabei geriet er in eine Supernova-Explosion, die Goldstaub freisetze, der auf die Erde rieselte. Eine Sonne war explodiert. Zu welcher Zeit war das nun wieder? Er muss zurückgereist sein in die Zeit, als die Erde noch flüssig war.
Er hat kein Bewusstsein davon, dass er ein eigenes Kind auf der Venus zurückgelassen hat.

Elke träumt von Bromelius, der auf der Venus als Informatiker und Traum-Proband lebt. Bromelius hat ein faltiges Gesicht mit kurzen, grauen Haaren, die noch das Braun von früher erahnen lassen. Er fährt viel Fahrrad, mit einem Rucksack auf dem Rücken. Zweimal ist er geschieden. Bei einer Tanzveranstaltung, die er als 20-Jähriger organisierte, schwängerte er eine 16-Jährige, die er dann heiraten musste. Seine zweite Frau lernte er bei einer Computer-Firma kennen. Noch als sie in der Ausbildung war, heirateten sie, denn sie war von Bromelius schwanger. Unterdessen lebt er mit seiner dritten Frau zusammen und hat seine Phase „Die Frauen sind alle Verbrecher" überwunden. Er charmiert gern mit dem anderen Geschlecht, aber nur, wenn es lange Haare hat. Bromelius ist ein Computerfreak. Auch an seinem Computer zuhause tüftelt er. Eben hat er ein Samenfärbegerät erfunden. Er macht Nicole im Traum damit „heiß“. Durch seinen Drucker kam er auf die Idee. Er lässt eine große Anzeige in den „Playboy“ setzen. „Endlich die Abwechslung für ihr amouröses Spiel: Die Farbpatrone für ihren Penis! Passend zum Negligé Ihrer Partnerin, zur Bettwäsche, zum Teppich … oder als Kontrastfarbe! Sie können Ihre Tapete oder die Haare damit besprühen! Wie das funktioniert? Zuerst hypnotisieren Sie Ihr Glied. Dann wird es in ein Farb-Fass getaucht.

Vorher unbedingt das Glied säubern! Dann trinken Sie etwas von der Farbe. Keine Angst, es ist Lebensmittelfarbe. Wenn ihr Penis nicht zu hypnotisieren ist, bestellen Sie unsere Pumpe, deren Kanüle in den Samenstrang zu führen ist. Nachdem der Penis aufgetankt wurde, schließen Sie eine Wette mit Ihrer Partnerin ab, welche Farbe es diesmal ist. Unauslöschliche Spuren hinterlässt ihre Penisfarbschleuder, wenn Sie damit ein Kind zeugen. Es wird in Zukunft nicht nur Menschen in fünf, sondern in allen Farben geben! Damit wäre das Rassenproblem gelöst. Ich arbeite an einer Weiterentwicklung, damit Sie in Zukunft auch Muster sprühen können, Sprengsel, Karos, der Phantasie sind da keine Grenzen gesetzt! Bestellen Sie sofort. Nur solange der Vorrat reicht! Chiffre …“

Elke kennt Bromelius von seinem Einsatz bei ihr im Krankenhaus, weil die Computer einmal streikten.

Sie ist eine Traum-Probandin auf der Venus, die vorher auf der Erde war und nun auf ihren Haschisch-Reisen, in denen der Vollmond warm schimmernd Lasso-Zungen in die Nacht wirft, die zärtlich pulsieren und in ihr ein Glücksgefühl anders als beim Sex oder Alkohol auslösen, ein Eins-Sein mit den Planeten erlebt.

Dann wachte sie auf, färbte sich die kurzen, blonden Haare orange-rot und stopfte ihren fülligen Körper in ein schwarzes Trikot. Sie übte beim Bauchtanzkurs vor der Spiegelwand.

Sie träumte von Bernd, der auf dem Sirius als Traumanalytiker arbeitete, Urania war nach wie vor Supervisor. Natürlich war es für beide schrecklich, für die Diktatur zu arbeiten, aber heimlich waren sie ja im Widerstand. Nur wussten sie nicht, wie sie die Regierung stürzen sollten.

Elke hockte manchmal 13 Stunden am Tag über ihren Medizinbüchern. Sie paukte für das Physikum. Mit der Musik ihrer CD' s verschmolz sie auf dem Teppich liegend. Haschisch tanzte vor ihren Augen, wenn sie diese schloss. Elke kniete sich hin und intonierte mit ihrer sanften Sopran-Stimme vorsichtig eine Arie, glitt zum Klavier und entfesselte die Tasten mit der „Elise" von Beethoven. Sie empfand dies intensiv. Sie wollte den Geschmack von Fleisch assoziieren, was sie am liebsten aß.
Ihr Vater war im letzten Jahr früh verstorben. Er war Arzt gewesen. Ihm nachtrauernd gab sie ihren Beruf der Grafikerin auf und wurde Medizinstudentin. Als Grafikerin hatte sie auch keine guten Verdienstmöglichkeiten. Sie war damals mit Kommilitonen nach Italien gefahren, um wie die anderen Studenten bei einem Verlag ihr Bilderbuch anzubieten. In Italien ist der Druck billiger als auf dem Sirius, also die Chancen größer, verlegt zu werden. Sie hatte liebe, kleine Teufelchen gemalt, um den Kindern die Angst vor ihnen zu nehmen, denn sie litt als Kind genug darunter. Aber der Verlag wollte ihre Teufelchen nicht. Auch die anderen Studenten konnten keine Verträge abschließen.
Mit ihrer Mutter verstand sich Elke nicht so gut. Diese wollte, dass die Praxis des Vaters verkauft wurde. Aber Elke wollte sie einmal übernehmen. Sie bekam kein Bafög, die Mutter zahlte ihr auch nichts, sie arbeitete als Traum-Probandin, um sich ihr Studium zu verdienen. Elke hat vielerlei Talente. Sie spielt auch Gitarre und malt.
Alle vier Wochen begießt sie den Penis ihres Freundes Bromelius, den Informatiker, in der Frühlings- und Sommerzeit mit lauwarmem Blumendünger, aber nur nachts, wenn er schläft. Dann denkt er, er hätte einen Samenerguss gehabt. Aber sein Glied wächst dann, gedeiht, es bilden sich Knospen, es sprießt, blüht und kleine Triebe bilden sich. Elke beginnt dann, mit Kakteenerde zu experimentieren. So ein paar Stacheln, die sie daraufsetzt, sind auch nicht schlecht. Elke kennt durch ihre Probanden-Tätigkeit natürlich Bilhildis, die auf der Venus das Matriarchat eingeführt hat. Miloslaw, Bromelius, Arsenius und Teiresias haben unterdessen ihre Babys bekommen. Gabi, die von Sirius einreiste, weil sie nicht mehr an der Überwachung der Bevölkerung teilnehmen wollte, schulterlange, rötliche Haare mit Pony, manchmal auch als Dutt mit Schleife, pinkfarbene Bluse, ein Fleck auf der

linken Seite, zur schwarzen Hose oder einer indischen bunten ein schwarzer Pulli, Chiffon geriffelt als Schal um den Hals. Ist immer noch Kamerafrau. Sie will hier auf der Venus ein Projekt über die Wandlung zum Matriarchat machen. Sie kennt Elke. Gabi hat Teiresias zum Freund, mit dem sie nicht zusammenlebt und hat keine Kinder.
Nicole, blondierte, kurze Haare, glatt wie die von Gabi, ist mit dieser zur Venus geflogen, denn die Verhältnisse auf dem Sirius findet sie unerträglich. Sie ist ebenso anspruchsvoll wie Gabi, aber will auch Spaß, während ihre Freundin ständig auf Problemen herumkaut. Nicole möchte auf Venus einen Mädchenladen eröffnen. „Emanzipation der Frauen – damit kann man gar nicht früh genug anfangen." Ihr Liebhaber ist Irenaesis, der Mann von Vanas.
Täglich werden Männer zur Umerziehung eingeflogen. Gerade haben die Frauen Kleidervorschriften für die Männer verabschiedet: kurze, weiße Faltenröcke, wie die Griechen sie trugen, aber nichts darunter wie die Schotten. Zum Glück gibt es genügend Wind auf der Venus. Die Männer protestieren: „Was ist, wenn wir wieder schwanger werden?" Gut, in diesem Fall dürfen sie lange Röcke tragen. Nur Bilhildis war gegen die kurzen Röcke.
„Wir machen sonst das gleiche, was die Männer mit uns gemacht haben: sexuell ausbeuten." „Eben, damit sie mal sehen, wie das ist", grinst Gabi. Urania, die mit Taffy zur Venus geflohen ist, gibt unterdessen Bauchtanzkurse für schwangere Männer, damit sie es bei der Geburt leichter haben. „Warum?", murren manche Frauen. „So etwas Exklusives hatten wir auch nicht, als wir unsere Kinder bekamen."
Urania bietet nun Beckenbodentraining für die Männer an, damit sie Viagra nicht brauchen.
Die Erektionsfähigkeit des Penis bleibt so bis ins hohe Alter erhalten. Und davon haben die Frauen auch was.
Die nächste Ladung Männer kommt. Mangolf floh zur Venus, denn er war ebenfalls zur Opposition auf dem Sirius gewechselt. Er nahm es seiner Frau übel, dass sie damals Ali Baba rief, um die alte Regierung hinwegzufegen. Mangolf mit seinem zurückfliehenden Kinn trug noch immer lange, fettige Haare und eine braune Horn-Brille. Typ Macker. Seine Frau Euphrasia und seine zahlreichen Liebhaberinnen bezeichnen ihn so. War auf Sirius

Rettungsschwimmer, aber nicht zu vergessen auch der Vorgesetzte von Taffy, der natürlich nicht erbaut ist, ihn hier zu sehen. Einmal in der Woche ging er mit dem Jugendstadtrat ins Schwimmbad, damit dieser seine Fittiche über ihn hielt. Thailandfahrer. „Oh, da gibt es ganz heiße Frauen!"
„Ja, heiß auf dein Geld!", sagt Bilhildis. „Kinder, nein danke!" Jede Frau, die in seiner Nähe zufällig auftaucht, muss sich mit seinem Platzhirschgehabe auseinandersetzen.
Ali Baba hat die Lichternährung-Sekte auf dem Sirius verboten. Das ist gut so. Die Sekte wandert zur Erde aus. Er ist ein Gottes-Kämpfer. Alle sollen seine Religion annehmen und einige zu einem Selbstmord-Attentat auf die Venus oder Erde fliegen!
Siegfried Klösch, Vorstandsvorsitzender des Traumzentrums auf der Erde wird zur Venus mit den anderen Männern, die umerzogen werden sollen, geflogen. Daria lebt nach wie vor mit Ali Baba auf Sirius, ist eine seiner Geliebten.
Siegfried hat eine beginnende Glatze, die er mit italienischen Hüten abwechselnd bedeckt. 100 kg bringt er auf die Waage, die er mit Hosenträger bändigt. Er trägt eine silber-gerahmte Brille und sang früher im Gewerkschaftschor. Jetzt ist er aus der Gewerkschaft ausgetreten. Wie kann das sein, wo er früher jeden anmachte, der nicht in der Gewerkschaft Mitglied war: „Du Trittbrettfahrer!" Irgendwie ist er gleichgültig geworden. Er ist verheiratet und tanzt Tango, aber nicht mit seiner Frau. „Ich bin doch nicht verrückt, mich scheiden zu lassen, das kostet viel zu viel Geld!" Siegfried zieht über seine Frau her. Zusammen haben sie eine Tochter. Siegfried ist der Meinung, dass alle Frauen seine sind. Aber man kann ihm nicht böse sein, denn er hat ein sonniges, aus dem Mittelmeer aufgetauchtes Gemüt. Fast immer hat er gute Laune und schreit fast nie. Alles nimmt er leicht und würde niemals einem Drachen etwas zuleide tun. Lieber würde er dem Schwanz eine Hose verpassen. Er trinkt Bier und hält einmal im Jahr eine Abstinenzphase, um zu sehen, ob er schon abhängig ist. Siegfried provoziert gern. Auf einem Ökoseminar langte er mit dem Zeigefinger immer wieder in ein „Nutella"-Glas und leckte den Finger genussvoll ab. Siegfried liebt fast-food. Öfter macht er Andeutungen über amouröse Abenteuer, aber er erzählt nichts darüber nach dem Motto: „Der Gentleman genießt

und schweigt." Aber wahrscheinlich will er sich nur damit wichtigmachen. Er liebt Frauen mit langen roten Haaren und Hüten. Siegfried besitzt mit seiner Frau zusammen eine Eigentumswohnung. Gegenüber lebt die Tochter, der sie die Wohnung gekauft haben. Nach der Wende bekam er sein Haus in Mahlow erst mal wieder, ließ aber die Leute, die darin wohnten, bleiben. Siegfried überlegte, ob er ein Wohnheim für Mitglieder der „Grauen Panther" aufmachen sollte. Nun lebt er mit seiner Frau selbst darin. Der Arbeitsweg nach Berlin-Neukölln ist ihm zu weit. Darum bewarb er sich um eine Stelle, in der Nähe, was fehlschlug.
Seine Tochter machte gerade das Abitur, als bei ihr ein Gehirntumor festgestellt wurde. Es ging um Tod oder Leben. Nach der Operation war sie fast gelähmt, befindet sich nun auf dem Weg der Besserung. „Ich bin doch nur ein Scheindandy", erklärt Siegfried den Venusern charmant. Sie sehen das ähnlich und überlegen, ob sie ihn zur Erde zurückschicken. „Meine Frau verdient viel mehr als ich und hat eine bessere Stelle, das muss ich schließlich verarbeiten", sagt Siegfried zu seiner Verteidigung. Tja, er war der Typ, der Kunden, die früher in seine Herrenkonfektionsabteilung kamen – wo er Verkäufer war, bevor er Neurologie studierte –, empfahl, Bodybuilding zu machen, um in ein bestimmtes Jackett zu passen. Fast war Siegfried auf der Venus rehabilitiert, da entstieg Balda, geflohen vom Sirius, einer Rakete. Sie betrachtete Kinderkriegen als Umweltverschmutzung, dabei hatte sie selbst ein Kind, aber eins war für sie in Ordnung. Wollte die Venuser von ihrem neuen Kurs abbringen. Balda konnte nicht verstehen, dass die Venuser das Geldsystem abschafften, nachdem Ali Baba nicht mehr bei ihnen lebte. „Wie wollt ihr nun die Summe bezahlen, die Ali Baba fordert, damit er die Flüchtlinge hindert, zu euch zu fliegen?" Das Flüchtlingselend war unbeschreiblich. Sehr viele Sirianer waren zur Venus geflohen. Die Venuser wollten keine mehr aufnehmen, es sei denn, sie konnten nachweisen, dass sie auf Sirius politisch verfolgt wurden. Auf der Venus gab es nun ausländer-feindliche Gruppen, die die Unterkünfte von Sirianern anzündeten. Die Polizei sympathisierte teilweise mit ihnen und beeilte sich nicht, den Flüchtlingen zu Hilfe zu kommen. Viele Sirianer gaben ihr ganzes Erspartes, um in einer beschädigten Rakete zur Venus gebracht zu werden. Manche Raketen trieben hilflos im Weltraum, die Flüchtlinge fielen aus den Raumschiffen,

trieben sterbend im All. Es gründet sich eine illegale Rettungsgruppe, die Balda anführte. Aber viele Flughäfen auf der Venus weigerten sich, die Ankommenden landen zu lassen. Manche Rakete flog ewig lange herum, bis ihr Treibstoff ausging.

Aber Balda wollte die Bewohner auf der Venus vom mehr als Ein-Kind bekommen abbringen. Miloslaw unterstützte sie. Er wollte keine weiteren Kinder bekommen. So gut, wie es ihm auf der Venus gefiel , aber das war ein Punkt, mit dem er nicht einverstanden war. Auch die lächerlichen kurzen Röckchen zu tragen, war nicht sein Ding. Er klaute sich eine Rakete und verschwand auf die Erde – ohne sein Baby. Um sein Orchester tat es ihm leid.

Baldas Sohn war ein Superwesen, der im „Grauen Kloster" in Berlin zur Schule gegangen war. Ja, Balda lebte vorher auf der Erde. Nach ihrem Öko-Studium an der TU ließ sie sich auf den Sirius versetzen, um ihr Wissen hier zu verbreiten. Aber die Sirianer wollten nichts davon wissen. So musste sie wieder wie auf der Erde davor als Bankerin arbeiten. Immerhin konnte sie sich mit Töpfern in ihrer Freizeit trösten. Aber nun hatte sie die Nase voll. Ihre Bank auf dem Sirius war ja Bankrott gegangen. Eine andere gab es nicht. Ali Baba verwaltete mit seinen vierzig Jüngern alles Geld selbst. Aber sie war doch auf den Sirius geflogen, um diese vom Müsli-Essen zu überzeugen. Nun gab sie das auf. Sie floh, um ihre Öko-Mission auf der Venus zu probieren.

Dort erzählte sie: „Schon damals gab ich meinem Sohn für seine Stullen eine Plastikbox und für den Tee eine Thermosflasche mit." Sie und ihr Mann kümmerten sich intensiv um den Sohn und förderten ihn, wo sie konnten. Balda blieb erst mal zu Hause, als sie den Sohn bekam. Ihr Mann verdient bei IBM als Informatiker sein Geld. Baldur, so nannten sie den Sohn, erhielt später ein Stipendium für Oxford und studierte dort Chemie. Dann bekam er ein Stipendium für die USA und viele Preise. Seine Freundin, die er in England kennengelernt hatte, umflatterte ihn wie ein Schmetterling. Baldur spielte auch Klavier. Manchmal, wenn er nicht mehr weiterwusste, rief ihm seine Mutter aus der „kalten" Küche zu – denn sie schwitzte wegen ihrer Wechseljahre –, „spiel einfach weiter, ist doch egal, was du spielst!" „Kalte

Küche", so nannte Baldas Mann die Küche. Er ging da nicht rein. Sie war ihm zu kalt.
Balda begann mit 45 Jahre Ökologie zu studieren. Sie riskierte ihre Stelle, um bei einem der zahlreichen Ehrungen ihres Sohnes in England dabei sein zu können.

13.04.2020 Oda erfährt, dass der Premier Johnson aus der Intensivstation entlassen und nun zu Haus in Quarantäne ist. Die Zahl der Toten ist immer noch steigend – in England und auch in Deutschland.
Heute ist das Wetter kalt. Nachts hat es geregnet. Oda bleibt zu Hause und hört von Gustav Holst „The Planets".
Mars: Fanfare, Tuba, Rattern, geworfene Raketen, beschleunigt, lauter werdend, marschieren in die Sinnlosigkeit. Schräge Töne. Sich abschlachten lassen. Nicht nach rechts oder links sehend. Die Musik wird verhalten. Überlegt da mal jemand? Posaunen. Trompete. Streicher machen auf lustig. In das Unheil laufen. Schräge Klänge. Streicher beschleunigen. Disharmonie. Rote Töne. Staub. Soldaten wie Marionetten. Kanonenknattern. Roboter. Schleifen der Sense.
Gevatter Tod. Schrill. Schräg. Gerüttelt. Werden die Soldaten davon wach? Aus ihrer Kriegshypnose?
Venus: Arkadische Landschaft. Frieden. Die Uhr am Himmel. Abend und Morgen. Streicher liebkosten die Strahlen, das Funkeln. Einzelne Musikknospen. Zärtlich. Ein Liebesfilm wird am Himmel gezeigt, für uns unsichtbar, alles im Nebel. Behutsame Schleier. Zauber. Flüstern. Heimliche Liebesbotschaft gefunkt, funkt es bei dir? Entzündet sich der Funke? Langsam sich ausbreitende Liebe. Liebevolle Gefühle auf einer Sänfte getragen. Leidenschaft flammt auf. Hell. Gelb. Nach links drehend. Keine Logik. Gezuckertes Rosa. Fast kitschig.
Balda erzählte: „Eine Lady in England zog am Tisch über die Deutschen her. Da sagte ich ihr, dass ich eine Deutsche bin. Es folgte ein betretenes Schweigen."
In einem „Spukhaus" habe sie gewohnt und zeigt ein Foto, auf dem sie das Gespenst fotografiert habe. Am Schlüsselloch ist ein komisches weißes Licht zu sehen.

Ihr Mann kochte nicht, weil es ihm in der Küche zu kalt war. Balda stellte lauter gesunde Sachen her neben den ungesunden. Das sah man ihrer Figur an.
Jeden Morgen musste Müsli gegessen werden. Am Abend vorher wurde das Korn geschrotet und in Wasser eingeweicht. Manchmal jagte sie auch nur Hafer durch eine Quetsche. Natürlich mit Handbetrieb. Kürbis- und Sonnenblumenkerne, erstere gut gegen Prostataprobleme und gemahlene Hirse, die für schöne Nägel sorgt, ergänzten das Müsli.
Balda beklagte die Frauen, die weniger Rente erhalten, weil sie wegen der Kinder eine Zeitlang zu Hause geblieben waren. Scharf ging sie mit den Politikern ins Gericht und nun auch gegen Siegfried, den sie aus einem Ökoseminar her kannte: „Ökologie der Träume." Balda setzte sich für luzide Träume ein. Man sollte im Traum sein Traum so steuern, dass er ökologisch korrekt war! Wunderbar konnte Balda Siegfrieds „Lindenblattstelle" treffen! Er lachte sich scheckig. Sofort kam der Macker raus. Sie brauchte nur die Szene mit dem „Nutella"-Glas schildern. Damals ging es ja nicht nur gegen die Ökologie, sondern auch gegen sie als Frau. Sie konnte viele andere Beispiele erzählen. „Ach, dein Blusenschild schaut da raus", unter diesem Vorwand betatschte er die Frauen. Es wurde also nichts aus dem Heimaturlaub von Siegfried auf der Erde.
Dieter, Traum-Proband im Traumzentrum auf der Erde erschien hier wie immer in seiner schwarzen Motorradkluft, die Haare kurz und rötlich, der Gang so breit wie ein Cowboy. Er war geschieden und hatte zwei Kinder. Dieter lebte mit seiner Freundin zusammen, die ein Kind in die Beziehung brachte. Nun heiratete er sie. Er ist von Kirchen besessen. Alle Kirchen sieht er sich an. Will hier eine gründen, da es auf der Venus keine gibt. Aber da sind die Frauen davor.
„Zwei Jahrtausende lang sind wir von der Kirche unterdrückt worden, das kommt uns nicht in die ‚Tüte'!"
Einer Rakete entstiegen Frauen, die auf der Erde andere Frauen unterdrückten. Brigitte Rutz, Evolutionsbiologin, die die Theorie vertritt, dass man im Traum Verhaltensweisen ausprobieren und erlernen kann, die einem in der Zukunft helfen. Sie hielt im Traumzentrum mal einen Vortrag und bekämpft den Glauben, dass man im Traum seine Reinkarnationen sehen

kann. Schnell brachte sie alle unter ihre „Knute“. Viele Managerkurse haben ihr ein lautes, aufgesetztes Lachen beschert. Sie ist fest davon überzeugt, dass Männer nur Frauen verstehen lernen, wenn sie selbst mal schwanger waren. Trotzdem hat sie Schwierigkeiten, die Frauen zum Zeugungsakt mit den Männern zu ermuntern, denn diese mögen keine Macker. „Wie könnt ihr sie ändern, wenn ihr sie nicht schwängert?“, donnert Brigitte.
Die Männer haben auch keine Lust, schwanger zu werden. Die Frauen müssen sie, wenn sie schlafen und träumen, zum Empfangen bringen.
Brigitte hat eine sagenhafte Karriere hinter sich: Von einer Evolutionsbiologie-Studentin zu einer anerkannten Wissenschaftlerin. Mit 61 Jahren ging Brigitte in Rente. Sie lebt mit ihrer Freundin zusammen. Keine Kinder. Wegen ihrer Karriere hat sie darauf verzichtet. Oder ist sie unfruchtbar? Alle Frauen, die es wagten, Kinder zu bekommen und trotzdem Karriere machen wollten, machte sie fertig. „Ach, ich dachte, Sie sind schon wieder schwanger“, sagte sie zu einer ihrer Untergebenen, die vier Kinder hat, als diese sagte, ihr wäre schlecht. Sie förderte die Frauen, die nebenbei studierten, weil diese ihr dann dankbar sein mussten. Später legte sie sich eine künstliche Hüfte zu. Gern denkt Brigitte an die früheren Zeiten. Es waren wilde Jahre! Sie vergnügte sich mit einem Kollegen, der sich mit ihr auf Gleichstand der Karriereleiter befand, bis sie ihn überholte. Ihr Liebhaber heiratete, aber nicht Brigitte. Wilhelm Zelthofer, Nervenarzt, hätte es nicht ertragen, eine klügere Frau zu heiraten. Er sammelte personenbezogene Daten auf dem Computer, so zum Beispiel, wie oft und wie lange jemand krank war. Das brach ihm das „Genick“. Schnell wurde er in den ehemaligen Osten versetzt. Er sollte dort die Mitarbeiter einer Abteilung der Neurologie an einer Uni in der ehemaligen DDR schulen und sie „auf Trab bringen.“ Den Schlendrian im ehemaligen Osten kannte man ja. Während der Arbeitszeit zum Friseur gehen, einkaufen und so weiter. Vorurteile? Es war ihm so erzählt worden.

7.Kapitel

Brigitte hatte Wilhelm anonym aus Rache entlarvt, weil er sie nicht heiratete. Siegfried Klösch, den sie vor ihrem Vortrag im Traumzentrum kennenlernte, ärgerte sie bis zur Weißglut, indem sie, als er sie vor dem Auditorium vorstellte, ständig verbesserte. Er veröffentlichte dann wissenschaftliche Artikel, in denen er sie diffamierte. Sie würde sich zu schnell und emotional ein Urteil bilden. Ihre Erkenntnisse wären nicht seriös. Er vernichtete ihren wissenschaftlichen Ruf. Brigitte zog sich zurück. Worum war es gegangen? Brigitte hatte behauptet, dass die Menschen in Zukunft sich so entwickeln würden, dass sie das Bewusstsein von anderen Menschen im Traum verändern könnten, was zum Beispiel ein Segen wäre bei Sektenanhängern. Siegfried Klösch tat dies als „Spinnerei“ ab. Am Ende ihres Vortrages sagte er zu ihr: „Warum stieren Sie mich so an?“ Nebenbei hatte Brigitte ihre Karriere in der SPD verfolgt und liebäugelte inhaltlich mit der CDU, als die SPD nicht mehr so stark gewählt wurde. Aber der Beruf war ihr damals doch wichtiger. Machtspiele. Das schaffte ihr die Befriedigung. In ihrer Rentnerzeit wollte sie sich auf die Politik stürzen. Aber so alte Leute wollten sie nicht in der Partei. Jedenfalls nicht in wichtigen Positionen. Natürlich hatte sie einen Frauenbonus, aber das reichte nicht. Dann wurde sie zur Venus entführt.

Wirre Träume verfolgte sie aus einem früheren Leben in Persien, wo sie eine Amazone war, und eine Gegenspielerin hatte, die heute Brigitte ist und die zum Glück sehr früh starb. Sie fiel vom Pferd.

Conny Meyer, Studentin der Psychologie, kam auch hierher zum Planeten Venus. Sie trug einen kurzen, schwarzen Lederrock, dazu in der gleichen Farbe Netzstrumpfhosen und Stiefel, eine silberne, feste Zahnspange, konnte etwas Spanisch (was nützt ihr Spanisch auf der Venus?), das sie bei einem Urlaub mit ihrem Freund in der Karibik einsetzte, hatte kurze, dunkle Haare, war sehr geschminkt. Sie sollte durch Rückführungen an der Umerziehung der Männer mitwirken, denn wenn sie erfuhren, dass sie in anderen Leben mal eine Frau waren, dann würde es ihnen leichter fallen, die Schwangerschaft zu akzeptieren.

Oh, Schreck, Wilhelm, den Brigitte fertig gemacht hatte, kam auch zur Venus. Aber da hatte Brigitte längst das Heft fest in der Hand.
Heinz, Brille, dick, klein, misstrauisch, Traum-Proband, Klinischer Gesundheitspsychologe, den Balda aus ihrem Studium der Ökologie her kannte, wollte durch Selbsttestung versuchen, seine Träume so zu beeinflussen, dass sie zu seiner Gesundheit beitrugen, um das Modell dann Kranken anzubieten. Er stürzte sich sofort auf den Lichtbrunnen und schloss sich mit seiner ehemaligen Studentin zusammen. Sein Vorhaben sollte dazu dienen, Kosten im Gesundheitsbereich zu sparen. Das spielte aber auf der Venus keine Rolle. Die Gesundheit kam aus dem Lichtbrunnen. Aber der Gedanke an das Sparen ließ ihn nicht los. Wie sollte man die Forderungen von Ali Baba vom Sirius erfüllen, der viele Edelsteine verlangte, um die Flüchtlinge abzuhalten, zur Venus zu fliegen? Aber die Frauen ließen sich nicht kaputtsparen.
Zum Glück gab es keine Altersbeschränkung für Männer, Babys auszutragen, so wurde Wilhelm und Heinz eine Schwangerschaft verpasst – dies war nun nicht mehr mit einer körperlichen Vereinigung nötig, es gab die künstliche Befruchtung.

Taffy kam mit der gleichen Rakete wie Wilhelm und Heinz zur Venus. Wie war das möglich? Nachdem er seine Zeitreise in das Römische Reich beendete, flog seine Rakete auf die Erde. Er wollte Claudia im Traumzentrum besuchen. Da traf er auf Wilhelm und Heinz, die dort gerade ein Seminar geben wollten. Das Entführungs-Vakuum-Schiff der Venus war gelandet. Conny, Brigitte und Balda packten Wilhelm und Heinz, die sich an Taffy festhielten. Taffy wollte ihnen helfen. Aber da wurde er gleich mit abtransportiert.

14.04.2020 Oda geht in der Drogerie einkaufen. Auch dort steht jetzt ein Security-Mann, der die Einkaufswagen mit Desinfektionslösung abwischt, bevor der sie austeilt.
Gestern hat Oda den Film „Decameron" von Pier Paolo Pasolini gesehen. Sie hätte eine andere Auswahl der Geschichten getroffen. Natürlich, er ist ein Mann!

Die Rahmenhandlung, dass der Film in der Pest-Zeit in Florenz im 14. Jahrhundert spielt, ein Kunst-Maler steht im Vordergrund, der eine Kirchenwand mit seinen Schülern gestaltet.
Sie findet es erstaunlich, dass die Schauspieler genau die Worte sprechen, die im Buch stehen. Im „Dekameron" sind verschiedene Orte für die Novellen angegeben. Im Film spielt alles an einem Ort.
Oda hätte die Neunte Geschichte vom zweiten Tag verfilmt, wo eine Frau in Männerkleidern den Betrüger entlarvt. Interessant ist auch die dritte Geschichte vom sechsten Tag, in der Monna Nonna de' Pulci dem Bischof auf sein unehrenhaftes Witzeln eine schlagfertige Antwort gibt. Die beste Geschichte ist aber die, ebenfalls vom sechsten Tag, die siebente, wo eine Frau, die ihr Mann wegen Ehebruchs anklagt, vor Gericht sagt, dass sie dem Gesetz, in dem steht, dass untreue Ehefrauen verbrannt werden müssen, nicht zugestimmt habe und dadurch frei kommt. Lustig ist die erste Geschichte vom siebenten Tag, in der eine Frau ihrem Mann einredet, der Liebhaber draußen, der anklopfe, sei ein Gespenst.
Ebenfalls vom siebenten Tag gefällt Oda die vierte Geschichte, in der eine listige Frau ihren Mann übertölpelt.
Geradezu emanzipatorisch findet Oda auch die achte Geschichte, in der die Gattin eines Eifersüchtigen ihrem Mann ordentlich die Meinung sagt.
Aber ansonsten stören Oda die Standesunterschiede. Wer adlig, reich oder hübsch ist, kommt aus einem Dilemma raus. Sie weiß, dass das damals so war und ist froh, dass es sich geändert hat. Oder? Manchmal vielleicht doch nicht, verschleiert tritt es zutage.
3/5 der Bevölkerung von Florenz starb 1347 an der Pest.

Oda hört als Gasthörerin am Laptop eine Vorlesung über die Pest in Avignon und wie erstaunlich gut die Kurie diese überstand. Die Pest, wie von Kafka beschrieben, kam von der Krim, wo die Genuesen gegen die Mongolen (Tataren) kämpften, durch ihre Flucht auf den Schiffen auch nach Genua, die dann nach Florenz kamen …

Hatte Urania nicht von einer Reinkarnation in Genua geträumt? Die Mongolen, die die Pest mitbrachten, waren auf der Flucht vor den Genueser, die gegen sie auf der Krim kämpften und erreichten so Genua. Dann flüchteten sie weiter mit Schiffen nach Florenz. Das war 1347. Auf einem der Schiffe war damals Urania gewesen!

... und von da aus nach Avignon, wo der Papst residierte mit seinen Kardinälen. Die Reichen flohen vor der Pest, schluckten Heilpillen, ließen sich zur Ader, räucherten die Luft mit Feuer, wie es der Papst machte, der niemand zu sich ließ, man nahm Theriak, Äpfel und gutriechende Essenzen. Den Armen blieb nur die Volksmedizin. Da sie eng beieinander wohnten, breitete sich die Ansteckung schnell aus. Die Pestbakterien waren aber allergisch gegen den Bockgestank. Weshalb war nun die Pest ausgebrochen? Der Papst fragte sich, ob er oder/und seine Kardinäle Schuld auf sich geladen hätten.
Die Familien zerfielen durch die Pest. Der Egoismus gewann. Papst Clemens VI. verbot, dass Flagellanten durch die Straßen ziehen. Er bezahlte die Ärzte, Totengräber, weil er wusste, dass sich sonst keiner um die Kranken und Toten kümmern würde und entlohnte auch die Totengräber. Die Juden, die von der Bevölkerung schnell als die Sündenböcke ausgemacht wurden, stellte der Papst unter seinen Schutz. Es starben auch einige Prälaten. Der Papst setzte vorerst keine neuen ein, sodass die übrig gebliebenen sich die Pfründe teilen konnten. Dadurch erhöhte sich auch die Machtposition.
Verschwörungsglauben der Rechten geben ja auch heute den Juden und Ausländern die Schuld an der Corona-Pandemie.
Oda liest den „Tagesspiegel", in dem steht, dass die Reichsbürger behaupten, die Pandemie sei erfunden worden, um eine neue Weltordnung zu errichten. Dabei sind sie es, die hoffen, dass sie durch die Krise die Regierung entmachten können. Der Berliner Verfassungsschutz warnt vor Rechtsextremisten, die die Corona-Krise zum Anlass für Anschläge nehmen könnten. Ein Rassist im US- Bundesstaat Missouri wollte ein Krankenhaus angreifen, indem Corona-Virus-Patienten behandelt werden. Das FBI konnte es verhindern.

Jonas hört immer noch die „Winterreise". Beim Kaffee – Oda hatte einen Schokoladen-Kaffee-Kuchen gebacken, mit Creme fraîche hinten auf das Stück und Schokoladenspänen – sagt er: „Ich denke immer an den Tod

meiner Mutter. Zwei Stunden vorher war ich bei ihr noch im Altersheim. Ich war bei ihrem Tod nicht da. Auch Kyra, meine Schwester, macht sich deshalb Vorwürfe, sie war am Vortag dagewesen. Da kannst du mir hundert Mal sagen, dass du das nicht wissen konntest und deine Mutter vielleicht gar nicht wollte, dass du oder deine Schwester bei ihrem Tod dabei bist. Ich habe immer noch Schuldgefühle."
„Vielleicht solltest du mal zu Bernd Holzhauser gehen und eine Psychoanalyse machen. Aber eigentlich bin ich eher für Systemische Familientherapien. So eine Ausbildung habe ich ja mal gemacht, wie du weißt. Kyra sollte ebenfalls zur Systemischen Familientherapie gehen, auch wenn sie Psychologin ist. Und Bardolf, dein Bruder, mit dem du Schwierigkeiten hast."
Hinterher liest Jonas die Zeitung und sagt dauernd: „Hör' dir das an!"
Er kann sich schrecklich über Zeitungsmeldungen aufregen. Wenn man ihn daraufhin anspricht, meint er nur, dass es besser geworden wäre.

Schreiberin: Der Wind dekoriert ständig das Schaufenster des Himmels mit Wolken neu. Es herrscht ein kalter Wind.

Wollen wir die Amazonen nun mit netten Männern beglücken, möchten sie es, fehlt ihnen was? Mit den Machos auf der Venus wollen sie sich nicht mehr einlassen, was nun? Müssen sie warten, bis diese umerzogen wurden? Können sie nicht einfach träumen, dass diese Machos emanzipierte Männer werden? Nein, das klappt nicht. Sie können zwar wieder träumen, aber nicht ihre Währung materialisieren. Balda schlägt vor, dass die Venuser erneut Edelsteine abbauen, um sie auf der Erde gegen Goldmünzen umzutauschen. Dann könnten sie Ali Baba das Geld für die Flüchtlingslager auf Sirius schicken.
Urania: „Aber das ist doch Unsinn! Wir sollten die Ursachen der Flüchtlingswelle bekämpfen."
Taffy: „Wie willst du das machen?"
Gabi: „Die Regierung muss gestürzt werden!"
Bromelius: „Das haben wir auf der Venus geschafft, als Ali Baba dort herrschte."

Nicole: „Wir werden von der Erde nette Männer bestellen. Vielleicht haben sie eine Idee. Sie sollen das Vorbild für die Machos sein."
Balda: „Aber wir haben doch einige nette Männer: Taffy, Bernd, Teiresius."
Da trifft Uwe vom Sirius ein, ehemaliger Taekwondo Lehrer von Kriemhild. Uwe ist nicht sehr durchsetzungsfähig, verliert ab und zu seine Stimme, ist Idealist, er kann aber auch sehr unangenehm werden, wenn es mal nicht so läuft, wie er es sich vorstellt. Er studiert Betriebswirtschaft, arbeitete in einer Computerfirma.
Elke verliebt sich in ihn, als sie ihn bittet, ihr Taekwondo beizubringen, denn sie möchte abnehmen. Er muss sie dabei berühren. Ein Schauer jagt ihr über den Rücken. Sie fühlt sich wie Laurella in „L'Arrabbiata" von Paul Heyse. Ihre Mutter war von ihrem Mann geschlagen worden. Darum hatte sie sich geschworen, sich nie ernsthaft mit einem Mann einzulassen. Elke lebte nur für ihr Studium. Bromelius war ausschließlich für die sexuelle Befriedigung gewesen. Nun ist er sauer. Er will Uwe nicht in seiner Computerfirma arbeiten lassen. Uwe macht eine eigene Firma auf. Er berechnet die Logistik, die für den Edelsteinabbau nötig ist. Bromelius bleibt bei seinen Kalkulationen, wieviel Energie durch Meditation hergestellt werden muss, um die Transportkosten der Venuser für die Raketen zu gewinnen. Außerdem rechnet er aus, wie viele Träume sie brauchen, um den alltäglichen Bedarf der Venuser zu materialisieren.
Elke repariert Uwe nicht den zerrissenen, dunkelblauen Gürtel von seinem Taekwondo-Anzug. Soweit reicht die Liebe nicht. „Die ganze Nacht sitze ich und nähe", klagt er unerhört. Männer müssen sich eben emanzipieren. „Je öfter du das machst, umso schneller geht es dir von der Hand."
Eine Versammlung wird von Wilhelm einberufen. Er sagt: „Ich habe euch gebeten, zu kommen, weil ich eine Abstimmung mit euch machen möchte, ob Brigitte immer noch unsere Regierung sein soll. Sie hatte sich an die Macht geputscht, als ihr Ali Baba verjagtet. Sie wurde aber nie von uns gewählt. Ich habe auf der Erde sehr unter ihr leiden müssen und bin nicht damit einverstanden, dass sie uns weiter regiert!" Bilhildis: „Sie hat mir Oda vorgesetzt. Das verzeihe ich ihr nie!" Brigitte: „Du hattest dich über Personalnot beklagt. Da habe ich dich gefragt, ob du auch Oda nehmen würdest. Du sagtest: ja. Damals war Oda in einer anderen Traumforschungsstätte

nicht beliebt gewesen, weil sie so viel arbeitete, dass sie ‚die Preise' verdarb, wie die Kollegen das ausdrückten."
Bilhildis: „Ja, ich wollte sie als Kollegin, aber nicht als Chefin! Sag' du doch auch mal was, Arsenius!"
Dieser stottert: „Sie soll zur Erde zurückkehren. Da kann sie gleich die erste Ladung von Diamanten, die wir geschlagen haben, mitnehmen und verkaufen. Sie hat mich auf der Erde in eine andere Traumwerkstatt versetzt, nachdem sich Oda über mich beschwerte."
Mangolf: „Ihr wisst dies vielleicht noch nicht, aber ich lebte früher auch auf der Erde. Sie hat mir bei der Uni den Zeitvertrag nicht verlängert. Ich bot ein Seminar an: ‚Träume als Simulation für reale gefährliche Situationen'."
Brigitte: „Weil du nur eine Systemische Familientherapie-Ausbildung hast. Es gab neue Richtlinien, die besagten, dass nur staatlich anerkannte Psychologen bei uns arbeiten dürfen. Das ist auch richtig so, denn die Krankenkasse bezahlt nicht die Traumtherapie der Systemischen Familientherapie. Du wärst schon längst eher versetzt worden, wenn du nicht zum Stadtrat eine persönliche Beziehung gehabt hättest."

Ich denke, das war auf dem Sirius? Ja, aber auch auf der Erde.

Mangolf: „Wir sollten abstimmen."
Balda: „Nicht, bis jeder gehört wurde! Mich hat sie auf der Erde auch mies behandelt. Aber dann ging sie in Rente. Ihre Nachfolgerin war noch viel schlimmer zu mir. Und dann erst mal Daria!"
Taffy: „Wer soll uns dann regieren? Mir ist das egal. Ich muss nach meiner Familie auf dem Sirius sehen. Was macht eigentlich Vanas?" Er ist rot geworden, schwitzt, seine Hände zittern, in den Augen bilden sich Tränen.
Bernd: „Sie flog zum Sirius, will sich unbedingt von dir schwängern lassen." Er kichert. „Ich bin nicht der Meinung, dass wir eine Regierung brauchen. Vor Ali Baba hattet ihr nur den gewählten Probst. Aber wir sollten einen Rat installieren, der sich regelmäßig trifft."
Brigitte: „Ich habe Sehnsucht nach meiner Freundin in Berlin. Ich vermisse auch, dass ich mit ihr Tischtennis spielen kann. "

Teiresias: „Wir sollten nichts überstürzen. Ich glaube, sie will von sich aus zurück. Auf jeden Fall sollten wir sie aus unserem Rat ausschließen."
Heinz: „Das geht nicht, solange sie noch hier ist."
Brigitte: „Du arroganter Kerl! Du tust jetzt so gerecht! Aber in Berlin, da durfte sich niemand in der Kantine neben dich setzen. Es würde sich mit deiner Position nicht vertragen, hast du damals gesagt!"
Siegfried: „Ich bin dafür, dass sie verschwindet. Sie sorgte für meine Versetzung von der Uni. Ich war sehr unglücklich als Vorstandsvorsitzender des Traumzentrums, schrie aus dem Fenster: ‚Verpisst euch, ihr Neurotiker, ihr Träumer! Wacht auf! Hier ist die Musik!'"
Conny: „Wir Frauen sollten zusammenhalten. Ist egal, wie sie auf der Erde war und hier ist. Lieber eine herrschsüchtige Frau als die Dominanz von Männern. Ich habe gerade mal durchgezählt. Im Rat befinden sich acht Frauen und 11 Männer. Das geht so nicht."
Taffy: „Wenn ich meine Familie geholt habe, dann sind es drei Frauen mehr."
Siegfried: „Kinder zählen nicht."
Gabi: „Wieso sollen Kinder keine Stimme haben? Gut, keine volle Stimme, aber sie sollten einbezogen werden."
Mangolf: „Wenn ich meine Frau hole, haben wir mit der Frau von Taffy zwei Frauen mehr."
Bilhildis: „Das ist doch nur Kosmetik! Wo ist nur unser Matriarchat geblieben?", ruft sie verzweifelt.
Der Rat tagt in der Rubin-Felsengrotte, deren Edelsteine schon fast alle abgebaut sind. Draußen regnet es. Ihre Stimmen hallen. Die Versammelten sitzen auf Stühlen an einem runden Tisch. Vor ihnen stehen rubinrote Gläser mit Pfirsichtee, der wunderbar duftet. Auf dem Tisch liegt in Schalen Brot und Obst. Die Männer tragen ihre griechischen, weißen Röckchen, die Frauen haben lange Lederhosen mit T-Shirts an. Die Grotte ist durch Wandlampen erhellt. Im Hintergrund knackt das Holz im Kamin. Schatten huschen an den Wänden entlang.
Nicole: „Wer von uns ist denn eigentlich ein ‚echter' Venuser? Doch nur Vanas, die nicht da ist, Bromelius und Teiresias. Wir können doch nicht wie Kolonialisten über die Venuser bestimmen!"

Bromelius: „Taffy, du hast doch im Auftrag der Sirianischen Regierung die Erde beobachtet. Was macht denn Deutschland wegen der Flüchtlinge? Oder andere Länder? –Ach, da muss ich ja gar nicht fragen, wir haben hier viele Erdianer."
Taffy: „Ja, ich habe nicht nur Oda beobachtet."
Bromelius: „Wer ist denn das?"
Taffy: „Die meisten kennen sie hier. Von Bilhildis und Arsenius die Vorgesetzte."
Bromelius: „Warum hast du sie beobachtet?"
Taffy: „Weil sie das Traumzentrum in Berlin leitet. Wir sollten doch die Träume der Erdianer erforschen, um herauszubekommen, ob sie sich an ihre Träume erinnern."
Bromelius: „Und hast du das rausgefunden?"
Taffy. „Nein, nicht wirklich, sonst hätten wir ja nicht die Entführungen der Menschen machen müssen, um ihnen Gehirnmasse zu entnehmen. – Aber zu deiner Frage mit den Geflüchteten: die Erdianer machen es auch nicht besser als wir."
Peter, Metallarbeiter, ABM-Kraft im Traumzentrum, geschieden, zwei Kinder, hat ein „Bratkartoffelverhältnis" und gern seine Ruhe, trägt einen tätowierten Panzer auf dem Unterarm. Er erscheint vor der Grotte. „Hallo, ihr habt mich als ‚netten' Mann von der Erde geholt. Ich soll Vorbild für die Machos bei euch sein. Hier bin ich!"
Bilhildis: „Ach, du lieber Gott, noch ein Mann!"
Peter: „Aber ihr wolltet mich doch! Ich habe gehört, dass ihr durch Träume Dinge materialisieren könnt. Wie macht ihr das? Kann ich das auch lernen?"
Balda: „Ich konnte das auch nicht gleich, als ich vom Sirius zur Venus kam. Nur die Einheimischen können das. Wir Entführten oder Geflüchteten mussten es erst lernen. Nur Miloslaw konnte es sofort."
Peter: „Wie das?"
Urania: „Naturbegabung. – Was hast du da für eine Tätowierung am rechten Unterarm? "
Peter: „Ja, das war so. Ich musste in der DDR Wehrdienst leisten. Da hatten wir einen getrunken, und schon hieß es, wer hat Mut, sich zu tätowieren? So bekam ich meinen Panzer auf den Unterarm. Meine Mutter sah den Pan-

zer und sagte: ‚Junge, was haben sie mit dir gemacht? Die sind ja schlimmer als die Nazis!'"
Gabi: „Wir sind hier Pazifisten. Du gehst gleich zum Lichtbrunnen und lässt dir diese Tätowierung abwaschen. – Außerdem musst du zur Kleiderkammer, dir einen griechischen Rock holen. Das ist hier Vorschrift für Männer!"
Peter schaut verblüfft. „Warum denn das?"
Bilhildis: „Erklären wir dir ein anderes Mal. Ja, das Matriarchat hat sich hier leider verflüchtigt. Aber wir können wenigstens die Gleichberechtigung zwischen Männer und Frauen einführen."
Peter: „Dann brauche ich den lächerlichen Rock nicht anziehen!"
Bernd: „Los, Männer, wir ziehen unsere Röcke aus und holen uns aus der Kleiderkammer Hosen. – Was ist mit dem Kinderkriegen?"
Bilhildis: „Du hast doch bisher noch gar keins bekommen! Gut, ab heute werden wir die Mediziner bitten, dass sie Männer und Frauen Kinder gebären lassen. Elke, du bist doch Fachfrau. Kannst du dich darum kümmern?"
Elke: „Mach' ich."
Aber wollen die Männer gleichberechtigte Frauen? Nein, sie sind ihnen zu zickig.
Träume sickern in die innere Satellitenpfanne von Bernd, der Träume wie ein Menü bestellt und sich daran delektiert. Vor-, Haupt-, Nachspeise. Vorspeise: Hat mit dem Leben abgeschlossen. Läuft ins Wasser. Will sich ertränken, kehrt um, denkt: nein, noch nicht. Er ist immer noch in Urania verliebt, möchte aber mit ihr zur Erde.
Hauptmahlzeit: luzider Traum. Er wischt zwei Räume, Frauen stehen da herum. „Wenn ihr nicht mithelft, dann geht aus dem Weg!" Nein, zurückspulen. Er sagt: „Holt euch mal einen Eimer, Schrubber und Lappen, macht mit!" Er ist ganz wach im Traum und weiß, dass er träumt.
Was darf es zum Nachtisch sein? Ein bisschen Erotik. Er hängt seine Eier in den Mund von Urania, sie leckt daran, er hat keine Angst, dass sie zubeißen könnte. „Nach dem Traum" von Fauré hört Bernd eine düstere, dunkle, schwebende Musik.
Dann ergreift er die Gelegenheit, als eine Rakete nicht genügend bewacht ist, und flieht mit Urania auf die Erde.

Ich: Sie werden sich bestimmt fragen, wie es sein kann, dass Menschen von der Erde verschwinden und nicht gefunden werden? Haben Sie mal die Meldungen in den Zeitungen gelesen, wie viele Menschen jährlich einfach so weg sind nach dem Motto „Ich bin dann mal weg?“, ohne dass man sie jemals wiederfindet? Schwieriger wird es, als Bernd Holzhauser wieder auftaucht und dazu seine Liebste Urania mitbringt. Er erklärt seinen Patienten, Freunden, Bekannten, Verwandten und Oda, dass er verreist gewesen sei. Da habe er seine Freundin kennengelernt.

Unterdessen haben sich die Geschlechterdiskussionen auf der Venus gelegt. Alle Wesen werden androgyn. Elke hat sie operiert. Und der Planet wird harmonisch.

Oda, die auch am Roman „Die Traumplaneten“ schreibt, muss langsam aufpassen: 88 Figuren sind bisher in ihrem Roman aufgetreten. Reich-Ranicki bemerkte über ein Buch von Rushdie: „Wenn man erst mal die ersten 50 Personen verdaut hat, kommen die nächsten 50.“ Da aber mein Roman nicht in Gefahr geraten wird, von Reich-Ranicki beurteilt zu werden, denn er ist tot, kann ich weiter neue Leute um mich scharen.
Jonas sagt zu ihr: „Nicht so viele Figuren, nicht so viele Planeten!“ Er kennt nur die erste Fassung des Romans, die ihm nicht gefallen hat. Oda: „Warte doch erst mal ab! Ich habe alles geändert! Wenn du meinen Roman in der zweiten Fassung immer noch schlecht findest, kannst du es mir ja sagen!“
Figuren. Das ist ein literaturwissenschaftlicher Begriff. Ärzte sagen zu Menschen Patienten. Sozialarbeiter nennen sie Klienten, wie Rechtsanwälte. Für das Job-Center sind es Kunden.
Sophie Arnd erinnert sich an ihr Anerkennungsjahr als Sozialarbeiterin im Kontaktzentrum in Lankwitz. Ihre Anleiterin sagte zu ihr: „Nicht psychisch Kranke sagen, es sind Menschen!“

Kriemhild träumt, als sie 13 Jahre alt ist. Sie ist die ältere Tochter von Taffy, die in ihren Alpträumen immer wieder ihre Familie umbringt. Sie hat ein Schießgewehr und ballert alle nacheinander ab. Dann kommen die Lehrer dran, die Mitschüler, alle Menschen auf der Welt, solange ihre Munition reicht. Sie hasst sich und alle anderen. Zuerst muss ihre Mutter dran glau-

ben. Sie wollte Kriemhild nicht, als sie ein kleines Kind war. Alkoholikerin. Arbeitete in Kneipen. Ist wieder verheiratet, hat zwei neue Kinder. Sex- und Gewaltvideos sieht sie sich an. Aber Kriemhild liebt sie doch. Eine Hassliebe. Warum liebt die Stiefmutter sie nicht? Kümmert sich nur um die Jolanthe, die jüngere Halbschwester. Also muss Kriemhild böse sein. Zur Bestätigung kloppt sie sich durch die Welt. Schule? Sie kann doch nur schlecht in ihren Leistungen sein. Also, ab in die Lernbehinderten-Schule. Da soll sie nach dem Willen ihres Vaters und dem der Stiefmutter auch nicht raus. Sackgasse. Kriemhild lebt bei ihrem Vater Taffy und der Stiefmutter Esther. Beide haben ein gemeinsames Kind, Jolanthe.
Die Stiefmutter hasst Kriemhild. Esther ist attraktiv, Kriemhild pummlig, hat fettige, kurze Haare. Und die Stiefmutter ist klug. Machte ihre Krankenschwesterausbildung, nachdem sie Krankenpflegerin gewesen war. Kriemhild meint, dumm zu sein. Die Stiefmutter ist streng. Sie zieht die Halbschwester, ein hübsches, niedliches Ding, ihr vor. Auch der Vater.
Kriemhild stiehlt mit ihrer Bauchtasche im Laden, sie wurde nicht nur von Figaro dazu gezwungen, der ihr das mit Hilfe eines Messers nahelegte, da er in mehreren Läden Hausverbot hatte. Sie raucht. Bekommt Stubenarrest. Wochenlang. Jeden Sommer fährt Kriemhild zu ihren Gasteltern zur Venus. Jessica liebt sie, ist traurig, wenn sie da weg muss, auch als die Gastmutter ihr die Haare ganz kurz schneiden lässt. Letztes Mal hat sich Kriemhild dort ein Bein gebrochen. Es war langweilig. Nichts konnte sie machen. Abknallen, alle abknallen. Die Spiel-Therapie bei Urania hat sie beendet. Genug. Das reicht. Den Eltern wurde es zu mulmig, denn sie sollten einbezogen werden. Urania ist ja nun weg. Ihr Vater Taffy ist wieder mal verschwunden. Dabei hatten sie doch zusammen Plakate gegen die Regierung geklebt! Da fühle sich Kriemhild zum ersten Mal angenommen. Jolanthe und sie untereinander: Hassliebe.
Kriemhild als Sündenbock willkommen, lädt alles auf sich. Jolanthe ist fein raus. Einschmeicheln bei den Eltern, sie ist doch nicht so wie ihre Halbschwester! Teilweise decken, dann verraten. Sich für einen einsetzen, später ihn in die Pfanne hauen. Kriemhild knallt alle ab. Sie hat so eine Wut im Bauch! Sieht im Wohnzimmer, wenn Taffy und Esther nicht da sind, Video: Horrorfilme. Jolanthe nicht. Sie hat Angst. Kriemhild auch, aber es ist eine

Mutprobe für sie. Wenn das Video zu schrecklich wird, geht sie in ihr Bett, traut sich nicht, den Fernseher auszumachen. Wenn Esther und Taffy kommen, tut sie so, als ob sie schliefe. Früher schaltete der Vater dann den Fernseher aus. Nun nicht mehr, weil er sie verlassen hatte!
Uwe, der Taekwondo-Lehrer, ist auch abgehauen. Aber das macht nichts, sie hat das Training nicht durchgehalten, jetzt spielt Kriemhild Flöte, die ihr die Gasteltern auf der Venus geschenkt haben. Dieser Albtraum war gut! Bitte noch mehr davon. Sie sagten doch immer alle, dass ich böse wäre. Na, seht ihr, ihr habt recht gehabt!
Kriemhild geht zu Ali Baba und nimmt seinen Glauben an. Er hasst die Venuser, will sie vernichten. Sie hasst auch die Venuser, denn ihr Vater hat sich in eine Venuserin verliebt. Damit begann der ganze Schlamassel.
Kriemhild lässt sich von Ali Baba einen Selbstmord-Attentat-Rucksack geben und fliegt mit Daria in einer Rakete zur Venus.
Unterdessen ist Vanas auf Sirius angekommen. Unbemerkt von der Regierung besucht sie Taffy zu Hause, glaubt sie jedenfalls. Er ist nicht da, nur seine Frau Esther mit Jolanthe. Sie machen sich nicht viel Sorgen um das Verschwinden von Kriemhild, denn diese strolcht oft stundenlang draußen umher.
Bisher hatte ja weder Vanas noch Esther eifersüchtig reagiert, aber nun …
Vanas: „Wo ist Taffy?"
Esther: „Nicht da!
Vanas: „Ich will nur ein Kind von ihm. Dann lasse ich ihn in Ruhe!"
Esther schnappt hörbar nach Luft und sagt:
„Du willst ein Kind von ihm?"
Vanas: „Ja, was dagegen?"
Da erscheint Taffy.

Ich. Mir fällt die „Dreigroschenoper" von Brecht ein. Die Eifersuchtsszene.

Vanas: „Oh, Taffy, da bist du ja. Schau doch nicht weg, du brauchst dich nicht zu schämen. Ich bin doch deine Liebste."
Esther: „Oh, du gemeiner Schuft!"

Vanas: „Du Schlampe. – Taffy, ich bin hergeflogen, weil ich ein Baby von dir haben will.“
Taffy: „Was? Ich habe doch schon zwei Töchter.“
Esther: „Du dreckiges Früchtchen. Das ist also deine große Eroberung! Das also ist deine Schönheit von der Venus!
Zeig doch mir mal deine hübschen Beine!
Ich möchte auch mal was Schönes sehen.
Denn so schön wie du gibt es doch keine!
Du sollst ja auf meinen Taffy solchen einen Eindruck machen!“
Taffy: „Hört auf! Esther, ich bin gekommen, um dich und die Kinder zur Venus zu bringen. Unser Widerstand hat ja nichts genutzt. Vom Regen in die Traufe sind wir gefallen. – Wo sind die Kinder?“
Esther: „Jolanthe!“ Jolanthe erscheint, umarmt und küsst den Vater.
Taffy: „Und wo ist Kriemhild?“
Esther: „Keine Ahnung. Sie strolcht sicher mit ihrem Freund Figaro herum.“
Taffy: „Hol‘ sie schnell. Balda wartet mit der Rettungsfähre.“
Vanas: „Glückliche Wiedervereinigung der Familie. Und ich?“ Sie grinst ironisch.
Taffy: „Du wirst sicher auch jemand anderen finden, der dich schwängert!“
In der Rakete packt Taffy eine Tüte Bonbons aus und bietet Jolanthe, seiner Frau und Balda welche an. Balda: „Das ist schädlich für die Zähne!“
„Gönnst du uns nicht mal einen Bonbon?“

Mir fällt Marcel Proust „Auf der Suche nach der verlorenen Zeit“ ein, wo der Protagonist, ein kleiner Junge, von einem Ich-Erzähler geschildert, den angebotenen Bonbon unter einer Glasglocke nicht nehmen darf, weil die Mutter ihm das verbietet.

Balda holt Äpfel hervor und verteilt sie. „Das ist besser!“

8.Kapitel

15.04.2020 Oda liest im „Tagesspiegel" über die Situation in Indien. Sie war zweimal da. Darum interessiert sie sich dafür. Am 13. März erkrankte der erste Inder an Covid 19. Situation in Indien: Einen Monat später sind es nach Angaben des Gesundheitsministeriums 358 Corona-Tote und 10.450 Infizierte. Seit drei Wochen gilt eine Ausgangssperre, die bis zum 3. Mai verlängert wurde.
Die Armen können nicht mehr arbeiten. Wie sollen sie ihre Miete bezahlen? Sie haben kein Geld, um sich Lebensmittel zu kaufen. Früher hat ein Mann einer Familie im Schrotthandel für alle gesorgt. Nun ist er arbeitslos. Vor ein paar Tagen ging er raus, um Essen aufzutreiben. Er wurde von der Polizei erwischt und mit einem Bambusstock verprügelt. Es gibt eine zentrale Essensausgabe, die von der Polizei mit Schlagstöcken überwacht wird. Manche Leute, die nichts bekommen, werden aggressiv.
Ja, dagegen sind die Zustände in Deutschland noch gut. Aber es stimmt nicht, was vor einiger Zeit Frau Klöckner gesagt hat, dass es genügend Lebensmittel für alle gäbe. Nudeln, Tomatenketchup, Mehl waren eine Zeitlang Mangelware. Hartz IV-Empfänger können sich teure Produkte, die in den Regalen übrigblieben, nicht leisten.
Oda hat gestern im Fernsehen „Lanz" gesehen. Ein Volkswirt schlug vor, die non-food-Dinge bei „Aldi" usw. zu sperren, damit es gerecht ist, dass die Bekleidungsläden nicht öffnen dürfen. Er sprach sich dagegen aus, dass Boni an die Aktionäre von Firmen ausbezahlt werden, die staatliche Hilfen annehmen.
Es ging viel um die Sinnhaftigkeit, Nasen- und Mundmasken zu tragen. Davor war ja nicht klar, ob es den Träger wirklich schützt. Herr Markus Lanz meinte, dass die Behauptung, Masken schützen den Träger nicht, nur wegen der Schutzmasken-Knappheit vertreten worden war. Es gibt immer noch nicht genügend Schutzmasken. Im Internet werden sie zu Wucherpreisen angeboten. Amazon und Ebay nehmen die horrenden Angebote raus.

Ein SPD-Gesundheitsexperte warnte eindringlich davor, die Schutzmaßnahmen zu früh zurückzunehmen. „Dann würde es im Herbst umso schlimmer werden!“

In Singapur wurden die Maßnahmen zu schnell zurückgenommen. Jetzt gibt es dort eine zweite Welle der Ansteckung. Es scheint so, als ob die, die Corona schon mal hatten, nicht unbedingt immun dagegen sind.

Es sagt sich so leicht, ihr könnt keine Bekleidung kaufen, dann bestellt sie doch! Nach den Erfahrungen von Oda dauert es aber sehr lange, ehe man etwas Geordertes erhält.

Jonas fegt mit dem Handfeger und Schippe in der Müll-Ecke in der Küche auf. „Du Saftsack“, schimpft er, weil der Dreck nicht so auf die Schippe will, wie er das für ihn vorgesehen hat. Oda erinnert sich daran, wie ihr älterer Sohn Wilderich von der Schwiegermutter erzogen wurde: Er stieß sich als Kleinkind an einem Tischbein. Da sagte sie: „Das böse Tischbein!“ So wird Kindern beigebracht, dass immer die Dinge oder die anderen Menschen Schuld haben.

Oda wies diese scharf zurecht. Wahrscheinlich wurde Jonas von seiner Mutter so erzogen, wie es die Schwiegermutter bei Wilderich von Oda versuchte.

Oda denkt an den Traum von Bernd Holzhauser. Ihr fällt das russische Märchen „Die Wunderblume“ ein. Es war in einem Buch enthalten, das ihr der Großvater mal als Kind schenkte: ein Buch in braunem Seidenstoff eingeschlagen. Sie erinnert sich daran, wie sie mit den Fingern darüberfuhr. In der Mitte war der Stoff eingekerbt, ein Abzeichen war darauf. Das Papier war dünn, denn in dem großen Buch waren viele Märchen. „Die Wunderblume“ erzählt die Geschichte von einem Jungen, der sie suchen ging, damit das Land, das lange ganz in Schnee und Eis erstarrt war, wieder zum Leben erwachen konnte. Natürlich findet er die Blume. Wer wird das Heilkraut gegen Corona und Mutanten finden?

Vanas träumt von Kriemhild und denkt sich, nein, dann lieber kein Kind. Oder würde meins anders? Sie langweilt sich auf dem Sirius und macht eine Zeitreise zur Erde in der Zukunft.

Raumschiffe nähern sich dem Planeten, einige, die man auch schon vorher gesehen hatte, werden sichtbar. Sie können so schnell fliegen, dass unsere trägen Augen sie nur ab und zu wahrnehmen können, wenn sie beschleunigen. Auch auf dem Radarschirm sind sie selten zu erkennen.
Die Menschen erinnern sich an den Film „Independence Day" und an andere Ufo-Filme, in denen schreckliche Aliens Menschen entführen und Tiere aufschlitzen. Die USA (Reagan) und Russland hatten vor Jahren vereinbart, dass sie gemeinsam kämpfen, falls ein Angriff von Außerirdischen stattfinden würde. Jetzt wird überall auf der Welt das Militär aktiviert. Die Ufos landen an Stelle, an denen sie keinen Schaden anrichten. Sie leuchten hell. Nichts rührt sich. Die Soldaten versuchen mit Bomben, die Ufos zu vernichten. Ohne Erfolg. Die Außerirdischen brechen in ein Stakkato-Gelächter aus.
Bevor Atomwaffen eingesetzt werden, meldet sich ein Psychologe beim Pentagon. „Wenn Sie eine Atombombe zünden, schaden Sie wahrscheinlich nur den Erdianern. Und ob es den Ufos etwas ausmacht, ist zweifelhaft. Lassen Sie mich mit den Ankömmlingen Kontakt aufnehmen."
Das leuchtet den Mitarbeitern beim Pentagon ein.
Dadurch erfahren die Erdianer, dass die Außerirdischen, die gelandet sind, keine bösen Absichten verfolgen. Sie stammen vom Neptun. Nestor und Godiva, ein Liebespaar, entsteigen der Rakete.

Was, die gibt's noch? Ja, sie sind unsterblich! Sind nicht nur Traumgespinste!

„Warum sind sie dann gekommen?"
„Weil die Wünsche der Menschen, mal zu sehen, ob es Ufos gibt oder nicht, erfüllt werden sollten. Und um gegen die Vorurteile anzugehen, dass alle Außerirische die Menschen vernichten wollen. Zwar gab es bisher schon Gerüchte von Raumschiffen, aber die Regierungen haben ja das immer bestritten."
„Sie haben nicht die Wahrheit gesagt!"
Als die Botschaft überall auf der Welt bekannt wird, werden die Außerirdischen mit Bitten bestürmt, die Retter der Menschheit zu werden.

„Entmachtet die Regierungen! Errichtet eine Ökoherrschaft! Stoppt die Kriegstreiber. Hebt die Mafia aus! Geht das Problem Arm und Reich an. Tut etwas gegen die Ausbeutung der sogenannten 3. Welt. Lasst keine Kriege mehr stattfinden, sodass die Menschen flüchten müssen. Schafft den Kapitalismus ab!
Nehmt uns zu einem anderen Planeten mit. Wir wollen neu anfangen. Hier ist sowieso alles verseucht!"
Godiva mit dem schmalen, grünen Gesicht, antwortet: „Nein, das wäre zu einfach. Verlasst euch nicht auf andere. Helft euch selbst! Ihr habt die Freiheit, zu entscheiden, was ihr wollt. Da mischen wir uns nicht ein."
„Und wenn unser Wille Vernichtung heißt?"
„Auch dieses Recht habt ihr."
„Aber das möchten nicht alle. Nur einige Mächtige wollen es, auch nicht ernsthaft, nur so, dass sie selbst gerettet und alle, die ihrer Entscheidung entgegenstehen, vernichtet werden."
„Dann tut was dagegen."
„Aber was?"
„Beraten können wir euch, wenn ihr das wollt. Aber wir antworten nur auf Fragen, die ihr uns stellt. Träumt die Lösung."
Nun beginnt ein eifriger Austausch. Die Regierungsvertreter seufzen erleichtert auf, weil sie noch nicht infrage gestellt werden.
Andere Außerirdische, Aliens, beobachten den Prozess und planen die Vernichtung der Erdlinge. Sie kommen vom Sirius. Sie landen. Wollen einen Krieg beginnen. Die zuerst gelandeten Außerirdischen sagen zu den Erdlingen: „Keine einzige Waffe, die ihr habt, kann die Sirianer vernichten. Aber wenn ihr alle eine Lösung träumt, wird die Gefahr vorübergehen."

Oda, die dies liest, findet das, was die Schreiberin tippt, reichlich naiv.

Erdlinge aller Nationen träumten tagelang mit überzeugter Inbrunst. Sie essen und trinken nicht. Drei Tage lang.
Der Schutzschirm breitet sich um sie aus, drückt die Raumschiffe der Aliens vom Boden weg, wie auf Katapulten werden sie ins All geschleudert. Auch die Außerirdischen vom Neptun fliegen davon. Der Schock bei den Siria-

nern bewirkt, dass sie keine Pläne mehr machen, um die Erdlinge zu vernichten.
Warum wollten sie das überhaupt? Es geht um Energie. Na ja, es gibt genügend andere Planeten, wo sie plündern können! Da wird vielleicht nicht geträumt! Was wollen sie mit der Energie? Bestimmte Rohstoffe zur Herstellung derselben sind bei ihnen auf dem Planeten Sirius ausgegangen. Sie brauchen die Energie, um ihre Raumschiffe fliegen zu lassen.

Oda kann sich das nicht vorstellen. Die Erde ist doch schon so ausgeplündert von Rohstoffen. Wir versuchen selbst, Rohstoffe von anderen Planeten, zum Beispiel dem Mond, zu holen!

Die Aliens vom Sirius, landen auf dem Mars, der in einem vor-agrarischen Zustand ist, ihre ganze Kraft müssen sie in den Überlebenskampf stecken. Sie können nicht zurück zu ihrem Heimatplaneten gelangen. In ihrer Erinnerung ist die Erde nur noch eine heiße Herdplatte, die sie als Kind berührten.
„Und sieh! Wie überraschend vom Morgengrauen
Durch dichten Nebel Mars in roter Helle
Fern überm Meer im Westen ist zu schauen, …"
(„Göttliche Komödie", Dante)
Nach ein paar Jahrhunderten werden die Erinnerungen an die Außerirdischen, die nun Götter genannt werden und einst vom Himmel kamen, nur noch in Mythen und Geschichten zu finden sein. In Balladen erfuhr man, dass einige Götter, die Neptuner, den Erdlingen mal mit einem Tipp geholfen hatten gegen andere Götter, die von Sirius kamen, um die Menschen zu vernichten. Spuren in Stein verblieben und besondere Strahlungen an bestimmten Orten auf der Erde. Durch das Zusammenhalten gegen die Aliens waren die Menschen zusammengewachsen, es wurde besser. Eine heilige Zeit brach an. Aber die Menschen vergaßen bald.
War es nur ein Aufschub für ihre Vernichtung, die sie selbst initiieren würden?
Oda katapultiert sich zeitlich zurück. Eine mögliche Zukunft ist ihr zu unrealistisch. Sie glaubt nicht an Vorhersagen. Wo bleibe da der freie Wille?

Na, den gibt es ja angeblich nicht, haben die Wissenschaftler herausgefunden.
Und Freud sagte ja auch schon, der Mensch ist nicht Herr in seinem eigenen Haus.
Oda liegt im Traum mit einem Bolivianer im Bett. Er berührt sie, was sie überrascht, sie umschlingt ihn, der in einem gerippten, weißen Baumwollhemd neben ihr liegt. Ein starkes erotisches Verlangen ist in ihr. Aber da kommen Kinder in den Raum. „Ich muss aufstehen, mich um die Kinder kümmern", sagt Oda und erhebt sich. Sie schaut in den Spiegel. Ihre Haare sind unterdessen lang und lockig. Abgestuft geschnitten. Sie hat ein schlechtes Gewissen, weil sie sich noch nicht gewaschen und gekämmt hat.
Im nächsten Traum ist Oda in Griechenland. Sie bemerkt, dass sie unter der beigen Hose keine Socken trägt. Ich muss mir welche kaufen, denkt sie. Kriemhild mustert sie finster. Was macht sie in Griechenland? Aber das ist nur ein Traum. Taffy ist mit seiner Familie wegen ihrer Rebellentätigkeit, die nun bekannt wurde, auf die Schwarzen Liste von Ali Baba gekommen. Das Problem mit der Energie für die Raumschiffe wurde im Geheimen auf der Venus von Wissenschaftlern gelöst. Man kann nun per Traum zur Erde teleportieren. Warum will Taffy sein Exil auf der Erde nehmen, hat seine Pläne geändert? Eine Stimme warnte ihn, sein Bauchgefühl, flieg' nicht zur Venus! Er hat die Erde jahrelang im Regierungsauftrag des Sirius' studiert. In einer früheren Reinkarnation lebte er auch schon mal auf der Erde in Acqui. Einmal landete er auf der Erde, ging zum Traumzentrum mit Claudia, kehrte dann aber wieder um. Claudia blieb dort. Taffy, Esther und Balda beschließen, vorzugeben, an Gedächtnisschwund zu leiden. Sie schärfen das auch Jolanthe ein. Nachts kommen sie am Karpfenpfuhl zwischen Fritz-Karsen-Schule und dem Traumzentrum an, verstecken sich hinter Büschen. Vor der Landung hat Taffy den Modus „unsichtbar" eingeschaltet. Darum sehen die Menschen die Rakete nicht. Sobald die vier aus der Rakete steigen, werden nur sie sichtbar. Es ist kalt. Jogger laufen vorbei und Leute, die ihre Hunde ausführen, sonst nichts.
Am nächsten Morgen kriechen sie aus dem Gebüsch, denn sie haben Hunger. Alle gehen zu „Reichelt" am Britzer Damm und betteln.

Kinder kommen von der Hermann-Nohl-Schule und machen eine Aktion gegen Kinderarbeit in der „Dritten“ Welt. Nico, Tanja, Christine, Barbara und Krystot, alle so im Alter von Jolanthe, die 11 Jahre alt ist, und ältere, stellen ein Plakat auf, das sie mit ihrer Lehrerin geschrieben haben, platzieren einen Stuhl mit einem Hocker und packen Schuhputzzeug aus.
Nico: „Hallo, liebe Leute, lasst Euch die Schuhe putzen! Spendet dafür Geld. Wir zahlen es in das Kinderhilfswerk ein!“ Nico ist ein blondgelockter Junge.
Nur wenige Kunden, die bei „Reichelt“ rein- und rausgehen, lassen sich darauf ein. Balda: „Das finde ich gut, was Ihr da macht.“
Tanja: „Wie heißt du?“, wendet sie sich an Jolanthe, die ihren Namen nennt. Tanja hat kurze, dunkelbraune Haare.
Sie nennt ihren Namen. „In welche Schule gehst du?“
Jolanthe: „Weiß ich noch nicht. Bin gerade erst angekommen.“
Ein Polizist erscheint. „Du sprechen Deutsch? Papiere! Papiere!“
Taffy: „Natürlich spreche ich Deutsch. Wir haben keine Papiere.“
Polizist: „Warum?“
Taffy: „Sie sind uns gestohlen worden.“
Polizist: „Mitkommen!“
Taffy, Esther, Jolanthe und Balda steigen in das Polizeiauto, das zur Wache fährt.
Hier präsentiert Taffy ihre unglaubliche Geschichte: „Wir sind in einem Gebüsch morgens aufgewacht, haben keine Ahnung, woher wir kommen, wo wir wohnen, wo unsere Papiere geblieben sind.“
Jolanthe nickt. Und grinst.
Der Polizist ruft einen Arzt, der die vier befragt und dann mitnimmt.
Taffy, Esther, Jolanthe und Balda landen in der Psychiatrie. Die Polizei veröffentlicht Fotos von ihnen. „Wer kennt diese vier Personen?“
Niemand meldet sich.
Der Arzt: „So etwas gibt es. Vielleicht sind sie überfallen worden, haben ein Trauma. Aber ich kann keine Misshandlungsspuren an ihnen entdecken!“
Anderer Arzt: „Vielleicht wurden sie betäubt, um ihnen Organe zu entnehmen. Das passiert immer wieder. Irgendwie ist der Täter oder sind die Täter gestört worden.“

„Aber dann hätten sie doch nicht ihr Gedächtnis verloren!"
„Wer weiß, was sie ihnen eingeflößt haben."
„Du hast gesagt, du heißt Jolanthe."
„Ja."
„Esther ist deine Mutter?"
„Ja. Woher kommt ihr?"
„Vom Sirius."
„Das Mädchen muss einen Schock erlebt haben, dass es so einen Unsinn redet!"
„Meinst du, dass du in der Siriusstraße wohnst?"
Taffy: „Das ist doch Quatsch!"
Die Ärzte sind ratlos. Zur Beobachtung werden die vier erst mal auf der Station behalten. Sie scheinen ganz normal. Können sich nur nicht erinnern, was vorher war. „Sie sollten zum Kontaktzentrum gehen", schlägt ein Arzt den Erwachsenen vor.
Jolanthe besucht nun die Teltowkanal-Schule. Anschließend geht sie zum Traumzentrum zu Oda, denn ein Arzt hatte eine Traumtherapie für sie empfohlen.
Taffy bekommt mit Esther und Jolanthe eine Wohnung am Britzer Damm. Esther wird im Krankenhaus Neukölln als Hilfskraft eingestellt, da sie sich daran erinnern kann, Krankenschwester gewesen zu sein. Taffy absolviert eine Erzieher-Ausbildung.
Als er einmal Jolanthe von ihrer Traumtherapie abholt, erkennt ihn Oda aus ihren Träumen, und er weiß sofort, dass sie Oda ist. Balda zieht zu ihrem Mann nach Zehlendorf und kehrt zur Bank zurück. Taffy geht auch zum Kontaktzentrum, das für psychisch kranke Menschen ist. Er fühlt sich nicht psychisch krank, aber die Umstellung auf die Bedingungen auf der Erde machen ihm doch mehr zu schaffen, als er dachte.
Die Klienten vom Kontaktzentrum treffen sich einmal im Monat immer am Sonntag zu einem Ausflug. Diesmal an einem S-Bahnhof. Man hört die Bahn- und Straßengeräusche.
Frau Arnd zu Taffy Sirach: Sie haben mich mit einer anderen Frau verwechselt. Ich bin Frau Arnd.

Frau Stein: (kichert) Nein, er hat Sie nicht verwechselt. Sie sind Frau Radzan. Die kann ich nicht leiden.
Regina Mehring (Sozialarbeiterin): Sind jetzt alle da? Oder wollten noch welche kommen? Ich glaube, wir können losgehen.
Schrittgeräusche.
Frau Stein (zu Taffy): Wie heißen Sie?
Taffy: Herr Sirach. Und wie heißen Sie?
Frau Arnd: Das da ist Frau Stein (sie deutet auf diese).
Frau Stein: Sie heißt mit Vornamen Geba. Und Sie?
Taffy: Taffy. Wie heißen Sie mit Vornamen? Warum wollen Sie das wissen? Sie siezen sich doch alle!
Frau Stein: Das ist für mich wichtig. Ich heiße Inge. Bei der Kommunion sagte man mir, ich heiße auch Gertrud, Gertrud Inge.
Gemurmel im Hintergrund.
Frau Arnd: Wer geht mit Frau Mehring zu Frau Harden ins Krankenhaus?

Frau Mehring: 38 Jahre alt, frauenbewegt, Sozialarbeiterin, leidet an Depressionen, nimmt an einer Therapie teil, Gruppenleiterin der Wandergruppe.
Frau Harden: 35 Jahre alt, körperbehindert, wurde beim vorigen Ausflug zu Ostern von einem Polizisten auf dem Motorrad angefahren.
Seitdem liegt sie auf der Intensivstation eines Krankenhauses. Der Polizist setzte einem Handtaschenräuber nach und ist der Meinung, Frau Harden hätte schnell zur Seite springen müssen. Konnte sie aber nicht, da sie, wie eingangs erwähnt, gehbehindert ist.

… Niemand weiter? Gut, also tschüss, Regina. Bis nachher. Wir treffen uns bei ‚Leopolda'. Riechen Sie mal an der Magnolie, herrlich, was? Und wie rosa sie ist!
Frau Solve (Sozialarbeiterin im Anerkennungsjahr): Wo nur Frau Stein bleibt?
Herr Turbe: Sie trödelt ein bisschen, weil sie auf Frau Mehring wartet. Sie wird schon kommen.

Herr Turbe: 50 Jahre alt, Diabetiker, lässt sich nicht behandeln, isst alles (wartet genüsslich auf den Zuckerschock). Hat mal Müller gelernt.

Herr Turbe zu Taffy: Wir beobachteten die Turmfalken von der Mühle aus. Sie nisteten da jeden Frühling. Die Alten fütterten die Jungen, brachten ihnen das Fliegen bei. Flogen die hoch! Und wenn eins nicht so recht wollte, schubsten sie es aus dem Nest. Der Meister verstopfte dann das Loch, woraus wir alles beobachteten, damit wir nicht von der Arbeit abgelenkt werden würden.

Herr Turbe stellt bevorzugt Frauen nach, die Kinder haben. Unter dem Vorwand, sie zu betreuen, macht er sich an die Mütter ran. Das Resultat ist, dass er sich um die Kinder ohne Gegenleistung kümmert. Herr Turbe möchte zwar gern mit Frauen Bekanntschaft machen, fürchtet sich aber, denn er ist impotent. Das gibt er nicht zu, sondern schimpft über die Undankbarkeit der Mütter. Im Augenblick fühlt er sich für fünf Kinder verantwortlich. Er übt Exerzieren mit ihnen.
„Links, zwei, drei, marsch, und das Gewehr auf die andere Seite!“ Er abonnierte eine Nazi-Zeitung. Herr Turbe hat eine Knarre. Wegen unerlaubten Waffenbesitzes saß er schon mal.
Neue Praktikanten oder Besucher schockt er, indem er bei Ausflügen auf Bäume und Zäune steigt und allerlei Mätzchen macht. Ansonsten ist er ein herzensguter Mensch, verschenkt vierblättrige Kleeblätter, kauft von seinem bisschen Geld Spielsachen für die Kinder, hilft überall, wo er kann.
Seine Philosophie im stillen Kämmerlein: „Dietrich, sag‘ ich mir, Dietrich, du musst nicht immer etwas von anderen erwarten, dann kannst du auch nicht enttäuscht werden.“

Frau Annan äußert in der Kochgruppe: Milch brennt sowieso an. Also brauche ich sie auch nicht umrühren.

Frau Annan: 49 Jahre alt, psychotisch und schizophren, ehemalige kaufmännische Angestellte bei einer Krankenversicherung. Sie liebt „Die Blechtrommel“ von Günther Grass. Schneidet sich die Haare immer ganz kurz. Schminkt sich. Benutzt Parfüm. Kauft sich Pullover für 130,-DM, läuft in diesen im heißesten Sommer herum.

Friert. Sie ist mollig. Hört Stimmen, redet aber fast nicht darüber. Die Stimmen haben ihr das nämlich verboten. Sie sitzt stundenlang wie erstarrt, weiß nicht, was und ob sie reden will. Sie möchte keinen Kontakt zu ihrer Familie, weil diese sie gewaltsam in die Nervenanstalt einliefern ließ.
Frau Annan ist im Hausfrauenbund und hat versucht, dort eine Prüfung abzulegen, was ihr bisher misslungen ist. Sie liebt das Zubereiten von Nachtischen, was sie gut kann. Dafür liest sie regelmäßig „Der Tagesspiegel", schnitt ein Rezept raus, das sie Frau Arnd schenkte:
Mohn-Eiscreme mit Hagebuttensauce
Zutaten für das Eis: 100g gemahlener Mohn, ¼ l kochende Mich, ½ l süße Sahne, 3 Eier, 4 Eigelb extra, 1 Vanilleschote, 125 g Zucker, 1 Likörglas Amaretto (Mandellikör).
Sauce: 200g ungesüßtes Hagebutten-Mark (aus dem Reformhaus), 20-30 g Zucker, Saft von ½ Zitrone, ½ Gläschen Himbeergeist.
Diese Köstlichkeit bitte schon am Vortag zubereiten: Den Mohn in einer Schüssel mit der kochenden Milch übergießen und 10 Minuten quellen lassen. Eier und Eigelb in die Schüssel geben und im heißen Wasserbad mit dem weichen Schneebesen weißschaumig schlagen. Nach und nach den Zucker einstreuen, das Mark der Vanilleschote zufügen und so lange weiterschlagen, bis der Zucker gelöst und die Masse cremig ist. Mohn und Milch vorsichtig unter die Creme rühren und heiß werden, aber nicht kochen lassen, da sonst das Ei gerinnt. Nun die Schüssel aus dem Topf nehmen und in ein eiskaltes Wasserbad stellen. Die Creme unter ständigem Schlagen mit dem Schneebesen erkalten lassen. Die Sahne steif schlagen, dann mit dem Schneebesen behutsam unter die Mohnmasse heben. Mit Mandellikör abschmecken. In eine Kuchen-Kastenform umfüllen und im Gefrierfach über Nacht zu Eis werden lassen. 2 Stunden vor dem Servieren in den Kühlschrank stellen.
Für die Sauce das Hagebutten-Mark mit Zucker und Zitronensaft verrühren und durchziehen lassen, bis sich der Zucker gelöst hat. Mit Himbeergeist abschmecken.

Frau Annan steht am Herd und schaut der Milch zu, wie sie langsam heiß wird.
Sie blickt Taffy an und fragt ihn: Sind Sie verheiratet?
Ja.

Frau Annan: Ich denke, Sie können sich nicht an früher erinnern? Na ja, Pech für mich. Wenn sie sich scheiden lassen, sagen Sie mir Bescheid!

In diesem Augenblick träumt Esther, was Taffy, ihr Mann, gerade im Kontaktzentrum macht, ein langgestreckter Bau, nur ein Geschoss, da findet in der großen Küche gerade die Kochgruppe statt. Taffy hat sich eine Schürze umgebunden. Er denkt an sie. Esther ist seit seiner Affäre mit Vanas misstrauisch. Anderseits kann sie sich nicht überwinden, mit zum Kontaktzentrum zu gehen. Mit ihrem Schichtdienst im Krankenhaus geht das auch fast nicht. Taffy denkt an Kriemhild. Ihr würde die Kochgruppe hier Spaß machen. Was aus ihr geworden ist? Er macht sich Sorgen. Hat ein schlechtes Gewissen.

Frau Annan: Beim nächsten Ausflug will ich zur Texas-Ranch gehen.
Ich habe den Eindruck, ich verblöde bei euch! – Haben Sie nicht Angst, vor uns psychisch Gestörten?, fragt sie die Praktikantin Frau Solve, die hier im Anerkennungsjahr als Sozialarbeiterin ist.

Im Café „Leopolda“, einem Gartenlokal:
Straßengeräusche. Gemurmel. Schritte auf Kies, Stühle schaben auf dem Boden, Tablette werden abgestellt, Geschirrgeklapper.
Frau Arnd: Ach, da ist ja Frau Stein!
Frau Stein (zu Taffy): Aber ich habe Sie wirklich schon mal gesehen, und zwar auf dem Polterabend von Herr Alvaharz. So heißt der Mann, der über mir wohnt. Die Decke ist aus Pappe. (Sie lacht)
Taffy: Daran kann ich mich nicht erinnern.
Frau Stein: Na klar, Sie haben ja eine Amnesie!
Frau Sophie Arnd: Warum lachen Sie?
Frau Stein: Ich stelle mir einen Tiroler-Hut vor, wenn der da hinge, dann könnte man gleich richtig Kontakt zu dem Kind aufnehmen.
Taffy: Welchem Kind? Beim Polterabend?
Frau Stein: Vielleicht war es aber auch eine Verlobung oder Hochzeit. Es war sehr nett.
Taffy: Sie lieben Kinder?

Frau Stein: Ja, ich wollte immer Kinderärztin werden, habe Abitur, nur zwei Semester Medizin studiert, geheiratet, Kinder bekommen. Irenaesis, er ist 16, lebt noch bei mir.

Taffy denkt: So heißt doch der Mann von Vanas auf der Venus. Ist er in den Körper ihres Sohnes eingedrungen?

Frau Stein: Er fährt mit der Klasse nach Dachau. Dort wird er verunglücken. Ich werde die Schlüssel verstecken, dann kann er nicht verreisen.
Frau Arnd: Wie wird er denn verunglücken?
Frau Stein: Ein Klassenkamerad wird ihm in die Beine schlagen, eins muss amputiert werden, ein anderer Klassenkamerad wird noch schwerer verletzt werden, alle werden sich nur um ihn kümmern, nicht um Irenaesis. Aber er kann auch beim Hochsprung in der Turnhalle verunglücken.
Taffy: Woher wissen Sie das?
Frau Stein: Das hat mir Frau Scharf gesagt. Manche sagen, das ist eine außerirdische Stimme. Frau Scharf ist ein Engel erschienen, der ihr alles sagt, was kommt.

Frau Scharf ist die Stimme, die Frau Stein oft hört.

Frau Arnd: Und was wird sonst noch geschehen?
Frau Stein: In zehn Jahren wird es Krieg geben. Aber ich weiß nicht, wie Frau Scharf dies meint, was für sie zehn Jahre sind, vielleicht eine Woche oder morgen.
Taffy: Was hat Frau Scharf Ihnen noch alles gesagt?
Frau Stein: Sie werden mich in die Nervenklinik bringen, man wird mir Medikamente geben, ich werde im Rollstuhl fahren.
Frau Arnd (betroffen): Sie wollen mir damit sagen, dass Sie Angst vor mir haben?
Frau Stein: An der Heizung war die Frau gefesselt, die Hitze hatte Striemen in das Fleisch gedrückt. Das habe ich im Krankenhaus gesehen, als ich Frau … – wie hieß sie noch? – besuchte.
Frau Annan: Sie meint Frau Gramm!

Frau Stein: Ja.

Frau Arnd: War das auch im West-Krankenhaus, wo jetzt Frau Harden liegt?

Frau Stein: Was hat sie, warum liegt sie im Krankenhaus?

Frau Arnd: Sie wissen doch, sie ist körperbehindert, da war eine neue Operation nötigt.

Frau Stein: Nein, es war im Ilona-Krankenhaus. Frau Gramm hatte doch eine Augenoperation. – Mein Mann hat mir den Hocker weggezogen, so einen Drehhocker ohne Rollen, als ich mich vom Abwaschen etwas erholen wollte, ich war im vierten Monat. Es wäre besser gewesen, das Kind wäre damals mit mir gestorben Da fing alles an. Wie ein Tier hat er mich behandelt. Ich bin streng-katholisch erzogen worden. Mit mir kann man es ja machen. (Lacht)

Taffy: Warum haben Sie sich nicht scheiden lassen?

Frau Stein: Das darf man in der katholischen Kirche nicht, auch wenn einem die Ehe nicht mehr so gut gefällt. Aber wenn ein Mann ein Verbrecher ist, dann darf man es. Mein Mann ist ein Verbrecher.

Frau Annan: Wie steht es mit Ihrer Scheidung?

Frau Stein: Wir sind praktisch schon geschieden. Seit Jahren leben wir getrennt.

Taffy: Dann wird es besser für Sie werden.

Frau Stein: Nein, es wird schrecklicher werden, hat mir Frau Scharf gesagt.

Frau Annan: Spricht Ihr Mann immer noch nicht mit Ihnen?

Frau Stein: Wieso? Ich spreche nicht mit ihm.

Frau Annan (beleidigt): Aber sie haben uns immer erzählt, dass er seit sieben Jahren nicht mehr mit ihnen redet.

Frau Stein: Hat Ihr Bruder einen Freund? Der war mal scharf auf Sie, was? (Sie lacht)

9.Kapitel

Oda ruft im Kontaktzentrum an und spricht mit Frau Mehring: „Hallo, ich bin Leiterin vom Traumzentrum.“ Nennt ihren Namen. „Ich weiß, dass Herr Taffy Calistus Ihre Einrichtung besucht. Er hat eine Tochter mit Namen Jolanthe, die bei uns eine Traum-Therapie macht. Herr Calistus hat mir erzählt, dass sie im Kontaktzentrum Patienten mit Psychose und Schizophrenie haben. Ich weiß nicht, ob Sie schon mal was von luziden Träumen gehört haben. Wenn man mit diesen Patienten das üben würde, dann könnten sie Realität und ihre Wahnvorstellung unterscheiden lernen. Was halten Sie von so einem Therapieansatz? Einer unserer Therapeuten könnte zu Ihnen in die Einrichtung kommen und ein Pilotprojekt machen.“
Regina Mehring: „Wir sind ja dem Gesundheitsamt in Steglitz unterstellt. Da müsste ich erst dort fragen.“
Oda: „Vielleicht überlegen Sie sich das. Sie können auch gern mal zu uns kommen und sich unser Traumzentrum ansehen.“
Frau Mehring: „Ich mache eine Therapie gegen meine Depressionen. Bieten Sie auch da etwas an?“
Oda: „Man müsste erst mal die Gründe dafür wissen. Sind es die Patienten, die Sie so runterziehen? Oder ist es Ihre persönliche Situation? Liegt es an einer Reinkarnation, die Sie noch nicht verdaut haben? – Kommen Sie doch einfach mal zu einem Gespräch zu uns!“

2000: Oda und Jonas bekommen Besuch von Miloslaw. Sie trinken bei ihnen zu Hause Kaffee, dann fahren sie zum Treptower Park, denn Miloslaw liebt die Spree. Er läuft gestützt auf seinem Regenschirm.
„Wir haben uns lange nicht gesehen. Ich war verreist, hatte viele Gast-Konzerte auf der ganzen Welt, aber auch einen Prozess am Hals, da ich angeklagt wurde, als Mitvorstand der Sekte von Ali Baba verantwortlich für die Selbstmorde und die grausame Erziehung der Kinder zu sein. Man konnte mir nichts nachweisen. Ich habe auch schon lange mit der Sekte gebrochen. Nun las ich: ‚Leben vom Licht‘ ein Buch von Jasmuheen, einer Australierin, in dem steht, dass man ohne Nahrung auskommen kann. Man muss nur

viel in der Sonne spazieren gehen, sich ab und zu die Lippen befeuchten, Wasser trinken. Ich habe das Experiment durchgeführt, sehr viel abgenommen. – Oda, du hast ja neulich zu mir gesagt, dass ich dick geworden bin. Siehst du, nun bin ich schlank! Aber es gab auch einige Todesfälle von Menschen, die sich an die Anweisung hielten."
„Miloslaw, du findest immer wieder was Neues. Weißt du noch, wie du an die Palmblätter-Bibliothek glaubtest?"
Miloslaw macht ein abweisendes Gesicht. Es ist ihm offenbar peinlich, daran erinnert zu werden.
„Jetzt rufe ich Medien in der Schweiz an, die mir Karten legen. Bisher haben ihre Voraussagen gestimmt."
Jonas: „Welche denn?"
Sie sind an der Brücke zur Liebesinsel angekommen und laufen darüber.
„Wann unsere Mutter sterben wird."
Oda: „Und wann soll das sein?"
Miloslaw: „Dieses Jahr noch nicht, aber um Weihnachten herum könnte es passieren."
Oda: „Welche Angaben hat du gemacht?"
„Man muss eine Frage formulieren. Ich sagte, dass unsere Mutter schon sehr alt ist."
Oda (lacht): „Dann kann jeder so eine Aussage treffen."
Miloslaw schaut verstimmt. Er setzt sich auf eine Bank
Jonas: „Da drüben ist die Liebesinsel. Oda und ich haben uns mal ein Paddelboot ausgeliehen und wollten dorthin paddeln. Aber man darf die Insel nicht betreten. Da waren wir enttäuscht."

2020: Oda und Jonas bekommen Besuch von Miloslaw, den Bruder von Oda, der nun Rentner ist.
Miloslaw: „Oda, du hast das vorige Mal gesagt, die Griechen im alten Griechenland waren fast alle Arschficker. Ich habe mich erkundigt, sie haben Ephebophilie betrieben."
Oda: „Das ist doch nur ein anderes Wort für die Knabenliebe, von Magnus Hirschberger geprägt. Für mich ist das sexueller Missbrauch. Ja, sie haben auch Schenkelverkehr gemacht, aber ebenso Analverkehr. Du weißt, ich

habe nichts gegen Homosexualität. Wilderich, mein älterer Sohn, war und ist es vielleicht immer noch. Aber Knabenliebe bedeutet etwas anderes. Denk' mal an den sexuellen Missbrauch in der katholischen Kirche, der immer noch nicht ganz veröffentlicht wurde.
Meine Kritik an dem so verklärten „Alten Griechenland" richtet sich nicht nur gegen die Knabenliebe, wo das Abhängigkeitsverhältnis zwischen Lehrer und Schüler von Philosophen ausgenutzt wurde, sondern auch gegen die Stellung der Frau und der Sklaven damals."
Miloslaw: „Da sind wir beim zweiten Punkt. Du hast mir unterstellt, dass ich Jonas ausgenutzt haben."
Oda: „Ja, hast du, indem du acht Monate mit dem Auto, das er für dich versicherungstechnisch managt, ohne TÜV gefahren bist. Er wusste nichts davon. Wenn du nicht erwischt worden wärst, dann wärst du noch weiter mit diesem Auto ohne TÜV gefahren!"
Miloslaw: „Aber ich habe ihn doch nicht ausgenutzt! Ich habe mir das genau überlegt. Die Strafe dafür habe ich bezahlt! Ich konnte zu dieser Zeit nicht laufen, hätte meine Arztbesuche ohne Auto gar nicht machen können. Ich hatte nicht das Geld für den TÜV."
Er reißt die Augen zornig auf, seine Stimme ist laut.
Oda: „Wenn du kein Auto gehabt hättest, hättet du dich eben ins Krankenhaus bringen lassen müssen! Jetzt hast du ja auch kein Auto mehr, und es muss trotzdem gehen!"
Es ist Silvester. Der Karpfen in schlesischer Fischtunke mit Kartoffeln und Sauerkraut war aufgegessen, die Mohnpielen ebenso, nun kamen die Pfannkuchen und der Kaffee dran. Oda hatte kein Blei zum Gießen bekommen. Sie erzählt, dass sie von Arthur Schnitzler „Traumnovelle und andere Erzählungen" gelesen hat.
„Was nun so großartig an der ‚Traumnovelle' sein soll, kann ich nicht nachvollziehen. Dass Menschen geheime Sehnsüchte haben, die sie ihrem Partner normalerweise nicht sagen, hier in der Novelle schon, ist doch normal. Ich kann mir nicht vorstellen, dass Jonas seine sexuellen Phantasien, die er vielleicht in Träumen hat, mir erzählt. Und ich umgekehrt auch nicht. Wenn man das machen würde, könnte es doch den Partner vielleicht verletzen."

Die Novelle „Fräulein Else“ findet sie viel besser. Dann gibt es noch eine Novelle „Abenteuernovelle“, die in Bergamo 1520 zur Pestzeit spielt. Aber die Seuche spielt nicht so die Hauptrolle in der Geschichte, nur, dass Rigardi, dem Protagonisten, die Eltern dadurch starben. Jedenfalls das passt doch in unsere Corona-Zeit.

Esther hört und sieht wie im Fernsehen weiter das Gespräch im Kontaktzentrum in den 90er-Jahren:

Schritte. Frau Mehring kommt.

Frau Stein (zu ihr): Sie sind gerade gut genug zum Treppenputzen. Haben nicht mal Abitur!
Frau Mehring: Ich habe trotzdem mein Studium geschafft.
Frau Stein: Für so intelligent hätte ich Sie gar nicht gehalten. Bei Ihnen ist doch auch nicht viel los, nicht wahr, Frau Arnd?
Frau Arnd: Wieso? Abitur habe ich, mein Studium geschafft.
Frau Stein: So, so.
Taffy: Ich kann die Angst um Ihren Sohn verstehen. Ich habe zwei Töchter, um die ich auch Angst habe. Besonders um Kriemhild. Sie ist verschwunden.
Frau Stein: Sieh' mal einer an! Nun erinnert er sich! – Wenn man verheiratet ist, muss man nicht arbeiten, dachte ich damals.
Frau Annan: Vor meiner Ehe habe ich gearbeitet.
Frau Stein: Ich wollte nie arbeiten. Mit den Kindern, das ist Arbeit genug. Drei Jungen. Mein Mann hat nichts gemacht. Ich habe mit ihnen Schularbeiten gemacht, stundenlang mit ihnen Klötzchen gebaut. Franziskus hat von Geburt an Epilepsie gehabt. Da musste ich mich viel kümmern. Mit vier Jahren, der eine war so intelligent, das habe ich gleich gemerkt, wollte ihn fördern, mit vier Jahren habe ich ihn Klavierunterricht nehmen lassen, später habe ich ihm eine Klarinette gekauft, da nahm er auch Stunden. Auf alles habe ich verzichtet. Erst jetzt habe ich mal neue Sachen. Ich setze mich neben das Kind, wenn es eine Stunde übte. – Nein, das ist gelogen. Eine halbe Stunde hat er nur geübt.

Frau Arnd: Haben Sie früher Klavier gespielt?
Frau Stein: Nein, nur etwas Harmonika, Harmonika, Ziehharmonika. – Die Kinder sind immer so böse. – Mein Mann hat mich beim Handgelenk gezogen, beinahe geschlagen. – Die Leute über mir, ich höre ihre Schritte, sie sind genau über meinem Kopf, es tut weh …

Männliche Stimme (nicht nüchtern): Erinnert du dich, Geba, was sagte der eine Patient zu dir? Er kann dich nicht leiden, weil du weiße Stöckelschuhe anhattest. Jede Nacht kann er nicht schlafen, weil er sie über sich hört, ein junges Mädchen wohnt da, es kommt immer ganz spät nach Hause, er liegt da und wartet darauf, dass er die Stöckelschuhe hört …

Frau Stein: Ich hatte immer solche Kopfschmerzen. Und dann die Übelkeit. Es zog hoch, stieg hoch. So hat er mich gequält, wie zwei Messer in mich immer rein. Seit acht Jahren.
Taffy: Haben Sie jetzt auch Kopfschmerzen?
Frau Stein: Nein.

2020: Oda und Jonas am Frühstückstisch. Oda erzählt Jonas, was sie sich alles Neues für ihren Roman ausgedacht hat.
Jonas: „Du musst Bücher über das Schreiben lesen. Sonst wird das nichts. Denke bloß nicht, dass du es so kannst. Hast doch gar keinen Erfolg! Das machen doch andere Schriftsteller auch!"
Oda: „Ich habe in Straelen ein Hörspiel-Seminar gemacht. In Leipzig war ich in einem Schreibinstitut ein Wochenende. Ich habe eine Poesiepädagogische Ausbildung, ein Jahr berufsbegleitend. In der Volkshochschule machte ich den Kurs „Mit allen Sinnen schreiben". Ich studierte bisher zehn Semester an der FU Germanistik und Allgemeine Vergleichende Literaturwissenschaften. Ich weiß, dass ich noch viel lernen muss. Aber an eine Schreibschule wie in Leipzig oder Hildesheim will ich nicht. Über die Absolventen dort sagen Kritiker, dass sie alle im gleichen Stil schreiben. Ich will meinen eigenen Stil entwickeln!"
Jonas: „Bilde dir das bloß nicht ein. Eigenen Stil entwickeln."

Er ist ärgerlich und laut geworden.
Oda erinnert sich daran, dass er für alles, was er macht, erst die Gebrauchsanweisung liest. Neulich wartete sie drei Tage darauf, dass er ihr ein Verzeichnis für ein Manuskript erstellte, weil sie selbst nicht so gut im Computerschreiben ist. Er las sich viele Gebrauchsanweisungen dafür durch. Oda wurde schon sehr ungeduldig. Sie stritten sich, weil sie das Manuskript schon ohne ein schönes Inhaltsverzeichnis abschicken wollte.

Jonas: „Wozu habe ich mich jetzt drei Tage damit beschäftigt, wenn du dann doch deine Version abschicken willst?"
Im Laptop haben sie eine Schreib-Ratgeber-Sendung gesehen, die hieß: Nicht erzählen, zeigen!
Oda: „Marcel Proust erzählt, zeigt nicht im Schreiben!"
Jonas: „Du bist ja nicht Marcel Proust!"

Esther schaut sich den Film über Taffy im Kontaktzentrum weiter an:
Eine nüchterne männliche Stimme: Der schizophrene Mensch nach Klaus Dörner und Ursula Plog: Der sich und andere spaltende Mensch: 15.-25. Lebensjahr meist. Merkmal: Ich weiß nicht mehr, wer ich bin. Gefühle der Leere und Kälte. Übernatürliche Kräfte beeinflussen sein Tun. Er selbst ist ohnmächtig. Unwesentliches kann man nicht mehr vom Wesentlichen trennen. Man fühlt sich beobachtet, bedroht.
Fühlt sich Taffy von Esther beobachtet? Nein.
Der Körper und die Umwelt sind verfremdet. Er hört Stimmen. Fühlt sich berührt. Schöpft neue Wörter.
Oda: Na, da müssten ja Schriftsteller alle schizophren sein!
Wird der Wahnsinn angezweifelt, entsteht große Angst. Der Vernunft gegenüber ist der Kranke gegenüber unzugänglich. Der, der vernünftig redet, ist ein Feind.
Oda: Ja, Frau Mehring und Frau Arnd.
Man fühlt sich verfolgt. Die Gefühle werden flach. Autismus kommt auf. Das Wollen und gleichzeitige Nicht-Wollen führt zur Handlungsunfähigkeit. Es geht bis zur Katatonie. Schizophrenie heißt Spaltungsirrsinn. Sie tritt in Schüben auf.
Schizophrenie simplex: Nicht-mehr-können. Nicht-mehr-wollen.

Katatonie: entweder völlige Erstarrung oder wild um sich schlagend. Die paranoid-halluzinierende Form der Schizophrenie begleitet Wahrnehmungsstörungen, Halluzinationen, paranoide Abwehr. Man kann nicht mehr unterscheiden zwischen Wirklichkeit und Wahnsinn. Alles wird angstvoll umgedeutet, ein Wahnsystem aufgebaut. Daraus können sie Befriedigung ziehen.
Die Angst vor dem Patienten trägt zu dessen Aggressivität bei. Zu großes Verständnis hilft auch nicht weiter, denn die Spalterei kann ja bei dem Patienten zum Tode führen. Man muss an der Vollständigkeit der Wahrnehmung arbeiten und um die Gesamtpersönlichkeit des Patienten wissen. Bei einem Essensvergiftungswahn ist die Konfrontation nicht gut. Man sollte auf die Gedanken des Patienten eingehen. „Sie sind beunruhigt und überlegen, wie sie das Essen doch essen können."
Die Beziehung sollte normalisiert werden. Beziehungen sind ernst zu nehmen.
In der Atmosphäre sollte man Reize schaffen. Nicht zu fern, nicht zu nah.
Therapie und Selbsthilfe sind angesagt.
Nicht allein entscheiden, sondern mit dem Patienten alles besprechen. Der schizophrene Mensch will nicht die Therapie. Aber sie muss sein.
Wie hoch ist die innere Spannung? Wann kann der Patient entspannt sein? Welche Umweltreize tun ihm wohl? Wahnideen sind immer Begründungen, nie Gründe. Wie hoch ist das Ausmaß der sozialen Spaltung? Neuroleptika nehmen die Angst, verlangsamen. Sie helfen, dass der Patient nicht mehr im Krankenhaus sein muss. Die Lernfähigkeit kann genutzt werden. Man sollte den Patienten in Ruhe lassen und zunehmend Verantwortung übertragen.
20-25 % aller Erstaufnahmen in psychiatrischen Krankenhäusern bekommen die Diagnose: Schizophrenie.
Der Gipfel der Erkrankung liegt im 20. Jahrhundert. Schizophrene Störungen sind häufig bei abrupter Entwurzelung aus der Familie. Um 1900 wurde das Wort Schizophrenie erfunden. Man muss lernen, die Spaltung zu tolerieren, wahrzunehmen. Der Schizophrene baut sich einen Schutz vor zu viel Nähe auf.

Mangolf kam auf die Erde mit seiner Frau Euphrasia, nachdem er sie vom Sirius abgeholt hatte. Er floh vom Sirius, als seine Truppe, die die alte Regierung unter Diktator Herrn Hades wieder installieren wollte, zu scheitern drohte. Besser die alte Diktatur als Ali Baba an der Macht, meinte er.

Ich frage mich: Hat er denn nichts auf dem Planeten Venus gelernt? Er sollte doch dort umerzogen werden! Hat dort ein Kind bekommen, das er aber schnöde verließ. Fehlt ihm das Herz? Nein, denn sonst würde er nicht seine Frau vom Sirius abgeholt haben.
Er landet mit seiner Frau auf der Erde in der Havel, Berlin. Seine Rakete geht unter. Oh, ist er durcheinander! Er weiß nicht weiter. Rettungsschwimmer greifen sie auf. Ach, ja, er war ja mal Rettungsschwimmer gewesen.

„Was machen Sie denn hier?
Mangolf: „Keine Ahnung".
Die Leute vom DLRG vermuten, dass das Paar versucht habe, sich umzubringen. Dadurch habe es einen Schaden weg. Sie rufen die Polizei und einen Krankenwagen. Es wiederholt sich, was bei Taffy und seiner Familie passierte. Nur, dass er nicht sein Kind dabeihat. Nach einem Psychiatrie-Aufenthalt bekommen sie eine Betreute Wohngemeinschaft und die dringende Empfehlung, zum Kontaktzentrum zu gehen. Aber nur Mangolf befolgt den Rat. Dort trifft er auf Taffy. Sie sehen sich an. Waren sie doch Feinde gewesen! Aber das lassen sie sich nicht anmerken.
Taffy: Na, Mangolf!
Frau Stein: Ach, Sie kennen sich?
Taffy: Ja, irgendwo von früher, aber ich habe vergessen, woher!
Taffy wird von Frau Stein zu Hause angerufen.
Frau Stein: Ich habe Sie in Waldmannslust gesehen. Mir sind die Farben abhanden gekommen. Mein Mann redet seit sechs Jahren nicht mehr mit mir.
Taffy: Woher haben Sie meine Telefonnummer?
Frau Stein: Aus dem Telefonbuch.
Taffy: Es kann nicht sein, dass Sie mich dort gesehen haben. Ich wohne da nicht. Habe höchstens einen Ausflug gemacht. Wohnen Sie in der Nähe?
Frau Stein: Nein. Mit einer dunkelhaarigen Frau habe ich Sie am Priesteracker gesehen.

Esther: Aha, hat er eine Freundin?

Taffy: Ich glaube, ich habe Sie auch schon mal gesehen, bevor wir uns im Kontaktzentrum kennenlernten.
Frau Stein: Das kann nicht sein. Stimmen haben mir befohlen, das Haus nicht zu verlassen. – Wissen Sie, Herr Mangolf Polykrates ist mein Zwillingsbruder. Der Vorname von Frau Arnd ist jüdisch.
Taffy: Warten Sie. Ich schaue nach. Nein, Geba ist althochdeutsch. Soll ich ihnen mal „Hänsel und Gretel" von Wasserzieher mitbringen? Da stehen alle Namen und ihre Bedeutungen drin. Habe ich mir aus der Bücherei im Kontaktzentrum ausgeborgt.
Frau Stein: Nein, das interessiert mich gar nicht. Meine Mutter oder Pflegemutter, sie haben mich kurz nach der Geburt weggegeben, – heißt Geba – und mit Nachnamen Schönlein oder so ähnlich.
Dem Herrn Stein möchte ich heißes Wasser auf die Beine oder die Hand gießen, aber das macht man wohl nicht (sie lacht).
Taffy: Bald sind Sie geschieden, dann wird es besser werden!
Frau Stein: Und wovon soll ich dann leben?
Taffy: Er muss ihnen und den Kindern Unterhalt zahlen. Oder Sie gehen zum Sozialamt.
Frau Stein: Ich will ein halbes Jahr nach der Scheidung wieder im Büro arbeiten. Aber ich kann nicht zum Sozialamt gehen. Die verstehen doch nicht meine Sprache!
Taffy: Ich kann ja mitkommen – oder Frau Arnd.
Frau Stein: Warum bin ich acht Jahre lang gequält worden? Ich bin in der katholischen Kirche. Mein Mann auch. Warum durfte er mich quälen?
Taffy: Es ist nicht christlich, wenn Ihr Mann Sie quält. Dann ist er auch kein Christ.
Frau Stein: Doch, er ist getauft worden. – Sie sind jüdisch, weil ihr Name jüdisch ist.
Taffy: Aber wie kommen Sie darauf?
Frau Stein: Man hat es mir gesagt. – Meine Nachbarin ist auch so böse zu ihrem Kind.
Taffy: Kommen Sie doch mal wieder zu uns in die Gruppe, dann können Sie Ihren „Zwillingsbruder" Mangolf wiedersehen!
Frau Stein: Ja, wenn sie mich lassen, komme ich.

Taffy: Was macht denn Ihre Scheidung?
Frau Stein: Ach, das macht doch der Rechtsanwalt Herr Olaf Ludowitz!

Taffy denkt: Nanu, der war doch auf Sirius. Ist der nun auch wieder auf der Erde?

Eine nüchterne männliche Stimme:
Die schizophrenen Psychosen nach August B. Hollingshead und Fredrick Redlich:
„Diese Kategorie umfasst sechs schizophrene Reaktionstypen: die latenten, einfachen, hebephrenen, katatonen, paranoiden sowie die unklassifizierten und dazu zwei paranoide Störungen, Paranoia und paranoides Stadium."
„Bei diesen Erkrankungstypen finden wir fundamentale Störungen der Gedanken- und Willenstätigkeiten sowie der Emotionen, aber es ist nicht immer einfach, einen bestimmten Patienten als paranoid, hebephren oder kataton zu diagnostizieren, da die unspezifischen Schizophrenien vorherrschend sind."
„Bei Überprüfung der Unterlagen von Patienten, die sich über mehrere Jahre in Behandlung befanden, stellte sich heraus, dass sich die Symptome und in Übereinstimmung damit die gestellte Diagnose häufig änderte. Aus diesen Gründen werden alle Schizophrenien in einer Diagnosekategorie aufgeführt."
Einweisung bei Schizophrenen:
„Schizophrenie machen etwa 53 Prozent aller erstbehandelten Psychotiker aus."
„Eine Patientin wurde von ihrem Mann, den ein Freund davon überzeugt hatte, dass seine Frau krank war, zu einem Psychiater gebracht, der zuvor auch den Freund behandelt hatte."
„Auch Sozialarbeiter und ausgebildetes Pflegepersonal des öffentlichen Gesundheitswesens können Einweisungen veranlassen."

In der Gruppe Gemurmel. Kaffeetassengeklirr. Kartenspiel-Klopfen.
Frau Arnd: Trinken Sie doch auch eine Tasse Kaffee!
Frau Stein: Danke, ich habe meine Thermosflasche mitgebracht. Wer weiß, ob Sie nicht Medikamente reingetan haben!
Taffy: Setzen Sie sich doch!
Frau Stein: Nein, ich muss stehen bleiben.
Mangolf: Wollen Sie mit Rommé spielen?
Frau Stein: Ja. – Was war denn Ihr erster Mann?

Frau Arnd: Konditor.
Frau Stein: Nein, er war Filialleiter, ist mir gesagt worden. – Ist Baptist ein Mädchen oder Eustathius?
Frau Arnd: Weder noch. Das sind Jungen. Wieso?
Frau Stein: Weil sie so komisch die Haare tragen. – Ich spiele nicht mehr!
Mangolf: Wieso?
Frau Stein: Ich muss mich von den acht Jahren ausruhen. –
Ich habe ein Lexikon mitgebracht. Ich muss nachschlagen, was Referenten, Referenter heißt. (Pause, Blätterumschlaggeräusche)
Das Wort gibt es gar nicht. Es stand auf dem Briefkopf meines Mannes. Aber er war doch nur Vertreter für Feuerlöscher gewesen. Früher habe ich mir einen Abschnitt aus einem Buch dreimal durchgelesen, dann habe ich ihn fast auswendig gewusst. Mit 17, 18, 19 Jahren bin ich krank geworden. Nichts konnte ich mir mehr behalten. Ich habe geheiratet, weil ich dachte, ich wäre dann gut aufgehoben.
Herr Turbo: Und wie alt sind Sie jetzt?
Frau Stein: Ich bin 36 gewesen. – Welche Haarfarbe haben Ihre Kinder?
Frau Arnd: Einer ist blond, der andere hat dunkle Haare. – Wer weiß, was mit Frau Annan ist? Sie ist schon lange nicht mehr gekommen!
Taffy: Wahrscheinlich wurde sie zum Sirius entführt. (Er lacht)
Frau Stein: Getanzt habe ich früher gern. Walzer und so.
Frau Arnd: Die Zeit ist um, wir müssen noch abwaschen. Wer hilft?
Frau Stein: Ich. (Geschirrgeklapper) Wir können nachher doch zusammen im Bus fahren, nicht wahr?
Frau Arnd: Sicher.

2020: Jonas und Oda sehen den Film „Winterreise" gesungen von Ian Bostridge.
Er schauspielert, es sind Requisiten und Kulissen vorhanden. Ian Bostridge hat eine wunderschöne Stimme, manchmal für Oda zu leise. Sie ist etwas schwerhörig, trägt Hörgeräte.
Oda gefällt, dass ein Mann Gefühle zeigt. Das ist doch selten. Müller, der den Text schrieb, drückte Emotionen aus. Trauer. Der Film über den Film zeigt Ian Bostridge auch lachend. Wie wohltuend.

Wer hat denn in dem Roman „Die Traumplaneten“ Gefühle und drückt sie aus? Taffy und Vanas, als sie sich ineinander verliebten. Kriemhild in ihrem Hass. Bernd und Urania, als sie sich verliebten. Wo ist die Trauer? Vanas trauert, weil Taffy ihr kein Kind machen will.
Leidenschaften tobten über die Herrschaft von Sirius. Mangolf trauert darum. Es kratzt sein Selbstbewusstsein an. Muss man nicht verrückt werden, wenn man solche kulturellen Unterschiede erlebt, vom Sirius auf die Erde? Seine Frau arbeitet als Hilfskraft in einer Kindertagesstätte.
Taffy hat ein ganz schlechtes Gefühl, wenn er an seine Tochter Kriemhild denkt.

Eine nüchterne männliche Stimme:
Genie, Irrsinn und Ruhm nach Wilhelm Lange-Eichbaum:
„Schizothyme oder Schizoide überwiegen bei Genies.“
„Man wäre versucht zu sagen, wie die Hysterie eine natürliche Bereitschaft für den Geist vor dem 18. Jahrhundert gehabt haben muss, so passe die Schizophrenie vielleicht irgendwie zu unserer Zeit.“ (Jaspers)
„Von Künstlern sind 2,8 % Schizophrene.“
Georg Büchner, 1813-1837 war prämorbid für Schizophrenie.
Buddha war extrem schizoid und hatte wohl einen schizophrenen Schub.
Alighieri Dante, 1265-1331, war offenbar ein schizoider Psychopath.
Alexander Dumas, 1802-1870, ein schizoider Psychopath.
Nikolaus Gogol, 1869-1852, schizoid, dann überkam ihn die Schizophrenie.
Friedrich Hölderlin, 1770-1843, litt an einer schizoiden hyperästhetischen Form. Die „Nachtgesänge“ sind schizophrene Störungen.
Friedrich Gottlieb Klopstock, 1724-1803, war ein schizoider Psychopath.
Michael Jurigewitsch Lermontow, 1814-1841, litt an schizoider Kälte.
Conrad Ferdinand Meyer, 1835-1895 hatte Schizophrenie.
August Strindberg, 1849-1912, barg einen schizoiden Kern.
In drei Schüben erlebte er seinen Verfolgungswahn aus.
Torquato Tasso, 1544-1595 litt an Schizophrenie.

Kriemhild träumte von ihrem Vater, der Stiefmutter und der Stiefschwester. Sie will nicht mehr sterben, sondern zu ihrer Familie auf der Erde. Der Vater

kann ja eigentlich nichts dafür. Er wurde von Vanas verführt. Kriemhild erinnert sich, wie sie mit dem Vater Plakate gegen die Sirianische Regierung klebte. Ein warmes Gefühl stieg bei ihr auf.
Deshalb vertauscht sie ihren gleichaussehenden Rucksack mit dem von Daria, die in der Rakete mitfliegt, mit der Bombe. Die Fernbedienung behält sie. Als sie gelandet sind, sagt sie Daria Bescheid, die dafür Verständnis hat. „Du als 13-jähriges Mädchen, das ist doch Wahnsinn! Ich hasse die Venuser, die Ali Baba und seine 40 Jünger von der Venus so schmählich verjagten. Ich setze mich für ihn ein, auch wenn ich dabei mein Leben verliere. Er interessiert sich mehr für junge Männer! Wir müssen uns nur einen guten Plan ausdenken, wie wir das machen." Dann tuscheln sie zusammen. Warum sprechen sie leise? Haben sie Angst, dass sie jemand hört? Die Raketenlandung ist nicht aufgefallen, denn sie haben das Fahrzeug gut versteckt ein Stück vom Versammlungsort geparkt. Sie kommen vorbei an der Pflegestelle der Babys von Miloslaw, Bromelius, Arsenius, Teiresias. „Wir nehmen eines der Babys als Vorwand", schlägt Daria vor. „Wir wissen ja jetzt die Namen der Väter, schauen sie uns an. Wenn du jemand sieht, mit dem du zur Erde fliegen willst, dann entferne ihn von den anderen unter einem Vorwand, bevor du alle in die Luft sprengst." Kriemhild begrüßt die Pflegeltern herzlich, denn es sind ihre ehemaligen Gasteltern. „Bleibt schön hier, dann seid ihr in Sicherheit. Es wird gleich etwas passieren!"
Die Venuser sitzen diesmal unter einer Eiche. Es ist schönes Wetter. Das Orchester spielt. Kriemhild und Daria beobachten alles heimlich. Ein Mann scheint Kriemhild vertrauenswürdig. Er ist ruhig und phlegmatisch wie ihr Vater. Kriemhild deutet auf ihn. „Ja, der scheint o.k.. Ich geh' jetzt!"
Kriemhild kommt bei der Gruppe an: „Hallo, ich heiße Kriemhild und bin die Tochter von Taffy. Wisst ihr, wo er ist? Ich bin hierher geflogen, um ihn zu suchen."
Arsenius, auf den Kriemhild vorhin wies: „Er ist zum Sirius geflogen, um eure Familie dort abzuholen. Er wollte dann wiederkommen."
Kriemhild: „Wie heißt du?
„Arsenius."
Kriemhild: „Ich bin gerade an der Kinder-Pflegestelle vorbeigekommen. Ach, sind die Babys süß! Mir wurden die Namen der Väter, nein, eigentlich

sind es ja Mütter, der Babys genannt. Das Kind von dir, Arsenius, ist schwer krank, ist am Sterben. Die Pflegemutter hat mir aufgetragen, es dir zu sagen. Gehst du bitte zu deinem Kind? Ich werde mitkommen, da mein Vater nicht hier ist, muss ich ihn woanders suchen."

Arsenius reagiert erschrocken und rennt sofort los. Kriemhild eilt ihm hinterher.

Jetzt stößt Daria vor und schreit: „Die Rache von Ali Baba! Ihre werdet alle sterben. Keiner bewegt sich!" Kriemhild drückt die Fernbedienung. Alle schreien, versuchen sich zu retten.

Arsenius hört den Knall, dreht sich um. „Was ist denn da passiert?"

Kriemhild: „Daria hat mit einer Bombe alle in die Luft gesprengt. Dich habe ich gerettet, weil du mich im Raumschiff zur Erde fahren sollst. Ich vermute, dass dort mein Vater ist."

Arsenius ist schockiert. „Aber ich muss doch zu meinem Baby!"

Kriemhild: „Deinem Baby geht es gut. Es war nur ein Trick von mir!"

Arsenius: „So jung und schon so ausgekocht! Na ja. Danke, dass du mein Leben gerettet hast. Warum hat Daria die anderen umgebracht?"

„Daria ist die Geliebte von Ali Baba. Er hat sie geschickt, um an den Venusern Rache zu üben, weil sie ihn von der Venus verjagten."

„Wusstest du davon?"

„Nein."

„Aber warum dann der Trick mit meinem Baby?"

„Ich kann keine Rakete steuern."

Arsenius: „Wir haben ein neues Verfahren für das Reisen und brauchen es nur noch zu träumen, dann kommen wir ans Ziel."

Kriemhild: „Wie, ist mir egal. Aber du begleitest mich!"

Arsenius: „In Ordnung." Er geht mit Kriemhild zu einer Grotte, um den Zieltraum Erde zu träumen.

Fast alle Venuser sind tot oder verletzt.

Die Geier kreisen um die Leichen und hacken sich das Fleisch heraus. Tiere verlassen den Wald und machen sich über die Toten her. Zerschmetterte Musikinstrumente liegen umher.

Ein Glück, dass Miloslaw wieder auf der Erde ist. Seine Instrumente!

Bald liegen nur noch Knochen da. Später werden Archäologen sich fragen, welche Spezies von Wesen das wohl waren. Außerirdische? Sie stellen drei verschiedene Rassen fest. Die Glaskugeln um den Bauch der Venuser haben keine Farben mehr.

Kriemhild und Arsenius landen auf der Erde, nahe am Traumzentrum, das ja Arsenius kennt. Kriemhild hat keine Gewissensbisse. Ganz im Gegenteil, sie fühlt sich von ihrem Hass auf die Venuser befreit. Arsenius ist ja auch eigentlich kein richtiger Venuser. War vorher auf der Erde. Kehrt nun zurück.
Sie betreten das Traumzentrum und fragen nach Taffy. „Das ist mein Vater", erklärt Kriemhild. Taffy schließt sie in die Arme. Er ist so erleichtert! Schüttelt Arsenius die Hand, bedankt sich, dass er Kriemhild zur Erde gebracht hat. Beide erzählen nicht, was sich auf der Venus ereignete.
Kriemhild hat den Eindruck, dass sich die Gefühle ihres Vaters ihr gegenüber geändert haben. „Ich bin stolz auf dich", sagt er zu ihr. „Erst hast du auf Sirius mit mir Plakate gegen die Sirianische Regierung geklebt, jetzt fandst du jemand, der dich nach Berlin flog!" Kriemhild denkt: Wenn du wüsstest!

Taffy ist Traum-Proband. Er geht nun mit Kriemhild nach Hause. Esther und Jolanthe freuen sich tatsächlich, Kriemhild zu sehen. Die Stiefmutter hatte ein schlechtes Gewissen, weil sie sich wenig um Kriemhild kümmerte. Sie war gefühlsmäßig voll Triumpf, weil Taffy Vanas so hatte abblitzen lassen. Jolanthe meinte plötzlich, dass es doch nicht so übel ist, eine ältere Halbschwester zu haben. „Ich gehe zur Therapie zum Traumzentrum. Sie haben da eine Kinderabteilung. Das ist da ganz lustig! Wir machen Traumspiele. Komm' doch das nächste Mal mit!"
Der Vater meldet Kriemhild bei der Hermann-Nohl-Schule für Lernbehinderte an, die neben dem Traumzentrum steht. Beim Schultest hatte Kriemhild schwache Ergebnisse. Der Vater bringt ihr am nächsten Tag ein Käppi mit, denn Kriemhild wünschte sich eins. Sie will „cool" aussehen und am liebsten wie ein Junge.

Traumzentrum: Kriemhild trägt ihr Käppi, dessen Schirm die Augen fast verdecken. Oda sagt zu ihr: „Hallo, weißt du, dass die Fellachen – das waren Bauern im Alten Ägypten –, ihre Turbane nachts aufbehielten, damit die Seele nicht durch Träume rausfliegt? Trägst du deshalb das Käppi?“ Sie sagt es im neckischen Ton.
„Nein, ich will nicht erkannt werden!“ Kriemhild schaut finster.
„Sucht dich die Polizei?“ Oda lacht.
„Vielleicht. Aber wohl nicht hier.“ Sie grinst verlegen.
Tanja, ein 12-jähriges Mädchen, erscheint. „Hallo, ich heiße Tanja. Du bist neu hier, was? Willst du mit uns ein bisschen spazieren gehen? Deine Therapie ist ja gerade zu Ende.“ Tanja nimmt Kriemhild mit zu einem türkischen Schneider, der dafür bezahlt, dass sich die Kinder von ihm anfassen lassen. Tanja ist auch schon mit ihrer Freundin Christine hier gewesen, 11 Jahre alt ist sie und sollte den Schwanz des Schneiders in den Mund nehmen. Geld gab es dafür. Anschließend hatte sie einen schorfigen Mundausschlag. Oda weiß das alles. Tanja hat es stolz überall herumerzählt. Auch in der Schule. Die Mutter glaubt Tanja nicht. Die fünfköpfige Familie hängt den Zeugen Jehovas an. Die Mutter ist Briefsortiererin bei der Post, der Vater kümmert sich um das 2-Monate alte Baby. Auch Barbara und Krystot besuchen den Schneider. Beide kommen aus Polen. Sie sind Deutsche. 1985 reiste die Familie nach Deutschland aus. Jetzt haben wir das Jahr 1996. Barbara und Krystot sind von ihrem Vater, Verwandten und Bekannten sexuell missbraucht worden. Der Vater sitzt nun im Gefängnis. Die Mutter hat sich von ihm getrennt. Barbara und Krystot ist es streng verboten, über ihre Erlebnisse zu erzählen. Krystot hasst seinen Vater.
Der Vater hat ein paar Mal versucht, ihn nach der Schule zu entführen. Diese Kinder sind in ihrer Sexualität so gestört, dass sie es nicht ungewöhnlich finden, was der Schneider von ihnen verlangt.
Zumal dabei Geld rausspringt. Oda teilt es der Mutter von Tanja mit, denn diese erzählte es ihr. Am nächsten Tag ist das Mädchen im Kindernotdienst. Die Mutter soll Anzeige erstattet haben. Wozu eigene Kinder, denkt Vanas, wenn es genügend gibt, um die man sich kümmern kann! Sie ist zur Erde geflogen, weil sie Taffy auf dem Sirius nicht fand. Ihr träumte, dass er auf der Erde ist.

Als Taffy einmal mit seinen Töchtern nach Hause geht, sieht er Vanas.
„Nanu, was machst du denn hier?"
„Das gleiche könnte ich dich fragen!"
Kriemhild schaut irritiert. Woher kennt ihr Vater diese Frau? Aber sie hat nicht den Eindruck, dass diese seine neue Freundin werden würde.
„Ich kenne sie von der Venus her", erklärt Taffy seinen Töchtern. „Wir waren Kollegen. – Vanas, wie kommst du auf der Erde zu recht?"
Kriemhild fährt zusammen: „Das ist also die berühmte Vanas, die beinahe unsere Familie zerstört hätte!" Jolanthe: „Ich erinnere mich, wie sie an unserer Haustür stand auf dem Sirius und sich mit unserer Mutter stritt! Zum Glück kam dann Papa. – Weißt du, was sie zu Mama sagte? ‚Ich will doch nur ein Kind von Taffy!'" Sie imitiert die Stimme von Vanas spöttisch.
Kriemhild: „Ich hasse dich! Du hast gelogen, als du sagtest, du kämst von der Venus."
Vanas: „Das stimmt. Ich komme gerade vom Sirius, weil ich Taffy dort nicht fand. Ich landete ganz diskret in einem Puff, trotzdem wollten die Polizisten, als sie mich zuerst sahen, gleich für verrückt erklären, obwohl ich natürlich nicht gesagt habe, woher ich komme. Gedächtnisausfall habe ich behauptet." (Sie grinst.)
Taffy: „Sag' mal, willst du mich stalken?"
Vanas: „Du kennst meinen Wunsch. Sobald du ihn mir erfüllst, werde ich dich in Ruhe lassen! Die Polizei hat mich in die Psychiatrie gebracht. Jetzt bin ich in der Rehabilitationsphase. Soll das Kontaktzentrum besuchen. Kennst du das?"
Taffy: „Klar. Gehe ich fast jeden Nachmittag nach der Erzieherschule hin. Ist ganz interessant. Komm' doch auch!"
„Nein, kein Interesse!"

Oda träumt davon, dass Miloslaw in Athen lebte und ein Sokrates-Schüler war. Sokrates kritisierte die Naturphilosophen, die es vor ihm gab. Zuerst liebte Jonas Knaben, dann, nachdem er Oda in einer Sänfte gesehen hatte, begehrte er sie. Miloslaw war auch Apollo-Anhänger und in Delphi, wo sein Onkel als Priester arbeitete, der ihn einweihte. Dort war Bilhildis damals die

Pythia. Da Jonas nicht das Geld für die teure Hetäre Oda hatte, brachte er sich um, indem er sich von einer Klippe stürzte.

Im Bus

Frau Stein: Mein Mann ist 14 Jahre älter als ich, er ist sehr hässlich. Bei uns war das so Mode (sie lacht), dass man mit 16, 17 einen Freund hatte. Meine Schwester ging mit einem. Ich tanzte. Aber dann, in der Hochzeitsnacht, ich habe doch nicht geglaubt, dass er mich anfassen wird. Ich dachte, er suche nur eine Haushälterin, junges Leben um sich. – Ich habe gedacht, wenn ich jetzt eine Weile geschieden bin, suche ich mir eine Frau, die so 15 Jahre älter ist, damit sie nicht merkt, dass ich nicht ganz richtig im Kopf bin und ziehe mit ihr zusammen. Ich habe schon an die „Morgenpost" geschrieben, aber die vermittelt nur Männer an Frauen. In der Kirche habe ich gefragt, so etwas gibt es nicht.

Frau Arnd: Das gibt es schon. Versuchen Sie es doch mal mit einer anderen Zeitung! – Sagen Sie mal, müssen Sie nicht aussteigen?

Frau Stein: Ja, aber ich fahre mit Ihnen noch ein Stück mit. Sind Sie katholisch?

Frau Arnd: Nein.

Frau Stein: Ich gehe jeden Sonntag in die Kirche. (Zu sich selbst) Ruhig, ganz ruhig werden. – Ich muss jetzt nach Hause, für Irenaesis einen Grießbrei kochen.

Frau Arnd: Kochen Sie auch für Ihren Mann?

Frau Stein: Aber ich habe doch gar keinen Mann!

Oda bekommt im Traumzentrum Besuch von Karin Solve, einer ehemaligen Traum-Probandin, die im Kontaktzentrum ihr Anerkennungsjahr als Sozialarbeiterin machte. Einen Silberblick hat sie, glatte, braune Haare, meist zu einem Pferdeschwanz gebunden, jetzt alles leicht gekräuselt, offen, Lidschatten.

„Wie geht es dir?"

„Gut." Karin strahlt.

Oda weiß, dass Karin schwanger ist. Vanas ist auch zu Besuch: „Ich studiere jetzt Psychologie. Vielleicht kannst du mir mal von deinem Einsatz als Traum-Probandin erzählten! Das würde mich interessieren. Ich will mich auf Träume spezialisieren! Ich bin ganz neidisch auf dich. Ich würde so gern

ein Kind haben! Aber der Mann, der mir ein Kind machen soll, weigert sich“, meint Vanas. „Wir haben uns mal geliebt.“
„Du kannst dich doch künstlich befruchten lassen!“
Das will Vanas nicht. Sie befreundet sich mit Karin, um mit Ian, dem Mann von Karin zu schlafen.
Vanas träumt, sie habe Jeans bestellt, denn sie will sich wie eine Erdianerin kleiden. Andere Studenten breiten viele aus, wollen ihr eine Größe geben, die zu reichlich ist. Außerdem ist auf der Hose ein buntes Design mit einer Micky-Maus drauf.
„Nein, so etwas habe ich nicht bestellt“, sagt Vanas.

10.Kapitel

Karin schleppt Vanas zu mehreren ihrer Gottesdienste, die von einer amerikanischen Sekte ausgerichtet werden. Es wird immer das gleiche gesungen. Ein junger Priester erzählt ganz frisch. Vanas kann diese Lügen weder gesungen noch gesprochen hören. Jesus Christus, der am Kreuz gestorben ist. Sie hat zu dieser Zeit gelebt. Jesus war ganz anders, als er überall beschrieben wird. Vanas bekommt Kopfschmerzen, ihr wird übel.

Aus der Gemeinde erzählt jemand, wie er zu dieser Sekte gefunden hat. Er ist aus der ehemaligen DDR. In diesem Haus, das jetzt das Gewerkschaftshaus ist, hat er für die SED gearbeitet. „Meine Mutter war in den Westen geflohen. Sie ließ mich allein zurück. Ich kam in ein Heim. Streng politisch wurde ich erzogen. Meine Frau hat mich wegen eines anderen verlassen. Nach der Maueröffnung habe ich Kontakt zu meiner Mutter aufgenommen. Es ist so schwierig, zu verzeihen."

Der Chor singt flotte Einheizlieder. Eine Vorsängerin tritt auf. Der Pfarrer erzählt von einem Streit mit seiner Frau. Eine Kinderbetreuung ist im 1. Stock.

Die Nachbarin, eine Chinesin, hält Vanas das Gesangsbuch hin. Sie spricht sie an.

Nach dem Gottesdienst wird Picknick gemacht. Jeder hat etwas mitgebacht. Vanas' Interesse ist erlahmt. Höflich verabschiedet sie sich. War sie nicht früher einmal in einem anderen Leben in einer Sekte mit einem indischen Guru gewesen? Nein, nicht schon wieder! Wie angenehm ist die Freiheit.

Karin ist mit einem ehemaligen Golfkrieg-Soldaten verheiratet. Um eine Ausbildung machen zu können, ging er zum Militär. Schreckliche Dinge erlebte er während des Golf-Krieges, obwohl er selbst nur Nachrichten-Techniker war. Durch eine kleine Öffnung aus dem Panzer sehen. Dann wird geschossen. Alles wie auf dem Monitor von Video-Spielen. Nur hier: blutiger Ernst. So wanderte er zum Sirius aus. Nun könnte er denken, da herrscht eine Diktatur und man muss militärisch dagegen vorgehen. Aber Sirius hat sich durch den Einfluss der Venus gewandelt. Aber dann kam Ali Baba mit

seinen 40 Jüngern. Er errichtete einen Gottesstaat. Karin und ihr Mann Ian bekamen Sehnsucht nach der Erde. Sie flogen wieder zurück.
Karin soll Zwillinge bekommen. Ob sie von den Giftgasen, die ihr Mann einatmen musste, verseucht sind? Ihr Mann klagt über Symptome, die der Arzt nicht behandeln kann. Kopfschmerzen außerdem. Auf Sirius arbeitete er als Reisebürokaufmann. Erklärt den Planeten als Führer. Viele, viele Überstunden. Aber er hat diesen Beruf nicht gelernt, war froh, einen Job zu haben, hatte Sirianisch gepaukt. Ja, manche, die hierher kamen, mussten es erst lernen. Andere konnte es sofort ab der Landung.
Ian kündigt. Wechselt zu einer Computerfirma. Aber da ist er nicht lange. Wird entlassen, weil Ali Baba der Meinung ist, dass man keine Computer braucht. Wieder bei der alten Arbeitgeberin Nicole. Sie ist ja zur Venus geflohen. Ali Baba ist der Ansicht, man müsse nicht reisen, es sei denn als Gotteskrieger. Ian will seine Frau und die Zwillinge ernähren.
Darum kehrt das Paar zur Erde zurück. Karin studierte Sozialarbeit, Ian arbeitet in der Tourismusbranche.

Müssten nicht Karin und ihr Mann auch zur Rehabilitation zum Kontaktzentrum? Die Ärzte machen sich Sorgen. Immer öfter werden Menschen aufgefunden, die ihr Gedächtnis verloren haben. Ist das eine ansteckende Krankheit? Karin beschäftigt sich im Studium mit psychischen Erkrankungen.
Eine nüchterne männliche Stimme spricht:
Ansätze zur Klärung von Schizophrenie von P. Heinrich u.a.: „Bis heute ist es ungeklärt, inwieweit erbliche, biologische und psychische Faktoren die Ursachen für Schizophrenie sind."
„Nach soziogenetischer (sozio-psychischer) Sicht ist die Schizophrenie mehr oder ausschließlich das Produkt von gestörten zwischenmenschlichen Beziehungen."
„Interessant ist hierbei die Beobachtung, dass die Kranken, die im Elternhaus nicht als eigenständige Person betrachtet wurden, sondern nur als „Teil" der Mutter, wesentlich häufiger chronisch (langanhaltend) krank wurden, als die Schizophrenen, denen im Elternhaus offen misstraut wurde, und die zum Weggehen aufgefordert oder gezwungen wurden."
„Eine weitere soziogenetische Erklärung für die Ursachen von Schizophrenie ist die sogenannte „Doppelbindung" von Bateson, Jackson, Haley und Weckland (1956).

Sie sieht das Problem des Schizophrenen in der Tatsache, dass dieser als Kind zu viel widersprüchliche Kommunikation vonseiten einer wichtigen Bezugsperson (z.B. der Mutter) erfahren hat und nie lernt, sich dieses Problems bewusst zu machen. Widersprüchliche Kommunikation entsteht z. B., wenn der Inhalt eines gesprochenen Satzes nicht mit dem wahren Gefühl des Sprechenden übereinstimmt, und sich dies in Mimik oder Gestik ausdrückt. Um aus Konflikten dieser und ähnlicher Art herauszukommen, flieht das Kind aus der nicht zu meisternden Realität einer ‚Krankheit'."
„Schizophrenien, die schon im Kindesalter langsam einsetzen und sich immer mehr verstärken, nennt man Prozessschizophrenien. Die Heilungschancen sind zurzeit als ziemlich gering anzusehen.
Reaktive Schizophrenien treten dagegen plötzlich besonders im jugendlichen Erwachsenenalter auf. Die Chancen der Wiedereingliederung in die Gesellschaft sind relativ hoch."

Frau Stein ruft Karin Solve an, die ihr Anerkennungsjahr im Kontaktzentrum absolvierte.
Frau Stein: Herr Kuaske hat mir ein Postfach eingerichtet. Ich muss die Sachen zurückbringen.
Frau Solve: Welche Sachen?
Frau Stein: Eheringe. Auch die Kette. – Im Krankenhaus haben sie Leute an die Zentralheizung gefesselt.
Frau Solve: Das haben Sie schon mal Frau Arnd erzählt.
Frau Stein: Nein, da irren Sie sich. Eine Euseuhr für 358,-DM, nein, eine Olchiuhr, habe ich mir gekauft, die sollte mich vor dem System schützen. Die Bischöfe tragen solche. Aber es hat nichts geholfen. Ich will die Uhr zurückbringen. Warum tragen die Bischöfe solche Uhren?
Frau Solve: Da müssen sie Ihren Pfarrer fragen.
Frau Stein: Ich verstehe das Christentum nur wie Kinder bis zehn Jahren. – Die Freundin der Frau Gudrudi heißt Geba oder die Freundin von Frau Schönlein, meine Stiefmutter. Nun ist es mir eingefallen. Was wohl Herr Turno dazu sagen wird?
Frau Solve: Aber der weiß das doch gar nicht. Sie können es ihm ja sagen.
Frau Stein: Vorläufig spreche ich nicht mit ihm.

Frau Solve: Ich glaube, er mag Sie ganz gern.
Frau Stein: Aber ich will nichts von Männern wissen.
Frau Solve: Ich weiß, nicht sexuell, aber vielleicht kameradschaftlich? Was ist mit Herrn Taffy Sirach oder Mangolf Polykrates?
Frau Stein: Kameradschaftlich, ach, so, ich verstehe.
Frau Solve: Na, dann wissen Sie es jetzt. Sie haben die ganze Zeit darüber nachgedacht, nicht wahr?
Frau Stein: Ja. Ich weiß jetzt, warum es mir so schlecht gegangen ist. – Soll ich es Ihnen erklären?
Frau Solve: Ja.
Frau Stein: Im Mittelalter gab es doch solche Verzierungen überall, nicht?
Frau Solve: Meinen Sie den barocken Stil? Das war aber nicht im Mittelalter, sondern später. Mittelalter nennt man die Zeit von 500 – 1500 und die barocke Kunst und Architektur von 1600 – 1750.
Frau Stein: Ja, und dazu fällt mir was ein.
Frau Solve: Bach?
Frau Stein: Ja. Fuge, gefügig, gefügt, gefügig machen.
Frau Solve: Man hat Sie gefügig gemacht?
Frau Stein: Ja. Immer, wenn die Schritte über mir laufen. Ich habe Kopfschmerzen.
Frau Solve: Sie trampeln auf Ihnen herum, machen Sie gefügig?
Frau Stein: Ja. – Wie zu einem Kind haben sie mich gemacht. Warum macht man das mit Menschen? Ich habe mich geirrt. Mit vier Jahren sollte ich einen Namen haben. Aber nicht Geba. Die Freundin von Frau Schönlein hat Geba geheißen. Aber vielleicht haben sie es nur so aus Jux gesagt.
Ihre Kinder sind Zwillinge und 1968 geboren wie mein Joseph und die Kinder von Hermine. Sie bekommen auch Zwillinge, Frau Solve.
Frau Solve: Ich bekomme Zwillinge, das ist richtig.
Frau Stein: Sie sind Judith Solve, die wieder geheiratet hat.
Frau Solve: Nein, ich heiße Karin Solve und habe bisher nur einmal geheiratet.
Frau Stein: Ich werde Herrn Stein fragen. – Wie geht es Frau Mehring? Sie soll bloß nicht mit ihrem Hautausschlag die Zahnwunde anfassen. Und nicht Kaffee trinken! Ich liebe Operetten. – Meine Schließfachnummer

lautet: 693 15 hochgestellt 369. Da sind Korallen drin. Frau Annan ist weggegangen, sie hätte doch ein Gewissen haben müssen.
In der Wohnung wird jetzt eine Fensterverriegelung angebracht. Irenaesis kommt morgen mit Jörg, eine Glühlampe soll entfernt werden. Haben Sie die Nummer aufgeschrieben?
Frau Solve: Wenn Sie das möchten, dann schreibe ich sie auf.
Frau Stein: Ja.
Frau Solve: Wann kommen Sie wieder in die Gruppe?
Frau Stein: Ich darf nicht. Herr Turbo hat einen Hund. Ich habe Angst. Ich finde mich nicht mehr zurecht. Die Magnolie, an der wir bei der Wanderung gerochen haben, ist grau geworden.
Die Korallen im Schließfach sehen aus wie Asche. Die Stimme sagt mir, ich darf nicht kommen.
Frau Solve: Aber die Stimme hat Ihnen doch schon öfter mal was falsch gesagt. Glauben Sie ihr doch nicht immer! Ihr Sohn ist heil von der Reise zurückgekommen.
Frau Stein. Aber er kann noch in der Turnhalle beim Hochsprung verunglücken. – Meine Stimme lügt nie!

Oda bekommt auf einer Reise von der Hitze in Athen geschwollene Beine. Sie träumt und flieht nach Saloniki. Geht am Meer entlang. Endlich Kühle, fast zu kühl. Um sie ändert sich die Landschaft. Eine andere Zeit. Auch sie. Ein raffiniertes Zipfelgewand. Falten mit Bändern gehalten, eine komplizierte Hochsteckfrisur.
Sie wirft kokette Blicke als Hetäre. Ein Mann kommt auf sie zu. Geht an ihr vorbei. In der Öffentlichkeit darf er nicht zeigen, dass er sie kennt. Er sitzt im Ältesten-Rat.
Hat ein Kind mit ihr, das bei Pflegeeltern sehr gut aufgehoben ist. Sein Verhalten schmerzt sie. Aber sie versteht es, liebt ihn. Er liebt sie auch. Aber sie ist unter seinem Stand.
Oda fliegt zu einem anderen Ort in Griechenland. Sie trägt nun einfache Kleidung. Eine Sklavin ist sie, von den Griechen nach dem Fall von Troja gefangen, wo sie eine freie Frau war. Die Familie, für die sie arbeitet, wird von einer Räuberbande umgebracht. Auch sie.

Sven, der Freund von Claudia, war bei Frau Stein und ihrem Sohn Irenaesis eingeladen, auch dessen Freund Jörg kam. Er berichtete Claudia später davon. Sven ist Psychologie-Student und soll das Pilot-Projekt vom Traum-Centrum hier durchführen. Frau Stein lud Sven zu sich ein. Sie findet ihn sympathisch. Denkt, dass dies ein guter Freund für ihren Sohn wäre. Ihre anderen Kinder sind längst aus dem Haus.
Bei Frau Stein zu Hause:
Sven, Irenaesis und Jörg erscheinen. Lachen, Türenwerfen. Irenaesis und Jörg werfen ihre Mappen hin.
Irenaesis: Hast du schon wieder Grießbrei gekocht?
Frau Stein: Aber den liebst du doch! – Hat mir Frau Scharf gesagt.
Sven (flüsternd): Wer ist Frau Scharf?
Irenaeus: Das ist die Stimme, die sie immer hört.
Jörg: Deine Mutter ist wohl ein bisschen plemplem, was?
(Verhaltendes Gelächter)
Frau Stein repetiert laut, was Frau Scharf ihr sagt: Kommen Sie, Frau Stein, hier sind Ihre Farben, sammeln Sie sie ein! Sie müssen sie in die Waschmaschine stecken und waschen. Sehen Sie, wie schmutzig sie sind, in Smog getaucht. Glauben Sie nicht Frau Arnd. Sie lügt. Sie hat immer gelogen. Sie wird Sie ins Irrenhaus stecken. Da werden Sie an die Heizung gefesselt, verstehen Sie? Die Augen werden Ihnen herausoperiert. Jetzt sehen Sie schon nur noch alles in schwarz-weißen Punkten wie beim Schwarz-Weiß-Fernseher, alles flimmernde, einzelne Punkte. Krabbelnde. Sehen Sie, das kommt daher, weil Sie sich mit ihr eingelassen haben. Ich verrate Ihnen noch was, Frau Arnd liebt Ihren Mann. Sie werden betrogen. So ist das. Ein Komplott gegen Sie. Die Nachbarn über Ihnen wollen Sie irre machen, deshalb trampeln sie mit den Füßen, bis Sie verrückt werden. Das Fleisch muss vorher erst abgewaschen werden, Sie verstehen? Ich mache das immer so. Kommen Sie, hier sind Ihre Farben, das Rot der blutigen Leber, gleich kommt sie in den Fleischwolf …

„Stell' dir vor, meine Mutter ist zurück nach Portugal gegangen! Endlich bin ich frei!", erzählt Claudia Oda. Claudia macht gerade im Traumzentrum

Augenübungen gegen ihr schlechtes Sehen vor ihrem Einsatz als Schlaf-Probandin.
Beim Lichtbaden und anschließenden Abdunkeln sieht sie einen roten Planeten mit einer lila Aura. Ein warmer Feuerplanet. Die Hitze kann ihr nichts anhaben, anders als bei ihrer Reinkarnation in Budapest. „Diesmal habt ihr mich nicht bekommen!“, denkt sie. Viele Augen folgen ihr, staunen und greifen nach ihr. Nein, sie hebt kräftig die Arme, ihr sollt mich nicht aus der Luft pflücken. Höher, höher fliegt sie …
Der rote Planet mit der lila Atmosphäre, wo sie landet, ist ein Traumplanet. Dort hält man die Träume für Realität und die Realität für Träume.

Schreiberin: Abgelutschtes Thema. Gibt es in der Literatur schon x-mal!
Hat das jetzt Oda geschrieben oder wer? Ist es Selbstkritik?

„Wie heißt dieser Planet?“, fragt Claudia und verliert sich in seinem violetten Nebel.
Sie spürt ein Zerren der Schreiberin, die sie wie ein Drachen an der Schnur hält. „Lass mich in Frieden. Was gehen dich meine Reinkarnationen und Träume an?“
„Lass mich in Frieden“, echot es von vielen Planeten, wo ihre Seelen für sie auf Wanderschaft gehen.
„Das ist schlimmer als Seelen Striptease.“
„Es sind eure Leben! Wie ihr die Karre aus dem Dreck zieht! Ein Lehrstück für die Menschen. Episches Theater. Brecht. Die Träume erziehen euch. Also: achtet auf eure Träume!“
„Wer sagt denn, dass ich erzogen werden will? Ich will nicht immer an mir arbeiten, will ein bisschen Spaß haben!“
„Auch in deinen Träumen kannst du dich vergnügen.“
„Ja, aber erst die Arbeit, dann das Spiel!“
„Sonst wäre es langweilig.“
„Was, das ganze Theater nur, damit wir uns nicht langweilen? Oder damit die Leser sich nicht langweilen?“
„Ich werde jetzt eine Orts-Personenkarte für euch anlegen, damit ich immer weiß, wo ihr seid.“

„Ach, du hast wohl den Überblick verloren", hämisches Lachen.
„Du hast mich vergessen", mault Taffy.
„Siehst du, deshalb ist diese Ort-Personen-Karte nötig. Also lasst mich jetzt in Frieden, damit ich daran arbeiten kann."
Taffy macht immer noch seine Erzieher-Ausbildung.
Einmal ist er unterwegs nach Hause – die Pestalozzi-Fröbel-Schule ist in der Karl-Schrader-Straße in Schöneberg, er wohnt in Neukölln, da rufen ihm Jugendliche zu: „Was macht das Negerlein so allein?" Sie lachen.
„Bist du ins Tintenfass gefallen?" „Wo ist dein Schirm?" Taffy rennt los. Die rechtsradikalen Jugendlichen immer hinterher. „Hilfe", ruft Taffy, aber die Passanten schauen nur erschrocken zu. Dann wollen welche die Jugendlichen aufhalten, werden niedergeschlagen. Einer ruft die Polizei. Sie kommt nicht. Taffy rennt um sein Leben. Er weiß gar nicht mehr, wo er ist. Der Schweiß bricht ihm aus. Nach ein paar Stunden kann er sich in einer Ruine verstecken. Sein Herz klopft so wie die Geräusche auf dem Sirius. Sollte er nicht doch besser in seine Heimat zurückkehren? Schlimmer konnte es dort auch nicht sein!
Vanas träumt davon, einmal Dornröschen gewesen zu sein. Hundert Jahre Schlaf, wie viele Träume konnte man da haben?
Oder war es nur die symbolische Spanne von einem zum nächsten Leben? Sie hat von ihrem Prinzen ein Baby bekommen. Jeden Abend hat er einen Termin. Sie ist sauer. Er hält das Baby so ungeschickt, dass es fast runterfällt. „Wenn du dich jetzt schon so anstellst, was machst du dann nachts, wenn das Baby schreit?"
Sie sind gerade aus dem Krankenhaus gekommen. Nein, danke Prinz, ich schlafe weiter! Beim Studium lernt sie Dorothee kennen. Sie ist in einer Sekte „Jesus Herz zu den letzten Tagen" von den Eltern aus. Kein Kaffee, kein Alkohol, keine Zigaretten. „Der Körper ist ein Tempel, den man nicht vergiften sollte."
Keine Drogen. Sie glaubt an Gott und den Teufel, daran, dass es noch heute Propheten gibt, irgendwann wird die Erde untergehen. *Ja, ja, das glaubte Ali Baba auch. Das mystische Jahre 2000 oder ein anderes nach ägyptischer Berechnung.*

2020: Wubke ruft Oda an. Oda erzählt ihr von der Ali-Baba-Sekte, die sie in ihrem Roman „Die Traumplaneten" erfunden hat und deren Glauben, dass 1994 die Welt untergehen würde, obwohl doch andere Berechnungen auf das Jahr 2000 kamen.
„Am 30. Mai ist der Weltuntergang! Wir leben nicht mehr lang!", singt Wubke.
Oda kennt dieses Lied nicht und freut sich darüber, davon zu hören.

Dorothee träumt, sie wäre mit ihrer Mutter unterwegs, die erst als Erwachsene Radfahren gelernt hat. Sie besteigen einen Turm. Ist es der zu den Sternen? Dort sitzen die Gemeindemitglieder. Ihre Mutter liest etwas vor. Dorothee ist entsetzt, hier ihre alten Bekannten zu treffen. Den sauberen, artigen, jungen Studenten mit der Silber- Brille, blondes Haar, der hinter ihr her war und süß rot werden kann. Hat mit ihr getanzt. Sie will ihn nicht. Ihre Mutter liest aus der Bibel der Gemeinde vor. „Nein, nicht auch noch das", stöhnt Dorothee. „Gib' mir in der Zwischenzeit etwas anderes zu lesen!"
Die Mutter reagiert nicht. Da nimmt Dorothee ihr das Buch aus der Hand, rennt die Wendeltreppe runter, schließt die Tür ab und nimmt den Schlüssel mit. Die blöden Sektenmitglieder sind eingesperrt.
Eine Frau und ein Mann wollen sie aufhalten, weil sie sich so verdächtig verhält. Sie sind von ihrer Sekte und rufen. Dorothee reagiert nicht.
Das schlechte Gewissen macht ihr Schmerzen, als ob sie heiße Kartoffeln pellen würde. Sie will die Leute im Turm befreien. Es ist schon fast dunkel. Dorothee beschließt, am nächsten Morgen die Turm-Tür aufzuschließen. Aber dann denkt sie nicht mehr daran.
Dorothee arbeitet als Traum-Probandin im Traum-Zentrum wie Karin. Die Wehen setzen bei Karin ein. Die Zwillinge kommen. Schnell wird Karin ins Krankenhaus gebracht.
Sirus A wurde von Gott geschaffen, erfährt Dorothee im Traum, dann entstand Sirius B und zuletzt Sirius C, Emme – ya tolo. *Warum träumt sie das?*

Die Schreiberin korrigiert: Das stimmt nicht, Sirius, Sirius A und Emme-Yak tolo sind zur gleichen Zeit entstanden! Sirus A und B sind Zwillingssterne.

In der Plazenta von Karin war schon mal auf dem Sirius ein Zwillingspärchen gewachsen. Das war vor der Entstehung der Erde. Ein männliches Wesen kam zur Welt. Dieser Zwilling riss ein Stück der Plazenta ab und stürzte ins Weltall. Daraus entstand die Erde. Und wir wundern uns, warum das Patriarchat sich hier so lange hält, denkt Karin, die im Kontaktzentrum nach der Entlassung aus dem Krankenhaus ihre Muffin-Form sucht. Sie hatte mit der Kochgruppe gebacken und die Form vergessen.
Tanja ernährt sich von Süßigkeiten, das Frühstücksbrot in der Schule verschenkt sie, um sich dadurch Freunde zu kaufen, das Mittagessen zu Hause wird verschmäht, weil es ihr nicht schmeckt. Sie kauft sich mit dem Geld vom Schneider Fußball-Bildchen, die sie an kleine Jungen verteilt, damit sie zum Schneider mitkommen.
Die Lehrerin will mit den Kindern Schlittschuhlaufen gehen. Dazu sollen sie das Fahrgeld mitbringen. Tanja behauptet, nicht das ganze Fahrgeld von den Eltern erhalten zu haben. Dabei hat sie sich davon Süßigkeiten gekauft. Die zweite Strecke zurück muss sie nun laufen. Sie besucht die Lernbehinderten-Schule.

16.04.2020: Oda fährt um 7:30 Uhr zu „Aldi". Auf der Baumschulenstraße ist starker Verkehr. Den Einkaufswagen muss sie sich hier selbst desinfizieren. Aber immerhin hat „Aldi" Dinkelmehl. Kein Roggenmehl. Kein Toilettenpapier.
Vor der Kasse nur Aufkleber auf dem Boden „Bitte Abstand halten". Einige Kunden mit Mundschutz. Den soll man ja laut Empfehlung von gestern aus den Nachrichten im Laden und in Nahverkehrsmitteln tragen.
Die Kontakteinschränkung wurde bis zum 3. Mai verlängert. Dann sollen die Friseure wieder aufmachen können, auch die Abschlussklassen und Läden mit 8000 qm.
Heute steht im „Tagesspiegel", dass eine Jugendherberge für Obdachlose geöffnet hat. Die Obdachlosen sind sehr froh, endlich einmal ungestört schlafen zu können, dürfen ihr Zimmer sogar über Nacht abschließen. Ihre Drogen können sie beim Pförtner abgeben und draußen konsumieren. Vollpension erhalten sie. Die Obdachlosen sind selig. Die Corona-Zeit ist für sie ein Geschenk. Sie haben selbst keine Angst, sich anzustecken.

Avaaz schickt eine E-Mail und sammelt Unterschriften für den Protest, dass Trump aus der WHO (Weltgesundheitsorganisation) ausgetreten ist. Trump wirft der WHO vor, nicht rechtzeitig vor Corona gewarnt zu haben. Das trifft nicht zu. Zumal Trump selbst Corona als Gefahr anfangs verharmlost hat. Oda unterschreibt. Sie denkt an ihren Psychoanalytiker. Ob er ein Paar gefunden hat mit alten Seelen? Das nach dem Heilkraut gegen Corona und Mutanten suchen wird?
Ihre Gedanken werden von Ali Baba abgefangen. Aha, das müssen wir verhindern! Sie wollen doch, dass die Menschen ausgerottet werden! Corona und Mutanten sind wunderbar dafür! Die Sirius-Bewohner wollen sich dann auf der Erde niederlassen. Sie brauchen viel Energie, die sie hier gewinnen können.

Emme ya tolo bedeutet „Sorghumhirse" bei den Dogon im westafrikanischen Mali. Die Zwillinge sind zweigeschlechtig. Einer heißt Yasigu. Der andere hieß Yourougous. Auf der Erde gelandet, bekam er Sehnsucht nach seiner Zwillingsschwester.

Schreiberin: Der französische Ethnologe Marcel Griaule und seine Schülerin Germaine Dieterlen meinten 1930 Hinweise gefunden zu haben, dass die Dogon Wissen über den Stern Sirus B besitzen. Dieser sehr lichtschwache Begleiter von Sirius kann jedoch nur mit modernen Instrumenten beobachtet werden.

Im 1977 erschienenen Buch „Das Sirius-Rätsel" von Robert Temple wird vermutet, dass die Dogon dieses Wissen vor langer Zeit durch außerirdische Besucher erlangt hätten. Besucher aus dem Weltall hätten die Erde in der Vergangenheit besucht und in die kulturelle Entwicklung der Menschen eingegriffen. Das konnte von anderen Forschern nicht bestätigt werden.
Da Yourougous seine Schwester auf der Erde findet, stellt diese ihn zur Rede. Yourougous gibt an, aus Kummer, weil er seinen Zwilling erst nicht gefunden hatte, die Erde verwüstet zu haben. Yasigu macht das rückgängig. Dann zeugen beide die Babylonier. – Oda: Da sollen die Babylonier rausgekommen sein? Wer soll denn das glauben! Nein, die Babylonier sahen die Zwillinge als ihre Götter an, von denen sie abstammten, also geistig-

seelisch, nicht körperlich. In Afrika entdeckten die Zwillinge die Sorghum-Hirse und dachten an ihren Planeten, der so hieß: Emme-ya tolo. Warum das? Früher war er so klein wie ein Sorghum-Hirsekorn, dann nahm er immer mehr zu, fing Materie, die im Weltraum herumschwirrte, ein. Bis zu seiner jetzigen Größe. Die Zwillinge fliegen zurück zu ihrem Heimatplaneten.
Die Bewohner von Emme-ya tolo sind fischähnliche, aufrechtstehende Wesen. Erinnert euch an Claudia, die in Atlantis die Wassermänner und Nixen an das Land gewöhnt hat, damit sie Menschen werden. Nommo nennen die Dogan, eine Volksgruppe in Westafrika in Mali ihre Götter, die Hermaphrodit sind. Den Blassfuchs gibt es in Mali, der soll einer der Zwillinge sein. Die Dogan glauben, dass er von einem Nommo, der sich in einen Blassfuchs verwandelte, abstammt. Die Dogan nennen die Raumschiffe der Nommo „Donnersteine".
Was wollten die emme-ya-tolo Bewohner auf der Erde? Nach einer Legende hatten sie erfahren, dass in 100.000 Jahren Sirius A explodieren wird. Dann werden sie auch sterben, sie sind ja einer seiner Trabanten. Sie wollten also auf der Erde erkunden, ob sie in Zukunft dort leben könnten, d.h. ihre Seelen. Seit dem ersten Besuch in Atlantis, dann bei der Schaffung der Babylonier, haben sie immer Kontakt zur Erde gehalten. Aktuell sehen sie die Wasserverschmutzung auf der Erde. Die Pole schmelzen. Die Temperatur erhöht sich. Aber sie haben keine andere Wahl.
Tanjas Seele, die einmal in einem Blassfuchs reinkarniert war, ist nun wieder das Mädchen Tanja auf der Erde, zu einer ganz anderen Zeit. Ihr Gesicht erinnert an einen Fuchs, blass ist sie auch. Ihr Körper hat Ähnlichkeit mit einem Fisch. Sie bettelt die Lehrerin an, sie habe Hunger. „Mein Vater ist arbeitslos. Wir sind viele Kinder. Meine Eltern können mir nicht genügend Essen geben!"

Aus den Wolken schauen mich Gesichter an. Darum herum das Blau. Die Wolken schneien sich aus. Plötzlich hängen die Gesichter in hellblauem Geschenkpapier, das über einen Reifen gespannt, einen Tiger durchspringen lässt. Wie in einem Karate-Film: Ein Mann geht durch die Wand. Bleibt mit dem Kopf stecken wie in einem chinesischen Kang. Ein Holzkragen. Die vielen Köpfe. Ein Trichter darüber. Wollen mit Reinkarnationen und Träumen gefüttert werden. Verdauen ihre früheren Leben. Manche stoßen auf, erbrechen sich. Meine Phantasiekinder wollen von mir genährt werden. Hängen fest. Wollen von mir befreit werden. So viele Geburten. Zum Glück nur wenige in Steißlage.

Claudia mit ihrem klassisch-schönen Römerinnengesicht war früher in Rom reinkarniert. Jetzt renoviert sie ganz profan ihre Wohnung. Sie hat die Hände mit blauer Farbe beschmiert, wie Shiva sein blaues Gesicht, dessen Mund das Gift aussaugen kann.
Monika, die Lehrerin von der Hermann-Nohl-Schule, die neulich mit den Kindern Schlittschuhlaufen war, kommt nun zum Traumzentrum, um eine Rückführung bei Oda zu machen.
Nach der üblichen Entspannung und Hypnose sagt Monika: „Ich sehe ganz klar die Zahl 1661. Ich war ein spanischer Konquistador in Florida. Daher kenne ich dich, Oda. Du warst meine Geliebte, eine Indianerin."

Balda, die vom Planeten Sirius mit Taffy, Esther und Jolanthe zur Erde gereist war, wie *wir wissen* – sie arbeitet im Traumzentrum als Traum-Probandin –, bietet Töpfern in der Hermann-Nohl-Schule an, will Robert, 15 Jahre, der gerade auf dem Heimweg von der Schule ist – sie hat den gleichen Weg –, davon abhalten, seinen Hund von den Schienen zu holen, denn jemand hat ihn darauf geschubst. Sie stehen auf dem S-Bahnhof Hermannstraße mit Benjamin, dem 14-jährigen Bruder von Robert. Balda ahnt, dass eine Katastrophe heraufzieht. Robert ist runtergeklettert und hat seinen Hund hochgetragen. Alle steigen in die U-Bahn, die Leine klemmt in der Tür, als der Hund noch nicht drin ist. Der Zug fährt an, schleift den Hund mit. Balda zieht die Notbremse. Aber der Hund ist schon tot. Robert hat das extra gemacht. Warum hat er seinen Hund erst gerettet, um ihn dann zu töten? Eine Schaffnerin hebt die Hundeleiche auf, hält sie im Arm. Robert macht zu ihr den Hitler-Gruß. Ja, er will provozieren.
Balda, die jüdische Eltern hatte, ist entsetzt. Sie lässt sich schockiert auf eine Bank auf dem Bahnhof nieder.
Nicole träumt, dass Taffy ihr in den Ausschnitt fassen will. Sie sagt: „Oh, das tut gut."

11.Kapitel

17.04.2020 Oda denkt an das Buch „Die Tyrannei des Schmetterlings“ von Frank Schätzing. In der Zukunft werden Kriege vielleicht, wie dort beschrieben, mit Viren/Bakterien ausgeführt. Die heutigen Kriege wie in Syrien sind unmodern. Obwohl man Drohnen hat, werden sie ja nur eingesetzt, um Terroristen zu töten. Später werden Roboter gegeneinander kämpfen. Dann wird Krieg sinnlos. Kein Menschenschaden. In der Zeitung stand, dass IS-Kämpfer zurzeit nicht im Westen agieren wegen ihrer Angst vor Corona. Gibt es in Syrien kein Corona? Oda war vor Jahren in Syrien. Das war vor dem Krieg.

Heute wurden bisher tatsächlich nur zwei Tote aufgrund der Corona in Syrien gemeldet. In Deutschland sind es heute 3.850 Tote, die an Covid 19 gestorben sind.

Andere Vorteile: Die Luft ist sauberer, da kaum noch Flugzeuge starten. Es werden höchstens Deutsche aus ihren Urlaubsländern zurückgeholt. Die Meere sind entlastet. Man sah schon wieder Delphine vor Korsika und Venedig. Ein Verschwörungsglaube besagt, „Fridays für Future“ hätte den Virus ausgesetzt, um die Wirtschaft lahmzulegen und so die Umwelt zu schützen.

Das ist natürlich besonders infam. Oda regt sich auf, weil sie bei fast jedem Schulstreik dabei gewesen war.

Bei „Edeka“ gibt es immer noch kein Toilettenpapier. Wenn man früh genug dort hingeht, muss man nicht in einer Schlange anstehen.

Jetzt erinnert sich Oda an ihren Traum. Sie stand um 4:50 auf, um den Traum aufzuschreiben.

„Ich bin in einer Ausbildungsstätte zur Priesterin und habe schon einige Semester absolviert. Eine Frau erscheint und möchte, dass ich ihr die Beichte abnehme. Ich bin einverstanden. Da sagt ein Priester: ‚Nein, das dürfen Sie noch nicht. Sie wollen doch in das ‚Sonnenhaus‘? Da werden Ihnen Nadeln unter die Nägel gestoßen, damit Sie Ihre Sünden büßen.‘“

Oda ist entsetzt und beschließt, zu fliehen. So muss es auf dem Sirius früher gewesen sein. Wacht auf.

Robert, 15 Jahre, hat neulich Mike, 10 Jahre, einen Joint angeboten. „Was ist denn das?“, fragt er Balda, die es ihm erklärt. Mike ist in ihrem Töpfer-Kurs. Balda nimmt an einer Rückführung bei Oda teil.
So erfährt sie, dass sie im 15. Jahrhundert in Acqui in Italien reinkarniert war und aus dieser Zeit Oda, Taffy, Claudia kennt. Sie hat damals getöpfert. Aha, daher noch heute ihr Interesse am Töpfern.
Später hat Monika die Mutter von Robert und Nico, 14 Jahre, zu sich in die Schule bestellt, weil beide sich so verbissen mit Muhammad und Ahmad, die in ihrem Alter sind, geprügelt haben, dass sich die Lehrerin dazwischenwerfen musste, um sie zu trennen. Sie stand auf der Treppe, unten schlugen sich die Kinder. Mit einem Hechtsprung warf sich Monika auf das Knäuel. Bei Robert und Nico war es Ausländerhass, bei Muhammad und Ahmad Deutschenhass, aber auch die Lust am Hauen, das Spannungen abbaut. Die beiden libanesischen Jungen mussten zu ihrem Schutz in einem Klassenraum eingeschlossen werden, damit die Prügelei nicht weitergehen konnte. Die anderen Kinder, sensationslüstern, bildeten sofort zwei Lager: Die Hälfte war für die Deutschen, die andere Hälfte für die Libanesen. Eine Massenschlägerei bahnte sich an. Monika rief die Polizei, die aber nur schnell vorbeifuhr. Die Eltern der Libanesen sagten zu, die Jungen abzuholen, falls sie wirklich richtig verstanden, was Monika ihnen gesagt hatte, aber sie kamen nicht. Fatma, die Cousine, die in der gleichen Schule war, schüttelte sich aus vor Lachen: „Du glaubst doch nicht, dass die kommen! Die wissen doch gar nicht, wohin sie gehen sollen!“
„Aber ich habe es ihnen doch erklärt.“
„Das finden die niemals.“
Nach langer Wartezeit auf Nico und Robert – die Schule war längst zu Ende –, wurden Muhammed und Ahmad nach Hause geschickt. Sie hatten die Hälfte des Weges erreicht, als ihnen der 17-jährige Cousin entgegen kam. Sie alle, auch Fatma, die sich zu Gunsten ihrer Cousins an der Prügelei beteiligt hatte, indem sie Robert auf den Po schlug, ihre Schwester Laila, Zainab und der Bruder Abdallah, nahmen die Verfolgung der Deutschen auf. Robert musste zu einer bestimmten Zeit zu Hause sein. Er raucht ab und zu Haschisch und hat seine Waffe. Die Telefonnummer ist geheim. Sie können ihn nicht erwischen. Nico rennt um sein Leben.

Die Eltern kamen nicht.
Nico erklärte am nächsten Tag: „Kaum ist man aus dem Haus, da wird man von Ausländern angemacht.“
„Es geht doch jetzt nur um Muhammed und Ahmad!“
„Die haben uns beleidigt.“
„Das sagen sie auch von euch.“
Nico hat blonde Locken, die eine Zeitlang voll Läuse waren. Auf einem Ausflug rannte er weg, ebenso auf einer Klassenreise mit einem anderen Jungen. Fand aber zur Jugendherberge zurück. Mixte Tinte und Cola mit Seifenwasser auf dem Fußboden und meinte, damit ein neues Reinigungsmittel erfunden zu haben, stromerte am liebsten herum, macht Feuer mit Robert und Benjamin, das ist der jüngere Bruder von Robert, baut Höhlen. Seine Mutter heiratete noch einmal nach einer gescheiterten Ehe. (Mann in der Kneipe, Nico trocknet Gläser ab und verdient sich ein bisschen Geld dadurch.)
Nicos Mutter hat von dem neuen Mann eine Tochter, auf die der Halbbruder aufpassen muss. Er liebt die Kleine, aber sie ist ihm trotzdem lästig.
Es bleibt nicht aus, dass Gabi und Nicole plötzlich einmal Kriemhild sehen. Sie sind entsetzt, stürzen sich auf sie. „Du Mörderin, du Attentäterin, hier treibst du dich also herum!“, schreit Nicole.
Kriemhild ist es etwas peinlich: „Ich habe so viele Videospiele mit Attentätern gesehen, da sind die Opfer auch wieder aufgestanden, obwohl sie tot sein sollten! Ihr seid doch auch lebendig.“
„Das war doch kein Video-Spiel!“, empört sich Gabi.
„Ja, wir haben überlebt, aber die anderen … Hast du denn kein schlechtes Gewissen?“, fragt Nicole.
Kriemhild: „Ich hatte den Auftrag von Ali Baba. Ich habe euch alle gehasst wegen Vanas, die uns den Vater geklaut hatte. Aber Vanas erwischte ich nicht. Sie ist hier in Berlin, frisch und fröhlich! Daria hasste euch noch viel mehr, weil sie Anhängerin von Ali Baba war. Ich übrigens auch. Aber jetzt nicht mehr. Sie übernahm es freiwillig, die Bombe im Rucksack zu tragen, die ich zündete. Erst wollte ich mich mit euch in die Luft sprengen, aber dann dachte ich an meine Familie. Ich hatte geträumt, dass sie auf der Erde wäre. Deshalb flog ich mit Arsenius hierher.“ Nicole: „Du brauchst eine Therapie.“ Kriemhild: „Bekomme ich ja schon hier im Traumzentrum.“

Ali Baba hasst Kriemhild, Miloslaw, der ebenfalls nicht mehr sein Anhänger ist und Bahram, der ihn „verarschte". Auch wenn die Bombe unter seinem Tisch wegen der Überschwemmung der Abwasserkanäle nicht zündete, hatte er doch versucht, ihn umzubringen. Er sollte mit der Bombe den Ankläger, der Ali Baba auf der Erde den Prozess machen wollte wegen Anstiftung zum Selbstmord seiner Sektenanhänger und den Befehl zur Misshandlung Schutzbefohlener, töten. Ali Baba hatte erfahren, dass das Verfahren eingestellt wurde, auch das in Frankreich. Aber es gibt da einen Rechtsanwalt, der offenbar mit Bahram vom Sirius zur Erde zurückflog und eine neue Anklage gegen ihn vorbereitet. Er heißt Olaf Ludowitz, ist Schwager von Jonas, dem Mann von Oda und steht auf seiner Todesliste wie Taffy, Esther, Jolanthe, Kriemhild, Mangolf, Euphrasia und Bilhildis, die entdeckte, dass Ali Baba die Träume der Venuser im Bunker stapelte.
Uwe, Heinz und Siegfried sind beim Attentat ums Leben gekommen. Aber Urania und Nicole müssen auch noch getötet werden, findet Ali Baba, der sich überlegt, wann das sein soll.
Ali Baba tröstet sich mit seinem Sohn Tobias, den ihm Daria vor ihrem Selbstmord-Attentat auf der Venus gebar.

Mit zwei Figuren habe ich angefangen. Vanas und Taffy, inzwischen sind es 105, die sich auf meinen Papieren tummeln. Aber einige sind tatsächlich schon gestorben. Mit Adam und Eva fing es laut Bibel an. Das glaube ich natürlich nicht. Aber irgendwie muss sich mein Projekt „Die Traumplaneten" herumgesprochen haben. Wer hat davon erzählt? Oda, Claudia, Britta oder ich? Die Figuren, die in mein Manuskript wollen, kriechen aus Telefonbüchern, springen mich an. Ja, es gibt noch Telefonbücher zu der Zeit, als ich das schreibe. Wollen in meinen Roman. Roman? Meine Protagonisten wollen keine langweiligen Träume mehr. Action, Abenteuer, Liebe, Sex, Sensationen – notfalls auch in ihren Träumen. Aber die Nerven wollen gekitzelt werden.
Wollt ihr das wirklich? Es wird dann gefährlich. Da seid ihr bei der falschen Autorin. Jonas, der Lektor schreibt an den Rand: Selbstbescheidenheit?
Aber gut: Ich gebe euch eine einmalige Chance. Ihr könnt in eure Träume reingehen und in der neuen Welt dann bleiben. Wer ist mutig?
Nicole: „Was wird aus unseren Körpern?"

„Die reisen in die Zukunft."
Nicole: „Dann verzichte ich darauf. "
Bilhildis meldet sich.

Ja, wo warst du denn solange? Ich habe dich schon vermisst! Jedenfalls warst du nicht auf der Venus, als Kriemhild den Anschlag verübte.

Sie legt sich zum Träumen hin, um in der Zukunft – einer der möglichen – zu bleiben.
Als sie aufwacht, gibt es weltweite Proteste gegen die Globalisierung, die Anmaßung der 1.Welt, dass die 3. Welt für billigsten Lohn arbeiten soll. „Arbeiter aller Länder, vereinigt euch!" ist aktuell. „Das Kapital" von Karl Marx wird neu entdeckt. „Für gleiche Arbeit gleicher Lohn in aller Welt. Frauen sollen so viel wie Männer verdienen!" Die Arbeiter skandieren vom Nord- bis zum Südpol, von Amerika bis Japan. Beamte und Angestellte wurden abgeschafft. Weltweite Streiks legen alles lahm. Die Gewerkschaften sind erstarkt und die Arbeitgeber konsterniert. Schließlich müssen sie nachgeben.
Die Ausspielerei gegeneinander hat ein Ende. Man geht zum nächsten Thema über: Alle Arbeiter sind an den Produktionsmitteln zu beteiligen. Die Klassen lösen sich auf. Jeder verdient das gleiche für acht Stunden Arbeit, von der Putzfrau bis zum Manager, vom Zahnarzt bis zum Müllmann. Die Boni für die Manger werden abgeschafft.
„Aber das geht doch nicht", jammert ein südafrikanischer Unternehmensberater, „die Afrikaner kommen schon dann nicht zur Arbeit, wenn sie meinen, genug verdient zu haben."
Typische Vorurteile gegen Schwarze.
„Das ist ihr Recht. Dann müssen andere eingestellt werden. Es gibt auch Europäer, die mit ganz wenig Geld auskommen, weil sie die überflüssigen Konsumgüter ablehnen."
Niemand ist arbeitslos, wenn die Arbeit gerecht verteilt wird. Aber man muss arbeiten.

12.Kapitel

Das kann doch nicht sein. Es wird immer weniger Arbeit geben. Schon Soziologen sagten vor Jahren, dass wir eine Freizeitgesellschaft werden. Aber wie sollen die vielen Arbeitslosen bezahlt werden?
Es gibt keine Reichen mehr, die ihre Bekleidung mehrmals am Tag wechseln und viele Bedienstete haben, kein König*in, der/die nicht arbeiten muss. Auch der Papst muss malochen und geht wie alle anderen, mit 50 Jahren in Rente. Das Zölibat wurde abgeschafft, dann der Papst. Wer zahlt die Rente? Das muss Bilhildis noch herausfinden.
Den Wehrdienst wandelte man in einen Katastrophen-Dienst um. Alle jungen Menschen ab 18 Jahren müssen für zwei Jahre diesen Dienst ableisten, im Ausland bei Erdbeben, Taifunen, Hungersnöten oder auch im Heimatland in Krankenhäusern und Altenheimen. Die Nahrungsmittel werden gerecht verteilt.
Massentierhaltung ist streng verboten. Gülle darf nicht mehr auf die Äcker gespritzt werden, damit das Grundwasser nicht verseucht wird.
Alleinerziehende werden besser unterstützt. Sexuellen Missbrauch an Kindern und Erwachsenen gibt es nicht mehr. Na, hört sich nach Propaganda an. Bilhildis ist misstrauisch. Ausländer erhalten kostenlos Deutschkurse mit Kinderbetreuung. Wenn sie die Kurse nicht besuchen, wird ihr Unterhalt gekürzt. Alle Jugendlichen erhalten einen Ausbildungs- oder Arbeitsplatz.
„Aber gibt es denn keine Kapitalflucht?“, fragt Bilhildis erstaunt.
„Nein, die Regierung beschloss heimlich, den Geldverkehr nur noch im eigenen Land zuzulassen. Alle Steueroasen und sonstige Briefkasten-Firmen wurden verboten, das Bankgeheimnis aufgehoben. Die Banken wurden verstaatlicht.“ Bilhildis ist nun Rentnerin. Sie erhält die gleichen Bezüge, wie alle anderen. Es ist die Fortsetzung des Lohnes, ohne Abzüge. Sie betrachtet alles und meint, irgendwo muss doch ein Haken sein. Das wäre ja zu schön, um wahr zu sein. Obdachlose gibt es nicht mehr. Wie das? Oda erinnert sich an den Artikel über Obdachlosen gestern im Jahr 2020. 37 Obdachlose durften in eine Jugendherberge, die ja zur Corona-Zeit nicht mit Jugendlichen

belegt wurde, in Berlin-Mitte einziehen. Vollpension. Da hatte der Berliner Senat mal was Gutes getan. Die Obdachlosen sagten: „Endlich schlafen können!“ Ein Zimmer, das sie nachts von innen abschließen dürfen.
Keine Angst mehr, auf einer Parkbank von Rechtsradikalen angezündet zu werden! Suppe, Hauptspeise und Nachtisch. Sie kommen sich vor wie im Himmel. Die Corona-Zeit ist für sie ein Geschenk. Haben keine Angst davor, sich den Corona-Virus einzufangen. Dürfen ihre Drogen beim Pförtner abgeben und draußen konsumieren. Sonst war es doch in den Obdachlosenheimen verboten, Drogen oder Alkohol zu haben. Natürlich gab es auch mal Streit und einen Polizeieinsatz.
Offenbar haben die Regierungen in der Zukunft von diesem Beispiel gelernt und es so geschafft, dass es keine Obdachlose mehr gibt.
„Wie denn?“, fragt Bilhildis.
„Die Obdachlosen, die Alkohol- und Drogenprobleme haben, kamen zum Entzug in eine Klinik, egal, ob sie wollten oder nicht, auch so oft, wie es nötig war. Dann wurden Alkohol und Drogen verboten. Wichtig war die gesundheitliche Versorgung der Obdachlosen. Und eine Therapie. Sie bekamen eine Wohnung. Je nachdem, ob sie allein oder mit jemand zusammenleben wollten. Die, die es nicht ertragen können, in einer Wohnung zu leben, durften weiterwandern. Wurden versorgt, bekamen Arbeit.“
„Was ist mit den Mieten?“, fragt Bilhildis.
„Es gibt keine Hausbesitzer mehr, alles ist staatlich. Die Mieten werden gleich vom Lohn abgezogen, sodass keine Mietschulden entstehen können.“
Rauschgift? Nach der großen Rauschgiftwelle im Jahr 2030, als die Hälfte der Weltbevölkerung starb, haben die Menschen gelernt, damit verantwortungsvoll umzugehen. Schon in den Schulen wird die junge Generation über die Gefahren aufgeklärt. Nur zu Festen werden Rauschmittel eingesetzt, wie früher bei den Schamanen der Indigenen.
„Warum hast du dich 1940 auf der Erde reinkarniert, wenn du in einer anderen Zeit leben willst?“
„Ich habe das falsch eingeschätzt. Es war zu viel zu tun. Ich habe es nicht geschafft. Es war frustrierend.“
„Andere Leute haben sich auch engagiert. Allein kann man das nicht!“

„Nun sitze ich in einer perfekten Gesellschaft und weiß nicht, was ich hier soll!"
„Du langweilst dich?"
„Ja. Aber vielleicht finde ich noch eine Schwachstelle bei euch. Regierung, hast du vorhin gesagt. Gibt es denn eine Weltregierung?"
„Ja."
„Das soll gut sein?"
„Besinne dich auf deine Aufgabe."
„Und die wäre?"
„Das musst du selbst herausfinden. Du hast sie dir vorgenommen, bevor du dich reinkarniert hast. Erinnere dich!"

Katja meldet sich im Traumzentrum als Rückführungs-Probandin. *Wir erinnern uns: sie arbeitet in der Hermann-Nohl-Schule und ist in der Ausbildung als Sonderschul-Lehrerin. Monika ist ihre Anleiterin.* Katja trägt lange, schwarze Haare, glatt, meist sind sie zu einem Pferdeschwanz gebunden. Sie kommt aus Stuttgart, studierte in Düsseldorf, nachdem sie nach dem Abitur in Schottland in einem heilpädagogischen, anthroposophischen Heim mit Behinderten gearbeitet hatte.
Sechs Monate hielt sie es da nur aus, obwohl sie eigentlich ein Jahr dortbleiben sollte. Einen halben Tag pro Woche hatte sie frei. Weit und breit um das Cotton war nichts. Fragen, warum hier was gemacht wurde, waren nicht erlaubt. „Das haben wir schon immer so gemacht. Rudolf Steiner hat das gesagt."
Sie verstand dies als persönlichen Angriff. Die Tränen rollten.
Dann kam sie mit ihrem Freund Rolf nach Berlin.
Sie erfährt bei ihrer Rückführung, dass sie einmal in Malta reinkarniert und Priesterschülerin von Oda war. Ihr wurde von ihr damals gesagt, dass sie durch alle Farben gehen muss.

2020: Oda fährt mit ihrem Mann Jonas, den sie vor 38 Jahren am Kudamm kennenlernte, zu der Stelle, wo sie sich zum ersten Mal sahen. Sie parken an einem Ort, wo sonst die Stadtrundfahrtbusse stehen. Der Himmel ist Vergissmeinnicht-blau. Die Sonne scheint. Das Wetter ist so wie 1982.

„Rosenthal“, wo sie sich damals verabredet hatten, gibt es nicht mehr. Vor „Häagen-Dazs“-Eis, das früher nicht bekannt war, stehen die Leute in 1,5 Meter Abstand an. „Kranzler“ hat nur noch ein Stockwerk, Café „Schilling“ und „Möhring“ existieren nicht mehr. Apotheken, Drogerien, Blumenläden, Bäckereien, Imbisse sind offen. Damals gab es noch keine Stolpersteine. Jetzt einige.

Kurfürstendamm 22:
HIER WOHNTE
SELMA HEYMANN
JG:1889
DEPOTIERT 6.3.1943
ERMORDET IN
AUSSCHWITZ

HIER WOHNTE
ADOLF VEIT
JG: 1880
DEPORTIERT 6.3.1943
ERMORDET IN
AUSSCHWITZ

HIER WOHNTE
MERRY HANNA VEIT
JG.1929
DEPORTIERT 6.3.1943
ERMORDET IN
AUSSCHWITZ

Oda erinnert sich an die Untersuchungen von Peretz Lavie in Haifa, der Überlebende des Holocaust nach dem REM-Schlaf im Schlaflabor weckte. Die, die sich in Israel gut einlebten, erinnerten sich zu 33 % an einen Traum, die Albträume hatten, zu 55 %, Israelis, die in Israel geboren wurden, erinnerten sich zu 78% an ihre Träume.

Oda denkt an Taffy, der ihr damals in den 90er-Jahren von seinen Albträumen erzählte. Er lag tot auf der Venus. Geier hackten auf seinen Körper ein. Schakale schlichen aus der Wüste und fraßen sein Fleisch. Er hatte keine Möglichkeit, seinen Leib zu schützen.

2020: Wo einst das Theater am Kurfürsten Damm stand, gähnt nun ein Loch. Die Mengenlehre-Uhr von Dieter Binninger wurde 1995 außer Betrieb genommen und ist verschwunden. Oda erinnert sich, wie sie in der Vorklasse ihres älteren Sohnes beim Elternabend Mengenlehre lernte und auch in der Erzieherschule. Die Mengenlehreuhr wurde 1996 vor der Touristeninformation im Berliner Europa Center in der Budapester Straße wieder aufgebaut. Die Gasag-Lehrküche gibt es nicht mehr, wo Oda mal einen Back-Kurs gemacht hatte. Die Lehrerin wollte den Schülern tatsächlich weismachen, dass Rum ein Triebmittel wäre. Oda, die damals mit einem Konditor verheiratet war, fragte ihn, der dies verneinte. Oda sagte es das nächste Mal der Lehrerin.
Das „Kempinski" gibt es nicht mehr, da ist ein anderes Hotel. Daneben in „Reinhardt's", hat Oda mit ihrem Mann und 20 Gästen dessen Geburtstag gefeiert. Die Bekleidungsgeschäfte sind geschlossen. „Fuck the Virus" auf einem T-Shirt. Die „Schaubühne" am Leniner Platz ist zu. Die Kinos geschlossen. Der Verkehr ist mäßig. Busspuren existierten damals noch nicht. Oda wird warm. Sie öffnet ihre Jacke. Sie laufen bis zum Bahnhof Halensee. Das Gebäude vom S-Bahnhof wurde abgerissen. Rechts über der Straße war das italienische Restaurant, wo sie ein Glas Wein zusammen tranken. Es ist nicht mehr auffindbar.
Sie laufen die Strecke zurück. Kommen an einem Fahrradständer vorbei, an dem steht: „Wenn du mein Fahrrad klaust, beiße ich dich mit meinen tadellos gepflegten Zähnen von Dr. ..." Für Zahnärzte ist die Corona-Zeit auch schwierig. Wer kommt denn da noch in die Praxis? Da müsste jemand schon arg Zahnschmerzen haben! Beim Reformhaus steht: „Bitte klopfen."
Sie kommen zurück zum Auto. Odas Mann packt aus dem Kofferraum eine Tasche, bringt sie ins Auto. Oda zieht ihre Jacke aus. Im Auto ist es noch wärmer. Auf dem Tablett, das sie im Krankheitsfall für das Bett haben, werden Teller, Tassen, Gebäck und Kaffee ausgebreitet. Sogar an Servierten

haben sie gedacht. Nun trinken sie Kaffee und hören aus dem Radio „Dein ist mein ganzes Herz", die Operette von Franz Léhar „Land des Lächelns". Das ist zwar zugegebenermaßen kitschig, aber den Anfangsakkord fand sogar der Dozent vom Seminar „Dr. Faust" von Thomas Mann in der FU toll. Diese Dissonanz. Modern. Da weiß man doch gleich, dass die Geschichte nicht gut gehen wird!

Wie wird der Roman „Die Traumplenten" ausgehen? Taffy hat Sehnsucht nach seinem Heimatplaneten, aber nicht nach der Diktatur dort.

Anschließend hören sie von Mendelssohn das „Violinen-Concert", op. 64, Oda mag es sehr.

Sie weiß nur noch, dass sie vor 38 Jahren den Kudamm kaum wahrnahm, so vertieft war sie im Gespräch mit ihrem späteren Mann.

Oda erinnert sich an ihre Mutter, die, als sie im Altersheim war, unbedingt einmal zum Kudamm gefahren werden wollte. Oda und Jonas waren einverstanden, da überlegte sie es sich anders. „Fahrt ihr mal und berichtet mir dann." Dazu hatten Oda und ihr Mann aber keine Lust. 1982 veröffentlichte schon Horst Krüger den Abgesang auf den Kudamm: Drogenszene, Peepshows, Hütchenspieler und Spekulationsleerstand.

Frau Gerner, wohnhaft seit vielen Jahren in der Fasanenstraße, 78 Jahre alt, sagt, seit dem Mauerfall gebe es keine Eleganz mehr auf dem Kudamm. Herr Werner Schmidt, Teekaufmann, Vorsitzender der Kurfürstendammgesellschaft und als „Paradiesvogel" bekannt, gibt Frau Gerner Recht. Früher wurde hier flaniert, das ist nicht mehr, meint er. „Viele alteingesessene Läden wurden ein Opfer der Mietexplosionen." Der Kudamm verlor sein Niveau in den 70er-Jahren.

Im „Tagesspiegel" stand am 17. April 1982: „Mit materiellen Anreizen will der Senat die Rückwandlung bisher zweckfremd genutzter Büroräume in Wohnungen fördern."

Damals war Oda und ihrem neuen Bekannten das alles gleich. Sie waren mit anderen Dingen beschäftigt.

Oda erinnert sich, als sie an der Joachimsthaler-Straße ankommen, die den Kudamm kreuzt, an das Lied, das früher Edith Handke gesungen hatte: „Joachimsthaler, Ecke Augsburger Straße, da weht ein scharfer Wind"... Es

ging dabei um den Prostituierten-Strich, der sich damals dort befand. Prostituierte dürfen ihren Beruf trotz Corona ausüben.
Eine andere Erinnerung verbindet Oda mit dem Kudamm: Da war einmal ein Stand, als sie vorüberging. Ein Mann drückte ihr drei Bücher in die Hand und sagte: „Die schenke ich Ihnen!" Da Oda schon immer gern gelesen hatte, griff sie danach, bedankte sich und ging weiter. Da sagte der Mann: „Augenblick mal, Sie bekommen die Bücher geschenkt, wenn Sie bei uns eintreten!" Es stellte sich heraus, dass der Stand von einer Sekte war. „Nein, danke", sagte Oda und gab ihm die Bücher zurück.
Oda träumt weiter: Monika, die Lehrerin ist noch da. Aber keine Kinder. Sind Sommerferien? Die Lehrerin trägt einige Röcke über dem Arm, einer ist hellblau, eng und aus Schurwolle. Sie will die Sachen in einen Schrank hängen. Der Schrank ist aus dunklem Holz und hat eine Glasvitrine. Er ist voll Bücher. Oda schaut nicht in die Schränke hinter den Türen. Soll sie hier wohnen? Sie hat nicht, wie sonst einen Abscheu gegen den Lehrerberuf. Balda, die plötzlich auftaucht, wird erschlagen, jedenfalls meinen dies die Täter und Täterinnen.
Oda bringt den Kindern vom Traumzentrum den Geistertanz von Black Elk, dem Oglala-Lakota-Indianer bei, um durch das Erinnern an Träume zu wissen, wie man anderen helfen kann.

Früher habe ich mit Puppen gespielt, jetzt agiere ich mit meinen Manuskript-Figuren. Meine Puppen waren weiblich. Jetzt kommen männliche dazu. Aber immer noch überwiegen Frauen. 36 habe ich gerade gezählt gegenüber 30 männlichen Figuren, davon einige kleine Jungen. Und die Anhänger von Ali Baba? Sind das nicht alles Männer? Und was ist mit den Figuren, die androgyn geworden sind? Aber das ist vorbei. Die Personen haben darauf bestanden, wieder ihr altes Geschlecht zu bekommen. Elke realisierte das. Wenn weniger Männer da sind, ist es für Frauen schwieriger, einen männlichen Partner zu finden, falls sie nicht lieber eine Frau nehmen. Aber es ist gut so. Ich töte nicht kleine Mädchen, wie die Inder. Das haben sie nun davon: einen Männerüberschuss. Darum werden auch so viele Frauen vergewaltigt. Das ist keine Entschuldigung! Die Ursachen müssen bekämpft werden: die Mitgift, die der Vater für die Tochter zahlen muss. Schafft das endlich ab!

Oda träumt: Ein Fenster wird eingeworfen. Sie sieht den Täter wegrennen. „Schau' dir das mal an", sagt sie zu Jonas, der nebenan im Zimmer ist. Bardolf, der Bruder von Jonas, steigt ins Haus ein. Oda und Bardolf kämpfen miteinander. Sie will ihn festhalten. Bardolf kann sich befreien.
Er sagt: „Du sollst dich den Herrnhuter anschließen."
„Warum? Ich war mal bei ihnen in einer Reinkarnation in Gnadenhütten in Ohio."
Jonas ist wie sein Bruder katholisch. Er hat sich mit schlechtem Gewissen innerlich schon weit von seiner Kirche entfernt. Bardolf war immer der Star in der Familie. Wurde als Jüngster verwöhnt. Bekam alles vorn und hinten reingesteckt. Borgte sich Geld von den Geschwistern. Ließ sich von ihnen Geld schenken. Führte einen Lebensstil auf großem Fuß. Die Geschwister waren voll Bewunderung für ihn. Bardolf hob sogar vom Konto der Mutter Geld ab, die eine alleinstehende, kleine Rentnerin war, die noch ihr Haus abbezahlte. Bardolf borgte auch von ihr Geld. Von seinem Schwager ließ er sich 10.000,- DM geben. Behauptete, als dieser nach 10 Jahren nachfragte, wann er das Geld wieder bekomme, er habe ihm das Geld geschenkt. Bardolf unterhielt eine Wohnung und ein Haus. Von dem Haus wusste der Schwager gar nichts, sonst hätte er schon längst das Geld zurückverlangt. Bardolf machte eine Praxis auf. Ist hoch verschuldet. Hat nie gelernt, mit Geld umzugehen. Beinahe kam es zu einem Prozess. Bardolf bestand auf die Formulierung „Schenkung" im Vergleich, erklärte sich dann bereit, eine Teilsumme in drei Monaten zurückzuzahlen, den Rest später. Der Schwager hatte sich keine Quittung geben lassen. Mehr konnte er so nicht erreichen. Bardolf musste sein Haus aufgeben.
Claudia träumt, dass sie den Traum aufschreibt. Als sie aufwacht, merkt sie, dass sie es nicht getan hat. Sie holt es nach.
Jonas träumt von einem Disput mit Bardolf. Plötzlich setzt dieser ihm einen silbernen Sektkühler auf den Kopf. Jonas ist wütend.
Traum Oda: Sie träumt von einem Brustpanzer, der extra für Frauen geschmiedet und verziert war. Er stammt aus dem 12. Jahrhundert aus Japan.
„Du warst damals eine Kriegerin."
Bilhildis lacht: „Ich war deine Freundin, auch Kriegerin."

Oda träumt: Urania erscheint mit bunten Schleiertüchern. „Sie kennt dich aus einer Reinkarnation aus Dimashg/Syrien."
Oda erlebt eine Tagesvision, befindet sich in einem Kloster in Österreich. Sie kniet vor der Mutter, die Äbtissin ist. Diese stößt mit einem Schwert in sie, immer wieder. „Ich danke dir, dass du mich tötest", sagt Oda und stirbt. Das war im Mittelalter. Sie war eine Nonne und hatte einen Liebhaber. Das kam heraus. Sie wollte ohne Hass aus dem Leben gehen.
Davor war diese Sache in Peking, China, wo die Mutter ein Mann im Kaiserpalast war, der sie, die in einem Bambuskäfig gefangen ist, mit einem Schwert, das er immer wieder zwischen die Stäbe stößt, zerlöchern will. Sie soll sich – als eine der kaiserlichen Frauen – für ihn, den Höfling und seine Familie beim Kaiser einsetzen, dann würde er sie verschonen. Früher hatte sie eine gute Beziehung zum Kaiser. War seine Spielkameradin als Kind. Oda hat heimlich durch Wächter eine gute Kampfausbildung in ihrem Elternhaus erhalten. Der Vater war Waffenschmied.
Sie springt mit aller Kraft auf, reißt dem Quäler das Schwert aus der Hand und durchbohrt ihn. Er ist zwar nicht tot, aber verletzt. Sie zerhackt ihren Käfig und flieht. Die Wachen überwältigen sie. Schließlich wird sie von einem Berg in eine Schlucht geworfen. Ja, sie hat den Kaiser betrogen und ein Kind von einem anderen bekommen. Das war damals Jonas.
Auch Miloslaw hat Mutterprobleme. In seinem Zimmer an der Decke rechts ist ein zehn Zentimeter breiter Streifen voll Spinnen und deren Netze.
Das Baby von ihm träumt auf der Venus von seinem Vater. Wer ist eigentlich die Mutter?

19.04.2020: Oda liest im „Tagesspiegel" über die Situation im Iran, wo einige Bewohner denken, sie könnten mit Alkohol den Corona-Virus bekämpfen. Sie gurgeln nicht nur, sondern schlucken ihn auch. Im Iran ist Alkohol verboten; also brennen sie ihn schwarz. 100 sind schon daran gestorben.
Ein amerikanischer Virologe berichtet über die Patienten in Intensiv-Betten. 50 % von ihnen sterben, 80% haben anschließend dauerhafte Schäden. Oda fällt eine Kollegin ein, die erzählte, dass sie als Kind wegen ihrer Tuberkulose, die sie von ihrem Vater bekommen hatte, unter einem Sauerstoffzelt liegen musste.

Anschließend war sie sehbehindert. Das Sauerstoffgerät war falsch eingestellt gewesen.
47 der unbegleiteten Kinder/Jugendlichen sind endlich aus Griechenland aus dem Flüchtlingslager in Deutschland eingetroffen. Sie kommen 14 Tage in Quarantäne.
Die Mutter von Miloslaw war Atlanterin, die seine Seele zertrümmern wollte. Sie saugte bis zu ihrem Tod an seiner Lebenskraft, jedenfalls behauptete das Miloslaw, der dies von Bernd hörte.
Oda ist in einer esoterischen Sauna. Der Inhaber führt bei ihr eine Fußreflexmassage durch. „Sie haben Elternprobleme“, diagnostiziert der Masseur. „Vergeben Sie ihren Eltern.“
Oda und Jonas sind im Traum in einem Hotel, gehen zum Frühstücken. Jonas vergisst zu bezahlen. Als sie weg sind, fällt es ihm ein. „Ich werde das Geld überweisen.“
Eine Frau rennt hinter ihnen her. Es ist bedrohlich. Oda sagt: „Hau ab!“ Sie läuft in die andere Richtung. Jonas verschwindet. Oda hat ein stumpfes Küchenmesser bei sich. Die Verfolgerin zückt ein Schwert und wirft es nach Oda. Sie hat keine Angst, aber es ist unangenehm. Sie erinnert sich daran, wie sie mit einem Messer damals den Papst, der sie vergewaltige, ermordet hatte.
Oda sagt zu Holger, einem 15-jährigen Jungen: „Nicht die Traumhauch-Hütte kaputt machen! Wir wollen mit dem Wind, der Gott Enlil heißt, die Träume fangen. Jungen erinnern sich doch nicht so oft an ihre Träume.“ Holger lacht und reißt am Traumnetz. „Das ist doch alles Quatsch! Ich glaube nicht an einen Windgott!“
„Musst du auch nicht. Ist doch aber eine schöne Geschichte. Und für deine Therapie wäre es wirklich gut, wenn du dich mehr an deine Träume erinnern würdest!“
Holger ist ein Null-Bock-Junge. Nichts interessiert ihn. Oder fast nichts. Er ist hinter Mädchen her, jagt sie durch die Schule, zieht ihnen die T-Shirts hoch. Holger zündelt, wo er kann. Prügelt sich in Raserei. Auch an Älteren vergreift er sich, zerbricht dabei die Brille von Alternay, zerfetzt sein T-Shirt, demoliert sein Fahrrad. Wütet am Zaun, lügt, stachelt die Kinder zur Randale an. Sie werfen Stifte herum, die Monika, die Lehrerin, beim Malen

ausgeteilt hatte, beschmieren die Wände, klettern durch die Fenster rein und raus. Monika schickt Holger nach Hause, da geht er zur Polizei und zeigt sie wegen Körperverletzung an. Die Polizei erscheint. Sie sieht, dass Monika es körperlich gar nicht mit Holger, der bullig und gedrungen ist, aufnehmen könnte.

Gespräche mit Holger und seinen Eltern helfen nichts. Er hat schon eine Traumtherapie hinter sich. Holger hasst seine Stiefmutter. Sie hasse ihn auch, sagt er. Eine Zeitlang war er bei seiner Großmutter, die er bestahl. Da wollte sie ihren Enkel nicht mehr bei sich haben.

„Moppelchen", sie heißt natürlich nicht so, wird nur von Oda im Geheimen so genannt, weil sie etwas fülliger ist, arbeitet in Nachfolge von Bilhildis, da diese mit Arsenkies verschwand, als Psychologin, Kinder-Traum-Therapeutin im Traumzentrum. Manchmal singt „Moppelchen" und spielt Gitarre für die Kinder. Sie hat eine schöne Stimme. Es kommt vor, dass sie keinen Ton herausbringt. Dann lässt sie sich krankschreiben.

„Moppelchen" hatte in ihrem Studium so große Probleme, dass sie ihre Abschlussarbeit fünfmal schreiben musste. Die Anleiterin in der Praktikumsstelle, wo sie zuerst war, sagte, sie wäre für den Beruf nicht geeignet, habe selbst zu viele Probleme. „Moppelchen" konnte oder wollte nicht sagen, was sie bedrückte. Musste aus der U-Bahn und aus dem Bus vorzeitig aussteigen, weil sie Platzangst bekam. Dann wechselte sie zu einer anderen Praktikumsstelle – und alles war gut.

Als sie dann in das Traumzentrum kam, versuchte sie, Oda fertig zu machen. Oda wechselte nach 12 Jahren an die Uni. Unter der neuen Leitung des Traumzentrums kam „Moppelchen" auch nicht zurecht. Sie wollte selbst Leiterin sein. Wurde sie dann auch in einer Filiale.

Einmal erzählte sie, dass sie als Kind von einem Jugendlichen, der Besucher des Jugendclubs war, wo ihre Mutter arbeitete, fast vergewaltigt worden wäre. Er wollte ihr die Unterhose in einer dunkeln Ecke im Haus runterziehen. Sie schrie. Rannte weg. War das ihr Trauma gewesen?

Oda sitzt mit Jonas in einem Flugzeug nach Mumbai (Bombay). Sie hat vor sich einen Reiseführer von Südindien und liest. Padmanabhapuran,

ehemalige Hauptstadt von Tranvacore, 16. – 18 Jahrhundert, 53 km von Trivandrum entfernt.
Eine große Liebe und Sehnsucht zu ihrer Göttin durchflutet sie. Ihr kommen die Tränen, sie weiß nicht recht, warum. Vor Glück?
Und diese Träume! Kannte Urania aus diesem früheren Leben. Heute studiert Urania Psychologie und arbeitet als Probandin im Schlaflabor. Zu dieser Zeit hatte Oda noch die Leitung. Tanzen, das war ihr Leben! Früher lebte sie als Tempeltänzerin. Ein Tag in Mumbai. Das kennt sie schon. Mit dem Flugzeug nach Cochin.
Nachmittags in einem kleinen Theater. Sie sieht, wie die Schauspieler sich schminken. Die nackte Glühbirne schaukelt hypnotisierend im Ventilator-Wind hin und her. Oda ist müde. Kämpft gegen das Einschlafen. Ja, so hat sie sich auch früher vor ihren Auftritten zu Recht gemacht, erst das intensiv duftende Kokosöl auf die Haut, das man sich auch auf die Haare kippt, um sich vor der intensiven Sonne zu schützen, dann der weiße Reispuder, Kohlenstift für die Augenränder. Zwei Männer. Einer schminkt sich so wie eine Frau. Zieht sich Frauenkleider an. Spielt einen Dämon, der sich in eine Frau verwandelt hat, um den Helden in seine Gewalt zu bekommen. Das war zurzeit von Oda nicht so. Die Frauen spielten Frauen und Männer.
Tanzen. Die Augen werfen wie bei einer Augenschule.
Und dann in Padmanabhapuran. Der Palast hat geschlossen. Das wussten sie. Es ist Montag. Aber sie konnten nicht an einem anderen Tag kommen. Es macht ihnen nichts aus, denn sie wollen die Ruinen auf dem Platz sehen, an dem früher der Tempel stand.
Oda sieht die Trümmer sofort, als sie in den Ort mit dem VW-Bus der Reisegesellschaft einfahren. Kurz vor dem Palast, die Mauern, rechts umbiegen. Es ist jetzt ein Park. Steinbänke stehen da. Ein Brunnen. Steinholme, auf denen die Träger ihre Lasten abstellten, die sie auf dem Kopf trugen. Gras.
Alle Albträume der letzten Nacht fallen ihr ein, wie das Auto, das abstürzt, die Straße hört plötzlich auf, sie schreit um Hilfe, da muss man doch etwas tun! Sie ist außer sich.

Oder der Traum mit den blutigen Röcken, die sie anziehen musste, um zu sterben. Sie half anderen, sich zu entkleiden. Zog sich auch aus. Sie waren plötzlich doch vor dem Tod gerettet.
Kriegerische Auseinandersetzungen. Sie befindet sich in einem Gefangenenlager. Versucht zu fliehen. Fragt ihren jetzigen Schwager Ephraim. Aber er will nicht helfen. Sie wird vergewaltigt, muss sich deshalb die Haare abschneiden.
Ein Mann heiratet sie und nimmt die mit nach Madras, wo seine erste Frau gemein zu ihr ist, aber auch andere weibliche Familienmitglieder im Haushalt.
Die Eifersucht der ersten Frau ist verständlich. Oda verbirgt immer die Haare, damit keiner sieht, dass sie abgeschnitten sind, denn eine vergewaltigte Priesterin bringt Unglück ins Haus. Als ihr einmal versehentlich der Sari vom Kopf gleitet und die erste Frau die nachwachsenden Stoppeln und die hellblaue Tätowierung als Priesterin hinter dem linken Ohr sieht, ruft sie alle Frauen in ihrem Haushalt zusammen, der Mann ist gerade ausgegangen, nun wird Oda durch den Ort bis zum Meer getrieben und getötet.
Und wie war es wirklich?

13.Kapitel

Die alte Erde, die Steine erzählen es ihr.
„Es war Ende des 14., Anfang des 15. Jahrhunderts, als du in Südindien lebtest.
Du warst Tempeltänzerin und Priesterin. Als Zeichen deines Berufes, warst du hinter dem linken Ohr mit einer blauen Blume tätowiert. Du trugst die beige Muschelkette zur Verehrung deiner Göttin, einer Venuserin, die hier vor langer Zeit per Raumschiff auf die Erde kam, um sich mit einem Menschenmann zu paaren. Es war eure Urmutter, die Fruchtbarkeitsgöttin, Göttin der Liebe, die Energie durch die Vereinigung weiblicher und männlicher Körper herstellen konnte. Sie war Schönheit und Frieden. Ähnlich dem Karttikeya-Gott, den sie jetzt hier haben, den Kriegsgott, der zweigeschlechtlich ist. Den du bei der Eröffnung des Elefantenmarsches gesehen hast. Vor dem männlichen Oberkörper das rote weibliche Holzoberteil.
Der Fürst des Landes starb durch einen Unfall, ohne seine Nachfolge geregelt zu haben. Er hatte einen geistig behinderten Sohn. Dieser wurde von einer Partei bevorzugt, denn ihn könnte man gut manipulieren. Die andere Partei wollte einen gesunden Nachfolger. Dadurch kam es zu kriegerischen Auseinandersetzungen. Ihr vom Tempel nahmt Partei für den nicht kranken Verwandten. Das hättet ihr nicht tun dürfen.
Soldatenheere des geistig behinderten Sohnes brannten euren Tempel nieder. Schützend stelltest du dich vor deine dir anvertrauten Frauen wie Urania.
Trotzdem wurden viele getötet und vergewaltigt. Auch du wurdest schwer verletzt und missbraucht. Du warst Jungfrau. Zum Zeichen deiner Schande musstest du dir die Haare abschneiden. Euer niedergebrannter Tempel wurde euer Gefangenlager.
Einige Frauen konnten fliehen, weil ein Mann ihnen dabei half, eben jener Schwager Ephraim von dir. Er lebte nicht im Tempel. Deshalb war er auch nicht gefährdet. Das änderte sich, als er verdächtigt wurde. Du fragtest ihn, ob er auch dir zur Flucht verhelfen könnte, aber er lehnte das ab. Es herrschte keine Sympathie zwischen euch. Eines Tages kamen Regierungs-

beamte in das Gefangenenlager. Einer von ihnen verliebte sich in dich, denn du warst trotz der abgeschnittenen Haare eine hübsche Frau. Und so jung. Er nahm dich mit nach Madras und heiratete dich. Das war dein heutiger Vater Horst. Du warst ihm dankbar, dass er dich aus dem Gefangenenlager befreite, aber du liebtest ihn nicht. Du hattest keine bessere Möglichkeit. Als gefallene Priesterin hättest du nirgends Aufnahme gefunden.
Die Leute glaubten, dass eine Priesterin, die vergewaltigt wurde, nicht mehr in der Gunst der Göttin stehe. An deinen Haaren sah man, dass du missbraucht worden warst. Auch wenn die Haare nun nachwuchsen. Du selbst teiltest zwar nicht den Aberglauben, aber natürlich fragtest du dich auch, warum? Dein Mann war gebildet und glaubte nicht daran, was das Volk so erzählte.
Es gab kaum Geschlechtsverkehr zwischen euch, da du durch den Missbrauch traumatisiert warst. Dein Mann merkte, dass du nie von dir aus mit ihm schlafen würdest. Ihr hattet keine Kinder. In Madras gingst du in den Tempel am Meer."
Die Steine schwiegen, als ob sie nie gesprochen hätten.
Ein Karttikeya-Tempel, der nur noch eine Ruine war, stand in der Nähe. Ein Brahmane lag auf einer niedrigen Mauer auf dem Rücken, die Hände zur Meditation aneinandergelegt, die Augen geschlossen. Vier Ziegen kletterten auf den Grundmauern herum. Das Gebäude hatte keine Wände und kein Dach.
Klassische indische Tänze sahen Oda und Jonas noch viele auf dieser Reise. Das waren magische Augenblicke, in denen sich Oda „wiedererkannte". Die Glöckchen an den Fußgelenken klingelten. Räucherkerzen. Tabla-Spieler.
Madras. Den Tempel am Meer gibt es nicht mehr. Er wurde von Portugiesen zerstört. Die Inder sollten Christen werden.
Oda besucht den Ersatzbau. Es ist ein Karttikeya-Tempel, auch wenn die Göttin mit den vielen Armen hier anders heißt. Ihr Reittier ist der Pfau.
Schönheit. Sich heimisch fühlen. Ja, so hat sie Trost in ihrem Tempel gesucht. Man erkannte sie als ehemalige Priesterin an der tätowierten blauen Blume. Die Priesterin verurteilte sie nicht. Sie erzählte ihr, was ihr zugestoßen war. Die Göttin – war es eine Durga? – erzählt ihr den Rest ihrer Ge-

schichte: „Die erste Frau deines Mannes intrigierte gegen dich, hetzte die Schwägerin der Schwester deines Mannes gegen dich auf. Du würdest Unglück bringen. Man sehe es ja daran, dass du keine Kinder bekämest. Der Mann der Schwägerin starb. Man gab dir die Schuld. Dann kamen Verständigungsschwierigkeiten dazu, denn in Madras sprach man anders als in Padmanabhapuran.
Eines Tages erschien ein Kollege deines Mannes. Er erkannte dich, denn er war damals mit deinem Mann in Padmanabhapuran gewesen. Er sagte etwas, wodurch die erste Frau und die Schwägerin der Schwester deines Mannes alles erfuhren. Die beiden Frauen erzählten es weiter. Bald wussten es alle Nachbarn. Madras war damals ein kleines Fischerdorf. Als dein Mann nicht da war, zerrten dich deine Feinde aus dem Haus, steinigten dich, verscharrten deine Leiche."

20.04.2020 Gestern in den Nachrichten im Fernsehen wurde gesagt, dass Corona vielleicht von Fischen, die auf dem chinesischen Markt in Plastik-Kippen angeboten werden, gekommen sei.
Oda geht zu „Edeka" einkaufen. Hefe und Sauerteig sind ausverkauft.
Zurück zu Oda: Sie hat ihren Vater in diesem Leben nicht geliebt. Ihre Mutter ließ sich scheiden, als Oda ein dreiviertel Jahr alt war. Mit 17 Jahren ging sie auf die Suche nach dem Vater, den sie vorher nicht kannte. Sie fand ihn. Er war nicht begeistert. Dachte, sie wolle Geld, denn er hatte nie Unterhalt bezahlt. Nachdem geklärt war, dass es ihr nicht darum ging, beruhigte er sich. Er verliebte sich in sie. Versuchte, sie sexuell zu missbrauchen. Oda konnte das abwehren.
Aber nun wusste sie, dass ihre Mutter recht gehabt hatte, sich von ihm scheiden zu lassen. Vorher hatte Oda von ihrem Vater geträumt. Sie malte sich ihn in den schönsten Farben aus. Gerade, weil die Mutter so schlecht von ihm sprach. Da konnte er nur gut sein. Nun verbrannten die Farben zu Asche. Es blieb nur noch ein grauer Haufen.
Und Ephraim? Stottert. Er ist der zweitältere Bruder von Jonas. Hatte ihr damals nicht geholfen, zu entkommen.
Kriemhild denkt an Uwe, der beim Massaker gestorben ist. Sie bedauert nicht, dass sie ihn mit anderen Venusern ermordet hat, denn Uwe mit

seinem Taekwondo Unterricht hatte sie überfordert. Aber was hatten ihr die anderen getan?
Gar nichts. Hatte eben Pech gehabt! Kriemhild dachte an ihren Freund Figaro, der noch auf dem Sirius lebte. Er war mit ihr beim Taekwondo-Unterricht gewesen. Was er jetzt wohl machte?
Uwe hatte rötlich-blondes Haar gehabt, schon etwas schütter, konnte sich nicht so recht durchsetzen bei Kindern. Figaro konnte das. Er erzählte etwas, legte seine Finger auf den Mund dabei, als ob er die Worte nicht herauslassen wollte. Er ist ein anderer Typ als Uwe, der schüchtern war, ohne Selbstbewusstsein, hatte eine antiautoritäre Erziehung zu Hause hinter sich und in der Schule Schläge mit einem Lineal auf die Finger, fliegende Schlüsselbunde der Lehrer.
Kam fast immer zu spät. War lieb. Äußerte seine Gedanken. Figaro nicht.
Ephraim ist mit einer Thailänderin liiert, von der er zwei Söhne hat. Die Beziehung ist sehr angespannt. Einmal ging sie mit einem Küchenmesser auf ihn los. Ist mehr im Spielsalon als zu Hause. Ephraim kümmerte sich von Anfang an mehr um die Kinder als sie.
Als er Oda zum ersten Mal sah, verengten sich seine Augen sofort, wie bei Männern, die auf eine Frau scharf sind. Oda mag Ephraim nicht. Er sieht zwar gut aus, färbt sich die ergrauenden Haare blond, aber er ist unzuverlässig und unpünktlich. Ephraim ist ein Arbeitstier, hat gegrillt bei ihrer Hochzeit von Jonas und Oda und fotografiert, aber macht anderen schnell Vorwürfe, die nicht so fleißig sind. Oft ist es aber nur sein subjektiver Eindruck. Kommt sich toll dabei vor.
Er stottert, weil er sich in einem früheren Leben bei der Folter die Zunge abschneiden ließ. Das war in Budapest im 16. Jahrhundert. Wurde wegen seines reformierten Glaubens verfolgt. – Er gestand nichts. Jonas hielt es nicht so lange aus. Er sagte zuletzt alles, was die Inquisitoren hören wollten. Deshalb fühlt sich Ephraim Jonas gegenüber noch heute überlegen.
Oda beschließt, indischen Tanz zu lernen.

Katja träumt, dass sie in einem Raumschiff fliegt. Es soll zum Mond gehen. Sie schaut aus dem Fenster. Ein großer Planet ist zu sehen mit einem dunklen, dünnen Gürtel. Sie hat etwas Angst, aber sie wird begleitet von einem

Außerirdischen, der sonst mit einem Mutterschiff um die Erde kreist. Der Geist liebt sie, und sie liebt ihn. Fast sexuell. Warum er mit seinem Mutterschiff um die Erde kreist, erfährt sie nicht. Sie landen, steigen aus. Das soll der Mond sein? Sie haben sich wohl verfahren. Da ist ein Springbrunnen mit Gold-Feuerlicht. Er sieht sehr schön aus vor dem Hintergrund des schwarzen Alls. Betreten ein Glashaus. An dessen Fenstern sind Blumen. Katja nimmt einige in ihr Papiertaschentuch für eine Analyse auf der Erde.
Ein anderes Mal träumt Katja davon, dass sie in einem Tempel schläft. Tanja will dort auch nächtigen. Sie geht weg, um ihrer Familie das mitzuteilen. Als sie wieder kommt, sieht sie, dass ihre weiße Handtasche mit Geld und Ausweis an der Wand lehnt, anders, als sie diese verlassen hat. Tanja schaut in die Tasche, alles ist noch da. „Moppelchen" legt sich zu Katja in den Tempel zum Heilschlaf in Griechenland.
Katja wird von Claudia eingeladen, die Geburtstag hat. Claudia erzählt von ihrer Mutter. „Der Hausmeister von dem Haus, wo meine Mutter lebte, berichtete mir, dass sie mit ihrem Mann, sowie 16 000,- DM Miet- und Stromschulden ausgezogen ist. Mein Stiefvater kam unterdessen unter einem geänderten Namen nach Berlin zurück und arbeitet schwarz. Meine Mutter hat Lügen über mich erzählt. Ich bin froh, dass ich sagen konnte, wie es aus meiner Warte her ist."

Eigentlich könnte ich das Manuskript Claudias Mutter zur weiteren Bearbeitung schicken, denn wer so schön lügen kann, ist zum Schriftsteller/Schriftstellerin geboren. Lügen wir nicht alle? Lügen ist vielleicht ein zu hartes Wort, aber wir denken uns Figuren aus und Situationen. Aber diese Frau würde Claudia schlecht darstellen. Das kann ich nicht zulassen. Wäre nur eine Sicht der Dinge. Ich will jeder Person die Chance geben, alles aus ihrer Sicht zu schildern. Na, ganz klappt das nicht. Ich habe keine Adresse von Claudias Mutter, kann sie nicht fragen, wie sie das alles sieht. Aber ich habe meine Phantasie.

„Claudia ist ja nur eifersüchtig auf meinen neuen Mann gewesen!"
Katja geht zur Hochzeit von Dorothee, der Traum-Probandin vom Traum-Zentrum, die einen Mann hat, der bei der Berliner Stadtreinigung arbeitet.

Detlef leistet nach der Eheschließung Zivildienst in Münster, wo er beim Vogelschutz arbeitet, er will Förster werden.
Katja wird im Traum von der „B.Z.", Berliner Zeitung, angerufen. Ihr Liebesgedicht, das sie dorthin geschickt hat, wird veröffentlicht.
„Wir möchten es auch im Fernsehen bringen, was sagen Sie dazu?" Es ist ihr peinlich. Ihre Fast-Schwiegermutter war neulich zu Besuch da. Sie schenkte Katja weiße Handschuhe zum Anziehen von Seidenstrümpfen. Katja trägt Strumpfhosen und eigentlich fast nur Hosen. „Wollt ihr nicht neue Vorhänge?" Katja hat ein „Händchen" für Dekoration. Überall hängen Gardinen herum. Höflich lehnt sie das ab, denn Katja hat ihre eigenen Vorstellungen. „Moppelchen" klettert im Traum vor ihr auf einem Müllhaufen aus Metallstreifen. Katja folgt ihr vorsichtig. Sie unterhalten sich über einen Swimmingpool, den Katja demnächst vor ihrem Haus bauen lassen will. Huch, woher hat sie plötzlich das Geld dafür? „Wir haben nur einen kleinen bestellt, für einen großen reicht es nicht."
„Dann will ich in eurem Swimmingpool baden!", sagt „Moppelchen".
In Wirklichkeit hat Katja nur eine kleine Wohnung. „Du sollst Vanas anrufen", sagt „Moppelchen" zu ihr. Katja wundert sich. Vanas schleicht immer noch um Taffy herum.
„Ich habe eine Abtreibung vornehmen lassen", erzählt Vanas. „Wer hat dich den geschwängert?"
„Das verrate ich nicht. Bei dem Bombenattentat auf der Venus kam auch mein Mann Iranaesus um. Also von ihm war es nicht. Ich hielt mich ja zu dieser Zeit auf dem Sirius auf. Aber Taffy hat mich auch nicht geschwängert!"
„Ich dachte, du hast dich von Taffy getrennt?"
„Ja, er auch von mir. Aber ich wollte doch ein Kind von ihm!"
Katja nießt und schnäuzt sich die Nase. Sie hat eine Stauballergie. Sie kratzt sich auch oft am Hals, weil es juckt. Manche denken, der Freund habe sie gekratzt, denn oft sind rote Striemen zu sehen. Aber sie strahlt, ist fröhlich und immer zu einem Scherz bereit.
Während Detlef den Winterdreck und das Granulat zusammenfegt und sich über eine Autofahrerin ärgert, die gerade da parkt, wo er kehren will, steigt ihm der Staub in die Nase. Er niest heftig, immer wieder. Sekundenschnell

laufen Bilder bei ihm ab, die seine Frage klären, warum er so schnell einen Draht zu Dorothee fand und sie schon nach einem Monat, nachdem er sie kennen lernte, fragte, ob sie ihn heiraten würde.
Dorothee lebte in einem früheren Leben in Amerika. Es herrschte dort Bürgerkrieg. Sie kam aus einer puritanischen Familie und lernte einen Mann kennen, der viel älter war als sie und eine andere weltanschauliche Richtung vertrat. Sie verliebten sich ineinander. Die Eltern erlaubten die Verbindung nicht. Da riss sie zu ihm aus. Sie heirateten und bekamen zwei Kinder. Der Mann starb in einer Schlacht, er war Priester gewesen und betete mit den Sterbenden. Dorothee und die Kinder kamen auch dabei um. Aha, daher kam das Faible von Dorothee für Amerika!
Und woher kennen sich Vanas und Taffy? Gibt es da auch eine gemeinsame Reinkarnation? Ja. Es war in Europa während des 30-jährigen Krieges. Überall brannten die Häuser und Hütten, die aus Holz oder Stroh gebaut waren. Alles sah ärmlich aus. Vanas ist ein kleiner Junge von vier Jahren und sitzt in einem brennenden Haus. Seine Beine sind verkrüppelt. Taffy ist Soldat. Er trägt einen roten Rock und holt den Jungen aus dem brennenden Haus. Taffy bringt ihn zu einem Ehepaar, die Handwerker sind. Sie stellen Sattelzeug her. Elke hilft ihnen später dabei, denn dazu braucht sie keine Beine.
Miloslaw spielte bei Katja, die in einem Tempel liegt und schläft, in einem früheren Leben eine Rolle. Katja war Druidenpriesterin und Miloslaw Druidenpriester. Katja war älter als er. Bei verschiedenen Einweihungsstätten trafen sie sich. Da christliche Priester ins Land kamen, mussten sie sich verstecken. Dies war in England zur Zeit Merlins, der sehr alt wurde. Katja ging zum Schutz vor Verfolgung eine Ehe mit einem Christen ein. Miloslaw und sie trafen sich anschließend noch ein paar Mal bei geheimen Druidenversammlungen. Miloslaw heiratete auch. Katja kennt in diesem Leben keinen Miloslaw. Ob sie ihn noch kennenlernen wird?
Davor lebte Miloslaw bei einer Räuberbande in Amerika. Katja war zu dieser Zeit ein Junge, der aus ähnlichen Verhältnissen wie Miloslaw stammte, obwohl ihre nicht ganz so schlimm waren. Miloslaw Eltern waren umgekommen, das Haus war angezündet worden. Katja ging vor Miloslaw von zu Hause weg, weil es oft an dem Nötigsten fehlte. Von den Mitgliedern der

Bande bekamen sie zu essen, wofür sie bei den Räubern mitmachen mussten. Sie wurden Freunde. Es war ein starkes Vertrauen zwischen ihnen. Zuerst wurde Miloslaw gehängt, dann der Junge.
Katja fragt im Traum: „Kann ich in diesem Leben noch Kontakt zu meiner inneren Stimme aufnehmen?"
„Ja. Du musst dich vor dem Einschlafen auf deinen Solarplexus konzentrieren, dich fragen, welche Gefühle du hast und diese analysieren. Deine eigenen Eingebungen solltest du von anderen unterscheiden lernen. Später solltest du meditieren: Ich möchte mit meiner inneren Stimme Kontakt aufnehmen. Du brauchst viel Geduld."
Nostradamus meldet sich bei Katja: „Berlin wird eine Hafenstadt."
Jonas träumt von Griechenland. Er war Schüler von Sokrates und bezweifelte die Hälfte seiner Lehren. Deshalb befand er sich in einem Konflikt. Er wollte seinem Lehrer treu sein, aber glaubte nicht an alles, was sein Lehrer sagte.
Jonas kam aus einem begüterten Elternhaus. Im jetzigen Leben reist er öfter nach Griechenland. Die erste Schallplatte, die er sich kaufte, war die Verteidigungsrede von Sokrates, bevor er den Schierlingsbecher trank. Jonas hat sich viel mit griechischer Philosophie befasst. Die Enkelin von Oda sagte einmal zu ihm: „Du bist philosophisch angehaucht." Auch sie interessiert sich für Philosophie. Aber eher für den Buddhismus.
Katja wird gesagt: „Du kommst ursprünglich von der Venus."
„Habe ich mich als Venus-Seele in einem Primaten inkarniert?"
„Deine erste Inkarnation auf der Erde lief tatsächlich so ab."
„Da gibt es doch so eine Sekte, die glaubt, dass der Mensch von Außerirdischen geklont wurde."
„Ja, es gibt zwei Arten der Mischung: Außerirdische paarten sich mit den Urmenschen und Venusseelen inkarnierten sich in Urmenschen. Also nicht im Reagenzglas, sondern ganz körperlich oder seelisch. "
Oda telefoniert mit Vanas, die nach ihrem Psychologiestudium die Stelle von Siegfried Klösch, dem ehemaligen Vorstandsvorsitzenden des Traumzentrums übernimmt. Siegfried war mit Brigitte, Peter, Daria und vielen anderen beim Attentat auf der Venus umgekommen.

Hatice hat im Kaffeesatz gesehen, dass sie in einem früheren Leben die Tochter von Oda im „Alten Griechenland“ gewesen war. Hatice mag ihre Vorgesetzte nicht. Einmal ging sie körperlich gegen sie vor. Da lachte Oda nur. Vanas hatte einen Kurs in Allparteilichkeit gemacht und sagte nur zu Hatice: „Sie dürfen Oda nicht schlagen. Aber Oda darf auch nicht lachen, wenn sie von Ihnen geschlagen wird.“
Katja fliegt per Seele zu ihrem Traumplaneten. Sie weiß jetzt, dass es ein Planet am Rande der Galaxie ist. Dort leben heute die meisten Venuser. *Ich denke, sie sollten zur Erde? Tja, da haben sie sich anders entschieden!* Der Planet ist der Erde sehr ähnlich. Aber es gibt zwei Sonnen. Sein Ring besteht aus Meteoriten-Teilchen. Ihn umgibt ein elektromagnetisches Feld. Dieser Planet ruft Erinnern hervor.
Katja trifft dort im Traum Claudia, die sich gerade an ihre Gefangenschaft bei den Nefilims erinnert. Dies waren die ersten Außerirdischen, die auf der Erde landeten. Sie kamen nicht in freundlicher Absicht und versklavten die Menschen. Wesen vom Strafplaneten Mars wie Taffy, griffen das venusische Zentrum in Tibet an. Claudia führte die Bewohner, deren Lehrerin sie war, von dort fort. Die Angriffe sollten das Zentrum zerstören. Die Venuser hatten vorher viel Einfluss auf die Religion vor Ort. Hier waren Mischwesen entstanden. Auf der Flucht aus Tibet hat es Entführungen gegeben.
Bei einer wurde Claudia von den Nefilims nach Atlantis verschleppt. Ihre Gefangenschaft dort überstand sie als eine der wenigen fast unbeschadet. Dort wurden Experimente durchgeführt, um eine Seele zerstückeln zu können, wie es bei Miloslaw versucht wurde. Claudia war durch Meditationen und geistige Übungen im Vollbesitz ihrer Kräfte. Deshalb konnten ihr die Nefilims nicht allzu viel antun. Sie floh und nahm andere Gefangene mit. Es wurden die ersten menschlichen Wesen.
Claudia brachte sie in Sicherheit. Letztendlich gab es einen Angriff auf ihre Person durch Atlanter, dem sie zum Opfer fiel. Es war die Mutter von Claudia in diesem Leben, die für ihren Tod sorgte. Deshalb hat Claudia noch heute eine starke Abneigung gegenüber der Mutter. Auch ihre Sehnsucht nach Tibet stammt aus dieser Inkarnation.

Nun aber Schluss mit der Märchenstunde! Wie soll ich diese Story verkaufen? Da sagen die Verleger: Fantasy. Und das lässt sich schlecht an die Leser bringen. Na, ja, ich habe doch auch reale Bestandteile in dem Roman! Lass' doch meine Fantasie in die Bäume schießen! Das stimmt! Ist der Kommentar von Jonas.
Jonas: Lass' das mit den Reinkarnationen. Dadurch schließt du eine Leserschaft aus!

Claudia war zurzeit von Oda auch bei ihr damals im Tempel. Daher kennen sie sich. Die Göttin Karttikeya kam einst von den Plejaden wie Claudia.

21.04.2020 Oda liest im „Tagesspiegel", dass die Paketzusteller aufgrund der Zunahme von Sendungen mit der Auslieferung nicht mehr nachkommen. Es wäre wie vor Weihnachten. Nun werde überlegt, ob die Paketboten auch am Sonntag ausliefern.
Oda erinnert sich an eine „Piff-Paff" Sendung im Fernsehen, in der der Moderator in Bezug auf Verschwörungsglauben sagte: „Man muss doch nur sehen, wer der Gewinner der Corona-Krise ist. Das ist nicht die Wirtschaft, wie Verschwörungsgläubige behaupten."
Das ist insgesamt richtig. Aber „Amazon" ist eindeutig einer der Gewinner, da viele Leute jetzt dort bestellen, weil bestimmte Läden (zum Beispiel welche für Bekleidung) geschlossen sind. Ab gestern ja nun nicht mehr, beziehungsweise dürfen Läden mit 800 qm öffnen. Wer verdient noch an der Krise? Apotheken, Drogerien. Die Lebensmittelbranche hat auch gute Umsätze, da die Leute hamstern, beziehungsweise Menschen sich oft zum ersten Mal einen Vorrat anschaffen wie Oda. Die Toilettenpapierbranche verdient auch gut, könnte aber viel mehr Geld einnehmen, wenn sie genügend Ressourcen hätte.
Dann verdienen natürlich die Betrüger in dieser Zeit, die zum Beispiel die für Deutschland vorgesehenen Masken in Afrika verschwinden ließen. Betrügen? Sie haben sie sicher an einen Kunden, der mehr geboten hat, verkauft. Es ist auffällig, dass manche Bundesländer nicht sagen wollen, woher sie ihre Schutzmasken haben.

Scheinfirmen oder wirkliche Firmen, die im Internet Angebote unterbreiten für Desinfektionsmittel und Schutzmasken zu überhöhten Preisen und dann, wenn man das Geld überweist, vielleicht gar nicht die Ware liefern. Firmen, die sich plötzlich gründen, um die Soforthilfe für kleine Selbständige abzukassieren.
Profitieren tun die Gefangenen in den türkischen Gefängnissen, die freigelassen wurden, da man befürchtete, dass sich das Corona-Virus in der Haftanstalt ausbreiten könnte. Nicht profitiert haben die politischen Häftlinge, die im Gefängnis bleiben mussten. Aber hier geht es ja nicht ums Geld.
Katjas Seele kommt von der Venus. Einen Planeten, den Oda in Indien sah, und zwar auf Abbildungen, die ihn Nefil oder Nibro nannten, entstand daher der Name Nefilim? Aber das waren doch die Unterdrücker der Menschen! Passt das zu den Venus-Eigenschaften? Die Venus hat eine Umlaufbahn von 12.000 Jahren und gehört zu unserem Sonnensystem. Katja lebte im venusischen Zentrum in Tibet. Sie verfolgte die Entführer von Claudia, konnte aber nicht helfen.
In Atlantis arbeitete sie eng mit einem Projekt zusammen, die Nommos an das Land zu gewöhnen. Warum sollten sie an Land kommen? Sie wollten es und bekamen dadurch eine Seele. Hatten sie davor keine? Nein, das kann nicht der Grund gewesen sein. Oda war in Madurai im Tempel der Fischäugigen Göttin gewesen. Sie wusste, dass dies eine Nommoserin war. Urania hatte sie ja gesehen bei ihrem Projekt in Atlantis.
Claudia erhält einen Anruf von ihrer Mutter aus Portugal: Letztere schluchzt und bittet ihre Tochter um Verzeihung. Ein und ein halbes Jahr hatten sie keinen Kontakt zueinander gehabt. Das Universum ist unendlich. Es weitet sich immer mehr aus. Urania erfährt es, als sie sich auf eine Astralreise begibt. Sie besucht die Palmblatt-Chroniken, die für die Menschen geschrieben wurden, um ihr Leben vorauszusagen, zum Beispiel, wie alt sie werden. Miloslaw hat sich in Indien das Horoskop stellen lassen. Danach soll er 84 Jahre werden. Was diese Menschen dann mit den vagen Voraussagen machen, ist ihre Sache. „In der Zeitung stand neulich, bevor wir einen Gedanken produzieren, würde sich der Muskel in Bewegung setzen, den wir später mit dem Gedanken befehlen, sich zu rühren. Wie können wir also frei in unseren Entscheidungen sein?“, fragt Urania.

Das haben wir doch neulich schon im Manuskript diskutiert. Ich habe keine Lust, noch einmal darauf einzugehen. „Urania, schlag' einfach im Buch nach!“

Urania taucht frustriert in die Vergangenheit ein, möchte nicht lesen. Da ist sie die Halbschwester von Oda, die damals Iwanka hieß. Ihr Vater und die Stiefmutter starben früh. Da war sie erst zehn Jahre alt. Die Kinder mussten sich um sich selbst kümmern. Das war im Mittelalter, irgendwo in der heutigen Ukraine. Maruschka (Urania) war zwei Jahre jünger als Oda. Schon als der Vater und die Stiefmutter noch am Leben waren, hassten sich die Halbschwestern. Einerseits das Buhlen um die Liebe des Vaters, andererseits auch Anschwärzen der Halbschwester beim Vater, auch von Dingen, was sie gar nicht getan hatte. Der Tod des Vaters und der Stiefmutter änderte diese Gefühle nicht. Jetzt ging es darum, wer besser für den gemeinsamen Lebensunterhalt sorgen konnte. Iwanka fühlte sich der jüngeren Halbschwester gegenüber verpflichtet. Sie empfand es als Last. Mit der Schwester an der Hand wanderte sie zum Landgut des Fürsten, der hier regierte, und sie verdingten sich als Mägde. Sie wurden so wie alle anderen Leibeigenen behandelt. Iwanka wuchs zu einem hübschen Mädchen heran, das die Aufmerksamkeit des Fürstensohnes erregte. Sie wurde seine Geliebte und gebar ihm zwei Kinder. Ihre Halbschwester blieb Dienerin.
Iwanka ging nicht freundlich mit ihr um, denn sie konnte Maruschka immer noch nicht leiden. Vielleicht befürchtete sie, dass der Fürstensohn ihre Halbschwester auch begehren könnte. Aber sie war auch stolz auf ihren Aufstieg. Iwanka verzieh ihrem Vater noch nicht, dass er ihre Mutter verstoßen und eine andere Frau genommen hatte, mit der er dann Maruschka zeugte. Trotzdem liebte sie ihren Vater abgöttisch. Sie konnte ihre Stiefmutter nie leiden. Iwanka gab der Stiefmutter die Schuld, dass der Vater ihre Mutter verstieß. Iwanka trauerte immer noch, weil ihre Mutter sie nicht mitnehmen durfte. Dafür hatte die Stiefmutter gesorgt. Iwanka übertrug diesen Hass auf die Halbschwester, obwohl sie natürlich wusste, dass diese nichts dafürkonnte.
Eines Tages wachte Iwanka wie gewöhnlich auf. Der Geliebte war auf Reisen. Als sie aufstand, merkte sie, dass es im Zimmer eiskalt war. Ihre Halbschwester hatte das Feuer ausgehen lassen. Bestimmt mit Absicht! Mit einer

Schelle rief sie diese. Angeblich verschlafen torkelte Maruschka herbei. „Sollen meine Kinder und ich erfrieren?“, schnauzte Iwanka. Da Maruschka schadenfroh grinste, warf Iwanka ihr den vollen Nachttopf an den Kopf. Maruschka strauchelte und fiel. Sie brach sich ein Bein, das schlecht heilte. Maruschka konnte kaum noch laufen. Ihre Wut auf die Halbschwester war so stark, dass sie sich einen teuflischen Plan ausdachte. In der Nähe des Landgutes hauste ein Zauberer in einer Höhle. Diesen bat Maruschka um Rat. Er gab ihr ein Pulver, das sie Iwanka ins Essen mischen sollte. Für Iwanka war es ein grauenhafter Tod. Das Sterben beobachtete Maruschka mit Genugtuung.

Oda denkt an ihren ersten Aufenthalt in Indien 1993. Sie war in Delhi, bei einer Säule aus Metall, man weiß nicht, was für ein Material. Sie fragt im Traum. „Die Säule ist ein Überbleibsel einer Raumfähre.“ Vor 55 Jahren wurde es unter Erd- und Gesteinsschichten unweit von Delhi gefunden. „Das Material der Säule ist zwei Millionen Jahre alt. Es stammt von einem Planeten aus dem Sonnensystem Alpha Centauri.“
Der Alpha Centauri ist ein Sternbild des Zentauren am Südhimmel ein 4,34 Lichtjahre entferntes Doppelsternsystem. Sie sind 6,5 +- 0.3Millarden Jahre alt. Der Anteil an schweren Elementen liegt um 70% höher als bei der Sonne. Es wurde eine Rotationsdauer von 41 Tagen festgestellt. Die Sonne rotiert in etwa 25 Tagen einmal um die eigene Achse. Die Voraussetzungen für außerirdisches Leben sind relativ gut. Es besteht der Eindruck, als ob Alpha Centauri B eine Zweitsonne habe.
Urania träumt von Bilhildis. Sie sieht diese im Iran ca. 530 v. Chr., wo sie in einem nomadischen Stammesverband lebte. Bilhildis, die damals natürlich anders hieß, erhielt eine solide Ausbildung im Kämpfen. Sie wollte es auch selbst, denn sie hatte erlebt, wie ihre Mutter, als ihr Stamm von anderen überfallen wurde, vergewaltigt und, weil sie sich wehrte, getötet wurde. So sollte es ihr nicht gehen! Eine Stiefmutter zog sie auf, die Bilhildis nicht lieben konnte. Diese wollte sie schnell mit einem Mann zusammenführen, damit sie schwanger werden sollte. Männliche Babys wurden getötet. Bilhildis wehrte sich dagegen und wurde, wie viele in ihrem Stamm, eine Amazone. Das war zu dieser Zeit in diesem Land nichts Ungewöhnliches. Sie hatte

viele Freiheiten, die sonst Frauen verwehrt wurden. Bilhildis nahm ihr Leben selbst in die Hand. Die Stiefmutter war einfach nur froh, die Stieftochter los zu sein, denn ihre Entscheidung bedeutete, dass sie nun allein in einem Zelt lebte. Bilhildis musste manchmal Spott von anderen Frauen ertragen, die sich dafür entschieden hatten, Mädchen als Nachwuchs für den Stamm zu gebären. Brigitte führte den Stamm an. Bilhildis übte sich in der Kampfkunst und der Jagd.

Eines Tages erfuhren die Perser, dass die Meder gegen sie zogen. Da verbündete sich ihr Stamm mit anderen. Bilhildis zog an der Seite anderer Amazonen in den Krieg. Die Schlacht dauerte wochenlang, aber Bilhildis wurde drei Tage vor dem Ende getötet. Ihre Seele beobachtete noch den Ausgang. Die Perser gewannen. So hatte sich ihr Sterben für ihr Volk gelohnt.

Jonas begegnete Oda bei einer Reinkarnation in Indien, wo er in der Nähe von Yogananda lebte und schnell erkannt wurde, dass Jonas, der damals anders hieß, etwas Besonderes war. Trotzdem oder gerade deshalb lebte er ganz einfach. Seine Familie verlor er durch einen Unfall. Er ging in ein Kloster und wurde Mönch.

Urania träumt von ihrem geistigen Lehrer. Er sitzt in einem indischen, blauen Laden in Lotosstellung. Er ist alt, dünn und trägt ein weißes Tuch um die Hüften gewickelt. Er lächelt ihr zu, hat Ähnlichkeit mit Gandhi. Ihr Lehrer nahm die Gestalt an, die sie akzeptieren kann. Er begleitet auch andere Seelen. Urania könnte einen anderen geistigen Lehrer wählen, oder eine Lehrerin. Sie weiß, dass ihr Lehrer auch noch lernt. Seelen lernen voneinander.

Außerdem hat Urania eine geistige Führerin, da ihre Seele weiblich ist.

Es könne sein, dass sie diese noch in diesem Leben kennenlernt. „Das hängt von deiner Entwicklung ab."

Urania sieht einen Film von Däniken, in dem sie erfährt, dass Jesus möglicherweise in Srinagar beerdigt wurde.

14.Kapitel

Das ist doch nicht dein Ernst! Hör' damit auf. Däniken wird überall lächerlich gemacht!
Damals hatte er aber Konjunktur.
Ja, da glaubte man auch noch, dass im Jahr 2000 die Welt untergehen würde!

Der geistige Lehrer von Urania sagt: „Jesus war in Indien, es gibt dort kein Grab von ihm, denn er war ein Außerirdischer eines anderen Sonnensystems. Mit einem Ufo wurde er in der Nähe von Madras abgeholt. Er hat nie am Kreuz gehangen. Das war ein Stellvertreter, den sie aufhängten. Der heilige Thomas liegt in Srinagar begraben. Er verbreitete das Christentum dort und wurde von den Gläubigen zuletzt Jesus gleichgestellt."
Urania kommt von ihrem Kurs ab, ihre Seele stürzt in die Vergangenheit. Sie landet in der Wüste Gobi.
Urania ist nach ihrem Psychologiestudium Supervisorin im Traumzentrum geworden, das auch Monika nutzt. Sie erzählt, dass sie mit Katja und ihrer Klasse auf einer Reise war. Ein Junge mit Namen Marco war besonders anhänglich. Seine Mutter arbeitet als Sozialarbeiterin und lebt geschieden. Marco rennt mit einem anderen Jungen weg. Warum? Abenteuerlust. Aber er wurde eigentlich von Nico dazu verführt. Mutprobe. Marco ist eher ein schüchternes Kind und altklug. Beide finden allein zurück.
Marco lebte einmal zur gleichen Zeit wie Monika und war Stallknecht auf dem Gut der Eltern. Sie waren im gleichen Alter und befreundet. Aber wegen des Standesunterschiedes unterbanden ihre Eltern immer mehr den Umgang, erzählt nun Hatice, die Marco im Schlaflabor hatte. Das habe er geträumt.
Alexandra ist ebenfalls auf der Reise mit. Sie ist ein lebhaftes kleines Mädchen, das Katja sie sehr gern. „Sie war einmal deine Tante. Ihr hattet ein enges Verhältnis in einem Familienverband in Nord-Amerika. Als Indianerinnen wart ihr in einer Sippe. Deine Tante war für dich wichtiger als deine Mutter. Sie hatte auch eine herausragende Stelle im Stamm, war nicht verheiratet, Medizinfrau. Du hast sie bewundert. Du hast dich in einen weißen

Siedler verliebt. Deine Tante war gegen die Beziehung. Du hast nicht auf sie gehört. Darum kühlte sich eure Beziehung ab." Das erzählt Hatice von einem Traum, den ihr Alexandra berichtete.
Oda sieht einen Film über die Maoris von Haiti. Irgendetwas kommt ihr bekannt vor. Sie fragt im Traum. Die Antwort:
„Die religiöse Grundlage ist ähnlich wie bei den Hunas in Hawaii. Da du mal in Hawaii reinkarniert warst, hat dich der Film berührt. Die Götter waren für sie Symbole der Planeten. Die Hunas hatten ein großes Wissen über die Astronomie. Dieses Wissen ist zum größten Teil verloren gegangen. Es gibt ja kaum noch Hunas auf Hawaii. Durch die Einwanderung der Japaner, die Eroberung der Amerikaner hat sich viel verändert. Die Hunas haben sich zurückgezogen. Du kennst Wubke aus dieser Zeit. Sie war deine Freundin."
Oda weiß, dass Wubke nicht an Reinkarnation glaubt. Sie lädt sie zu einer Rückführung ein. Tatsächlich kann sich Wubke nun an die damalige Reinkarnation erinnern.
Urania träumt von Claudia und Katja. In Tibet liefen Versuche, Affen mit Außerirdischen zu paaren. So wurden die Menschen geschaffen.

So ein Quatsch! Die Menschen sollen sich aus den Affen entwickelt haben. Aber es fehlt doch noch der letzte Beweis, oder?
Na, träum' mal schön!

Sie luden dadurch Schuld auf sich, denn die Entwicklung ging zu schnell. Die moralische hinkte hinter der intellektuellen hinterher. Nun haben wir die Bescherung! Atombomben, Umweltzerstörung, Raubtierkapitalismus. Schuld? Das hört sich so katholisch an. Und nach Hellinger. Es gibt nur Taten und ihre Folgen.
Die Seele eines Außerirdischen konnte sich schwer während der Schwangerschaft in einer Äffin halten, weil sie zu stark war. Es dauerte lange, viele Versuche waren nötig, bis es gelang, dass Menschen geboren wurden. Oda hatte sich auch für diese Experimente hergegeben. Jonas wollte sie davon abhalten, denn viele starben dabei. Sie hörte nicht auf ihn. Oda träumte, dass ein Außerirdischer auf ihr liege.

Jonas war zu dieser Zeit ein Außerirdischer und Lehrer für die entstehenden Menschen. Hatten die Äffinnen auch Schuld auf sich geladen? Jonas meinte, an Oda etwas gut machen zu müssen.
Jonas träumt. Er will wissen, was er an der Lehre von Sokrates zu kritisieren hatte. Er hört eine Stimme: „Sokrates war in eine Schule in Ägypten gegangen. Dort wurden ihm andere Mysterien vermittelt. Du warst aber mehr für die Naturphilosophen, die vor ihm lebten."
Jonas träumt von Griechenland und dem Olymp. Eine Sitzung zu Ehren Apollos wurde abgehalten. Ein Onkel von Jonas ist Apollon-Priester. Sokrates: „Apollo, mein Daimon, hat aber gesagt, sie soll den Leuten Fragen stellen, diesen Auftrag habe ich von ihm …" Er wehrt sich so gegen die Unterstellung, er wäre „gottlos". Sein Schüler Antisthenes weist daraufhin, dass es neben dem Wissen um das Gute auch die Willenskraft gäbe. Sokrates: „Aber die gezielte Verwirklichung der richtigen Lebensweise ist wichtiger."
Jonas will über Eleusis Bescheid wissen.
„Dort begegnet man seinem eigenen Selbst, den Schatten- und Lichtseiten. Auch über die früheren Existenzen erfuhr man etwas. Es war wie eine Psychoanalyse mit Rückführung. Die Erziehung wurde reflektiert und das Gesamtbild der Person ermittelt. Was bin ich für eine Seele? Fast wie in einem Crash-Kurs bei der Lernpsychologie kurz erlebt. Wer eingeweiht werden wollte, fastete, trank gewisse Kräutersäfte, atmete bestimmte Dämpfe ein, die seine Selbsterkenntnis förderten. Die Erinnerung an frühere Existenzen beschleunigte sich dadurch. Wie in einem Zeitraffer. In der ersten Einweihungsstufe wurden 17 Menschen zugelassen. Man befragte sie nach ihren Träumen. Wenn sie die Prüfung bestanden, durften sie die zweite Einweihungsstufe absolvieren, da blieben nur noch wenige Kandidaten übrig. Die Schüler mussten bestimmte Übungen machen, die nicht alle durchhielten. Die dritte Einweihungsstufe war für jeden individuell. Natürlich mussten sie vorher geloben, nichts über ihre Erlebnisse zu erzählen."
Jonas erkundigt sich nach Delphi. „Dort ist ein Schnittpunkt erdmagnetischer Felder, Lay-Lines. Bestimmte Planeten verstärken es. Eine Schwefelquelle löste bei der Befragung der Pythia Visionen aus, die sie stammelnd berichtete."

Eine dieser Frauen war Bilhildis gewesen. Er sieht sich ihr Fragen stellen. Sie antwortet unheilschwanger. Nicht lange kann sie ihr Amt behalten, weil sie immer nur etwas Schlechtes voraussagt. Sie machte sich dadurch nicht beliebt. Ab und zu möchte man mal etwas Positives hören.
Jonas überlegt, wer Bilhildis ist. Ach, das war eine Kollegin von Oda gewesen. Urania kennt Bilhildis von der Venus her. Sie lächelt und wacht auf.

Katja lernt Miloslaw bei einem spiritistischen Zirkel kennen. Miloslaw redet viel. Er trägt einen Pullover, eine Weste aus Schaffell, darunter ein Hemd mit weißen schmutzigen Jeans. Seine langen Haare sind mit einem Hippieband zusammen gehalten. Auf seiner Haut liegt Karotten-Make-up. Er riecht nach Schweiß. Wahrscheinlich sind seine Sachen schon lange nicht mehr gewaschen worden. Vielleicht wächst Borke auf seinem Rücken, denkt Katja amüsiert. Er hat etwas von einem indischen Wald-Heiligen. Wie schick er früher war als Dirigent! Immer im Anzug oder Frack. Jetzt dirigiert er nicht mehr, ist Rentner. Auch Bahram zieht keine Anzüge mehr an, wie früher auf der Arbeit bei den Berliner Wasserwerken. Er ist im Ruhestand. Studierte nun Ägyptologie. Schaffte aber die Prüfung nicht. Er war in Ägypten mal reinkarniert, wie Oda in einem Traum erfährt. Machte bei Ausgrabungen in Israel mit. Auch in der Türkei. Beides Länder, in denen er schon mal ein früheres Leben hatte. Auch wenn er das nicht glaubt. Er ist Atheist. Miloslaw erzählt in der Gruppe, dass er schon seit zwei Jahren keinen Sex mehr gehabt hat, dem Zeitpunkt seiner Scheidung. Er lehne Sexualität ab, weil sie die geistige Energie blockiere. Außerdem stehe er auf sehr junge Mädchen. Da dies sexueller Missbrauch wäre, verzichte er lieber darauf. Die sexuelle Energie soll man in eine mentale umwandeln. Obwohl er das so machte, konnte er bisher keinen Erfolg in Bezug auf die geistige Entwicklung vorweisen. „Ich kann mich wegen meiner Schmerzen nicht entspannen. Darum gelingen mir auch nicht die Übungen der ‚Sieben Tibeter'. Auf der Venus war ich gesund. Sobald ich wieder auf der Erde landete, begannen die Schmerzen wieder."
Katja meint, dass seine Theorie falsch ist, denn sie hat durch Orgasmen eine seelisch-geistige Entwicklung machen können. Das wird auch im „Traum-Yoga" von Tenzin Wangyal Rinpoche gesagt: „Die sexuelle Vereinigung

von Mann und Frau lässt sich in diesem Sinne als Praxis nutzen … Aber dieser glückselige Zustand verträgt sich durchaus mit der Bewusstheit; anstatt uns gänzlich zu verlieren, können wir, ohne die Dualität von Subjekt und beobachteter Erfahrung entstehen zu lassen, im vollen Gewahrsein bleiben und so in der sexuellen Vereinigung den Zugang zum Heiligen finden." Jonas schreibt ein Fragezeichen an den Rand. Miloslaw rühmt sich, dass ihn niemand mehr in Versuchung führen kann. Das letzte Mal wurde er in Thailand verführt. Das Mädchen hat ihm seine gesamte Barschaft abgenommen, sodass er sich hilfesuchend an Oda wenden musste. Seine Frau weigerte sich, ihm Geld zu schicken. Er habe nun die Lust in sich abgetötet. Nur beim Hungern, wenn er über die ersten Tage der Schmerzen hinweg sei, komme so etwas wie eine Ekstase. Ja, das war seine Lichtnahrungs-Kur. Katja denkt an die englische Begleiterin von Gandhi, der auch meinte, seinen Körper im Griff zu haben. Als Test legte er sich zu seiner nackten Verehrerin ebenfalls hüllenlos. Und plötzlich regte sich doch etwas bei ihm. Er empfand es als Versagen. Wie dumm von ihm, fand Katja.

„Meinst du nicht, dass dies der falsche Weg für dich ist? Schließlich sagst du ja, du kämest von der Venus. Nicht mal Parzival konnte Frau Venus widerstehen."

Miloslaw blieb bei seiner Meinung.

Der Freund von Katja Arsenius, denn von Rolf hat sie sich getrennt, mit dem sie zusammenlebt, fährt am Wochenende nach Paris zu seinen Freunden. Katja hat keine Lust, mitzufahren, denn sie spielen immer „Doppelkopf". Arsenius arbeitet wieder als Elektriker. „Und was machst du in der Zeit, wenn ich weg bin?"

„Ich schreibe gerade einen Roman. Er heißt ‚Die Traumplaneten'. Dann habe ich endlich Zeit dafür."

Katja war neulich mit Arsenius auf einer Fete. Sie tanzte ganz eng mit Sven, dem Freund von Claudia und musste an sich halten, um nicht mit ihm zu verschwinden. Hups, dachte sie. Sie fühlt sich noch zu jung für eine stabile Beziehung. Immer nur einen Mann? Sich schon festlegen? Sie war abenteuerlustig.

22.04.2020 Oda hat gestern im Reformhaus keine Hefe bekommen, aber immerhin Sauerteig. Ab heute ist in Berlin Maskenpflicht in öffentlichen Verkehrsmitteln, steht im „Tagesspiegel". Getränke-Märkte melden Rekordumsätze. Bier, Wein, Alkohol wird nun zu Hause getrunken.
Oda vermisst die öffentlichen Veranstaltungen im Kulturbereich. Besonders die Oper liebt sie, Lesungen, Museen, Theater, Kino. Auch die Volkshochschule ist geschlossen. Sie hat da einen Kurs gebucht.
Was nützt es, dass kleinere Läden jetzt öffnen dürfen? Die Leute werden kaum Geld haben, um einzukaufen. Viele bekommen Kurzarbeitergeld, das 60 bzw. 67% des Lohnes ausmacht. Die SPD und die Gewerkschaft will es auf 80 % erhöhen, aber da gibt es Widerstand bei der CDU und FDP. Heute soll darüber entschieden werden. Die 1. Mai-Demonstration fällt aus. Oda ist da meist hingegangen. Sie würde auch gern wieder mal ins Planetarium gehen oder zur Sternenwarte. Sie sind geschlossen. Dem Sohn und dem Bruder hat sie Eintrittskarten für das Magic-Museum geschenkt. Auch da kann man nicht hingehen. Ob es nach der Krise überhaupt noch existieren wird, ist fraglich, denn es hatte vorher schon finanzielle Schwierigkeiten.
Neuseeland hatte nur 11 Tote. Sie haben das Land rechtzeitig geschlossen und strenge Maßnahmen gegen Corona ergriffen. Ausgangssperre.
Oda erfährt von einer Bekleidungsfirma, dass das, was sie vor drei Wochen bestellte, erst am 20.06.2020 kommen wird. Bestellungen sind also keine Alternative. Ab heute machen kleine Läden wieder auf. Sie wird demnächst in einem in der Baumschulenstraße nachsehen.
Oda und ihr Mann gehen im Treptower Park spazieren. Kalter Wind, Sonne. Als sie über die Brücke zur „Insel der Jugend" laufen, sehen sie drei Schwalben. Voriges Jahr gab es hier keine.
Oda sieht nicht auf die blühenden Rot- und Weißdornbäume, immer die Angst, zu nahe an andere Leute oder Fahrradfahrer zu kommen. Da ging ihr auch schon so im „Britzer Garten". Der Sohn fragte, ob dort die Tulpen geblüht hätten. Ja, aber es kommen bei ihr keine romantischen Gefühle auf. Die Rot- und Weißdorne blühten, duften aber nicht, wenn man die Nase an sie hält. Trotzdem weht der Wind einen süßen Geruch heran, als ob er sich parfümiert hätte.

Bunt bemalte Steine in einer langen Reihe. „Wir sind stärker. Gemeinsam einsam. Corona verpiss dich 03/2020."
Es wird wärmer. Oda löst ihren Schal, öffnet die Jacke.
Gestern beim Kabarettisten „Piff Paff": Wir kehren zur Normalität zurück. Wollen viele. Ist aber noch zu früh. Jonas fällt das Lied von Tucholsky ein: „Wir kehren langsam zur Natur zurück". Das könnte man umdichten in „Wir kehren zur Normalität zurück." Aber was ist normal? Piff-Paff sagt: „Normal ist, wenn man in der Menge nicht auffällt."

90er Jahre: Miloslaw hat in den esoterischen Kreisen, in denen er sich bewegt, bei Frau Hermann, die sehr gut in der Akasha-Chronik lesen können soll, eine Kassette für 180,- DM bestellt, die nur wohlmeinende und nichtssagende Aussagen enthielt. In dieser Gruppe lernte er Bilhildis kennen, die nun medial malt.

23.04.2020 Oda fährt zu „Aldi". Da gibt es wieder Toilettenpaper, aber keine Hefe. An der Kasse ist jetzt aber eine Trennscheibe, um die Kassierer zu schützen.
Im „Tagesspiegel" hat sie gelesen, dass das Corona-Virus nicht nur die Lunge befällt, sondern auch andere Organe. Es ist viel gefährlicher, als man dachte.
Ein Mainzer Unternehmen beginnt eine klinische Studie zu einem Corona-Virus-Impfstoff. Oda hat sie dies schon gestern in den Nachrichten im Fernsehen gehört.
Bei Markus Lanz in Fernsehen gestern war auch der Philosoph Precht („Wer bin ich und wenn wie viele?") eingeladen. Er äußerte die Hoffnung, dass sich durch die Corona-Krise Fenster zu einer Änderung öffnen würden. Als Beispiel nannte er den Fußball, ein Milliarden-Geschäft, das jetzt keine Einnahmen hat und nun ein „Geisterfußball" starten möchte, also ohne Zuschauer. Die Spieler würden dabei ständig getestet werden. Das stieß bei Markus Lanz auf Empörung. Für das Pflegepersonal sind nicht genügend Testkapazitäten da, aber für die Fußballer soll es dann gehen! Precht meinte, das ganze Fußball-Geschäft wäre langweilig, da ständig Bayern München gewänne. In Amerika wäre das anders, obwohl mangels Begeisterung für

Fußball, schaut man eher Football und andere Sportarten, ein direkter Vergleich ist nicht möglich. Er will auch nur sagen, dass in Amerika die Sieger nicht schon fast im Voraus immer feststehen, wie bei Bayern München, die schon zum 4. Mal Bundesliga-Sieger geworden sind. In Amerika bleiben die Spiele immer ergebnisoffen und daher spannend. Wie bei uns im Handball. Wird ein Umdenken erfolgen? Warum brauchen wir Kreuzfahrtschiffe, die sich jetzt als Pandemie-Fallen erwiesen. Was benötigen wir wirklich, und was ist Luxus?

Simone heißt eine Freundin von Miloslaw, die er aus seinem esoterischen Kreis her kennt. Sie hat eine dreieinhalb-jährige Tochter, die das Patenkind von ihr ist. Halbtags arbeitet Simone als Französisch-Lehrerin in einer Gesamtschule in der ehemaligen DDR. Die Jugendlichen haben keine Lust. Sie sind meistens ausländerfeindlich eingestellt, obwohl es dort fast gar keine Ausländer gibt, ein Umstand, der für Simone schwierig zu verkraften ist, hat sie doch jahrelang Deutsch für Ausländer unterrichtet, denn ihr zweites Fach im Studium war Germanistik. Sie hat folglich nicht viel Lust auf ihre Arbeit. Als Lektorin bewarb sie sich, bekam aber die Stelle nicht. Mit dem Vater des Kindes ist sie seit einigen Monaten auseinander. Er redete ihr zu viel ohne Ergebnisse. Das war sehr anstrengend. Sie hat nie mit ihm zusammen gewohnt, auch deshalb, weil sie sonst für ihn finanziell hätte aufkommen müssen, denn er bezog Arbeitslosenhilfe. Ab und zu bekam er einen Job an der Uni, wo er mehrere Fächer studiert hatte und nun der normale Typ eines arbeitslosen Akademikers ist. Alles weiß er besser und ist manchmal starrköpfig. Zur Tochter hat er aber noch Kontakt, die ein Kind aus der „Quelle" sein soll, wie Simone erzählt. „Die Quelle ist ein Ort, von dem wir kommen, wenn wir uns das erste Mal auf der Erde inkarnieren."
Das Kind ist für Simone ein Hobby wie das Malen.
Simone hat zum Teil in Paris studiert. Nach dem Abitur arbeitete sie als Au-pair-Mädchen in Paris. Einen besonderen Bezug zu Frankreich hat sie nicht. Höchstens zu Paris oder überhaupt zu Metropolen. Deshalb ist sie sehr überrascht, als sie eines Nachts träumt, dass sie im 14. Jahrhundert in Beaucaire auf einer Burg gelebt habe. Soldaten in Kettenhemden schoben gelangweilt ihren Dienst. Es wird gemeldet, dass zwei Sänger kommen.

„Lasst sie nicht rein, das sind sicher Spione", sagt Simone. Aber man hört nicht auf sie. Darum packt sie ihre Sachen und flieht. Simone ist Katharerin und fürchtet, entdeckt zu werden. Die Katharer werden zu dieser Zeit verfolgt. Simone, die damals anders hieß, stammte aus einem wohlhabenden, adligen Haus, wurde Katharerin und arbeite hier auf der Burg unter einem falschen Namen als Wäschepflegerin, damit sie nicht entdeckt werden würde. Die Burgherren wussten Bescheid, denn sie sympathisierten mit den Katharern. Simone hat einen Sohn von einem Mann, den sie nicht liebte, der aber ein Nachfahre von Jesus sein sollte.

Schreiberin: Wie bitte? Wie das? Simone fragte sich das im Traum auch. Jesus soll von Maria Magdalena zwei Kinder gehabt haben, die dann wieder Kinder hatten, bis wir in das 14. Jahrhundert kommen. Sie hätten ihren Stammbaum aufgemalt.

Simone wusste, dass ihr Sohn die Generationskette fortführen sollte. Wozu war das gut? Simone wusste es nicht, aber sie hatte das Pergament des Stammbaums mitgenommen. Warum überhaupt die Verfolgung? Der Kirche war bekannt, dass die Katharer ein geheimes Dokument besaßen, auf dem der Stammbaum von Jesus vermerkt war. Dieses Dokument wollten sie unbedingt haben, denn es durfte niemals an die Öffentlichkeit gelangen. Die Katharer hatten Stillschweigen gelobt, aber die Kirche glaubte es nicht. Außerdem waren viele Katharer adlig und reich. Die Kirche wollte diese Besitztümer an sich bringen, was nur möglich war, wenn sie die Katharer anklagten und nach dem Urteil verbrannten. Aber auch der französische König war scharf auf die Besitztümer der Katharer. Simone nahm das Dokument, ihren Sohn und die Tochter auf der Flucht vor ihrem Mann mit. Zunächst kamen sie nach Saints-Maries-de-la Mere. Dort lernte sie einen Mann kennen, den sie liebte. Aber Simone hatte Angst vor Entdeckung. Sie beschloss, mit ihrem Sohn auf ein Schiff zu gehen, um Frankreich zu verlassen. Ihr Sohn freundete sich mit einem blondhaarigen Jungen an. Beide erkundeten die Schiffe, um Simone sagen zu können, wohin sie fuhren.
Der blonde Junge sagte über ein Schiff: „Da gibt es nur Dreck zu essen." Simone ist es egal. Es fährt am weitesten weg.

Sie besteigen den dunklen Schiffsbauch, was bleibt ihr anderes übrig? Die Häscher haben ihre Spur ausfindig gemacht. Sie müssen schnell weg. Das ist das Schiff, was als nächstes ablegt. Wenn sie entdeckt werden würde, würde man sie foltern und verbrennen. Außerdem hatte sie Verantwortung für ihre Kinder. Sollten sie ohne Mutter aufwachsen? Wer weiß, was sie mit ihnen machen würden, wenn sie der Inquisition in die Hände fiel. Sie musste das Dokument schützen, mit ihrem Leib und Leben. Das hatte sie geschworen.

Simone hat vor der Geburt ihrer Tochter eine Totgeburt im 9. Monat gehabt. Ihr damaliger Liebhaber sagte danach zu ihr: „Na, hast du dich danach schön ausgeschlafen?“ Er war ärgerlich, weil sie ihm eine Zeitlang sexuell nicht zur Verfügung stand. Sie hatte keine Skrupel, sich diesen Liebhaber zu nehmen, denn auch ihr Mann hielt sich Liebchen. Sie war immer auf der Suche nach einem Mann, den sie lieben konnte. Aber dieser war es jedenfalls nicht. Sie trennte sich von diesem herzlosen Ungeheuer. Das Kind war von ihm gewesen. Der Sohn stammte jedoch von ihrem Ehemann und die Tochter, die sie anschließend bekam, auch. Sie hatte die Pflicht erfüllt. Nun konnte sie sich dem Vergnügen hingeben.

Bei der zweiten Geburt waren ihr die Schmerzen egal, Hauptsache, das Kind überlebte. Sie erinnerte sich an die erste Geburt, bei der sie ohnmächtig wurde und wie sie halb bewusst noch hörte, wie die Hebamme sagte: „Jetzt geht es nur noch um sie.“

Beinahe wäre sie gestorben. Sie trat schon eine Reise durch einen Tunnel an, wo am Ende das warme Licht lockte. Aber sie überlebte und der Sohn auch.

Simone in diesem Leben erinnert sich an die Geburt ihrer Tochter. Einen Tag zuvor besuchte sie einen anthroposophischen Arzt. Er sagte: „Alles in Ordnung.“

Nachts löste sich die Plazenta und sie war voller Blut. Schnell wurde Simone in das „Klinikum Steglitz“ gebracht. Man las auf dem Monitor die Herztöne ihres Kindes. „In drei Minuten muss es raus, sonst überlebt es nicht“, sagte ein Arzt. „Strengen Sie sich an, mit der dritten Presswehe muss es da sein!“

Simone presste und ihre Tochter drückte. Sie schafften es. Hinterher sah ihr Gesicht aus wie ein Streuselkuchen.

Der Vater von Simone war Lyriker in Dresden. Er kam aus einem wohlhabenden Haus. Seine Frau arbeitete als Masseurin. „Ich habe dich gemacht", sagte er über sie, die ihn und seine Tochter ernährte. Er wickelte Simone, es war alles Sonnenschein. Als Simone vier Jahre alt wurde, starb der Vater. Es begann eine graue Zeit.
Bernd gibt ein Traumseminar. Simone erzählt ihren Traum, der eindeutig ein Reinkarnationstraum ist. Sie fühlte sich in Saintes-Maries-de-la Mere und Beaucaire im Traum nicht fremd, obwohl sie dort in diesem Leben noch nie gewesen war. Sicher sah es heute auch ganz anders aus als damals. Wenn sie hinfahren würde, ob sie dann überhaupt ihre Orte wiedererkennen würde?
Bernd macht mit der Gruppe eine Übung.
„Stellt euch einen hellen Wald vor. Wie ist die Umgebung? Gibt es Tiere?"
Simone sieht Vögel.
„Lässt du andere Menschen rein? Du gehst einen Weg entlang, findest einen Schlüssel."

Schreiberin: Typische Phantasiereise.

Bernd: „Du erkennst ein Haus. Wie ist es beschaffen?"
Simone: „Ich sehe ein Einfamilienhaus."
Bernd: „Möchtest du reingehen?"
Simone: „Eigentlich nicht. Na gut, ich versuch' es."
Bernd: „Wie sieht es aus? Ist es staubig? Ist es sauber? Du gehst raus. Kommst ans Wasser. Ist es ein Fluss?"
Simone visualisiert einen starken sprudelnden Fluss mit Steinen.
„Möchtest du von dem Wasser trinken?
Ja, sie will.
„Das ist deine Sexualität."
Simone fällt der NLP-Trainer ein, der zu ihr bei einer Übung sagte, wo sie ein inneres gesundes Organ malen sollte, und sie das Gehirn zeichnete. „Nehmen Sie doch die Geschlechtsorgane. Ich könnte mir vorstellen, dass Ihre ganz gesund sind."

Sie ging dann nicht mehr hin. Diese typisch männlich-zotige Art gefiel ihr nicht.
„Du kommst an eine Mauer. Wie sieht sie aus?"
Simones ist sehr hoch, heil und aus Ziegeln.
„Das ist die Schwelle zum Tod. Wie leicht verabschiedest du dich? Was macht dir Angst? Es soll nicht verdrängt werden. Die Elemente sollen ins Gespräch kommen. Flugträume bedeuten Grenzüberschreitungen. Sie sind bei älteren Leuten öfter."
Simone erinnert sich an häufige Flugträume in ihrer Kindheit.
„Träumt heute Nacht, dass euer Unbewusstes ein Säugetier ist."
Balda erzählt ihren Traum: „Ich stehe an einem Fluss. Meine Kollegin in der Bank Gundula bekommt die Leitung der Filiale, in der ich schon lange arbeite und um die ich mich beworben habe. Sie steht auf der anderen Seite, es gibt keinen Weg, keine Brücke, kein Schiff, man kann nicht rüber schwimmen. Ich will zu ihr gehen. Es geht nicht. Gundula winkt mir zu. Ich rufe: ‚Wie soll ich rüberkommen'? Gundula sagt: ‚Es ist doch ganz einfach. Da ist der Weg'. Plötzlich sehe ich ihn."
Balda kennt Gundula auch von ihrem Engagement am „Schiller Theater", bevor es wegrationalisiert wurde. Sie hatten mit anderen zusammen gegen die Schließung gestreikt. Übernachtet. Das Theater besetzt. Aber es hatte alles nichts geholfen. Gundula hatte vorher Theaterwissenschaften studiert.
Bernd: „Das ist die Kategorie ‚Wunschtraum'. Du wünschst Hilfe von Gundula, kannst nicht genügend schauspielern für die raue Wirklichkeit. Bestimmte Eigenschaften an dir selbst willst du nicht wahrhaben, diese trennen dich von Gundula, die geschmeidiger ist, deshalb hast du diesen Fluss zwischen euch errichtet.
Der Geheimdienst der DDR hat die Grenzsoldaten vor dem Träumen geweckt, ihr wisst doch, die REM-Phase, das sieht man an den rollenden Augen. Dann hat er zu ihnen gesagt: ‚Die Amis kommen.' So gingen die Grenzsoldaten voller Hass und mit dem Willen zum Töten raus. Das passierte eine Weile jede Nacht, um sie für ihre Aufgabe zu konditionieren. Es war Gehirnwäsche."
„Und was willst du uns damit sagen? Dass Hatice Gehirnwäscherin ist, weil sie die Kinder nach dieser Phase weckt? Oder ‚Moppelchen'?"

„Wir wollen hier nicht von abwesenden Personen sprechen!"
Jonas erzählt am anderen Tag seinen Traum von einer Katze.
„Sie ging neben einer Ente. Ich warnte sie vor der Schlange, die in einem offenen Käfig war. Die Tür lehnte nur an. Die Ente wurde gebissen."
Bernd: „Deine Sexualität wurde Dank Oda befreit, aber du lässt dich selbst nicht von ihr ‚beißen' und hast noch Angst davor."
„Mein zweiter Traum war, dass Oda mich um Hilfe rief. Auf einem Weg mit einer Biegung."
Bernd: „Dein Leben ändert sich."
Claudia: „Ich träumte von drei chinesischen Münzen, die ich gestohlen hatte. Schaumgestalten verfolgten mich, wollten mich küssen, sie haben Aids. Ich rufe Sven um Hilfe. Er verteidigt mich. Ich renne weg."
Bernd: „Das Unbewusste identifiziert sich nicht mit den Münzen wie bei Jonas mit der Katze. Es sind deine Fähigkeiten, deine Intuitionen. China ist das Sinnbild der Weisheit. Die Münzen sind ein Symbol: Sie sind dir wertvoll. Du bist gezwungen worden, sie dir zu stehlen. Man hat dir nicht erlaubt, sie ehrlich zu erwerben. Du hast nicht das bekommen, was du dir ersehnt hast. Die Personen verfolgen dich, denen du sie gestohlen hast. Die Umgebung hat dich gehindert, dies ist soweit verinnerlicht, dass sie versuchen, dir nahe zu kommen. Sie wollen dir etwas mittteilen. Du hast das getan, was dir vernünftig erschien. Deshalb riefst du Sven. Er relativiert die Bedrohung, hat effektive Hilfestellung gegeben."
Wubke, die Urania vom Bauchtanz her kennt, erzählt als nächste: „Ein Lehrer und ein Erzieher sind in einer magischen Sommerlandschaft. Je ein Paar segnet sie ab. Zuletzt bleibe ich übrig. Auf einer Linde sitzt ein Äffchen. Es sieht mich an."
Bernd: „Das ist ein Alltagstraum. Das ist ein Kind, von dem du erzählt hast und das du durch deine Ehe mit Bahram zu euch aufnahmst. Du hattest noch keinen Kontakt zu ihm. Wenn das kluge Äffchen dein Unterbewusstsein war, weißt du auch eine Lösung.
Das Tier ist nicht immer das Unbewusste. Die Schamanen suchen sich Tiere zur Selbstfindung. Wenn dir das Tier nicht gefällt, das du im Traum siehst, musst du dich fragen, kann ich mich selbst annehmen? Im entspannten Zustand solltest du mit deinem Tier kommunizieren, es in den Arm nehmen

und sagen: ‚Ich bin bereit, mit dir zusammen zu arbeiten'. Wenn man ein Haustier als sein Tier erkennt, ist die Anpassung an die Umwelt sehr gut gelaufen. Bei wilden Tieren sind die Instinkte unverletzt. Das Tier, das man ausgewählt oder das uns ausgewählt hat, kann sich ändern. Erst kann es sehr fremd, dann vertraut werden. Es soll dir sagen, dass sich dein Unbewusstes mit dem Tier identifizieren soll. Dann erfährst du, was das Unbewusste dir mitteilen will. Es sagt dir die Lösung."

Nun geht es um Visionen.

Jonas erzählt von seinem Großvater, der in einer Vision im Krieg seine Frau weinen sah. Gleichzeitig erkannte er ein Telegramm. Dies erzählte er einem Kameraden vor seinem Tod.

15.Kapitel

Am nächsten Tag träumte Wubke von einer Kuh. Sie steht in einem Restaurant und will fressen. Wubke kennt die Stadt nicht. Frühstück gibt es nicht mehr, Mittagessen noch nicht. Die Kellner wissen nicht, wann es Essen gibt. Musik wird angekündigt. Jazz, den mag sie.
Bernd deutet: „Nahrung ist wichtig, auch geistige, nur so kann man wachsen, kannst du etwas annehmen und aufnehmen? Du bekommst nicht das, was du möchtest! Dein kreativer Teil wird aufgerufen. Du sollst Kreativität in deinen Alltag nehmen. Die eigene Kreativität befragen. Vorhandenes in einen anderen Rahmen setzen. Die Lösung ist Musik. Das hat was mit Schwingungen zu tun. Jazz ist sehr viel ursprünglicher und instinktiver."
Miloslaw träumt von einem Denkmal – gestern wollte er seinen Traum nicht erzählen –, das die Siedlung für ihn aufgestellt hat. Sein Fahrrad hatte Elefantenfüße bekommen. Es ist 20 x so groß geworden.
Bernd: „Was bedeutet für dich ein Elefant?" „Behäbigkeit, positive Eigenschaften, ausladend, wuchtig, wenig behände. Elefanten werden sehr alt."
„Ist es dein schlechtes Gewissen, das Auto durch ein Fahrrad ersetzt zu haben? Bedauerst du es? Dem musst du ein Denkmal setzen. Denk nach!"
Bilhildis erzählt: „Ich bin in einem deutschen, grünen Wald, ein Jägerwald, da ist ein Hochsitz auf einer Lichtung. Ich stehe dort mit meinem verstorbenen Vater. Der Hochsitz ist morsch, die Leiter auch, wir klettern sie etwas hoch, setzen uns auf die zerbrochene Leiter, sprechen über die Arbeit. Da kommen fremde Kinder, die mir in einem Landschloss, einem Kinderheim, anvertraut wurden. Ich soll sie ins Bett bringen. Aber ich bin selbst erst ein 11-jähriges Mädchen, räudig, *Jona kennt das Wort nicht. Es heißt: von Krätze und Grind bezogene Haut.*

24.04.2020 Im Reformhaus gibt es Hefe! Oda kauft zweimal Hefe. Ihr Mann will Brot backen, nachdem bei ihr dreimal das Brotbacken schief ging.
Gestern hört Oda mit Jonas einen Vortrag über den Laptop aus der FU für Gasthörer: „Friedrich der Weise träumt. Über einen publizistischen Brandbeschleuniger am Vorabend des Dreißigjährigen Krieges".

1617 zum Reformationsjubiläum erscheint ein Flugblatt, das angeblich der Kurfürst von Sachsen geschrieben hat am Tag, bevor Luther seine 95 Thesen an die Kirchentür von Wittenberg hängte, was auch historisch nicht gesichert ist.

Friedrich der Weise träumte, dass ein Mönch neben dem Apostel Paulus stand, der mit einer Feder, die bis Rom reichte, durch das Ohr eines Löwen und das Ohr des Papstes Leo X. stechen würde. Der träumt dies dreimal. Der Papst fleht um Hilfe. Der Mönch würde mit seiner Feder das Reich zerbrechen.

Angeblich wäre Friedrich der Waise darüber sehr erschrocken gewesen und hätte die Träume aufgeschrieben.

Was bedeutete die Traumdeutung in dieser Zeit? Man nahm an, dass Träume göttliche Prophezeiungen seien. Da aber der Teufel es wunderbar verstand zu täuschen, wusste man damals nicht, ob der Traum von Gott oder vom Teufel sei. Apostel Paulus stand neben dem Mönch, so nahm man an, dass es ein göttlicher Traum sei.

Nicht jeder, der träumte, konnte für sich in Anspruch nehmen, einen göttlichen Traum geträumt zu haben. Nur Jungfrauen, gelehrte Leute und große Herren schickte Gott prophetische Träume. Nun, das traf ja zu bei dem Kurfürsten von Sachsen.

Durfte man nach dem Glauben der Protestanten so eine Lüge verbreiten?

Da gab es je nach Glaubensausrichtung verschiedene Auffassungen. Bei den Calvinisten, Luther berief sich auf Jan Hus, war es nicht erlaubt, zu lügen. Aber wie das autobiografische Büchlein „Träume vom eigenen Leben“ von August Günther, einem Handwerker, erklärt, dürfe man in Notsituationen lügen. Er sei nicht zum Märtyrer geboren. Das Büchlein ist eine Rechtfertigung seines Verhaltens und eine Erklärung seiner Familie gegenüber, warum er das Geld anders verwandte als für sie. Er war fünf Jahre auf Gesellentour und reiste nach Rom, um den konfessionellen Feind zu studieren. Dort musste er oft heucheln, seinen Glauben verleugnen, die Beichtpapiere habe er angeblich verloren. Er war neugierig gewesen, aber das war eine Sünde. Das musste er mit anderen Argumenten kaschieren. Er rechtfertigt sich damit, dass er gegenüber Gott immer ehrlich war.

Außerdem bereute er.

Athanasius Kircher (1601/02-1680) war katholisch und hinterließ ebenfalls eine Autobiografie. Er war der Meinung, dass man, wenn man in Lebensgefahr sei, lügen dürfte. Er trat in den Jesuiten-Orden ein, obwohl er eigentlich körperlich zu schwach war und der Orden es ablehnte, solche Menschen aufzunehmen.
Er verheimlichte zwei seiner Gebrechen, hatte sich früher beim Eislaufen einen Leistenbruch zugezogen. Außerdem litt er an einem Ausschlag. Nächtelang studierte er. Aber es war eine Sünde, sein Wissen zu zeigen. Er galt im Kloster als Schwachkopf, dabei beherrscht er gut die griechische Sprache und hat seine Fähigkeiten später zugegeben, um eine Professur zu bekommen. Auch wollte er den guten Ruf des Ordens nicht schädigen. Er wurde nach Düsseldorf berufen, reiste in weltlicher Kleidung über den zugefrorenen Rhein. Rheinsiedler sagten ihm, an der Stelle, wo er den Fluss überqueren wollte, wäre er sicher. Aber das stimmte nicht. Er brach ein. Den nächsten Weg passierte er im Habit eines Klerikers. Da galt er als Lutheraner, Häretiker und wurde überfallen. Nur seine Ehrlichkeit rettete ihm das Leben.
Friedrich der Weise hatte nie diese drei Träume gehabt. Es gibt von ihm kein Manuskript im Original. Manche argumentieren, dass es durch den Dreißigjährigen Krieg verloren gegangen ist, aber andere Dokumente von Friedrich den Weisen sind erhalten. 1717 entlarvte Christoph August Heumann (1681-1764) die Träume als Propaganda für die Reformation.

24.4.2020 Fridays for Future organisiert einen Livestream im Internet. Oda und Jonas sehen sich das an. Jonas hat sich da angemeldet.
Zuerst spricht Ulrich Brand, Science for Future, schon am Vortag. Wie kann das sein, dass die Klimakrise nun vom Thema Corona verdrängt wird? Wie hängt das alles zusammen?
Er spricht davon, dass wir eine imperiale Lebensweise haben. Noch vor einem halben Jahr sagte die Regierung, wir könnten nichts oder nur wenig gegen den Klimawandel unternehmen, nun stellt sich bei der Corona-Krise heraus, dass der Staat sehr wohl viel machen kann. Politiker überzeugten die Bürger von den Maßnahmen.
Autofirmen rüsteten um auf Beatmungs- und andere medizinische Geräte.

Was wird aber auf die Corona-Krise folgen? Wer wird die Kosten bezahlen? Wird es eine Erhöhung der Mehrwertsteuer von 24-26 % geben, da zahlt auch wieder der arme Bürger oder wird man an die Vermögenssteuer, Erbschaftssteuer rangehen? Wird man den Neustart unter sozialen und ökologischen Bedingungen machen? Gibt es dann autofreie Städte? Werden nicht mehr so viele Flugzeuge fliegen? Die Industrie muss rückgebaut werden.
Die imperiale Lebensweise hat bewirkt, dass es eine Abwrackprämie für Autos gab, damit die Leute sich neue Autos kaufen. Das war nicht ökologisch. Die SUV werden weiter gut erworben. Wird es auf solche Luxusgüter eine erhöhte Steuer geben?
Ein T-Shirt, das wir kaufen, daran verdient der Einzelhandel 50 %, der Hersteller nur 1 %, der Rest geht in den Transport. Wie lösten wir die Ungleich-Probleme? In den Fleischfabriken arbeiten rumänische Arbeiter für ganz geringen Lohn. Ebenso als Erntehelfer Menschen aus Ost-Europa. Dadurch haben wir die billigen Preise. Aber sie sind nicht gerecht. In Indonesien werden die Wälder gerodet, die Kleinbauern verjagt, um Palmöl herzustellen. Unser Wohlstandsmodell beruht darauf.
Denn wir sehen ja nicht, wie die Produkte hergestellt werden. Es ist „hipp“, am Wochenende mal nach Barcelona zu fliegen. Geiz ist geil. Unsere Handys werden meist in China produziert unter keinen guten Bedingungen.
Dort gibt es falsche Alternativen. Der Grüne Konsum kann nicht allein die Antwort sein, denn die Produkte sind meist teurer, das kann sich ein Hartz IV-Empfänger nicht leisten.
Wir setzen auf neue Technologie. Aber ob Flugzeuge tatsächlich mal mit Wasserstoff fliegen werden, ist ungewiss. Ein Auto mit E-Motor braucht in der Herstellung so viel Energie wie ein Auto, das 130 km fährt.
Eine solidarische Lebensweise wäre nötig.
Das Wachstum muss reduziert werden.
Die wirtschaftliche Macht bestimmt die politische. Die Politik tanzt nach der Pfeife der Autoindustrie.
Wir müssen nach Modellen schauen, die nachhaltig sind.
Das Auto sollte zurückgedrängt werden. Fliegen muss zugunsten von Zugreisen reduziert werden. Die Städte müssen kurze Wege bieten. Die Leute sollen sich zu Fuß oder per Fahrrad fortbewegen. Der Nahverkehr muss

ausgebaut werden. Ein anderes Leitbild muss her. Arbeitnehmer dürfen nicht unterschiedlich bezahlt werden wie Ausländer-Deutsche-Männer-Frauen.

Menschen, die in der Autoindustrie arbeiten und ihre Jobs verlieren werden, sollen umgeschult werden für andere Berufe.

Die Wegwerf-Kultur muss enden und die gesellschaftliche Arbeit besser verteilt werden.

Fridays for Future: 1. Globale Klimatreffen digital. Luisa Neubauer, die Oda und Jonas schon von ihren Demos für Friday for Future her kennen, spricht mit anderen Mitstreitern, einem Luis und Tilo Jung, Polit-Journalist per Livestream.

Bei Jung & life ein Interview mit Marie-Agnes Strack-Zimmermann (FDP), Karl Lauterbach (SPD), Peter Bofinger (Ökonom) und einem Mann aus der Risikogruppe. Fragen können gestellt werden.

Die Gesundheit hat jetzt Vorrang. Peter Bofinger, der Ökonom, sagt, die Wirtschaft wurde in ein künstliches Koma versetzt. Wie wird der Neustart aussehen?

Ulrike Herrmann, Wirtschaftsjournalistin, referiert darüber, wie die ökonomische Macht verteilt ist. Karl Marx hat sich geirrt, als er meinte, wir leben in einer Marktwirtschaft. Früher war das so, da gab es die Märkte, das Angebot und die Nachfrage bestimmten den Preis. Das ist schon lange nicht mehr. Wenige Konzerne, die sich untereinander absprechen, bestimmen den Preis. Heute sind alle vernetzt. Die Deutschland AG bestimmt, die Banken. Wir leben im Kapitalismus. 200 Männer steuern die Wirtschaft in Deutschland. Sie sitzen den Firmen vor, sind gleichzeitig in den Vorständen, Aufsichtsräten. So funktioniert der Kapitalismus. Wird es nach der Corona-Krise auch noch so sein? Marx hatte in etwas anderem recht: Die Groß-Konzerne breiteten sich immer mehr aus.

Wie ist der Traum von einer gerechten Welt? Wir schauen immer nur auf unsere westliche Welt. Obwohl Corona ja international Bedeutung hat. Wir blicken zu sehr auf die Jetzt-Zeit. Wie sieht es in anderen Ländern, Zeiten zum Thema Traum aus?

Es gibt: „Der Traum der roten Kammer“, einen Roman aus der Tsing-Zeit in China 1644-1912. Schi Yin wird im Traum entrückt und hat eine Offen-

barung. Im Traum liest er auf Pfeilern: „Schein wird Sein, und Sein wird Schein. Keins wird eins, und eins wird keins."
Sollten wir nicht mehr unseren Träumen vertrauen, um auf neue Ideen zu kommen, wie wir die Welt verbessern könnten? Einstein fand seine Formel für die Realitätstheorie im Traum.
Wenn man zu sehr Realist ist, Atheist, wie Thea Dorn sich gestern in der Markus Lanz-Sendung zur Corona-Krise äußerte, dann verlieren wir ein Stück unserer Möglichkeiten. Ihr Anliegen war, dass man die Alten im Altersheim beim Sterben besuchen darf und dass sie ein würdevolles Ende finden.
Was ist, wenn die Sterbenden gar keine „liebsten" Angehörigen haben, bei der heutigen Single-Generation ist das ein Problem. Odas Mutter starb ohne „liebste" Angehörige. Sie hatte auch keine. Miloslaw, der Sohn, weigerte sich zu kommen, als es soweit war. Und Wito, der ältere Bruder, starb völlig allein.
Welche „liebsten" Menschen hätte er sich vielleicht beim Sterben gewünscht? Seine Groß-Pflegestelle, wo er gearbeitet hatte, vielleicht. Da wollte er auch den Lebensabend verbringen. Aber das war nicht möglich.
Der Schutz der andren Bewohner im Altersheim muss gewahrt werden, wurde gesagt. Richtig. Das ist ein Dilemma.

Weiter in der Traumdeutung in andren Ländern: „Königin der Träume" heißt ein Buch von Chira Divakaruni. Indische Herkunft. Ihre Mutter wurde „Königin der Träume" genannt, da sie die geheimnisvolle Kunst der indischen Traumdeutung verstand. Sie hinterließ ein Traumtagebuch, konnte die Seelen vieler Menschen sehen. Können wir nicht von allen Kulturen für unsere Traumdeutung lernen?
Was ist mit den Träumen, die Josef hatte, als er dem Pharao die sieben Plagen voraussagte? Wurde das wie beim Kurfürsten von Sachsen auch propagandistisch hinterher aufbereitet?
Wenden wir uns dem Traumseminar von Bernd wieder zu. Da erzählte Bilhildis von sich selbst, als sie im Traum ein kleines Mädchen war, ungewaschen und wild. „Ich lasse mir nichts sagen. Dabei lehne ich mich selbst ab, ließ mir die Haare nicht kämmen, ging immer in zerrissenen, schmutzigen

Kleidern. Meine Eltern kümmerten sich nicht um mich. Die Tante wurde irre an mir. Jetzt erkenne ich, dass das Haus, was ich gesehen habe, ein Heim für behinderte Kinder war. Ich befestigte Wäscheklammern an den Nasen der Kinder.
Zwei Kinder werden nicht abgeholt. Es ist ein Baby und ein zweijähriger Junge, mit denen ich losgehe und in einen Schneesturm komme. Dann schleicht Nebel heran. Glatteis liegt auf dem Weg. Der Kleine brüllt: ‚Der See-Geist. Er guckt mich an‘! Wo ist der Kinderwagen? Zigeuner stehlen mir alles."
„Hey, hast du rassistische Vorurteile?"
„Aber wenn ich das so geträumt habe?"
„Woher willst du wissen, dass es Zigeuner waren? Außerdem sagt man das nicht mehr. Höchstens Roma oder Sinti."
„Sie sahen so aus."
„Wie sehen denn Zigeunern aus?"
„Ach, du immer mit deiner political correctness."
Bilhildis schweigt beleidigt.
Bernd: „Erzähl' schon weiter! Ist doch egal, ob es nun Zigeuner oder andere Menschen waren, die dich bestohlen haben!"
„Ich befinde mich in den Alpen. Wir gehen einen Berg hoch. Die Zigeuner oder was auch immer die fremdländisch aussehenden Leute waren, konnte man nicht mehr sehen. Ein Hirtenhund kommt angerannt. Er rollt mir einen großen, schwarzen Stein entgegen. Ich weiche aus. Wieder kommt ein Hund angetrabt.
Er trägt ein Lämmchen im Maul, das er gestohlen hat. Die Hunde verwandeln sich in Füchse. Ich erreiche ein spießbürgerliches, bayrisches Haus mit Kupferlampe innen. Da muss ich rein, um Hilfe für die Kinder zu bekommen. Plötzlich ist das Baby wieder da und wie der Zweijährige zur Stoffpuppe geworden. Wir sitzen auf dem Sofa. Ich tröste die Puppen. Leute, die ich angerufen habe, kommen. Der Wald, den ich im Traum gesehen habe, war der, wo meine Eltern wohnten. Ich bin in Belgien geboren worden. Mit sechs Jahren kam ich zu meinen Großeltern ins Erzgebirge außerhalb des Dorfes. Es war dort eine Wildnis und sehr kalt. An Pilze erinnere ich mich und an Dunkelheit. Die Eltern hatten sich getrennt."

Bernd: „Der Vater ist in einer höheren Ebene, weil er tot ist. Scheinbar ist er auf gleicher Höhe zu dir. Du hast eine andere Aussichtsmöglichkeit. Aber ihr könnt nicht die Leiter raufklettern. Ein Förster muss die Leiter reparieren. Es ist eine Versöhnung zwischen deinem Vater und dir.
Mit dem Mädchen, das du einmal warst, solltest du Kontakt aufnehmen. Warum warst du so wild? Es sind energetische Aspekte. Warum bist du so dreckig?
Nimm dich an! Du wurdest gemaßregelt. Die Normen empfindest du als lästig, sie tun dir weh. Halbwegs identifizierst du dich mit dem Baby und dem Kleinkind. Es sind Kinder, die keiner haben will. Du passt besonders gut auf sie auf und willst dir deine kindlichen Aspekte nicht nehmen lassen. Der See-Geist symbolisiert den Blick des Erwachsenen, der dich bedroht. Du reagierst mit Angst. Die Augen deiner Eltern verfolgen dich. Übergeordneten verhältst du dich angepasst wie deinem Ehemann gegenüber.
Der Hund bedeutet bei deiner Selbstfindung einer deiner Brüder, der dir Steine in den Weg legt. Er gehört zum Spießerdorf. Dort wohnt er. Du rettest nicht das Lamm. Der zweite Hund war nicht bissig. Es ist der andere Bruder, der unbeholfen ist und gesellschaftlich nicht anerkannt wurde. Er braucht deine Fürsorge. Du musst endlich erwachsen werden, denn deine kindlichen Anteile bereiten dir Schwierigkeiten. Aber die Kinder hast du gerettet und bist voller Zuversicht."
Oda: „Ich sehe das anders. Sie knipst den Kindern Wäscheklammern in die Nase. Die Kinder können dadurch nur noch durch den Mund atmen. Dass, was sie selbst als Kind erlebt hat, tut sie nun anderen an. – Warum soll sie ihre Kindlichkeit verlieren? Diese ermöglicht ihr doch die kreative Arbeit!"
Katja: „Ja, das meine ich auch. Schließlich bin ich Traumprobandin. – Ich sah im Traum drei geometrische Muster, ich bin wohl auch künstlerisch begabt!" (Sie lächelt) „Bernd erlaubt mir, mit dem Mann zu schlafen, dem eines der Symbole entsprach. Ich überlegte, welches Symbol zu welchem Mann passte. Dann wusste ich es."
„Warum bemühst du mich, um die Erlaubnis zu bekommen, mit dem Mann deiner Wahl zu schlafen? Das Symbol drückt doch immer die Verbundenheit zwischen dir und einem Freund aus."

Katja fliegt mit Arsenius für eine Woche nach Valetta mit einer Last-Minute-Buchung.
32 Grad zeigt das Thermometer, als sie ankommen, später klettert es auf 40 Grad. Katja will unbedingt in die dreistöckige Höhle, die nun UNESCO-Weltkulturerbe ist, das Hypogeum, aber wegen Renovierungsarbeiten ist sie bis Jahresende geschlossen.
Trotzdem fährt sie mit Arsenius hin. Sie haben Schwierigkeiten, die Höhle zu finden, da Malta dicht besiedelt ist. Eine Stadt geht in die nächste über. Endlich stehen sie vor dem Eingang. In dem Gebäude liest ein Mann die Zeitung und erklärt ihnen höflich in Englisch, was sie schon wissen. In einem Souvenirladen kauft sich Katja „Die schlafende Priesterin" aus einem rötlichen Ton. Sie hat breite Hüften und große Brüste.
Nachts träumt Katja davon, wie sie von einem Mann mit einer Kette gewürgt wird. Sie überlegt noch, ob sie nicht ihren Angreifer mit seiner eigenen Waffe umbringen soll, dann aber hat sie das Gefühl, sie solle es lieber lassen. Sie wird schwach.
„Das war keine Kette. Das war ein Strick", hört sie eine Stimme.
„Aber es wäre doch richtig gewesen, wenn ich mich gewehrt hätte?"
„Ja, aber nicht in diesem Fall. Du hast genau gespürt, dass du diesem Mann gegenüber genauso einmal Täterin warst und hast ihn deshalb nicht getötet. Dadurch hat sich der karmische Knoten gelöst."
„Ich war eine Täterin?"
„Ja. Aber zuerst erzähle ich dir deine Reinkarnation als Frau auf Malta. Du musstest viel träumen in dieser dreistöckigen Höhle, die Traumdeutung erlernen und dich selbst kennenlernen, damit du als Orakel nichts durch deine eigenen Empfindungen verfälschen würdest. Oda war damals deine Ausbilderin. Du wurdest in Hellsichtigkeit ausgebildet. In Trance zu fallen war für dich nicht schwierig, denn dazu trankst du Kräutersäfte und nahmst leichte Drogen. In Malta gab es damals ein Matriarchat. Aber die Männer fühlten sich nicht unterdrückt. Sie wussten, dass Frauen ihre Intuition hatten durch ihre natürlichen Zyklen, in denen sie leben. Euer Orakel war zu dieser Zeit sehr berühmt. Eine Priesterin arbeitete auch als Heilerin, sie lehrte Verhütungsmethoden und Abtreibungen, die viel eher durchge-

führt wurden als bei euch heute. Über Kräuter mussten sie alles wissen, aber auch über Krankheiten von allen Menschen und Kindern.
Nachdem Oda gestorben war, leitetest du die Orakelschule. Du hattest kürzere und längere Liebesbeziehungen und daraus zwei Kinder. Den Jungen zog der Vater auf, das Mädchen blieb bei dir.
Die Frauen von Malta waren wegen ihrer Schönheit überall berühmt. Außerhalb von Malta herrschte das Patriarchat. Männer reizte es immer wieder, nach Malta zu kommen, um Frauen zu demütigen und zu besiegen, was ihnen selten genug gelang. Aber einmal wurdet ihr wieder von Seeleuten überfallen. Einer erdrosselte dich mit einem Seil. Da warst du 35 Jahre alt. Die durchschnittliche Lebenserwartung betrug damals 50 Jahre.
Dein Leben davor begann in Syrien als Mann. Da herrschte natürlich das Patriarchat. So wurdest du auch erzogen. Dein Vater war Kaufmann. Er nahm dich auf seinen Seereisen mit. Ihr kamt auf einer Heimreise in einen Sturm, der euch nach Malta verschlug. Zwei Jahre wart ihr schon auf dem Meer – und dies ohne Frauen. Du warst unterdessen 16 Jahre alt und galtst als Mann. Ihr wusstet, dass es auf Malta schöne Frauen gab und meintest, sie stünden euch zur Verfügung. Ihr hattet gehört, sie wären aufmüpfig. Na, das war doch ein besonderer Spaß, sie zu zähmen. Du versuchtest, eine Frau zu vergewaltigen, die sich heftig wehrte. Du brachtest sie dabei um. Deshalb hast du dich im nächsten Leben nicht gewehrt. Es war ein Unrecht, dass du die Frau vergewaltigen wolltest. Sie hat sich nur gewehrt. Und weil sie dir nicht zu Willen sein wollte, hast du sie getötet. Dies musste ausgeglichen werden."
Katja streift mit Arsenius in Malta umher, sieht die Schießanlagen für die Vögel, die sie schockieren. Aber sie klettern auch in den Dingli-Klippen umher, um die Scharrspuren auf dem Boden zu finden. Ein alter Mann sitzt oben bei der Kapelle im frischen Wind und erzählt, dass er jeden Tag hier hochfahre, weil es so ruhig wäre und nicht heiß. „Es ist noch ein Stück zu laufen bis zu den Scharrspuren", erklärt er.
Also gehen Katja und Arsenius weiter eine Straße entlang, die plötzlich im Himmel zu enden scheint. Dann rechts, es strömen schon die Touristen, da kann es nur sein. Sie finden die Schleifspuren. Leider werden sie durch

einen Steinbruch beendet. Katja fragt sich, „woher kommen die Schleifspuren?"
Es gibt keine Erklärung dafür.
Katja besucht mit Arsenius auch Gozo. Von der Höhle der Kalypso sind sie etwas enttäuscht. Hier soll Odysseus sieben Jahre von ihr bezaubert gefangen gehalten worden sein?
„Stimmt das?"
„Er wurde nicht gefangen gehalten. Das hat er nur später erzählt, um sich zu rechtfertigen. Er war verliebt in Kalypso und sie in ihn. Aber er musste ja weiter."
Auf Malta in Rabat besuchten sie eine Grotte, in der Paulus drei Wochen gelebt haben soll, als er schiffbrüchig auf der Insel landete und er mit seiner Missionierung begann.
„Er führt das Patriachat, das Christentum ein, entsetzt von der Stellung der Frau hier. Viele Männer begannen dann die Meinung von Paulus zu teilen, wurden Christen."
Katja und Arsenius hören viel von den Maltesern, einem Ritterorden. Die Johanniter, wie sie früher hießen, hatten nach Beendigung der Kreuzzüge keine Aufgaben und mussten beschäftigt werden. So wurden sie Malteser, die sich um Kranke kümmerten.

Jonas ist unterdessen in Avignon und träumt, dass er aus Überzeugung ein Würdenträger der Kirche gewesen wäre. Durch die Ideen der Katharer kam sein Glauben ins Wanken. Er zog sich aus seinem Amt zurück, obwohl er es fähig versehen hatte. In einem Kloster wurde die Seelenkrise aber noch schlimmer. Die Verfolgung der Katharer begann, womit er nicht einverstanden war.
Durch sein Verhalten geriet er in den Verdacht der Häresie und wurde nach Perpignan versetzt. Dann wanderte er über die Pyrenäen in ein kleines spanisches Dorf, wo er an Lungenentzündung starb, lebensmüde durch seine Zweifel.
Bilhildis ruft das Parapsychologische Institut an und versucht mit der Hilfe von Professor Bender ihre Geister zu entsorgen. „Ihre Geister sind sehr

zwiespältig. Das Seelengefüge von Ihnen ist nicht ganz gesund, es ist aber nicht gefährdet.
Verletzungen haben zu der Erkrankung geführt. Sie sind innerlich gespalten. Es gibt neutrale und positive Naturgeister, die ihre Kontakte zur Welt verdichten, damit die Menschen sich besinnen. Verstorbene, die nicht wissen, dass sie tot sind, besuchen Sie und Wesen der 1. Dimension, die sich an die Erde gebunden fühlen. Sie halten sich in der Nähe der Erde auf. Wenn Sie Ihre Seele harmonisieren, können Sie die geistigen Führer eines Menschen sehen und malen."
„Aber das mache ich doch schon!"
„Es besuchen Sie aber auch unangenehme Geister, Wesen, die nicht unbedingt weiterentwickelt sind. Das sind unruhige Geister."
„Ja, ja, das weiß ich doch alles schon. Und wie werde ich sie los?"
„Das machen Sie doch schon. Sie sagen zu Ihnen: ‚Ihr seid erlöst' und schicken sie zum Licht."
„Und dafür telefoniere ich nun!"
Und was macht Claudia?
Sie studiert immer noch Latein und Alt-Griechisch. Sie will Gymnasiallehrerin werden. Der Latein-Professor hat sie gefragt, ob sie seine Assistentin werden will. Sie hat dem zugestimmt. Beim Griechisch-Dozenten hätte sie nicht „ja" gesagt, denn dieser ist vorne herum freundlich, hintenherum aber ganz anders. Claudia träumt davon, von Berlin in ein kleines Dorf zu ziehen. Aber da wird es kein Gymnasium geben.
Katja hat unterdessen Ratten in ihrer Wohnung. Das Gesundheitsamt reagiert nur zögerlich nach mehreren Anfragen. Der Vermieter muss erst der Kostenübernahme für die Beseitigung zustimmen. Jede Nacht um 0.30 Uhr rappeln die Ratten, fressen sich durch den Boden. Die Ratten im Keller sind jetzt erledigt, die Löcher zugegipst, aber es leben noch Ratten im Zwischenboden. Wann werden sie sich durchgefressen haben?
Nun sind sie auch tot. Wann wird der Leichengeruch durch die Ritzen dringen?
Oda hat sich, als der Haushalt ihrer Mutter aufgelöst wurde, einen Traumfänger von ihr mitgenommen. Er hängt jetzt an der Wand neben ihrem Bett.

Ein Reifen, bespannt mit Fäden, hängende Federn und Perlen. Einfach filigran!
Ihr fällt ein, dass ein kroatischer Junge mit Namen Bozo ihr erzählte, dass man in seiner Heimat Traumfänger habe. Sie machte damals ein Gedicht:

Kroatien
Ein Soldat köpfte
Kind, Zeigefinger bohrte
sich in Hals, spielte
Kasperletheater im
laut lachendem Giftregen.[1]

Meine Träume im
Torbag[2] gefangen, und ihr
fragt, warum ich nicht
in die Heimat zurück will,
Flügel der Zeit bedrängt mich.

Mein Cousin wurde
angeschossen am Tag der
Entlassung aus dem
Wehrdienst von einem Fremden,
weil er den Freund beschützte.

Gab es nicht auch mal ein Buch „Die Traumfänger"? Es handelte von den Aborigines, den Ureinwohnern Australiens. Aber davor waren schon Legenden von Traumfängern bei den Anishinabe (dt. das erste Volk), einem Indianervolk in Nordamerika und bei anderen Indianerstämmen bekannt.

Arsenius geht nach Feierabend in eine Neuköllner Kneipe, sein Bier zu trinken, da er sich mit Katja gestritten hat. Er hatte ihr erzählt, dass er auf der

---

[1] Wenn bei Regen die Sonne scheint.

[2] Traumfänger, soll Glück bringen, gewebter Stoff mit zwei Löchern.

Venus ein Baby zurückließ. „Und wer ist die Mutter?“ „Das kann nur Gabi oder Urania gewesen sein, denn Wilhelm und Heinz wurden später schon künstlich befruchtet. Ich habe ja nichts davon gemerkt. War operiert worden, damit ich wie eine Frau den Samen empfangen konnte, der mir in einem Traumschlaf eingegeben wurde. Später wurden die Männer androgyn operiert, aber ich bin ja da schon von der Venus weggeflogen, hatte mir vorher von Elke wieder durch eine erneute Operation mein männliches Geschlecht zurückgeholt.“

„Hast du denn keine Sehnsucht nach deinem Kind?“ „Ich habe es geboren und dann zu einer Pflegemutter gegeben. Ich weiß von Kriemhild, dass es dem Kind gut geht. Ja, manchmal denke ich an dieses Baby. Aber was soll ich machen? Wieder zur Venus fliegen?“ „Was bist du für ein Vater! Ich möchte kein Kind von dir haben! Du solltest bei uns eine Traumtherapie machen, um deine Gefühle für dein Kind wieder zu bekommen!“

Arsenius muss nachdenken. Er war damals mit Kriemhild von der Venus geflohen. Hinter ihnen war ein Knall zu hören. Kriemhild behauptete, nichts davon gewusst zu haben. Arsenius hatte aber von Gabi und Nicole erfahren, dass Kriemhild die Bombe durch eine Fernzündung aktiviert hatte. Das war doch ungeheuerlich. Und er hatte ihr zur Flucht verholfen! Sicher würde sich Ali Baba dafür rächen wollen. Er sollte sich mit ihm dafür zusammentun.

Arsenius trifft auf Ortwin (1997). Dieser trinkt hier auch sein Bier, denn seine Frau befindet sich nach einem Nervenzusammenbruch mit den Kindern in einer Mütter-Genesungs-Kur. Jahrelang hat seine Frau für eine fehlende Kollegin mitgearbeitet. Sie war Schulsekretärin. Nachts musste Ortwin seine Frau in eine Klinik bringen.

Nachdem beide Männer festgestellt hatten, dass sie Rumänen-Deutsche sind, erzählte Ortwin Wolfgang seine Geschichte.

Er wuchs in einer deutschsprachigen Familie in Rumänien auf. Zuerst lernte Ortwin Tischler. Er interessierte sich aber für Musik und nahm Orgelunterricht.

Bald gründete er eine Band. Im Winter traten sie in Skigebieten auf, im Sommer am Schwarzen Meer.

Dort bekam Ortwin zu Touristen Kontakt. Da die Band deutsche Titel spielte, was bei den deutschen Urlaubern gut ankam, konnte Ortwin illegale Wechselgeschäfte machen, um westliche Musikinstrumente, Verstärker, Lautsprecher und Mischpulte zu erstehen.

16.Kapitel

Es war verboten, deutsche Musik zu spielen. Ortwin verkehrte mit den deutschen Touristen auf freundschaftliche Weise. Aber wenn sie etwas getrunken hatten, hielten sie sich nicht daran, anderen nichts zu sagen, dass sie deutsche Musik hörten. Ortwin bekam deshalb Ärger und wurde für einem Tag von der Staatssicherheitspolizei verhört und dann eingesperrt.
Als er wieder frei war, bekam die Band manchmal Ärger mit den Bars, in denen sie auftraten. Wegen der deutschen Lieder hatten deren Besitzer Angst und legten dann über Nacht die Musikinstrumente nach draußen in den Schnee. Außerdem muss man auch das rumänische Publikum sehen, die die Deutschen durch den Zweiten Weltkrieg nun wirklich nicht in guter Erinnerung hatten. Jedenfalls wurde Ortwin denunziert und kam wieder ins Gefängnis. Als seine deutschen Freunde davon erfuhren, setzen sie sich für ihn ein. Nach mehreren Tagen wurde Ortwin entlassen. Die Touristen wollten Ortwin wieder auf seiner elektrischen Orgel und auf dem Keyboard spielen hören.
Ortwin wurde öfter von einem Geheimdienst aufgefordert zu spionieren. Aber schon sein Vater hatte ihm gesagt, dass dies das Schlimmste wäre. Ortwin lehnte ab und warnte die Leute, die er bespitzeln sollte.
Langsam hatte die Staatssicherheitspolizei die Nase voll von Ortwin. Da es nun ernsthaft brenzlig für Ortwin wurde, nahm er mit einer deutschen Frau wegen einer Scheinehe Kontakt auf und konnte ausreisen. Das war 1972. Zwei Tage war er bei dieser Frau, dann ließ er sich scheiden. Nun musste er in ein Aussiedlerlager. Ortwin ging in ein Möbellager und fragte einen Tischler nach Arbeit. Am 4. Tag hatte er schon eine Schwarzarbeit für 4,- DM die Stunde bei dieser Möbelfirma. 10-12 Stunden arbeitete er täglich.
Dann wurde Ortwin als Klavierbauer ausgebildet. 15 Jahre blieb er bei einem Betrieb, der dann dicht machte. Ortwin wollte zu einem anderen Klavierbauer, aber dieser hatte keine Hebeanlage. Für seinen Rücken war die Arbeit zu schwer. Unterdessen hatte er 10.000,- DM gespart und lernte Autofahren. Dem Fahrlehrer borgte Ortwin seine 10.000,- DM und wollte sich erst gar keine Quittung darüber geben lassen. Im letzten Augenblick

bestand er darauf, dass der Fahrlehrer ihm auf einem Auszahlungsschein den Empfang des Geldes als Schuld bestätigte mit dem Vermerk für eine Woche. Der Fahrlehrer gab ihm das Geld nicht zurück. Als Ortwin nach einer Woche sein Geld holen wollte, warf der Fahrlehrer ihn aus der Wohnung. Durch einen Prozess bekam er sein Geld wieder, aber nur ratenweise 100,- DM im Monat. Ortwin sparte erneut und kaufte sich dann einen Wagen. Er wollte damit nach Indien. Das Auto bekam einen Motorschaden. So reichte sein Geld nicht mehr für die Reise.
Ortwin heiratete und verreiste mit seiner Frau. Sie flogen nach Amerika, Florida, New York, Kalifornien, Hawaii und begannen dann zu bauen. Endlich wurde seine Frau schwanger. Sie entband einen Jungen. Danach kam ein Mädchen. Die Kinder sind unterdessen 10 und 11 Jahre alt.
Seit einem Jahr arbeitet Ortwin bei einer LKZ-Stelle. In diesem Rahmen hat er eine Feinmechaniker-Ausbildung gemacht, die er auch mit ‚sehr gut' abschloss. Meist fährt die Familie mit einem Wohnmobil an die Ostsee. Einmal reisten sie nach Indien. Wenn seine Frau und die Kinder von der Kur zurückkommen, geht es wieder an die Ostsee.
Ortwin erhitzt sich einen Pflaumenschnaps mit Pfefferkörnern und Zucker. Er ist wieder arbeitslos und hat Arsenius zu sich eingeladen.
Sie essen zu seinem Pflaumenschnaps rumänische Kohlrouladen. Ortwin erklärt Arsenius, wie er sie macht: „Der Strunk vom Kohl wird abgeschnitten, dann folgt wochenlanges Einlegen in Essigwasser in einem Tontopf. Den Topf habe ich mit einem Hahn versehen, damit man das Einlegwasser ablassen und dann wieder über den Kohl schütten kann. Gefüllt sind die Sauerkraut-Rouladen mit einem Gemisch aus Rind- und Schweinefleisch mit Reis. Schmecken Sie dir?"
Arsenius: „Ich kenne sie zwar von Rumänien her, habe aber nie selbst welche gemacht. Vielleicht mache ich sie mal, um Katja zu versöhnen. Wir haben uns nämlich gestritten, weil ich auch mal kochen soll." Er kann ihm ja den wahren Grund nicht sagen.
Ortwin kaut bedächtig, denn er hat viel Zeit, während Miloslaw mit einer Glaubenskrise zu tun hat.

26.04.2020 Oda hörte gestern mit Jonas eine Folge der Ringvorlesung der FU „Geschichte als Waffe“. Fälschungen, Mythen, Verschwörungstheorien. Der Staatsstreich des Dareios. Die erfolgreichste Geschichtsfälschung der Antike.

Natürlich geht es dabei wieder mal um einen Traum. Herodot berichtet, dass Kyros, der König der Perser, vor seinem Ägypten Eroberungs-Feldzug träumte, sein Bruder würde sich in seiner Abwesenheit den Thron unter den Nagel reißen. Darum beauftragte er einen verschwiegenen Diener, seinen Bruder zu beseitigen.

Herodot sagt über sich selbst, dass er nur das berichte, was ihm erzählt wurde. Er verbürgt sich also nicht für die Wahrheit.

Historiker haben nun vor 100 Jahren herausgefunden, dass Dareios diese Geschichte hat verbreiten lassen, um seinen Herrschaftsanspruch zu belegen. Er war damals der oberste Heerführer im Ägypten-Feldzug, bei dem Kyros umkam.

Herodot berichtet weiter, dass ein Magier am Königshof Susa (was gar nicht stimmen kann, dies ist die Annahme von Griechen), seinen Sohn, der Ähnlichkeit mit Kyros Bruder hatte, als Nachfolger von Kyros einsetzte, nachdem Kyros gefallen und sein Bruder Schmerdes beseitigt worden war. Er gab ihn als den Bruder von Kyros aus.

Als dann Dareios nach Persien zurückkam, bildete er mit sechs anderen Männern eine Verschwörung, um den Magier-Sohn zu töten. Vorher habe er noch Atossa, die Gemahlin von Kyros, die mit ihrem Harem dem neuen Herrscher übergeben worden war, gefragt, ob dieser Ohren habe oder nicht, denn die Griechen kannten nur eine Abbildung von ihm mit einem Helm. Die Perser hatten aber ein Bild von ihm mit Ohren. Es konnte also gar nicht sein, dass er keine Ohren gehabt hat. Dreimal habe er sie gefragt, da sie anfangs nicht wagte, beim Beischlaf nach seinen Ohren zu greifen. Auch dann konnte sie keine sichere Antwort geben. Es wäre dunkel gewesen. Warum dann die Mutter und Tochter von Kyros den Betrug nicht bemerkt haben sollten, falls es einer war, ist schleierhaft. Dareios töteten den Magier-Sohn, der in Wirklichkeit der Bruder von Kyros war, und deckte den Schwindel auf. Dann hätten die sechs Männer diskutiert, welche die beste Staatsform wäre, als ob sie auf der Agora in Athen wären. Für die Perser war ganz klar,

dass sie eine Monarchie hatten und auch weiter haben wollten, das hatte man doch nicht diskutiert.
Dann wusste man immer noch nicht, wer von den sechs Attentäter nun der neue König werden sollte. Also musste ein Gottesurteil her. Die sechs Männer sollten ihre Pferde im Morgengrauen zusammen aufstellen. Welches Pferd nun zuerst wieherte, dessen Besitzer sollte der neue König werden. Dareios überließ auch hier nichts dem Zufall. Er beauftragte den Stallknecht, seiner Stute in die Scheide zu fassen und bei Morgengrauen den Duft eines Hengstes vor ihrer Nase auszubreiten, denn die Stute war läufig. So geschah es. Die Stute wieherte als erste. Aber damit war die Thronfolge auch noch nicht entschieden, denn Perserkönig konnte nur jemand werden mit einer adligen Abstammung. Dareios war ein Amenider, Kyros nicht. Dareios konnte also gar nicht von der Linie von Kyros abstammen. Dareios beauftragte einen Schreiber, ihm einen neuen Stammbaum auszustellen, so bekam er seine Legitimation. Nun musste das ja auch noch publiziert werden. In alle seine Provinzen schickte er Briefe, die seinen Herrschaftsanspruch belegten. Außerdem ließ er in die Felsenwand von Bisher/Baratune gleich in drei Sprachen seine Abstammung einmeißeln. Oda und Jonas hatten diese auf ihrer Iranreise gesehen, wussten damals aber nicht, dass dies eine Fälschung war.
Sie kennen einige dieser Geschichtsfälschungen, so zum Beispiel die Inschriften von Ramses, den II., der behauptete, gegen die Hethiter gewonnen zu haben, obwohl er verlor.
Oder die Inschriften von Echnaton, die fast alle den Meißel zum Opfer fielen, nachdem er vom Thron verjagt wurde. Oder die Inschriften von Hatschepsut, der ägyptischen Königin, ebenfalls fast alle vernichtet. Die Sieger haben immer recht – scheinbar.
Hegel sagte, aus der Geschichte kann man nichts lernen. Aber man kann lernen, wie gefälscht wird und wie man Fälschungen aufdecken kann. Gerade in unserer Zeit der Fake-News ist das wichtig.

Was blieb bei Oda von den Nachrichten gestern hängen? Island fand bei einer wissenschaftlichen Studie heraus, dass Kinder vom Corona-Virus nicht angesteckt werden und auch nicht andere damit anstecken können.

Eine andere wissenschaftliche Studie aus einem anderen Land sagt genau das Gegenteil.

04.04.2021: Heute wissen wir, dass Kinder sehr wohl sich mit dem Corona-Virus anstecken und auch andere damit infizieren können.

2020: In Singapur, das bisher bei der Corona-Pandemie wegen seiner rigiden Maßnahmen glimpflich davonkam, gibt es eine schreckliche Wiederkehr der Krankheit. Es wird vermutet, dass sie durch Wanderarbeiter aus aller Welt kommt, die in Singapur hauptsächlich auf dem Bau arbeiten für sehr wenig Geld und in Unterkünften eng zusammenleben.
Schweden, dass von unserer Wirtschaft immer so als „Musterländle“ dargestellt wurde, da es recht locker mit den Maßnahmen gegen Corona umging, hat nun eine hohe Zahl an Toten und Infizierten.
Und was macht Claudia? Sie humpelt an Krücken umher, denn sie hat eine Meniskusoperation hinter sich, nachdem sie das rechte Bein versehentlich abknickte und es dann nicht mehr bewegen konnte. Die Feuerwehr kam.
Claudia hatte sich gerade mit einer türkischen Enthaarungscreme die Beine behandelt, als sie beschloss, zu ihrem Freund zu ziehen. Sie will sparen, um mit dem Geliebten nach dem Studium zurück nach Portugal ziehen zu können. Claudia studiert immer noch Griechisch und Latein.
Katja hat sich von Arsenius getrennt und sucht deshalb eine neue Wohnung, denn sie lebte bei ihrem Freund.
Sie ist fertig mit dem Studium und tritt nach dem Kreta-Urlaub eine Halbtagsstelle in einer Tagesklinik für psychisch kranke Menschen an, wo sie für Gruppen Angebote machen soll. „Moppelchen“, die Psychotherapeutin, übt sich im Rebellieren, denn sie hat sich bisher noch nie gegen etwas gewehrt. Eigentlich sollte sie „Therapeutisches Singen“ im Traumzentrum anbieten. Aber nun versagt die Stimme. Sie geht nicht zum Arzt, denn vor Ärzten hat sie eine Phobie. Als Kind hat ihr ein Arzt in die offene Wunde gespritzt. Sie kann auch nicht U-Bahn oder S-Bahn fahren. Sie bekommt dabei Angst. Wenn sie trotzdem mit der Bahn fährt, muss sie zwischendurch aussteigen, weil sie es sonst nicht aushält. Die Beklemmung kommt hoch wie damals,

als sie fast vergewaltigt wurde. Die Mutter war Erzieherin. *Die Fast-Vergewaltigung habe ich schon erzählt.*
„Moppelchen" hat sich den Ellenbogen an einer Eisentür im Keller eingeklemmt. Sie läuft mit einem Verband herum und bekommt Reizstrom. In ihrer Freizeit spielt „Moppelchen" Tischtennis.
„Moppelchen" träumt, dass sie U-Bahn fährt. Kinder sind in die Schächte geklettert, in denen Schlangen zu sehen sind. Sie überlegt, ob sie den Kindern hinterherspringen soll, aber da kommt die U-Bahn. Da sieht sie, dass ein Kind von einer Schlange gebissen wird. „Moppelchen" ruft die Polizei.
Im Traumzentrum zieht „Moppelchen" den Kindern die Schnürsenkel auf, legt sie zum Spaß über ihre Knie und haut auf ihre Pos. Sie liebt Nilpferde und lässt sich diese in vielen Variationen von den Kindern malen. Ihre Lieblingsfarbe ist grün. Am liebsten hätte sie mit Hatice die Arbeitsstelle gewechselt.
Zuerst lebte sie in einer Erdgeschoss-Wohnung. Die Passanten schauten bei ihr in das Fenster und mit ihr Fernsehen. Wehe, sie wechselte das Programm, dann räusperten sich die Zuschauer empört. Das konnte „Moppelchen" und ihr Freund nicht länger ertragen. Sie zogen in ein Haus in den 4. Stock. Alles musste per Handkarre transportiert werden, denn die verkehrsberuhigte Sackgasse ließ keinen Lastwagen einfahren. Hier oben hört sie trotzdem den Verkehrslärm der Straße, der sie auch vorher schon so störte – aber zugegebener Weise etwas leiser. Einmal im Jahr findet auf der „Sonnenallee" in Neukölln ein zweitätiges Stadtteilfest statt, das den Lärm erheblich steigert. Sie und ihr Freund sind hier Exoten, denn ansonsten leben nur Ausländer in der Gegend.
Sonntags fahren sie zu „Moppelchens" Eltern, die am Stadtrand wohnen und spielen Skat um Geld. Wenn sie genügend Geld zusammen haben, fahren sie für ein paar Tage an die Ostsee.

In meinem Traum trägt sie einen goldenen, filigranen Nasenring, während Katja sich einen Bauchnabel-Piercing machen lässt – aber in Wirklichkeit hat sie ihn schon lange wie Claudia.
Katja will in eine Wohngemeinschaft ziehen.

Claudia las von einem kosmischen Orgasmus, der noch viel schöner sein soll als der irdische. Nachts darauf träumt sie davon und hat einen astralen Orgasmus.

Sie flog dabei. Völlig außer sich, ohne Moral oder schlechtem Gewissen, positiv, auch wenn der Partner nicht Sven war. Claudia fühlte sich glücklich und hinterher sehr stark. Es war herrlich. Dann wollte sie duschen. Aber die Duschen waren besetzt. Claudia trug einen Morgenrock. Da wollte sie zurück in ihr Haus. Sie suchte nach dem Schlüssel. Sie fand ihn nicht und versuchte zu fliegen. Claudia hob ab, wurde aber von einem Baum und durchsichtigem, braunen Stoff daran gehindert, weiter zu fliegen. Sie entschuldigte sich bei dem Baum. „Ich muss hier durch." Flog. Sie streute sich weißes Pulver auf die Handinnenflächen, und schon schoss sie ab wie eine Rakete. Hatte Angst. „Hoffentlich fliege ich nicht zu weit." Aber es war wunderbar. Sie bekam ein Steinkind, eines, das etwas anders aussieht als die anderen Steinkinder. Sven akzeptiert dies.

Katja träumt von ihrem Cousin, der sich an sie drückt. Sie spürt sein Geschlecht. Früher war sie einmal in ihn verliebt gewesen. Die alten Gefühle erwachen. Sie will mit ihm schlafen. Missbilligend schauen ihr „Moppelchen" und ihre Familie zu.

„Moppelchen" ist in einer größeren Wohnung. Plötzlich klingelt es. Sie beeilt sich zu öffnen und legt deshalb Goldfolie, die sie auf dem Arm trägt, nicht weg. Klassische Musik ist zu hören. Hinter ihr erscheint die Wohnung ganz unordentlich. Das wird ihr nun bewusst. Sie ist erschrocken und hat ein schlechtes Gewissen. „Wo sind die anderen?", fragt der Mann, der gekommen ist.

„Soll ich sie holen?"

„Nein, schon gut, komm' mit!"

„Moppelchen" räumt aber erst auf und dreht die Musik ab. Dann folgt sie dem Mann.

Sie erreichen einen kargen Raum. Ein Mann dort sagt zu ihr: „Sage den anderen: das Herz hat keine Haut. Denk dran!"

„Ja."

Geschäftig werkeln Leute umher, auch der Mann, mit dem sie gekommen ist. Letzterer schraubt an einem Käfig. Ihr wird klar, dass sie getötet werden soll, denn sie wollen ihr Herz.
„Mir ist langweilig, ich schaue mich ein bisschen um", sagt „Moppelchen". Sie geht in die Richtung, wo ein anderer Mann rechts unten in einem Gang und dann im Raum verschwindet. Sie nimmt die Treppe, die hochführt. „Moppelchen" hat nur dicke Socken an, deshalb kann man ihre Schritte nicht hören. Oben sind Zellen, ähnlich denen, die sie unten im Keller gesehen hat.
Hoffentlich kann ich hier weg, denkt sie.
Hatice ist in einem Gefangenenlager. Sie essen. Hatice nimmt ein Stück Kuchen und einen Nachtisch nur halb, denn sie verabscheut Kuchen, es wird ihr schlecht, und sie geht auf die Toilette. Die anderen sind weg, als sie zurückkommt. Hatice nimmt den Weg rechts, da sieht sie eine U-Bahn-Station mit blau-weißen Schildern.
Zwei von ihnen weisen in das Lager, ein dritte woanders hin. Hatice will gern fliehen, aber sie hat kein Geld, um die U-Bahn zu bezahlen. Ihre Sachen sind im Lager. Sie will erst ihr Eigentum holen. Als sie zurückgeht, sind die Mitgefangenen wieder da. „Wo warst du?" „Mir war schlecht, ich musste zur Toilette." „Moppelchen, du wirst in Zukunft neben ihr am Tisch sitzen und auf sie aufpassen!"
„Moppelchen" mault, denn sie will sich weiter mit den anderen unterhalten. Aber sie setzt sich zu Hatice. Sie bereut, nicht schwarz und ohne Sachen mit der U-Bahn gefahren zu sein. Jetzt wäre sie frei. Wo ist überhaupt das Loch im Zaun geblieben? Überall Mauern und Stacheldraht. Hat sie in eine Parallelwelt geschaut?
Britta träumt, dass ihr Freund, der mit ihr wegen einer anderen Schluss gemacht hat und dem sie nachtrauert, einen Sohn in Verona in Italien hat. Er heißt Tonio und hat dunkle Haare. Sie sieht seine Mutter, deren Haare rot sind wie die der Großmutter.
„Warum hast du mir das nie gesagt", fragt sie ihren Freund.
„Ich habe ab und zu Geld geschickt."
„Das ist doch keine Antwort! Warum hast du deinen Sohn nicht zu dir genommen? Wollte die Mutter das nicht?"

Britta färbt sich die Haare blond und schneidet sie ganz kurz.
Sie hat normalerweise dunkles Haar. Ihre Haut ist rötlich und voll Pickel. Offenbar fühlt sie sich nicht wohl in ihrer Haut und will sie abstreifen.

Schreiberin: Immer diese spiritistischen Interpretationen! Das sind ganz einfach die Hormone!

Zurzeit hat Britta keinen Liebhaber, ohne Verliebtheit will sie nicht mit einem Mann schlafen. Mit einer Freundin und ihren Eltern war sie an der Ostsee. Der Urlaub war nicht schön, denn Brittas Mutter wollte nicht, dass gekocht wurde und die Tochter und deren Freundin hatten nicht das Geld, dauernd essen zu gehen. Brittas Mutter stört der Essensgeruch. „Aber im Restaurant riecht es doch auch nach Essen!" „Ja, aber wir gehen anschließend weg. In der Wohnung hängt der Essensgeruch noch lange."
Britta glaubt, dass ihre Mutter einfach nicht kochen will und bietet sich an. Die Mutter lehnt ab. Sie will das Essen für ihre Tochter nicht bezahlen – und schon gar nicht für deren Freundin. Beim Studium hat Britta schon Ärger, nun setzt er sich fort. Bei ihrem Professor ist Britta nicht gut angesehen, weil sie sich weigerte, ein halbausgebrütetes Küken-Embryo zu sezieren. Sie studiert jetzt Biologie „Wir lernen, wie man klont", sagte sie zum Professor, „aber wir lernen nicht, was es alles für Tiere und Pflanzen gibt."
Brittas Mutter ist beim Jugendgesundheitsdienst Sozialarbeiterin. Sie liebt Babys. Drei Kinder hat sie geboren und immer noch nicht genug davon. Trotzdem sagt sie: „Ich habe mich für die Kinder fertig gemacht." Dabei waren alle drei Kinder Wunschkinder.
Britta kann mit den Daumen, die sie zu einem offenen Dreieck formt, auf Eichelkappen pfeifen.

27.04.2020 Im „Tagesspiegel" steht, dass 30.000 Erntehelfer aus Osteuropa sich beim Bauernverband gemeldet haben. Oda hat sich schon vorher gefragt, als der Bauernverband klagte, dass wegen der Ausreisebeschränkung durch Polen nach Deutschland keine Erntehelfer mehr zum Spargelstechen kamen, wieso Deutsche nicht diese Arbeit machen können. Offenbar sind die Löhne so miserabel. Sie findet das beschämend.

Dann hieß es vom Bauernverband, nicht nur für den Spargel, sondern auch für das Obst bräuchte man Arbeitskräfte. Da die Polen nicht kommen durften, ging es nun um Rumänen. Die müssten einfliegen. Wer sollte das eigentlich bezahlen? Dann wurde die Aus- bzw. Einreisesperre aufgehoben für diese Arbeitskräfte, sofern sie sich vorher einem Corona-Test unterzogen.
Sonst kommen 300. 000 Saisonarbeiter nach Deutschland.
Oda erinnert sich an die Erntearbeiter, die John Steinbeck beschrieb, die von Plantage zu Plantage fuhren, Orangen, Pfirsiche, Weintrauben ernteten.
Unsere Landwirte beklagen zurzeit die Trockenheit. Der Boden ist aufgerissen. Wie soll das Korn gedeihen?
Die prognostizierte Zunahme von häuslicher Gewalt bestätigte sich heute. Die Polizei hat seit Jahresbeginn rund 4.270 Anzeigen zur häuslichen Gewalt in Berlin registriert (bis 19. April). 210 Fälle mehr als im Vorjahr. „Auffällig ist, dass wir im Moment fast nur schwere Fälle sehen."
Was das bedeutet, fast ständig zu Hause zu sein!
Aber wir haben es ja noch gut, denkt Oda. Gestern sah sie im Fernsehen die glücklichen Kinder aus Spanien, die nach einem Monat Ausgangssperre endlich wieder raus dürfen. Aber es hatte geholfen! Die Todeszahlen gingen zurück!
Vanas träumt in den 90er Jahren, dass sie ein Baby auf dem Arm trägt. Nach ihrer Abtreibung, weil das Kind von Ian war und sie nun doch Skrupel gegenüber ihrer Freundin Karin hatte, besteht immer noch der Kinderwunsch. Das Baby hat eine dunkelblaue Latzhose an. Vanas merkt, dass die Hose nass ist. Aber die Windeln sind ihr ausgegangen. Andere Hosen, Hemdchen und Jäckchen waren vorhanden.
Sie nimmt das Baby wieder auf den Arm, um Windeln zu kaufen. Wenn sie doch zurück auf die Venus könnte!
Im Traumzentrum gibt es eine Küche, wo sich die Mitarbeiter etwas kochen können. Rosenkohl und Nudeln hatte Vanas neulich gemacht. Schmand verfeinerte das Essen. „Moppelchen" sagte zu ihr: „Das hast du aber fein gemacht!" Sie redete öfter mit anderen so, als ob sie Kinder wären. Dabei will sie diese nicht verspotten. Oder doch? Sie hat eine kindliche Stimme.

Claudia träumt: Sie war vormittags beim Zahnarzt. Nachmittags muss sie wieder da sein. Sie wird wie ein unmündiges Kind und frauenfeindlich behandelt. Claudia wehrt sich. Da sagt die Zahnarzthelferin, sie solle in den Warteraum gehen. „Der Chef hat vorläufig keine Zeit mehr für Sie."
Claudia ist sauer, weil sie nun noch warten soll und geht. „Moppelchen" würde böse werden, wenn sie zu spät zu ihrem Probanden-Schlaf käme. Beim Zahnarzt waren Wanzen. Die Menschen leben in einem totalitären Regime. Ist es das auf Sirius? Den Überwachungsbehörden ist Claudias aufmüpfiges Verhalten aufgefallen. Deshalb bekommt Claudia und ihr Verlobter Sven, sowie die Mutter von ihm, die sie nach Portugal mitnehmen wollen, eine Aufforderung zum Röntgen. Dabei wird Gehirnwäsche betrieben. Es sind dort Massen von Leuten, die durch ihre Widerreden aufgefallen sind. Auf Schildern stehen Hinweise, die sie nicht entschlüsseln können. Die Gespräche werden nur flüsternd durchgeführt. Ein zum Skelett abgemagerter Mensch kommt mit einem Betttuch um die Hüften zum Röntgen. Claudia ist plötzlich klar, was bei der Gehirnwäsche passiert: Die Seele wird ihnen genommen. Sie flüstert Sven dies zu, und er gibt es an seine Mutter weiter. Stille Post. Leise schleichen sie sich davon. Gehen zu einer U-Bahn. Steigen ein. Aber ein Spion beschattet sie. Sie versuchen, Haken zu schlagen, um ihn abzuschütteln. Es gelingt. Sie verlassen den Waggon. Dort ist ein Tunnel, dem eine Treppe folgt. Plötzlich sehen sie Licht. Sie sind in einer wunderschönen Natur. Einige sehr lebendige Menschen, die miteinander diskutieren, empfangen sie. Claudia weint, so glücklich ist sie. Die Leute missverstehen dies und denken, sie habe Angst. Claudia erklärt es ihnen. Ihr fällt ein, dass sie Vanas Baby mitnehmen sollte. Vanas Baby? Es ist wohl ein angenommenes. Vielleicht eins, das auf der Venus bei einer Pflegemutter lebt. Aber es wäre zu riskant, umzukehren. Vorher hat Claudia nicht gewusst, dass es noch einen anderen Staat gibt. In dem System, aus dem sie kommt, leben nur maskenhafte Menschen, die wie Waren auf einem Fließband benutzt werden.
Sven geht mit anderen Leuten weiter, sie hört und sieht sie. Gespräche über einen Nuklearkrieg, der gegen das totalitäre Regime nötig wäre. Gegen den Sirius? Claudia wird traurig. Sie will keinen Krieg, zumal die Strahlen auch unschuldige Sirianer erreichen würden. Sven kommt zurück. Sie haben nur

noch wenig Geld im Portemonnaie. Hier ist alles sehr teuer. Aber sie werden es schon schaffen. Irgendeinen Job müssten sie finden.
Claudia ist traurig beim Aufwachen, aber nicht so wie beim Fado. Sie mag keine portugiesische Folklore. „Sollen sie sich doch umbringen, wenn sie alles so traurig finden! Beim Tanzen, immer dieses Drehen, wie eintönig! Die Röcke wirbeln durch das Rotieren bis zu den Schenkelenden. Und dann die grellen Farben!“
Trotzdem will Claudia nach Portugal zurück. Über Katja ist sie erschrocken, die mit Arsenius Schluss gemacht hat. „Ihr wart doch so lange zusammen! Auch Sven und ich kennen uns seit Jahren. Ich dachte, das hält bei euch für immer.“
Arsenius hatte einen Motorradunfall. Er fuhr ohne Helm, prallte mit dem Kopf bei einer Wendung gegen eine Mauer. Er wurde operiert. „Das Traumzentrum ist beschädigt“, stellt ein Arzt fest. Es wird ein Experiment im Traumzentrum gemacht. Oda stellt fest, dass Arsenius sich trotzdem an Träume erinnert. Es gibt also gar kein Traumzentrum im Gehirn. Hatice schüttet Asche um die Traumhauchhütte, um böse Dämonen abzuhalten. Sie ruft die Kinder. „Schüttet euch die Asche auf den Körper. Damit werden die Windstörungen vertrieben.“
Die Kinder machen begeistert mit. „Springt jetzt wild herum, lasst alles raus, was euch ärgert! Wurdet ihr in der Schule gemobbt? Haben euch andere Kinder geärgert? Habt ihr euch über euch selbst geärgert, weil ihr eine schlechte Note bekommen habt?“
Die Kinder schnappen nach Luft, werden warm, rot im Gesicht und lachen. „Jetzt geht ins Schlaflabor.“ Hatice stellt fest, dass die Kinder nicht nur in der REM-Phase träumen. Es gibt auch den NREM-Traum, der in den Schlafphasen 2-4 Mal auftaucht.
Vanas bekommt immer noch kein Baby. Sie hat auch keinen Erzeuger gefunden, den sie als Ersatz für Taffy nehmen würde. Deshalb träumt sie häufig von Kindern. Sie schiebt einen Kinderwagen. Woher hat sie das Kind? Stahl sie es? Vanas lässt den dunkelblauen Kinderwagen stehen und schlendert weiter.
Ein Indianer beugt sich über das Baby und schwingt einen Räucherbesen darüber. „Was machen Sie da?“, fragt Vanas, sich umdrehend. „Ich heile

es." „Ich wusste gar nicht, dass es krank ist." „Nun kann es seine Beine wieder bewegen." „Das ist ja unheimlich." Vanas geht zum Kinderwagen und schiebt ihn nach Hause. Sie ist voll Freude, Liebe und Dankbarkeit. Der Probst hat die Regierung auf der Venus wieder übernommen.

Nicole träumt vom 3. Weltkrieg. Alles wird erschüttert, die Erde bebt, Häuser stürzen ein. Sie geht zu Freunden in eine Wohnung, deren langer Gang noch in Ordnung ist. So ist sie in Sicherheit. Und dann kam der Nebel. Er wurde immer dichter, drang in die Wohnung ein, eine kalte, nasse Wand der Stille. Die Menschen wurden in zwei Gruppen geteilt. Eine entführte der Nebel in eine andere Dimension, die andere blieb auf der Erde.

Claudias Meniskus, wegen der damals die Feuerwehr kommen musste, wird untersucht. Er ist nicht in Ordnung. „Moppelchens" Nieren sind nicht gesund. Sie ist neulich den ganzen Tag nicht auf Toilette gegangen, weil fremde Kollegen auf der Arbeit waren, die sie benutzten. Ein Kind ist mit seinem Gespensterkostüm gestolpert und hat den Leuchtstab von „Moppelchen", den sie bei einem Peter Maffay-Konzert erstanden hatte, kaputt gemacht.

Eines Tages sagt „Moppelchen": „Ich bekomme erst gar keine Kinder." Am nächsten Tag erzählt sie: „Wenn ich schwanger werde, mache ich eine Umschulung."

Monika träumt, dass sie mit einer Kindergruppe unterwegs ist. Es ist ganz früh morgens. Dabei kennt man Monika doch als Morgenmuffel! Ein riesiger Dreckhaufen liegt draußen. Katja meint: „Den hat sicher unsere Klasse gemacht!" Monika fährt mit dem Bus, um zur Berliner Stadtreinigung zu kommen und dies zu melden.

Nach einer Weile denkt sie, dass es zu lange dauert, sie kann nicht von den Kindern wegbleiben, steigt aus und läuft zurück. Ihr kommt eine Frau entgegen mit einem komischen Hut, auf dem überall Trotteln sind. Die Frau sieht wie eine Fee aus. Sie spricht Monika an. „Frag' mich doch was!"

2020: Oda schaut mit Jonas den Livestream mit Jens Spahn zur Situation der Pflegekräfte. Sie haben beide die Petition „Covid-19-Gesundheitsarbeiter*innen fordern: Menschen vor Profite" unterschrieben. 153.000 Unterschriften für bessere Arbeitsbedingungen für Gesundheitsarbeiter*innen und ein Ende des Sparzwangs im Gesundheitsbereich wurden gesammelt. Ulla Hedemann von der Gewerkschaft widerspricht dem Minister Jens Spahn, der behauptet, dass seit 16 Jahren nicht mehr im Gesundheitsbereich gespart worden sei. Er verweist auf die gestiegenen Kosten, die 100 % übernommen werden würden. Frau Hedemann verweist auf die Fallpauschale, die zu großen Verschlechterungen in ihrem Bereich geführt haben.

17.Kapitel

28.04.2020 Oda will ein Schuh-Geschäft betreten. Die korpulente Verkäuferin sagt: „Haben Sie eine Gesichtsmaske?" „Nein, wieso, ich denke erst ab morgen ist in den Geschäften Maskenpflicht."
„Es steht dran." Oda zieht ihr Halstuch über Mund und Nase.
Im „Tagesspiegel" ist zu lesen, dass Deutschland die 7. höchsten Militärausgaben auf der Welt hat. Das hat Oda auch schon in den Nachrichten gehört. Aber der Zusammenhang mit der Gesundheit wurde von ihr noch nicht gedacht. Will Deutschland mehr Geld für die Gesundheit oder für das Militär ausgeben?
Was sollen auch die Militärausgaben? Wer sollte sie angreifen? Es würde doch eine Truppe gegen Terroristen reichen. Bei der Gründung der Bundesrepublik – das Kriegsende jährt sich am 8.5.2020 zum 75. Mal – war Konsens, dass Deutschland nie wieder Waffen besitzen sollte. Was ist daraus geworden!
Bedenklich ist auch, dass sich in der Bundeswehr seit einiger Zeit „rechte" Soldaten tummeln. Die Rechten wollen die Krise, durch das Chaos, das entstehen könnte, glauben sie, die Regierung übernehmen zu können. Aber zurück zum Livestream gestern: Spahn sagte, vor zwei Stunden wurde beschlossen, dass jede Pflegekraft 1500,- € Prämie wegen ihres Einsatzes in der Pandemie erhalten würde. Und was ist mit einer Gehaltserhohung? Daran werde noch gearbeitet. Wenn Patienten sterben, können Angehörige in Schutzkleidung den Sterbeprozess begleiten.
Frau Hedemann von via WeAct beklagt, dass es zu wenige Schutzmasken auf der Intensivstation gebe. Sie müsse bis zu vier Patienten betreuen. Dafür gebe es nur vier Masken. Wenn sie bei einem Patienten rausgeht, lege sie die Maske in eine Nierenschale und decke sie ab. Wenn sie später wieder zu diesem Pateinten geht, muss sie die gleiche Maske verwenden. Wenn sie diese anfasse, wäre das kein richtiger Schutz mehr. Das Personal in den Kliniken habe Angst.
In einem Pflegeheim kam es dazu, dass alle Pflegekräfte sich angesteckt hatten. Sie mussten das THW rufen, um die Betreuung zu gewährleisten. Spä-

ter haben dann andere Heime mit Personal ausgeholfen. Es gebe zu wenige Pflegekräfte.
Spahn widersprach dem. Es wurde ein neuer Personalschlüssel gemacht, der besser wäre als der alte. Aber in Krisenzeiten kann es schon sein, dass er nicht ausreiche. Die Dinge, die erreicht wurden, nahm man in der Krise zurück, beklagt Frau Hedemann. Ja, sagt Spahn, die Patienten mussten ja verpflegt werden. Wenn die Krise aber vorbei sei, werden wieder die besseren Arbeitsbedingungen in Kraft treten.
Oda und Jonas hören einen Vortrag von der FU auf ihren Laptop. Diesmal geht es um einen Traum, den der Kaiser Silvester im 5. Jahrhundert gehabt haben soll, als er an Lepra erkrankte und nicht wusste, wie er geheilt werde könnte. Im Traum erschienen ihm Peter und Paulus, die ihm rieten, im Blut unschuldiger Kinder zu baden. Das Weinen der Mütter habe ihn bewogen, den Rat nicht umzusetzen. Daraufhin ließ er sich vom Papst taufen und wurde gesund. Aus Dankbarkeit habe er dann die Konstantinische Schenkung geschrieben, in der er dem Papst seine Krone übereignet. Er würde sich nach Byzanz zurückziehen. Später stellte sich heraus, dass diese Urkunde eine Fälschung war. Man hat weder herausgefunden, wann sie genau geschrieben wurde, noch wo sie entstand.

29.4.2020: Über Nacht hat es geregnet. Ab heute ist Maskenpflicht in Geschäften. „Campact" hat sich eine gute Aktion ausgedacht. Oda erhält eine E-Mail, wo sie Schutzmasken mit der Aufschrift „Schutz auch für Geflüchtete" kostenlos anbieten. „Die Bundesregierung schwört uns alle in der Corona-Krise auf Solidarität ein – aber in den Flüchtlingscamps an Europas Grenzen überlässt sie Zehntausende Menschen ihrem Schicksal."
Oda glaubt nicht an ein Schicksal. Das wäre ja etwas Vorherbestimmtes. Die Situation der Flüchtlinge ist nicht vorbestimmt. Sie entstand durch äußere Umstände.
Oda hat eine bessere Maske, als angeboten wird. Eine sichere, die ihr Sohn im Osterkorb geschenkt hatte. Eine FFP3 Maske. Jonas hat sie heute schon zum Einkaufen benutzt. „Es ist schwierig, sie aufzusetzen und man muss sehen, dass man atmen kann."

Im „Tagesspiegel" steht heute: In der Schweiz geht man nach einer Studie davon aus, dass Kinder unter 10 Jahren weder an Covid-19 erkranken noch das Virus weitergegeben."

Das ist am 16.03.2021, wo ich das schreibe, überholt.
Die Schreiberin: Sie las heute im „Tagesspiegel" von einer Teufelsaustreibung an einer 22-jährigen, weil sie keine Kinder bekommen konnte. Sie starb. Nun werden die Täter, der Ehemann des Opfers und die Schwiegereltern und ein „islamischer Wunderheiler" angeklagt. Die Schreiberin denkt an Vanas.

Wir waren bei Monika stehen geblieben. Sie kommt zurück, der Dreck ist weg.
Vanas träumt von zwei Kindern, die sie draußen betreut: ein Zweijähriges und ein Krabbelkind. Das Baby fällt in eine Felsspalte zwei Meter tief. Vanas läuft den Weg runter zur Wiese, hebt das Kind auf, dem nichts geschehen ist. Auf dem Rückweg mit den Kindern trifft sie „Moppelchen", die ein hellorange schimmerndes Kleid mit einer Spitzenstola trägt, die Vanas bewundernd berührt.
In Wirklichkeit – aber was ist das schon, die Wirklichkeit? – hat „Moppelchen" sich von ihrer Mutter eine Dauerwelle machen lassen und sieht nun schrecklich aus. Ansonsten ist sie ansehnlicher als die Schwester mit ihrem schmalen Gesicht, die sie einmal im Traumzentrum besuchen kommt
Claudia erzählt vom Weihnachtsessen zu Hause: eine gebratene Gans gefüllt mit Maronen. Tagelang ging es ihr hinterher schlecht. Jetzt schält sie sich eine Feige und isst sie. „Immer das Sitzen: Mittagessen, Kaffee, Abendbrot. Ich muss mich bewegen! Einmal bin ich aufgestanden und spazieren gegangen."
Claudias Mutter meldet sich aus London.
„Meine Mutter hat ihre Enkel und dann mich rausgeworfen!"
Claudias Mutter war von Portugal aus mit beiden Kindern nach London zu ihrer Mutter gezogen, die schwer zuckerkrank an geistiger Verwirrung leidet.
Als die Mutter von der Arbeit nach Hause kam, waren die Kinder, die kaum Englisch sprechen, auf der Straße und erzählten ihr das. Sie kann keine

eigene Wohnung beziehen, da sie dazu zu wenig verdient. Die Großmutter mütterlicherseits von Claudia hat ein dickes Sparkonto, isst aber nur eine Schrippe am Tag, weil sie so geizig ist. Sie wollte Claudia alles vererben, aber diese hatte nur gesagt: „Dein stinkendes Geld kannst du auf die Straße schütten. Ich nehme von dir nichts an! Nie hast du dich um deine Kinder gekümmert!"
Claudias Fast-Schwiegervater, ein Grieche, hatte Claudia neulich energisch gesagt, dass sie nun mit ihren 22 Jahren Kinder zu bekommen hätte. Dies wäre das beste Alter für eine Frau dazu.
Moppelchens Vater hat Hodenkrebs.
„Schau' mal, da ist Claudia", sagt eine Mutter mit ganz kurz geschnittenen blonden Haaren zu ihrem Kind im Sportwagen. Beide schauen durch die Scheiben beim Postamt: Ein Hund ohne Leine sieht zu ihnen rein. *Hundekenner mögen mir verzeihen, wenn ich die Rasse nicht bestimmen kann: aber es ist eine schwarz-weiße.* Claudia versteht nicht, warum sie nicht reindarf. Die Angestellte der Zoohandlung nebenan lockt Claudia mit Hundefutter. Claudia schaut, schnuppert und denkt: „Was sagt mein Frauchen immer? Nichts von Fremden annehmen!"
Angewidert dreht sie sich um. Da kommt ein grauer Pudel ohne Leine angerannt, umspringt Claudia und riecht an ihrem Hinterteil. Claudia dreht sich um, bewahrt Distanz und Haltung. „Nun mal nicht so schnell, wir kennen uns doch gar nicht!"
Da erscheint die Eigentümerin des Pudels, zieht ihn am Halsband hinter sich her und kettet ihn an. Claudia schnuppert mit der Nase, die Ohren wackeln sensibel hin und her: „Tja, so kann es einem gehen, wenn man zu stürmisch ist!" Liebevoll-besorgt schaut sie zu ihrem Frauchen mit dem Kind, das sein Auto fallen ließ. Unter dem starken Make-up der Mutter treten Schweißperlen, als diese sich bückt. Tiere träumen auch. Der Hund wird zu Experimenten in das Traumzentrum gebracht.
„Gehen Sie weg, lassen Sie mich in Ruhe!", schreit eine Frau eine andere an, die ihr ein Heftchen der Zeugen Jehovas geben will. „Fassen Sie mich nicht an! Ich kenne Sie, Sie sind immer so aufdringlich. Meine ganze Familie haben Sie kaputt gemacht!"

Nachmittags regnet und gewittert es. Oda träumt, dass sie der Wesir Isum ist, der den Pest-Gott Era davon abbringen will, Babylon mit der Krankheit zu überziehen. Schafft es auch. Ach, wenn sie doch Corona durch das Überreden des Corona-Gottes beenden könnte. Wer ist der Gott von Corona?
Denken Sie nicht, dass der Wechsel von der Erde zum Planeten Venus und zurück zur Erde, spurlos an den überlebenden Figuren vorbei gegangen wäre!
Natürlich hatten sie ein Trauma. Taffy und Mangolf waren ja schon im Kontaktzentrum für psychisch kranke Menschen. Aber die anderen? Selbst Bernd Holzhauser ließ sich von seinem Supervisor helfen. Dieser heißt Hans Äppelwein, trug seine strähnigen, braunen, glatten Haare etwas länger, die zum Mittelscheitel frisiert waren. Hans hatte eine silberne Brille. Er stammte aus Süd-Deutschland und schwäbelte etwas.
Bernd erzählt ihm seine Erlebnisse, als ob er einen Albtraum gehabt hätte.
Hans: „Wenn ich Sie richtig verstanden habe, wollten Sie etwas Gutes tun, es gelang nicht. Sie sind in einen Strudel von Traum-Ereignissen geraten. Eine ganze Zeit waren Sie nicht da. Sie wissen nicht, wo Sie waren, und fabrizieren für diese Zeit einen abenteuerlichen Traum. Plötzlich haben Sie eine Partnerin, die behauptet, vom Sirus zu kommen. Gut, das kann sie geträumt haben, sie muss nicht verrückt sein. Sie haben beide so intensiv geträumt, dass das Aufwachen wie ein Kulturschock ist. Sie wollen beide weiter arbeiten.
Träumen Sie luzide, indem Sie den Traum wiederholen und dann sich gegen die Außerirdischen wehren. Sie können nicht Urania, ihre Frau, therapieren. Schicken Sie sie zu mir!"
Urania erzählt ihre Erlebnisse, als ob sie diese geträumt habe. Hans meint, dass sie wie Bernd an einer Amnesie leide. Aber als Urania dann im Traumzentrum therapeutisches Bauchtanzen anbietet und Arsenius, der zur Nachuntersuchung wegen seines Schädeltraumas dort ist, Claudia, Nicole, Gabi und Vanas trifft, weiß sie genau, dass sie nicht an Gedächtnisstörung leidet. Heimlich spricht sie mit ihnen. Diese denken, sie hätten geträumt, konnten sich aber ihre lange Abwesenheit auch nicht erklären.
Nach und nach tauchen die Figuren bei Hans auf. Er ist von dieser Massenhypnose oder Gruppenvision überfordert. Also bestellte er alle zur gleichen

Zeit und machte eine Aufstellung. Unterdessen hatte er sich in der systemischen Familientherapie weitergebildet. Hans sah die Protagonisten als eine Familie an, die etwas Gleiches erlebten, wenn auch nur im Traum.
Es ging sehr emotional her. Einige weinte oder rannten raus.
Bernd verliebte sich in Katja. Er hatte unterdessen mit Urania zwei Kinder. Katja war nicht abgeneigt. Aber ein Therapeut darf sich nicht in einen Patienten verlieben. Bernd besprach das mit Hans. Dieser beschwor ihn, standhaft zu bleiben. Aber Bernd war bereit, sich von Urania zu trennen. Als er dann zu Katja ging, – er war ja zwanzig Jahre älter als sie – versagte er.
Die Figuren verdrängten zum Teil ihre Erlebnisse, taten es als einen besonders intensiven Traum ab.

30.04.2020: Im „Tagesspiegel" steht, dass die sechs Millionen Atemmasken, die für Deutschland bestimmt waren und im März auf einem Flughafen in Kenia verschwanden, es vielleicht gar nicht gegeben habe. Die Bundeswehr habe die Masken bestellt, später hieß es, nein, die Generalzolldirektion sei mit dem Handel betraut gewesen. Eine Firma aus dem Frankfurter Raum hatte der Generalzolldirektion die Masken angeboten. Jetzt wird überlegt, den Händler anzuklagen, und zwar wegen Schadenersatzes. Dabei muss er damit rechnen, dass die Masken, die aufgrund der fehlenden Lieferung für einen erhöhten Preis beschafft wurden, von dem untreuen Händler bezahlt werden müssen.
11,2 Millionen Masken, die der Verkehrsminister Andreas Scheuer bestellte, gammeln in einer Halle in Peking, da sie nicht den deutschen Norm- und Qualitätsmaßstäben entsprechen.
Innensenator Andreas Geisel hatte behauptet, 200.000 Schutzmasken für die Berliner Polizei seien in Bangkok auf dem Rollfeld „beschlagnahmt", entführt und in die USA umgeleitet worden. Die USA bestritt es, Michael Müller, Regierender Bürgermeister von Berlin entschuldigte sich, Geisel blieb bei seiner Behauptung.
Ohne China, das die Masken liefert, könnte kein Arzt in Deutschland mehr eine Operation ausführen. Acht bis zwölf Milliarden Masken brauche man noch in diesem Jahr, sagte Wirtschaftsminister Peter Altmeier.

Oda träumte um 3 Uhr nachts: Neben ihrem Bett steht ein Mann. Oda erhebt sich, um ihn aus dem Schlafzimmer zu drängen. Er fasst ihr an die Scheide. „Komm' raus", sagt er zu ihr und verschwindet.
Oda fürchtet eine Falle, zieht sich aber trotzdem an und geht nach draußen. Da vorn läuft der Mann. Sie holt auf. Er greift sie an, sie wehrt sich, schlägt seinen Kopf gegen einen Betonpfeiler an einem Zaun. Geht zurück.
Am nächsten Tag sieht sie den Angreifer, den sie kennt und der Raketa heißt, vorn laufen. Sie beschleunigt ihren Schritt und spricht ihn an: „Warum wollten Sie mich gestern Nacht töten?"
„Ich will Ihren Mann!"
Oda läuft zu ihrem Haus zurück.

Die traumatisierte Gruppe ging zu Hans Äppelwein. Andre Schrift?, schreibt Jonas an den Rand. Ja.
Bilhildis stieß dazu, obwohl sie nun in Frührente war. Arsenius ebenso. Er arbeitete jetzt wieder als Elektriker.
Hans: „Wie fing das alles an?"
Bilhildis: „Ich hörte von den Außerirdischen, die demnächst in der Wüste Nevada landen würden, um wieder mal Menschen Organe zu entnehmen für ihre eigenen Experimente. Ich erzählte meinem Kollegen Arsenius im Traumzentrum davon. Wir beschlossen, dorthin zu fliegen, um das zu verhindern."
Hans: „Also, machen Sie eine Aufstellung, Bilhildis."
Bilhildis platziert Arsenius auf eine Stelle: „Hier ist die Erde."
Hans: „Wo genau?"
„Wüste Nevada."
„Aber da stellten Sie ja fest, dass Sie nicht allein waren!"
„Ja, da war noch Bernd und Urania."
„Stell' sie auf!"
Bilhildis geht zu Bernd und Urania, stellt sich neben Arsenius.
„Aber da waren noch andere Personen."
„Ja, Daria mit Gabi und Miloslaw."
„Was hast du empfunden, als du gesehen hast, dass da noch andere Leute sind?"
„Ich war irritiert."
„Was meinst du, was Arsenius dabei empfunden hat?"

„Ich glaube, er war erleichtert, nicht mit mir allein in diesem Abenteuer zu sein."

„Warst du auch erleichtert?"

„Ja, aber ich wollte doch die Aufgabe allein mit Arsenius lösen!"

„Jetzt stell' Daria neben die anderen."

„Aber sie ist doch tot!"

„Bilhildis, stell' dich für sie auf."

„Ihr machtet euch bekannt. Urania und Taffy erzählten, dass sie vom Sirius gekommen wären. Ich stell' Taffy auf!"

„Auf einer Skala von 1-10, sag' mir, Arsenius, für wie wahrscheinlich du das hieltest, dass Urania und Taffy vom Sirius kamen."

„Ich konnte mir das nicht vorstellen. Ich dachte, sie sind alle bekloppt. Ich bin ein rationaler Mensch."

„Aber du bist doch mit Bilhildis zur Wüste Nevada geflogen, weil du das für möglich hieltst, dass da Außerirdische in böser Absicht landen würden."

„Na, ja, so fifty-fifty. Ich habe in meinem Leben so viele schlimme Dinge erfahren, die gar nicht an die Öffentlichkeit kamen. Ich habe mich dagegen engagiert. Da war es logisch, dass ich dieser Meldung auf den Grund gehen musste."

„Dann kamen die Außerirdischen und nahmen euch mit. Bilhildis, ich entlasse dich aus der Rolle von Daria. Du bist jetzt wieder Bilhildis. – Wie waren deine Gefühle, als du auf einem Operationstisch in einem Raumschiff aufwachtest?"

„Ich war ungeheuer wütend. Aber ich fühlte mich auch machtlos. Das war, wie die Situation, als Oda die Leitung vom Traumzentrum übernahm, die ich vorher hatte."

„Wer ist Oda?"

„Das spielt jetzt keine Rolle. Arsenius kennt sie auch."

„Dann seid ihr zum Planeten Venus, bzw. Sirius geflogen. Durch eure von den Außerirdischen entnommenen Organen und denen, die sie auf ihren Raubzügen auf der Erde vorher erbeutet hatten, wurden die geschlechtsneutralen Wesen auf dem Planeten Venus zu Mädchen und Jungen. Was meinst du, wie das Vanas empfand?"

„Sie begrüßte das sicher, da sie unfruchtbar ist und darunter leidet. Vielleicht sah sie für sich eine Chance, dass Forscher sie fruchtbar machen könnten."

„Bilhildis, du und die anderen waren doch angetreten, um die Geschlechtsorgan- und Gehirnmasseentnahme bei Menschen zu verhindern!"

Bilhildis: „Ja, weil ich es gemein finde, Menschen die Fruchtbarkeit zu nehmen."
Hans: „Aber das haben die Außerirdischen offenbar nicht. Urania hat anschließend auf der Erde zwei Kinder bekommen. – Wie ging es dann weiter?"
Bilhildis: „Der Planet wurde durch meine Anregung dann ein Matriarchat."
Hans: „Du ließest durch Venuserinnen - du warst ja selbst dabei – chauvinistische Männer von der Erde entführen, um sie auf der Venus umzuerziehen."
Bilhildis: „Ja, das war ein riesiger Spaß!"
Hans: „Wir schließen hier die Sitzung, denn wir müssen die Männer aufstellen, die gekidnappt wurden."

Taffy träumt: Plötzlich kommen Skins in seine Wohnung. „Warum hast du sie reingelassen?", fragt er Jolanthe.
Sie haben ein Stück rohes, schieres Rindfleisch dabei und ein nacktes, weißes Baby, das sie in Krabbelstellung auf den Tisch absetzen. Arsenius wirft Kriemhild vor, viele Wesen auf der Venus umgebracht zu haben. Sie schreit: „Nein, das habe ich nicht getan", wirft die Arme gegen den Quäler, dessen Gesicht zu einer bösen Fratze degeneriert. Kriemhild hat schreckliche Angst. Gleich werden die Männer ihr etwas antun. Die Skinheads sagen zu Taffy, Esther, Kriemhild und Jolanthe: „Waschen Sie sich mal! Was machen Sie denn überhaupt hier! Gehen Sie zurück in Ihre Heimat." „Wir kommen nicht aus Afrika", erklärt Taffy. „Wir sind Sirianer!" Die Skins lachen wiehernd. Taffy wacht auf.

Die dritte Sitzung: Gabi, Nicole, Balda und Miloslaw stoßen dazu.
„Stell' sie auf, Bilhildis!"
Diese platziert sie zu den anderen auf dem Planet Venus.
Hans in seinem schäbigen braunen Cordanzug, silberne Brille: „Gabi, wie ging es dir, als du auf dem Sirius landetest?"
Gabi: „Ich sollte ja auf Sirius die Überwachung der Einwohner per Video-Kamera installieren. Aber meine Video-Arbeit ist Kunst, sollte die Träume filmen. Ich bin einfach nur zur Venus geflohen. Was ich da mit meiner Video-Kamera machen sollte, war mir zunächst nicht klar. Aber als dann die Chauvis kamen, die Kinder gebären mussten, das war doch köstlich! Ich drehte eine Komödie darüber!"

Hans: „Taffy, du bist mit Heinz und Wilhelm in einem Raumschiff von der Erde entführt worden. Wie geht es dir damit? Schließlich kamen Heinz und Wilhelm und viele andere bei dem Selbstmordattentat auf der Venus um."
Taffy: „Das war ein Schock. Auch wenn ich die anderen nicht kannte. – Als wir dann auf dem Planeten Venus waren und hörten, Wilhelm und Heinz sollte eine künstliche Schwangerschaft verpasst werden, war ich froh, dass ich nicht davon betroffen war."
Bilhildis: „Aber das war doch nur ein Traum von Elke!"
Hans: „Wer ist das?"
Bilhildis: „Eine Medizinstudentin, die auf der Venus Männer zu Frauen umwandelte, dann alle androgyn und zuletzt wieder die alten Geschlechter herstellte. Sie starb beim Attentat."
Hans: „Woas ist das? (Er will mit seinem Dialekt das Gesagte auflockern.) *Offenbar hat sich der Traum manifestiert, jedenfalls in eurem Bewusstsein. – Wie ging es denn nun den Männern, die umerzogen werden sollten? – Mangolf, du zum Beispiel, hast ja überlebt."*
Mangolf: „Zunächst war ich ja auf dem Sirius, wo ich meine spätere Frau kennenlernte. Ich war von der Erde vom deutschen Abschirmdient geschickt worden. Das machte mich stolz, ich verdiente mehr. Ich wurde Chef vom Traumzentrum auf dem Sirius, stand dem Diktator, Herrn Hades nahe, ging mit einem Stadtrat einmal in der Woche schwimmen. Ich wollte ja nie Kinder, weil ich der Meinung bin, dass es genügend Kinder auf der Erde gibt. Sie ist so schrecklich mit ihren Umweltschäden, dem Rassismus, du, Taffy hast das mit deiner Familie ja erlebt, wie ihr nur wegen eurer braunen Hautfarbe immer angemacht und verfolgt wurdet. Dann hatte ich die Auseinandersetzung mit Taffy, der sich wie ein Chef aufspielte. Ich konnte ihn zur Venus als Spion schicken. Aber dann kam Ali Baba als neuer Diktator auf den Sirius. Ich ging in den Widerstand. Musste zur Venus fliehen. War die Schwangerschaft nun der Preis, den ich für meine Freiheit zahlen musste? Ich beschloss, meine Frau vom Sirius abzuholen und zur Erde zu fliehen. Mein Kind ließ ich auf der Venus."
Hans: „Hast du dich denn selbst als Macker empfunden? Fandst du es gerecht, dass auch du ausgesucht wurdest zur Umerziehung?"

Mangolf: „Ich fand mein Platzhirschgehabe ganz geil, denn Frauen ließen sich davon einschüchtern. Ich weiß, dass ich nicht attraktiv bin. So konnte ich aber mit meinem Machogehabe doch Frauen dazu überreden, sich mit mir einzulassen."
Hans: „Das änderte sich hier auf der Venus schnell. Die Frauen wollten dich gar nicht erst befruchten, damit du schwanger werden konntest."
Mangolf: „Ja, das war verletzend. Aber dann dachte ich: Vielleicht komme ich drum herum."
Hans: „Da kam mit der nächsten Rakete Brigitte, die die Frauen zwang, die Männer zu befruchten."
Mangolf: „Ja, wie schaffte sie das? Eigentlich hatte sie faktisch doch gar keine Macht. Aber es war wohl ihre Autorität – und theoretisch hatte sie ja recht."
Hans: „Miloslaw. Du hast auch ein Kind auf der Venus bekommen."
Miloslaw: „Ja, musste ich ja. Aber ich habe drei Töchter, das reicht doch. Ich habe das Baby dort bei Pflegeeltern gelassen, als ich zur Erde zurückkehrte. Balda hält ja Kinderkriegen für Umweltverschmutzung."
Balda: „Ja, auf der Erde. Mit der Ein-Kind-Politik meine ich, dass dies auf der Erde gelten sollte. Nicht auf der Venus."
Hans: „Und dann wurden alle androgyn, später erhielten sie ihr altes Geschlecht. Taffy hatte Sehnsucht nach seiner Familie auf dem Sirius und flog dorthin, dann mit seiner Frau und Jolanthe zur Erde."
Taffy: „Ja, ja, denn auf dem Sirius herrschte immer noch Ali Baba. Wir engagierten uns in der Opposition. Wir mussten fliehen."
Hans: „Aber du hast dann die ältere Tochter Kriemhild nicht mit zur Erde genommen."
Taffy: „Sie war nicht da. Wir fanden sie nicht."
Hans: „Wir schließen die Sitzung, denn wir brauchen noch weitere Protagonisten. Die netten Männer, die dann zur Venus kommen, um Vorbild für die Machos zu werden, die immer noch nur recht widerspenstig sich in ihre vorgesehene Rolle fügen wollten."
Taffy: „Aber die sind doch alle tot, bis auf Bernd."
Hans: „Wir sollten für jeden Toten einen Stuhl aufstellen."

Claudia träumt: Janina, ihre 8-jähriges Halbschwester mit Brille, auf die sie aufpassen soll, wartet draußen vor einem Laden. Sie sind in London. Es ist

die Situation, wo die Großmutter die Mutter und Enkel rausgeschmissen hatte.
Janine will eine Bauchtanzhose haben.
„So viel Geld habe ich doch gar nicht“, denkt Claudia erschrocken. Sie geht zu Janina: „Ich hole jetzt Geld. Bleib‘ hier stehen oder komm‘ mit!“
Janina will mit. Das Postamt ist gleich links nebenan. Plötzlich hört Claudia jemand schreien. Sie rennt los. „Geht es dir gut? Hast du eben geschrien?“
„Nein, alles in Ordnung.“

Die vierte Sitzung:
Für Dieter, den Motorradfahrer, steht ein leerer Stuhl da. Ebenso für Uwe, Brigitte, Bromelius, Iranaesis, Teiresias, Conny, Siegfried, Elke, Daria, Wilhelm, Heinz und Peter.
Bilhildis verteilt die Stühle im Saal.
Hans: „Taffy, was macht es mit dir, wenn du hörst, dass du ein ‚netter‘ Mann bist?“
Taffy: „Es macht mir Komplexe. Die anderen denken, dass ich schwach bin. Darum habe ich gewollt, dass meine Töchter Taekwondo lernen. Aber Jolanthe interessierte sich nicht dafür. Kriemhild sollte lernen, wie man sich wehrt.“
Hans: „Nun hat sie ja übertrieben in ihrem Hass auf Vanas und 13 Personen getötet.“
Taffy: „Ja. Das begreife ich immer noch nicht. Kann ich ihr vergeben?“
Alle reden durcheinander und teilen ihre Ansicht mit über Kriemhild.
Hans: „Erde zum Mond! Bitte Ruhe!“
Bernd: „Kriemhild zog sich dadurch den Hass der Überlebenden zu. Arsenius, Gabi und Nicole. Eigentlich müssten wir jetzt Kriemhild zur Sitzung dazu holen. – Taffy, du wirst in die Rolle von Kriemhild schlüpfen. Nicole, Arsenius und Gabi, ihr befragt sie. “
Taffy steht auf und platziert sich vor Gabi, Arsenius und Nicole.
Hans: „Wie fühlst du dich?“
Taffy: „Beschissen.“
Gabi: „Weshalb hast du die Fernzündung gedrückt?“
Taffy: „Ich habe mich sehr mächtig gefühlt. Als Kind ist man meist ohnmächtig. Ich wollte meinen Vater bestrafen.“

Arsenius: „Aber Vanas war doch gar nicht bei deinen Opfern."
Taffy: „Ja, leider, ich werde sie schon noch erwischen."
Nicole: „Aber dein Vater ist doch gar nicht mehr mit Vanas zusammen!"
Taffy: „Ja, jetzt. Aber wer weiß, ob er nicht rückfällig wird. Ich habe auch einen Hass auf meinen Vater. Ich wäre lieber auf dem Sirius geblieben bei meinem Freund Figaro. Ali Baba wurde mein Vater. Er hatte immer Zeit für mich. Auch Daria. Mein Vater und meine Stiefmutter waren selten da. Und meine Halbschwester macht sich nur über mich lustig, nannte mich Trampelchen. Sie schämte sich, mich mitzunehmen. Ich wäre blöd, zu dick. Und niemand kümmert sich um meine Mutter! Was sie jetzt wohl macht?"
Nicole: „Wir müssen Vanas warnen. – Kriemhild, du gehörst in ein geschlossenes Kinderheim."
Taffy: „Keine Angst, ich werde Eurer tollen Vanas nichts tun!"
Arsenius: „Ich verstehe nicht, dass es dir nicht leidtut."
Taffy: „Soll ich Gefühle heucheln, die ich nicht habe?"
Bilhildis: „Ich war ja zu der Zeit nicht auf der Venus. Bin in die Zukunft gereist. Da hatte ich Glück, dass ich nicht von Kriemhild umgebracht wurde. Wenn ich daran denke, bekomme ich Gänsehaut."
Hans: „Du bist aus der Zukunft zurückgereist, langweiltest dich. Bist in die Gegenwart auf die Erde geflogen."
Bilhildis: „Ja, wir sind ja fast alle wieder auf der Erde gelandet."

Oda träumt von einem Kamel. Spielt das in Ägypten, wo sie schon einmal reinkarniert war? Dann sind plötzlich Leute mit ihr in einem Raum und sehen sie an. Einer davon, Arsenius, ist durchs Fenster eingestiegen, klammert sich an das Sims, versucht sie rauszuwerfen, aber Oda löst seine Hand. Arsenius stürzt runter. 8. Stock. Jetzt erkennt Oda, dass die übrigen drei Leute böse Geister sind. Darunter ist Hatice, die Vanas nun packt und die Treppe runter stößt. Dort ist Eis. Oda schubst sie. Hatice rutscht ein paar Stufen runter.
„Du willst meinen Mann!" „Nein, ich habe einen", sagt Oda. Hatice: „Wir kommen zurück!"
„Du Hexe!" Oda will Hatice noch ein paar Stufen weiter nach unten befördern, dreht sich um, da sieht sie seitlich hinter sich ihre Mutter. Diese

schließt gerade grinsend die Terrassentür von Odas Wohnung ab. Oda spürt ihre flatternden Herzschläge.
Arsenius schreit Oda an: „Du warst eine schlechte Chefin! Erst ordnest du etwas an, dann nimmst du es zurück. Du hättest dich durchsetzen müssen. Ich war enttäuscht von dir!" Sein Hodenkrebs macht ihn empfindlich. Arsenius gibt die Arbeit auf. Noch ist er in einem Schützenverein für Armbrustschießer.

18.Kapitel

‚Moppelchen', Hatice, Britta und Oda haben von den Kindern im Traumzentrum Läuse bekommen. Oda informiert Vanas, die Vorstandsvorsitzende des Traumzentrums, die sie anschreit. Sie kontrollieren die Kinder nun einzeln, die ins Traumzentrum kommen. Manche haben eine Bescheinigung vom Arzt dabei, dass sie nun läusefrei sind. ‚Moppelchen' entdeckt oft trotzdem noch Nissen im Haar. Hatices Sohn hat ebenfalls Läuse, sogar sein Hamster. Die Kolleginnen kontrollieren sich auch gegenseitig, packen die Kuscheltiere für einen Monat in eine Plastiktüte, verschnüren sie luftdicht und legen sie in den Eisschrank. Ständig wird desinfiziert.
Jonas träumt, dass sein Bruder Bardolf gestorben ist. Er weint.
Oda träumt von ihrem Sohn Wilderich, den sie mit 19 ½ aus der Wohnung geworfen hatte, weil sein Verhalten unerträglich geworden war. Seitdem hatte sie keinen persönlichen Kontakt mehr zu ihm, obwohl sie sich brieflich bei ihm entschuldigte. Wilderich wollte offenbar nichts mehr mit ihr zu tun haben.
Im Traum kommt er aber zu ihr und ihrem Mann. Oda ist voller Liebe zu Wilderich. Er erzählt viel von seinen Reisen, die er augenblicklich unterbrechen muss, weil er solche Rückenbeschwerden habe. Das versteht sie nicht. Dann schläft ihr Sohn so schnell bei ihnen ein, dass sie vorher nicht einmal das Bett für ihn beziehen kann. Oda bezahlt eine Rechnung für Wilderich, für die er eine Mahnung bekommen hatte.
Monika träumt von einer Klassenreise. Ein Teil der Kinder „flitzt" ab, andere bleiben bei einem Fluss. Sie steht bei den Flusskindern und macht sich Sorgen um die Weggerannten. Als es Zeit ist, zurückzugehen, sind alle wieder da. Monika atmet tief durch. Sie kramt in ihrem Rucksack. Da sind zwei Portemonnaies enthalten. Sie schaut in diese rein. Aber da ist nur wenig Geld drin.
Nicole träumt, dass sie mit anderen Menschen entführt wird. Es wird dunkel. Sie überlegt, ob sie dem Entführer Ali Baba eine gefaltete Zeitung über den Nacken schlagen soll. Als sie aussteigen, nimmt der Gotteskrieger ihr die Quittenkette ab. „Sie hat doch keinen Wert", sagt Nicole.

Ob er sie als Erkennungszeichen für die Lösegeldforderung behält?
Bilhildis träumt von Prinz Charles, der Nicole und Gabi schwängern soll. Die Frauen haben glänzende Augen und warten auf ihn, der im Wohnzimmer steht. Ein kleiner Dinosaurier liegt unter dem Tisch. Er bewegt sich, krabbelt am Tischbein hoch. „Schnell, das Geschirr wegräumen, gleich wird er mit seinem Rüssel alles wegfegen. Man muss ihm Brot geben!", sagt Bilhildis. Alles wird weggeräumt. Sie geben ihm Brot, das er schmatzend isst. „Wir gehen jetzt mit dem Dinosaurier spazieren." Nicole und Gabi sind enttäuscht.
Esther hat für die Kinder und ihren Mann Taffy Gemüseauflauf gebacken. Er duftet herrlich. Obendrauf liegt eine dicke Käseschicht.
In den Räumen vom Traumzentrum herrscht Unordnung. Oda räumt auf. „Nein, das mache ich", sagt Hatice. Sie geht, um auf den Tages-Plan zu schauen, wer heute zu ihr kommt. „Moppelchen" bietet gleich eine Malgruppe „Träumen" an. Sie richtet den Raum dafür her.
Plötzlich sind Kriemhild, Jolanthe, Nico, Christine, Barbara und Krystot da, die die Stifte umherwerfen. „Moppelchens" Ordnung ist zerstört. Sie nimmt Nico das Papier aus der Hand, das er gerade herumwirft. „Ihr habt sicher mein Auto mit Hundescheiße beschmiert", sagt „Moppelchen". „Ich zeige euch an!" Sie macht ein wütendes Gesicht. Hatice geht zur Schule, um ihren Sohn anzumelden. Die Fassade ist hellblau angestrichen, aber sie müsste renoviert werden. Im kleinen Schulhof spielen keine Kinder. In den Räumen im Traumzentrum sind Robert, Benjamin, Holger und Alternay, als Hatice wieder kommt. „Ihr wollt ins Schlaflabor, um luzides Träumen zu lernen?"
Robert: „Ja, ein bisschen zusätzlich Taschengeld verdienen."
Hatice: „Ich habe heute für euch einen besonderen Tee, die luzides Träumen auslösen kann. Ihr kloppt euch doch so gern. Das könnt ihr alles im Traum machen. Dann müsst ihr es nicht wirklich tun. Ihr wisst ja, es gibt sonst Ärger. Guayusa heißt das Tee. Fasst mal an, riecht!"
Hatice ist Türkin und verwechselt die Artikel. Sie hält den Kindern die offene braune Tüte hin.
„Riecht nach Gras", grinst Robert. „Und sieht so aus. Grün."
„Fasst sich stachelig an", meint Holger.

Hatice brüht den Tee auf, lässt ihn 10 Minuten ziehen. Dann schenkt sie ihn in türkischen Glasbechern ein. „Kein Zucker?“, fragt Alternay enttäuscht.
„Kostet doch erst mal so. Wie schmeckt er?“
Alternay: „Wie schwarzer Tee.“ Er schüttet Zucker dazu. „Ein süßer Tee bringt einen süßen Traum.“
„Nun legt euch auf eure Betten. Ich schließe die Elektroden an. Schlaft schön! Ich wecke euch, wenn ich den Eindruck habe, dass ihr gerade träumt.“
Eine Fahrradklingel ist zu hören. Monika geht aus dem Schulgebäude. Mike, der auf der Fahrradtour in den Spreewald mit war, erscheint, er weint. „Meine Mutter ist gestern gestorben“, sagt er schluchzend. Monika nimmt ihn in den Arm.
Monika träumt, dass Katja in der Mitte sitzt und Dorothee ihr bewundernd zuhört.
„Moppelchen“ ist neidisch und eifersüchtig.
Katja träumt, dass sie als Putzfrau in einem Haus arbeitet. Ja, als Studentin hat sie solche Jobs gehabt. Sie will zu Hause Pause machen. Als sie zur Arbeit zurückgeht, vergisst sie, die Schuhe anzuziehen, trägt aber schwarze, dicke Strumpfhosen.
Sie kommt beim Arbeitsplatz an. Ein Mann ist mit einem kleinen Kind da, das er rausschickt. „Ich habe nur kurz eine Pause gemacht“, erklärt Katja. Um 9 Uhr hat sie mit der Arbeit begonnen und aufgeräumt, aber noch nicht geputzt. Dann war sie zur Pause gegangen. Es ist ihr peinlich.
Anderseits hat sie schon viel länger gearbeitet, als vereinbart. Katja nimmt sich vor, demnächst immer auf die Uhr zu schauen, damit sie nicht wieder unbezahlte Überstunden macht. Der Mann schaltet das Licht aus, als sie gerade einen Wischlappen holt und würgt sie mit einer dicken Metallkette. Erst denkt Katja, dass sie viel stärker ist. Er fragt: „Wo sind denn meine Schuhe?“ Nun ist Katja sich gar nicht mehr so sicher, ob sie kräftiger ist. Sie denkt: dann muss ich ihn würgen. Das ist keine Lösung. Sie wacht auf.
Alternay beschwert sich im Traum bei „Moppelchen“ über Ugor, 14 Jahre, der ihm das Fahrrad demoliert habe. Jolanthe und Christine beklagen sich auch über Ugor, der ebenfalls ihre Fahrräder beschädigt hat. Ugor: „Nein, das war ich nicht“, er grinst. „Und wer soll es dann gewesen sein?“

„Alternay." „Und der soll sein eigenes Rad kaputt gemacht haben?" „Hier sind so viele Kinder, die zum Traumlabor gehen, dann ist nebenan die Schule. Mir könnt ihr nichts nachweisen!" Jolanthe: „Ich habe gehört, dass deine Familie demnächst in die Türkei abgeschoben wird, dann haben wir endlich vor dir Ruhe!", sie sagt das schadenfroh. Ugor: „Christine, Barbara und Krystot gehen nach Polen zurück." „Und was ist mit Tanja?" „Die bleibt im Heim."
Oda wird im Traum von ihrem Vater verfolgt, der sich mit ihr aussöhnen will. Aber sie möchte nicht. Beide stehen auf einem Turm. Oda greift nach ihrem Sari, ihren Schmuck lässt sie zurück, rennt runter, denn der Turm brennt. Plötzlich stehen da auch Ephraim, Urania, Nicole und Gabi.
Dann sieht Oda einen alten Film, in dem es auch um eine Aussöhnung nach einem sexuellen Missbrauch geht. Darin singen ein Mann und eine Frau. Es ist Anneliese Rothenberger, als sie noch jung war. Sie hat Tränen in den Augen. Peter Alexander, der Sänger, ist der Mann. Er trägt Hosen aus dem 17. Jahrhundert. In dieser Reinkarnation wäre er Schneider gewesen.

01.05.2020 Oda erhält eine E-Mail von „Campact ", aus der hervorgeht, dass die Autolobby eine neue Abwrackprämie fordert. An diesem Dienstag fällt beim Autogipfel im Kanzleramt die Entscheidung. Campact fordert: „Keine Kaufprämie für klimaschädliche Verbrenner!"
Sie sammeln Unterschriften. Oda unterschreibt.
Die 1. Mai-Demonstration findet dieses Jahr per Livestream statt, ab 11 Uhr. Die Gewerkschaft hat erreicht, dass Solo-Selbständige aktuell nicht mehr aus der freiwilligen Arbeitslosenversicherung fliegen, wenn sie diese wiederholt beanspruchen. Eine Nachbesserung der Soforthilfe wird gefordert. „Solidarisch ist man nicht allein!" So heißt dieses Jahr das Motto.
Dorothee träumt, dass Detlef sie geheiratet hat. Er ist glücklich. Nach der Hochzeitsnacht dreht Dorothee ihm liebevoll den abstehenden Kragen des Schlafanzuges um. Ihr kommt es vor, als ob es ihr Bruder wäre.
Claudia träumt, dass ihre Stiefmutter alt geworden ist. Der Vater hatte nach der Scheidung von ihrer Mutter neu geheiratet. Lange war sie nicht bei ihrem Vater, bei dem noch die jüngere Schwester wohnt, geblieben.

Karin träumt, dass sie bei einer Sekte in einem großen Haus mit vielen Stockwerken ist. Die beiden Führer vergiften sich. Karin und die anderen Sektenangehörigen haben Plätzchen mit Gift bekommen. Aber das wissen sie nicht. Karin knabbert an dem Gebäck, isst es aber nicht, weil es so komisch schmeckt. Sie schöpft Verdacht und flieht panisch. Die Flucht gelingt.
Simone träumt, dass sie mit dem Auto und ihrer Tochter unterwegs ist. Sie bleiben beim Montségur stehen, weil das Benzin ausgeht. Die Benzinanzeige im Auto ist kaputt. Simone schiebt es mit einem Helfer zur nächsten Tankstelle.
Dorothee träumt, dass Olaf sie sexuell belästigt. Es ist der Schwager von Jonas. Er arbeitet als Rechtsanwalt. Hat ein Buch geschrieben über die angeblichen Selbstmorde 1994 der Sekte Ali Baba. Steht bei dem Gotteskrieger nun doppelt auf der Todesliste. Seinen Kopf hat er in ihren Schoß gebettet und bedrängt sie. Dorothee kann sich nicht wehren und ruft deshalb Detlef. Aber er hilft ihr nicht.
Olaf ist witzig, amüsant, kann aber auch anzüglich erzählen. Er redet, ohne etwas zu sagen. Wie Politiker. Früher lebte er mit seiner Frau in München. Er ist unfruchtbar. Deshalb wurde seine Frau schwermütig und schloss sich der Sekte von Ali Baba an. Kam bei dem Massenselbstmord um. Olaf zog nach Hamburg und lebt nun mit einer anderen Frau zusammen, die zwei Kinder hat. Das ältere Mädchen studiert, der Sohn geht noch zur Schule. Die Stimme seiner neuen Lebenspartnerin ist schrill. Olaf liebt es, als Ankläger zu arbeiten. Die Zeitungsausschnitte seiner Fälle klebt er auf ein Brett im Wohnzimmer.

Schreiberin: „Solidarisch ist man nicht allein!". 1. Mai livestream. Die Schreiberin ist natürlich in der Gewerkschaft, in ver.di, Verband Deutscher Schriftstellerinnen und Schriftsteller.
Sie schaut sich bei You Tube die Veranstaltung an wie andere 6.524 Zuschauer.
Es geht bei den Beiträgen um die Frage, was wird nach der Corona-Krise sein? Viele Arbeitsbedingungen haben sich durch die Krise verschlechtert. Besteht nicht die Gefahr, dass anschließend Arbeitgeber denken, es ginge weiter so?

Das Kurzarbeitergeld muss von 75 auf 80 % erhöht werden. Das Homeoffice bringt für Mütter mit Kindern und Alleinerziehende, da die Kitas geschlossen sind, zusätzliche Belastungen. Überstunden werden oft nur unzureichend oder gar nicht bezahlt.
Eine Umfrage bei allen Bezirken des DGB wird abgehalten: „Was bedeutet für dich Solidarität?"
Die Schreiberin schaut im Duden nach. Solidarität heißt „Zusammengehörigkeitsgefühl, Gemeinsinn". Und das bringen auch viele zum Ausdruck. Solidarisch mit Kollegen sein, mit anderen Arbeitnehmern, mit den Flüchtlingen in den griechischen Lagern, mit Obdachlosen, mit Auszubildenden, mit Arbeitnehmern auf der ganzen Welt, die oft unter schlimmen Arbeitsbedingungen arbeiten und wenig Lohn erhalten.
Wenn wir nach Amerika schauen, wo Corona am schlimmsten wütet, die Schlangen vor den Arbeitsämtern sehen, erfahren, wie mangelhaft die Gesundheitsversorgung dort ist, dann können wir dankbar und froh über unser Gesundheitssystem sein, auch wenn Pflegekräfte unbedingt mehr Lohn bekommen sollten, bessere Arbeitsbedingungen und ausreichende Schutzkleidung.
Interessant war die Frage, ob es nach der Krise Gutscheine in Höhe von 500,- € geben sollte, damit die Leute mehr konsumieren und in Gaststätten gehen.
Die Antwort von Reiner Hoffmann, Vorsitzender des DGBs, war, ja, aber sozial gerecht verteilt.
Soll es einen grünen Marschallplan nach der Krise geben?
Ja, aber international.
Gut war der Beitrag, wie der 1. Mai entstand.

Katja träumt, dass sie heiratet. Sie kauft sich ein langes Hochzeitskleid, aber keine weißen Brautschuhe. Sie trägt schwarze Pumps und Unterwäsche in der gleichen Farbe. Die Haare sind hochgesteckt. Sie heiratet in eine Sekte hinein. Die Angehörigen dieser Glaubensrichtung tragen komische Tücher um die Köpfe, aber nur die Frauen, mit weißen Umschlägen. Diese Leute verschwinden fast alle, als Katja kommt.
Dann geht Katja mit ihrem Mann ins Bett. Sie zeugen ein Kind. Katja sagt: „Endlich ohne Kondom!"

Sie sieht sich mit ihrem Mann und dem Sohn, den sie Klaus genannt haben. Er ist blond und kommt wohl nach dem Vater. Katja hat dunkelbraune Haare. Sie ist vollbusiger und fülliger geworden.
Katja wacht auf: Merkwürdig, ihr Vater, der Probst in Paderborn, heißt Klaus!
Oda träumt, dass sie mit dem 4-jährigen Laetus in Zehlendorf unterwegs ist. Sie gehen nach Hause. Eine große Gruppe von Kindern und Jugendlichen, die in einem Heim leben, kommt in Nachthemden und Schlafanzügen vorbei und gehen zum Park. Die Kinder sind ganz fröhlich. Die Erzieher spielen mit ihnen „Auto fahren".
Eine weitere Gruppe von Heimkindern erscheint. Oda hält Laetus an der Hand.

2020: Im Internet erscheint ein Link: „Pentagon veröffentlicht drei Bilder von Ufos".
„Berliner Morgenpost": Mysteriöse Aufnahmen: zeigen diese Videos Ufos? Die Bilder haben Spekulationen über außerirdische Ufos angeheizt.
Es sind unscharfe Bilder von US-Kampfjets aufgenommen. Die Videos wurden 2004 bzw. 2015 aufgenommen.
Die Luftphänomene blieben als „nicht identifiziert" charakterisiert.
Oda und Jonas hören den Vortrag: „Der Untergang der Templer – von Mythen, Verschwörung und Justizirrtümern."
Sie war mal Katharerin und interessiert sich deshalb für dieses Thema. Außerdem berief sich die Sekte von Ali Baba auf die Templer.
Es gibt ja viele Geschichten über die Templer, die angeblich ein geheimes Wissen gehabt hätten. Viele Schriftsteller haben ihre Phantasie über die Templer ausgebreitet wie zum Beispiel Umberto Eco in: „Das Foucaultsche Pendel".
Was ist nun daran wahr, was nicht?
Am Freitag, den 13. 10. 1307 ließ der französische König Philip IV. in einer überraschenden Aktion die Templer verhaften. Was war der Grund? Die Templer waren seit der Niederlage in Acon 1291 arbeitslos. Der französische König wusste, dass sie reich waren. Er wollte die Schätze der Templer für seinen Staatshaushalt haben. Viele Akten von den Verhören sind

erhalten. Vorher hatten die Templer dem französischen König immer wieder finanziell geholfen. Der Papst, dem die Templer unterstanden, wurde von der geplanten Aktion von König Philip dem Schönen nicht eingeweiht. Gerüchte kursierten über die Templer, sie wären Häretiker, würden Götzenbilder anbeten und den Brüdern die heilige Absolution erteilen, die bei ihnen beichten, was sie nicht durften, wären homosexuell, was verboten war, sie würden beim Gottesdienst auf die „Wandlungsworte" verzichten, bei der Aufnahme in den Orden würden merkwürdige Praktiken durchgeführt werden. Dieses Verhalten habe Gottes Zorn herausgefordert, er würde Frankreich dafür strafen wie bei Sodom und Gomorra. Das müsse man abwenden.

Die Templer kamen in Haft, ihre Besitztümer wurden beschlagnahmt, viele Templer, wie ihren Großmeister, verbrannte man. Er war erst zu lebenslanger Haft verurteilt worden. Nach jahrelangem Gefängnisaufenthalt widerrief er 1310 sein Geständnis, dann wurde er verbrannt. Die Geständnisse der Templer sind überliefert worden, man kann sich denken, wie sie erpresst wurden.

Einige der Vorwürfe trafen zu: dass die Aufnahme in den Orden in der Zeremonie merkwürdig war und sie Absolution den Sünden der Mitbrüder erteilten. Alles andere aber war falsch, wie auch die Untersuchung in Gent ergab, bei der der Papst anwesend war und Philip der Schöne.

Die Prüfung ergab auch, dass die Templer orthodoxe Christen waren.

Der Papst löste den Orden auf. Was gewann Philip der Schöne nun daraus? Seine materiellen Gewinne waren marginal. Man munkelte, die Templer hätten ihren Schatz in Sicherheit gebracht, denn einige von ihnen überlebten. Man suchte lange und gründlich in dem Komtur nahe Paris und konnte nichts finden. Seit Acor war der Orden gar nicht mehr so reich und mächtig. Sein Ansehen hatte gelitten. Die Gerüchte, die über die Templer verbreitet wurden, um ihnen zu schaden, entbehrten in der Hauptsache der Wahrheit. Sie waren Mittel zum Zweck.

02.05.2020 Oda setzt zum ersten Mal die Schutzmaske auf. Es ist schwierig, darin zu atmen. Wenn man sie absetzt, hat man im Gesicht lauter Druckstellen, besonders auf der Nase.

Gestern sprach Jonas und sie ein Nachbar an, der sich erkundigte, ob sie Hilfe benötigen. Oda war überrascht. Waren sie schon so alt? „Nein, nein", antwortete sie, „ich hab' ja meinen Sohn. Außerdem tragen wir Masken."
Boris Palmer, Tübinger Oberbürgermeister und bei den Grünen sagte: „Wir retten in Deutschland möglicherweise Leben, die in einem halben Jahr sowieso tot wären." Also sind wir Alten unwertes Leben. Antja Kapek, die Grünen-Fraktionschefin im Berliner Abgeordnetenhaus, dringt auf ein Parteiausschlussverfahren. Diese Äußerung ist in der Richtung, die neulich Schäuble vertrat, indem er sagte, dass Leben wäre nicht das Wichtigste. Wolfgang Thierse, der 1998 bis 2005 Präsident des Bundestages und zwischen 2005 bis 2013 Vizepräsident war, gehörte als SPD-Politiker der DDR-Bürgerrechtsbewegung an und hat sehr gut den Zusammenhang hergestellt. „Nach acht Wochen bedrängender Pandemie-Erfahrung haben wir plötzlich eine Diskussion über den Wert des menschlichen Lebens, von Wolfgang Schäuble eröffnet … Bisher galt – nach der moralischen Katastrophe der Nazi-Ideologie vom ‚unwerten Leben' – der Schutz des Lebens für alle Menschen gleichermaßen. Menschenleben gegeneinander abzuwägen, das galt, dank Immanuel Kant, in unserem Rechtsstaat als nicht legitim."
Der Markt bei der Post war wieder auf. Er verkauft auch Schutzmasken.
Bei „Edeka" gibt es Toilettenpapier.
Im „Tagesspiegel" steht ebenso, dass das Ka De We seinen Prozess gewonnen hat und wie auch Karstadt und Galeria öffnen darf – unter den Hygiene-Regeln.
„Am Donnerstag vollzog Horst Seehofer (CSU) das im März verfügte Betätigungsverbot gegen die etwas 1000 Anhänger zählende schiitische Extremistentruppe."
Der Iran kritisiert das scharf. „Es zeige eine völlige Respektlosigkeit gegenüber der Regierung und der Bevölkerung Libanons", teilte das Außenministerium mit.
Oda hat noch die Bilder einer Libanesin vor Augen, die mit vielen anderen gegen die Regierung protestiert: „Ich habe Hunger. Corona ist mir egal!"
Es hagelt heftig. Der Gehweg ist mit Eiskörnern weiß bestreut.

Oda träumt. „Da ist ja Wilderich“, ruft sie auf der Straße. Ihr Mann ist aus dem Auto gestiegen, Wilderich dreht sich um, sie umarmen sich herzlich. Ihr Sohn Wilderich trägt eine schicke schwarze Hose zu einem grauen Jackett. „Ich habe mich nicht getraut, mit euch Kontakt aufzunehmen“, sagt er verlegen.

Wilderich ist mit anderen Leuten verabredet. Oda und ihr Mann gehen mit ihm. Wilderich soll eine Theaterkarte bezahlen, dabei hat er ein ganzes Sortiment davon in der Tasche. Die Leute, mit denen er verabredet ist, überfallen ihn und wollen ihm die Theaterkarten wegnehmen. Oda geht dazwischen und verhindert es. Einer der Männer kommt ihr bekannt vor.

Katja träumt, dass sie umgezogen ist. Die Wohnung besteht nur aus einem Raum mit drei Betten. Zwei Schlafstellen stehen zusammen, eine Babywiege daneben.

Im Zimmer sind Fixer, die sich spritzen. Katja wirft sie raus. „Das ist meine Wohnung. Ich bestimme, wer hier sein darf“, sagt sie zu ihnen.

Die Drogenabhängigen gehen. Nebenan ist ein Verschlag mit einem Bett, in dem die 8-jähriges Janina sitzt. Claudias Mutter ist mit den Töchtern aus London wieder nach Berlin gekommen. Janina besucht die Hermann-Nohl-Schule. Hinter dem Bett geht es tief runter, wie wenn man aus einem Fenster in einen spanischen Innenhof schaut. Aber die Mauer fehlt. Notdürftig liegt eine Matte vor dem Abgrund. Es ist trotzdem gefährlich. Katja hat nicht das Herz, Janina rauszuwerfen, obwohl es ja ihre Wohnung ist. Wo befindet sich deren Mutter und Schwester?

Vanas träumt, dass sie ein türkisfarbenes T-Shirt und einen weißen Rock trägt. Sie ist schwanger.

Sie hat gar nicht so eine Garderobe. Kurz darauf schafft sie sich aber zufälligerweise eine solche an. Erst als sie bezahlt, erinnert sie sich an den Traum.

Jonas träumt, dass er flieht. Dann wird er geschnappt. Es sind in verschiedenen Behältern Flüssigkeiten, die er nun, unbemerkt von seinen Bewachern, vertauscht.

Dann startet Jonas durch und rennt weg, hinter ihm sind die Verfolger. Jonas klettert auf einen Baum. Oben im Wipfel trifft ihn dann der Schuss. Jonas fällt 38 Meter tief und ist tot.

Simone träumt, dass man ihr in einem früheren Leben die Daumenkappen abgehackt hat. Sie waren vereitert. Simone sieht sich diese mit ihrer Tochter in einem Museum an. Sie hängen hinter Glas, wie ein Bild oben an der Wand.
Im Museum will man ihr ein Touristenticket für 10.000 Franc verkaufen. Simone nimmt es nicht, denn so oft wird sie bis zur Abfahrt nicht mehr in Museen gehen. Als sie mit der Eisenbahn abfahren wollen, dürfen nur ganz wenige Leute einsteigen, weil sie voll ist. Erst mit dem nächsten Zug können Simone und ihre Tochter wegfahren.
Tanja träumt, dass sie aufwacht. Ein Raum im Heim ist völlig zerstört. Die Wände sind eingerissen und die Tapete bis zu den Ziegelsteinen zum Teil entfernt. Nur etwas rosa Farbe ist noch zu sehen. Die Möbel sind, außer drei Bücherregale mit Büchern, verschwunden.
In blauen Plastiksäcken liegen Steine auf den Balkonkästen. Die Blumen sind abgeknickt.
Nachbarn stehen in Jacken auf dem Balkon und schauen lachend zu ihm rüber. Offenbar haben sie das gemacht, denn sie hassen das Kinderheim, weil die Kinder zu laut wären. Taffy arbeitet in dem Heim, in dem Tanja lebt. *Sie erinnern sich, das Mädchen, dass zum Schneider ging, um sich gegen Geld anfassen zu lassen?* Er macht die Nachtschicht.

2020: Jonas und Oda hören einen Vortrag am Computer. Diesmal „Migration gab es schon immer“. Ja, Taffy und seine Familie sind Einwanderer vom Sirius, Vanas von der Venus zur Erde.
Danach wanderten Menschen, seit dem sie sich auf zwei Beinen bewegen konnten, schon seit 2 Millionen Jahren. Wir alle haben von drei Gruppen in den Genen die Vorfahren in uns. Jeder ist irgendwann einmal eingewandert, wenn man es über Millionen von Jahren betrachtet. Gründe für die Wanderbewegung waren meist Klimaveränderungen, Auslaugung von Böden, aber auch Abenteuerlust. Die drei Gruppen der Urmenschen haben sich vermischt. Aber auch Epidemien führten zu Wanderungsbewegungen. So gab es schon vor 4 ½ Tausend Jahren die Pest.
Was wir also heute mit Migranten erleben ist nichts Neues. Auch die Balkanroute wurde früher schon genutzt.

90er Jahre: Zurück zu Tanja: „Wir müssen die Polizei rufen", sagt Taffy. „Ich will anrufen", erklärt Tanja.
Daraufhin telefoniert Tanja, aber sie redet geschwollen, will die Polizei veräppeln: „Zu Ihrer Zufriedenheit haben wir nichts angerührt", Taffy findet das peinlich. Er nimmt Tanja den Hörer aus der Hand und erklärt der Polizei sachlich den Vorfall.
Die Polizei nimmt sie trotzdem nicht ernst.
„Sie können das doch aufräumen."
„Ich will, dass Sie sofort kommen!"
Es ist unglaublich, dass die Polizei nicht erscheinen will. Taffy zieht die Vorhänge vor die Fenster – ja, Gardinen sind noch vorhanden, damit die Nachbarn sie nicht weiter beobachten können. Wie kann Tanja und die anderen Kinder geschlafen haben, während irgendwelche Leute das Aufnahmezimmer demolierten?
Vanas träumt von der Venus, wo sie einen schönen Gesang hört. Da erfährt sie, dass sie zu der anderen Venus am Rande der Galaxie, wo sich Venuser-Seelen aufhalten, fliegen kann. Ein Raumschiff mit zwei Astronauten steht bereit. Sie soll in das Dunkel der Rakete steigen und dort schlafen, bis sie angekommen ist. Das macht Vanas Angst. Sie verzichtet auf den Trip.
Oda träumt, dass sie mit Jonas bei einem Englisch-Kurs in England ist. Sie weiß genau die Vergangenheitsform eines unregelmäßigen Verbs und kann den Satz richtig aussprechen. Oda denkt: „Na, es geht doch!"
Oda ist nie gut in Englisch gewesen.
Janina träumt von einem Mann mit nur einem Bein, der an einem Berg sitzt und weint. Ihre Mutter hat nur einen Arm. Sie wirft der Großmutter vor, dass sie Medikamente während der Schwangerschaft genommen hat. Aber die Großmutter bestreitet dies. Janina kann wunderbar bauchtanzen. Sie hat es nie gelernt. In einer Reinkarnation in Syrien war sie Bauchtänzerin. Aus dieser Reinkarnation kennt sie Oda.

03.05.2020 Im „Tagesspiegel" steht: „SPD fordert Abzug aller US-Atomwaffen aus Deutschland." Das ist doch mal eine gute Forderung, denkt Oda. Sie hatte früher in der Kreuzberger Friedensinitiative genau dafür gekämpft. Immerhin hatten sie das Atomfreie Kreuzberg proklamiert. „75 Jahre nach

dem Ende des Zweiten Weltkrieges hat die SPD den Abzug aller US-Atomwaffen aus Deutschland gefordert." „Trumps Regierung hat verkündet, dass Atomwaffen nicht mehr nur der Abschreckung dienen, sondern Waffen sind, mit denen man Kriege führen kann", sagte Mützenich. „Das haben schließlich auch andere Staaten getan, ohne dabei die Nato infrage zu stellen." „Die Bundeswehr hat bisher in Büchel in Rheinland-Pfalz rund 45 solcher Jets stationiert, die im Krisenfall die 20 dort gelagerten amerikanischen Atombomben zum Ziel tragen sollen." „Weltweit würden fast zwei Billionen US-Dollar für Rüstung ausgegeben: ‚Brauchen wir in Coronazeiten nicht mindestens einen Teil davon für die Bekämpfung der Pandemie und den Wiederaufbau der Wirtschaft'?", sagt Mützenich.
Kazim Erdogan, Vorsitzender des Vereins „Aufbruch Neukölln", Gründer der vor 13 Jahren entstandenen ersten türkischen Väter- und Männergruppe, ehemaliger Kollege von Oda, sagt: „Jetzt nicht fasten." „Wenn das Immunsystem geschwächt ist, weil man 23 Stunden nicht mehr isst und trinkt, dann wird der Körper schwach. Wenn man sich dann mit Corona ansteckt, kann das schlimme Folgen haben." Jetzt ist Ramadan-Zeit.
Balda stirbt an Krebs.
Oda träumt von einer flachen tönernen Uhr, die verschnörkelt ist. Diese ist ein Souvenir aus Italien.
Figaro auf dem Sirius träumt von der Zeit, als er noch ein kleines Kind war. Seine Mutter will ihn nicht. Seinen Vater hat er nie gesehen. Da kommt ein Bus, der in eine Stadt fährt. Alle Kinder, deren Eltern ihren Nachwuchs nicht haben wollen, können kostenlos einsteigen. Figaro zögert. Einige Kinder, die barfuß sind, betreten den Bus. Andere Kinder fragen: „Haben wir noch Zeit, unsere Schuhe zu holen?"
„Nein."
Figaro trägt dünne, schwarze Hallenturnschuhe.
Sein Vater überlegt: Ich muss in der Stadt gleich eine Arbeit suchen, dann kann ich Unterhalt für Figaro bezahlen. Aber ohne Zeugnisse wird dies schwierig. Die Dokumente liegen bei ihm zu Hause. Figaros Vater hat Schmuck von seiner Mutter, den er zur Not verkaufen kann. Er steigt in einen Bus.

In der Stadt ist es schon dunkel, als sie ankommen. Die Schwester von Figaro Bettina wird mit einer Schleife von ihrem Vater fast erwürgt; sie soll sterben. Figaro befreit sie. Der Vater wollte sie wegen des Unterhalts töten. Figaros Vater geht von Laden zu Laden. Alle sind geschlossen. Er nimmt sich vor, morgen, gleich wenn sie öffnen, nach Arbeit zu fragen. Aber er bekommt keinen Job, weil die Ladenbesitzer vermuten, dass er seine Tochter umbringen wollte. Sie haben Angst, dass Figaros Vater ihnen auch etwas antun könnte.

Swetlana träumt, dass sie mit ihrer Mutter und ihrer Schwester in einer Eisenbahn unterwegs ist. Sie steigen aus, kommen in ein Tonnengewölbe mit Bögen, durch das Tageslicht fällt. Swetlana schaut durch eine Wölbung links, wo sie kleine, rote Backsteinhäuser entdeckt. Sie weiß nicht, wo sie sich befindet. Offenbar sind sie falsch ausgestiegen, denn auch die Mutter und Janina, ihre Schwester, sind ratlos. An ihren Füßen sind nur Strümpfe. Wahrscheinlich befinden sie sich in Russland, vermutet Swetlana. Aber in welchem Ort?

19.Kapitel

Simone träumt, dass sie in sich auf einer Burg in Beaucaire befindet. Gleich kommen die Feinde. Sie wird sterben müssen. Bewusst nimmt sie sich vor, dass es ein „happy end" wird. Gelangweilt räkeln sich zwei Soldaten in Kettenhemden. Simone weiß, dass gleich Soldaten von der Gegenseite kommen werden. Da wollen zwei Sänger in die Burg. Simone sagt: „Lasst sie nicht rein, es sind Spione, Kundschafter, die Vorhut der Feinde."
Aber der Burgherr hört nicht auf sie.
Da packt Simone ihre Sachen und flieht. Wie soll sie Nahrung kaufen? Sie hat nur noch wenig Geld. Da geht sie auf ein Schiff. Marc ist ihr Sohn und kommt mit. Er geht in die Schiffsküche und sieht, wie der Koch das Fett im Topf nicht auslässt, sondern gleich die geschnittenen Zwiebeln reinschüttet. „Nein", erklärt er. „Erst die Butter schmelzen lassen. Das macht meine Mutter immer so!"
In Amerika kommen sie an. Sie hat nur einen kleinen Koffer mit. Simone denkt: „Wovon soll ich nun leben?" Simone weiß, dass sie ganz von vorn anfangen muss. Marc ist ein Schüler von ihr.
Oda hat Jonas geheiratet. Sie träumt, dass der Arzt von Jonas, 300 Meter vom Berg runterfliegt, um mit seinem Astralleib zu heilen, wie andere Patienten erklären. War er ein Schüler von Ali Baba?
Bilhildis träumt davon, dass Gabi zu ihr sagt: „Wir beschwören jetzt Geister, deren Schatten auf den Wänden erscheinen werden!" Ist es das Höhlengleichnis von Platon? In ihrem abgedunkelten Zimmer mit dem Kaminfeuer befinden sich auch Nicole und Arsenius. Nicole: „Hinter dir ist schon ein Geist!" Sie dreht sich um. Ihr kriecht ein kalter Schweiß über den Rücken.
Oda träumt, dass Jonas einen berühmten französischen Dichter in Berlin herumführen soll. Oda ist stolz auf ihren Mann, weil er so gut Französisch kann. Als der Dichter kommt, ist aber eine französische Studentin dabei, die ihn nun plötzlich Berlin zeigen soll. Oda hat vorher den französischen Dichter gespielt, damit Jonas üben konnte. Dabei knuddelte sie ihn ab, küsste ihn und sprach Deutsch mit ihm. Jonas lachte und wollte sie auf Abstand

halten, weil ihm ihr Verhalten in der Öffentlichkeit peinlich war. Es machte Oda Spaß.

Claudia ruft ihre Großmutter in London an. „Meine Mutter musste arbeiten. Wieso fühltest du dich von ihr ausgenutzt wegen der Kinderbetreuung? Warum hast du meine Halbschwestern auf die Straße gesetzt? Sie können doch nichts dafür! Bis unsere Mutter kam, was hätte da alles passieren können!“

„Wenn du erst mal mein Geld geerbt hast, wirst du nicht mehr so mit mir reden!“

„Ich habe dir doch schon mal gesagt, was du mit deinen Moneten machen kannst.“

Dann wird Claudia von ihrer Tante in London, die mit der Großmutter verfeindet ist, angerufen.

„Deine Mutter und die Kinder sind jetzt bei mir.“

„Gut. Aber Mutter sollte mit den Kindern doch besser nach Deutschland kommen.“

„Das ist dann aber wieder eine Umstellung für die Kinder.“

„Aber sie waren schon mal in Deutschland und haben so viele Umzüge erlebt, auf einen mehr oder weniger kommt es nun auch nicht mehr an. Die Kinder können ein bisschen Deutsch. Mutter hätte hier eher eine Chance.“

Janina hört das mit, hat ihren Pullover hochgezogen und fabriziert mühelos Bauchwellen. Die Großtante ist platt!

Janina war in einem früheren Leben in Syrien reinkarniert.

Claudia versucht, ihrem Verlobten „Saudade“ zu erklären. „Wenn ich ‚Saudade‘ sage, dann verbindet sich für mich als Portugiesin etwas anderes als ‚Sehnsucht‘. Die Portugiesen hinterließen überall Frauen nach ihren Eroberungszügen. Wenn sie dann auf das Meer schauten, hatten sie Sehnsucht nach ihren Freundinnen, aber auch nach den Ländern, die sie erobert hatten. Die Portugiesen hatten Sehnsucht danach, wieder auf dem Meer zu segeln und neue Entdeckungen zu machen. Sehnsucht nach dem Unbekannten, nach den Möglichkeiten. Und wenn sie auf ihren Schiffen waren, hatten sie Sehnsucht nach Portugal und den Gefährtinnen und Kindern, die sie dort zurückgelassen hatten. So fühle ich mich auch. Egal, wo ich bin, ich habe ‚Saudade‘“.

Claudia hat heute als Professoren-Assistentin ihr erstes Seminar vor Studenten gehalten, die im Durchschnitt 45 Jahre alt waren und aus dem Ostteil Deutschlands kamen. Sie sollten didaktisch fit gemacht werden, obwohl sie schon lange Griechisch und Latein unterrichteten. Die anderen Studentinnen neiden Claudia den Job. Sie vermuten, dass Claudia mit dem 64 Jahre alten Professor schläft. Das ist natürlich Quatsch, obwohl der Professor vielleicht nicht abgeneigt wäre, denn Claudia ist eine attraktive Frau mit ihren langen, blonden Haaren.
Claudia hatte vor dem Semester Angst gehabt. Aber alles lief gut. Die Mutter von Claudia ruft an: „Ich wiege 46 Pfund. Die ganze Zeit konnte ich nur eine Mahlzeit am Tag essen."
„Aber du bist doch 1,55 groß. Da ist es Idealgewicht. Du darfst nicht weiter abnehmen."
Claudia lädt zu einem Spieleabend ein. Es kommen „Moppelchen", Hatice und Britta. Claudia spielt gegen ihren Verlobten Sven Schach und verliert wie immer. Beim „Mensch-ärger-dich-nicht" sagt Claudia: „Ich werfe jetzt eine Sechs", und prompt erfüllt sich ihre Prophezeiung. Da dies jedes Mal der Fall ist, wird es den Mitspielern unheimlich. Claudia gewinnt auf diese Weise immer.
Dann spielen sie „Tarot".
Oda träumt, dass sie vom Urlaub zur Arbeit zurückkommt. Viele Kinder sind bei „Moppelchen", die sich eine Dauerwelle hat machen lassen, und Hatice. „Morgen oder übermorgen ist Übergabe", sagt „Moppelchen" zu Oda. Oda ärgert sich darüber, denn normalerweise müsste „Moppelchen", ihre Vertreterin, sofort die Übergabe machen. Sie haben eine Übernachtung im Traumzentrum organisiert.
Karin lernt zu Hause ihre französische Lektion, denn sie hat an der Volkshochschule Französisch belegt, ihre Lehrerin ist Simone, die von ihrer Halbtagsstelle an einer Schule allein nicht leben kann. Karin hat Angst zu verblöden, wenn sie sich immer nur um ihre Zwillinge kümmert.
Im Schlaflabor erinnert sich Claudia an ihre Reinkarnation in Rom.

2020: Jonas und Oda hören einen Vortrag per Livestream zum Thema, „Adam und Eva", die nicht zwingend Mann und Frau gewesen wären.

Der Vortragende zitiert die Bibelstellen Genesis, aus denen er entnimmt, dass es anfangs drei Geschlechter gab, männlich, weiblich und androgyn. Der hebräische Name Adam hat mehrere Bedeutungen: Mann, Mensch, Menschheit oder Jemand. Der Vortrag heißt: „Der erste Mensch, ein Protoplast. Überlegungen zur Genderkonstruktion am Beispiel von altorientalischen Schöpfungsmythen im Vergleich mit Genesis 1-3."
In Mesopotamien wird bei der Menschenschöpfung davon gesprochen, dass der erste Mensch durch göttliches Fleisch, Speichel von Gott entstanden wäre und einem Teil, das einem Tier entnommen wurde. Das hört sich nach Klonen an.
Dann zitiert er das bekannte Beispiel von Platon, der beschreibt, dass es erst eine Kugel gegeben habe, die dann geteilt wurde, wodurch nun jeder seinen anderen Teil sucht.
Oda findet, dass der Vortrag nicht genügend mit anderen Schöpfungsmythen vergleicht. Was sagen die Tibeter, die Chinesen, die Japaner, die Inder und alle anderen Völker auf der Erde, wie der Mensch entstanden ist?
Laut der Forschung heute hat sich der Mensch aus dem Affen entwickelt, aber nicht aus dem Neandertaler, der ausgestorben war, als der moderne Mensch, der homo erectus entstand und noch eine dritte Art, sie wanderten und mischten sich.

90er Jahre: Karin träumt:
Sie geht runter in einem Gebäude, wo ein Verließ ist. Dort sind viele Menschen. Karin gibt einigen von ihnen die Puzzles, die sie mit anderen Sachen gebracht hat. Dann geht sie raus und will abschließen. Da kommt ein Besucher. Sie lässt ihn rein. „Das nächste Mal klopfen Sie aber", sagt ein Wächter zu ihm, denn er hatte ihn erst gar nicht bemerkt. Da sieht Karin, wie ein kleiner, brauner Junge von einem anderen Gefangenen mit einer Bleimatte erschlagen werden soll.
Sie nimmt den Jungen bei der Hand. Er ist nackt und ungefähr vier Jahre alt. Karin hat immer noch viel zu tragen, weil sie den Gefangenen nicht alles gegeben hat. Den kleinen Jungen muss sie nun auch noch schleppen, denn ihm knicken vor lauter Schwäche die Beine weg. Karin nimmt das Kind mit nach Hause: „Hoffentlich hat es keine Läuse", denkt sie. Der kleine Junge

guckt ganz ernsthaft. Er merkt, dass er aus seiner gewohnten Umgebung herausgeholt wurde.
Katja träumt, dass sie in einem Kinderheim arbeitet. Taffy sagt zu ihr: „Du kümmerst dich um die Jugendlichen.“ Es sind nur wenige da. Katja kennt Kriemhild, Tanja, Nico, Alternay, Mike. Sie gehen raus. Es ist dunkel. Katja folgt ihnen und hört ihre Gespräche. Dann rennen die Mädchen in einen Wald, wo es einen Rummel gibt.
Nico will dort Billard spielen. Das Ausborgen des Queues kostet 2,- DM. Katja soll ihm das geben. Taffy ist nachgekommen und schneller. „Ich borg‘ es ihm. Wir ziehen es ihm dann von den 10,- DM Taschengeld ab.“
Dann ist Katja in einem Jugendfreizeitheim. Gleich soll die Musik auf „volle Pulle“ aufgedreht werden. Das erträgt Katja, die Geige spielt, nicht. Sie wird sich die Ohren verstopfen. Katja überlegt: Zwei Schichten muss ich im Heim hintereinander arbeiten, weil ein Betreuer krank ist. Ganz schön hart. Ich muss Monika, mit der ich zusammenlebe, Bescheid sagen. Ja, sie hat sich ja von Arsenius getrennt!
Claudia träumt vom Fliegen. Teilweise kann sie es, dann wiederum bedient sie sich einer Art Segel, das wie bei Drachenfliegern auf dem Rücken geschnallt ist, denn ihre Kraft reicht nicht mehr. Vor ihr ist eine riesige Spinne, die sie fangen will. Nur mit dem schnelleren Fliegen kann sie ihr entkommen. Die Spinne hat noch mit zwei anderen Opfern zu tun.
Jonas träumt, dass seine Mutter ein Buch gegen die Kirche geschrieben hat. Sie spielt ein Instrument. Nur welches, kann er nicht erkennen. Er macht Kurierdienste für die Katharer. Man erhofft sich von ihm, dass er vielleicht auch einmal etwas gegen die Kirche veröffentlicht.
Oda träumt von Laetus, als er ein Kind und zu ihrer Mutter frech war, die sie empört anschaut. Oda sagt: „Das ist freie Meinungsäußerung.“
Urania träumt, dass sie in einem Kreis von Frauen sitzt, die verlangen, dass jeder etwas von sich verkaufen soll. Urania hat sich an den Handgelenken tätowieren lassen. Janina schlägt vor, dass sich Urania die Haut abschneiden und verkaufen soll. „Aber dann habe ich ja Narben, und woher soll ich neue Haut bekommen?“ Urania will das nicht.
Aus dem Erlös sollen Arbeitslose unterstützt werden. Einer sagt: „Ich würde zu Hause bleiben und einem Arbeitslosen meinen Job abtreten. Aber

er ist sehr anstrengend. Ich glaube kaum, dass ein Arbeitsloser meinen Dienst machen möchte. Außerdem bin ich Beamter, da kann ich nicht einfach meine Arbeit jemand anderem geben."
Urania hat in Wirklichkeit Tätowierungen am Arm.
Monika träumt von einer Klassenreise nach Schwanwerda. Den Herbergsvater kennt sie schon lange, denn sie war oft hier. Sie unterhalten sich angeregt. Die Kinder schwirren umher. Es ist ein großes Gelände, auf dem aber nichts passieren kann. Monika muss den Tisch- und Abwaschdienst einteilen und deshalb die Kinder zusammentrommeln. Es sollen die Uhrzeiten, was wann läuft, besprochen werden. Auch der Treffpunkt muss benannt werden. Monika ist sich nicht sicher, welcher Aufenthaltsraum wann frei ist und fragt den Herbergsvater. Ihr ursprünglicher Plan, sich in einem bestimmten Ort zu treffen, kann nicht realisiert werden. Monika versammelt die Kinder. Einige sitzen im Nebenraum, dessen Tür offen steht. Monika holt sie zu den anderen Kindern. Sie sagt, dass sie eine Liste mache, wann wer für was dran sei. „Wer meldet sich freiwillig für den 1. Tag zum Tischdienst?", fragt Monika. Sofort melden sich drei Kinder. Es läuft besser, als sie dachte.
Monika erzählt den Kindern, dass sie im ersten Haus in ihrer Kindheit gelebt habe. Neugierig gehen sie näher. Sie sieht durch ein Fenster und erkennt Gegenstände von früher. Es ist nicht belastend.
Claudia träumt, dass sie auf der Flucht ist. Eine Frau sucht sie. Claudia legt sich flach auf die Erde, robbt zu einer Rolltreppe, die nach unten führt. Sie fährt mit einer U-Bahn und landet in einem anderen Stadtteil. Nur ihr nacktes Leben hat sie retten können. Aber auch hier ist sie nicht sicher. Claudia will sich verstecken, da gleich eine Razzia durchgeführt werden wird, wie sie erfahren hat. Andere Leute verstecken sich auch. Claudia sucht einen sicheren Platz und öffnet Türen und Schränke. Aber sie findet nichts, wo sie sich verstecken kann. Die nähernden Schritte der Verfolger hört sie schon.
Oda träumt, dass Jonas, ihr Ehemann, ohne sie zu fragen, zwei Zimmer in Jüterborg gemietet hat.
„Wie sollen wir unsere Sachen unterbringen?", fragt sie, denn das Paar hat vorher mit den beiden Kindern in einer 4 ½ Zimmer-Wohnung gelebt. „Wie komme ich zur Arbeit?", Oda arbeitet in Berlin.

„Ich habe unten ein Zimmer für mich“, erklärt Jonas, der nicht auf ihre Fragen eingeht. Er will Astronomie betreiben, hat ja ein Fernrohrglas, das ihm Oda für 1500,- DM schenkte. Die Wohnung liegt im 1. Stock. Darunter gibt es gar keine Tür. In Berlin war es zu hell. Da konnte man durch das Fernrohr nichts sehen. Wollte er deshalb umziehen?

Claudia träumt von einem pferdeähnlichen Wesen, das aufgebäumt vor ihr steht. Es schlägt seine Krallen in ihre Hände. Claudia wird etwas verletzt. Sie denkt, wie soll ich gegen dieses geklonte Ungeheuer ankommen und drängt es zurück. Andere Menschen, die ihre Freunde und Bekannte sind, helfen ihr. Das war in Atlantis.

Vanas träumt von einem Kind, für das sie noch einkaufen gehen muss, wobei sie es mitnimmt. Im Fahrstuhl drängelt sich Karin mit einem Doppel-Kinderwagen vor.

Vanas schiebt eine Sportkarre. Dann läuft sie auf die Straße. Es ist schon 18:30 Uhr und die Geschäfte haben geschlossen. Eine Frau sagt zu Vanas: „Wo ist denn Ihr Kind?“ Für alle anderen ist es unsichtbar. Nun kann sie es auch nicht mehr entdecken. Vorher hatte sie noch gedacht, auf ihrer Lohnsteuerkarte müssten drei Kinder stehen. Dieser Kinderwunsch macht sie noch verrückt!

Oda träumt, dass sie Geburtstag hat. Es ist ein Sonnabend. Gäste sollen um 12 Uhr kommen. Bis 13:20 Uhr sind sie noch nicht erschienen. Nun will Oda noch etwas einkaufen. In 10 Minuten machen die Läden zu. Sie befindet sich in Lichtenrade.

Am nächsten Tag sorgt sie dafür, dass Laetus und Wilderich sich anziehen, denn gleich sollen die Gäste kommen, die gestern nicht erschienen waren. Oder kamen die Leute, als Oda einkaufen ging? Vielleicht sind es auch ganz andere Gäste. Oda schwirrt der Kopf. Sie hat wieder mal Migräne. Vor dem gemeinsamen Kleiderschrank sucht Oda für ihre Kinder die Bekleidung heraus. Laetus hat ins Bett gemacht und lacht darüber. Er hat in seinen Anziehsachen geschlafen. Die Hosen, die Oda ihren Kindern heraussucht, sind schon ziemlich abgeschabt, aber bessere findet sie nicht. Die Familie ist arm. Das war zur Studentinnen-Zeit von Oda. Eigentlich wollte Oda Laetus noch eine neue Hose kaufen, weil seine ein Loch am Knie hat. Aber wegen ihrer Kopfschmerzen, die gestern nach dem Einkauf einsetzten, schafften sie es nicht mehr. Sie hätte erst Laetus, der wie immer in der Gegend herumstrolchte, suchen müssen.

Es klingelt, als Oda ihren Lippenstift sucht. Ihre Mutter, die Oma und Miloslaw treten ein. Die Großmutter setzt sich auf einen Sessel und sieht sehr alt aus. Wieso sehen Großmütter nicht immer alt aus, denkt Oda. Ich habe sie lange nicht gesehen. Oda kniet vor ihr, sie fassen sich an den Händen und sind voller Liebe füreinander.

„Gestern habe ich von dir geträumt", gesteht die Großmutter lächelnd. „Du wurdest im Regierungsauftrag nach Ungarn geschickt und dort umgebracht."

„Das gleiche habe ich geträumt. Bald nach mir starbst du. – Wollten wir heute Abend nicht noch weggehen?"

Die Großmutter lacht.

Oda wacht auf. Ihre Oma lebt nicht mehr. Sie starb an Krebs.

In dieser Nacht träumt Oda ein zweites Mal. In einem kleinen Raum ist sie mit ihrem Mann und Karin, die Zwillinge hat. Aus einer Maschine kommen zwei gefüllte Nuckel-Flaschen.

Nun rücken die Wände immer mehr zusammen. Jonas, Karin und die Kinder verschwinden. Oda wehrt sich mit den Milchflaschen und Füßen. Aber es hilft nichts. Zuletzt ist sie horizontal in einer Röhre. Sie denkt: Das halte ich nicht aus, sonst werde ich verrückt. Und wacht auf.

„Moppelchen" träumt, dass sie zu Hatice sagt, sie werde freitags nicht mehr zur Arbeit kommen, da sie dann immer Schmerzen am Unterleib habe. Die Freitagskrankheit? Sie bekommt später Krebs.

Oda träumt, dass sie bei der Versammlung von Künstlerinnen ist. Ein Film wird über eine Schriftstellerin gezeigt. Es sind viele Leute da. Oda geht durch die Menge.

Im letzten Raum sieht sie, wie ein Fenster mit weißem Rahmen leise zur Seite geschoben wird und Arsenius mit einer großen offenen Schere hereinspringt.

Ihr fällt der „Struwwelpeter" ein. Wer nuckelt noch am Daumen? Oda rennt zur Menge und schreit: „Achtung, da kommt ein Mann mit einer großen Schere!" Von oben nach unten eilt sie durch einige Räume. Dann kommt sie an eine Tür, von der sie nicht weiß, wohin diese führt. Oda hat das Gefühl, dass Arsenius hinter ihr her ist. Sie öffnet die Tür und schließt sie hinter sich. Dreht den Schlüssel von innen. Sie ist frei und gerettet. Auf einem Schild steht: „18. Jahrhundert, Maintenon.“ Maintenon? Noch nie gehört. Oda schaut im Atlas nach. Tatsächlich gibt es so einen Ort in der Nähe von Paris.

Claudias Mutter hat sich von ihrem Ex-Mann in Portugal, der dort als Rechtsanwalt tätig ist, Geld geborgt, damit sie mit den Kindern nach West-Deutschland ziehen kann.

Claudia macht eine Abmagerungskur, denn sie passt in die A-Körbchen nicht mehr rein, sie braucht, wie ihre Oma, eine C-Nummer. Das will sie auf gar keinen Fall. Der Arzt hat ihr im Winter zwar davon abgeraten, da man im Frühjahr oder Herbst fasten sollte, aber Claudia hat ihren Dickkopf. Sie ernährt sich von Bananennektar. Nach einer Woche hat sie an den gewissen Stellen immer noch nicht abgenommen. Sie will aus der „Zweiten Hand“ einen gebrauchten Fernseher für 100,- DM kaufen, der eine größere Bildröhre hat als der kleine, den sie mit ihrem Verlobten Sven zusammen benutzt. Sven ist dagegen. Da sie vereinbart haben, alles zusammen zu entscheiden, geht es also nicht.

Ihr Studium muss sie um ein bis zwei Jahre verlängern, weil der Professor für Erziehungswissenschaften, bei dem sie neben dem Griechisch-Latein-Unterricht studiert, nicht vorher Zeit hat, die Prüfung abzunehmen. Zu viele Studenten muss er betreuen. Ein Studentenstreik ist also berechtigt. Claudia streikt dreimal in der Woche und besucht zweimal in dieser Zeit die Vorlesungen. Sie hört mit ihrem Job auf, weil sie sich auf die Prüfung in Latein und Griechisch vorbereiten muss.

Sie fährt U-Bahn, als einer von vier Schülern plötzlich ruft: „Wir unterstützen den Streik der Studenten. Wir sind aus einem Gymnasium in Kreuzberg. Demnächst wollen wir auch studieren. Wir sammeln für die Studenten. Bitte geben Sie etwas Geld für den Streik!“

Die Schüler gehen durch das Abteil, aber keiner der Fahrgäste gibt ihnen Geld.

„Da kann man nichts machen. Die Spendenfreudigkeit nimmt immer mehr ab.“

Beim nächsten Bahnhof steigen die Schüler aus.

Der Stiefsohn von Jonas, Laetus, kommt mit zwei Torten und Kuchen an, die er gleichmäßig zwischen seinem Stiefvater und seiner Mutter Oda verteilt. Er liebt sie beide sehr. Seine Mutter sieht an einem seiner Arme herunter. Er ist amputiert.
Miloslaw träumt, dass er den Fuß seiner Schwester küsst, auf dessen Sohle er mit Lippenstift geschrieben hat: „Ich liebe dich." Er sagt: „Ich habe in Wirklichkeit immer nur dich geliebt. Vor deiner Heirat hätten wir uns zwei gute Jahre machen können."
Die Schwester reagiert empört: „Aber du bist doch mein Bruder!"
Jessica träumt, dass sie ihre Schlüssel ein paar Mal in das Büro vom Traumzentrum legt, Britta soll darauf aufpassen und dann wieder kurze Zeit danach zurückholt. „Ich will sie doch lieber bei mir behalten!" Offenbar will sie provozieren. Das nervt Britta, die im Büro sitzt, weil sie immer die Tür, die abgeschlossen ist, öffnen muss. „Das reicht jetzt", sagt sie. Jessica ist sauer.
Dann meint Britta: „Einmal kann es noch passieren, dann aber werde ich dir nicht mehr öffnen."
Simone träumt, dass ihr französisches Auto gestohlen wurde. Gerade hat sie eine Rechnung von über 1000,- DM für eine Reparatur bezahlt.

2020: Jonas und Oda hören am Computer einen Vortag: „Geschichte neu erfinden als wissenschaftliche Methode" – Kontrafaktische Geschichte.
Der Vortragende lässt Hernán Cortés dreimal auf unterschiedliche Weise sterben, um die historische Relevanz der Person zu prüfen. Wenn er gestorben wäre, hätte es eine Eroberung von Mexiko gegeben? Oda war in Mexiko in Zempeola im 13. Jahrhundert reinkarniert gewesen. Aber Cortés war ja zu einer anderen Zeit hier.
Oda interessiert dieses Thema, weil sie die Bücher von Diana Gabaldon wie u.a. „Feuer und Stein" gelesen hat, die Zeitreisende schildern, die versuchen, die Geschichte zu ändern. Laut Gabaldon ist dies in geringem Maße möglich.
Im großen Rahmen aber nicht, sonst könnte der Enkel seinen Großvater umbringen, und er würde dann gar nicht geboren werden.

Noch ein Aspekt in dem Vortag interessant: Es ging auch um die Pocken, die die Spanier bei den Azteken einschleppten und dadurch viele der Indigenen umbrachten. Auch heute wieder in der Corona-Zeit wäre es möglich gewesen, dass z. B. Missionare Corona zu den indigenen Völkern Brasiliens brächten.
Darum hat die brasilianische Regierung verboten, dass die Missionare in dieser Zeit dort tätig sind. Haben wir vielleicht doch aus der Geschichte gelernt?

05.05.2020 Jonas und Oda gehen mit Meditation in den Tag, ein Angebot von www.the-livers.net von 8.15 bis 8.45 Uhr. Die Lehrerin bereitet die Meditation mit einer Mala-Kette vor, eine buddhistische Schnur mit 108 Perlen. Oda hat eine solche aus Sandelholz in Tibet gekauft. Sie holt sie.
Die Hände werden zu einer Lotos-Blume geöffnet. Sieht gut aus.
Dann liest Oda den „Tagesspiegel". „China fürchtet Krieg mit den USA." Trump beschuldigt durch Außenminister Pompeo China, dass das Virus aus einem Labor in der chinesischen Stadt Wuhan stamme. China übt Selbstkritik. „Der Verweis, den die Polizei in Wuhan im Januar dem Augenarzt Li Wenliang erteilte, sei ‚nicht rechtskonform' gewesen." Er warnte vor dem Virus. China habe anfangs Fehler gemacht. „Aber die größeren Fehler der US-Regierung werden immer noch vertuscht."
„Sterblichkeit nach Covid 19 weiter offen." Der Abschlussbericht der „Heinsberg-Studie" an fast 1000 Personen liegt vor. Danach könnten, wenn man das Ergebnis auf ganz Deutschland übertragen würde, 1,8 Millionen Personen mit Sars-CoV-2 infiziert sein. Es geht hier um die Dunkelziffer. Kritik an der Studie: Kinder sind dort unterrepräsentiert und überproportional Menschen über 65 Jahren. Das Auftreten in den Seniorenheimen wurde nicht erfasst.
Oda fällt dazu der britische Premierminister Johnson ein, der auch nicht die Infizierten der Alten- und Pflegeheime in England zählen ließ und dadurch geringere Fälle hatte. Dann änderte er das Verfahren, und die Infizierten vermehrten sich sprunghaft.

90er Jahre: Das Auto von Simone wäre sonst nicht durch den TÜV gekommen. Bläschen haben sich auf der Frontscheibe gebildet, und die Scheinwerfer waren defekt.
Oda träumt, dass sie nachts aufwacht und voller Tatendrang ist. Da sie keine Arbeit hat, möchte sie etwas tun. Sie hört eine Stimme, die ironisch zu ihr sagt: „Wir können dir ja jetzt um ½ 3 Uhr einen Beschäftigungstherapeuten schicken."
Claudia träumt, dass sie in einer neuen Wohnung ist, in die überraschend ihre Mutter kommt, die ebenfalls erstaunt ist, Claudia vorzufinden. Die Mutter umarmt sie. Claudia ist das unangenehm. Die Mutter kocht Hefeklöße mit Backobst (das hat sie nie getan, sondern nur das Kindermädchen). Claudia hat einen roten Rippenpullover an, den sie an der Brust und den Armen runtergezogen hat. Sie findet sich sexy. Man sieht, dass die eine Brust dünner ist als die andere. Hat sie nur an einer Brust abgenommen? Das ist doch Quatsch. Die Brüste sind nie gleich groß! Claudia geht raus.
Simone träumt von einer Französisch-Prüfung, für die sie in ihrem Schreibtisch nach Unterlagen sucht. Ihre Mutter schläft in diesem Raum. Die Großmutter kommt mit einem Kind und holt eine rosa Schleife aus einem roten Kästchen im Schreibtisch. Simone nimmt sich vor, die ganze Nacht durchzuarbeiten. Sie weiß, dass sie eher ein Kurzzeitgedächtnis hat. Es ist die letzte Prüfung vor dem Abitur. Sie wird es schaffen.
Oda träumt, dass sie in einem Raum ist, in dem sich ein Stoff in unheimlicher Weise bewegt. Sie wirft ein Tuch darauf, aus dem sich ein Geist windet und noch etwas. Was ist das? Oda versucht, das Licht anzuknipsen, aber es funktioniert nicht. Da schließt sie die Tür von außen und geht in ein anderes Zimmer. „Moppelchen", die raucht, will mit rein. Oda möchte dies erst nicht, dann denkt sie: „Vielleicht ist es ganz gut gegen den Geist."
Monika träumt davon, dass sie Krystot auf eine Kinderreise mitgenommen hat. Er tobt herum, obwohl er es nicht soll. Monika wirft sich auf ihn, um weiteres Toben zu verhindern. Der Herbergsvater hat sich schon über den Krach beschwert. Krystot springt auf eine Bank, fällt runter, ist wie tot. Monika hat eine Nuckel-Flasche, die halb mit Wasser gefüllt ist. Sie gibt ihm davon. Er wird lebendig. Dann schimpft sie vor sich hin, aber auch zu Katja: „Krystot mitzunehmen, war unverantwortlich."

Oda entwirft im Traum mit den Kollegen einen Jahresplan. Detailliert will sie die Schlaf-Probanden einbeziehen. „Aber wir wissen doch gar nicht, ob wir die, die wir haben, behalten oder neue bekommen und wer sie sind. Woher sollen wir wissen, was sie machen wollen?"
„Moppelchen" erzählt: „Ich bin bis zum 20. Lebensjahr auf den Knien durch die Wohnung gekrabbelt. Das hat Spaß gemacht. Schade, dass ich jetzt zu alt dafür bin." Es gibt Kinder, die sich nicht an ihre Träume erinnern. Dann sagt „Moppelchen": „Ätsch!" Streicht mit einem Zeigefinger über den anderen. So bringt sie den Kindern Schadenfreude bei. Oda ist entsetzt. „Und du willst eine Psychotherapeutin sein?" „Das ist doch nur Spaß!"
„Moppelchen" hört wie aus weiter Ferne Vanas sagen: „Man muss auf ihren Schwächen aufbauen."
Karin hat einen Tagtraum. Nach dem Umzug in eine andere Wohnung gebiert sie und liegt in ihrem Blut. Sie ruft ihren Mann, der ihr eine Binde bringen soll.
Ehe er sie findet und sie ihr gibt, vergeht viel Zeit. Karin fühlt sich hilflos, ist ungeduldig und ärgerlich.
Urania träumt, dass sie morgens die Abitur-Prüfung hat. Sie steht in ihrem Klassenraum, in dem sich auch der Lehrer aufhält. Urania ist voller Übermut und Lebensfreude, tanzt wie eine Primaballerina, die sie ja auch war in dieser Reinkarnation in Wien und Hannover, reißt die Beine hoch, fühlt sich stark und lebendig. Dann geht sie nach Hause, um sich noch einmal alle Fächer anzusehen. Ist es noch viel Zeit bis zur Prüfung?
Jonas träumt von Krieg. Er ist mit anderen Soldaten in einem Schacht, der von Kiefernholz gestützt wird. In 10 Minuten wird dieser gesprengt. Das war im Amerikanischen Bürgerkrieg, wo er als Geistlicher lebte. Kinder und Jugendliche, die sich auch im Graben befinden, verlassen den Ort. Sie steigen hoch. Jonas sagt: „Ich will noch die Katze retten und bleibe solange."
„Das kann ich verstehen", sagt seine Tochter und lächelt ihm zu. Aber die Katze will sich nicht retten lassen.
Jonas möchte nun fliehen. Dazu hat er gepackt. Was braucht er wohl? Dann sieht er sich auf der Flucht. Er hat etwas vergessen. Jonas geht zurück. Er kommt zu seinem Elternhaus und geht in den Keller. Dort will er die Urne mit der Asche seiner Mutter holen. Seine Ahnen darf man nicht im Stich

lassen, wenn man flieht. Sie müssen an dem neuen Ort, wo man sich niederlässt, beerdigt werden. Er will sie auf seiner Kutsche deponieren. Aber wo ist sie? Wo hat er sie abgestellt? Jonas kann sich nicht erinnern. Dann läuft er die Treppe hoch in den ersten Stock zu seinem Zimmer. Hat er alles eingepackt? Wieviel kann er tragen ohne Kutsche?
Traum von Oda: Esther, Taffy und Kriemhild gehen zur Theaterveranstaltung in die Teltow-Kanal Schule, wo Jolanthe mit ihrer Klasse „Die unendliche Geschichte“ von Michael Ende aufführt. Die Lehrerin fragt, wer das Eintrittsgeld von 4,- DM kassiert. Esther sieht Jolanthe bei einem Mann sitzen. Ganz „abgefüllt“ sieht sie aus. Esther sagt zu ihrem Mann: „Schau mal, dieses Schwein, er hat Jolanthe sicher mit Alkohol vollgetankt, um dann ein leichtes Spiel zu haben.“ Taffy schießt das Blut ins Gesicht.
Jolanthe lächelt selig. Die Lehrerin fragt sie, ob sie die Eintrittsgelder kassieren will, da sagt ihr Begleiter: „Sie sehen doch, dass sie jetzt nicht dazu in der Lage ist.“ „Aber zu etwas anderem schon, nicht wahr?“, antwortet Taffy böse.

20.Kapitel

Oda träumt, dass Jonas eine Nebenfrau hat. Als sie es erfährt, geht sie empört in Laetus' Zimmer und verkündet, dass sie ausziehen wird. Aber dort ist Jonas. Etwas Erotisches liegt in der Luft, das sie anzieht. Eigentlich will sie tolerant sein, aber es gelingt ihr nicht, zumal die Freundin von Jonas schwanger ist. Oda überlegt, wie sie das Kind im Mutterleib umbringen kann. Dann ist sie über ihre eigenen Gedanken erschrocken. Aber das kann doch nicht sein! Jonas ist so gut wie unfruchtbar! 10 Jahre hat sie vergeblich versucht, von ihm ein Kind zu bekommen.
Monika träumt, dass sie auf einer Klassenreise ist. Nico will sie in eine Kiste locken. Die Polizei soll dann Nico suchen, der geflohen ist. Es ist ein Abenteuerspiel, das Monika ablehnt. Katja sagt: „Ich hätte die Verantwortung übernommen." „Das kannst du gar nicht. Ich habe die Verantwortung." Schnell überlegt sie eine Alternative zu diesem Spiel und hat auch eine gute Idee. Bernd unterhält sich mit seiner Frau im Traum über ganzheitliche Erziehung, wofür er sich zu interessieren scheint. Urania sagt: „Seit einem halben Jahr befasse ich mich damit. Du müsstest erst mal die ganze Literatur dazu lesen, um auf dem gleichen Stand wie ich zu sein!" Claudia träumt, dass sie in einem Segelflugzeug fliegt und in Russland landet. Dort stellt sie ihr Gefährt ab und geht los. Als sie sich umdreht, ist das Segelflugzeug weggeflogen. Aber sie ist zuversichtlich, dass es wieder kommt, wenn sie es benötigt. Claudia geht zur Universität, um eine Vorlesung in Deutsch zu hören. Man will sie nicht in den Saal lassen. Da sagt sie ganz selbstbewusst: „Ich mache demnächst mein Diplom in Erziehungswissenschaften, deshalb habe ich die Erlaubnis erhalten, hier Vorlesungen zu hören." Das überzeugt. Andere Studenten stürzen sich über ihre Plastiktüte mit gebrauchter Bekleidung, die sie für diese mitgebracht hat. Claudia hat kein Geld, um Gastgeschenke zu kaufen.
Karin träumt, dass sie über die Einstellung von Sozialarbeitern zu bestimmen hat. Erst wird die Sozialarbeiterin genommen, die sie ausgewählt hat, dann plötzlich eine andere. Karin regt sich sehr darüber auf und will etwas dagegen unternehmen. Eine schwarz gekleidete Hexe sitzt neben ihr, die

sofort losflitzt, um die Verantwortlichen dafür zu bestrafen. Karin erschrickt. So hat sie es doch nicht gemeint.

Katja träumt, dass ein Film nach einer Oper von Mozart gedreht wird. Miloslaw äußert sich abfällig darüber, weil das Original besser ist. Es hat etwas mit einem Schiffsuntergang zu tun, bei dem die Leute ängstlich fragen, ob sie noch in den Rettungsbooten Platz bekommen (so eine Oper gibt es von Mozart auf der Erde nicht, aber vielleicht hat er sie in einer anderen Welt geschrieben, wahrscheinlich auf der Venus). Der Vorrat auf den Rettungsschiffen ist nicht ausreichend. Dennoch überlegt Katja, ob sie mitfährt.

Sie liegt nun mit anderen Leuten auf dem Boden. Sie ist interessiert an Bernd neben ihr, der mit ihr anbändelt. Katja will mit ihm schlafen. Sie schaut an sich herunter: Die Bluse aus dunkelbraunem Baumwollstoff ist offen, ihre Brüste, größer als im Original, schauen sexy hervor. Auch ihre dunkelbraune Hose ist offen am Schlitz bei den Knöpfen.

Dann sieht sie eine Binde und schließt die Hose. Wenn sie nicht mehr die Tage hat, wird sie mit Bernd, wenn er will, „Regen und Wolken“ spielen.

Oda träumt, dass sie mit anderen Frauen bei Japanern ist, mit denen sie turtelt. Sie macht einem Japaner, der einen hellblauen Pullover trägt, ein Kompliment. „Steht Ihnen gut.“ Der Japaner lächelt.

Dann wird es Oda langweilig. Die Gruppe übt sich in japanischen Künsten, so auch im Kranichtanz. Oda kann diesen sofort sehr gut. Vielleicht kennt sie ihn aus einem anderen Leben? Sie hebt ab und fliegt, wofür sie bewundert wird. Ja, sie war früher mal in Japan reinkarniert.

Oda geht im Traum zum Hamerlingweg in Zehlendorf, wo sie als Kind lebte. „Ihr“ Haus ist abgerissen. Stattdessen steht da ein Rohbau. Sie erinnert sich, dass Frau Schwarz, die Tochter von Frau Bünger, der Hausbesitzerin, bauen wollte. Fast nichts erkennt sie wieder und weint.

Katja träumt von einer Kinderreise. Die Gruppe will in ein Café gehen. Die Kinder drängeln vor. Es ist eng. Katja greift Kriemhild am Käppi, damit sie nicht vordrängelt. In einem kleinen Raum sitzt ein Teil der Kinder, in einem anderen die restlichen. Letztere haben sich Spaghetti bestellt. Katja ist etwas sauer, denn Mittag haben sie schon gegessen. „Wie teuer ist eine Portion?“

„1,20.“

Katja denkt, hoffentlich stimmt das.

Claudia löst sich bei der Bahn in Russland eine Fahrkarte nach Leningrad. Sie kostet 210,- Rubel. Aber sie hat noch gerade so viel Geld. Dann sitzt sie im Zug und vergewissert sich, dass ihr kleiner, fast leerer Rucksack zu ihren Füßen auf dem Boden steht.
Oda zieht um und träumt von ihrer alten Wohnung. Dort stehen noch viele Möbel. Auch ein schwarzes, mit goldenen Ornamenten verziertes Clavicembalo.
Laetus hat es ihr geschenkt. „Wie sollen wir das alles in unserem Haus aufstellen?" Das Haus ist kleiner als die große Wohnung. „Wir müssen eine Umzugsfirma für die restlichen Möbel bestellen und das Clavicembalo einem Museum schenken."
„Ich fahre die Möbel mit einem Auto", erklärt Jonas. Ja, in ihrer Reinkarnation in Maintenon hatte sie ein Clavicembalo. Als sie das träumte und dann aufwachte, dachte sie, was ist denn das? Sie ging ein das Musikinstrumentenmuseum. Tatsächlich gab es dort so ein Instrument.
Jonas hat über Weihnachten Zahnschmerzen und jammert viel: „Ich sterbe", stöhnt er.
„Und dann?", fragt ihn Oda.
Sie träumt, dass bei ihr im Haus eingebrochen wird. Jonas und sie drücken die Gesichter in die Kissen und tun so, als ob sie nichts merken.
Oda träumt von einem Raum, in dem es nicht gerade hell ist. Sie soll bei irgendeiner Sekte eingeweiht werden. Jonas und andere Leute sind dabei. Urania tanzt nackt etwas vor. Oda kann nicht richtig sehen, was sie äußert und deshalb raus geht. Jonas verlässt mit Bernd auch den Raum. Sie sprechen über das Dämmerlicht. Leute von der Sekte rufen sie.
„Es ist, als ob mir jemand den Hals zudrückt. Ich kann nicht."
„Aber du willst doch eingeweiht werden?"
„Ja."
Oda versucht es noch einmal. Urania soll Nummern vorführen, die Namen der Zuschauer haben. Odas Name steht auf der Liste.
Urania soll nun für Oda tanzen. Es ist diesmal nicht so traumatisch für die Einweihungswilligen. Dann werden ihr die Augen verbunden. Auch sie soll tanzen.

Claudia ist scharf auf einen Gott. Er sieht so blendend aus. Dieser Gott will auch Claudia lieben. Claudia fragt ihre Schwester, die sie zufällig auf der Straße trifft: „Ist unsere Mutter zu Hause?"
„Ja", antwortet diese.
Dort geht es also nicht.
Das Paar schlendert eng umschlungen weiter, der griechischer Gott Apollon und Claudia, sie legt eine ihrer Hände auf seine goldschimmernde Haut, die sie unter seinem Gewand freigelegt hat. An einem offenen Haus kommen sie vorbei, in das sie eintreten. In einem Zimmer steht ein Bett. Sie fangen an, sich auszuziehen.
Da kommt ein alter, hässlicher Mann rein.
„Aber nicht ins Treppenhaus pinkeln", sagt er.
„Haben Sie denn keine Toiletten?"
Er wird verlegen. „Doch, da", zeigt er vage.
„Das ist doch eine Jugendherberge?"
„Ja."

2020: „Der Tagesspiegel": „Im brasilianischen Amazonasgebiet sind Indigene besonders vom Coronavirus betroffen".
„Das Virus erreicht sie oft durch Familienangehörige, die in den Städten leben und zu Besuch kommen. Zwar haben Indigene in geschützten Gebieten teilweise ihren eigenen Gesundheitsdienst, doch schwere Fälle werden an das öffentliche Gesundheitssystem verwiesen. Für Kranke ist der oft kilometerweite Weg in die Großstädte zu den überfüllten Kliniken eine Tortur."
Die Indigenen sind außerdem von den wirtschaftlichen Interessen des Präsidenten bedroht. Die Abholzung in Amazonien ist im Vergleich zum Vorjahr um mehr als 50 % gestiegen. Greta Thunberg hat 100.000 Dollar an das UN-Kinderhilfswerk der Unicef gestiftet, um Kinder gegen das Coronavirus zu schützen. Sie verbreitete via Twitter eine Erklärung von Greenpeace, in der den Umweltorganisationen mangelnder Schutz von Indigenen vor der Corona-Pandemie vorgeworfen wird.

90er Jahre: Claudia: „Und dann haben Sie keine Toiletten?"
Er zuckt mit den Schultern.

Claudia schiebt ihn aus der Tür und will abschließen. Sein Pullover verfängt sich an der Klinke und der Holzwand, in der Nägel sind, man sieht die Fäden. Claudia will eine Schere nehmen, die auf dem Bett liegt und dreht sich um. Sie merkt, dass der Alte auf sie scharf ist. Plötzlich erscheinen ein jüngerer Mann und eine Frau im Raum. Claudia befreit den Alten mit der Schere und wendet sich zum Bett: „Wo ist mein Gott?", fragt sie.
Die drei Gestalten wollen sich auf sie stürzen, um mit ihr zu schlafen, aber Claudia will nicht. Mit der Schere sticht sie erst dem Alten in die linke Brust, dann dem jungen Mann und zuletzt der Frau, die im Wald verschwinden.
Oda ist mit einer Gruppe im nächsten Traum auf der Flucht vor ihrer Mutter. Burghard, der Junge, in den sie mal verliebt gewesen war, kommt auch mit.
Katja träumt, dass der „alte Meister" extra wegen Oda und ihr erscheint, um eine Einweihung vorzunehmen. „Moppelchen" ist auch dabei, was Oda unangenehm ist. Aber diese meint, sie kenne den „alten Meister".
Ortwin träumt, dass er der Vater von Händel gewesen wäre. Er sucht Windeln für das Baby, legt eine Tüte um den Unterkörper. Es macht da rein. Ortwin schüttet den Urin aus und wundert sich, dass da nicht Noten rauskommen. Er legt ihm eine neue Windel um. Händel wächst sehr schnell, redet schon und kennt die Noten.
Karin arbeitet nach der Babypause in einer Tagesklinik für psychisch kranke Menschen.
Oda und Jonas leben in einer Wohnung mit zwei Stockwerken. Erst nach einer Weile ist ihnen bewusst geworden, dass diese ein zweites Stockwerk besitzt. Um nach oben zu gelangen, müssen sie über die Haustreppe und dann die Wohnungstür einen Stock höher aufschließen. Ein Zimmer ist schon eingerichtet. Aber wozu brauchen sie so viele Zimmer?
Oda geht zur Schule und stellt fest, dass sie ihre Mappe mit Unterlagen vergessen hat. Was steht heute eigentlich auf dem Stundenplan? Sie geht zurück und holt ihre Papiere.
Da sitzt eine Gruppe einer Literaturgesellschaft. Sie lesen sich erotische Texte vor. Oda ist interessiert und greift nach den Blättern, die da liegen. „Was machen Sie denn da?", wird sie zurechtgewiesen. „Ich nehme nur die Texte. Das haben wir in den letzten 10 Jahren immer so gemacht."

„Aber jetzt nicht mehr!“ Oda möchte zwei Papiere von sich für einen Wettbewerb obendrauf legen, dann aber geht sie, kommt an Gruppensexpaaren vorbei. Oda erkennt Claudia mit Sven, Bernd mit Urania, Karin mit Ian und schaut interessiert zu. Aber sie will ihre Unterlagen holen. Unvorbereitet möchte sie nicht in den Unterricht gehen. Oda läuft los.

Oda darf nicht mehr nach Ungarn zurück. Kirchenväter haben sie getestet. Oda schwitzt nicht so wie andere. Also ist sie eine Hexe. Auf einer Insel hält man sie gefangen.

Sie kann sich vorstellen, dass man etwas Schreckliches mit ihr vorhat. Deshalb erkundet sie heimlich die Fluchtmöglichkeiten. Eine kleine Treppe führt von Büschen umsäumt ins Wasser. Vielleicht ist dies ein Fluchtweg. Plötzlich sieht sie hier ihren Freund, der nackt wie Oda ist. Sie wollen sich lieben. Eine Frau bewacht sie. Aber es stört sie nicht. Oda will klare Nerven behalten, um die Flucht zu schaffen.

Wilderich fragt Oda, ob sie ihm 15 Pf. für Milch geben kann. Oda gibt ihm das Geld. Er hat vorher seine Münzen gesucht. Dabei stellte er fest, dass er die Schlüssel für seine Wohnung verloren hat. „Du kannst erst mal bei uns bleiben“, sagt Oda.

Laetus wirft Oda und Jonas vor, dass er durch seine Besuche bei ihnen keine Zeit mehr zum Lernen habe und deshalb bei seinem Kurs zum Ausbildungsleiter schlechte Zensuren erhielt.

Oda träumt von Kriemhild und Figaro, die nichts mit sich anzufangen wissen, obwohl sie ineinander verliebt sind. Oda erklärt: „Erst küssen, dann umarmen.“ Sie macht es ihnen pantomimisch vor.

Ein junger Mann und Wilderich sind da. Der junge Mann sagt: „Wilderich hat mich infiziert.“

2020: Jonas und Oda hören einen Vortrag, der 1953 von Hannah Arendt zum Thema „Mensch und Terror“ gehalten wurde mit anschließender Diskussion mit dem Philosophen Theodor W. Adorno, dem Sozialphilosophen Max Horkheimer und dem Politwissenschaftler Eugen Kogon.

Hannah Arendt sagt: „Nicht die Revolution fraß ihre Kinder, sondern der Terror.“

Oda fällt dazu das Buch von Wolfgang Leonhard ein. „Die Revolution entlässt ihre Kinder.“
Früher hatten die Menschen Angst vor bestimmten Dingen z. B. vor der Hölle. Heute ist die Angst diffuser z. B. hätten sie Angst vor Ufos.
Die Definition von Terror: ist das Werkzeug von Tyrannen, Despoten, Diktatoren und Revolutionären.
Damals konnte man nicht wissen, dass es einmal einen permanenten Terror geben könnte, die Anschläge am 11.9., von Paris oder Berlin (Breitscheidtplatz 19.12.2016) konnte man nicht voraussagen, genauso wenig wie den langanhaltende Terror von Al Kaida oder den des sogenannten Islamischen Staates. Adorno meinte noch, dass durch die technischen Möglichkeiten die Angst überflüssig wäre.

1990er Jahre:
Karin, ein Mann tänzelt vor ihr her. Sie folgt ihm. Er führt sie Gänge entlang nach unten.
„Findest du wieder raus?“, fragt sie.
„Ja“, antwortet er.
Karin befindet sich nun in einem unterirdischen, beleuchteten Saal. Da sind auch andere Menschen. Zwei Männer berühren und streicheln ihre Brust, nachdem Karin sich ausgezogen hat und nur noch einen BH und einen weißen Slip trägt.
Sie denkt: Bloß nicht weiter machen, sonst vergesse ich, dass ich hier raus will!
Oda ist oben in einem Bürohaus. Vanas befindet sich in einem Zimmer. Oda sagt zu ihr: „Ich habe neulich von dir geträumt.“
Vanas lacht und verlässt das Zimmer. Oda geht in ihr Zimmer. Beim Eintreten hört sie Geräusche. Es ist dunkel. Das Licht funktioniert nicht. „Wer ist da?“, fragt sie. „Ugor“. Schritte kommen die Treppe hoch. Wie ein Geist. Er steht am Kicker und sieht wie ein Gespenst aus. Oda geht raus und schließt ab.
Ihr ist unheimlich. Sie schaut durchs Fenster. Ein kleines Mädchen mit dunklen, langen Haaren, Pony, steht da. Oda hat nun keine Angst mehr, sie lacht und findet es nett.

Oda ist bei ihrer Mutter und Oma. Laetus auch. Sie achtet darauf, dass er nichts vergisst, als er packt. Sie wollen in einen Aschram. Oda fährt mit Laetus in einem Zug, dann wollen sie in ein Schiff umsteigen. Laetus sagt, dass er seine Hausschuhe vergessen habe. Oda sucht in seiner Tasche und findet sie. Gerade rechtzeitig besteigen sie den Dampfer. Mit dem Bus müssen sie weiter. Oda schaut oben auf dem Plan nach. Eine Station vor der Endhaltestelle steigen sie aus, weil hier das Ashram sein soll. Aber Oda hat ihre Tasche im Bus vergessen und läuft dem Fahrzeug hinterher. Dieses fährt weiter bis zu einem Bürgersteig, der mit Steinpollern abgesperrt ist.
Da steht Hatice, sie ist abgemagert und legt ihren Arm um Odas Schultern. Oda schüttelt sie ab und geht weiter. Sie versinkt in hellgrauen Ton mit ihren Füßen in einer prähistorischen Landschaft. Schachtelhalme sind so groß wie Bäume. Manche reichen ihr aber nur bis zum Hals. Sie sieht andere Menschen, die links von ihr nicht so weit in den Urwald eingedrungen sind. Oda kämpft sich zu ihnen durch und findet dies nun ganz lustig. Sie geht in ein Haus und säubert sich. Hier wartet Jonas. Sie packen. Aber Oda sagt, sie habe nicht so viel Zeit, weil Hatice warte.
Oda befindet sich in anthroposophischen Räumen, in denen sich auch Fräulein Schulz, ihre ehemalige Englisch-Lehrerin, bewegt. Sie schäkert mit einem jungen Mann. Oda denkt: Prima, sie hat sich weiterentwickelt, denn in Wirklichkeit war sie eine zickige alte Jungfer.
In einem anderen Zimmer erzählt sie anderen Menschen, wie gemein Fräulein Schulz damals zu ihr gewesen war und dass sie deshalb noch heute Blockaden habe, wenn sie Englisch reden will. Eine weiße Gestalt führt sie herum. „Wenn man Süßigkeiten isst und schlechte Sachen sagt, dann wird es am nächsten Morgen aus der Seele ausgeschieden. Es manifestiert sich draußen."
Oda läuft in Hausschuhe. Sie fragt, als sie gehen will, ob dort Jolanthe steht, für die sie keine Zeit hatte. „Ich habe meine Straßenschuhe vergessen!"
Oda traut sich nicht allein in den Saal. Die weißliche Gestalt, ihre Führerin, kommt mit. Oda holt aus dem Saal ihre Straßenschuhe. Dies träumte sie am 02.02.1997.
Zwei Tage später erfährt sie, dass Fräulein Schulz diese Weihnachten gestorben ist. Sie hätte einen Verlobten gehabt, der im Krieg ermordet wurde.

Katja träumt von zwei Orten: der eine liegt in England, der andere in Schottland. „Du warst einmal ein Nefilim, beschäftige dich damit!"
Miloslaw soll seine Kräfte mit ganz starken Ringern messen. Er besiegt sie gleich am Anfang, nachdem er um Hilfe gerufen hat.
Miloslaw will Klavier vorspielen und sucht seine Noten. Sein Bruder Wito sagt, dass die Mutter sie ihm weggenommen hat. Er will sie holen. Wito kommt mit handgeschriebenen Tagebuchnotizen. Alles andere hat sie Miloslaw aus dem Schreibtisch gestohlen. Miloslaw wollte Leuten vorspielen. Nun weint und schreit er. Seine Mutter verlangt von ihm Dankbarkeit, weil er angeblich so ungezogen ist.
Ortwin soll Geige und Latein lernen. Er ist mit zwei anderen Studenten zusammen, die wie er, ihr Studium beginnen.
„Soll ich nicht lieber Klavier und Französisch belegen?", fragt Ortwin.
„Wir haben uns für Geige und Latein eingeschrieben."
Vanas will Taffy lieben. Aber die Tür zum Zimmer lässt sich nicht abschließen. Dauernd kommen Leute. Taffy sagt, dass er mit ihr ein Kind zeugen will. „Dann los", fordert ihn Vanas auf und streckt ihm ihren Leib entgegen.
Vanas geht zu einer Eisenbahn. Sie hat ihr Gepäck stehen lassen, um Freunde, die sich woanders aufhalten, verabschieden zu können. Als sie zurückkommt, ist ihre große Tasche leer und nur noch die Plastikhaube der Nähmaschine da.
Vanas packt für ein Baby Sachen ein, die sie von den Freunden erhalten hat.
Taffy begleitet Kriemhild auf eine Taekwondo-Reise. Sie hat wieder mit diesem Sport angefangen.
Ortwin kommt vom Gelände. Dann fliegt er. Er stößt mit den Armen an die Strommasten und schaut, wo die anderen Leute geblieben sind. Er gleitet nach unten. Als er sein Auto, das er nun entdeckt, anwirft, stottert es. Ein kleines blondes Mädchen mit Pferdeschwanz steht da.
Oda und Jonas sind auf der Flucht. Hinter ihnen rennen die Verfolger. Oda und Jonas schaffen es in ein Zimmer, wo sie vorläufig sicher sind. Sie haben Barbara mitgenommen. Oda darf noch weitere fünf Kinder retten. Sie fragt Kinder draußen: Alexandra, Marc, Nico, Benjamin, Mike. Die einen wollen ihre Freunde dabeihaben, weshalb es dann zu viele wären, die anderen möchten erst ihre Sachen holen. Es bleibt aber nicht mehr so viel Zeit. Oda

schließt die Tür. Alexandra hat ihren Ball vergessen. Sie geht voraus, die anderen wollen auch in diese Richtung. Kinder reden ihr zu: „Du hast doch den Schlüssel, geh' ins Haus und hol' dir den Ball."
Alexandra läuft hinein.
Oda ruft verzweifelt: „Alexandra, geh' nicht, sonst musst du sterben!"
Alexandra kehrt um. „Ich komme in drei Minuten." Oda packt inzwischen. Alexandra war ihre Tante in einem früheren Leben, wo beide Indianerinnen waren. Oda mag sie sehr gern. Alexandra trägt braune Zöpfe, ist lebhaft, hat blitzende Augen.
Claudia besucht mit einem Blumenstrauß ihre Mutter.
Oda und Jonas hören am Computer den Vortrag: „Genschere Crispr/Cas". „Wenn der Mensch in die Evolution eingreift."
Warum interessiert dies Oda? Wäre es denkbar, dass dies ein Werkzeug wäre, Corona zu besiegen? Aber beim Vortrag wird gesagt, dass dies nur erwogen wird, wenn es keine anderen Möglichkeiten gibt, um Krankheiten zu verhindern. Man versucht zurzeit, einen Impfstoff zu entwickeln. Aber bis er zum Einsatz kommt, kann dies ein-bis zwei Jahre dauern.
Unabhängig davon hat sich Oda schon oft Gedanken gemacht, wie es in der Mythologie zu Mischwesen gekommen ist z. B. der Zentaur. Haben Menschen früher schon einmal die Gene verändert?
Zurück zu Claudia: „Du immer mit deinen Blumen", sagt die Mutter.
Könnte man Mutterliebe per Gentechnik herstellen, da sie ja nicht jede Mutter automatisch hat?
Die Mutter will nicht über Vergangenes reden. Der dicke Onkel isst sehr viel. Auch zwischen ihm und der Mutter bestehen Spannungen.
Katja begleitet eine Kindergruppe zu einer Theateraufführung. Es ist sehr schwierig, die Gruppe zusammen zu halten. Holger hat sich eine Scherbe in die Schulter geschoben. Katja pult sie raus.
„Warum hast du das gemacht?", fragt sie ihn.
Kriemhild steckt im Schlamm. Katja zieht sie raus. Endlich kommen sie zur Aufführung. Sie sind nicht zu spät. Katja bezahlt, bekommt ein falsches Geldstück und einen Nagel zurück.

Sie reklamiert: „Ich habe nicht mehr so viel Wechselgeld“, wird geantwortet. Katja sucht dann passendes Geld, und alles ist in Ordnung. Lehrer unterhalten sich.
„Ein Glück, dass du nicht unser Direktor bist, du bist so humorlos!“ Katja fühlt sich angesprochen und denkt, dass sie auch nicht Chefin dieser Kollegen, die alternativ-unangenehm sind, sein will.
Claudia geht durch ein Dickicht und stürzt ab. Es tut nicht weh. Überall sind Hecken. Sie kämpft sich hoch und kommt zu Leuten. Es ist morgens. Claudia wundert sich, als sie erfährt, dass sie die ganze Nacht draußen im Abgrund gelegen hat.

07.05.2020 Oda liest im „Tagesspiegel“: Berlin: 9,8 Neuinfizierte pro 100.000 Einwohner in 7 Tagen, 5.296 (+78) Genesende, 162 (+3) Tote.
„Bund und Länder einigen sich auf weitgehende Lockerungen“. Künftig dürfen sich zwei Haushalte treffen. Gilt das auch für Alte mit Jungen? Aber mit Masken und Sicherheitsabstand ist das kein Vergnügen. Wo die Alten doch als Risikogruppe gelten. Die Gastronomie darf in Berlin ab dem 15. Mai wieder öffnen, die meisten Hotels erst um den 25. Mai.
Steigen die Neuinfektionen lokal binnen sieben Tagen auf mehr als 50 je 100.000 Einwohner – dann müssen die Landräte und Oberbürgermeister mit einem konsequenten Beschränkungskonzept dafür sorgen, dass die Zahl wieder sinkt.
Oda träumt, dass sie zwei Räume wischt. Miloslaw und Jonas stehen im Weg. Sie sagt: „Ihr könnt euch am Putzen beteiligen oder geht weg!“
Vanas hat ein Baby. Sie fragt es, ob sie die Windeln wechseln soll. Es läuft an der Hand. „Ja, du musst mir dauernd die Windeln wechseln“, antwortet das Kleinkind.
Sie befindet sich unter Kollegen. Vanas ist zu spät gekommen und will sich dafür entschuldigen. Aber sie merkt, dass ihre Damenbinde sich beim Kleid abhebt. „Moppelchen“ stippt daran und macht sich darüber lustig.
Jonas und Oda sind in einem Raum. Dieser ist fast leer, denn das meiste haben sie gepackt. Oda hat einen Koffer, der nicht ganz voll ist. Sie will noch eine Tasche und andere Sachen mitnehmen. „Ich trage das schon“, sagt Jonas.

Oda fliegt nach China. Jonas kommt nach. In einem Hotel sind sie dann zusammen und hören Leute rumoren. Ob sie uns etwas stehlen wollen, überlegt Oda. Jonas geht ins Bad. Oda sucht ihre Sachen zusammen, auch ihren Kulturbeutel, den sie neben dem von Jonas stellt. Ein Zimmermädchen, das gebrochen Deutsch spricht, kommt rein und schaut sich missbilligend um: „Wie hier aussehen?" Die Betten haben Oda und Jonas zusammengeschoben.
Das Zimmermädchen kämmt Odas Haare zu einem Pferdeschwanz. „Nein, das will ich nicht, das sieht zu streng aus", sagt Oda. Sie löst ihre Haare. Früher trug sie die Haare tatsächlich lang, jetzt hat sie eine Pagenfrisur.
Miloslaw geht mit anderen Schülern zur Rudolf-Steiner-Schule. Er besucht die 10. Klasse. Trotzdem weiß er, dass er längst das Abitur bestanden hat. Ist es wie im Film „Die Feuerzangenbowle" mit Heinz Rühmann? Er wundert sich, dass er in die 10. Klasse geht. Er setzt sich vorn links hin. Kleine Tische sind an den Stühlen befestigt, wie sie diese früher in Physik hatten. Aber sie stehen nicht im Physikraum. Mit den anderen Schülern war er nach oben gegangen. Der Physikraum lag unten.
„Gibt es schon einen Stundenplan?"
„Nein", antwortet ein Klassenkamerad. Der blöde, eklige Grundschullehrer von Oda steht vorn rechts. Er legt seine rote Seidenjacke, zwei rote Sakkos und einen roten Pullover ab über die Stuhllehne. Ein Mädchen, Naturell Landei, taucht plötzlich neben ihm auf. Über sie wird gesagt, sie wäre schulverderbend gewesen und deshalb aus der Schule entfernt worden. Plötzlich legt sich über Miloslaw eine dicke, schwere Kette vor den Mund und die Nase. Er wird gezogen. „Nun mal langsam", röchelt er. „Ich will meine Sachen mitnehmen." Hieß nicht ein Buch von Kurt Neubauer „Der Wasserbüffel ließ sich nicht den Strick durch die Nase ziehen?" Miloslaw nimmt seine Schulutensilien und wird auf ein Schiff geschleift. Das Boot nimmt Fahrt auf. Eine Metallspange fällt durch das Schlingern des Schiffes von seinem Mund, diese sollte die Kette halten. Sofort wird sie wieder befestigt und eine weitere über seinen Mund gelegt.
Katja hört eine Stimme, sie solle später Seminare abhalten.
„Moppelchen" schaut in den Spiegel. Sie hat eine üppige, junge Brust.

Früher putzt sie gern Spiegel, um sich immer ansehen zu können. Wegen ihrer großen Brüste hat sie Komplexe.
Oda lutscht an den Eiern von Jonas, der auf einem Bett liegt. „… und nichts am Leibe trug als ein paar Sonnenkringel". „Schweiß glänzte wie feiner Tau auf seinem Nasenrücken." Ja, Diana Galbaldon versteht es, Liebesszenen zu schreiben!
Gerade kam Oda von der Arbeit als Kassiererin. E*in Traum!* Das Fließband geht ringförmig nach oben. 24 Stunden muss sie arbeiten und bekommt zwischendurch Essen. Oda schickt für die Kollegen von ihrer Kasse über das Fließband Rote Grütze und Flaschen mit Eierlikör hoch. Sie denkt: ob dies gut für die Arbeit ist? Werden die Kollegen dann überhaupt noch was tun wollen?
Vanas will ihr Baby aus der Sonne, die auf sein Gesicht scheint, nehmen, denn es ist schon ganz rot. Im Schatten schreit dann das Kind. Offenbar will es in die Wärme. Als sie es wieder in die Helle schiebt, wird es plötzlich ganz klein und fällt aus dem Sportwagen in den Sand, indem es einsinkt. Vanas gräbt es aus und wischt die Sandkörner aus seinen Augen. Sie hat ein Fläschchen dabei, aber keine Zeit, das Baby zu füttern. Sie sucht eine Erzieherin aus der Krippe. Im Flur liegen zwei Paar Schuhe, die ihr nicht gehören. Eine Frau kommt ihr entgegen. Vanas weiß, dass sie für ihr Baby zuständig ist. Die Erzieherin sagt: „Ach, da sind meine Schuhe. Ich ziehe sie immer zum Einkaufen an." Vanas gibt ihr das Fläschchen. Dann geht sie zurück, um ihre dunkelrote Handtasche zu holen. Vanas findet sie und verlässt die Krippe.
Jonas träumt, dass Oda mit Bubikopf ein Baby nährt. Laetus und Wilderich sind fünf und sechs Jahre alt. Unten liegt ein Schlauch wie ein Zeittunnel. Jonas fragt: „Wann war das?"
Er beschließt, sein Leben zu beenden. Geht durch eine Ebene und kommt an ein Wasser, in dem er sich ertränken will. Dann denkt er: ach, nein, lieber ein anderes Mal. Ich werde von einer Klippe springen.
Karin träumt von einem großen Haus mit vielen psychisch kranken Menschen. Ältere Jugendliche kommen rein. Karin schickt sie raus. „Karius", ruft Percy, ein junger Mann ironisch. Er meint damit Karin. „Karius und

Baktus“ – so ein Kinderbuch kennt Karin. Er will sie veräppeln. Ältere Frauen sind auch da.
„Sie müssen eine Überweisung von einem Arzt haben“, sagt Karin zu einer Frau, „wenn Sie das nächste Mal kommen.“
„Ich habe heute Geburtstag.“
„Herzlichen Glückwunsch! Wie alt sind Sie geworden?“
„61.“
Die Großmutter zeigt Karin eine selbstgebaute Marionette. Der Kopf stammt von einer Plastikpuppe, die Arme auch, alles andere ist aus Stoff. „Ich will Ihnen diese Marionette schenken“, sagt die Oma. Sie nimmt eine in die Hand. Mehrere Marionetten liegen auf dem Tisch.
Oda wandert mit Jonas im Gebirge, manchmal fahren sie auch mit einem Auto, aber nun ist der Weg zu eng, sie mussten das Fahrzeug stehen lassen. Dort parkten überall Autos. Schnee liegt und es ist kalt. Jonas und Oda gehen in ein Haus, in ihrem Zimmer lieben sie sich, eine dicke grüne Kerze tropft auf den Teppich. Sonst ist der Raum leer. Ganz intensiv ist der Kontakt, Oda will den Samen tief in sich hineinstopfen. Es ist sehr erotisch.
Anschließend besuchen sie eine Bäckerei. Es ist Silvester. Die Bäckerin schenkt jedem Kind, das den Laden betritt, einen Streusel- oder Zuckerkuchen so groß wie ein DIN A 4 Blatt.
Obwohl sie ja keine Kinder mehr sind, erhalten Oda und Jonas auch ein Stück Kuchen. Plötzlich hat Jonas ganz viele Kuchen in der Hand.
„Wie hast du das gemacht?“
„Ich habe gesagt, wir hätten fünf Kinder“, lacht Jonas.
„Na, dann streng‘ dich mal an“, grinst Oda.

21.Kapitel

Hatice ist im Traumzentrum, durch das sie läuft. Heiner und Jolanthe malen auf goldgelbem Papier mit blauer Farbe. Es gibt auch Papier in dieser Farbe, auf dem ein anderes Kind gemalt hat. Woher kommt plötzlich Heiner? Er war doch auf dem Sirius? Irgendwie hat er es geschafft, auf die Erde zu gelangen. Jolanthe liebt ihn, drängt auf eine Verlobung. Heiner ist skeptisch, aber lässt sich dann doch darauf ein. Jolanthe zeigt stolz ihren silbernen Verlobungsring. Sie schläft mit Heiner. Unterdessen ist sie 15 Jahre alt. Jolanthe ist ruhiger geworden. Kriemhild beneidet sie.
Dorothee stellt Schokolade hin, als „Moppelchen" sie besuchen kommt. Sie lächelt freundlich. Fünf kleine Mädchen, offenbar zwei der Gastgeberin mit ihren Freundinnen, kommen. Dorothee fragt: „Kann jemand Brüsseler Torte backen?"

Die Schreiberin: „Was ist denn das?" Sie googelt. Tatsächlich gibt es ein Rezept für eine Brüsseler Torte! Das ist ein Knet- und ein Biskuitteig, für den Belag: 300 Gramm frisches Beerenobst.

Ein Mädchen sagt: „Ja." Dann stehen alle fünf Mädchen in einem Kreis, die Augen geschlossen, die Hände gefaltet, den Kopf nach oben gelegt und überlegen zusammen, teilweise laut, wie das Rezept geht.
„Jetzt müsste man sie fotografieren", ruft „Moppelchen" entzückt.
„Moppelchen" ist nun im Schlafraum eines Kindergartens, in den sie mal gegangen war. Ein Mädchen, das dort spielt, kennt sie. Von hinten sieht es relativ schlank aus. „Moppelchen" lobt das Mädchen, weil es offenbar abgenommen hat. Es dreht sich um. Vorn ist es noch dick. „Jetzt musst du nur noch vorn abnehmen", sagt „Moppelchen" und klopft ihr aufmunternd auf den Bauch. „Aber wie?", fragt das Mädchen gequält. „F. d. H., friss die Hälfte", antwortet „Moppelchen" fröhlich. Das Mädchen springt aus dem Fenster. Zum Glück befinden sie sich im Erdgeschoß. Es kommt mit den Händen auf. „Moppelchen" sagt: „Ich bin früher auch aus dem Fenster gesprungen, aber mit den Beinen zuerst."

Arbeiter graben in der Erde, die Grasdecke wird aufgestoßen und umgedreht.
Dorothee kommt rein: „Man muss aufpassen, dass sie sich nicht umbringt, das Mädchen hat eine Nadel am Halstuch."
„Nein, das macht es nicht", meint „Moppelchen", ist sich aber nicht so sicher.
Claudia träumt, dass in der Schlafzimmertür ihre Mutter als schwarze, lange Gestalt steht, daneben ein vermummtes Wesen. Sie wollen Claudia aus dem Bett zerren und strecken die Arme nach ihr aus. Die Mutter will sie fertig machen.
Aber sie kommen nicht über die Schwelle, denn Claudia weiß, dass sie beschützt wird. Sie hat keine Angst. Selbstbewusst sendet sie die Botschaft aus: ihr könnt mir gar nichts!
Oda trägt ein kariertes Hemd. Es ist warm. Sie schaut an sich herunter. Das Hemd gehört Jonas. Sie hat ein ähnliches. Schnell zieht sie das Hemd aus. Dann holt sie einen weißen Pullover, Ripp mit Rollkragen. Sie geht, um das Hemd wegzuräumen.

Die Schreiberin hört einen Vortrag am Computer über Storytelling. „Erklären, Verstehen und Erzählen" von Matías Matínez, Literaturwissenschaftler.
„Was macht die Story zur Story?"

„Die Ereignisse müssen in einer bestimmten Reihenfolge dargestellt werden und kausal zusammenhängen, es muss Spannungsbögen geben und ein Abschluss."
Das erinnert die Schreiberin an eine Romanwerkstatt, die sie am Literaturinstitut in Leipzig gemacht hat. Es trifft auf moderne Literatur nur bedingt zu.
Der Vortragende bringt ein Beispiel von einem Fußballspiel 2011, wo die Japanerinnen Weltmeister wurden. Die FAZ veröffentlichte die Fakten in einer Tabelle, dann gab es noch einen narrativen Bericht darüber.
Die Schreiberin erinnert sich an das Buch „Schwarze Spiegel" von Arno Schmidt, wo auf Seite 53 das Problem des Fermat (In A hoch N + B hoch N=

C hoch N) mit einer fast eine Seite langen Logorithmen-Tafel dargestellt wird.
Erzählen ist Geschehensdarstellung. Er stellt verschiedene Thesen von unterschiedlichen Wissenschaftlern dazu vor. 1. Erzählen soll das Kognitive befriedigen, die Erzählung erklärt das Geschehen. 2. Erzählen soll das Verstehen leisten. 3. Die Erzählung soll das Geschehene vergegenwärtigen. Sie entführt uns an einen anderen Ort, zu einer anderen Zeit. Wir sind beim Lesen dort. Im Traum bleiben wir da, bis wir aufwachen.
Der Vortrag „Storytelling birgt auch Gefahren“: Was geht verloren, wenn von der Wissenschaft zu sehr auf eine gute Story konzentriert wird? Die Wissenschaft benutzt ja Storytelling, um komplizierte Sachverhalte einem nicht wissenschaftlichen Publikum zu erklären. Storytelling dient auch als Reduktion einer langen Geschichte. Produkte werden besser verkauft, wenn man sie mit einer Geschichte verbindet. Teenager schreiben Tagebuch oder lassen sich bei Facebook aus. Die Erzählung muss aber nicht wahr sein. Die Rhetorik verwendet das Erzählen, um detailreich Vorkommnisse zu schildern, damit die Glaubwürdigkeit erhöht wird. Es gibt eine Kontroverse zwischen den Befürwortern des Erzählens und denen, die sagen, dies sei unwissenschaftlich.
Erzählt wurde in allen Kulturen immer zu allen Zeiten. Aber es gibt auch das Recht, das Erzählen zu verweigern.
Der Schreiberin fallen Kriegsveteranen ein, die nicht ihre Kriegserlebnisse berichten wollen.

Was bedeutet dies für meinen Roman? Jedenfalls passt er nicht in das anfangs geschilderte Schema. Aber in das Modell der Phantasie, der Fiktion, jedoch auch nicht ganz, da viele Bestandteile aus der Realität stammen.
Phantastik und Realität wie bei Michael Endes „Unendliche Geschichte“. Aber das ist ein Kinderbuch. Murakami schreibt so für Erwachsene. Ich habe keine Vorbilder.

Ein Mann mit aufgerichtetem Penis steht da. Gabi soll ihn heiraten. Er hat dunkle Haut. Kommt er von Sirius? Ist es Herr Hades, der Asyl sucht, da Ali Baba auf dem Planeten immer noch die Macht hat? Gabi hört, wie er zu

Mangolf flüstert, dass er sich bis zur Hochzeit anpassen würde, dann aber …
Er ist ganz annehmbar, aber trotzdem mag ihn Gabi nicht. Bei der Hochzeit verlangt er von ihr, dass sie auf ihre Königinnenwürde verzichtet, was sie verweigert. Daraufhin platzt die Hochzeit. Welche Königinnenwürde? Die Königin der Filmemacher? Den Ali-Baba-Film hat sie längst abgedreht. Jetzt dokumentiert sie die Vorkommnisse auf dem Sirius vor dem Regierungswechsel. Ja, da würde Hades schlecht wegkommen.
Claudia ist mit ihrem Verlobten nach Russland verreist. Sie gehen in ein großes Museum. Hier soll es den größten Kristall der Welt geben. Claudia schaut durch einen Röntgenapparat, denn der Stein ist noch nicht aufgeschlagen. Sie sieht einen wunderschönen Sonnenuntergang darin.
Dann stellt sie fest, dass sie ihre Jacke und Tasche vergessen hat. Sie geht zurück. Die Reiseleiterin trägt mehrere vergessene Jacken und Taschen, auch ihre über der Schulter. Claudia ist erleichtert. Dann findet sie 1, 2 und 5 Pf.-Stücke, die sie rausklaubt, was schwierig ist, denn sie sind eingetreten in Asphalt.
Jonas und Oda ziehen in eine neue Wohnung. Sie liegt in einem Altbau, ist klein und hat nur einen Ofen. Oda überlegt, dass sie neue Gardinen kaufen und nähen muss. Auch wird sie wieder lernen müssen, einen Ofen zu heizen.
Vanas träumt, dass sie von Taffy Drillinge bekommt. Die Kinder sehen alle anders aus und sind Mädchen, auch die Länge ist verschieden. Dann träumt sie von Bernd, auf den sie scharf war und immer noch ist. Er ist willig, sich auf sie einzulassen. Vanas überlegt, dass sie es bis zum Letzen will.

8.5.2020 75. Jahrestag der Befreiung vom NS-Regime.
Campact schickt eine E-Mail wegen Lufthansa. „Keine Staatshilfen für Steuertrickser und Klimasünder!“ „Lufthansa will Milliarden von der Bundesregierung.“128.669 haben schon unterschrieben. Oda signiert auch.
Campact hat einen Brief an die Bundeskanzlerin Angela Merkel, Finanzminister Olaf Scholz und Wirtschaftsminister Peter Altmaier formuliert.
Die Forderungen:

* einen verbindlichen Klimaschutzplan, der die Lufthansa an das 1,5-Grad Ziel des Pariser Klimaschutzabkommens bindet
* keine Boni und Dividenden an ihre Vorstände und Aktionär*innen auszahlen
* keine Gewinne in Schattenfinanzzentrum beziehungsweise Steueroasen verlagern: Um das zu belegen, muss sie ihre Eigentümerstruktur offenlegen und mögliche Gewinnverlagerungen transparent machen.
Ein älterer Mann schreibt Oda glühende Liebesbriefe. Sie ist geschmeichelt. Er will mit ihr schlafen. Sie liegt mit Jonas im Bett. Im gleichen Raum schläft dieser Mann in einem anderen Bett. Oda geht auf die Toilette, weil sie eine Binde wechseln will. Der alte Mann kommt ihr hinterher und öffnet die Bad-Tür von außen. Oda ist empört, rennt zur Tür und hält sie zu. „Ich habe die Tage", sagt sie.
„Na und?"
Er will trotzdem mit ihr Sex.
Oda lehnt das ab.
Claudia hat sich gerade mit ihrem Verlobten leidenschaftlich geliebt. Am Morgen wollen sie es noch einmal. Aber sie sind bei Claudias Mutter.
Halb ausgezogen liegen sie da, als die Mutter rein kommt. Claudia will noch den roten Pullover über die rote Bluse ziehen. Sven hat schon ein Oberhemd an. Also wird es nichts mit der Liebe.
Später kommt Ephraim, der Bruder von Jonas und zeigt ihnen ein altes Bild aus Kreuzberg, eine Antiquität. Claudia findet es kitschig. „Woher habt ihr das denn?"
„Im Fernsehen wurde es angeboten, wir haben es bestellt", berichtet Ephraim.
Laetus sieht, wie Kinder mit der Peitsche zur Zwangsarbeit gebracht werden. Er versucht, sie zu befreien. Frech, fröhlich und mutig fegt er durch die Fabrik, entkommt den Sklavenhaltern, kann aber nichts für die Kinder erreichen. Eines der Kinder bittet ihn, es noch einmal zu versuchen. Aber vielleicht ist es auch nur ein Lockvogel.
Laetus geht wieder in die Fabrik in eine der Zellen.
„Wie kommt man da wieder raus?"

„Nur hier“, sagt ein Junge und zeigt auf eine Luke. Es ist eine Toilette. Er will damit sagen: nur, wenn du Selbstmord machst, dann kommst du raus. Laetus beginnt aufzuzeichnen, wo die Kinderarbeit stattfindet, und malt alles farbig aus. Da kommen die Sklavenkinder. Ein Aufseher wurde fast zu Tode geprügelt, er taumelt rein. Ein anderer Wächter, ganz kräftig, bullig mit Peitsche, ist dabei. Sie entdecken Laetus. Der Junge, der ihn hierher gebracht hat, ist verschwunden.
„Wie heißt du?“
„Laetus.“
„Aha.“ Der Aufseher grinst breit und voller Schadenfreude. Hat er ihn nun endlich erwischt! Laetus fühlt sich klein, ohne power, er weiß, dass er in einer Falle sitzt.
Claudia möchte vor Sven Bauchtanz in einem ganz dünnen Schleier vorführen, doch Leute schauen durch das Fenster. Sie zieht die Jalousie runter. Da kommen die Menschen rein! Es ist zum Verzweifeln.
Oda ist mit Jonas in einem Zimmer, in dem sich ein Elefant und ein Tiger aufhalten.
„Ich muss dem Elefanten noch etwas zum Trinken geben“, fällt Oda ein, als sie abends auf die Toilette geht.
Sie überlegt, ob sich Elefant und Tiger überhaupt miteinander vertragen können. Im Bad will sie die Tür schließen, aber der Schwanz des Tigers ist dazwischen. Sie öffnet die Tür, und der Tiger springt rein. Oda versucht, den Tiger in der Badewanne zu ertränken. Sie hat Angst vor ihm. Er ist fast tot, blinzelt aber noch mit den Augen.
Eine Eizelle mit einem eingedrungenen Sperma von Jonas betrachtet sie unter einem Mikroskop, das ihr eine schwangere Frau zeigt. Sie denkt: wie bekomme ich die Eizelle in meine Gebärmutter? Wie halte ich sie am Leben?
Beim Aufwachen denkt Oda: bisher hat Jonas kein Kind gezeugt. Er ist Frauen gegenüber misstrauisch und befürchtet, dass sie ein Kind, wie damals seine Mutter ihn, auch im Stich lassen könnten. Das will er einer Seele ersparen.
Jonas befindet sich in einer Wohnung, in der auch andere Menschen leben und eine Dogge. Diese Mitbewohner ziehen aus und mit ihnen das große Tier. Es ist kalt draußen. Der Hund schaut sich um. Er scheint zu fragen:

willst du wirklich, dass ich mitgehe? Das ist Jonas unangenehm. Das Tier trabt fort, und Jonas ist froh. Dann geht er rein, tritt raus auf den Balkon und schaut sich die Aussicht an. Es ist die Jüterboger-Straße. Wieso bin ich wieder hierher gezogen, denkt er. Diese Umgebung kenn ich doch schon.
Olaf ist bei den Olympischen Spielen. Der Favorit stürzt. Olaf steht zufällig bei ihm, rennt mit und überholt die anderen lässig. Die Athleten scheinen noch Gewichte auf den Rücken zu tragen. Seitlich stehen die Anhänger von Olaf, die ihn namentlich anfeuern.
Plötzlich läuft er allein in einer Landschaft. Ist er über das Ziel hinausgeschossen? Hat er alle anderen abgehängt? Drei Wege gehen von seinem ab. Welchen soll er nehmen? Der eine führt hoch, er ist waldig und buschig. Erst nimmt er diesen, dann merkt Olaf, dass er sich völlig verausgabt hat, daher will er nicht den steilen Weg nehmen. Olaf kehrt um. Der mittlere Weg ist sumpfig und matschig. Olaf denkt, ich warte lieber, bis meine Konkurrenten kommen, dann weiß ich, welchen Weg ich laufen muss. Plötzlich ist ihm klar, dass er nicht über das Ziel hinausgeschossen ist. Ein Marathon-Läufer kommt und nimmt den unteren Weg. Aha, da geht's lang! Olaf beschließt, dem anderen zu folgen.
Karin ist mit einer Gruppe psychisch kranker Menschen unterwegs. Sie gehen in ein Restaurant. Ein kleines, ausländisches Mädchen kommt rein und weint. Es trägt einen Zettel in der Hand. Der Vater arbeitet offenbar in einem Nachtclub in der Fuldastraße. Die Adresse steht auf dem Zettel, aber das Mädchen finde die Straße nicht. Weil sich Karin hier in der Umgebung auch nicht gut auskennt, fragt sie die Wirtin nach einem Stadtplan. Sie will Karin gleich einen verkaufen.
„Ich habe einen zu Hause", wehrt Karin ab. Die Wirtin zeigt Karin einen groben Stadtplan, in dem nur die großen Straßen verzeichnet sind. Die Fuldastraße ist nicht zu sehen. Karin geht mit ihrer Gruppe und dem kleinen Mädchen los. Unterwegs wird sie fragen. Das Wetter ist gut. Wenn sie das Mädchen abgeliefert hat, werden sie in das Restaurant zurückgehen. Karin ließ ihre Sachen im Restaurant. Sie hat es eilig. Draußen fragt sie Leute: „Ja, die Fuldastraße ist doch gleich da!", erfährt sie.

Das ausländische Mädchen hat Schwierigkeiten mit der deutschen Sprache. Karin fragt in ihrer Gruppe, ob jemand Jugoslawisch kann, denn diese Sprache scheint es zu sein, die das Mädchen spricht.
„Ja", sagt ein Mann und übersetzt.
Sie liefern das Mädchen bei ihrem Vater ab und gehen zurück in das Restaurant, wo sich Karin ihre Jacke und den Schirm holt.
Oda befindet sich mit Jonas in einem modernen, hohen Stahl-Glasbau, der silbern glitzert. Sie dringen in das Haus ein und entkommen nur mit vielen Tricks. In der Art gibt es noch ein zweites Haus, in dem sie mit einem Fahrstuhl nach oben fahren. Sie werden entdeckt. Warum es verboten ist, hier zu sein, wissen sie nicht. Es ist kafkaesk. Oda drückt auf einen Knopf, der die Tür öffnet, so dass sie raus rennen kann. Ein älteres Ehepaar ist hinter ihr her. „Ihr Mann hat einen Beschwerdebrief geschrieben", schimpfen sie. „Hat er seinen Personalausweis dabei?"
„Das weiß ich doch nicht!"
Oda geht ein Stück weg. Da ist ein gelbes Blütenmeer, über dem sie verspielt fliegt, aus den Blüten erhebt sich eine Gestalt, die statt Haaren gelbe Blüten hat. Sind es Schlüsselblumen? Das sind die Lieblingsblumen von Jonas. Zusammen rollen sie in der Luft. Alle Angst ist vorbei. Oda ist glücklich. In der Ferne sind Berge zu sehen und oben dunkle Wolken. Oda weiß, dass Jonas einen Ausgang aus dem Haus finden wird. Sie wartet.
Urania träumt vom Bauchtanz, bei dem ein Mann zuschaut. Katja interessiert sich für ihn. Sie streckt ihm ihren Po hin, dann einen Körperteil nach dem anderen, den sie entblößt. Dem Mann ist das peinlich. „Ein anderes Mal", sagt er.
Oda muss mit dem Kopf durch einen engen Gang. Sie will nicht, es ist ihr unangenehm. Aber sie weiß, dass sie das schon öfter gemacht hat. Anschließend wird der Gang weiter. Jonas ist auch da.
Sie fliegt unter der Zimmerdecke. Laetus hängt sich an Oda dran. So kann sie nicht mehr fliegen. Oda ist ärgerlich.
Sie geht auf die Straße. Ugor, Nico, Marc, Benjamin kommen ihr entgegen. Ugor schneidet den Passanten mit einem großen Messer den Mund auf. Oda weiß, dass ihr Trick, auf die Straße zu gehen, ihren Feinden offenbar entgangen ist. Als nächstes wird sie dran sein.

Oda hat sich viel mit Jonas Mutter beschäftigt. Sie will nicht über sie richten. Was hat sie getan? Ist es nicht genauso schlimm wie ihr Konflikt mit Wilderich?
Oda und ihr Vater liegen nackt im Bett. Er will sie vergewaltigen. Oda wehrt sich mit Händen und Füßen. Der Vater nennt sie „Anima". Oda schreit ihn an: „Nun kapier' doch endlich, dass ich deine Tochter bin!"
Jonas macht einer blonden Frau schöne Augen. Oda schubst ihn an. „Schlaf' doch mit ihr!"
Jonas verschwindet mit der Frau.
Oda ist verletzt und traurig, aber sie ist auch froh, frei zu sein.
Claudia träumt von einem Baby, das sie bei einer leichten Geburt bekommen hat. Es ist strahlend schön, blonder Flaum bedeckt seinen Kopf, die Augen hat es weit auf und schaut ernsthaft in die Runde, in der es herumgereicht wird.
Tatsächlich wird Claudia von Sven schwanger. Sie muss ihr Piercing im Bauchnabel entfernen lassen.
Vanas soll Taffy heiraten. Sie wundert sich zwar, aber da sie ihn liebt, ist es ihr recht. Aber Taffy ist doch verheiratet! Dann sagt ein Bekannter von ihr, dass ihr Kind dann getauft werden müsste.
Da lehnt Vanas ab. Sie ist in einer kleinen Gemeinde. Die Gemeindemitglieder wollen Vanas einlullen, indem sie ihr erklären, dass hier die Kinder getauft werden. „Sonst gehört ihr nicht zu uns."
Erst wollte Vanas zu den anderen gehören, nachdem sie erfahren hat, dass sie dann ihr Kind taufen lassen muss, möchte sie nicht mehr dazu gehören.
Claudia wird verfolgt. Sie soll gefangen und eingesperrt werden. Claudia rettet sich durch Fliegen. Aber es ist schwierig, denn sie benötigt viel Kraft dazu. Sehr hoch schafft sie es nicht. Arme greifen nach ihr. Es gelingt ihr, wegzufliegen, aber die Arme und Beine sind wie mit Blei bepackt.
Ein Brot wird mit einem kostbaren Inhalt geopfert. Dies ist für Verrat und Mord.
„Moppelchen" hat ein neues, silbergraues Auto. Hatice fragt sie: „Woher hast du denn das Geld dafür?" Sie antwortet: „Ich habe es von meiner Mutter."

Hatice weiß, dass dies nicht stimmt. „Moppelchen“ hat es für ihren Verrat bekommen.

2020: Oda hat das Buch „Nemesis“ (strafende oder vergeltende Gerechtigkeit) von Philip Roth gelesen. Es ist genau das richtige Buch in der Corona-Zeit.
Während des 2. Weltkrieges bricht in Amerika die Polio aus. Man weiß zu dieser Zeit nicht, wie sie sich überträgt. Der Protagonist trainiert Jungen in den Sommerferien auf dem Schulsportplatz. Dann bekommt erst ein Junge, dann andere Polio. Zwei sterben. Der junge Sportlehrer fährt in sein Sommercamp, wo auch seine Freundin arbeitet, deren Zwillingsschwestern dort ebenfalls sind.
Im Feriencamp bekommt erst ein Junge, dann andere Polio. Der junge Mann befürchtet, dass er die Kinder angesteckt hat, lässt sich untersuchen, wobei festgestellt wird, dass er auch Polio hat. Mr. Cantor gibt sich die Schuld, dass die Kinder erkrankten. Er hadert mit Gott.
Oda hat viele Bücher gelesen, in denen die Gottesfrage gestellt wird, warum lässt Gott zu, dass diese Kinder an Kinderlähmung erkranken, manche sterben, warum habe ich Kinderlähmung bekommen, warum ist mein Freund im Krieg gefallen? Diese Fragen sind für sie müßig. Aber sich die Schuld daran zu geben, – er hat seine Freundin verstoßen, die trotzdem zu ihm hält, … das ist schon sehr traurig, geht ans Herz, wenn das nicht zu kitschig ist, so etwas zu formulieren.
Dieses Buch hat Oda tief berührt. Auch heute können Menschen unabsichtlich andere anstecken, auch wenn man jetzt weiß, wie sich Corona überträgt und wie man sich schützen kann. Auch an Corona sterben Menschen. Damals mussten Polio-Patienten auch manchmal in die Eiserne Lunge. Ähnlich wie heute, wenn Corona-Patienten künstlich beatmet werden müssen. Gegen Polio gibt es einen Impfstoff. Oda hat ihre Impfnarbe davon noch auf dem Oberarm. Gegen Corona gibt es noch keinen Impfstoff. Sie hofft, dass er bald entwickelt werden wird.
„Moppelchen“ blutet und blutet. Sie hat keine Tampons.
Miloslaw liegt auf einem Metallspiegel, der rechteckig und länger als sein Körper ist. Ein Kristall, mit Joghurt verschmiert, steht auf dem Spiegel.

Miloslaw säubert zum Teil den Kristall und sagt: „Ich sehe Babys. Aber ich will keine. Da erscheinen den Eltern im Traum süße Babys, sie machen welche, aber dann sind sie gar nicht so niedlich!“
7.35, 29.4.2021: Oda träumt von einem Mann, der Numinika heißt. Sie googelt: Es gibt tatsächlich einen australischen Musiker mit diesem Namen. Sie hört sich die Musik an. Das sind ja sirianische Geräusche! Das Scheppern, tut, tut tut, das Schlagen. Comet Finder heißen zwei Titel. Ja, was für ein Comet?

Claudia träumt, dass sie ein Schlauchboot hat, das fliegen kann. Erst hebt es nur so über dem Erdboden ab, dann, nachdem das Gewicht ihrer Mutter, Taffy, Esther, Kriemhild, Figaro, Jolanthe, Urania, Nicole, Euphrasia, Herrn Hades nach vorn verlagert wird, fliegt es über die Bäume, aber nicht höher. Nanu, Urania verlässt Bernd und ihre Kinder?
Da waren Geier, über die sie nicht rüber kamen. Sind das die von der Venus? Claudia fliegt nun mit ihrem Auto.
Bilhildis ist in Lima. Sie zieht sich mit anderen Leuten die Schuhe aus, um zu einem Heiligtum (Huaca) zu gehen. Dann kehrt Bilhildis zurück und zieht wieder ihre Schuhe an.
Bilhildis sieht eine Japanerin mit zwei kleinen Mädchen. In einer Tasche hat sie ein Baby. Aber es ist nur eine Postkarte, auf der steht „Zu Weihnachten…“
Das Baby hat etwas Hellgrünes an.
Vanas bekommt einen Fridolin. Taffy kocht einen Liter Milchreis für ihn.
Oda trifft Wilderich. Er sitzt auf einem Fahrrad.
„Na, wie geht's?“, fragt sie.
„Gut.“
„Arbeitest du?“
„Ja, da kann ich mich richtig ausagieren.“
Oda schließt den Briefkasten an ihrem Haus, ein Zweifamilienhaus, auf. Rechts ist eine Zahnarztpraxis. Da hinten ist ihr Zimmer, die Topfblumen erkennt sie.
„Langsam wird es Zeit, dass ich eine Ausbildung mache“, sagt Wildrich.
„Was willst du denn werden?“

„Flugkapitän." Oda erinnert sich, dass er früher Astronaut werden wollte. Er las „Perry Rhodan."
Laetus hat einen Termiten-Hügel in seinem Zimmer. „Wie du das dulden kannst!", sagt Oda erschaudernd. Sie sieht ein großes, überdimensionales Buch. Die Seiten werden nach und nach aufgeschlagen. Sie sind aus goldenem Stoff. Oda ist voll Bewunderung.
Sie träumte am 9.8.1990 von Herrn H., seinem ehemaligen Geschichtslehrer. Am 13.8.1990 ist er mit 60 Jahren gestorben, wie sie später erfährt.
Oda telefoniert mit Oma Else, aber telepathisch. Sie befindet sich in einem Reisebus. Beide unterhalten sich über Blumen. „Dass Sie Blumen gekauft haben, ist eigenartig. Da hat sich ihr Wunsch materialisiert", sagt Oda zu ihr. Es ist ein Wunder, denn die Großmutter hat nicht dafür bezahlt. Womit hat sie bezahlt, weil Oda „gekauft" sagte? Oma Else bittet Oda, in einem Monat noch einmal anzurufen – telepathisch. Oda sagt, dass dies nicht gehe, weil sie dann verreist sei. „Ich fahre ein paar Tage nach West-Deutschland." „Und wie weit reicht Ihre Telepathie? Sie können mich auch normal anrufen."
Oma Else will auch gerade ein paar Tage verreisen. Sie teilt Oda ihre Telefonnummer mit. Großmutter Else ist eine Frau, die eine Traum-Rückführung bei Oda gemacht hat. Oda hat seitdem freundschaftlichen Kontakt zu ihr. Oma Else wohnt in einem Haus, in dem auch einige Kinder vom Traumzentrum leben. Diese haben von der netten, alten Frau erzählt. So lernt diese das Traumzentrum kennen.
Oda ist beunruhigt wegen ihres Gepäcks. Hat sie überhaupt welches mitgenommen? Durch die Konzentration auf die Telepathie ist bei ihr eine Gedächtnislücke entstanden. Reiselektüre vergaß sie. Oda hat auf der letzten Bank im Bus Platz genommen. Neben ihr sitzt eine Frau, die mit ihr etwas spielen will. Diese Frau hat Tüten stehen, die am Umfallen sind. Oda stützt sie ab. Sie möchte nicht, den Inhalt auf die Füße bekommen.
Nach dem Traum bekommt Oda einen Schreck und denkt: hoffentlich ist Oma Else nicht tot!
Als sie von der Reise zurückkommt, ruft sie Oma Else an und ist erleichtert zu hören, dass sie noch lebt.

Miloslaw präsentiert seine Töchter und seine Frau Gundula. Eine ist blond und trägt eine rosa Brille. „Sie ist jetzt schon fünf Jahre alt", erklärt Miloslaw stolz.
„Schade, dass sie eine Brille braucht", sagt Katja. Die anderen beiden Töchter haben gute Augen.
Eine der Töchter hat nun schon einen Sohn. Alle drei sind in Wirklichkeit schon älter. Keine trägt eine Brille.

Oda hält sich bei einer Schriftsteller-Versammlung auf. Der rumänische Schriftsteller Ernest Wichert ist anwesend. Ein älteres Schriftstellerpaar ist ebenfalls da. Eine Schriftstellerin liest ihren Kindern und einem Schriftsteller vor, der gerade zu Besuch gekommen ist. Die Kinder trommeln mit den Fingern auf dem Abendbrottisch herum. Sie schaut zu und lächelt.
Nach der Lesung will sie mit den Zuhörern noch in eine Kneipe gehen. Sie laufen in Richtung Wittenbergplatz. Es ist 22 Uhr und dunkel. Oda überlegt, dass sie mit der Gruppe noch zur U-Bahn gehen und sich dann von ihnen verabschieden sollte. Es ist ihr zu spät. Sie möchte zu Jonas nach Hause. Vom Wittenbergplatz ist ihr ein Taxi zu teuer, aber vom Walter-Schreiber-Platz wird sie sich dann ein Taxi nehmen.

Eine Turmbesichtigung kostet 50,- DM Eintritt. Claudia will nicht, denn der Führer soll keine Ahnung haben. Das kostenlose Brot dazu kann Claudia nicht reizen. Nicole hat das Angebot in ihrem Reisebüro, wo sie arbeitet, gemacht.
Claudia steht mit ihrer Mutter und einem Bekannten an einer Haltstelle und stellt fest, dass sie ihre Handtasche vergessen hat. Ihre Mutter will den Fahrschein auslegen.
Tampons bräuchte Claudia auch. Alle gehen in ein Geschäft, um sich die Zeit zu vertreiben, bis der Bus kommt. In einem Laden verkaufen sie Schmuck. In einem Kästchen sind lauter kleine Ohrringe.
Unterdessen kommt der Bus. Claudia, die ihn gesehen hat, sagt Bescheid, aber es ist schon zu spät. Sie ärgert sich. Die Verkäuferin gibt ihr ein Blaubeertörtchen.
Karin gibt einem türkischen Patienten von der Tagesklinik zu essen. „Passen Sie auf, es kann sein, dass das Essen nicht mehr ganz gut ist", warnt sie

ihn. „Es riecht komisch“, stellt Volkan Demir fest und sieht sie mit seinen treuherzigen Augen an. „Dann lass‘ es lieber!“
Jonas träumt, dass er mit seiner Familie und Oda durch Prag geht. Er hat Löcher in den Schuhen. Jonas fragt Oda, ob sie so mit ihm überhaupt gehen will. Gerade hat er die Löcher entdeckt.
„Na klar“, antwortet sie. Ja, hier war sie einmal reinkarniert bzw. in der Nähe, in Nova Role.
Gleich werden Männer kommen, die Oda schon einmal gefoltert haben. Sie wacht auf. Oda will die Werkzeuge dazu ganz klein zaubern, damit man sie nicht mehr erkennen kann. Damit soll nun ein Geier von der Venus gequält werden. Der gefangene Vogel schaut sie an. Ein anderer Geier, der frei herumfliegt, setzt sich auf einen abgestorbenen Ast, an den er ein Nest gebaut hat. Er schlüpft hinein und schaut heraus zu. Die Wohnung von Urania liegt oben im Haus. Bernd kommt zu ihr. Aber er kann ihr nicht helfen. Aus dem Fenster sieht sie, dass das Haus von Soldaten abgeriegelt ist. Sie wollen sie fangen. Oda will fliehen und die Beweisstücke vernichten. Ach, das ist eine Sequenz aus der Reinkarnation, die sie in Beaucaire hatte.

22.Kapitel

09.05.2020: 30 Leute stehen um 8:30 Uhr bei Edeka an. Oda geht in die Apotheke. Die Apothekerin hinter Plexiglas nimmt nicht das alte Medikament an. „Ich habe keine Handschuhe“, sagt sie als Erklärung. Oda ist ihre Feindin, die möglicherweise ihr das Virus übertragen könnte.
Jonas und Oda gehen zu „Lidl“. Dort muss man nicht anstehen. Oda nimmt einen Einkaufswagen, vor dem Eingang steht ein Security-Mann, der den Griff desinfiziert. Drinnen ist es nicht möglich, den Sicherheitsabstand einzuhalten. Es gibt keine Makkaroni und Bechamel-Soße.
Im „Tagesspiegel“ steht, dass sich die Schlachthöfe zum neuen Corona-Hotspot entwickelt haben. Im Betrieb der Firma Westfleisch im nordrhein-westfälischen Coesfeld wurden 151 Infizierte erfasst. Danach ist der Grenzwert des Kreises überschritten. Der Schlachtbetrieb wurde geschlossen. Die Lockerungen wurden auf den 18. Mai verschoben. Auch im Kreis Steinburg in Schleswig-Holstein gab es 66 Neuinfektionen. Die meisten Betroffenen sind auch hier Beschäftigte eines Schlachthofes. „Die Arbeiter der Fleischfabriken aus dem Ausland sind meist in engen Gemeinschaftsunterkünften untergebracht.“ Beide Bundesländer wollen nun alle Beschäftige der Schlachtbetriebe auf das Coronavirus testen.
„EU beugt sich erneut der Zensur Chinas.“ „Peking strich aus der gemeinsamen Erklärung zur Aufnahme diplomatischen Beziehungen, dass sich das Coronavirus von Wuhan ausgebreitet habe.“
Die Forscherin Huang Yan verschwand plötzlich. Sie arbeitete in dem Hochsicherheitslabor für Virologie in Wuhan. Regimekritiker behaupten, dass sie das Virus verbreitet habe, nicht die Wildtiere auf dem Markt.
Auch chinesische Wissenschaftlicher, Coronapatienten und Bürgerjournalisten, die dem Propagandabild widersprechen, verschwinden plötzlich.
„Tödlicher Stress“. „Die Zahl der Neuinfektionen in Russland steigt rasant.“ Drei Mediziner stürzten sich aus dem Fenster.

Zurück zu Oda: Vögel sind Seelen, so kann man das interpretieren. Hat sie Seelen gefoltert? Seelen der Verstorbenen? Der Ausgleich steht nun an: Sie muss gefoltert werden. Dann sind sie quitt.
Gerade hat Oda das Buch „Nicht ohne meine Tochter“ gelesen, in dem die Autorin ihre Spirale zerschneidet, damit sie nicht ein iranischer Arzt findet. Denn dies wäre ihr Todesurteil gewesen.
Jonas träumt von seinem Vorgesetzen. Er ist in seinem Zimmer, in dem zwei Betten stehen. „Ich würde aber die Decken anders drauf legen“, sagt Jonas. Eine Kollegin ist auch anwesend.
„Ja, und die Betten anders hinstellen“, schlägt sie vor.
Jonas träumt, dass er Boccia in einer tropischen Umgebung spielt. Sein Vorgesetzter Herr M. sagt zu ihm: „Falls Sie wieder mal nach Nicaragua fliegen sollten …“ Dann wacht Jonas auf.
Claudia hat gestern drei Tarot-Karten gezogen. Auf allen dreien waren Schwerter. Zweimal hat sie sogar die gleichen Karten mit einem blauen Hintergrund erwischt. Kämpfe in blau. Sie erschrickt. Hört das Kämpfen denn nie auf? Schwerter wie Gürtel. Den Gürtel enger schnallen.
Vanas hat ein Kind. Sie muss zur Arbeit und übergibt es deshalb Bekannten. Als sie das Kind abholen will, ist es tot. Ein blauer Lappen liegt über seinem Gesicht. Sie legt das Baby an ihre Brust. Plötzlich trinkt es langsam. Vanas ist froh, dass ihr Kind noch lebt. Die Bekannten haben ihm Saft gegeben, aber das verträgt ein Baby in diesem Alter noch nicht.
Vanas träumt von Claudia, die schwanger ist. Deren Freund Sven will nichts mehr von ihr wissen. Claudia will sich umbringen und vor einen Zug werfen.
Oda hat versucht, sich mit einem schönen, feinen Gürtel umzubringen, indem sie sich die Luft abschnürte. Dann aber erwischte sie die Mutter und hängte sie ab. Leider. Schreiben nach japanischen Tarot-Karten. Gestern fiel ihr nichts dazu ein. Dieses Blau ist die Ferne. Davor stehen die Schwerter. Sie muss erst kämpfen, dann ist der Weg in die Weite frei.
Schwerter wie ein Zaun von oben nach unten. Aber alle schön in der Scheide. Wer zieht sie und warum? Oder sind es Szenen nach dem Kampf? Ihre Ziselierung erzählt die Geschichten ihrer Kämpfe. Der Lack spiegelt das Gesicht der Kämpfer. Die Schwerter sehen aus wie Zähne in einem

blauen Mund. Der blaue Mund der Göttin. Oder eines Gottes, der das Gift aussaugt. Blau bedeutet Gift und Ferne. Schwarze, faulige Zähne mit Goldkronen, die gefeilt und gespitzt wurden. Wie bei den Caluser-Indianern in Florida, und die Zähne von Dämonengeistern, die auf einem Leichenplatz wohnen. Der König musste immer die Fragen beantworten, die sie ihm stellten. Der Dämon erzählte eine Geschichte. Wie verhält sich der Protagonist in den Geschichten richtig? Wie ist der Königsweg? Neunundneunzigmal die Lösung suchen und die Prüfung bestehen. Dann ist er wirklich ein König, der die Dämonen besiegt hat.

Oda ist im Morgenrock, darunter trägt sie ihr Nachthemd. Über den Armen liegt ihre Bekleidung. Aber wo soll sie sich waschen und anziehen? Ihr Bus ist gerade weggefahren. Sie geht zu einer Haltestelle, um einen Bus mit einer anderen Strecke zu nehmen. Sie kommt zu einem Hotel und steigt die Treppen zu den Toiletten hoch. Zwei Zimmermädchen versperren ihr den Weg. Aber Oda drückt sie beiseite. Nicole bringt nicht die drei Schrankschlüssel zurück, die sie ihr gegeben hat. Ihre Hände sind leer.

In der Realität ist Oda schon einmal im Nachthemd und Morgenrock nachts rausgegangen, weil ihr ehemaliger Mann plötzlich losrannte, er habe solche Schmerzen. Oda fürchtete, dass er sich umbringen könnte. Aber sie hatte auch Angst vor ihm und lief nach einer Weile wieder zurück, denn vielleicht würde er sie umbringen, wenn sie ihn erreicht hätte. Er konnte es nicht verwinden, dass sie sich von ihm trennen wollte.

Oda hat Hatice in Verdacht, dass sie die drei Schrankschlüssel, die plötzlich fehlen, an sich genommen hat. Der Traum zeigt Oda, dass sie Unrecht gehabt hatte. Am nächsten Tag fanden sich die Schlüssel an.

Oda schläft mit einem Mann, ohne zu verhüten. Er ist jünger als sie. Hinterher macht sie sich Vorwürfe wegen des Risikos einer Schwangerschaft. Ohne Kondom hatte sie mit dem Mann geschlafen. Vielleicht bekam sie nun Aids. Aber das Bedürfnis war so stark gewesen, sie konnte gar nicht anders. Da sie aber immer noch nicht befriedigt ist, schläft sie anschließend noch mit einem anderen Mann. Hinterher gesteht sie es diesem. Dann schläft der Mann, mit dem sie gerade Geschlechtsverkehr hatte, mit einer anderen Frau. Sie denkt: das geht ja flott. Aber es gibt ihr auch einen leichten Stich.

Jonas Zahnfleisch ist faulig. Er nimmt sich vor, nach jeder Mahlzeit die Zähne zu putzen, auch auf der Arbeit. Einen Zahnarzttermin will er vereinbaren.
Oda will Jonas in einer Woche heiraten.
Aber sie heiratete Jonas nicht eine Woche später 1990 wie im Traum, sondern erst ein Jahr danach.
Hatice befindet sich auf einer Kur. Sie poussiert mit einem Mann und sagt: „Das Letzte müssen wir uns noch aufheben, sonst wird es langweilig."
Kurz vor der Abreise wollen sie nun zur Sache kommen. In dem Zimmer sind mehrere Betten, aber sie befinden sich allein in dem Raum. Sie beginnen, sich zu lieben. Da wird die Tür, die von innen abgeschlossen ist, von außen aufgeschlossen. Schnell tun sie so, als ob nichts wäre. Hatice liegt im Bett, der Mann sitzt daneben und hat sein Hemd an. Die Kuraufsicht, eine Frau, schaut komisch, sagt aber nichts. Sie überlegen, ob sie zusammen woanders hin verreisen wollen. Hatice weiß zwar, dass sie einen Mann hat, aber ihre Lust ist jetzt, sie kann nicht warten, bis sie nach Hause kommt.
Später quartiert die Kuraufsicht bei Hatice einen Mann ein. Sie ist empört.
„Aber da schläft doch schon ein Herr", erklärt Hatice.
„Nein, dieser Mann ist abgereist, es hat ihm nicht gefallen."
Karin ist von der Arbeit völlig ausgelaugt. Die Patienten stressen sie mit ihrem unberechenbaren Verhalten. Neulich war sie mit der Beschäftigungstherapeutin allein in der Tagesklinik. Da warfen die Patienten Tassen an die Wände. Außerdem hat sie ihre Zwillinge zu versorgen und fühlt sich ausgebrannt.
Da träumt sie, dass sie eine Spritze erhalten soll, damit sie lange schlafen kann, um sich zu erholen. Karin will das nicht. Sie möchte lieber eine Traumtherapie bei Oda machen. Aber auf der Arbeit will man ihr eine Spritze geben. Da müsste sie erst ihren Mann verständigen, er würde sich sonst wundern, wo sie so lange bliebe. Nein, auch wegen ihrer Kinder will sie keine Schlafspritze.
Karin reißt aus. Draußen scheint die Sonne, es ist angenehm warm. Sie genießt die Freiheit.
Karin träumt von einem Laden, in dem sie Kaffee trinken möchte. Aber der Kaffee ist verbraucht. Der Besitzer des Ladens unterhält sich mit einer

anderen Kundin, die sehr gut Englisch kann. Sie erzählt, dass sie nach zwei Jahren aus der Anstalt entlassen wurde.
„Ich kann sehr gut Spanisch“, berichtet der Ladenbesitzer. „Dreieinhalb Jahre war ich in Nicaragua. Demnächst kaufe ich mir dort für 25.000,- DM ein Haus. Arbeit werde ich schon finden.“
Er hat eine Frau und zwei kleine Kinder. Das jüngste hält Karin nun im Arm. Dabei hat sie ganz warme Gefühle. Karin ist scharf auf den Mann. Sie möchte mit ihm schlafen. Da kommt Vanas, die einen Vortrag hält. Und immer noch kein Kaffee. Karin überlegt, was sie stattdessen trinken soll.
Claudia geht auf einem Berg. Da trifft sie einen Mann, der sie fragt, was für Krumen auf der Erde liegen.
„Das ist Tee.“
„Was für ein Tee?“ „Grüner Tee, der luzide Träume macht.“
Claudia erkennt, dass die Blätter aus Leichenteilen gehobelt wurden. Wer hat sie so zerkleinert? Die Venuser? Hat es der Probst angeordnet? Wahrscheinlich soll daraus Tee verarbeitet werden. Sie geht langsam den Weg runter, um keinen Verdacht zu erregen, dass sie ihn durchschaut hat und entkommt.
Der fette, lüsterne Penis von Jonas hängt da. Oda schiebt ihn in ihren Mund. Es ist Vollmond.
Claudia umarmt ihre Ur-Großmutter ohne Wenn und Aber. Sie sieht ihre Beerdigung. Mit anderen Leuten geht Urania zu einem Schiff. Genua. Da stellt sie fest, dass sie ihre Fahrkarte vergessen hat und kehrt deshalb um. Urania hat nicht den Schlüssel der Leute, bei denen sie wohnt. Sie muss warten, bis diese zurückkommen.
Oda lebt in einem totalitären System. Alle werden überwacht. Die Wächter meinen, dass Oda mit Drogen handeln würde. Syrien. Der Herrscher hat nichts gegen Drogen, aber er will allein damit verdienen. Alle, die deshalb verdächtig geworden sind, müssen sterben. Sie dürfen sich auch selbst umbringen. Aber Oda entkommt den Killern. Zuletzt sind nur noch eine Frau aus dem Harem und Oda übrig. „Nun müssen Sie sich umbringen“, sagt Suleika zu ihr. „Nein, bei mir wurden keine Drogen gefunden.“ Oda denkt: nichts wie weg hier!

Dann ist sie in einem anderen Land, hat es geschafft, zu entkommen. Aber die Flucht geht weiter. Auch hier kann sie geschnappt werden. Ein internationaler Strafbefehl wurde gegen sie erlassen. Sie geht ins Traumzentrum, löst ihren Zopf, legt ihn sich vor die Augen, um nicht erkannt zu werden. Aber nun kann sie nicht mehr so gut sehen. Gleich werden sie mich erschießen. Auch die Kinder, die gerade zum Schlaflabor kommen. Sie werden auch verdächtigt. Oda duckt sich. Dann geht sie ins Wasser und entfernt sich unauffällig. Im Wasser können die Hunde die Spur nicht mehr riechen.
Vanas Wehen setzen ein. Sie weiß nicht, von wem das Baby ist, denn sie hat mit zwei Männern geschlafen: Ian und Taffy. Ian kommt zu ihr, schaut aber nur, ob sie Alkohol in der Wohnung hat. Vanas schmeißt ihn raus. Er schaut sich dann bei Nachbarn um, wie sie durch den Spion sieht. Schnell öffnet sie die Tür und warnt die Leute. Ian torkelt nun in Richtung Kneipe. Vanas rennt hinterher. Sie lotst ihn aus der Kneipe raus.
Taffy, der andere mögliche Erzeuger des Babys, taucht auf. Er hat Esther mitgebracht. Er ist lieb zu Vanas. Esther denkt, das Baby sei von Ian. Sie ist ja Krankenschwester und hilft bei der Geburt.
Vanas hat das Gefühl, als ob das Baby eine Feuerwehrstange runter gleitet.
Oda und Jonas haben ein Haus mit Garten, das träumte Oda 1990. Sieben Jahre später können sie tatsächlich zur Miete in ein Haus einziehen.

2020: Jonas und Oda hören den Vortrag „Unsinn erkennen. Auf dem Weg zur Bullshit-Resistenz.“
Sinn und Unsinn zu unterscheiden, das klingt einfacher, als es ist.
Bullshit ist: Verschwörungsglaube (wie die Corona-Leugner), Pseudowissenschaft, gezielte Desinformation und Lügen.
Nach dem Psychologen Keith Stanovic sind auch intelligente Menschen für Denkfehler anfällig.
So ist es zum Beispiel wenig bekannt, dass Newton seine meiste Zeit damit verbrachte, nach dem Stein des Weisen zu suchen.
Schopenhauer glaubte an die Heilkraft des Magnetismus‘.
Kant vermied es, beim Spazierengehen zu schwitzen, weil er meinte, er würde dadurch Lebensenergie verlieren.

Wie bildet man sich eine eigene Meinung? Kant meinte, dass der Mensch zu faul sei, willensschwach, sich eine eigene Meinung zu bilden. Aus der selbstverschuldeten Unmündigkeit kann er nur herauskommen, wenn er seine Vorurteile und Feigheit überwindet. Er hatte die politische Idee, dass Weltbürger sich nach einem moralischen Gesetz richten und keine Autorität mehr brauchen, die ihnen sagt, was sie glauben sollen.
Heute gibt es viele „Fake News". Manche „Fake News" sind auch gefährlich und werden auch von intelligenten Leuten geglaubt.
Eine Umfrage hat ergeben, dass in den USA 40 % daran glauben, dass Gott die Menschen geschaffen hat, 20 % glauben an Evolution. Man hat den Test dann geändert, indem man Akademiker das gleiche fragte, aber 27 % glauben auch daran, dass Gott den Menschen geschaffen hat.
Bei Esoterikern wurde eine Umfrage gemacht, indem Anhänger eines Gurus, der bei Twitter 4-5 Millionen Follower hat, gefragt wurden, was denn die Schlagwörter bedeuten würden: Schwingungen, Energie, Sinn, Aura und der Satz „Der verlorene Sinn für absolute Schönheit". Sie fanden die Wörter hilfreich. Diese Personengruppe glaubte auch an Übersinnliches.
Wenn man nur auf sein Bauchgefühl hört, kann man religiöser Fanatiker werden.
Was hilft also dagegen? Seine Meinung hinterfragen. Was spricht dagegen? Man sollte Menschen anhören, die eine andere Ansicht haben als man selbst. Dann seine eigene überprüfen.

1. Man muss die Aufmerksamkeit hochfahren,
2. lernen die Vernunft einzusetzen und
3. seine Meinung nicht nach einer Gruppe zu richten.

Ali Baba glaubt an seine Mission. Wie sollte man ihn davon abbringen? Bernd Holzhauser glaubt an die Heilpflanze, die Corona und Mutanten besiegt. Oda will ihn nicht von seiner Überzeugung abbringen. Vielleicht hat sein Traum Recht.

Oda liest ihre E-Mail: „Spahn nimmt die Forderungen von Gesundheitsmitarbeitern* nicht an."
Sie hatte ja diese Forderungen mitunterschrieben. Jonas auch. Es waren 153.000 Unterschriften zusammengekommen.

Spahn hat deutlich gemacht, dass er an der Fallpauschale im Gesundheitswesen festhalten wird.

10.05.2020: Im „Tagesspiegel“ steht: „Bezirksbürgermeister sollen 100 Millionen Euro einsparen“. Kollatz (SPD), der Berliner Finanzsenator, fordert dies wegen der Coronakosten. Die Bezirksbürgermeister wehren sich dagegen, denn ihre Einnahmen sind durch die Corona-Krise eingebrochen.
Solche Meldungen machen Angst. Neulich las Oda, dass jemand fordert, wegen der Corona-Kosten die Rentner zu belasten. Das könnte Jonas und sie auch hart betreffen.
Zurück zu Odas Träumen in den 90er Jahren: Alles ist ruhig und grün. Als sie nach Hause kommen, steht da Gabi von der Künstlerinnen-Vereinigung mit Kollegen. Sie wollen im nächsten Jahr ihr Delegierten-Treffen bei Oda abhalten. „Dann müsste ich mir ein paar Tage frei nehmen. Wie sollte es sonst mit dem Schlüssel gehen“, sagt sie zu Jonas.
Über Mittag wollen sie eine Pause machen.
„Ich fahre mittags nicht extra zu Ihnen, um den Schlüssel abzugeben“, mault der Mann einer Schriftstellerin. Eigentlich hat Oda gar keine Lust, für dieses Delegierten-Treffen Urlaub zu nehmen. Sie wird jemandem aus der Gruppe den Schlüssel überlassen. Mit der Rückgabe wird dies schon zu regeln sein.
„Vielleicht wollen Sie während der Tagung im Garten sitzen?“, vermutet sie.
„Glaube ich nicht“, meint Jonas. „Höchstens in der Pause.“
Oda steht nun oben auf meinem Turm, der eine Feuertreppe aus Metall hat. Daran angeschlossen ist ein Haus, in das sie nun geht. Oda steigt runter. Unten hält sich „Moppelchen“ auf. „Warum warst du früher so gemein zu mir?“, fragt Oda sie. Oda hat 2000 ihre Arbeitsstelle gewechselt. „Dafür habe ich jetzt Krebs“, sagt „Moppelchen“. Sie vertragen sich.
Eine Japanerin, jetzt Bilhildis, sagt zu Oda, sie könne 10 verschiedene Arten von Zungenküssen. Sie hat darüber ein Buch geschrieben, indem Abbildungen von verschiedenen Zungenküssen gezeigt werden. Auch der Kaiser von Japan ist anwesend. Die Szene stammt einem früheren Leben.

Jonas will diese Zungenküsse gleich lernen. Zu dritt sollen sie in ein Schlafgemach. Oda ist etwas eifersüchtig auf die Bilhildis, denn sie ist doch eigentlich mit Jonas liiert. Zwei Arten des Zungenkusses mehr gibt es noch, wie Bilhildis nun erklärt.
Eine alte Münze liegt im Dreck. Sie ähnelt der, die Oda Laetus aus Prag mitgebracht hat, aber sie ist kleiner. Die Münze ist aus Messing. Oda hebt sie auf. Laetus sammelt keine Münzen mehr.
Odas Mutter liest ein Zeugnis vor, das ihre Tochter erhalten hat, als sie 12 Jahre alt war. Oda findet es unerhört, dass ihre Konflikte, die sie in der Schule hatte und die in diesem Zeugnis beschrieben sind, so der Öffentlichkeit preisgegeben werden. Die Klassenkameraden verfolgen gespannt den Disput.
In einem dialektischen Schlagabtausch mit ihrer Mutter insistiert sie auf die Würde eines 12-jährigen Kindes. Die Klassenkameraden geben Oda Recht. In der Diskussion erweist sich Oda aber nicht immer so stark. Ein Bibliothekar sagt ihr, dass er ihr ein bestimmtes Buch über Rhetorik mitbringen will.
Claudia fährt Fahrrad. Sie will ihr Rad für den Winter abstellen. Ihr fällt ein, dass sie das nicht tun sollte, denn der ganze Schnee würde dann auf das Fahrrad fallen. Das Fahrrad könnte rosten oder gestohlen werden. Es ist auch nicht mehr ganz in Ordnung. Das Licht müsste repariert werden. Da sieht sie ein Gebäude. Sie will nicht dahin fahren, weil sie befürchtet, dann nicht mehr zurückzufinden. Sie fährt trotzdem drum herum. Plötzlich ist sie im Gebäude. Wie ein Magnet wurde sie gezogen. Frauen wollen sie nicht mehr rauslassen.
Das Rad und sie werden in einem Saal, ein Durchgangsraum mit Stützsäulen abgestellt. Claudia protestiert heftig: „Wenn ich nicht nach Hause komme, wird sich Sven, mein Freund, Sorgen machen!"
„Sie wissen genau, dass Sie hier nicht reinfahren dürfen!"
Claudia gerät in Panik und sagt: „Gleich bekomme ich eine Psychose. Und daran sind Sie schuld!"
„Wieso sind Sie in das Gebäude hier eingedrungen?"
„Ich wurde gezogen! – Ich hatte schon mal eine Psychose, das wünsche ich niemanden."
„Sie können gehen, aber das Rad bleibt hier!"

Nach Hause ist es sehr weit. Sie weiß nicht genau, in welche Richtung sie sich wenden soll. Erst geht sie in die eine Richtung, dann dreht sie um. Sie bittet die Frauen um ihr Fahrrad. „Wie weit sind Sie denn gegangen?"
Claudia beschreibt die Stelle. Sie hätte dann weiter links bergauf gemusst.
Die Frauen geben Claudia ihr Fahrrad und als Entschädigung etwas Geld. Die Scheine schauen aus einem Briefumschlag heraus, es sind 50,- DM-Scheine dabei. Claudia fährt nun nach Hause und fragt sich, warum sie so in Panik geraten ist.
Sie dachte, eine Übernachtung dort mit ihren Kontaktlinsen wäre schwierig geworden. Sie hätte sie rausnehmen müssen. Sonst würde sie eine Augenentzündung bekommen. Aber sie hat ihren Behälter und das Pflegemittel nicht dabeigehabt.
Wieso geriet Claudia in Panik? Sie hat Angst, wie damals, als sie 17 Jahre alt war, eingeschlossen zu werden. Die Mutter hatte sie in ihrem Zimmer eingesperrt, die Schwester schraubte im Auftrag der Mutter den Fenstergriff ab.
Bilhildis soll bei „Romeo und Julia" mitspielen. Es handelt sich dabei um eine Laienaufführung, die nach wenigen Tagen Probe der Öffentlichkeit vorgestellt werden soll. Die anderen Schauspieler können ihren Text schon. Bilhildis hat nicht geübt und keine Lust, unter solchen amateurhaften Bedingungen mitzuspielen. Sie studierte doch früher Dramaturgie! Sie entfernt sich von der Probe und hofft, dass niemand sie vermissen wird. Dann schaut sie sich die Probe von einem Zuschauersitz an. Na, das ist ja sehr frei nach Shakespeare! Einer bringt sich um, indem er sich in dreckigem Wasser ertränkt.
Monika erzählt, dass sie Lehrerin ist und berichtet von ihrer Arbeit. Bilhildis besucht sie in ihrer Klasse. Da überkommt sie das Bedürfnis, einen Orgasmus zu bekommen. Deshalb zieht sie sich in einen Schrank zurück und hängt ihr PLO-Tuch davor. Sie entkleidet sich. Dann denkt sie, ich muss doch zur Arbeit gehen! Sie zieht sich wieder an und kommt aus dem Schrank. Anschließend unterhält sie sich mit den Schülern über Sexualität.
„Wenn wir das Bedürfnis danach haben, was dann?", fragen sie.
„Dann geht ihr allein oder zu zweit raus. Aber wenn sie euch erwischen, müssen sie eure Eltern anrufen."

Karin träumt von einem Liebhaber, mit dem sie sich mit den Augen verständigt.
Oda und Jonas fahren zum Lichtenrader Dorfteich. Die Dorfkirche darf man nur mit Maske besichtigen. Zum Glück haben sie diese im Auto. Vor der Kirchentür sitzt eine Frau mit Gesichtsschutz, die aufpasst.
Links ist der Desinfektions-Spender. Oda war noch nie in dieser Kirche. Wenn sie früher dort war, war sie gerade geschlossen. Einmal spazierte sie mit ihrer Enkelin zum Dorfteich und fragte sie, ob sie sich die Kirche ansehen möchte: „Nein“, antwortete sie.
Jetzt sind sie in der Kirche. Das Kreuz ist aus Holz mit schimmerndem buntem Emaille. Die bunten, modernen Fenster sehen interessant aus.
Sie gehen über den Friedhof. Hier steht eine Eibe aus dem 19. Jahrhundert. Oda will sich die Jahreszahl aufschreiben, hat aber ihren Kugelschreiber vergessen.
Oda erinnert sich an die Umrundung des Dorfteiches mit der Enkelin und auch einmal, wo sie allein dort war, um die Geräusche der Enten aufzunehmen für ein Quiz an ihrem Geburtstag.
Viele Weiden. Stockenten. Einzelne Paare auf Bänken. Jugendliche stehen im Pulk zusammen. Oda erinnert sich an den Lichtenrader Lichtermarkt zur Adventszeit. Sie war damals mit einem Freund dort. Später sagte der Sachbearbeiter vom Sozialamt, er habe sie dort zum ersten Mal lachen sehen.
Ein Schild: „Betreten verboten, wenn der See vereist ist.“
Am schönsten war der Dorfteich, wenn die Seerosen blühten. Aber jetzt sind sie noch nicht so weit.
Zurück zum Auto. Groß-Ziethener-Str. 82. Da haben sie früher gewohnt. Die Bäume sind stark gewachsen. Sie gehen bis zu der Stelle, wo sie früher Tischtennis spielten und die Wespe Oda durch den Rock in das Gesäß stach. Heute ist Muttertag. Viele Leute, die mit Blumen zu ihrer Mutter unterwegs sind. Oda hat gemischte Gefühle, wenn sie an den Muttertag denkt. Zuerst fällt ihr die Nazi-Zeit an, die Mütterorden. Aber davor wurde der Muttertag in Amerika ja schon gefeiert. Ihr schlechtes Verhältnis zu ihrer Mutter. Und sie selbst war auch keine gute Mutter. Wenig Zeit gehabt. Aber vielleicht hat sie es doch etwas besser als ihre Mutter gemacht. Jedenfalls sagt das Laetus. „Du warst eine gute Mutter.“

Laetus kommt mit dem Fahrrad und bringt Jasmin in einem Blumentopf. Er erzählt, dass die Hefe aus Italien kommt und es darum im Augenblick keine gibt. Italien ist ja stark vom Corona-Virus betroffen. Im „Estrel-Hotel" könne man sich für 100,- € auf Corona testen lassen. Innerhalb von 24 Stunden erhalte man das Ergebnis. Für seine Reise mit seiner Familie nach Rhodos braucht er so einen Test.

Oda liest gerade das Buch: „Wir" von Jevgenij Samjatin, das Jonas in seinem Studium der Politikwissenschaften im vorigen Semester hatte.

Die Wahlen waren ja nie geheim. Und dann passierte es, „Tausende von Händen flogen empor", um gegen den Wohltäter zu stimmen.

Das Buch ist wunderbar, wie die Entstehung der Seele von D-503 geschildert wird, dann die Beschreibung, was eine Seele ist, dass, wer träumt, krank ist.

Träume sind etwas Gefährliches, das der Staat nicht dulden darf, genauso wenig wie Liebe und Phantasie, die herausoperiert wird. Der Mensch soll eine Maschine werden. Dann wäre er glücklich. So wird Macht erhalten.

Weiter mit Karin: Sie gehen in ein Zimmer in einem Hotel. Nun suchen sie den Schlüssel. Aber sie müssen leise sein, weil sich hier auch andere Gäste aufhalten. Karin freut sich darauf, mal mit einem anderen Mann zu schlafen.

Karin, ihre Mutter und Regina Mehring vom Kontaktzentrum – sind zu Besuch bei Frau Harden, die erst dann kommt, nachdem sie Karin angerufen hat. Irenaesis hat die Wohnung von seiner Mutter, Frau Stein, verlassen. Sie essen zusammen.

Nun ist es 16.30 Uhr. Es gibt Kaffee. „Kann ich helfen?" Die Besucher tragen Geschirr. Strohblumen werden aus einer ledernen Vase genommen (stammt aus Vietnam). Aber sie ist nicht dicht, deshalb werden da nur Trockenblumen reingesteckt. Hier sind noch Schnüre dran, die Frau Harden und Karin abknüpfen. Der Sohn von Frau Stein kommt wieder. Karin denkt, die Familie müsste ich auch einmal zu mir einladen, aber dies wäre nicht gut. Wie protzig müsste ihnen meine Wohnung vorkommen!

Esther arbeitet im Untergrund. Bei einer Versammlung fällt der Name von Hartmut Hades, er ist gerade ihr Lover. Sie ist von ihm im 6. Monat schwanger. Sie benutzt ihren Bauch, um Nachrichten unter dem Rock zu transportieren. „Hier", ruft er und wird verhaftet.

11.05. 2020: Jonas erzählt, dass man sich bei „Edeka" nun den Einkaufswagen wieder selbst nehmen darf. Es stehen ein Desinfektionsbehälter und eine Haushaltsrolle bereit.
Gestern hat Jonas einen Brief von „Greenpeace" erhalten, die er regelmäßig mit Spenden unterstützt, indem gebeten wird, eine Unterschrift gegen das EU-Mercosur-Abkommen zu leisten. Der Umweltschutz muss trotz Corona-Krise weiter gehen. Die Petition geht an Wirtschaftsminister Altmaier (CDU).
Was ist das EU-Mercosur-Abkommen? 2020 will die EU ein Handelsabkommen mit den Mercosur-Länder, Gemeinsamer Südamerikanischer Markt abschließen, dazu gehören: Argentinien, Brasilien, Paraguay und Uruguay. Der Handelspakt soll Agrarprodukten aus den genannten Ländern den Zugang zum EU-Markt noch weiter erleichtern. Im Gegenzug würden Zölle auf Autos, Maschinen und Chemikalien aus der EU gesenkt.
Danach dürfen die Mercosur-Länder 99.000 Tonnen Rindfleisch zusätzlich in die EU transportieren. Um Weideplatz zu schaffen, werden in Südamerika riesige Waldflächen gerodet.
Mehr als Hunderttausend Tonnen Ackergift landen pro Jahr auf Soja, Mais und Baumwolle – darunter viele Pestizide, die in der EU verboten sind. Da auch die Importkontrollen sinken sollen, steigt das Risiko, dass belastete Lebensmittel nach Europa gelangen.
Durch sinkende Zölle für in Europas Autokonzerne begünstigt der Handelspakt jene Branchen, die zu den größten Treibern der Klimakrise gehören.
Im „Tagesspiegel" steht, dass es in Berlin nach dem Stand von 165 Toten, kein neuer Toter durch Corona dazu gekommen ist.
Das ist zwar erfreulich, aber es rechtfertigt nicht, nach der Meinung von Jonas und Oda, die Proteste gegen die Sicherheitsmaßnahmen der Regierung gegen die Infizierung durch Corona-Viren. „Tausende protestieren deutschlandweit gegen die Schutzmaßnahmen". Sogar der FDP-Politiker Kemmerich beteiligt sich an den Protesten.

Wer geht denn deshalb auf die Straße? Rechte, Linke, Verschwörungstheoretiker, Reichsbürger, Esoteriker, Bürgerrechtler, Impfgegner und „normale“ Bürger.
Der Starkoch Attila Hildmann glaubt, dass in der Coronakrise Beruhigungsmittel ins Trinkwasser gemischt werde. Er hat fast 30.000 Abonnenten beim Chatdienst Telegram.
Die AfD hofft auf eine Wirtschaftskrise, die ihr Wähler zutreiben und so aus dem Umfragetief helfen könnte.
Oda erhält von Avaaz eine E-Mail, die um eine Unterschrift unter einen Brief an die EU-Kommissionspräsidentin Ursula von der Leyen, Bundeskanzlerin Angela Merkel, EZB-Präsidentin Christine Lagarde und alle Staats- und Regierungschefs Europas bitten.
In dem Brief wird darum gebeten, beim Wiederaufbau nach der Corona-Krise grüne Arbeitsplätze und die Volkswirtschaft sauber und fair zu gestalten. Dazu sollen sie jährlich Hunderte von Milliarden investieren.
Oda unterschreibt. 664.556 haben schon ihre Unterschrift geleistet.

23.Kapitel

Traum 90er-Jahre: Oda: Ihr Hund wird abgeknallt. Dann greifen Soldaten ihr unter den Rock und wollen ihre Notizen lesen. Ihre Gruppe will den König stürzen. „Das können Sie sowieso nicht lesen, meine Schrift ist schlecht." Oda lässt ihre Unterlagen verschwinden. „Was haben Sie gelernt?"
„Ich bin eine Adlige." Oda soll die Unterlagen zu einer bestimmten Zeit an einen gewissen Ort bringen.
Oda geht in ihre Kemenate in der Burg. Eine Hebamme kommt und gibt ihr Muttermilch, verdünnt mit Wasser, zu trinken. Oda vernichtet dann ihre Unterlagen. Es schmerzt sie, aber was bleibt ihr anderes übrig? Die Erinnerung. Ihr Freund ist verhaftet worden, der Hund tot, sie muss unauffällig fliehen. Sie darf nichts mitnehmen. Oda verlässt ihren Ort und wandert in eine prähistorische Landschaft. Es stehen dort Fellhütten, rechts geht die Straße hoch, neben ihr läuft eine Frau, mit der sie sich unterhält. Wo soll sie nur hin?
Oda ist mit Jonas im Urlaub. Sie wollen frühstücken. Oda möchte für das Frühstück noch etwas holen. Als sie wiederkommt, sitzt da Hatice, auf ihrem Platz. „Danke", sagt Oda zu Jonas und setzt sich woanders hin. Jonas kommt ihr hinterher und gibt ihr ein besonders leckeres Vollwertbrötchen, das ganz locker ist.
Monika kommt mit Kindern von einem Ausflug zurück. Es ist gleich Schulschluss. In der Turnhalle lehnt eine Schranktür an. Monika schließt die Tür. Von den Kindern ist nichts zu sehen. Die Kollegin Katja ist anwesend. Monika stellt fest, dass sich die Kinder alle versteckt haben. Mühsam muss sie diese finden und rausbegleiten. Besonders die älteren Kinder und Jugendliche wie Holger, die schon schwer und stark sind, sich wehren, machen ihr zu schaffen. Monika beschwert sich bei Katja. Sie gehen zur Tür. „Ich wollte Theorie und Praxis vergleichen. In den Büchern steht, dass die Kinder freiwillig das machen, was die Erwachsenen wollen, wenn man nett zu ihnen ist."
„Tja, du siehst, die Praxis ist anders."

Es sind immer noch sehr viele Kinder da. Marco sagt: „Ach ja", und zieht eine Tischtenniskelle aus seiner Jackentasche, bevor er verschwindet. Katja sitzt mit anderen Kindern wie Benjamin in der Turnhalle. Sie essen Windbeutel und trinken Kakao. Das geht über Monikas Kräfte. Sie dachte, die Kinder verabschiedet zu haben und nun das! Sie räumt das nicht mehr benötigte Geschirr weg.
„Seit einer Stunde ist Schulschluss", sagt Monika erschöpft. Es ist eine Sisyphus-Arbeit.
Taffy zieht durch seine Wut auf Ali Baba richtig die Blitze an. In seinem Haus, wo er mit Nicole in Wittstock lebt, ist der Kronleuchter kaputt, nur wenige Birnen funktionieren noch und Möbel zerbrechen.

Oda träumt beim Mittagschlaf im Jahr 2020: Sie will den Zahnarzttermin in einer Telefonzelle absagen. Jonas ist bei ihr. Plötzlich erhebt sich die Telefonzelle, die in einem Gebäude ist, saust nach oben. „Sie wird wohl erst stoppen, wenn wir beim Sirius sind", meint Oda. Es ist ihr unheimlich. Dann aber senkt sich der Fahrstuhl wieder, bis sie auf der Erde sind. Oda wacht auf. Wie bei Dr. Who.
Sie liest das Buch: „Götter ohne Menschen" von Hari Kunzru.
„Seit Anbeginn der Geschichte gab es Kontakt zu außerirdischer Intelligenz. Ezechiels Thronwagen, die Weltraumfahrten der Maya, die kosmischen Waffen im vedischen Indien …"
1958 – das Kapitel, wo ein Treffen von UFO-Begeisterten in der Wüste stattfindet, ähnlich, wie die Schreiberin es in ihrem Kapitel 6 schildert.

12.05.2020: Oda liest den „Tagesspiegel": „2020 fehlen 100 Milliarden an Steuern." „Giftnotruf: Kinder trinken Desinfektionsmittel".
Das sollte mal Trump lesen, der die Idee hatte, man müsse nur Desinfektionsmittel trinken, dann würde man kein Corona bekommen!
Zur Fleischindustrie: „Unter den 1.200 Beschäftigten in Coesfeld wurden bis Montagmittag rund 230 positiv getestet." „Als in Erkenschwick 33 Beschäftigte positiv getestet wurden, hat das Unternehmen gut reagiert und die Betroffenen in Hotels untergebracht und isoliert", berichtet der Gewerkschafter Thomas Bernhard von der NGG.

Die Werkvertragsarbeitnehmer stammen aus Rumänien, Bulgarien und Polen. Es gibt 30.000 osteuropäische Werkvertragsarbeiter. Das Schweinefleisch ist billig. 1,70 € pro Kilo. Ein deutscher Facharbeiter im Schlachthof verdient ungefähr 15, - € pro Stunde. Ein europäischer Werkvertragsarbeiter kommt mit dem deutschen Mindestlohn und einer Akkordzulage auf maximal zwölf Euro.

Das ist ungerecht. Oda las in der Zeitung, dass Deutsche nicht so gern in den Schlachthöfen arbeiten. Die Spargelbauern sagten, als sich Deutsche zur Spargelernte meldeten, dass sie diese nicht wollen, weil Deutsche nicht hintereinander arbeiten. Sie wollen Pausen. Spargel müsse im Akkord geerntet werden. Aber europäische Arbeiter haben doch auch ein Anrecht auf Pausen!

Viele Bauern schicken ihre Schweine nun schnell zur Schlachtung, weil sie weitere Schlachthofschließungen fürchten. Anschließend könnte aber das Fleisch wieder teurer werden.

Die miesen Unterbringungsbedingungen der osteuropäischen Arbeitnehmer sind seit langem bekannt. 2017 hatte die Branche Besserung gelobt. Aber es wurde oft nicht umgesetzt. Die Werkvertragsarbeitnehmer leben in Gemeinschaftsunterkünften. „Die Grünen haben für diese Woche eine aktuelle Stunde im Bundestag zu den Arbeitsbedingungen beantragt."

Zu den Verschwörungsaposteln: Jetzt soll sogar Bill Gates hinter Covid 19 stecken! Es wird immer abstruser, wer Schuld an der Pandemie haben soll. Wie geht man mit den Leuten um, die an so etwas glauben? Sie sollen Selbstreflexion betreiben und sich fragen, warum sie das gerade glauben möchten. Was wollen sie damit kompensieren?

Sie sollen die Quellen nachprüfen. Es gibt aber ganz gefestigte Verschwörungsgläubige, die nur durch Angehörige, die sich bei Beratungsstellen informieren, vielleicht beeinflusst werden können. Trotzdem ist es immer wichtig, gerade bei rechtem Gedankengut, zu widersprechen.

Traum 90er Jahre: Britta geht aus dem Traumzentrum raus, es ist dunkel, sie knipst den Lichtschalter an und wirft die Tür zu. Das Licht geht aus. Sie hat noch gesehen, dass da hinten ein Schäferhund liegt. Britta bekommt Angst. Hartmut Hades packt sie mit einem eisernen Griff. Britta drückt mit

ihren Fingern in seine Eier. Er lässt sie los, außer sich vor Schmerz, er kann nicht einmal mehr schreien. Aber da ist immer noch der Hund.
Britta schreibt intensiv an dem Buch „Die Traumplaneten".
Sie hat „Schreibsucht", kann gar nicht mehr aufhören und hat Beulen an den Fingern.
Claudia träumt nicht mehr von den Figuren aus den „Traumplaneten". Britta hat jetzt zu ihnen den heißen Draht.
Oda will Schuhe kaufen. Als sie die Schuhe anziehen wollte, stellte sie fest, dass sie gestohlen waren. Auch ihre Handtasche ist verschwunden. So muss sie in Strumpfhosen nach Hause fahren. Da borgt ihr Vanas Badelatschen.
Als Oda 2020 diesen Eintrag liest, fällt ihr der Traum vor zwei Tagen ein, wo sie mit Jonas mit festen Schuhen in Tibet auf einen Berg klettert, während die Reiseleiterin mit Stadtschuhen, die kleine Absätze haben, herumstöckelt und zwei aus der Gruppe zurückgeblieben sind, auf die sie warten müssen.
„Die eifrige Oda", sagt „Moppelchen". Oda denkt: eifrig? Na, vielleicht war ich es mal im Traumzentrum, jetzt bin ich es auf meiner neuen Stelle.
Jonas Mutter ist im Krankenhaus. Sie wiegt wenig und isst nichts. Man weiß nicht, was sie hat. Jonas kommt äußerlich sehr nach ihr. Oda hat sicher Angst, dass es ihm auch einmal so gehen könnte wie seiner Mutter.
Vanas ist in einer Klinik und bekommt ein Kind. Sie gibt den Schwestern sachgerechte Anweisungen. Urania ruft an und erteilt Tipps. Vanas versteht sich gut mit Urania. Ein anderes Kind, klein und schwach, wimmert. Vanas nimmt es auch mit.
Bilhildis Tochter kommt wieder. Die Mutter ist voll Bewunderung für die Weltenbummlerin.
„Wir haben uns Sorgen gemacht", erklärt Vanas, die bei Bilhildis ist.
„Ach, ich war mit einer Freundin unterwegs."
Miloslaw will unbedingt eine ungefähr 30 Meter hohe steile Mauer hochklettern. Ein junger Mann, Skin, springt von der Mauer. Oda wundert sich, dass er nicht unten tot ankommt. Alle drei klettern die Mauer hoch. Oda hat den Karton und ihre flachen, braunen Schuhe unten gelassen. Sie will nicht runterspringen, weil Laetus Angst hat und ihr schwindlig ist. „Ich klettere wieder runter", erklärt sie. Laetus will ebenfalls absteigen. Als sie unten

ankommen, wühlen Leute in dem Karton. Oda zieht ihre Schuhe wieder an und geht mit Laetus weiter.
Monika ist mit Kindern unterwegs. Sie besuchen die Teltow-Kanal-Schule, in die Jolanthe geht. Sie will den lernbehinderten Kindern Mut machen, sich anzustrengen, um auf eine normale Schule wechseln zu können.
Oda hatte vor zwei Jahren einen Traum von einem Berg, aus dem sich Zementbrei herabwälzt. Es ist der Fuji. Sie schrieb darüber einen Prosatext, dann ein Gedicht. Dies fiel ihr ein, als sie den Artikel über den Fuji im „Spiegel" las.
Die Japaner planen der Kuppe ihres heiligen Berges Fuji einen Zementkragen zu verpassen, weil die Masse von Touristen eine Erosion erzeugt hat, die jene klassische Form, wie auf vielen Bildern dargestellt, zerstört.

13.05.2020 Im „Tagesspiegel" steht: 170 Tote in Berlin, (+ 5).
Der Berliner Kochbuchautor Attila Hildmann verkündete vor wenigen Tagen, dass er bewaffnet in den Untergrund ziehen und dort eine Armee aufbauen will. Er spekuliert über Aliens. Der Koch behauptet, gegenwärtig von Geheimdiensten und Tempelrittern observiert zu werden. „Ich bin hier bald der neue Staatschef."
Wie kommt es, dass jemand, der sich vorher nie für Politik interessierte, nun Verschwörungsglauben verbreitet? Er hätte das staatliche russische Internetangebot „RT Deutsch" und ähnliche Plattformen gehört.
„Wenn es wirklich diese geheimen, bösen Mächte gäbe, die seit Jahren eine Weltdiktatur planen und eine Pandemie inszenieren, um durch Zwangsimpfen sehr viele Menschen zu töten – was für lausige Amateure müssen diese Mächte sein, … dass ausgerechnet Typen sie Attila Hildmann und … davon erfahren?" Diskutieren hilft nichts.
„Im Fall von Attila Hildmann haben etliche Supermärkte reagiert und seine Waren ausgelistet." Der Koch hat sein eigenes Geschäft ruiniert.
„4000 neue Mitarbeiter" bei der Post. „Bis zu neun Millionen Pakete hat die Post im April pro Tag ausgeliefert."
Zurück zu Oda: japanische Wissenschaftler behaupten, der Fuji könne noch ausbrechen, obwohl westliche dies bestreiten. Wenn die Japaner also die Kuppe mit Zement befestigen sollten, könnte es sein, dass der Fuji ausbricht

und der Zement sich durch die Hitze verflüssigt und herabfließt. Hat Oda eine mögliche Zukunft im Traum gesehen?

90er Jahre:
Vanas hat ein Baby. Seit einer Woche hat sie es nicht mehr gefüttert und die Windeln gewechselt. Sie vergaß es einfach. Vanas rennt nun hin und her, hoch und runter. Das Baby lebt noch.
Jonas betritt nackt das Zimmer. Er sagt: „Ich habe mich überall gewaschen, auch die Füße." Oda amüsiert sich: „Na, das ist ja vielversprechend."
Monika macht in Begleitung von Katja eine Klassenreise. Sie gehen mit den Kindern in den Wald zum Ballspielen. Kriemhild will schlafen. Monika kann keine Ausnahme machen, denn sonst ist sie abends nicht müde.
Taffy sagt zu Vanas: „Komm', wir machen jetzt ein Kind!"
„Ach, bisher hat es auch nicht geklappt", antwortet Vanas entmutigt.
„Wir versuchen es noch einmal", antwortet Taffy.
Jonas und Oda leben in einem anderen Land. Sie befinden sich in einem Haus. Alle anderen Bewohner in der Umgebung sind schon geflohen. Sie packen ihre Sachen ein. Im Radio wird angesagt, dass gleich eine große Flutwelle kommt. Jonas und Oda sehen den Fluss vor ihrem Garten anschwellen. Plötzlich betritt ein Nachbar, der offenbar noch nicht geflohen ist, ihr Haus. Jonas ist vorher rausgegangen. Unter der Hose reckt sich der Penis. Der Mann will Oda vergewaltigen. Sie wehrt sich.
Wo ist Jonas? „Du kommst jetzt mit! Du kannst wählen: entweder wird dein Augenlicht geblendet oder die Schädeldecke aufgesägt." „Das verstehe ich nicht."
Der Nachbar erklärt es ihr: „Aber beides ist doch genauso grausam", meint Oda. „Ich bleibe hier!"
Der Nachbar packt einen Bohrer aus, hält Oda fest und beginnt, ihre Schädeldecke anzubohren. Es tut sehr weh. Oda hat Angst. Nun ist sie bereit, mitzugehen.

14.05.2020: Oda muss bei „Edeka" ihren Einkaufswagen selbst desinfizieren. In der Drogerie findet sie nur Papiertücher, stellt aber dann fest, dass

auf einem Tischchen daneben Desinfizier-Lösung und eine Haushaltsrolle stehen.
Im Reformhaus gibt es wieder keine Trockenhefe. Jonas hat mit der Hefe, die er vorher im Reformhaus kaufte, zweimal wunderbar Brot gebacken. Frische Hefe gibt es ja schon seit Monaten nicht mehr. Oda bäckt heute wieder Kuchen, damit sie nicht so oft zum Bäcker raus gehen muss. Jonas isst jeden Tag ein Stück Kuchen. Sie nur dann, wenn ihr Gewicht es erlaubt.
Im „Tagespiegel" steht, dass es jetzt 173 Tote in Berlin wegen Corona gibt. Drei mehr als gestern.
Die Kitas sollen ab heute die Notbetreuung ausweiten. Da dann der Sicherheitsabstand aber nicht mehr gewährleistet ist, schlagen die Kitaleiter Alarm.
Außerdem hat Frau Kalayci (SPD), Gesundheitssenatorin, Ärger bekommen, weil sie die Gesundheitsämter nicht vorher zu dem seit Dienstag beschlossenen Ampelsystem befragt hat. Die Gesundheitsämter lehnen es ab, Patienten ohne Symptome auf Corona zu testen.
Zu den Schlachthöfen: „Durch die Arbeitsmarktpolitik der Regierung Schröder und die EU-Osterweiterung ab 2004 hatten die deutschen Schlachthöfe ihre Stammbelegschaften zunehmend ausgedünnt und durch Subunternehmen ersetzt, wie das auch in der Bauwirtschaft üblich ist."
„Die Werkvertragsnehmer haben mit den Schlachthofbetreibern Werkverträge geschlossen, die beispielsweise die Anzahl der zu schlachtenden Tiere oder Gewichtstonnen an zu zerlegenden Tieren zu einem bestimmten Preis vertraglich regeln. Damit verbleibt die Verantwortung für das Personal und für die Umsetzung des Arbeitsschutzes beim Werkvertragsnehmer, der Schlachthofbetreiber übernimmt keine Verantwortung."
Leute kommen Oda entgegen, die sie anrempeln. Es ist furchtbar zu gehen, ohne zu wissen, wohin. Oda tastet nach ihren Kontaktlinsen. Eine erkennt sie in einem Behälter. Also ist sie doch nicht blind. Das Schwarz vor den Augen löst sich auf. Eine Kontaktlinse ist ganz schmutzig.
Oda will sie säubern, da bemerkt sie, dass sie verfolgt wird.
Oda vergewissert sich, dass ihre Einkaufstasche noch da ist. Als sie auf den Boden schaut, erkennt sie, dass ihre Schuhe verschwunden sind.

Monika ist auf einer Reise mit Kindern in einem Haus. Die Kinder wollen in den Keller. Monika versucht, sie davon abzuhalten. Aber einige Kinder aus einer anderen Gruppe lassen immer wieder den Keller offen, sodass „ihre“ Kinder nach unten gehen können. Monika spricht mit den Betreuern, damit der Keller abgeschlossen bleibt. Sie macht ihre Abendrunde, als die Kinder in ihren Doppelstockbetten liegen.
Urania ist mit Bernd auf der Flucht. Aus dem Haus rannte er, indem seine Gegner sich aufhalten. Unbemerkt kann er sich dort in einem kleinen Gartenhäuschen verstecken und übernachtet dort. Papiere und Geld hat er bei sich. Morgens geht er los.
Dann wird er geschnappt, weil er die Route genommen hat, die er gehen sollte. Irgendjemand, dem sie bekannt war, hat ihn verraten. Seine Feinde bringen ihn woanders hin. Dort zwingt man ihn, einen Joint zu rauchen. Später soll er abgeknallt werden.
Ihr Wächter zankt sich mit seiner Frau, dann erinnert er sich an Bernd und zieht ihn aus. Urania bittet um Erbarmen. Es hilft nichts.
Claudias Mutter wollte ihre Tochter besuchen. Am Bahnhof Zoo will sie abgeholt werden. Claudia geht gerade in dieser Zeit zu einer Fete zu Mangolf mit ihrem Freund Sven. Dadurch vergaß sie, ihre Mutter abzuholen. Sie schaut auf die Uhr. Es ist nun schon viel zu spät.
Taffy reicht Vanas das gemeinsame Baby. Vanas will Kaffee holen. Kinder sagen zu Taffy: „Kanake“. Tja, er sieht wirklich ein bisschen sirianisch aus.
„Ich will nicht, dass die Kinder zu mir ‚Kanake‘ sagen“, beschwert sich Taffy bei Vanas.
„Bist du ja auch nicht. Du bist Deutscher und stammst nicht von den Inseln, wo die Kanaken wohnen. Aber vielleicht spüren sie, dass du vom Sirius her kommst“, neckt sie ihn.
Jonas träumt von einem riesigen Schiff, mit dem er auf der Flucht ist. Hinten sieht er Kyra, seine Schwester, mit viel Gepäck. Aber es ist kein Wasser zu sehen. Die Menschenmenge, die mit auf dem Schiff war, ist verschwunden. Jonas weiß nicht, wohin er soll. Schließlich steigt er vom Schiff und geht zur U-Bahn. Dort ist eine unwirtliche Gegend. Den Eingang findet er nur, nachdem er jemand gefragt hat. Er will zur Beerenbosteler-Straße in Hannover.

„Moppelchen“ hat eine Wespenallergie und deshalb Angst, von einer Wespe gestochen zu werden. Um vor einer Wespe zu fliehen, ist sie auf das Brandenburger Tor geklettert. Aber die Wespe fliegt ihr nach. „Moppelchen“ tanzt herum, um der Wespe auszuweichen. Oda denkt: „Hoffentlich fällt sie nicht runter.“ Da plumpst „Moppelchen“ schon in die Tiefe. Es ist schrecklich. Oda weint und Jonas schluchzt.
Jonas und Oda befinden sich auf einem großen Schiff. Mit ihnen fahren viele Leute. Oda weiß nicht genau, wann sie aussteigen müssen. Jonas ist weggegangen. Sie schnallt sich ihren Rucksack um und verlässt das Schiff. Wohin soll sie gehen? Andere Leute suchen auch ihre Partner. Um erkannt zu werden, öffnet sie ihren Schirm. Oda schaut sich um, da sieht sie in das strahlende Gesicht von Jonas. Beide sind glücklich, sich gefunden zu haben.
Oda fällt ein, dass sie heute noch Urlaub hat. Sie ärgert sich darüber, dass sie trotzdem zur Arbeit gegangen ist. Oda schaut auf die Uhr. Es ist 18.10 Uhr. Sie schafft es noch zur Belastungsfahrt um 19.30 Uhr. Oda will ihren Führerschein machen.
Sie packt sich für unterwegs Schokolade und Obst ein.
Die Puppe Christine, die sie als Kind hatte, legt sie neben eine Plastiktüte.
Oda befindet sich auf einer Insel. Sie will weg und rudert deshalb mit einem kleinen Balsaboot. Der Boden ist undicht. Dass Oda nasse Füße bekommt, stört sie nicht. Das Schiff schwimmt. Oda rudert eine Weile. Ihr fällt ein, dass gleich eine Grenze kommt, an der sie sehr viel Zoll bezahlen muss, um sie passieren zu können. Oda hat kein Geld. Deshalb kehrt sie um. Wieder auf der Insel klettert sie einen Berg hoch zu ihrer Ärztin. Als Oda an der Reihe ist, schildert sie ihre Erschöpfung und wie frech die Kollegen zu ihr sind. Sie diskriminieren sie wegen ihrer Brille. Die Kontaktlinsen verträgt Oda nicht mehr. Die Arbeit ist schwierig.
Oda geht mit ihren Kindern schwimmen. Es dauert sehr lange, bis sie sich umgezogen haben. Wilderich sagt, auf seine roten Fußballschuhe deutend: „Darin kann ich gut spielen!“
Laetus wird von seinem Lehrer geschlagen. Oda nimmt dem Täter die Zigarette aus der Hand und drückt sie ihm in seinen Pullover, bis ein Brandloch zu sehen ist.

„Wenn mein Sohn Sie schlägt, und Sie wehren sich, ist das o.k., aber er hat Ihnen nichts getan!“ Der Lehrer behauptet das Gegenteil.
Oda schaut an sich herunter und sieht, dass sie nur Strümpfe anhat. Ein Loch ist am großen Zeh. „Jetzt gehen wir“, sagt sie zu den Kindern.

15.05.2020: In Berlin sind wieder drei Menschen an Corona gestorben, also 177 Tote schon!
In Wuhan werden rund 14 Millionen, also alle Einwohner, innerhalb von 14 Tagen auf Corona getestet, weil sechs Neuinfizierte entdeckt wurden.
In Jilin gibt es eine Ausgangssperre für die Vier-Millionen wegen sechs neuen Covid-19-Fällen. „Nur wer einen negativen Test vorlegen kann, der nicht mehr als 48 Stunden zurück liegt, darf aus Jilin heraus.“ „Der Tagesspiegel“.
Der Sozialarbeiter Jörg Richert, berichtet von positiven Effekten in der Obdachlosenarbeit. … „Wir verteilen täglich 400 Portionen Suppen in der Stadt.“ (Berlin) Problematisch seien die „Weglaufkinder“, die zugenommen haben. Das hat Oda auch schon in den vorigen Tagen im „Tagesspiegel“ gelesen. Häusliche Gewalt? Anzunehmen. Die Frauenhäuser berichten ja auch, dass die Nachfrage in der Corona-Krise angestiegen ist.

Oda träumt in den 90er Jahren:
Sie sieht, wie ein Mann eine Zen-Meditation durchführt. „Man kann es lernen – einfach mitmachen. Der Lehrer will nicht gestört werden“, steht auf einem Plakat. Oda beobachtet, dass einer der Leute aus der Gruppe, die meditieren, unaufmerksam wird. Er ist am Einschlafen. Da öffnet sich eine Falltür unter ihm, und er verschwindet. Bei den Meditierenden, die in der Nähe der Fenster oder Türen sitzen, kommen aus den Lamellen, sobald sie am Einschlafen sind, Hände mit Scheren, die ihnen die Zehen abschneiden. Oda kennt die Methode, dass Meditierende, wenn sie am Einschlafen sind, auf den Kopf geschlagen werden. Offenbar wurde hier die Methode verschärft. Jonas erzählt ihr, als sie wieder bei ihm ist, dass seine Mutter gestorben wäre. Dann ist Oda mit Jonas auf Reisen. Mit einem Schiff haben sie an einer Insel angelegt. Als der Anker wieder gelichtet wird, entdeckt Oda, dass der Platz neben ihr leer ist. Sie fragt nach Jonas. Keiner weiß es. „Er wird wohl

zu spät gekommen sein", vermuten einige Leute. „Sicher hat er noch fotografiert", meinen die anderen.
Als sie beim Festland angekommen sind, wartet Oda auf Jonas. „Ich glaube, ich habe ihn auf einem anderen Schiff gesehen", sagt jemand. Aber er kann es nicht gewesen sein, nachdem Oda ihn genau beschrieben hat. Wo ist Jonas? Oda weiß es nicht.
Claudia befindet sich in einem Haus und hat ein bestimmtes Werkzeug nicht. Deshalb geht sie raus über eine Brücke zu einer Blockhütte und will sich dort eine Axt borgen. Sie heißt Mascha und ist eine kleine, mollige, junge Frau. In der Blockhütte haben Claudia Leute eine Axt geborgt. Nun kann sie ihr Holz zerkleinern. Das Holz ist für den Vorrat. Im Haus ist noch Holz. Die Sonne scheint. Ein junger Mann spricht sie mit anderen Leuten an, ob sie nicht mit zum Picknick in den Wald kommt. Mascha packt ihre Sachen und geht mit.
Im Wald ist, wie auch überall sonst, Schnee. Aber da steht eine Hütte, wo sie sich aufhalten kann. Schließlich wird es dunkel. Mascha hat Angst davor, allein nach Hause zu gehen. Der junge Mann, der sie vorhin zum Picknick überredet hat, trägt ein Gewehr. Er bietet ihr an, sie nach Hause zu bringen. Ein älterer Mann schreibt einen Brief. Diesen sollen sie ins Dorf mitnehmen und einer bestimmten Person überbringen.
„Gewehre sind bei uns verboten", brüllt plötzlich der Mann, als er die Waffe des Jüngeren sieht. Er will ihm das Gewehr entreißen. „Komm' raus, ich will sehen, ob es geladen ist", schreit der Mann. Der jüngere Mann folgt der Aufforderung. Alle Leute sind erstarrt vor Furcht, denn sie denken, dass der ältere nun den jüngeren erschießen wird. Draußen kommt es zwischen den beiden zu einem Handgemenge. Der jüngere Mann will dem älteren nicht seine Waffe geben. Der jüngere Mann rennt los, Mascha hinterher. Es ist draußen kalt. Mascha trägt eine graue Baumwollbluse. Sie hat ihren Mantel vergessen. Durch das Laufen wird ihr warm, bis sie nicht mehr kann, Mascha wird langsamer, der junge Mann, Pjetor, nimmt Rücksicht auf sie. Ihr Atem kommt stoßweise mit weißen Wölkchen aus dem Mund in die schwarze Nacht. Die Sterne sind ganz klar zu sehen, wie immer in ganz kalten Nächten. Wölfe heulen in der Umgebung. Immer wieder schauen sich die jungen Leute um. Aber sie scheinen nicht mehr verfolgt zu werden. Sie

unterhalten sich. „Wer weiß, was in dem Brief steht“, Mascha fallen alle möglichen Märchen ein, in denen der Bote umgebracht wird. „Vielleicht hat er dein Gewehr schon vorher gesehen und denunziert dich deshalb. Du solltest es irgendwo liegen lassen.“

Unterdessen sind sie im Dorf angekommen. Pjetor lehnt sein Gewehr an ein Haus. Die jungen Leute gehen weiter. Er gibt den Brief ab. Mascha sieht, dass die Schrift blau ist. Der Empfänger liest den Brief, es passiert aber nichts. Die jungen Leute sind erleichtert. Können sie beide nicht lesen, oder wollten sie einfach nur das Briefgeheimnis respektieren?

Mascha kommt nach Hause. Sie klopft an die Tür, die sich öffnet, Licht fällt in die Dunkelheit von drinnen nach draußen, eine Frau steht im Türrahmen. Es ist ihre Mutter, die sich sexuell an ihr vergangen hat.

„Ich will nicht mehr bei dir wohnen“, sagt Mascha, macht auf dem Absatz kehrt und geht zu Pjetor, der sie aufnimmt.

Ali Baba verlangt von Claudia und Sven, dass sie in der Zeit, wo der Schwanz eines schwarzen Panthers brennt, kleine Tonscherben wieder zu einer Vase zusammensetzen. Claudia meint, dass sie das nicht schaffen können. Schon jetzt gebärdet sich der Panther tollwütig. Gleich wird er über sie herfallen.

Sie fliegt davon. Zwischen Wänden und Dach ist ein Spalt, wie bei den Häusern in Nicaragua, damit frische Luft einströmen kann. Durch diesen Spalt, den sie erweiterte, er ist aus Stroh, konnte sie fliehen. Dann denkt sie an Sven und kehrt um, damit sie ihn befreien kann. Aber sie gerät wieder in die Macht der Zauberer, die sie gefangen genommen haben. Sie schafft es nicht, Sven zu befreien. Aber sie selbst kann wieder wegfliegen.

Britta hat eine Geschichte gelesen, die sie in der Realität in einem Spiel Wort für Wort wieder findet. Sie wundert sich. Das ist ja ein Plagiat!

Claudia bewegt die Frage, wie sie ihre negative Konditionierung durch die Mutter ändern könne. Da sieht sie einen Käse mit Löchern darin. „Du musst eigene Löcher reinessen“, wird ihr gesagt. Was bleibt ihr auch sonst übrig? Sie wird sehr vorsichtig ans Werk gehen müssen.

Claudia träumte, eine Fledermaus würde sie angreifen. Sie riss ihre Haare aus und fast alle Finger. Claudia schlug sie tot. Später brachte Sven eine

Fledermaus in ihr Zimmer. Sie tat aber nichts, saß nur ruhig da. Claudia beschloss, sie zu beobachten.

24.Kapitel

Ganesha, der Elefantengott, der Glück bringt, hat Laetus im Traum einen Brief geschrieben. In seinen Rüssel hat er ein Reiskorn genommen, dieses in Tinte getaucht und damit ganz kleine Buchstaben gemalt.
Jonas wacht mitten in der Nacht auf. Es ist ihm warm, seine Handinnenflächen pulsieren. Es wird heiß, die Chakra-Stellen öffnen sich wie Bullaugen, um heilende Strahlen auszusenden. Er denkt an Miloslaw, der einen Rückfall bekommen hat und wünscht sich, dass er ihn mit seinen Heilkräften erreicht. Miloslaw sagte gestern: niemand hat mir nachhaltig helfen können. Immer habe ich Schmerzen.
Jonas widersprach ihm: irgendwo in dieser, in der anderen Welt oder Parallelwelt gibt es jemand, der dir helfen kann. Vielleicht kann ich dir mit meinen Heil-Händen helfen?
Urania denkt an ihren Yogi. Sie hat gestern seine Heilige Speise mit Schlagsahne gegessen. Vielleicht könnte sie Miloslaw heilen? Heiße Wogen durchströmen sie. Die Brust runter bis zum Bauch. Immer wieder schickt sie ihre Energie zu Miloslaw. Sie ist glücklich, soviel Kraft zu haben. Lange geht das so.
Jonas reibt seine Handinnenflächen und schließt damit die Bullaugen. Am Morgen gießt er kaltes Wasser auf die Chakra-Stellen.
Jonas und Oda schwimmen im Meer, das hohen Wellengang hat. Sie hören hinter sich Kanonenschläge und Gewehrsalven. Oda fragt Jonas: „Wann war denn das?"
„Im Zweiten Weltkrieg."
„Aber da haben wir doch gar nicht gelebt!"
„Woher willst du denn das wissen?"
Sie werden nicht getroffen. Oda und Jonas steigen nach einer Weile aus dem Wasser und gehen zu einer Blockhütte. Sie setzen sich zu anderen Leuten an einen Tisch. Es ist ein Badeort. Die anderen Menschen haben auch nur Badesachen an. Dann hat Oda plötzlich eine Vorahnung. Schnell versteckt sie sich im Bad hinter der Badewanne, vor der Wäsche hängt. Schon stampfen schwere Soldatenstiefel in die Hütte. Jonas wird etwas gefragt. Er ant-

wortet. Die Männer gehen weg. Oda will schon ihr Versteck verlassen, da hört sie, wie außen am Haus die Tür zur Toilette geht. Soldatenstiefel. Was ist, wenn sie Jonas mitnehmen? Soll sie lieber aus dem Versteck kommen? Oder versuchen, falls sie ihn mitnehmen, ihn dann zu befreien? Jonas will sicher, dass sie in Sicherheit bleibt.
Karin träumt, dass sie eine Ausbildung in 1 ½ oder 2 ½ Jahren machen soll. Sie bekommt im Voraus ein Stipendium für ein Jahr, obwohl sie in diesem Jahr noch arbeitet. Karin empört sich darüber: „Bei dieser Haushaltslage werden die Gelder so rausgeschmissen!" Das war 1998.
„Das haben wir bisher immer so gemacht, dann haben Sie ein finanzielles Polster, wenn es wirklich losgeht."
Vanas befindet sich in einer Puff-Toilette. Zwei Männer gehen an ihr vorbei und kneifen ihr in den Oberarm. „Hallo, Süße!"
Vanas verpasst dem einen Mann eine Ohrfeige. Sie ist wütend und geht.
Oda und Jonas wollen Aufbauarbeiten in Russland machen. Sie besprechen, dass sie wie das einfache Volk fahren wollen. „Wir müssen noch ein Bild vom Genossen Lenin mitnehmen", sagt sie. Das träumte sie 1991.

2020: Oda hört einen Vortrag zum Thema: „Medien und Ethik. Journalismus – Dinge so darstellen, wie sie sind."
Da sie oft aus dem „Tagesspiegel" zitiert und es im Augenblick viele Diskussionen um Verschwörungsglauben gibt, die wegen Corona im Internet verbreitet werden, interessiert sie, wie die Nachrichten zustande kommen und wie man erkennen kann, ob sie seriös sind. Es gab ja 2018 den Fall vom Spiegel"-Journalisten Claas Relotius, der viele seine Reportagen zum Teil oder ganz erfunden hatte.
Es kam heraus. Der „Spiegel" hat es gut aufgearbeitet. Ein Prozess läuft immer noch. Es geht der Schreiberin nicht um die Schuldfrage. Einfach nur darum, wie man es erkennt. Aber die drei Vortragenden geben darauf keine Antwort.
„Alles, was ich schreibe, ist von meiner persönlichen Sicht auf die Dinge geprägt. Ist eine objektive Berichterstattung überhaupt möglich?" Sein Vortrag heißt: „Der Reporter-Blick von nirgendwo? Journalismus in der Spannung zwischen Subjektivität und Objektivitäts-Anspruch."

„Sagen, was sein könnte: Wahrheit und Fälschung im aktuellen Erzähljournalismus. Medienethische Überlegungen am Beispiel des Falls Relotius."
Wo ist die Grenze zur Fälschung? Der Erzähl-Journalismus hat eine lange Tradition, er wurde zunehmend, besonders bei den Rezipienten, beliebter. Relotius erhielt viele Preise. Hat dies auch gefördert, dass er solche Reportagen machte?
„Automatisierung am Ende der demokratischen Mediengesellschaft? Die Rolle von Ethik und Recht bei der Regulierung von KI in der öffentlichen Kommunikation."
Das Grundgesetz § 5 garantiert uns freie Meinungsäußerung. Dieses Rechtsgut wird beschnitten, sobald die Menschenwürde durch Volksverhetzung verletzt wird. Es entsteht gerade ein Medienstaatsvertrag, der den Rundfunkvertrag ablösen soll. Die Social-Plattformen verändern unsere Meinungen mehr als eine Tageszeitung. Zwar gibt es die Selbstbeschränkung bei Facebook, trotzdem setzen die Algorithmen Meinungen z. B. von der AfD, da sie häufiger angeklickt werden als die Einträge von anderen Parteien, mehr in Umlauf.
Wir können leider nicht alles, was behauptet wird, nachprüfen. Wer hat so viel Zeit?

16.05.2020: In Berlin gibt es vier Tote mehr, also jetzt 181 wegen Corona.
„Karstadt Kaufhof will fast die Hälfte der Filialen schließen" … „Insgesamt könnten 5000 Stellen verloren gehen."
„Djamilo Rakic wurde 2018 nach Serbien abgeschoben. Lungenkrank, staatenlos kann er nicht zum Arzt gehen." Er holt in Freiburg seinen erweiterten Hauptschulabschluss nach und ist im zweiten Jahr als Einzelkaufmann. Er beherrscht die serbische Sprache kaum, hat Syrern Deutsch beigebracht. Beim Fußballverein FV Dinglingen betreute er Jugendliche, 2015 kümmerte er sich im Verein um syrische Flüchtlinge.
Wie kann es sein, dass er keine Staatsbürgerschaft hat? Viele Roma haben sie nicht. Vor dreißig Jahren kam er mit seinen Eltern über die Balkanroute nach Deutschland. Sein Vater ist Kroate, seine Mutter aus dem Kosovo. Geboren wurde Djamili Rakic in Rijeka, in Kroatien. Im Abschiebungsbescheid steht: „Geboren in Rijeka im Kosovo."

Nun kam Corona. Ab 6. März gab es den ersten Covid-19-Fall. Unterdessen sind 224 an den Folgen von Covid-19 gestorben. Ein 38 Jahre alter Mann wurde zu drei Jahren Haft verurteilt, weil er sich nicht an die Selbstisolationsregeln hielt.
„Die massiven Indizien für eine Zunahme von Gewalt an Kindern in der Coronakrise alarmieren die Politik in Berlin und im Bund."
Urania träumt, dass sie sich auf die Höhe, dann auf die Weite konzentrieren muss, wenn sie fliegen will. Hinten steht ein Turm. Sie fliegt pfeilgeschwind dorthin. Urania ist glücklich. Ihre Dienerin, ebenfalls wie sie in einen Sari gehüllt, hat eine kleine, gebückte Gestalt. Sie wird geschlagen, weil Urania weggeflogen ist. Es hat Aufsehen erregt. Viele Leute haben Urania fliegen sehen. Sie will nicht, dass andere deshalb Ärger bekommen und beschließt in Zukunft, heimlich zu fliegen. Außerdem wird sie zu dick, wenn sie zu oft fliegt, denkt Urania. Die Gruppe, mit der sie unterwegs war, kommt erst viel später zum Turm.
Oda liegt mit Jonas im Bett. Er sagt: „Tugend reicht für das Lebensglück, jeder, der das Gute erkannt hat, lebe danach und handle", das hat Sokrates gesagt. Plötzlich legt sich ein kurzer Leib auf den ihren. Sie sagt zu Jonas: „Augenblick mal, ein Sirianer besucht mich gerade." Dann fragt sie den Gast: „Hast du eine positive oder eine negative Energie?"
„Eine negative", antwortet er verlegen. Oda sieht, dass es ein blonder, attraktiver Mann ist, mit dunkler Haut.
„Dann hau' ab, du ziehst mir meine positive Lebensenergie weg!" Dabei nimmt sie seinen Arm und bricht ihn.
Angestrahlt wie auf einer Bühne sitzen plötzlich Sirianer, Venuser, Neptuner auf dem Olympia. Sie sehen Oda zu. „Aber es gab doch schon die Götterdämmerung", sagt Oda.
Claudia sitzt mit Miloslaw und ihrem Griechisch-Lehrer an einem Tisch und unterhält sich. Ihre Mutter ist im Nebenzimmer an einer Tür zu einem dritten Raum, der offen ist, es ist keine Wand zu sehen. Die Mutter schließt die Tür. Plötzlich ist eine grau-melierte, rotierende Wolke zwischen Miloslaw und Claudia, dann zieht sie über sie wie ein Mückenschwarm, aus dem die Wut surrt, der Hass tropft und ein Vernichtungswille wie von tödlichen Hornissen-Stichen. Die Mutter will beide umbringen, indem sie ihnen die

Hälse zudrückt. Daher hat Miloslaw immer die Schmerzen. Wie verabredet stehen Miloslaw und Claudia auf und fassen sich an den Händen, die sie auf die Schultern des anderen legen. Die Mutter kann ihnen nichts mehr anhaben. Sie sind ganz gelassen. Trotzdem überlegt Claudia, ob sie nicht der Mutter eine Karte aus Griechenland schicken soll, wenn sie demnächst dorthin verreist. So beruhigt sie ihre aufgewühlten Gefühle.

Oda befindet sich in ihrer Lichtenrader Wohnung im Wohnzimmer mit ihrer Mutter und den Kindern. Plötzlich sieht sie Hände an der einen Wand. Erst denkt Oda, dass es ein Einbrecher ist, aber es kommen zwei Männer. Dann erscheinen noch mehr Gestalten in schwarzen Anzügen und Helmen, die wie Kappen aussehen. Oda fügt sich in ihr Geschick, die Angst verbergend und behandelt die Eindringlinge – oder sind es Außerirdische? – wie Gäste. Diese stellen ihr Fragen, wollen ihre Intelligenz testen und messen. Jetzt erst merkt Oda, dass es Sirianer sind, für die sie ein Versuchskaninchen sein soll. Einer fährt auf der Couch Fahrrad. Oda weist ihn zurecht. „Das dürfen meine Söhne auch nicht." Dann wollen die Besucher Oda spitze Stäbe in die Zähne bohren. „Nein, das will ich nicht", sagt Oda entschlossen und wacht auf.

Oda befindet sich in Miloslaws Wohnung und wäscht ab. Es spukt. Sie hört Hundegebell, obwohl kein Hund da ist. Von einem Nachbarn? Oda berührt den Türrahmen, da ertönt Orgelmusik. Es hört sich an, als ob Leute kommen würden. Sie geht zur Tür, es sitzen schon Fremde im Wohnzimmer in einem Kreis. Ein Hund ist dabei. Es ist Columbus, der weiße Pudel von Miloslaws Frau Gundula, der schon tot ist. Oda begrüßt Miloslaw und seine Familie, zu denen sich die Fremden verwandelt haben. „In deiner Wohnung spukt es", teilt Oda Miloslaw mit. Sie sieht große Kobras. Oda singt den A-Ton. „Huhui". Die Schlangen heben die Köpfe und richten sich auf. Oda hebt beschwörend die Hände. „Was machst du denn da?", wird sie von Gundula gefragt. „Lass' es!" „Wieso? Das machen die Saddhus auch so!"

Oda ist in einem Haus, indem der Fußboden steil nach oben geht, denn es ist in einen Berg eingebaut. Überall liegt Schutt. Sie sucht ihre Kontaktlinsen. Ihr Freund Jonas hilft ihr dabei. Eine schwimmt in einer Waschschüssel. Oda räumt sie ordentlich weg. Sie hat Lust, mit ihrem Freund zu schlafen.

Deshalb wäscht sie sich, denn sie hat Tage. Jonas ist schon in das Schlafzimmer gegangen.
Oda sucht ihre Hausschuhe und findet sie. Überall liegen Schuhe herum. Gundula muss nach Hause. Oda bietet an, sie zu begleiten. Gundula will allein durch den Wald gehen. Um sie bildet sich eine Seifenblase.
Oda fährt mit Hatice und „Moppelchen" zu einer Fortbildung. Alle im Reisebus kennt sie nicht. Oda hat zwei Koffer dabei. Der Bus hält. Karin steigt aus, die Sonne scheint, sie will kurz ein Stück laufen. Die anderen Leute sind im Reisebus geblieben. Ihr ist klar, dass es ein Risiko ist, was sie macht. Von ihrer gehässigen Kollegin Hatice hört sie, wie sie im Hintergrund tuschelt: „Dann fährt sie eben nicht mehr mit. Soll sie sehen, wo sie bleibt."
Oda dreht sich um, ein grün-weißer Bus zieht an ihr vorbei. Da zwei Fahrzeuge von dieser Farbe unterwegs sind, denkt sie sich nichts dabei. Sie geht zu dem grün-weißen Bus und steigt ein. Er fährt los. Aber es ist der falsche Bus. Die Mitfahrenden sammeln für Oda, damit sie ihren Bus mit einem anderen erreichen kann. Aber es kommen höchstens 10,- DM Silbergeld zusammen. Oda steigt aus und will einen anderen Bus nehmen. Sie beschreibt, in welche Richtung der andere gefahren ist. „Dahin komme ich nicht", sagt der Busfahrer. Plötzlich weiß sie nicht mehr das Ziel ihrer Reise. Trotzdem steigt sie ein. Oda hat keine Papiere bei sich, nur das Geld der Leute aus dem vorigen Bus und findet noch einige Münzen in ihrer Jackentasche. Sie steigt bei der nächsten Haltestelle aus und wechselt in eine Straßenbahn, um dann eine Untergrundbahn zu nehmen. Sie fährt „schwarz". Steigt aus. Oda sieht sich den U-Bahn-Plan an. Ähnlich wie in Berlin ist er, aber sie ist in München. Oda kann nicht nach Hause, weil sie keinen Schlüssel hat und nicht mehr weiß, wo sie wohnt. Es ist, als ob sie ihr Gedächtnis verloren hätte. Eine Frau, total von oben bis unten bandagiert, protestiert gegen „Pfanni", die giftige Abwässer in den Fluss leiten würden, wenn sie Püree herstellen. Bei einer Demonstration hat diese Frau Schläge bekommen. Oda überlegt, ob sie sich der Demonstrantin anschließt. Oder sollte sie zur Polizei gehen? Was könnte sie tun?
Sie hat keine Bekleidung zum Wechseln. Der Koffer ist weg. Irgendwie passiert aber etwas, denn sie sieht sich plötzlich in kurzen Hosen, sie trug

vorher lange. Sie lacht mit Freunden zusammen. Oda muss sich einschränken. Aber sonst ist alles in Ordnung.
Claudia erscheint ihre Großmutter. Sie hat rotgeschminkte Lippen, ist schön und voller Liebe. Claudia umarmt sie. Auch der Großvater ist dabei. Das Paar ist voll Liebe zueinander, anders als im Leben. Sie unterhalten sich. Die Oma zeigt ihrem Mann Bücher und Bilder aus ihrem gemeinsamen Leben. Sie lachen und erinnern sich. Claudia wusste im Traum, dass sie tot sind. Sie fragt ihre Großmutter: „Was machst du jetzt?"
„Ich lerne politisches Spanisch, gehe zur Schule."
Eine Gruppe von Männern will Oda vergewaltigen. Sie reckt sich, breitet die Arme aus und fliegt weg.
Jonas fährt mit dem Auto. Über den Nieritzweg in Zehlendorf geht eine alte Frau im Popeline-Mantel. Jonas überfährt sie fast. Oda fragt: „Hast du überhaupt Licht an?"
Es ist nachts. Jonas hält in der Andréezeile.
„Ich muss einen Besuch bei Miloslaw machen", erklärt er beim Aussteigen.
Oda antwortet: „Bist du verrückt? Du kannst doch nicht mitten in der Nacht Miloslaw besuchen!"
Oda wacht auf mit Herzbeschwerden.
Claudia schlägt ein riesiges Kalenderblatt über einen Hügel. Blättert verschiedene weitere darüber. Es sind Landschaftsaufnahmen, Gemälde.
Urania versteckt sich verschiedene Male in unterschiedlichen Positionen hinter einem Baum. Es ist ein Spiel. Dann ein Bild, auf dem sie im Gras liegt.
Claudia ist mit Urania befreundet.
„Du bist schwanger", sagt Urania zu Claudia. „Du wirst ein Mädchen bekommen."
„Wird es auch die schrecklichen Brandflecke von mir haben?"
„Ja, aber sie werden mit der Zeit verschwinden."
Urania bietet an, Claudia zur Entbindung zu begleiten.
„Nein, ich war auch nicht bei deinen Geburten dabei", widerspricht Claudia.
Vanas hat ein Baby aus Knete selbst hergestellt. Es sieht grün marmoriert aus und atmet. Dabei wechselte die Kopffarbe zu einem normalen Haut-Ton.

„Ich muss es jetzt füttern“, sagt Vanas zu Taffy. Sie ist darüber besorgt, ob das Baby Nahrung aufnehmen und verdauen kann.
Traum: Oda war mit Miloslaw als Kind in einem Heim. Sie fanden es ganz gut da. Leider war dort auch ihre Mutter. Oda wollte sich mit Miloslaw etwas unterhalten, aber sie hatten keine Gelegenheit, ungestört zu reden.
Das Heim lag in den Bergen. Oda fuhr mit Tanja Seilbahn. Sie sollte für das Heim Äpfel von einer bestimmten Station holen. Aber die Seilbahn war sehr schnell. Sie verpasste die richtige Haltestelle.
„Die Erzieher werden mit mir schimpfen“, sagte sie.
„Nein, nein“, antwortete Tanja.
Sie stiegen aus. Fuhren in einer anderen Seilbahn zurück zur richtigen Station. Holen die Äpfel.
Angekommen in ihrem Heim betrieb Miloslaw Inzest mit Oda. Sie war traurig. Nun hatte Oda niemand mehr auf der Welt, dem sie vertrauen konnte.
Oda und Jonas hören einen Vortrag im Computer zum Thema: „In der Fremde. Heimat ist da, wovon die anderen reden“, „Fremde Heimat“.
Leider erklärt der Referent nicht, was für einen Staatenlosen wie der Roma, den Oda laut der Beschreibung im „Tagesspiegel“ schilderte, Heimat ist. Der Vortragende berichtet nur von Personen wie Hannah Arendt, die ihre Staatsbürgerschaft verlor. Was bedeutet für Taffy und seine Familie sowie Nicole Heimat und was für Vanas, die ja hier fast alle Venuser verlor, ihren Mann, ihren Supervisor Teiresias und den Traum-Probanden Bromelius. Der Probst hat überlebt. Was ist eigentlich mit seiner Partnerin?
Früher bedeutete der Begriff „Heimat“ das Eigentum an einem Haus, an Grund und Boden. Dann gab es den Begriff „Heimatrecht“, was die Zugehörigkeit zu einer Gemeinde bedeutete.
Alfred Hirsch berichtet über das Buch von Rosemarie Bovier „Verlorene Heimat“, die in einem Flüchtlingslager aufwuchs und aus dem Banat, dem heutigen Serbien stammt. Sie hat ihr Heimatland nie kennengerlernt und erfuhr nur durch die Eltern und Verwandte und Freunde davon.
So ist es auch dem Roma, den Oda vorher schilderte, gegangen. Er kam mit zwei Jahren nach Deutschland. Nun ist er 32 Jahre alt und zum ersten Mal in Bukarest. Was würde er und viele andere, denen es ähnlich ergangen ist, sagen, was für sie Heimat ist? Sicher nicht nur der Ort. Die Sprache bringen

die Eltern den Kindern bei, die Heimatsprache, Sitten und Gebräuche ebenso.
Heute bedeutet „Heimat“ nicht mehr viel, denn wir sind globalisiert. Die Arbeitnehmer sollen überall auf der Welt zu Hause sein, immer mobil, an nichts hängen. Diese Multikulturellen scheinen die Gewinner zu sein. Aber auch sie werden sich an ihre Kindheit erinnern, an Orte, wo sie gewohnt haben, an ihre Muttersprache.
Für Oda ist der Begriff „Heimat“ ein unangenehmer Begriff, denn es assoziiert die Heimatvertriebenen, die ihr Land wieder haben wollten, es erinnert an die „Blut-und-Boden“-Rhetorik vom 3. Reich.
Sie wurde in Berlin geboren, aber kam mit 10 Monaten in den Harz, dann mit 2 ½ Jahren wieder nach Berlin. Ein viertel Jahr wohnte sie mal in Bremen. Ja, wo soll da die Heimat sein? Der Ort, wo man am längsten gelebt hat? Wenn sie in Berlin ist, hat sie Sehnsucht nach anderen Orten. „Heimat“ ist für sie die Erde.

17.05.2020: Kein neuer Toter in Berlin! 181 Tote.
„Der Tagesspiegel“. 300 000 Covid-19-Todesfäll weltweit bisher. Die Auswirkung der Pandemie könnte durch die Beeinträchtigung der Lieferketten für Nahrungsmittel zu „Hungersnöten biblischen Ausmaßes“ mit 300.000 Todesfällen am Tag führen. Auch die Vorsorge für andere Krankheiten wie Malaria könnten reduziert werden. Herzinfarktpatienten sind nicht in die überfüllten Kliniken gegangen, sie haben es aufgeschoben.
Claudia sieht eine Gestalt, die durch eine Marmor-Wand geht. Sie ist fasziniert und will das auch versuchen. Aber eigentlich möchte sie gerade zu einem Schuhmacher gehen, um zu lernen, wie man Fußbekleidung herstellt. Die Gestalt folgt ihr. Mächtige Magnetströme versuchen, sie einzufangen. Claudia schafft es, bis zur Schuhmacherei und schließt die Tür hinter sich.
Oda und Jonas leben in einem totalitären Regime. Ist es das auf dem Sirius? Männer sind in ihre Wohnung eingedrungen. Sie wollen Oda und Gabi, Nicole, Urania, die gerade bei ihnen zu Besuch sind, vergewaltigen.
Oda gelingt es, sich unter einer Decke zu verstecken. Trotzdem wird sie entdeckt. Es kommen immer mehr Leute, die Anhänger des totalitären Regimes sind. Dabei sind auch Intellektuelle. Die Frauen haben Angst. Oda

beschließt, sich zu wehren und zu fliehen. Es ist ihr egal, was daraus folgt. Unauffällig entfernt sie sich. Einen Weg geht Oda entlang, auf dem Soldaten und ein Hund Wache schieben. Sie läuft langsam zwischen zwei Soldaten durch. Diese reagieren nicht. Da sieht sie einen Zaun. Ein Soldat hilft einer Frau, darüber zu steigen. Oda schafft es allein.

„Beginnt da die Freiheit?“, fragt sie.

„Ja.“

Oda befindet sich in einer Stadt, durch deren Straßen sie läuft.

Miloslaw steht bei seinem Auto. Alle vier Räder sind abgeschraubt. Der Lack einer Seitentür ist abgeschabt. Er erklärt Oda, wie es dazu gekommen ist. „Du brauchst ein neues Auto!“

„Nein, es wird zur Reparatur abgeholt“, antwortet Miloslaw.

Taffy arbeitet nebenbei als Spion der Venus auf der Erde. Vanas ist enttäuscht, als sie es erfährt. Sie hat eine Liebschaft mit Arsenius.

Eine Hand von Urania hängt aus dem Fenster. So wird sie, Gabi und Nicole entdeckt. Sie werden in einer Wohnung verhaftet. Urania sucht ihre Sachen für das Gefängnis zusammen. Fast ist sie froh, dass die Zeit des Versteckens zu Ende ist. Nun muss sie keine Angst mehr davor haben. Das war auch auf dem Sirius so.

Ugor, Robert und Holger, denen Oda drei Tage Hausverbot in ihrem Traumzentrum erteilt hat, weil sie andere Kinder geschlagen hatten, kommen mit Waffen wieder. Oda ruft die Polizei. Die Kinder, zu denen auch Jugendliche gehören, rennen weg. Die Polizei sagt zu Oda, als sie eintrifft, sie solle sich nicht wegen solcher Lappalien anrufen.

Oda erwartet, als sie nach Hause in Lichtenrade mit Laetus kommt, dass niemand in ihrer Wohnung ist, aber sie sieht da Licht. Miloslaw feiert dort Geburtstag. Die Mutter und andere Gäste sind da. Oda ist unangenehm überrascht.

Taffy umarmt Karin. Sie fällt vom Stuhl. Karin hat auch sexuelles Verlangen nach ihm, aber sie hat Tage. Karin träumt, dass Taffy ihr ganz nah an ihrem Gesicht seine Liebe gesteht. Sie ist nicht abgeneigt und hat ein kribbeliges Gefühl.

Oda träumt von Hatice. Sie redet halb Türkisch, halb Deutsch weinend mit einem Mädchen, dass sie eine Traum-Tanzgruppe gründen will. Oda; „Das

musst du erst mit mir besprechen!“ Hatice: „Ich melde mich krank!“
Monika ist mit Katja auf einer Klassenreise. Sie machte sich schon mit einigen Kindern bettfertig. Monika schickt die Kinder, Bücher zum Vorlesen zu holen. Katja kommt wie eine Chefin rein: „Ist alles in Ordnung?“
Monika antwortete: „Ja.“ Sie ärgerte sich im Traum, dass sie überhaupt geantwortet hatte. Schließlich war es nicht an Katja, sie zu überprüfen.
Britta träumte von Sirianern, die sie holen wollten. Sie hatte Angst und weigerte sich, mitzufliegen.

2016: Arsenius erscheint mit Tobias, dem Sohn von Ali Baba, was sie nicht weiß, bei Bilhildis: „Das hier ist Tobias, mein Freund. Er will mit mir Baustahl von Italien nach Berlin transportieren. Ich bin arbeitslos geworden, weil ich Elektrokabel falsch verlegt habe. Ein ganzer Stadtteil war stundenlang ohne Strom. Tobias ist Flüchtling aus Syrien. Er ist auch arbeitslos. Wir haben uns bei einer polnischen Firma beworben. Sie haben uns angeboten, eine Leihfirma zu gründen, also den Sattelschlepper bei ihnen zu leasen. Dafür müssen wir in Vorkasse gehen. Kannst du uns Geld borgen? Wenn wir die Aktion durchgeführt haben, werden wir bezahlt. Dann können wir dir das Geld zurückgeben.“
Tobias wurde von seinem Vater vom Sirius auf die Erde geschickt, um alle, die auf der Schwarzen Liste stehen, umzubringen. Arsenius hatte mit Ali Baba Kontakt aufgenommen, weil er es nicht richtig findet, dass Kriemhild so viele Personen töten konnte, ohne dass es für sie Konsequenzen hatte.
Bilhildis hat Mitleid mit dem Flüchtling Tobias. Arsenius kennt sie ja als Kollegen von früher aus dem Traumzentrum und dann von der Venus her. Sie hat einige Ersparnisse und borgt Arsenius etwas davon.
19. Dezember 2016, kurz vor 20 Uhr. Taffy geht mit seiner Familie zum Weihnachtsmarkt Breitscheidplatz. Jolanthe hält eine offene Schnapsflasche in einer Hand und sitzt auf einer Steineinfassung von einem Beet. Sie trägt eine rosa-glitzernde Jacke und blaue Jeans. Die blondierten, langen, gelockten Haare kontrastieren zu ihrer dunklen Haut. Ihr Blick ist diffus. Kriemhild ist lang geworden, immer noch etwas füllig, die dunkelblonden Haare in einer Fön-Welle Ohrläppchen-lang, ein bisschen Lippenstift,

Wimperntusche, ein blumiges Lächeln um die Lippen. Wie Blumen wohl ein Lächeln bei anderen Blumen beschreiben würden? Mit lieblich?
Taffy hat graue Haare bekommen. Er erzählt: „Neulich im Kinderheim, da sagte Tanja zu mir: ‚Opa, du solltest mal in Rente gehen, du hast ja schon graue Haare!‘ In drei Jahren hätte ich in Rente gehen können. Nun bin ich gekündigt worden, weil ich beim Nachtdienst im Kinderheim eingeschlafen war und nicht Tanja hörte, die nachts rein wollte. Sie musste in der Kälte bis zum Morgen warten." Er seufzt, sieht bekümmert aus. Esther: „Zum Glück habe ich ja noch meine Berufsunfähigkeitsrente. Mein Beruf als Krankenschwester hat meinen Rücken kaputt gemacht. Gut, dass ihr keine Krankenschwestern geworden seid!", sie wendet sich an ihre Töchter.
Taffy: „Und ist das nun besser?", er weist auf Jolanthe.
Da braust ein Sattelschlepper in den Weihnachtsmarkt. Man hört einen Schuss. Die Menschen schreien, rennen weg, Buden werden wie unter einer Abrissbirne zusammengeschoben. Blut spritzt. Es riecht nicht mehr nach Weihnachtsmarkt.
Als Taffy aufwacht, liegt er im Krankenhaus. Ein Arzt bringt ihm schonend bei, dass seine Frau und seine beiden Töchter tot sind. „Elf Besucher starben, 67 wurden zum Teil schwer verletzt. Dass sie überlebten, ist ein Wunder."
Taffy weint. Wenn er daran denkt, was er seiner Familie alles zugemutet hat die ganzen letzten Jahre. Sie wollten doch die Diktatur auf dem Sirius besiegen und dann dorthin zurückkehren. Er hatte schon mit Nicole gesprochen. Sie wollte mitmachen. Sie stahlen von der Bundeswehr Waffen und lagerten sie bei ihm im Keller. Ein ganzes Netzwerk von Freiwilligen war schon rekrutiert. In der nächsten Etappe wollten sie zur Raumfahrtstation nach Florida und dort gewaltsam eine Rakete in Beschlag nehmen.
Nun lag Taffy hier fast bewegungsunfähig. „Wie lange wird das dauern, bis ich wieder gesund bin?", fragt er eine Krankenschwester. „Das kann Jahre dauern. Natürlich werden Sie nicht so lange im Krankenhaus sein. Später kommen sie in die Reha und gehen dann nach Hause. Aber wer soll sich denn da um Sie kümmern? Wahrscheinlich brauchen Sie einen Sozialdienst. Aber jetzt werden Sie erst mal gesund. Haben Sie denn niemanden, der Sie besuchen kann?"

„Nein, meine Eltern wohnen weit weg. Geschwister habe ich keine. Ich werde Nicole anrufen.“ Er tippt in sein Smart-Phone.

23. Dezember 2016: Als Nicole Taffy besuchen kommt, trifft sie auf Vanas, die von dem Anschlag auf dem Weihnachtsmarkt gehört hatte und auf der Liste, die ausgehängt wurde auf dem Breitscheidplatz, sah, dass Esther, Kriemhild und Jolanthe gestorben und Taffy schwer verletzt war. Sie telefonierte herum und fand raus, in welchem Krankenhaus Taffy liegt.
Nicole reagierte auf Vanas eifersüchtig. „Habt Ihr Euch nicht getrennt?“
Vanas: „Das schon, aber Taffy ist ein alter Freund von mir. Ich kann ihn doch jetzt nicht im Stich lassen.“
Nicole: „Du weißt, dass ich ihn vom Sirius her kenne.“
Vanas: „Ist es dein Freund?“
Nicole: „Vielleicht wird er es.“
Sie gehen in das Zimmer von Taffy, haben ihm Obst und Saft mitgebracht. Taffy grinst, soweit es ihm bei seinen Gesichtsverletzungen möglich ist.
„Oh, gleich zweimal Damenbesuch! – Ihr habt doch bestimmt vom Anschlag in der Zeitung gelesen. Wie war denn das? Ich habe, bevor ich umgefahren wurde, einen Schuss gehört.“
„Ja, der Fahrer, ein Tobias, hat seinen Beifahrer, er hieß Arsenius, erschossen.“
„Wurde der Fahrer geschnappt?“
„Ja, heute bei einer Routinekontrolle im italienischen Sesto San Giovanni. Er wurde von einem Polizisten erschossen. Du weißt, dass es Ali Babas Sohn war?“
„Nein. Aber dann hat er ihn geschickt, um sich an seinen Feinden zu rächen. Meine Familie stand ja ganz oben auf seiner Schwarzen Liste. Er wird sich ärgern, dass ich überlebte.“
Nicole: „Ich stehe ja auch auf seiner Schwarzen Liste und Vanas sowie viele andere. Was wird er tun, wenn er hört, dass sein Sohn gestorben ist? Er hat nur den einen. Hat auch keine Tochter. Ob er nun selbst auf die Erde kommen wird, um uns zu liquidieren? Wir müssten die anderen warnen!“

25.Kapitel

Miloslaw nimmt das nicht ernst. „Ich will sowieso sterben. Ob er mich nun umbringt oder ich mich tothungere, ist doch egal!“
Nicole: „Warum willst du sterben?“
Miloslaw: „Meine Karriere als Dirigent und Komponist ist vorbei. Ich bin alt. Keiner will mir mehr ein Orchester anvertrauen. Niemand druckt meine Noten! Was soll ich also noch hier?“
„Aber du hast doch deine Töchter und Enkel!“
„Ja, das ist ganz nett.“
Olaf Ludowitz lacht nur. „Ali Baba soll auf dem Sirius sein? So ein Quatsch. Der hält sich irgendwo versteckt. Macht sich ein schönes Leben auf den Malediven oder woanders. Er hat sicher schon wieder Schäfchen um sich geschart, die er melken kann. Ob er überhaupt mein Buch gelesen hat?“
Gabi: „Ja, dem traue ich alles zu. Mein Film über seine Sekte muss ihn geärgert haben. Aber ob er selbst zur Erde kommt oder einen von seinen 40 Jüngern schickt? Wer weiß? Er wird erst mal gedämpft sein durch den Tod seines Sohnes. Aber man weiß ja nie. Ich habe schon Angst. Aber was soll ich machen? Personenschutz bei der Polizei anfordern? Die lachen sich doch nur scheckig.“
Bilhildis, Bernd, Urania, Claudia, Bahram und Wubke, Mangolf und Euphrasia werden informiert. Der Alltag geht weiter. Sie warten ab. Bald ist die Angst zerschlissen. Sie denken kaum noch daran. Höchstens in ihren Träumen kommen die Ängste hervor.
Und Vanas kämpft immer noch mit ihrem unerfüllten Kinderwunsch. Sie träumt, dass sie versucht, zu gebären. Aber das Kind bleibt auf halber Strecke stecken. Vanas kann mit ihren inneren Augen sehen, wie es aussieht: blond und fein. Ein Mädchen. Vanas wird an eine Wehen-Maschine angeschlossen.
Jonas und Oda gehen zusammen zum Reisebüro von Nicole, die komische Augen durch den häufigen Umgang mit Computern hat. „Was ist denn mit deinen Augen los?“, fragt Oda. „Manchmal kann ich gar nichts mehr erkennen. Ich werde mich demnächst operieren lassen. Ich habe grauen Star. Eine

stärkere Brille bringt nichts mehr." „Na, dann viel Glück! – Wir wollen eine Reise nach Nicaragua buchen. Wubke und Bahram kommen auch mit."
Karin träumt davon, bei einer Fortbildung zu sein. Die Teilnehmer stellen Leitern auf dem Schulhof auf. Der Anleiter sagt ihnen, dass sie darauf klettern und dann fliegen sollen. Karin weiß, dass sie das kann, ist oben und schon schießt sie kerzengrade in die Luft. Aber sie will bei den anderen bleiben und kehrt deshalb zur Erde zurück. Ihre Mitschüler wollen abends noch in eine Bar gehen, als Nebel aufzieht. Karin verabschiedet sich. Morgen sollte sie nach Hause zurückkehren.
Karin schlendert fort, da fällt ihr die Leiter ein. Sie muss sie noch wegräumen. Sie sucht den Schulhof und findet ihn nicht mehr. Bei einem anderen landet sie, sie schaut in das Gebäude rein, nein, dies ist nicht die richtige Schule, es wird dunkel. Vielleicht ist es aber doch die von vorhin und die anderen Schüler haben die Leiter schon weggeräumt. Karin will zurück. Wohin zurück? Sie wacht auf.
Claudia trägt eine bunte Krone und ist blau, rot und gelb geschminkt. Aus den Lippen kommen links und rechts von innen aus dem Mund Stäbchen. Sie ist eine Zauberin in Tibet. Dann träumt sie, dass sie eine Puppe hat. Sie hält sie Oda hin. Diese „berührt" mit ihren Augen die Puppe und lädt sie dadurch mit ihrer Aura auf, ebenso die von Claudia. Es ist wie ein gewaltiger elektrischer Schlag. Die drei sind wie in einem Zauberkreis. Claudia wird das Kleid ausgezogen, weil sie ein neues bekommen soll. Das neue ist weiß und ganz eng. Claudia kann nicht richtig damit laufen. Sie trennt die Nähte seitlich auf, sodass es breiter wird.
Urania hält sich in einem Altersheim bei Miloslaw in einem Zimmer auf. Es ist, als ob sie mit seinen Augen sieht. Er kann sich nur verschwommen wahrnehmen, rennt gegen den Fahrstuhl und dann rempelt er eine Tür. Miloslaw will Tabletten nehmen, um sich zu töten. Urania geht in hellbraunen Stoffhausschuhen in den Garten. Sie trägt einen langen, blauen Trägerrock aus Wolle. Dann geht Urania wieder auf das Haus zu. Dessen Fassade kippt und erschlägt sie fast. Dahinter ist wieder eine Mauer. Jonas arbeitet gebückt im Garten über einer Hecke.
Vanas geht durch die Straßen. Sie hat Pflegekinder. „Wir haben ein Recht darauf, als Pflegeeltern ausgebildet zu werden", sagt sie zu einer Dame im

Amt. Ein schmutziger Zwerg sitzt draußen und bettelt. Vanas will ihm erst nichts geben. Dann bietet er ihr seine Geschichte an. „Erzähl aber die Wahrheit, ich bekomme sowieso früher oder später heraus, ob das stimmt!"
Da beginnt der kleine Mann zu weinen, denn er sieht andere Menschen essen und trinken. „Ich habe seit Tagen nichts mehr zu mir genommen." „Ich bezahle für dich das Essen", verspricht Vanas. Der Zwerg rennt zu einem Loch in einer Baumwurzel. Aber die Höhle ist mit einer Tür geschlossen. Er klopft. Eine Zwergin öffnet. Der Zwerg wird reingelassen. „Ist das hier ein Restaurant für Zwerge?", fragt Vanas. „Ja." „Ich bezahle für den Zwerg."
Jonas ist bedrückt wegen des Todes seiner Mutter und des Streits mit seinen Geschwistern. „Wenn es einem schlecht geht, braucht man sich nur 300 Jahre zurückzubeamen in ein anderes Leben, als es einem gut ging", sagt eine Stimme zu ihm. Er macht das und kommt in Tibet an.
Vanas hat gerade ein Buch über psychische Erkrankungen geschrieben. Ob Ali Baba psychisch krank ist und alle anderen, die in Sekten sind? Sie träumt, dass es kurz vor Feierabend ist. Die Eingangstür des Traumzentrums ist weit geöffnet und eine vermummte weiß bandagierte Gestalt – nur die Augen sind zu sehen – nähert sich. Diese kommt halb rein. Dann verschwindet sie langsam rückwärts. Vanas nimmt ihr Tränengas aus der Handtasche, hält sich schützend einen Arm vor die Augen und sprüht in Richtung der Erscheinung. Schnell ist die Flasche leer. Sie hat sich nach dem Anschlag auf dem Breitscheidplatz Tränengas gekauft. Das Licht geht aus. Dann wird es wieder hell. Viele Jugendliche sind im Haus. Im Saal sitzt eine Gruppe in mittelblauen Skianzügen im Kreis. Sie sehen aus wie Kämpfer. Vanas versucht, die Tür vom Büro zu schließen, die plötzlich offensteht. Ihre Tasche hat sie aus dem Fach genommen. Marc stellt ein Bein zwischen die Tür. Vanas würgt ihn. Sie spürt genau die Gefahr in der Luft. Gleich wird es losgehen. Nur was? Die Bürofenster sind plötzlich auf und die Jalousien hochgezogen. Vanas sucht ihre Jacke und die Schlüssel. Eltern, vielmehr Leute, die das vorgeben zu sein, wollen ihre Kinder durch die hintere Bürotür abholen. Dann schließt sie die Fenster im Büro.
Sie wacht auf. „Warum bin ich nicht auf die Idee gekommen, die Polizei zu rufen?", denkt sie.

Hatice borgt sich von „Moppelchen“ Geld, um Lebensmittel zu erstehen. Aber sie kauft davon ein Messer. Sie will Oda abstechen. „Moppelchen“ weiß nichts davon, aber sie vermutet es.
Oda hört den Vortrag: „Jugend und Gewalt. Jugendliche, die das pädagogische System sprengen.“ „Grenzgänger, die durch das Raster fallen.“ Ist Kriemhild eine Grenzgängerin?
Wilderich, ihr älterer Sohn, war ebenso ein Systemsprenger.
Der Vortragende betrachtet zunächst Systemsprenger historisch. Es gab schon immer Systemsprenger, denn sonst hätte die menschliche Entwicklung stagniert. Aber, so fragt sich Oda, was bringen gewalttätige Ausbrüche von Jugendlichen für Erneuerungen? Sie erinnert sich an ein Mädchen, das sie im Heim besuchte, indem Taffy arbeitete. Oda sollte eine aufsuchende Traum-Therapie dort anbieten. Das Mädchen war sexuell so auffällig geworden, dass das Heim es ablehnte, sie weiter zu betreuen. Davor war sie in diversen Pflegestellen gewesen, wo man auch nicht mit ihr zurechtkam und sie deshalb gehen musste.
Außerdem lief sie häufig weg. Da sagt man, so ein Kind sucht seine Eltern. Wie fühlt sich das an, wenn man weder Vater noch Mutter hat wie Vanas? Für sie war das erst mal normal, aber als sie auf den Sirius und die Erde kam, merkte sie schon, dass ihr etwas gefehlt hat.
Was ist jetzt der Unterschied zum Konzept zu Bruno Bettelheim: „So können sie nicht leben!“ Bruno Bettelheim sperrte einen System-Sprenger-Jungen in ein Zimmer ein, wo es nichts gab, womit er sich verletzen konnte.
Menno Baumann vertritt die Ansicht: „Kinder brauchen Grenzen“, ja, natürlich, nichts Neues, aber wie man die durchsetzt und, wenn sie verletzt werden, sanktioniert, das sagt er nicht. Jugendliche, die nicht dazu gehören wollen oder können, findet man auch mit psychiatrischen Diagnosen. „Grenzen sind dazu da, die Prozesse im Inneren zu schützen.“ Hört sich ja toll an. Aber wie, bitte sehr? „Grenzsprenger“ ist die Bezeichnung einer Beobachtung, nicht die einer Diagnose. Jugendliche werden so auffällig, weil sie ihre Identität schützen wollen. Damit kann Oda nichts anfangen.

18.05.2020: Im „Tagesspiegel“ steht die Forderung der Grünen, dass Werkverträge über Subunternehmen in der Fleischindustrie verboten werden

sollen. Grünen-Chef Robert Habeck sagt, dass es einen Mindestpreis für Tierprodukte und eine bessere Tierhaltung geben sollte.
Mehrere hundert Corona-Fälle an verschiedenen Standorten des Schlachthofs Coesfeld wurden in den letzten zwei Wochen entdeckt. Hauptursache sind die oft eng belegten Unterkünfte der osteuropäischen Werkvertragsarbeiter.
Der Konflikt zwischen den USA und China kann nicht so leicht bereinigt werden, wie sich dies Trump vorstellt, indem er die Beziehung zu China beendet mit 1,2 Billionen Schulden bei China. China exportiert für 450 Milliarden Dollar in die USA, umgekehrt sind es nur 108. China will sicher, dass die USA ihre Schulden auch begleichen und dass sie weiter so viel Waren dort einführen können. Die USA wirft China vor, den Ausbruch der Corona-Epidemie erst verheimlicht und zu spät bekannt gegeben zu haben.

Vanas träumt, sie habe zwei Kinder in Pflege genommen. Deren Mutter wusste erst nichts davon. Vanas hat deshalb ein schlechtes Gewissen. Sie erzählt es ihr später. „Nachdem die Kinder zwei Tage weg waren, bin ich zur Polizei gegangen", erzählt die Mutter.
Vanas hat den Kindern Bekleidung gekauft. Es tut ihr leid, dass die Mutter ihre Kinder wieder mitnimmt.
Oda träumt, dass von Deutschland aus um 16 Uhr von den USA eine Atombombe gegen den Iran gezündet werden soll. Es geht um das Öl. Iran wird ebenfalls eine Atombombe nach Deutschland abschießen. Oda muss die Kollegen und Klienten schützen.
Sie sollen nicht nach Hause, sondern in einen Bunker gehen. Vanas hat ihr gesagt, dass sie es schaffen wird.
Karin träumte, sie helfe Vanas bei der Geburt ihres Kindes. Das Baby kommt schnell. Der Kopf droht an ein Gitter zu stoßen. Karin schützt ihn. Das Abnabeln traut sie sich aber nicht zu. Sie ruft per Telefon einen Krankenwagen. Gleichzeitig geht die Blüte einer Strelitzie auf. Karin wacht glücklich auf, obwohl sie nicht weiß, was der Traum zu bedeuten hat.
Vanas hat ein Baby. Das Kind kann sprechen und sagt, dass es zu politischen Versammlungen will. Es möchte da hochgehoben werden und zuhören.

Oda hält sich bei ihrer Mutter auf. Die Wohnung kennt sie nicht. Ihr Bruder ist auch da. Die Mutter fasst sie an den Händen. Oda schüttelt sie ab. Der Bruder sagt zur Mutter: „Hör' auf, sonst gehe ich."
Die Mutter gibt ihr Geld für Wito. „Wenn ich ins Altersheim gehe, dann nehmen sie mir sonst alles ab."
Oda findet Kriemhild und Jolanthe, die sich am Kellereingang vom Traumzentrum bei der Treppe versteckt haben. Sie haben ihr Geld gestohlen.
Karin ist mit anderen Leuten im Freien. Sie befinden sich auf einem grünen Gras-Weg, der höchstens ein Meter breit ist. Die Halme sind gebogen wie bei den Kornkreisen. Als ob ein Ufo hier ab und zu gelandet wäre.
Andere Menschen schweben gemächlich über dem Rasen in einem halben Meter Abstand. „Nur die Venuser können das", wird Karin erklärt. Sie denkt: das kann ich auch und konzentriert sich. Schon schwebt sie über den langen, kurvigen Gras-Weg. Es ist ein herrliches Gefühl. Karin muss sich stark konzentrieren, damit sie es durchhält. Dann landet sie, da sie eine Kollegin aus ihrer Tagesklinik entdeckt, mit der sie sich unterhält.
Oda führt Jonas einen thailändischen Tanz vor, den sie einstudiert hat. Eine Musikkassette mit thailändischer Musik läuft. Auf dem Kopf trägt sie einen Schilf-Hut mit vielen klingelnden Schildhornplättchen, die rascheln, wenn sie den Kopf bewegt. Vor einem Manilarohr-Spiegel im Lichte einer blauen Glaskerze tanzt sie. Oda trägt ein oranges Batiktuch um die Hüften geschlungen, ein riesiger Fächer bedeckt abwechselnd ihre Brüste oder andere Körperteile. Sie dreht sich, wirft die Unterbeine vom Knie abwärts nach vorn im Wechsel, hockt sich fast. Langsam entknotet sie das Tuch und wickelt es ab. Ihre Augen springen ruckartig hin und her, ihr Hals verschiebt sich nach links und rechts, die Finger werden wie Mudras gehalten. Nun wird der Fächer gedreht, wie ein Schmetterling lässt er sich vor der Scham nieder, flattert erregend, Amber-Duft verströmend.
Jonas ist beeindruckt, aber nicht erregt. Später schläft er mit Oda.
In einem Seminar, wo es um Reisen gibt, lasen Studenten und Oda von W.G. Sebald „Die Ringe des Saturns." Der Saturn spielt hier aber eine geringe Rolle, nur insofern, dass er auch der „Hundsstern" genannt wird. *Wir wissen ja, dass die heißen Tage im Sommer die Hundstage genannt werden*. Und in dieser

Zeit bricht der Protagonist zu seiner – teils imaginären Fußreise durch England auf.

19.05.2020: Oda liest den „Tagesspiegel“: Der Verein „Soko Tierschutz“ infiltrierte Schlachthöfe, um Missstände aufzudecken. Einmal erlebte Friedrich Mülln, der Gründer der Organisation, wie ein Arbeiter afrikanischer Herkunft, der in 16-Stunden-Schichten arbeitet, sechs Tage die Woche für knapp 700 Euro eine tiefe Schnittwunde erlitt. Er bat um Hilfe. Der Vorarbeiter sagte nur zu ihm: „Arbeiten! Zeit ist Geld!“
In einem Zerlegebetrieb in der Nähe von Osnabrück haben sich 92 Mitarbeiter mit Corona angesteckt. Die Werkarbeiter tragen andere Mützen als die Stammbelegschaft. Sie dürfen mit ihnen keinen Kontakt aufnehmen, denn sonst könnten sie etwas über grundlegende Arbeitnehmerrechte erfahren.
Aber nicht nur den Menschen, die in den Schlachtbetrieben arbeiten, geht es schlecht, auch den Tieren, die unzureichend betäubt werden und bei Bewusstsein an Schlachterhaken aufgehängt werden. Die Tiere werden mit Elektroschocker malträtiert. Bolzenschüsse, die die Tiere betäuben sollen, gehen oft daneben. Um das ertragen zu können, trinken die Arbeiter übermäßig Alkohol. Ein Kopfschlächter in Bayern, der für das Betäuben und Durchtrennen der Hauptschlagader zuständig ist, wird „Weißbier“ genannt, weil er schon betrunken zur Arbeit kommt. Auch der Tierschutzbeauftragte des betreffenden Unternehmens sei stets betrunken gewesen. Der Verein stellt Anzeige, wenn er genügend Beweismaterial gesammelt hat. Die Veterinärämter warnten die Schlachthöfe, damit sie Beweismaterial vernichten konnten. Bei großen Betrieben muss ständig ein amtlicher Veterinär anwesend sein. Diese Aufgabe wird aber oft an private Tierärzte ausgelagert. Diese wollen ihren Job behalten, sind durch persönliche Beziehungen mit dem Schlachthofpersonal verbandelt – so machen sie keine Anzeigen. Auch Biobauer behandeln das Vieh nicht besser oder ihre Schlachter.
Als Oda das liest, denkt sie, dann brauche ich ja kein teures Biofleisch mehr kaufen! Sie findet die Undercover-Recherche des Vereins „Soko Tierschutz“ sehr gut. Sie erinnert sich an die Aktionen von Wallraff.

Rinder werden systematisch mit Eisenstangen geschlagen, sie leben in engen Ställen ohne Tageslicht.
Friedrich Mülln sagt: „Schlachthöfe sind Planeten, die unabhängig von unseren Gesetzen, ethischen Werten existieren. Das System, wie es derzeit besteht, muss zerschlagen werden."
Auch „Animal Rights Watch" kümmert sich um dieses Thema. Sie fordern den Komplettausstieg aus der landwirtschaftlichen Tierhaltung. Sie stellen fest, dass laut Gesetz rund um die Uhr ein Veterinär zur sogenannten Lebend- und Todbeschau anwesend sein muss. Es gebe Fälle, wo monatelang kein Veterinär auftauchte.
Eine Runde von Staatssekretären verständigte sich auf eine Gesetzesnovelle aus dem Bundesarbeitsministerium, mit der das Sub-Unternehmertum in der Fleischwirtschaft erschwert werden soll. „Dann kam Scheuer, und der Vorschlag konnte nicht mehr vom Arbeitsminister Hubert Heil (SPD) ins Coronakabinett eingebracht werden."
Die Masken kamen direkt vom Bund und wurden an niedergelassene Ärzte verteilt. Sie waren defekt!

Oda träumt, dass sie in einem rostroten Cord-Kostüm dasteht, ihre Haare sind glatt und Ohrläppchen lang, zwei Zipfel sind in Sechserlocken in das Gesicht gedreht. Sie schaut sich an. Nein, sie ist es nicht. Es ist eine Gestalt, wie von ihr erdacht. Dann schlüpft sie in diese hinein. Jemand ist bei ihr. Aber wer? Sie kann diesen „Jemand" nicht sehen. Sie fühlt ihn. Ein Wesen, geschlechtslos, wohlwollend. Oda geht in einen Wald ohne Weg. Die Zweige der Tannen streifen ihr Gesicht. Zärtlichkeit. Sie tritt aus dem Wald und sieht ein Tal. Darüber ein bunter Himmel. Nie sah sie dergleichen. Sie hätte nie geglaubt, dass es so etwas geben könnte. Es ist unheimlich. Der Himmel ist nicht blau oder grau, smogverhangen, er ist violett, lila, in allen Farben prangend, hell und dunkel, plastisch durch ein Wolkengebräu. Er hängt über dem Tal, aus dem Wege in ihn hineinlaufen. Oda sucht sich den schönsten Teil des Himmels aus und wählt danach ihren Weg. Es ist der Weg, das Tao, wie ihr nun einfällt, was „Weg" heißt, aber doch einen bestimmten meint. Auch der Himmel ist eigentlich ein „heaven" kein „sky", in dem die Flugzeuge fliegen.

Im Tal fahren zwei Straßenbahnen, aber ihr Ziel ist nicht „ihr“ Himmel. Wo ist nur ihr Weg? Sie hat ihn aus den Augen verloren. Man erkennt ihn nur, wenn man das Ende im Himmel vor Augen hat. In der Ferne türmen sich Berge. Sie erinnert sich: da oben auf einem ist eine Burg. Also muss sie schon einmal hier gewesen sein. Oder ist es nur ein Gewitterhimmel? Nein, es liegt Liebe in der Luft. Sie wird geführt. Oda muss zu Fuß gehen, es ist noch ein langer Weg. Ach ja, sie kennt diesen Ort, hier war sie schon einmal: auf der Venus. Heimatgefühle, Wiedersehensfreude durchströmen sie. Sie ist nach Hause gekommen. Hinten in der Burg wartet Jonas. Dachte sie, aber wer thront auf dem Hügel? Vanas. Wie eine Pallas Athene mit einem Helm, der irisierend im Licht funkelt. Jetzt erst merkt Oda, dass sie an dem Punkt zwischen den Augenbrauen durch eine feine Silberschnur gezogen wird. Der Faden ist an dem gleichen Punkt an der Stirn bei Vanas befestigt. Er rollt sich bei jedem Schritt, den Oda näher kommt, auf. Ach, sie war, ist eine Kopfgeburt! Und schon ist sie im Kopf von Vanas verschwunden, in dem Jonas auf sie wartet. Nun sieht sie durch Vanas Augen; Heerscharen von Figuren nähern sich dem Hügel, alle wie an Fäden gezogen. Zur Urmutter zurückkehren. Lilith – wie gut. Vanas strahlt ihre „Kinder“ an. Nun hat sie diese doch noch bekommen, zwar nicht aus dem Uterus, aber aus dem Kopf. Lächelnd sieht sie Taffy an, der neben ihr sitzt und sie liebevoll streichelt. Alle „Kinder“ nach Hause rufen.
Vanas hat Kopfschmerzen. In ihrem Kopf rebelliert Jonas und Oda: „Wir wollen hier raus, nicht nur Kopfgeburten gewesen sein. Wo bleiben die Gefühle?“
Vanas sagt: „Dafür bin ich nicht zuständig. Da müsst ihr zu Psyche gehen.“ Schon sind Oda und Jonas aus ihrem Mund herausgeschlüpft und die anderen Figuren auch.

Jonas und Oda kehren nach Hause zurück und hören den Vortrag: „Wir schulden Tieren etwas. Ethik und Schlachten.“ „Tiere töten.“ Das ist interessant wegen der Corona-Ausbrüche in den Schlachtbetrieben. Auch auf dem Sirius sind die Verhältnisse ähnlich wie auf der Erde. Wir erinnern uns: Taffys Eltern arbeiteten im Schlachthof auf dem Sirius. Jetzt sind sie schon tot.

58 Millionen Schweine, 600 Millionen Hühner und 3 ½ Millionen Rinder werden in der BRD im Jahr geschlachtet. Haben wir ein Recht, sie zu töten? Nein. Es gibt genügend vegetarische Nahrung bei uns.
Der Fleischkonsum in den USA ist noch höher als bei uns. Im Tierschutzgesetz steht zwar, Tieren sollen beim Schlachten keine Schmerzen zugefügt werden, aber bei Rindern funktioniert der Bolzenschuss nur zu 4-9 %.
Vor dem Schlachten erleiden Tiere Qualen. So wird ein Schwein in seinem 2-jährigen Leben 2/3 der Zeit in einem 75 cm breiten Kasten eingesperrt. Es muss seine Ausscheidungen riechen. Die Hörner und die Schwänze werden ohne Betäubung abgeschnitten. Erst 2024 soll ein Gesetz in Kraft treten, dass Schweine dabei betäubt werden müssen. Ebenso bei der Kastration.
Oda hat sich schon mal eine Zeitlang mit ihren Kindern vegetarisch ernährt, auf die Dauer aber kam sie davon ab. Jonas und sie essen wenig Fleisch. Ob die Rinder in Argentinien auch so gequält werden wie bei ihnen? Sollte man vielleicht lieber Rindfleisch aus Argentinien kaufen?

20.05.2020: „Der Tagesspiegel“: „Anders als die Wettbewerber haben die Edeka Fleischwerke nicht die Selbstverpflichtung unterschrieben, wodurch seit 2017 für die zumeist aus Osteuropa stammenden Schlachter Sozialversicherungsbeiträge zu zahlen sind.“
Oda hat eine E-Mail von campact erhalten, die Unterschriften unter ein Papier „Kein Platz für Neonazi-Propaganda auf Spotify!“ sammelt. Die Verschwörungstheorien, die im Netz verbreitet werden, zum Beispiel, es gäbe in Amerika Lager mit Kindern, denen Blut abgezapft werde für Verjüngungskuren von Reichen, sind ebenso hanebüchen, genauso wie die Proteste gegen die Maßnahmen, um die Corona- Krankheit einzudämmen. Oda unterschreibt als 104.515.
Die Proteste gegen die Regierungsmaßnahmen, zum Beispiel Masken zu tragen, erinnern Oda an das Buch von Manzoni „Die Verlobten“. In Italien brach die Pest im 17. Jahrhundert aus, die Regierung ergriff dagegen Maßnahmen, die Leute protestierten.
So wie bei uns heute Menschen die Corona-Krankheit leugnen, glaubten dies auch die Leute damals nicht: „Aber die Seltenheit der Fälle hielt den Verdacht von der Wahrheit fern und befestigte die Öffentlichkeit mehr und

mehr in der albernen, ja selbstmörderischen Zuversicht, dass die Pest weder herrsche noch jemals geherrscht habe." „Die Gesundheitsbehörde bat dringend um Maßregeln und Abhilfe; doch dachte man gar nicht daran, der Dringlichkeit zu entsprechen. Die Verordnung zum Beispiel, die man wegen der Pässe unterm 30. Oktober beschlossen hatte, ward erst am 29. November erlassen. Da aber war die Pest schon in Mailand eingedrungen."
„So", sagte Tadino, „Pässe vorzuschreiben, um denjenigen Personen, die aus den verseuchten Gebieten kämen, den Eintritt in die Stadt zu verwehren." „Der schlimmste Hass fiel auf den mehrfach erwähnten Tadino und auf Senator Settala, den Sohn des obersten Arztes. Es kam so weit, dass sie über keinen Platz mehr gehen konnten, ohne mit Beschimpfungen oder gar mit Steinwürfen angefallen zu werden."
„… die andern hielten's für eine Machenschaft des Kardinals Richelieu, Mailand zu entvölkern …"
Auch solche Verschwörungsideen hat Oda schon wegen der Corona-Krise gelesen. Das Virus wäre extra in die Welt gesetzt worden, um die Bevölkerung zu halbieren. Aber wer, bitte sehr, sollte daran ein Interesse haben?
Weiter im „Die Verlobten": „Aber von nicht viel besserer Art waren selbst die Träume der Gelehrten. Die meisten von ihnen erblickten die Ankündigung des Unheils in einem Kometen, der 1628 erschienen war, und zugleich in einer Konjunktur des Saturns mit dem Jupiter. Einen weiteren Kometen, der im Juni des Pestjahres selbst erschienen war, hielt man für ein neues Omen."
„Als er in Monza an einem offenen Laden vorbeikam, wo Brote ausgelegt waren, verlangte er zweie. Man bedeutete ihm, nicht einzutreten, schob ihm auf einer kleinen Schaufel ein Näpfchen mit Wasser und Essig hin und forderte ihn auf, das Geld da hineinfallen zu lassen; daraufhin reicht man ihm in einer Zange die Brote."
Das erinnert Oda an die Bilder, die sie gesehen hatte, wenn Leute von Restaurants Imbisse holen wollten. Auch aus dem Auto heraus. Mit einem Stab von 1,5 Meter Länge wurden die Geld- und Esswaren transportiert.
Jonas und Oda hören den Vortrag: „Ökologie und Ökonomie." „Wir müssen uns zurückentwickeln", auf dem Kongress andere Ideen und Taten, „Fair by", in Köln.

Da wir unser Ziel, unseren CO^2 Ausstoß so zu reduzieren, dass wir eine Klimaerwärmung auf 1,5°, wie auf der Klimakonferenz in Paris beschlossen, nicht mehr erreichen können und nun versuchen, die Klimaerwärmung auf 2° zu reduzieren, müssen wir ein Paradigma in unserem Verhalten machen. Wir müssen uns selbst mit Lebensmittel versorgen können. Jeder sollte in seinem Garten Gemüse anbauen, der **Fleischkonsum müsste reduziert werden und eine artgerechte Tierhaltung entstehen.** Die Flugreisen und Kreuzschifffahrten müssten verringert werden. Urlaub sollte mit der Eisenbahn oder dem Fahrrad gemacht werden.
Kommentar von Oda: In der Corona-Zeit hat man ja gesehen, dass gemeinsame Nutzung von technischen Geräten nicht möglich ist. Es kann auch nicht jeder in seinem Garten Gemüse anbauen. Alte Leute wie sie, können das nicht. Es fehlt auch das Wissen. Afrika und andere Länder, wo Hunger herrscht, zum Anbau von Nahrungsmitteln zu ermuntern, schlägt fehlt, da oft Krieg herrscht, Heuschrecken vernichten die Ernte, es ist viel zu heiß, die Erde ist ausgedörrt. Die Menschen woanders ansiedeln, wo sie ihr Auskommen haben. Das wird kein Staat freiwillig machen.

21.05.2020: Jonas und Oda fahren zur Potsdamer Straße in Lichtenrade, wo sie früher wohnten. Jetzt steht da ein protziges, weißes, großes Haus mit Flachdach. Ihr Haus, ihr gemietetes, ist längst abgerissen.
Weiter geht es zum Lichtenrader Wäldchen. Links reinbiegen zur Wittelsbacherstraße, einer Sackgasse, wo am 1. Januar 1972 Horst Kullack (23 J.) während eines Fluchtversuches nach Lichtenrade von Grenzsoldaten beschossen worden und später verstorben ist. Ein Holzkreuz steht da. 1972 wurde der jüngere Sohn von Oda geboren.
Links am Haus: „Wir wehren uns gegen Fluglärm. Lichtenrade-Mahlsdorf."
Während der Coronazeit sind ja kaum Flugzeuge gesehen worden.
Einen schmalen Weg rein. Rechts der Wald, links ein Kornfeld. Auf der Erde liegt eine weggeworfene Schutzmaske. Die Wolken im blauen Himmel wie Seerosen in einem Teich. Diese Metapher hat Oda von einem chinesischen Schriftsteller, der die „Rachegeister" geschrieben hat. Ein Düsenjäger hinterlässt seine Abgas-Spuren.

Zurück zur Aschaffenburger Straße. Da wohnte eine Kollegin von Oda mit ihrem Sohn. In das Lichtenrader Wäldchen hinein. Jonas sucht nach dem Ameisenhaufen, in den er sich mit nacktem Po versehentlich beim Lieben mit Oda gelegt hatte. Sie wunderte sich schon, warum er diesmal so besonders aktiv war. Es war damals dunkel. Ein Sommerabend. Später hörten sie Jugendliche in der Nähe lachten, Rauch wehte herüber. Die glühenden Zigarettenenden im Dunklen.

Weiter zu den hohen Bäumen. Oda erinnert sich, wie sie mit Hort-Kindern, die sie damals betreute, hier war. Die Kinder kletterten auf die Bäume. Sie hatte Angst davor, dass sie herunterfallen könnten, denn das passierte mit ihrem jüngeren Sohn Laetus einmal, als er mit einer evangelischen Kindergruppe in Spandau unterwegs war. Er brach sich zweimal den Arm, der eine Daumen war verdreht.

26.Kapitel

Links die Gärten. Das „Hexenhaus“ mit dem großen Herz an der Seite, Oda hatte es so bezeichnet, als sie einmal mit ihren Kindern hier entlang ging. Radfahrer und Spaziergänger. Bilhildis, die mal mit ihrer Tochter ohne Fahrradhelm auf diesem Weg entlangfuhr, stürzte und fiel auf den Kopf, worauf sie eine Gehirnerschütterung hatte. Wieder ein Roggenfeld. Sie kommen zum Herthasee, ein eingezäuntes Biotop, das man umrunden kann. Der Teich entstand in der letzten Eiszeit vor 10.000 Jahren. Als die Mauer 1961 gebaut wurde, fällte man alle Bäume. Es wurde der Grenzstreifen angelegt.

Nach der Maueröffnung wurde alles aufgeforstet. Schüler mit ihren Lehrern rodeten das Schilf und legten den ausgetrockneten Teich frei. Die Vögel zwitschern so laut, dass man sich fast nicht unterhalten kann. Heckenrosen blühen. Ginster. Jonas fällt der Frankreich-Urlaub ein, den sie zu dieser Jahreszeit vor vielen Jahren machten. Da blühten gerade überall die Ginsterbüsche. Viel Goldregen ist auch zu sehen. Oda erinnert sich an den leuchtenden Goldregenstrauch, den sie in der Potsdamer Straße im Garten hatten. Jetzt ist dort ein Swimming-Pool.

Sie gehen den Berliner Mauerweg entlang. Ein Spinnnetz am Baum wie ein filigranes Segel aufgespannt.

Auf dem Rückweg tanken sie. Benzin ist billig, der Preis zieht aber jetzt langsam wieder an. Durch die Coronazeit, wo kaum jemand an seinem entfernten Arbeitsplatz war, wurde wenig Benzin verbraucht. Darum sank der Preis. Trump sagte, er werde ganz viel Benzin ankaufen, da es so billig ist, eigentlich umsonst, es wurde ihm angeboten, er sollte noch Geld bekommen, wenn er es abnahm.

Oda und Jonas hören den Vortrag: Evolution. „Die Biologie der glücklichen Liebe“. Welches Liebespaar wird es sein, das das Heilkraut gegen Corona findet? Durch Träume haben wir erfahren, wer alles welche Reinkarnationen hatte. Wer hatte die meisten Reinkarnationen? Die Figuren sind durch ihre Reinkarnationen fast alle miteinander verbunden. Einige der Protagonisten sind schon tot. Wer also wird übrigbleiben? Wer hat eine glückliche Liebe?

„Alles Evolution oder können wir auch ganz anders leben?"
Der Vortragende untersucht zunächst, wie das bei Säugetieren ist. Danach ist die Paarbildung eine männliche Idee, denn wenn man zum Beispiel Löwen beobachtet, so töten sie den Nachwuchs, wenn sie nicht sicher sind, dass er von ihnen ist. Weibliche Säugetiere wiederum schlafen mit möglichst vielen männlichen Tieren, damit sie dem Nachwuchs beistehen können. 10 % der Säugetiere leben in einer Paarbindung, zumindest so lange, bis die Jungen einigermaßen ohne Hilfe auskommen. Es gibt dabei eine patriarchale Struktur. Nur bei Elefanten geht es eher um die weibliche Linie. Wir sind den Schimpansen am ähnlichsten. Andere Affen sind eher Einzelgänger wie Orang-Utans. Gorilla haben einen Harem (ca. fünf Weibchen), aber deshalb, weil sie nur kleine Hoden und wenig Samen zu verteilen haben. Sie paaren sich selten. Von den 1238 verschiedenen Völkern auf der Erde, die tabellarisch erfasst wurden, leben 85 % monogam. Ausnahmen gibt es in Tibet, wo die Frauen meist zwei Männer haben, da die Männer oft lange weg sind und der Bruder zum Beispiel den Mann dann vertreten muss, und auch im Amazonas haben Frauen zwei Männer, weil die Gefahr, dass der Mann stirbt, sehr hoch ist.
Bei den Säugetieren erkennen die Männchen durch die Signale der Weibchen, wann sie fruchtbar sind und paarungsbereit. Das ist bei Frauen nicht so. Menschen haben viel öfter Sex als Tiere, auch wenn sie keine Kinder zeugen wollen. Warum ist das so? Durch Sex vertieft sich eine Beziehung. Die Partnerwahl wird nach der Schönheit ausgerichtet. Das Pfauenweibchen wählt den schönsten Pfau. Der Kuss ist eine Geschmacksprobe. Schmeckt mir der Mann? Passt er zu mir? *Oda schmeckt der Kuss von Jonas sehr gut. Er hat gerade mit Chlorhexamed gegurgelt.*
Teil der menschlichen Natur ist die Sehnsucht nach der emotionalen Bindung. Wer auf Dauer gegen seine Natur lebt, wird wahrscheinlich nicht glücklich.
Oda findet, dass die romantische Liebe – trotz Ankündigung, eigentlich im Vortrag keine Rolle spielt. Aber, wenn Gefühle wie Liebe angesprochen

werden, muss man wohl eher einen Vortrag von einem Psychologen anhören.
Oda liest zum zweiten Mal „Hundert Jahre Einsamkeit“ von Gabriel García Márquez. Es ist Jahre her, dass sie sich mit diesem Buch beschäftigte. Nun, während der Coronazeit, nimmt sie es ganz anders wahr. „Jeder Fremde, der zu jener Zeit Macondas Gassen durchwanderte, musste seine Glöckchen erklingen lassen, damit die Kranken wussten, dass er gesund war.“ Das erinnert sie an die Schellen, die die Leichen-Sammler und Krankenpfleger im Buch „Die Verlobten“ von Manzoni trugen.

22.05.2020: Vor „Edeka“ steht in einem gelben Kreis auf dem Gehweg geschrieben: „Corona ist nicht schlimm, schlimm ist der Corona-Plastik-Müll. Scheiß auf die Kinder.“
Oda regt sich auf. Zwei Frauen haben das auch gerade gelesen: „Das müsste man wegwischen! Ich möchte mal den Schreiber erleben, wenn er Corona bekommt und daran stirbt!“
Oda hat sich wegen des vielen Plastikmülls auch schon Gedanken gemacht. Wenn sie die Schutzanzüge der Ärzte und des Pflegepersonals sieht, die aus Plastik sind und natürlich entsorgt werden müssen. Aber was ist denn wichtiger? Der Schutz des Menschen muss gewährleistet werden. Und wenn es nicht anders geht, dann müssen die Helfer eben Plastikanzüge tragen!
„Der Tagesspiegel“: Ein Mann steht vor einem Massengrab im brasilianischen Manaus. Die Augen sind geschlossen, eine Hand in einem gelben Gummihandschuh an die Stirn gehoben, die Maske nach unten gerutscht. Ein Bild des Jammers. Im Hintergrund viele hellblaue frische Kreuze. „Die Zahl der Covid-19 Infizierten nähert sich der Marke von 300.000, die der Toten dürfte in dieser Woche 20.000 erreichen.“ „Was Brasiliens ultrarechter Präsident Jair Bolsonaro als „Grippchen“ bezeichnet hat, könnte in mehreren Staaten zu katastrophalen Zuständen führen.“
„Corona-Ausbruch in Berliner Flüchtlingsheim“: 16 Menschen in Buch haben sich mit dem Coronavirus angesteckt. 39 Bewohner, die nicht dort isoliert werden konnten, zogen in eine andere Unterkunft zur Quarantäne.
Die Jugendclubs sind seit einer Woche wieder geöffnet.

Weitere 2,4 Millionen Arbeitslose stellen in den USA einen Antrag auf Hilfe. „Unterdessen gab es weitere Coronafälle. 54 Beschäftigte von Westcrown in Dissen bei Osnabrück wurden positiv getestet." „Am Mittwoch verständigte sich dann das Bundeskabinett auf einen Vorschlag von Arbeitsminister Hubertus Heil (SPD), wonach Werkverträge im Kerngeschäft, also dem Schlachten und Zerlegen im Schlachthof, vom kommenden Jahr an verboten werden."

Oda fragt sich: Warum nicht eher?

„Gene bezeugen Besiedlung Amerikas". „Eine internationale Forschergruppe hat die älteste genetische Verbindung zwischen der Bevölkerung Sibiriens und den amerikanischen Ureinwohnern gefunden..." „Im Erbgut eines vor 14.000 Jahren in Südsibirien verstorbenen Menschen fanden die Wissenschaftler eine charakteristische genetische Signatur."

Jonas und Oda hören einen Vortrag, der vom Rias, den es nicht mehr gibt – der Deutschlandfunk ist sein Nachfolger –, aufgezeichnet wurde zum Thema: Reise in die Vergangenheit. „Als wir die Umwelt noch für unzerstörbar hielten!" Vom Soziologen Helmut Plessner, den er am 3. Dezember 1951 hielt. „Das Problem der menschlichen Umwelt". Die Natur wurde als Allmacht empfunden, im 19. Jahrhundert wären wir glücklicher gewesen, jetzt sind wir mehr verunsichert. Der Klimawandel war damals nicht vorstellbar. Sein Umweltverständnis basiert auf dem sozialen Milieu. Schon damals konstatierte er eine Reizüberflutung beim Menschen, während Tiere sich auf das konzentrieren, was für sie wichtig ist.

Der Mensch kann, anders als das Tier, sich in jedem Lebensraum einrichten. Er ist weltoffen.

Das trifft jetzt nicht mehr zu, wenn man an die Überschwemmungen in Bangladesch denkt oder die Versteppung in Afrika. Durch die Klimaveränderung kann der Menschen eben nicht mehr überall auf der Welt leben.

Tiere darf man nicht menschlich interpretieren, denn sie haben eine andere Wahrnehmung als wir. Denken wir an das Facettenauge einer Fliege.

Der Soziologe Arnold Gehlen gibt als Beispiel dafür: Bienen reagieren auf ultraviolettes Licht, das wir nicht wahrnehmen.

Am 22.4.1958 ergänzt Peters, dass Bienen nicht auf rote Blüten reagieren, da es sie selten gibt, sie reagieren aber auf blaue. In den Tropen, wo es viele rote Blüten gibt, reagieren Vögel darauf, die die Blumen bestäuben.
Alles hängt miteinander zusammen und ist abhängig voneinander. Die Mückenschwärme im Norden, die Oda und Janson in Island bei den heißen Quellen erlebten, entstehen dadurch, dass das Eis schmilzt unter der warmen Sonne, sich Teiche (Moor) bilden. Das sind ideale Bedingungen für Mücken. Sie legen im Sommer ihre Eier in den Lemmingen ab. Die Eier schlüpfen wiederum im nächsten Sommer. Ähnlich ist es bei Rehen, die im Sommer befruchtet werden, aber aufgrund ihrer Hormone ihre Schwangerschaften so steuern, dass sie erst im nächsten Sommer gebären.
Was heißt denn Ökologie? Es kommt vom griechischen oikos „Wohnen" + logie, es ist die Lehre von den Beziehungen der Lebewesen zu ihrer Umwelt.

23.05.2020: Oda liest den „Tagesspiegel": 190 Tote in Berlin (+ 4) wegen Corona.
Im Iran hatte der Vizegesundheitsminister Corona. Sogar die Moscheen machten dicht. Ansonsten wird aber Corona verleugnet, beschwichtigt und vertuscht. Oda interessiert sich für den Iran, weil sie mit Jonas einmal eine Reise dorthin gemacht hat. Außerdem haben sie einen iranischen Freund, Bahram, der mit Wubke verheiratet ist. Bisher gibt es 131.652 Corona-Fälle im Iran. Mehr als 7.200 Menschen sind an Covid-19 gestorben. Iranische Gesundheitsexperten bezweifeln die Zahlen.
Häusliche Gewalt in der Corona-Zeit. Der Regierung liegen keine Zahlen vor, ob sie zugenommen hat.
Markus Söder (CSU) will nicht mehr als 100 Milliarden neue Schulden wegen Corona aufnehmen.
„In der westtürkischen Stadt Izmir haben sich Unbekannte das Lautsprechersystem von Moscheen gehackt." Statt des Gebetsaufrufes ertönte „Bella Ciao" ein antifaschistisches Lied. Vorsichtshalber werde nun das zentrale System für die Gebetsrufe nicht mehr verwendet, bis dessen Sicherheit verbessert worden sei.
„Umfrage unter Pflegekräften: Personaluntergrenzen haben die Situation in Kliniken eher verschlechtert."

Oda und Jonas hören den Vortrag: „Neuartiges Coronavirus. Die Jagd auf den Sars-CoV-2-Impfstoff".

Seit März besteht der Ausnahmezustand wegen Corona. Erst wenn ein Impfstoff entwickelt wurde, kann dieser beendet werden.

Das dauert aber 1-2 Jahre. Überall auf der Welt wird zu diesem Thema geforscht.

Vorher gab es Sars-CoV-1 und Mers. Es wurde dazu auch geforscht, um einen Impfstoff dagegen zu finden, da die Forschung aber nicht weiter gefördert wurde, stellte man sie ein. Trotzdem kann man auf den vorläufigen Ergebnissen von damals aufbauen.

Erst muss ein Wirt, ein Tier gefunden werden, an dem man Forschungen machen kann. Mäuse können kein Sars-CoV-2 bekommen.

Oda findet Tierversuche bedenklich. Sie erinnert sich daran, was ihre Mutter sagte, als sie ein Kind war und das Fleischessen infrage stellte. „Die Tiere sind dazu da, uns zu dienen." Das ist analog der Bibel, der Mensch solle sich die Erde untertan machen. Aber jedes Tier hat ein Recht auf Leben, auf ein Leben, das nicht vom Menschen extra krank gemacht wurde.

Genauso schlimm, ethisch bedenklich, war, als die Pocken immer in zwei Waisen-Kinder gespritzt wurden, um einen lebendigen Impfstoff für Amerika zu haben.

Wie ist es nun mit der Möglichkeit, sich nach überstandener Corona-Erkrankung wieder neu anzustecken? Von Korea wurde gemeldet, dass sich Corona-Patienten nach wenigen Wochen wieder ansteckten. Das wird von der Wissenschaft bezweifelt. Es müssen falsche Tests gewesen sein. Dass sich ein Mensch, der Corona überstanden hat, in ein paar Jahren wieder mit dem Virus infizieren kann, ist möglich, aber nach so kurzer Zeit unwahrscheinlich.

Die Medizinerin und Infektionsforscherin Marilyn Addo gab im Interview mit Till Koch noch weitere Informationen: Zuerst wird an 15 Freiwilligen im Alter von 18-45 Jahren der Impfstoff getestet. Man muss 21 Tage abwarten, ob Nebenwirkungen aufgetreten sind. Die Probanden werden am 1. Tag nach der Impfung untersucht und am 7. Es werden Daten abgefragt.

Nach sechs Monaten kann man die Versuchspersonen vermehren. Also auch die über 45-Jährigen einbeziehen.

Dann muss der Impfstoff global gerecht hergestellt werden, wenn genug vorhanden ist.
Was kann man aus der Corona-Krise lernen? Dass man nicht die Forschungsmittel für die Viren einfriert, nur weil vielleicht gerade die Pandemie abflaut, denn in den letzten drei Jahren gab es zwei Viren, die zwar nicht so verheerend wüteten wie Corona, aber die vielleicht mutiert sind. Man muss Tiere untersuchen, ob sie Viren entwickeln, die bald auf den Menschen überspringen können. Rechtzeitig sollte man dafür einen Impfstoff haben.

24.05.2020: Wie Oda schon in den Nachrichten gestern hörte, haben sich in Hessen und Niedersachsen Neuinfektionen, einmal in einer Kirche und das andere Mal in einem Restaurant, ereignet.
Der verrückteste Verschwörungsglaube steht im „Tagesspiegel". Der „Aluhut" soll den Kopf des Trägers vor schädlicher Strahlung oder gar einer Kontrolle der Gedanken durch finstere Mächte schützen.

25.05.2020: „Der Tagesspiegel": „Die Fallpauschalen schaffen falsche Anreize, sagte Senatschef Müller." Die Krankenkassen bezahlen die Kliniken pro Diagnose. Das führte damals Ulla Schmidt von der SPD ein als Kostensenkungsmaßnahme. Diese Maßnahme wurde immer wieder von Krankenhausbetreibern, Ärzten und Pflegekräften kritisiert, denn die Fallpauschale ist so knapp berechnet, dass sie nicht für Vorsorgemaßnahmen reicht, aber für massenhafte Hüft-OPs als gewinnbringender Anreiz. Müller will sich dafür einsetzen, dass die Fallpauschale abgeschafft wird.
Das findet Oda gut. Müller gewinnt in ihren Augen damit an Profil.
„Bei einer Befragung des Meinungsinstituts Forsa gab nur noch gut ein Viertel der Befragten an, jeden Tag Fleisch oder Wurst zu essen. 2015 lag der Anteil noch bei gut ein Drittel … Dennoch ist der Anteil derjenigen, die täglich Fleisch essen, bei den Männern mit 32 Prozent weiterhin deutlich höher als bei Frauen mit 20 Prozent. Der Anteil von Vegetariern und Veganern sei mit fünf beziehungsweise ein Prozent unverändert geblieben…"

Die Schreiberin ärgert sich darüber, dass DGB-Vorstandsmitglied Stefan Körzell sagte: „Auch eine Kaufprämie für Fahrzeuge ist sinnvoll, wenn sie technologieoffen ist und auch für emissionsarme Verbrenner gilt." Die Schreiberin ist Gewerkschaftsmitglied seit mehr als 30 Jahren, aber diese Position teilt sie nicht. Sie versteht, dass die Gewerkschaft Arbeitsplätze erhalten will, aber eine Kaufprämie hält sie für falsch, denn wer kann sich schon ein neues Auto leisten? Das sind doch nur Reiche. Wir sollten doch eher Autos reduzieren, die so viele umweltschädliche Abgase produzieren!

Oda wundert sich über die Meldung, dass in der Pandemie Arzneimittel häufiger online bestellt wurden; sie dachte bisher, die Apotheken hätten – ähnlich wie Amazon – sehr viel mehr in der Corona-Krise verdient.
Interessant war der Artikel für den „Langen Weg zum Impfstoff".
„Am Freitag wurden erstmals auch Studiendaten zu einem Covid-19-Impfstoff aus der Erprobung am Menschen in einem Medizinjournal, begutachtet von Fachleuten, publiziert. Das chinesische Pharmaunternehmen CanSino hatte 108 Personen unterschiedliche Dosen seines Impfstoffes in den Muskel spritzen lassen."
Es geht dabei darum, Nebenwirkungen zu dokumentieren, um die beste Dosis herauszufinden.
Natürlich forschen viele andere Pharmaunternehmen weltweit ebenfalls an einem Impfstoff gegen Corona. Es ist ein Wettlauf darum, wer zuerst diesen Impfstoff findet. Die Gefahr besteht, dass, um Zeit zu sparen, nicht alle Sorgfalt eingehalten wird. Dann könnten tatsächlich Impfschäden auftreten, wie die Verschwörungsapostel behaupten.
„Am Mittwoch werden endlich wieder Astronauten vom eigenen Territorium aus ins All starten." Und warum? 2024 sollen wieder Menschen auf dem Mond landen und bald auch zum Mars fliegen. Wozu? Diese Unternehmen verschlingen sehr viel Geld, die man nach Odas Ansicht lieber für die Folgen der Corona-Pandemie ausgeben sollte, die ja besonders in den USA wütet. „Die russische Agentur als einziger Anbieter für Flüge zur ISS erhöht regelmäßig die Preise und verlangte zuletzt rund 90 Millionen Dollar für einen Platz."

Ist es denn anständig in dieser Zeit der Not, dass jemand für einen Flug ins All so viel Geld bezahlt?
Aber es gibt auch eine positive Meldung: „Jyoti Kumari", 15 Jahre, „war nach Beginn der Corona-Ausgangssperre mit ihrem dadurch plötzlich arbeitslos gewordenen Vater samt Gepäck von Gurugramm nahe Neu Delhi bis zum Heimatdorf der Familie im Nordosten gestrampelt (mit dem Fahrrad) in nur sieben Tagen."
Jonas und Oda hören den Vortrag: „Soziologie. Unser Umfeld beeinflusst, wie intelligent wir sind." Kriemhild hatte eine geminderte Intelligenz. Außerdem war sie damals, als sie die vielen Menschen umbrachte, noch nicht straffähig.
Zuerst zeigt der Vortragende an einem Beispiel eines Mörders in Virginia, dass sich der Intelligenzquotient im Laufe des Lebens ändern kann. Anfangs wurde bei ihm ein Intelligenzquotient von 60 % festgestellt, sodass er nicht die Todesstrafe bekommen konnte, da er dazu einen 70 % Intelligenzquotient hätte haben müssen. Als sein Prozess noch einmal aufgerollt wurde, maß man wieder seine Intelligenz und kam auf 70 %. Er hatte durch die Beschäftigung mit Rechtsanwälten, Papieren usw., also durch Anregungen von außen, seine Intelligenz erhöht. Jetzt hätte er hingerichtet werden können, aber wegen Verfahrensfehlern lebt er immer noch.
Thilo Sarrazin, ehemaliger Finanzsenator von Berlin, der bekannter Weise aus der SPD ausgeschlossen werden soll wegen seiner ausländerfeindlichen Bücher und Aussprüche, beruft sich auf einen Intelligenztest, der aussagt, dass Schwarze 15 Punkte weniger Intelligenz haben als Weiße. Dieser Test ist valide. Aber wenn man Intelligenz nur nach dem Merkmal der Hautfarbe misst, kommt man zu falschen Schlüssen. Dieser Test hatte übrigens die verheerende Auswirkung, dass man in den USA ernsthaft überlegte, die Fördermaßnahmen für Schwarze zu streichen. Kriemhild hatte, wie alle Sirianer, eine dunkle Hautfarbe.
Ausschlaggebend ist die Schichtzugehörigkeit. Es gibt nicht nur die genetische Vererbung von Intelligenz, was man dann als Schicksal begreifen könnte, es gibt auch die kulturelle Anregung, die die Intelligenz verändern kann. Kunst zum Beispiel ist intelligenzfördernd, weil sie nicht eindeutig aussagt, was sie meint. Man muss darüber nachdenken.

Was ist Intelligenz? 1. Intelligenz ist, wenn man sich auf neue Anforderungen einstellen, anpassen kann, 2. Problemlösungspotential entfaltet.
Früher sagte man: Handeln ist die Folge des Bewusstseins. Aber: das Bewusstsein ist die Folge des Handelns. Wir handeln oft automatisch im Alltag, reagieren auf Veränderungen. Wenn unser Alltag unterbrochen wird, müssen wir nachdenken. Wir treffen eine Entscheidung für eine Zukunft, die wir nicht kennen. Es kommt zu einer Handlungshemmung. Das ist bei Tieren auch so. Es geht um intelligente Konstellationen. Expertisen werden erst wertvoll, wenn viele Experten verschiedener Fachrichtungen sich zu einem Thema äußern wie zum Beispiel im Ethikrat. Intelligenz ist, verschiedene Meinungen aushalten zu können. Seinen eigenen Standpunkt überprüfen. Eventuell etwas zu verändern. Diversity ist das Zauberwort. Unsere heutigen Probleme wie Klimawandel und Migration sind von keinem Wissenschaftler allein eindeutig zu lösen.
Was ist der Unterschied zur künstlichen Intelligenz? Die Künstliche Intelligenz kann nur Aufgaben abarbeiten in Algorithmen. Ein menschliches Gehirn hat noch mehr Kapazitäten, bisher. Es werden aber Computer entwickelt, wo das dann vielleicht nicht mehr so ist. Aber der künstlichen Intelligenz fehlt das Handlungshemmnis. Wenn jemand zum Beispiel in den Computer eingeben würde, dass alles in der Welt zu Büroklammern verwandelt werden sollte, würde der Computer das tun. Unser Gehirn aber würde nach dem Sinn fragen und dies nicht machen, den Vorgang stoppen.
Oda denkt: dann kann ich ja noch intelligenter werden. Das macht Mut.

Im „Spectrum der Wissenschaft" im Internet findet die Schreiberin folgenden Artikel: Aliens. Eine einsame Insel im All.
„Auch die Frage, ob intelligente Wesen Reisen von Stern zu Stern überhaupt überleben können, ist bisher offen."… „Vielleicht sind es auch extreme Naturkatastrophen, die die expansiven Imperien regelmäßig zu Fall bringen, etwa Supernova-Explosionen oder Ausbrüche des Schwarzes Lochs im Zentrum der Milchstraße." … Es könnte sein, dass es im All immer wieder neue Wellen der Erkundung oder Besiedlung gibt. „Wir Erdlinge hätten in diesem Szenario die Blüte unserer Zivilisation während einer Flaute erreicht." „… Vielleicht haben Außerirdische in der fernen Vergangenheit vorbeigeschaut – und sind dann wieder abgedüst."… „Wenn

schon einmal eine Industriegesellschaft auf der Erde existiert hat, dann wüssten wir vielleicht nichts davon." ... „Es ist wirklich nicht schwer, die Milchstraße mit Leben zu füllen."
Die Schreiberin findet, dass ihre Traumplaneten also gar nicht so phantastisch sind.

26.05.2020: Die Schreiberin hat gestern eine E-Mail vom Deutschen Verband der Schriftstellerinnen und Schriftsteller erhalten, bei der es um die Wahl vom Lyriker Jörg Bernig zum Kulturamtsleiter in Radebeul, der Karl-May-Stadt, die die Schreiberin einmal besuchte, ging. „Bernig wurde offenbar mit den Stimmen von CDU und AfD gewählt." Steht im „Tagesspiegel" von heute. Bernig ist „Neurechter". Die Wahl ist aufgrund der zahlreichen Proteste des PEN und VS geplatzt.
„Bernig ist seit Jahren scharfer Kritiker der Flüchtlingspolitik von Kanzlerin Angela Merkel. Unter der Überschrift ‚Zorn allenthalben' schrieb er 2015 in einem Essay für die ‚Sächsische Zeitung', die Pegida-Demonstranten wollten ‚vor allem ausdrücken, dass sie sich seit Jahren in existentiellen Fragen übergangen fühlen'."
Statement des PEN-Präsidiums zu Jörg Berning: „Der deutsche PEN als Mitglied im internationalen PEN wendet sich mit aller Schärfe gegen nationalistische Bewegungen, insbesondere gegen Positionen, wie sie AfD, Pegida-Gruppierungen vertreten. ... Laut unserer Charta, die jeder bei der Aufnahme in den PEN unterzeichnet, stehen wir für das Ideal einer einigen, in Frieden lebenden Menschheit. Wir verpflichten uns, jedwede Form von Hass – Klassen- oder Völkerhass, ... mit äußerster Kraft zu bekämpfen."
Noch wurde Bernig vom PEN nicht ausgeschlossen.

Interessant ist der Artikel im „Tagesspiegel" über einen Pfleger, der nach Luxemburg auswanderte, weil er dort besser verdient und angenehmere Arbeitsbedingungen hat. 25 % der Pfleger kommen in Luxemburg aus Deutschland. Er ist also nicht der Einzige, der auswanderte.
Kein Wunder, dass bei uns so viele Pfleger fehlen!
Über Robert Koch zum 110. Todestag ein Artikel: Er fand zwar den Tuberkulose-Erreger, aber kein Mittel dagegen. Als 62-Jähriger wird er von England nach Ostafrika geschickt, um etwas gegen die dort grassierende Schlafkrankheit zu unternehmen. Er setzt Afrikaner schlimmen Experimenten aus

und sagt zynisch, dass sie sowieso gestorben wären. Er findet kein Mittel gegen die Schlafkrankheit.
1892 hat er aber in Hamburg während der Cholera-Epidemie sehr gut gewirkt. „Schon in den ersten Tagen gab es Hunderte Tote." Koch verbot Tanzveranstaltungen, der Hafen wurde unter Quarantäne gestellt, es gab Reisebeschränkungen und eine Meldepflicht für Kranke.
Die Hamburger Kaufleute protestierten, der Senat stemmte sich anfangs gegen die harten Maßnahmen, aber Koch setzte sich durch. „Nach drei Monaten mit 17.000 Erkrankten und 9.000 Todesopfern ist die Epidemie vorüber."
„Hilfspaket über neun Milliarden Euro versorgt die Lufthansa mit Eigen- und Fremdkapital." Anstatt die Inlandsflüge zu verbieten wie in Frankreich, wird die Lufthansa vom Staat saniert ohne ökologische Auflagen.
Im „Tagesspiegel" steht über das Motiv der Tat von Gregor S., der den Mediziner Fritz von Weizsäcker ermordete: „ ... dass sein Hass vor mehr als 30 Jahren entfacht wurde, als er einen Artikel las über die Geschäftsführertätigkeit von Richard von Weizäcker bei dem Chemiekonzern Boehringer Ingelheim…" (der) „durch die Unterstützung des US-amerikanischen Konzerns Dow Chemical bei der Produktion des hochgiftigen Entlaubungsmittels Agent Orange für den Vietnamkrieg mitschuldig am Tod von Millionen Vietnamesen" (sei.)
Und was hat sein Bruder damit zu tun? Oda erinnert sich an diese Zeit. Sie hat mit ihrem damaligen Mann und vielen anderen gegen den Vietnam-Krieg demonstriert. Aber deshalb den Bruder nach 30 Jahren umbringen? Da muss man schon wahnsinnig sein.
„Auch Viruspartikel enthalten sogenannte Aerosole – die deutlich länger als ein Tropfen in der Luft schweben – können Übertragungen bedingen."
„Der SPD-Gesundheitsexperte Karl Lauterbach hat nach eigenen Angaben zwei explizite Morddrohungen erhalten."
Oda erlebte ihn als sehr kompetent in Talk-Runden im Fernsehen und engagiert. Allerdings erinnert sie sich daran, dass er damals für die Fallpauschale war, eine ganz falsche Entscheidung nach Meinung von Oda.
Auch Charité-Virologe Christian Drosten wird öffentlich angegriffen, in diesem Fall von der Zeitung „Bild." Er habe gesagt, dass Kinder so ansteckend sein könnten wie Erwachsene. Das habe Auswirkungen auf die Kita-

und Schulöffnungen gehabt. Na und? Was ist denn daran falsch? Es gibt doch noch gar keine Studie darüber, dass Kinder weniger ansteckend sein könnten!
2021: Drosten hatte recht.

27.Kapitel

Oda liest zum zweiten Mal „Die Pest“ von Albert Camus. Da dies eine fiktive Geschichte ist, beeindruckt sie diese nicht mehr. Andererseits sind natürlich viele Parallelen zur Corona-Krise zu ziehen.
„Könnte man nicht eine Lockerung der vorgesehenen Maßnahmen ins Auge fassen?“ Das wurde ja auch in unserer realen Zeit oft von Ungeduldigen und der Wirtschaft gefordert. Dann die Schilderung: „Wie der Verkehr allmählich abnahm, bis er nahezu ganz zum Erliegen kam, wie Luxusgeschäfte von einem Tag auf den anderen geschlossen und andere Läden Listen von nicht Lieferbarem in ihren Schaufenstern aufstellten, während vor ihren Türen Schlangen von Käufern standen.“
Trotzdem: Die Pest ist natürlich viel gefährlicher als Corona.
„Alkohol schützt vor Infektionen.“ Ja, das sagte der serbische Ministerpräsident auch am Anfang der Corona-Krise, bis die Situation ihn eines Besseren belehrte. Trump hatte sogar die Idee, man solle sich Desinfektionsmittel, das aus Alkohol besteht, spritzen oder es trinken!
„Cottard erzählte, ein Großhändler in seinem Viertel habe Lebensmittel gesammelt, um sie zu überhöhten Preisen zu verkaufen ...“
Dieses Phänomen tauchte bei ihnen ja auch auf. Masken und Desinfektionsmittel wurden gehortet und dann im Internet zu überhöhten Preisen abgegeben. Jetzt sieht man die Angebote im Internet, wie die Preise für diese Waren purzeln, denn es gibt genug davon zu normalen Preisen.
Interessant sind die Bezugnahmen auf frühere Pest-Epidemien, die Camus schildert. „Gleich nach diesem Satz nämlich zitierte Paneloux den Text über den Auszug aus Ägypten und die dortige Pest. ‚Pharao widersetzt sich den Plänen des Ewigen, und darauf zwingt die Pest ihn auf die Knie‘. “
Die Kirche interpretierte die Pest als Strafe Gottes, wie das bei Verschwörungsaposteln auch zu lesen ist.
Dann wird die *Goldene Legende* zitiert. „..., dass Italien zur Zeit des König Humbert, in der Lombardei, von einer so schweren Pest heimgesucht wurde, dass es kaum genug Lebende gab, um die Toten zu begraben ...“

„Vor langer Zeit sahen die Christen Abessiniens in der Pest ein gottgesandtes wirksames Mittel, die Ewigkeit zu erlangen."
„..., dass anlässlich der großen Pest von Marseille der Chronist Mathieu Marais sich beklagt habe, es sei die Hölle, so ohne Beistand und Hoffnung zu leben."

2019: Vanas erhält einen Brief.
„Liebe Vanas,
Du wirst Dich sicher wundern, dass ich Dir schreibe. Ich heiße Hildegard und war lange die Partnerin des Probstes auf der Venus. Du kennst mich aus dieser Zeit. Sicher hast du Dich gewundert, als ich eines Tages verschwand. Zu unserem Planeten kam Larius, der Bolivianer, weil er geträumt hatte, dass er auf der Venus die Frau seines Lebens finden würde. Er meinte, dass ich es sei.
Zu dieser Zeit verkündete unser Probst ein neues Zeitalter. Wir sollten nur noch die christliche Liebe spüren und Augustinus „Bekenntnisse" lesen.
Ich finde Augustinus grässlich. Im 4. Kapitel geht es um seinen Freund, um Freundschaft. „... denn echt ist sie allein, wenn Du sie zwischen solchen, die Dir anhangen, durch jene Liebe zusammenkittest, die ausgegossen ist in unsern Herzen durch den Heiligen Geist, der uns gegeben worden ist."
Der Probst weigerte sich, weiter mit mir zu schlafen. Diese neue Richtung, die von unserer Regierung ausgegeben wurde, wollte ich nicht mitmachen. Ich verliebte mich in Larius. Wir flogen zur Erde. Nachdem wir weg waren, rebelliertet ihr gegen die übertriebene Frommheit. Die Venus wurde wieder ein Planet der Liebe, so wie ihn Taffy kennenlernte.
Larius wollte früher Flugtechnik studieren, musste aber eine Ausbildung zum Fleischer machen. Wir lebten in Wittstock. Ich wurde von ihm schwanger.
Leider verlor ich ihn bald, denn am 25.11.1990 wurde er, als er aus einem Gasthaus mit Freunden kam, wegen seiner Hautfarbe von 50 rechtsradikalen Jugendlichen mit Baseballschlägern und Zaunlatten so stark geschlagen, dass er ein paar Tage später starb. Er lag schon auf dem Boden, da sprang einer der Angreifer mit beiden Füßen auf seinen Kopf. Die Skinheads riefen – so haben es mir Zeugen später berichtet: „Deutschland den Deutschen!"

„Neger“. Seine zwei Freunde aus Mosambik wurden mit Messern schwer verletzt, konnten aber fliehen.
Ich arbeite als „Puffmutter“. Du wirst sicher, seitdem du auf der Erde bist, bemerkt haben, dass Dunkelhäutige hier oft verfolgt werden, warst ja selbst mit einem Dunkelhäutigen zusammen, Taffy vom Sirius. Oder bist es wieder. Ich habe alles verfolgt, was mit dir auf der Erde passierte, habe mich aber nicht gemeldet, weil ich dachte, Du könntest vielleicht daran Anstoß nehmen, dass ich ein Bordell leite. Früher habe ich natürlich auch angeschafft. Ich musste ja irgendwie leben, nachdem Larius gestorben war. Ich hatte eine Fehlgeburt. Jetzt bin ich natürlich schon viel zu alt für dieses Geschäft. Du wirst bei dir selbst bemerkt haben, dass Du, seitdem Du die Erde betratst, altertest. Ich bin jetzt also Rentnerin. Du müsstest es auch sein.
Du wirst Dich fragen, warum ich Dir meine Geschichte schreibe. Aber es hat einen Grund. Ich habe geträumt, dass Du und Deine Freunde in großer Gefahr seid. Ihr steht auf der Schwarzen Liste von Ali Baba. Was er gegen Euch plant, weiß ich nicht, aber ich möchte Euch alle zu mir einladen. Ich habe einen Garten mit einem kleinen Häuschen darauf. Wenn es schönes Wetter sein sollte, dann können wir dort sitzen. Wenn nicht, können wir uns in meiner Wohnung treffen. Das wird dann zwar etwas eng bei so vielen Personen, aber es geht um euer Leben.
Ihr müsst besprechen, was Ihr gegen Ali Baba machen könnt.
Du, als ehemalige Vorstandsvorsitzende des Traumzentrums, wirst sicher nicht die Wahrheit der Träume unterschätzen. Sprich' mit Deinen Leidensgenossen, vereinbare mit ihnen ein Termin. Telefoniere mit mir!“
Unten steht die Telefonnummer.
Vanas ist elektrisiert. Sie hatte damals auf der Venus Hildegard sehr gemocht. Sie fühlte sich wie die verlassenen Kinder im Lied „Es freit ein wilder Wassermann in der Burg wohl über dem See“, als Hildegard verschwand. Natürlich fand sie die Richtungsänderung vom Probst auch ätzend und begrüßte damals die Revolution dagegen, wie viele anderen Venuser. Dann kam Ali Baba mit seinen 40 Jüngern mit seiner neuen Botschaft.
Vanas hat als Rentnerin viel Zeit. Sie schreibt E-Mails an alle Betroffenen.
Der Rücklauf ist positiv. Sie vereinbart mit Hildegard einen Termin.

(Der „Oumuamua“ ist zu sehen mit einem Auge darauf und zwei Außerirdische vom Exoplaneten „Teegarden“, einer schaut durch das Auge, Videowand.)
STIMME 1 Oh, ich sehe einen Garten! Der gefällt mir. Der wäre doch gut für unserer Lande- und Startbahn, was meinst du?
STIMME 2 Zeig mal! *(Geht ans Auge)* Ja, super! – Da wachsen so rote Pickel auf der Erde. Was ist denn das?
STIMME 1 Das sind Erdbeeren. Yogananda hat mir gesagt, die schmecken mit Sahne besonders gut!
STIMME 2 Dann nichts wie hin, Grundstück kaufen …
STIMME 1 Was so ehrlich? Haben die Menschen nicht auch einfach die Kolonien in Besitz genommen? Na gut, von mir aus: Wir engagieren einen Grundstücksmakler.

Auf einem Gazestreifen vorn sieht man das Video, wie Autos kommen, halten, es entsteigen ihnen die Gäste: Miloslaw (schlank, groß, mit braunem Hut) mit Vanas (mit rotem Dutt, schlank, hat ein Buch und ein Notizheft dabei), Gabi und Taffy. Im zweiten Auto sind: Urania (sie ist unterdessen vollschlank) mit Bernd, Bahram und Wubke, im dritten Auto: Mangolf (groß, schlank, Haltung kerzengrade) mit Euphrasia (trägt schwarz-weiße Bekleidung, schwarze spitze Schuhe) und Bilhildis. Sie gehen in den Garten, wo Hildegard (weißes T-Shirt, das mit Erdbeerflecken bekleckert ist, weiße Schlappen), Otto (Echnaton-Bauch, Hose hängt auf halb acht unter dem Gürtel), Valentina (kurze weiße Hose, setzt sich auf einen Gartensessel, legt ein Bein hoch, so dass man ihre dicken Schenkel sieht) und Rudolf (dick) sie erwarten. Alle begrüßen sich, Umarmungen. Der Tisch am Haus ist gedeckt. Da steht eine Erdbeertorte, Rhabarberstreuselkuchen und eine Schüssel mit Erdbeeren. Links ist eine dunkelrote Rosenhecke, geradezu ein Baum, aus dem eine Vogelscheuche klappert, daneben Jasmin, rechts stehen vier Pappeln.

Hildegard zu Vanas: Darf ich dir meinen Mann Otto vorstellen und unsere Tochter Valentina?
Vanas Gesichtsausdruck ist überrascht: Ach, du hast einen Mann und eine Tochter! Hallo!
Euphrasia (zu Taffy): Wie geht es Nicole?

Taffy: Die ist seit ein paar Wochen wieder zu Hause. Hat zwei Pflegerinnen für je 12 Stunden. Dürfen natürlich nicht so lange arbeiten. Machen den Rest auf Überstunden.

(Hildgard gießt Kaffee ein, gibt den Sahnespritzer rum und die Kaffeesahne. Alle essen und trinken.)

Hildegard: Ja, wir müssen viel gießen. Wir haben das Wasser vom „Stadtwasser". Ist ganz schön teuer! – Zur Begrüßung ein Schnäpperchen? *(Sie gießt allen ein, nur Vanas und Miloslaw wollen nicht.)*

Bilhildis: Eure Erdbeeren sehen wie gemalt aus!

Hildegard: Natürlich! – Wer will Bier?

(Otto und alle anderen melden sich, bis auf Miloslaw und Vanas. Das Bier wird herumgereicht.)

Bilhildis (*nimmt aus einer Schale mit Erdbeeren eine und riecht daran, bevor sie diese in den Mund steckt):* Oh, die duften gut!

Taffy: Das sind die ersten Erdbeeren, die ich in diesem Jahr esse. *(Er nimmt auch eine aus der Schüssel, trinkt dann Bier.)*

Wubke: Du hast doch auch Erdbeeren im Garten! *(Sie trinkt Kaffee und dann Bier.)*

Taffy: Bisher waren nur drei reif. Die hab ich klein geschnitten und meiner Frau Nicole gegeben.

Bahram: Ich denke, sie wird künstlich ernährt und beatmet? Darf sie denn Erdbeeren essen? *(Er trinkt Bier.)*

Taffy: Na klar!

Bilhildis: *(schaut auf die weißen Schlappen von Heidi).* Hast du nicht Angst, dass du sie verlieren könntest?

Hildegard: Nein, ich hatte sie auch beim Klettern im Gebirge an. Sie sind so schön bequem. Jedes Jahr kaufe ich mir die gleichen wieder neu.

Miloslaw: Es war sehr extrem das Wetter dieses Jahr. Ist bei euch etwas erfroren? *(Trinkt Mineralwasser)*

Otto: Nein, nichts. *(Er steht auf, um etwas entfernt zu rauchen.)*

Taffy: Ein Fliederbusch, ein Apfelbaum und ein Pflaumenbaum sind durch den Hagel, der bei uns kam, erfroren. Im Mai war es außerdem zu trocken. Anschließend zu heiß. Und wie ist es in eurem Garten Bahram und Wubke, Euphrasia und Mangolf?

Wubke: Unser Garten ist ganz o.k.
Euphrasia: *(lacht) Wir* hatten Läuse an den Pflanzen. Wir spritzen. *(Trinkt Bier)*
Taffy: Eine rote Pflanze, ich weiß nicht, wie sie heißt, mit D fängt der Name an, hat Läuse gehabt. Ich habe den befallenen Teil abgeschnitten. *(Trinkt Bier)*
Vanas: Gibt es eine Klimaveränderung? Die AfD sagt ja, die Sonne scheint nur etwas viel.
Mangolf: Klimaveränderungen hat es in der Geschichte schon immer gegeben.
Vanas: Das stimmt. Zum Beispiel die Eiszeit. Aber: ist die Klimaveränderung von Menschen gemacht oder nicht?
Bilhildis: Vorsicht! Mangolf wählt AfD. *(Trinkt Bier und Schnaps)*
Mangolf: Teils-teils, vom Menschen gemacht und teils von der Natur.
Vanas: Dieses Jahr ist ein Rosenjahr. Wie damals, als das mit Tschernobyl passierte. Ob irgendwo wieder gerade ein Atomkraftwerk implodiert?
Bahram: Unser Kirschbaum hat dieses Jahr wunderbar geblüht.
Hildegard: Die Jasmin-Blüten hinter Euch, Taffy und Vanas, sind auf Eure Haare gerieselt, das sieht schön aus! – Ich wollte euch ja nicht gleich schocken, aber uns ist der Pachtvertrag für den Garten gekündigt worden. Stellt euch mal vor, nach 30 Jahren! Wir müssen hier weg.
Taffy: Warum das?
Otto: Der Pächter hat das Grundstück verkauft.
Wubke: Zu wann denn? Und was macht ihr nun?
Hildegard: Wenn ihr abfahrt, müssen wir raus. Es ist das letzte Mal, dass wir uns hier treffen. Ich will dann keinen neuen Garten mehr. Da könnte das ja wieder passieren. Wir haben kein Geld, um uns ein Grundstück zu kaufen. Wir hatten davor schon mal einen Garten an der Dosse, aber das war zu weit weg von der Wohnung. Da mussten wir durch die Stadt und wollten das nicht in Gartensachen auf dem Fahrrad. Und immer erst im Garten umziehen, ist uns zu umständlich. Wir haben unsere 2-Zimmer-Wohnung und Balkon, aber da kommen wir uns im Sommer wie eingesperrt vor.

Wubke: Habt ihr Widerspruch gegen die Kündigung eingelegt? Ihr könnt doch argumentiere, dass ihr schon 30 Jahre den Garten habt und zu alt seid für einen Wechsel. Mir fällt ein: Olaf Ludowitz fehlt, der Rechtsanwalt, Schwager von Jonas. Er hat doch damals Ali Baba angeklagt und später ein Buch über seine Sekte geschrieben. Er könnte Euch beraten. Aber er ist doch auch in Gefahr durch Ali Baba. Vanas, hast du vergessen, ihn einzuladen?
Vanas: Ja. Tut mir leid. Ich werde mich, wenn ich wieder zu Hause bin, darum kümmern.
Otto: Wir haben keinen Widerspruch eingelegt. Vielleicht ist es besser. Die eine Pappel ist schon umgestürzt. Ich habe Angst, dass eine der anderen auf unseren Garten fällt.
Bahram: Wollt ihr so schnell aufgeben? Wir protestieren mit euch, gehen zum Bürgermeister!
Hildegard: Möchte jemand Wasser?
Vanas: Für mich bitte nur Leitungswasser. Da kann man viel für die Umwelt tun, wenn wir kein Wasser in Plastikflaschen kaufen.
Bilhildis: Sollte man gar nicht trinken. Da sind Medikamentenrückstände drin!
Wubke: Was macht ihr mit den vielen Erdbeeren?
Hildegard: Einfrieren und zu Marmelade kochen.
Wubke: Ich mach' auch Erdbeermarmelade selbst.
Euphrasia: Aber du hast doch keine Erdbeeren.
Wubke: Ich kaufe welche.
Miloslaw: Wir sind nicht wegen diesem Small-Talk hier. Lasst uns anfangen! Wie können wir uns gegen Ali Baba wehren? Ich habe Angst. Jede Nacht habe ich das Gefühl, er setzt sich auf meinen Hals.
Vanas: Ich habe mehrere Reinkarnationen mit Ali Baba geträumt. Eine davon war, als er als ein schmutziger Zwerg lebte, der mich in seine Größe verwandelte und dann vergewaltigte. Ich habe Ali Baba auf der Venus seinen Ring an den Kopf geworfen. Das war richtig. Er ist ein Tyrann. Wir sind quitt.
Taffy: Er lebte als mein Liebhaber in Italien, ich war als Mädchen reinkarniert. Er ließ mich schwanger sitzen. Ich habe auf dem Sirius Plakate gegen

ihn geklebt. Hat er mich nicht schon genug bestraft, indem er meine Familie von seinem Sohn töten ließ?
Wubke: In einem früheren Leben in Hawaii hat er mir mein Kind weggenommen. Ich habe gegen ihn auf dem Sirius opponiert, das war nötig. Er wollte eine Bücherverbrennung machen und alle Bücher, die sich gegen seinen Glauben richteten, verbieten.
Bahram: Während meiner Reinkarnation in Ägypten war ich eine Dienerin von Cleopatra.
(Die anderen grinsen.)
Nein, nicht die berühmte Cleopatra, sondern eine andere. Ihr Mann war Philometer. Ich durfte mich nicht mit einem Liebhaber einlassen. Aber ich verliebte mich. Als mein Kind geboren wurde, nahm Cleopatra es mir weg und schickte mich in die Wüste, wo ich verdurstete. Cleopatra war damals Ali Baba. Ja, ich habe die Bombe, die er für Olaf Ludowitz vorgesehen hatte, bei ihm unter dem Tisch deponiert. Leider zündete sie nicht, weil die Träume, die die Abwasser-Kanäle verstopften, mit der Kloake über diese schwappten. Nur seine beiden Kaninchen ertranken, die er sehr liebte. Ich hatte das doch nicht beabsichtigt, dass seine Kaninchen umkommen. Aber er schwor mir so doppelte Rache.
Miloslaw: Ich war in Gnadenhütten reinkarniert. Indianer und Franzosen überfielen unser Dorf. Alle kamen um, nur ein Mädchen und ich entkamen. Ich war erst 12 Jahre alt, das Mädchen 5. Wir schlossen uns einer Räuberbande an. Was hätten wir sonst tun sollen? Wir wurden geschnappt und aufgrund des Urteils eines Richters gehenkt. Der Richter war Ali Baba. Auf der Erde war ich erst sein Anhänger. Dann bekam ich mit, dass sich fast alle seiner Anhänger umbrachten, er aber nicht. Ich zweifelte daran, dass das Datum, was er uns nannte, an dem die Welt untergehen sollte, stimmen würde. Ja, ich bin ein Abtrünniger. Darum will er mich umbringen.
Bilhildis: Ich war früher in Nepal reinkarniert. Da kamen die „Brennenden Fahnen“, das waren Chinesen, die ein Gestänge mit rot-gelben Tüchern auf dem Rücken trugen. Das sah so aus, als ob sie brennende Flügel hätten. Sie wollten unser Land erobern. Ich wehrte mich mit meinen Landsleuten. Einer der „Brennenden Fahnen“ sperrte mich in eine Kiste, in der ich starb. Dieser war Ali Baba. Er hasst mich, weil ich auf der Venus entdeckte, dass

er die Träume der Venuser in einen Keller sperrte, damit die Venuser sie ihm abkaufen mussten.

Mangolf: Ich war in Atlantis reinkarniert. Ali Baba war damals ein überdimensionales Pferd, das mir seine Krallen in die Hände schlug. Er verhinderte dadurch, dass ich fliehen konnte, denn die Insel versank. So fand ich den Tod. Als ich auf dem Sirius lebte, unterstützte ich erst den Diktator Hartmut Hades. Dann kam Ali Baba. Ich ging in eine Widerstandsgruppe. Ja, deshalb hasst er mich.

Euphrasia: Ich war in Mallorca reinkarniert. Uns Mädchen sperrte man in einer Höhle ein, dann wurden Pferde reingelassen. Eins davon zertrampelte mich. Das war Ali Baba. Auf Sirius war ich im Widerstand gegen ihn. Er wollte den Reisebetrieb einschränken. Ich rede jetzt für Nicole, die nicht mehr sprechen kann.

Vanas: Wir müssen unsere Reinkarnationen Ali Baba erzählen. Dann wird er einsehen, dass er sich nicht weiter an uns rächen darf. Urania, du hast bisher überhaupt nichts gesagt. Was ist los?

Urania: Ich hatte eine Reinkarnation in Indien. War Tempeltänzerin. Unser Heiligtum wurde überfallen. Räuber wollten unsere Schätze, aber auch uns als Frauen. Der, der mich vergewaltigte, war Ali Baba. Er rief alle anderen Räuber dazu auf, mich weiter zu vergewaltigen, bis ich starb, denn ich hatte mich gewehrt.

Gabi: Ich war auf dem Sirius in der Opposition, weigerte mich, die Überwachungsbildschirme zu installieren, floh zur Venus. Überlebte das Attentat, indem ich mich mit Nicole zum Heil-Brunnen schleppte. Auf der Erde machte ich einen Film über die Sekte von Ali Baba. Darum stehe ich auf seiner Todesliste.

Taffy: Das ist doch alles Bullshit. Ich habe Waffen von der Bundeswehr geklaut. Ich werde euch ausbilden, dann fliegen wir zum Sirius und stürzen die Regierung. Ali Baba muss sterben! Man muss einen Diktator töten. Er wird nicht auf unser Gesäusel hören!

Vanas: Bist du verrückt? Wer zu den Waffen greift, der kommt durch die Waffen um. Denke an Kriemhild! Außerdem hast du offenbar noch nicht von unserer Methode auf der Venus gehört, dass man sich im Traum teleportieren kann. Aber man kann nichts mitnehmen. Es wäre realistischer, Ali

Baba zu uns zu bitten. Er wird sicher kommen, weil er uns ja umbringen will. Wir können auch den Rechtsanwalt Olaf fragen. Ali Babas Morddrohungen sind doch ein Straftatbestand. Hat er nicht seinen Sohn geschickt, um deine Familie zu töten? Anstiftung zum Mord. Wir werden Personenschutz bei der Polizei beantragen!
Urania (lacht): Du willst denen erzählen, da ist ein Mann vom Sirius gekommen, der uns umbringen will?

(Man hört und sieht ein Raumschiff landen. Videoinstallation. Zwei quallenartige Wesen steigen aus.)

STIMME 2 *(greift nach einem kleinen Apparat)* Ich habe gerade einen Funkspruch aufgefangen von unseren Feinden vom Exoplaneten „Proxima b“. Sie wollen die Erde in zehn Minuten zerstören.
STIMME 1 Das dürfen sie nicht. Wir haben den Erdbeergarten gekauft. Gib' mir mal den Hörer. Ich nehme mit denen Kontakt auf! Ali Baba hat uns nur den Auftrag gegeben, seine Feinde zu entführen. Dafür hat er uns das Geld für den Erdbeergarten gegeben.
(Außerirdischer 2 übergibt das Telefon. Man sieht auf der Videoinstallation die Außerirdischen von „Proxima b“.)
Wir protestieren. Wir haben den Erdbeergarten gekauft!
STIMME 3 *(man sieht auf der Videowand die rechteckige rote Figur)* Dann ladet den Garten in euer Raumschiff ein! Habt ihr ihn mit Inhalt gekauft?
STIMME 2 Natürlich. Wir brauchen doch die Leute, damit sie die Erdbeeren pflegen! Außerdem haben wir eine Weide mit Kühen für die Schlagsahne gekauft. Die Menschen hier im Garten sollen für uns Theater spielen. Wir haben sie jetzt jahrelang beobachtet. Was sie so erzählen, ist unterhaltsam. Warum wollt ihr denn die Erde zerstören?
STIMME 4 Die Menschen haben versagt. Wir haben mit ihnen experimentiert. Aber sie haben Fehler gemacht, wie viele andere Wesen auf ihrem Planeten. Sie kümmern sich nicht um den Naturschutz, obwohl sie genau wissen, dass es sie ruinieren wird. Wir beenden ihr Leben nur etwas eher.
STIMME 3 Wir werden die Menschen ins Schwarze Loch schicken, wenn sie 20 Jahre alt geworden sind, holen wir sie raus. Dann sollen sie Kinder

bekommen. Sie starten auf unserem Planeten neu. Vielleicht machen sie es das nächste Mal besser. Laderampen auf!

(Man hört Geräusche. Die Menschen werden mit dem Garten wie von einem Staubsauger in das Raumschiff gezogen, die Weide mit den Kühen folgt. Die Ladeklappe wird geschlossen. Man hört einen lauten Knall. Die Menschen schreien.)

Die Neptuner schießen mit ihrem Raumschiff das vom Exoplanten „Proxima b" ab.

(Wir befinden uns auf dem Exoplaneten „Teegarden". Alle Protagonisten sitzen wieder im Garten. Daneben die Wiese mit den Kühen.)

STIMME 1 Willkommen auf dem Exoplaneten „Teegarden". Wir befinden uns 12 Lichtjahre von der Erde entfernt. Möchten Sie einen Tee zur Begrüßung? Bei uns gibt es nur Tee. Kaffee können Sie vergessen!

Hildegard: Auf den Schreck würde uns alle eine Tasse Tee guttun!

STIMME 2 Na, dann geh'n Sie mal in die Küche und machen sie für uns alle Tee!

(Hildegard erhebt sich.)

Hildegard: Wo ist denn die Küche?

STIMME 1 Hier! *(Zeigt auf ein Gebäude.)* – Und die anderen können gleich mal Erdbeeren pflücken und Sahne schlagen!

(Alle erheben sich und pflücken Erdbeeren oder melken die Kühe.)

(Wieder im Garten.)

STIMME 1 Also, Yogananda hat nicht zu viel gesagt. Die Erdbeeren mit Sahne schmecken wirklich gut! – Und jetzt, liebe Einwanderer, spielt Theater. Wir wollen unterhalten werden!

Hildegard zu Vanas: Darf ich dir meinen Mann Otto und unsere Tochter Valentina vorstellen?

Euphrasia *(zu Taffy):* Wie geht es Nicole?

Vanas *(stöhnt)* Nicht schon wieder! Ich hab' dir doch gesagt, das Stück ist langweilig!

Bilhildis: Darum habe ich es doch aufgepeppt mit den Außerirdischen!

Miloslaw: Hast du da nicht ein bisschen übertrieben?

STIMME 2 Keine Nebengespräche! Wir wollen das Stück weiter hören und sehen!

Taffy: Die ist seit ein paar Wochen wieder zu Hause …
(Seine Stimme wird immer leiser.)
Vanas: Stopp! Sie wollten uns doch jünger machen!

STIMME 1 Stimmt! Haben wir vergessen. – Also, alle ab in das Raumschiff, das fliegt euch ins Schwarze Loch und zurück! Gute Reise!
(Motorengeräusch zu hören, auf der Videowand sieht man das Raumschiff, das seine Tür öffnet. Alle steigen ein. Das Raumschiff fliegt los.)

Bahram (über einen Lautsprecher): Achtung! Achtung! Ich habe die Steuerung übernommen. Wir fliegen jetzt zur Erde. Eure dumme Eitelkeit, jünger zu werden, ist doch nichts, gegen unsere Aufgabe. Wir wollen nicht fliehen, sondern standhalten.

Als Vanas zu Hause ist, entdeckt sie in einer ihrer Jackentaschen einen Zettel. Da steht drauf:
„Nehmt diesen Kranz, Herrin“, „Nemt, frowe, disen kranz“,
so sagte ich zu einem schönen Mädchen,
„Ihr seid die Zierde der Tanzrunde,
wenn Ihr die schönen Blumen tragt.
Hätt‘ ich viele edle Steine,
die müsstet Ihr auf der Haube tragen,
glaubt mir, Euch würde ich sie aufsetzen.
Ihr könnt darauf vertrauen, ich meine es wirklich so.“

„Ihr seid so schön,
dass ich meinen Kranz gern geben will,
den ich als allerbesten habe:
Ich weiß, wo viele weiße und rote Blumen stehen,
dort draußen auf jener Heide.
Dort, wo sie herrlich blühen
und die Vögel singen,
da sollten wir sie miteinander pflücken.“

Sie nahm das Gebotene an,
ganz wie eine junge Dame.
Ihre Wangen wurden rot –
so glüht die Rose neben der Lilie.
Scham trat in ihre hellen Augen.
Dennoch: eine schöne Verneigung war ihre Antwort.
Das war mein Lohn.
Empfange ich mehr, das behalte ich für mich.

Mir schien, ich war nie zuvor
glücklicher als jetzt:
Blüten regneten
ins Gras vom Baum auf uns herab ins Gras.
Seht, da musste ich lachen vor lauter Freude.
Als ich so reich beglückt war –
im Traum,
da brach der Tag an und ich war wach.

Walther von der Vogelweide

Wer hatte ihr das in die Tasche gesteckt? Taffy?

28.05.2020: Oda hat seit gestern nach dem Mittagessen Halsschmerzen. Es fühlt sich an, als ob in der Speiseröhre Essen verblieben ist. Sie nimmt Lutschtabletten gegen Halsschmerzen.
Um 6.30 Uhr heute ruft sie die Hotline Corona an. Es spult nur eine automatische Ansage ab.
8 Uhr: Sie ruft das Gesundheitsamt ihres Bezirkes an, weil sie einen Corona-Test machen will. Die Angestellte erklärt ihr, dass sie zunächst ihren Hausarzt anrufen müsse. Wenn dieser ihr nicht weiterhelfe, könne sie zwei andere Ärzte in ihrem Bezirk anrufen, deren Telefonnummer sie ihr gibt.
Oda ruft ihre Hausärztin an, die erst ab 15 Uhr zu erreichen ist.
Im „Tagesspiegel“ geht es heute um die Auseinandersetzung zwischen Drosten und der „Bild“-Zeitung. „Jörg Stoye von der Cornell University in

den USA hat sich in einem bisher nicht begutachteten Papier kritisch mit zwei Studien zu Covid-19 auseinandergesetzt: der Heinsberg-Gangelt-Studie des Forscherteams um Hendrik Streeck von der Universität Bonn und der Studie zur viralen Belastung von Kindern einer Forschergruppe um Christian Drosten.

‚Vorläufig hebt meine Auffassung die Aussagekraft der Gangel-Studie auf und kehrt die Aussage der Charité Studie ins Gegenteil'."

Die Aussage der „Bild-Zeitung", dass Angela Merkel nur auf Drosten gehört habe und deshalb Kitas und Schulen schloss, ist nicht richtig. Als Ratgeber hatte sie auch das Robert-Koch-Institut und die Nationalakademie Leopoldina. „Die ersten Schulen schloss der Krisenstab in Heinsberg Ende Februar. Als erste Großstadt machte Mitte März Halle seine Schulen dicht. Dort spielte wohl wirklich ein ortsansässiger Virologe (Alexander S. Kekulé) die zentrale Rolle."

Dieser nimmt auf einer Seite zu der Studie von Drosten Stellung. „Doch spätestens eine Woche nach der Veröffentlichung war in der Fachwelt klar, dass Drosten sich geirrt hatte. In einer akribischen Aufarbeitung wies der Züricher Biostatiker Leonhard Held gleich mehrere methodische Fehler nach…"

„Christian Drosten wehrt sich in seinem Podcast gegen die Kritik und verteidigt sein Ergebnis, räumt aber zugleich mögliche Fehler der Studie ein."

„Auf die heftig umstrittene Frage, ob man Kitas und Grundschulen jetzt zügig öffnen sollte, gibt es auch weiterhin keine eindeutige wissenschaftliche Antwort."

„In Deutschland steigt die Zahl der Menschen, die mehr als eine Million Euro Einkommen im Jahr versteuern. Den höchsten Steuersatz von 45 Prozent mussten 102.000 Bürger zahlen."

Die „Laib- und Seele-Ausgabestellen" waren ja wegen Corona geschlossen worden, da für ältere Helfer die Ausgabe zu riskant ist. Jetzt packen Ehrenamtliche der Berliner Tafel in der Halle eines Großmarktes, angetan mit Nase-Mundschutz, Lebensmittel in Tüten, die für die Bedürftigen an deren Tür geliefert werde.

Gestern telefonierte Oda mit ihrer Schwiegertochter. Diese erzählte ihr, dass ihre ehemaligen Kolleginnen im Krankenhaus berichteten, sie wären teil-

weise trotz Anzeichen von Corona gezwungen worden, weiterzuarbeiten. Das hatte Oda auch schon in Talk-Shows gehört.
Bei „Kaufland“ soll es seit 14 Tagen wieder frische Hefe geben. Falls Oda kein Corona haben sollte, wird sie dort Hefe kaufen.
15 Uhr: Oda ruft ihre Hausärztin an. Sie könne gleich kommen. Die Sprechstundenhilfe möchte von Oda 15,- €. Da Oda nur 50,- € hat und die Sprechstundenhilfe nicht wechseln kann, schickt sie diese zum Wechseln runter zum Zeitungsladen. Die Verkäuferin vom Zeitungsladen sagt, sie dürfe nicht wechseln. Oda geht zum Blumenladen. Die nette Vietnamesin wechselt.
Oben bezahlt Oda die Summe. Die Sprechstundenhilfe misst bei Oda und einer anderen Patientin Fieber. Oda hat keines. Sie hatte auch schon zu Hause gemessen und dies festgestellt. Dann gibt es Meinungsverschiedenheiten zwischen dem Sprechstundenhelfer, der seine Kollegin fragt, ob sie die Ärztin kontaktiert habe. Nein. Also geht der Sprechstundenhelfer zur Ärztin. Oda wird zur Ärztin reingebeten. Diese ruft das Labor an und erfragt den Preis für den Corona-Test. 147,46 €. Die Ärztin möchte dies mit 20,- € für sich bezahlt haben. Oda geht zurück zur Sprechstundenhilfe. Sie will ihre 15,- € wieder haben. Diese werden ihr ausgehändigt. Dann bezahlt sie 167,46 € per Karte.
Endlich darf sie ins Labor, wo die Ärztin ihr mit einem Wattestäbchen aus dem Hals die Probe entnimmt. Sie gibt ihr dann einen Zettel für das Internet, wo sie in 1-2 Tagen erfahren kann, ob sie Corona hat. Falls ja, müssen sie und ihr Mann 14 Tage in Quarantäne zu Hause bleiben. Oda bekommt eine Quittung für das bezahlte Geld.

2019: Miloslaw geht zur Musik-Rückführung zu Bernd Holzhauser, der eine Fortbildung dazu gemacht hat. Er will zusehen, wie bei seiner Schwester Oda eine Rückführung in ein früheres Leben gemacht wird. Er selbst kann sich nicht in Hypnose begeben, weil er sich nicht entspannen kann.
Bernd Holzhauser hat die Musik von Sergej Rachmanows Lied „Der Traum“ gewählt. Elisabeth Söderström singt zur Klavierbegleitung.

Sleep
Nothing in the world is more longed-for than sleep:
It possesses enchantment, brings silence,
its features show neither laughter nor pain,
in its fathomless eyes lie great secret delights.
It soars to the heigths on shining wings,
as lightly as the darkness oft midnight.
Incomprehensible, outside time and space,
on wings that are still, motionless.

Oda liegt auf einer Couch. Bernd hypnotisiert sie mit Entspannungssuggestionen. Oda spricht mit geschlossenen Augen:
„Ich sehe gezackte Pflanzen wie Drachenrücken, sie sind dunkelgrün. Als wären sie gebogene Farne auf einem Berg. Da ist hohes Gras, durch das Licht fällt. Ich liege und sehe es von unten.
Eine Prozession nähert sich. Da bin ich plötzlich an deren Spitze auf einem Waldweg, der sandig, tief eingekerbt, links und rechts ausgehöhlt ist. Ein Hohlweg. Rechts von mir stehen Bäume. Ich trage einen Kopfputz und bin blau, rot und weiß im Gesicht geschminkt, mein Kleid ist festlich mit Ärmeln bis zu den Handgelenken. Meine Gefühle sind feierlich-resignativ. Ich habe strahlende dunkle Augen. Mein Körper ist schlank und stark.
Ich erinnere mich daran, wie ich einmal bei einem Feuer stehe, Elefanten hintereinander in einer Reihe umkreisen es. Ich liebe diese Tiere.
Meine Seele ist nun in meinem Körper, ich kann mich nicht mehr von außen sehen. Der Himmel hat geriffelte Wolken und ist blau.
Da kommen Chinesen mit Fahnenstangen auf den Rücken, der Stoff ist rot und gelb, er flattert im Wind. Es sieht aus, als ob die Chinesen flammende Flügel hätten. Ich weiß, dass es Chinesen sind. Ich bin aus Nepal.
Die Chinesen treiben die Elefanten zu sich. Mir gehören die Elefanten. Ich will das nicht. Die Elefanten sind Arbeitstiere. Ein Elefant versucht, zu mir zu trotten. Chinesen mit Dornenpeitschen treiben ihn wieder zu sich. Was kann ich dagegen tun? Ich fühle mich ohnmächtig. Die Chinesen werden die Elefanten nicht gut behandeln. Ich gehe deshalb mit den Elefanten, um für sie zu sorgen. Ich stehe jetzt vor einem offenen Tor, drehe mich um. Da

liegt ein Steinkreis. Ich sehe einen Chinesen im Profil. Er trägt einen runden, kleinen Hut. Ein anderer hat eine Holzmaske auf, ein dreiköpfiger Dämon. Er zeigt auf einen kupfernen Kasten, öffnet ihn. Mit Gesten bedeutet er mir, dass ich da reinsteigen soll. Ich steige in den Kasten. Der Deckel wird geschlossen. Da plötzlich züngeln Flammen im Kasten. Ich verbrenne.
Ich fliege in den dunkelblauen Himmel. Ein blinkender Stern mit Corona zieht mich an. Ich lande. Da gibt es einen blauen Felsen, der sich unter meinen Füßen unregelmäßig wölbt. Eine riesige, blaue Gestalt liegt neben mir, nein im Weltall, ich sehe das Profil, das grün-türkis-weiß ist. Das Weiß sieht wie Kalk aus.
Links neben mir eine Lichtgestalt, die ich nicht sehen, nur fühlen kann. Ich möchte mich immer zu ihr drehen, es geht nicht.
Ich fliege auf die Erde zu, habe Schwierigkeiten, mich zu drehen, bin erst mit dem Rücken zu ihr, wende mich seitlich. Ich bin jetzt bei Felsen gelandet, da sind Bauten, Ruinen, die Sonne scheint intensiv und warm.

28.Kapitel

Bernd holt Oda aus der Trance. Drei Stunden sind vergangen. „Ich bin enttäuscht. Schon wieder die Himalaya-Region. Ich hatte einige Reinkarnationen in Tibet. Ich habe gehofft, mal was anderes zu sehen! Spannend fand ich die Perspektive, wie ich mich bewegte, als ob ich flöge, aber ich konnte meinen Körper noch nicht so gut steuern."

29.05.2020: Oda hätte nicht gedacht, dass die Corona-Erkrankung – falls sie diese haben sollte – so unangenehm ist. Schluckbeschwerden, das Husten tut weh, der Atem schmerzt bis runter zur Brust, der Rücken wie eingeklemmt, Bewegung arthritisch. Es wäre schade, wenn sie in Quarantäne müsste und nicht Pfingsten raus gehen könnte.
Im „Tagesspiegel" wird gemeldet, dass es wieder drei Tote mehr in Berlin gibt: 196. Falls Oda sterben sollte, was im Augenblick natürlich sich noch exotisch anhört, wünscht sie ihrem Mann eine nette neue Frau.
„Chinas Volkskongress bringt das umstrittene Sicherheitsgesetz auf den Weg."
Natürlich hat Oda die Streiks in Hongkong verfolgt. Vor Jahren war sie mit Jonas in Hongkong. Die Zentralregierung bezieht sich dabei auf Artikel 31 und 62 der Verfassung der Volksrepublik. „Die Autonomie der Sonderverwaltung werde damit nicht angetastet." „Der italienische Sinologe Francesco Scisi schreibt auf Twitter: Entweder es verliert (Peking) Hongkong als Plattform für die eigene Finanzwirtschaft oder es lässt zu, dass Hongkong zum Sprungbrett für eine chinesische Revolution wird."
„Jedes Jahr sterben bei der Grasmahd im Frühjahr Tausende Rehkitze, weil sie sich beim Anrücken der Mähgeräte verängstigt am Boden zusammenkauern, anstatt vor den scharfen Klingen zu fliehen … Um das zu verhindern, setzen Landwirte – auch in Brandenburg – mittlerweile Drohen ein. Mit der Wärmebildkamera soll der Drohnenpilot die Rehkitze aus der Luft aufspüren. Dann werde sie mit einem Korb aus dem Gras geholt, bevor die Mahd beginnt."

100.000 Corona-Tote in den USA, das sind pro eine Millionen Einwohner 305 Tote. „Belgien hat 808 Tote pro eine Million Einwohner, Spanien 580, Großbritannien 546, Italien 545, Frankreich 437, Schweden 418, die Niederlande 343, die Schweiz 202, Deutschland 101."

„Zur Ruhe gekommen ist die Nachbarstadt Dresden mit dem Widerspruch des CDU-nahen Stadtoberhaupts Wendsche gegen die Bernig-Wahl nicht." ... „Der Beschluss über die Wahl des neuen Kulturamtsleiters muss dem Radebeuler Stadtrat binnen vier Wochen noch einmal zur Entscheidung vorgelegt werden." Oda erinnert sich an Radebeul, der Karl May-Stadt. Sie war mit Jonas dort im Karl-May-Museum gewesen. Es hatte ihnen gut gefallen.

Andreas Heinz, Direktor der Klinik für Psychiatrie und Psychotherapie der Charité sowie Präsident der Fachgesellschaft für Psychiatrie- und Nervenheilkunde äußert sich zu den Verschwörungsaposteln: „Es hilft nichts, die Neigung von Menschen zu psychiatrieren, sich in Krisen einfachen Erklärungsmodellen anzuschließen. Vor 70 oder 80 Jahren sagten die Menschen, es gebe einen deutschen Volkskörper und Schädlinge, die sich mit dem Namen Juden belegen lassen."

Aber es sind teils auch Menschen mit psychischen Erkrankungen dabei.

Es gibt bisher keine Studien darüber, welche Rolle die Pandemie spielt bei der Verarbeitung von gesundheitlichen Informationen.

30.05.2020: Kussfreie Zeit. Es ist komisch, eine Krankheit zu haben, gegen die man keine Medizin nimmt. Lachen und Niesen tut weh. Gestern lag noch kein Laborergebnis vor. Eigentlich wollten Oda und Jonas am 07.06.2020 für vier Tage in die Schorfheide fahren. Das Hotel hatten sie im November 2019 gebucht. Nun werden sie absagen müssen.

Oda liest den „Tagesspiegel": Es gibt in Amerika Rassenunruhen, da ein Polizist bei der Festnahme eines Schwarzen neun Minuten mit dem Knie auf dessen Hals drückte, worauf der Malträtierte später starb. Es kommt in den USA immer wieder vor, dass weiße Polizisten Schwarze ermorden. Der Polizist wurde nun verhaftet. Trump reagierte, in dem er androhte, Schusswaffen gegen die Aufständischen einzusetzen.

Oda liest gerade: „Sweetest Fruits“ von Monique Truong. Darin wird geschildert, wie ein weißer Zeitungsredakteur in Amerika fristlos entlassen wird, weil bekannt wurde, dass er mit einer Schwarzen zusammenlebt.
Der Psychologe Stephan Grünewald führte Tiefen-Interviews über den Seelenzustand der Deutschen durch zum Thema, wie sie durch die Pandemie kommen. Er kommt zu dem Ergebnis, dass es acht Krisentypen gibt. In der ersten Phase der Pandemie herrschten Ohnmachtsgefühle. In der zweiten kam es zum Lockdown. Die Menschen fragten sich: „Sind die Maßnahmen angemessen?“ Ein Konflikt kam auf zwischen denen, die für die Lockerungen und denen die dagegen waren. Jetzt sind wir in der dritten Phase. Wir trauern, obwohl wir wieder so viel dürfen, da wir erkennen, dass nichts mehr wie zuvor ist.
Manche haben die Zeit der Einschränkungen als Vorhölle empfunden, andere würden gern, dass die Entschleunigung noch weiter ginge.
„Privilegiert in der Coronakrise waren vor allem Beamte, Rentner oder Arbeitnehmer, die in Kurzarbeit gingen, aber einen sicheren Job hatten und finanziell keine Sorgen.“ Oda ist sich bewusst, dass sie als Rentnerin zu den Privilegierten gehört. „Weil ihnen die Zeit gefallen hat.“ Das kann Oda von sich aus nicht sagen. Ihr hat die Kultur gefehlt.
„Die Gefahr ist: Wenn man alle Zweifler zur rechten Verschwörungstheoretikern erklärt, dann drängt man sie aus dem gesellschaftlichen Diskurs heraus …“
Naja, Oda hat über die Zusammenarbeit der Linken mit der AfD in der Lausitz gelesen. Die Linke wurde deshalb kritisiert. „Man habe den Linke-Fraktionsvorsitzenden in Forst daher aufgefordert, die politische Verantwortung zu übernehmen und persönliche Konsequenzen zu ziehen.“
„Berliner Kinos öffnen wieder am 2. Juli“. Bis dahin hat Oda die Quarantäne hinter sich. Sie freut sich darauf, wieder ins Kino gehen zu können.
Hatice Akün stellt fest, dass in der Corona-Berichterstattung in der Hauptsache Männer berichteten. „Das Institut für Medienforschung der Universität Rostock ermittelte im Auftrag der MaLisa Stiftung, dass eine Expertin auf vier Experten zu Wort kam. Es wurden 174 Fernsehsendungen und etwa 80.000 Artikel mit Coronabezug untersucht. Das Ergebnis: 22 Prozent der TV-Experten/Innen und sieben Prozent der AutorInnen waren weiblich.“

Es liegt noch kein Laborergebnis für Oda vor.
Oda und Jonas hören wieder einen Vortrag. Gefühle in der Psychotherapie. Wie sich Groll, Scham und Zorn gegen Psychotherapeuten wenden. „Schuld und Scham."
„Sehen und Gesehenwerden – Zur Beziehung zwischen Groll, Scham und Zorn zum Erleben von Schuld".
Wer als Therapeut in der Therapie Groll offen anspricht, läuft selbst in Gefahr, Groll auszulösen.
Auch der Rückzug des Therapeuten ist keine Lösung.
„Es ist schwierig, Groll zu deuten. Denken Sie an die Patienten, die sich über Mobbing beklagen." Kriemhild hatte Groll gespürt. Ob sie später auch Scham empfand? Vielleicht. Sie ging ja zur Traumtherapie. War im Schlaflabor. Hatice und „Moppelchen" äußerten sich nicht dazu.
„Es ist fast unmöglich, Scham anzusprechen, ohne erneut Beschämung hervorzurufen."
„Es ist heikel, Zorn aufzugreifen, ohne erneut Zorn und Verachtung auszulösen."
In der Corona-Krise haben sich viele Leute gefragt: Warum habe gerade ich Corona bekommen? Ist das nicht ungerecht? Bin ich schuld daran? Ist es die Rache Gottes? Womit habe ich das verdient?
Solche Gedanken hatte Oda bisher nicht.
Die Übergänge zwischen Groll, Scham und Zorn sind fließend. Wenn sie nicht behandelt werden, manifestieren sie sich, und es ist dann schwierig, sie zu lösen.
Der Vortragende erklärt alle drei Gefühle mit dem Blick, den der Betroffene auf andere wirft. Beim Groll ist der Blick von unten nach oben gerichtet, bei der Scham nach unten, beim Zorn fühlt sich der Betroffene überlegen und schaut auf den Therapeuten herab.
Groll: Wie in Kleists „Michael Kohlhaas" beschrieben, hat der Protagonist einen Groll, weil er sich ungerecht behandelt fühlt. Es entsteht der Wunsch, nach Vergeltung.
Natürlich laufen hier, wie bei allen Therapien Übertragungen ab.

Scham: Es wird nach Freud erklärt, dass der Blick der Mutter auf den Säugling bewirkt, dass das Baby weiß, ob es Ermutigung oder Missbilligung erhält.
Heute ist dies – nach Meinung von Oda – zum Teil überholt, wenn sie an die Mütter denkt, die ihrem Baby die Flasche in den Mund stopfen, das Baby liegt im Wagen, die Mutter telefoniert. Da gibt es fast keinen Blickkontakt. Der Vater werde laut Freud und dem Vortragenden vom Kind erhöht. Es erlebt die Eltern als Paar, es ist davon ausgeschlossen. Auch das ist, nach Meinung von Oda, teilweise überholt. Wo gibt es denn noch einen Vater bei den vielen alleinerziehenden Müttern? Oder alleinerziehende Väter, wo ist da die Mutter?
Der Zorn: Der andere wird verurteilt. Man ist gewiss, recht zu haben. Fundamentalisten sind zornig. Es gibt aber auch eine milde Form von Zorn. Wer einen rigiden Glauben hat, wird auf sich zornig, weil er die Ideale seiner Religion nicht erfüllen kann. Er fühlt den Zorn Gottes. Entwickelt Abwehrformen, um es nicht zu einer Versöhnung kommen zu lassen.

31.05.2020: Gestern hat Oda eine E-Mail von Campact erhalten, die Unterschriften sammeln gegen die Übergangszeit von 17 Jahren, in denen weiter die Gitter-Boxen für Schweine von Agrarministerin Julia Klöckner (CDU) erlaubt sein sollen. Ein Bild zeigt den Käfig von 2 Meter Länge und 70 Zentimeter Breite, in denen sich Schweine nicht umdrehen können, noch ihre Gliedmaßen ausstrecken. Laut Bundesverwaltungsgericht von 2016 ist dies illegal. Im Bild sieht man sieben Ferkel durch das Gitter an den Zitzen der Mutter saugen. Ein achtes liegt daneben. Wahrscheinlich ist es schon tot.
Oda unterschreibt.
Sie hat Schmerzen, wenn sie gähnt. Öfter hat sie ein Aufstoßen, das in der Luftröhre brennt. Sie überlegt, woher sie sich den Virus eingefangen haben könnte, denn sie hatte alle Vorsichtsmaßnahmen eingehalten, wie Hände waschen, Maske tragen und Abstand halten.
Vorigen Sonnabend hatte ein älterer Mann, der von der Bäckerei-Verkäuferin wegen der Maske nicht verstanden wurde, den Schutz abgezogen und seinen Wunsch wiederholt. Oda stand 1 ½ Meter hinter ihm. Oder war es

der Besuch von Miloslaw vorigen Sonntag? Aber da hatten sie auch Abstand gehalten!

In der Zeitung steht heute nichts Interessantes, findet Oda.

Der erste Tag im Liegestuhl auf der Terrasse. Die Spatzen machen Krach wie in der „Sperlingsgasse“ von Wilhelm Raabe, die Amsel modelliert und phrasiert ihre Melodie, und der Springbrunnen scheint wie der „Trevi“ in Rom nach dem Gedicht von C. F. Meyer. Der Wind röchelt. Den Blick auf die rosa Rhododendren, deren sterbende Blüten sich schlaff anfühlen, wenn Oda sie abzupft. Heckenrosen haben ein etwas helleres Rosa wie im Tarot die Liebenden. Pfingstrosen warten auf ihren Auftritt. Das Fußvolk der Stiefmütterchen. In Odas Glas Weißwein. Blütenpollen schwirren umher, sehen sich nach einem Platz um, wo sie sich niederlassen können. Vor Oda am schwarzen Metallbogen eine rote Rose, die mit einer rosa grünlich spricht. Rechts die rosa Rosen am Bogen nur als Knospen. Der Ginkgo schaut über den braunen Holzzaun. Die Bougainvillea leuchtet rot-lila in der Sonne.

Wärme. Der Jasmin gegenüber verblüht. Der Wein rankt sich an der Terrassenwand entlang. Die weißen Stühle lehnen am Tisch.

Links von Oda die Damaskus-Rose in Pink und die orange-gelben Studentenblumen, die Oda als Kind vom Kindergarten her kennt und dort goss. Bei der Ankunft in Indien als Kette um den Hals. Oda liebt die Farbe dieser Blumen, obwohl sie nicht gut riechen und meist schnell von Schnecken gefressen werden. Die Löwenmäulchen daneben im Terrakotta-Blumenkasten in hellgelb. A-Blümchen nannte sie der ältere Sohn von Oda damals in Rumänien, da man das Mäulchen zwischen den Fingern aufdrücken kann. Jonas hat den Rasen mit dem elektrischen Rasenmäher gemäht. Vergissmeinnicht im Beet rechts.

Links hinter dem Wein ein Strauch mit rosa Blüten. Oda kennt den Namen nicht. Der Himmel topasblau. Die Weide vom Nachbarn beugt sich, als suche sie nach Wasser.

Quarantäne. Oda darf nicht spazieren gehen. Pfingsten hat sie sich anders vorgestellt. Eine Biene in einer Heckenblüte. Der Kirschbaum ist krank. Jonas hat die braunen Blätter abgeschnitten. Die Forsythie neben dem Baum verblüht. Koniferen verdecken den Zaun hinten. Von den Kastanienblüten stehen nur noch die nackten Rippen. Pflanzen schlucken das Licht, essen die Erde wie die Frau in „Hundert Jahre Einsamkeit“ von Gabriel García Márquez. Sie warten auf Regen. Kleine Fliegen schwirren umher. Oda denkt an das schreckliche Buch „Der Herr der Fliegen“.

Es brennt in ihrer Brust. Husten.

Hinter einem roten Dach zwei Pappeln, deren Blätter heftig schwingen, als ob sie gleich wie einflüglige Vögel abheben wollen. Mit Wind- und Sonnenenergie betrieben. Die silberne Farbe wie Federn. Aber sie müssen auf den Herbst warten.

Oda wartet immer noch auf das Laborergebnis.

Jonas und Oda hören den Vortrag: „Ethik und Forschung. Die Grenzen der Wissenschaft ausloten“.

Dabei geht es um Artikel 5 unseres Grundgesetzes, der die Freiheit der Wissenschaft festlegt. Der Vortragende fragt, wie sich der hohe verfassungsrechtliche Rang der wissenschaftlichen Freiheit erklärt.

- Hat dieses Recht Grenzen? Gibt es so etwas wie „verbotenes“ Wissen?
- Falls es Grenzen der Wissenschaftsfreiheit gibt, wer definiert das?

Geschichtlich gesehen war das wissenschaftliche Forschen nicht frei, denn Giordano Bruno wurde dafür verbrannt. Die katholische Kirche bestimmte, was man glauben durfte und was nicht.

Augustinus verdammte die wissenschaftliche Neugier als Laster, obwohl doch Aristoteles sagte: „Alle Menschen streben nach Wissen, von Natur aus.“

Wissenschaft nur unter dem Gesichtspunkt der Nützlichkeit zu betrachten, sollte man nicht. Wissen muss auch zweckfrei sein dürfen.

Dante lässt Odysseus in der Hölle erzählen, warum er dort ist, denn er dachte wegen seiner List, die ihn vor dem Troja-Krieg bewahren sollte. Aber Odysseus sagt, nein, nicht deshalb sei er in der Hölle. Er habe seine Gefährten überredet, mit ihm zu den Säulen des Herakles zu segeln, das Ende der Welt, wie man damals glaubte. Er wäre neugierig gewesen. Und habe dadurch den Untergang seiner Mannschaft verursacht.

In Amerika hat man früher eine Forschung durchgeführt, wo man Syphilis-Kranken ein Placebo-Medikament gab und dadurch ihren Tod in Kauf nahm. Dies wäre heute nicht mehr erlaubt.

Oder das Milgram-Experiment 1961. Das wäre heute verboten.

Erkenntnisse zu veröffentlichen, die die Menschheit erschüttern können, gehört auch zur Freiheit der Wissenschaft. Als ein Forscher bei einem Vortrag Darwins Erkenntnisse vortrug, sagte eine Dame: „Wenn wir vom Affen abstammen sollen, dann lassen sie uns beten, dass dies nicht wahr ist. Und falls es wahr ist, lassen Sie es niemanden erfahren."

Wissen ist für alle da. Jeder hat die Verantwortung für sein Handeln. So wurde 356 v. Chr. ein Mann verhaftet, der den Artemis-Tempel in Brand gesteckt hatte. Er erklärte, er habe es getan, um seinen Namen unsterblich zu machen. Der Richter verurteilte ihn dazu, dass sein Name als Täter nicht genannt werden durfte. Tatsächlich aber wurde sein Name überliefert. Aber war auch derjenige schuldig, der ihm das Brennmaterial gab?

Ärzte forschten in der Nazi-Zeit unverantwortlich an Juden und anderen Gefangenen. Da sind auf jeden Fall die Grenzen.

Oder das Manhattan-Projekt 1942, das die Atombombe schuf. Ist Otto Hahn, der die Kernspaltung erfand, mit daran schuldig, dass die Atombomben auf Hiroshima und Nagasaki abgeworfen wurden? Der Vortragende sagt: Nein. Damals dachten die Physiker, sie müssten Hitler, der vielleicht schon eine Atombombe hatte, zuvorkommen. Aber das rechtfertigt nicht die Abwürfe auf ein schon besiegtes Land.

Die Forschung könnte unsere Gene verändern und damit einen neuen Menschen schaffen. Das wollen wir nicht.

Die Freiheit der Wissenschaft gilt es zu schützen vor übereifrigen Moralisten wie amerikanische Studenten der Harvard Universität, die Ovids Metamorphosen auf den Index setzen, weil dort die Vergewaltigung und Zerstückelung der Philomena geschildert wird. Außerdem wollten sie Shakespeare „Der Kaufmann von Venedig" verbieten, da dort ein Antisemit vorkommt.

Freie Meinungsäußerung – das ist schwierig, wenn wir an Professoren, die der AfD anhängen, denken und die von Studenten blockiert wurden.

01.06.2020: Oda kann weder Miete noch Zahnarzt, ebenso nicht ein Versandhaus bezahlen, denn dazu müsste sie raus zur Post. Da sie immer noch nicht weiß, ob sie Corona hat oder nicht, hält sie sich an die Quarantäne.

Heute hat ihr älterer Sohn Geburtstag. Sie kann ihm keine Karte schicken, weil sie nicht weiß, wo er wohnt. Im Altersheim, wo ihre Mutter lebte, sah sie ihn zum letzten Mal. Miloslaw sprach bei seinem Besuch am letzten Sonntag das Thema an. Jonas fühlte sich angegriffen. Die Stimmung ging in den Keller.
Oda liest zum zweiten Mal „Die Maske des Roten Todes“ von Edgar Allan Poe. Sie kannte die Erzählung vom Gasthörer-Studium her, als sie „Das Manuskript in der Flasche“ durchnahmen, weil Oda in diesem Zusammenhang die Gesamtausgabe von Poe las. Natürlich war ihr die Ähnlichkeit mit dem Decamaron aufgefallen, aber Poes Erzählung gefiel ihr besser, weil die Luxusgesellschaft, die sich vor der Gefahr der Pest zurückzieht, doch von der Krankheit erwischt wird.
Wie kam nun Poe darauf, diese Erzählung zu schreiben? Er erlebte die Cholera-Epidemie 1831. Außerdem starben seine Mutter und Ziehmutter an Tuberkulose.
Oda denkt nach, wie sie erzogen wurde. Eigentlich nicht weiblich. Überhaupt nicht weiblich. Ihrer Mutter war Eitelkeit ein Gräuel. Die Mutter arbeitete. Trotzdem war es selbstverständlich, dass Oda die Hausarbeit neben der Schule erledigte, während Miloslaw nichts machen musste. Dies wurde aber nie damit begründet, dass Oda ein Mädchen sei. Sie interpretierte es so, dass der Bruder von der Mutter geliebt wurde und sie nicht.
In der Schule wurde sie von den Lehrern als impertinent bezeichnet, auch die Mutter meinte, sie wäre frech. Aber das wurde nicht als männliches Verhalten wahrgenommen, sondern als Aufsässigkeit. Bosheit. Berechtigte Kritik wurde abgetan: „Du bist ein Kind und hast noch keine eigene Meinung zu haben!“ „Du bist vom Teufel besessen.“ Da wurde ein Engelbild über ihre Schlafcouch gehängt. Oda hat sich erfolgreich dagegen gewehrt.
Noch kein Laborergebnis.

02.06.2020: Gestern hat Oda eine E-Mail von Campact erhalten, aus der hervorgeht, dass der Autogipfel verschoben wurde. Trotzdem wird eine Menschenkette von 2.100 Metern, unter Berücksichtigung der Abstandsregeln mit Mundschutz – am 02.06.2020 zwischen 12 und 13.15 Uhr – stattfinden. Die Strecke geht zwischen dem Autolobby-Verband VDA am Bebelplatz

und dem Kanzleramt. Oda wurde gefragt, ob sie komme. Sie schreibt ab, da noch nicht geklärt ist, ob sie Corona hat.
2,5 Milliarden Euro soll die neue Abwrackprämie für Autos kosten. Odas älterer Sohn ist seit 30 Jahren bei Daimler beschäftigt. Trotzdem wäre sie zu der Demo gegangen.
„Der Tagesspiegel" mit dem Titelbild von knienden weißen Polizisten, die sich den Protesten gegen Rassismus in den USA anschließen. Eine großartige Geste! Oda war dreimal in den USA gewesen. Sie hat dabei erlebt, dass man die Menschen dort wirklich nicht in einen Topf mit der jetzigen Trump-Regierung werfen darf.
Warum hat Stephan Ernst, den mehrfach wegen Gewalttaten vorbestraften Rechtsextremisten Lübcke ermordet? Ernst erklärte, Lübke sei bei ihm seit Oktober 2015 „auf dem Schirm" gewesen. „Er hatte in seinem Heimatort Lohfelden, einer Gemeinde bei Kassel, eine Bürgerversammlung besucht, in der Lübcke über die Unterbringung von Flüchtlingen sprach. Ernst und andere rechte Krakeeler störten mit Zwischenrufen, auf die der Regierungspräsident mit einer klaren Ansage reagierte. ‚Es lohnt sich in unserem Land zu leben', sagte Lübcke, da muss man für die Werte eintreten, und wer diese Werte nicht vertritt, kann jederzeit dieses Land verlassen, wenn er nicht einverstanden ist. Das ist die Freiheit eines jeden Deutschen."
Das kann Oda nur unterstützen. Früher gab es pädagogische Erlebnisreisen für Jugendliche, die kriminell geworden und durch sonst keine Maßnahme zu erreichen waren. Leider existiert kein Gesetz, dass Rechtsradikale auf so eine Reise schickt. Oda denkt, dass Rechtsradikale, wenn sie in Ländern von Krieg, Hunger und Not geschickt werden würden, sicher verstünden, warum die Leute von dort flüchten.
In einem Kühllastwagen sind vor einem halben Jahr in Großbritannien 39 vietnamesische Flüchtlinge gestorben. Jetzt sind in Frankreich 13 mutmaßliche Verantwortliche angeklagt worden. Oda erinnert sich an einen ähnlichen Fall, wo 70 Flüchtlinge im Lastwagen erstickten.
Eine herrliche Karikatur! Zwei US-Amerikaner fliehen aus dem Chaos ihres Landes mit einer Rakete.

Christo ist gestorben. Oda erinnert sich daran, wie sie mit vielen anderen 1995 am verhüllten Reichstag anstand, um ein Stückchen von dem Stoff zu ergattern. Sie hat es immer noch.
Vor sieben Jahren starb Reich-Ranicki.

Die Schreiberin hat ihn im „Literarischen Quartett“ fast immer als unangenehm empfunden, besonders mit seinen Äußerungen: „Das interessiert mich nicht“.

Zu dem Klischee, er sei Feind der Literatur von Frauen, äußerte er sich, indem er 32 Lyrikerinnen und 33 Erzählerinnen zitierte, die er besprochen hatte. Dann hat er 1998 einen Band herausgegeben „Frauen dichten anders“. Über Handke wollte er bei einem Interview, das Gerrit Bartels durchführte, sich nicht äußern. Dafür wird die Kritik von Handke an Reich-Ranicki ziert: „… der unwichtigste, am wenigstens anregende, dabei am meisten selbstgerechte deutscher Literaturkritiker seit langem.“
Die Schreiberin fand bisher Handke langweilig, obwohl sie nicht alles von ihm las. Sie kennt „Die Angst des Tormanns beim Elfmeter“, sah auch die Verfilmung von Rainer Werner Fassbinder, „Die Hornissen“, „Der kurze Brief zum langen Abschied“, „Die Stunde der wahren Empfindung, „Die Obstdiebin“. Die Schreiberin sah auch im Fernsehen einen Film über ihn, der ihn in seinem Pariser Haus zeigt. „Publikumsbeschimpfung“ fand sie originell. Reich-Ranickis Rat an Autoren: „Schreiben Sie verständlich, denken Sie ans Publikum, langweilen Sie nicht!“ Die Schreiberin weiß nicht, ob sie auch diese Kriterien hat, es gibt ja noch viele andere. Da müsste sie erst mal nachdenken. Aber zunächst hört sich sein Rat vernünftig an. Sie weiß nicht, ob ihre Leser, falls sie je solche haben sollte, sagen würden, dass sie diese Kriterien erfülle.
Rezo, der Youtuber, hat gestern ein neues Video ins Netz gestellt. Diesmal unter dem Titel „Die Zerstörung der Presse“. 200.000 Aufrufe hat er schon erreicht. Oda freut sich darauf, dieses Video anzusehen. Das vorige „Zerstörung der CDU“ fand sie sehr gut. Er habe in dem neuen Video 400 Artikel von Zeitungen auf Fehler gescheckt. 67 Prozent der Artikel der „FAZ“ waren Falschbehauptungen über ihn. Bei der „Welt“ waren es 54, bei der

„Bild" 52 Prozent. Beim „Tagesspiegel" habe er 130 Artikel ausgewertet und kam auf eine Fehlerquote von 29 Prozent.
„Man kann einiges an Rezos Video kritisieren, zum Beispiel, dass er Verschwörungstheoretikern durchaus weitere Munition liefert ..."
Nein, das findet Oda überhaupt nicht. Im Gegenteil: Er entlarvt sie. Und bemerkt richtig, dass Verschwörungstheoretiker Verschwörungsgläubige heißen müssten, denn Theorien kann man ja wissenschaftlich nachweisen. Dies ist bei ihnen nicht der Fall. Sie nennen nicht ihre Quellen oder nennen Quellen, die völlig belanglos sind „Angelika hat gesagt".
Sie benutzen oft den Konjunktiv, so dass man sie nicht belangen kann.
Aber es geht nicht nur um Verschwörungsgläubige, sondern auch um die Presse, der zum Teil mit Misstrauen begegnet wird. Aber das kennt Oda schon. Sie hat mit 16 Jahren in der Bildungsstätte Wannsee eine Fortbildung mitgemacht, wo von den Beteiligten viele Zeitungen ausgewertet wurden in Bezug auf den Vietnam-Krieg. Die Angaben waren meist unterschiedlich. Oda müsste natürlich auch heute mehrere Zeitungen lesen, aber der „Tagesspiegel" ist eine seriöse Zeitung, die nicht viele Fehler macht und wenn sie Fehler macht, diese meist am nächsten Tag berichtigt.
Oda hat im Laborbericht nachgesehen. Sie hat kein Corona! Endlich darf sie wieder Jonas küssen! Sie können auch am Sonntag verreisen. Ab sofort darf sie wieder raus!

03.06.2020: Urania schreibt einen Brief an alle ehemaligen Traum-Probanden. Das Traumzentrum wurde geschlossen, weil die Forschung es nicht mehr finanzierte. Das Argument war, wer sich mit Reinkarnationen abgibt, hat seinen wissenschaftlichen Anspruch verloren.

„Liebe ehemalige Traumprobanden,
wer hätte das gedacht, dass in unserem Land eine Corona-Pandemie ausbricht! Ich hoffe, Sie sind alle gesund geblieben! Leider gibt es noch keine Impfung gegen Covid-19 und Mutanten.
Sie waren alle von der Wahrheit der Träume überzeugt, sonst wären Sie nicht zu uns gekommen. Das Traumzentrum gibt es nicht mehr. Aber die Träume leben weiter!

Mein Mann, Bernd Holzhauser, der der Supervisor von Oda war, träumte am 2.4.2020, dass es ein Heilkraut gegen Covid-19 gibt, das von einem Liebespaar, das schon viele Reinkarnationen hinter sich hat, gefunden werden kann. Gehen Sie in sich! Sind Sie mit Ihrem Partner/Partnerin das Paar? Sie würden der ganzen Welt helfen! Es hört sich vielleicht verrückt an. Darum hat mein Mann auch lange gezögert, Sie um Mithilfe zu bitten. Es könnte doch sein, dass an dem Traum etwa dran ist! In dieser Notsituation, in der sich die Menschen befinden, – wie viele sind schon gestorben! – sollten wir nichts unversucht lassen. Einige von Ihnen haben schon über Ihre Reinkarnationen Ali Baba betreffend, geträumt. Gehen Sie in sich und schreiben Sie mir, wenn Sie der Meinung sind, dass Sie und Ihre Liebste/Ihr Liebster, das Paar sein könnten, das die Menschheit rettet."

Endlich wieder raus! Britz-Süd, U-Bahnhof. Vor „Kaufland" sitzen zwei obdachlose junge Leute. Vor dem Schuhgeschäft gegenüber liegen zwei Wohnungslose auf Decken auf der Erde. Die Hand des einen streichelt die Hand des anderen. Vor den Toiletten liegen zwei Obdachlose in Schlafsäcken.

Gestern sah die Schreiberin einen Film über Reich- Ranicki. Vieles war ihr bekannt, einiges hatte sie vergessen. Wie war nochmal der Konflikt im Literarischen Quartett mit Sigrun Löffler? Sie fragte, warum man das Buch eines gewissen japanischen Schriftstellers hier in der Runde besprechen sollte, das doch gar nicht literarisch wäre. Reich-Ranicki antwortete darauf, dass Sigrun Löffler immer bei erotischen Büchern die literarische Qualität absprechen würde. Sigrun Löffler las eine Passage vor und fragte, was daran literarisch sein sollte. Reich-Ranicki bezeichnete sie als prüde. Sigrun Löffler kämpfte mit den Tränen. Reich-Ranicki sagt, er habe sich hinterher bei ihr entschuldigt.

Rührend das Detail, wo geschildert wird, wie Reich-Ranicki für den Schriftsteller Koeppen bei anderen Schriftstellern Geld sammelte, ohne dass er es wusste, da er an einer Schreibblockade litt.
Mit der Natur habe Reich-Ranicki nichts am Hut gehabt – berichtet ein Kenner.

Jonas und Oda hören den Vortrag: Uneinigkeit unter Forschenden. „Auf der Suche nach dem Ursprung des Lebens“. „Die Entstehung des Lebens – alles nur Zufall?“, von verschiedenen Fachleuten diskutiert.
Das Leben auf der Erde entstand vor 4 Millionen Jahren. Aber wie? Der Vortragende favorisiert die unter der Wasseroberfläche liegenden Thermalquellen. Das Wasser kam aus dem Weltall.
Der Wissenschaftshistoriker Hans-Jörg Rheinberger vermutet, dass durch einen Kometen das Leben auf die Erde gelangte.
Er meint, dass es noch andere Planeten im Weltall gibt, die sich ähnlich wie die Erde entwickelt haben könnten.
Die Wissenschaftler wissen nicht, wie das Leben auf der Erde entstanden ist. Es wurden Laborversuche gemacht, um die Bedingungen nachzuvollziehen, um aus einer „Ursuppe“ Leben entstehen lassen zu können. Es gab noch kein Sauerstoff auf der Erde.
Da ist viel von Chemie und Physik die Rede.
An sich interessiert Oda aber viel mehr, was war, bevor Leben auf der Erde entstanden ist. Gab es das Weltall schon immer?

29.Kapitel

04.06.2020: Gestern sahen Oda und Jonas einen Film vom Theater Oberhausen, das Camus „Die Pest“ darbot. Man konnte nur den leeren Theatersaal erkennen, die Schauspieler, die sich nie getroffen hatten und den Original-Text von Camus sprachen, erschienen in Fenstern, hinter leichten Gitter-Jalousien, eine hinter sich unterschiedliche Naturaufnahmen, dann geisterhafte Schauspieler vor Städtebildern. Eine originelle Inszenierung!
Was steht heute im „Tagesspiegel“? „In Hongkong darf erstmals seit 30 Jahren nicht des Tiananmen-Massakers in Peking gedacht werden.“
Sie erinnert sich daran, wie Jonas und sie in China waren und das Massaker vom 4. Juni 1989 kritisch ansprachen. Das wurde nicht gern vom chinesischen Reiseführer gehört. Der deutsche Reiseführer von Marco Polo hielt sich sowieso zurück. Offenbar hatte er Angst.
Später, als sie eine Dokumentation über die Vorkommnisse sahen, revidierten sie zum Teil ihre Meinung darüber, denn die Studenten hatten ja immer weiter gemacht, übertrieben, gingen auf keinen Kompromiss ein. Trotzdem rechtfertigt das natürlich nicht die Gewalt. Aber wenn man heute sieht, wie Trump gegen die Demonstranten gegen die Rassenunruhen vorgehen will und vielleicht auch vergehen wird, ist da kein großer Unterschied. Darauf wies auch gestern Carrie Lam, die Regierungschefin der chinesischen Sonderverwaltungszone von Hongkong, hin. Sie sprach sogar von der „Doppelmoral der USA“.
Verdienstvoll ist der Artikel im „Tagesspiegel“ „Die Ursünde“, wobei es um die Ursachen der Rassenunruhen geht, nämlich die Sklaverei. Innerhalb von 400 Jahren wurden etwa zwölf bis 13 Millionen Afrikaner als Sklaven über den Atlantik nach Amerika gebracht. In einem anderen Artikel wird daran erinnert, dass bei uns in Deutschland ein Schwarzer in seiner Zelle verbrannte, in Frankreich gibt es auch Diskriminierungen von Schwarzen.
Interessant der Artikel „Drosten Team legt neue Statistik vor“. Er hatte die Kritik an seiner vorherigen Studie aufgenommen und „nachgebessert“. Dabei kam aber das gleiche Ergebnis heraus wie bei seiner ersten Studie.

„Insbesondere ergibt die vorliegende Studie keine Belege für die Annahme, dass Kinder möglicherweise nicht so ansteckend sind wie Erwachsene."
In der „Berliner Woche" wird darauf hingewiesen, dass das „Bill-Gates-Zitat aus dem Kontext gerissen wurde."
„Bill Gates prognostiziert 700.000 Opfer durch Corona-Impfung."
Im Interview mit CNBC am 9. April sagte Bill Gates: „Es sei ‚immer eine große Herausforderung', einen Impfstoff zu entwickeln, der auch bei älteren Menschen wirksam sei. Es habe sich gezeigt, dass der Grippe-Impfstoff bei älteren Menschen nicht so gut wirke wie bei jüngeren. Ein Impfstoff gegen SARS-CoV-2 jedoch müsse auch bei Älteren funktionieren, da diese das höchste Covid-19-Risiko hätten. Dann sagte Gates: Das so zu tun, dass man es so verstärkt, dass es auch bei älteren Menschen funktioniert, und es trotzdem keine Nebenwirklungen hat …, wenn wir eine von 10.000 Nebenwirkungen haben, sind das weit mehr, 700.000 Menschen, die darunter (weltweit) leiden werden. Es ist also sehr, sehr schwer, die Sicherheit in einem gigantischen Ausmaß über alle Altersgruppen hinweg – schwanger, männlich, weiblich, unterernährt, bestehende Komorbiditäten – wirklich zu verstehen'"…
Fazit: Gates stellte keine Prognose über Opfer im Voraus. Er sagte auch nicht, dass man sie irgendwie in Kauf nehmen müsse.
Die Rechnung ist hypothetisch, da es bisher keinen Impfstoff gegen Covid-19 gibt.
Oda und Jonas hören den Vortrag: „Evolution. Das Leben kommt aus dem Süßwasser."
Seit ca. 40 Jahren besteht der Klimawandel. Aluminium gibt das meiste CO2 ab, wenn es hergestellt wird.
Wir können das Pariser Klimaziel von nur 1,5° Erwärmung nicht mehr erreichen. Selbst wenn wir jetzt sofort damit aufhören, Flugzeug zu fliegen und Autos zu fahren, würden wir es nicht mehr erreichen können. Klimaveränderungen gab es in der Geschichte der Erde auch vorher, aber über einen sehr langen Zeitraum, bei uns geht es zu schnell. Wie sollen sich die Pflanzen so schnell anpassen können? Darum wird geforscht, wie man die Pflanzen auf die Klimaveränderung einstellen könnte. Das Amazonas-Becken, Italien werden Wüstengebiete werden. Wenn wir Wälder aufforsten,

sollten wir uns überlegen, wo es am nötigsten ist. Die Hälfte der Menschen wird umziehen müssen. Der Küstenstreifen wird von 2 – 8 Meter steigen, so dass das Wasser bis zum Schwarzwald kommt. In Dänemark hat man einen Leuchtturm schon um 100 Meter versetzt, weil die Küste abgefallen ist. Früher gab es auch eine Zeit auf der Erde, wo die Pole eisfrei waren. Das wird sich wiederholen. Wir erleben schon jetzt, dass es fast keine Skisaison mehr in Deutschland gibt. Wir haben 30 % unseres Waldes schon wegen der Dürre verloren. 50 % Ernteausfälle von Weizen seit zwei Jahren in Deutschland. Die Kühe geben nicht mehr so viel Milch. Der Golf-Strom hat sich um 50 % verlangsamt.
Wir dürfen nicht vergessen, dass wir auf der Höhe von Alaska liegen. „Das Leben findet einen Weg" wird im Film Jurassic Park gesagt. Das schon, aber wir müssen/sollten beitragen, dass das Klima sich nicht so schnell erwärmt. Wir können Urlaub in Deutschland machen. Statt fliegen sollten wir mit der Eisenbahn fahren. Die Politik hat viele Fehler gemacht, indem sie die Braunkohlenproduktion gefördert hat, die Industrie nach China verlagerten. Von den Windrädern sterben 100.000 Vögel im Jahr. Aber durch Hauskatzen auch. Es geht immer um die Arbeitsplätze.

05.06.2020: Gestern sahen Jonas und Oda „Die Anstalt". Ein Kritiker besucht diese Fernseh-Show. Er ist offenbar ein Verschwörungs-Gläubiger.
Er weist daraufhin, dass er seine Informationen aus dem Internet habe und kann Quellenangaben zu den Behauptungen der Verschwörungsgläubigen machen. Der Kabarettist von Wagner weist daraufhin, dass, wenn man die Quellen nachprüft, genau das Gegenteil gesagt wird. Der andere Kabarettist fragt, wie er denn zu seinen Informationen komme. Von Wagner sagt: „Ich recherchiere." „Das machen meine Zeugen auch." Es ist also klar, dass es auf die Quellen ankommt.
Bill Gates: Anhand einer Schautafel erklärt von Wagner, wo und wie Bill Gates bei Institutionen und Firmen beteiligt ist. Die WHO, Weltgesundheitsorganisation, da spendet er mit seiner Frau ganz viel und hat dadurch eine wichtige Stimme bei Entscheidungen. Warum ist das so? Weil die Geberländer nicht mehr so viel zahlen. Trump ist ja sogar ausgetreten, weil er der WHO Chinalastigkeit vorwirft.

Bill Gates finanziert die Pocken-Impfungen in Afrika. Von Wagner fragt nun, was ist mit Afrikanern, die unterernährt sind, sollten sie von dem Geld nicht lieber zu essen bekommen? Oda findet: Bill Gates kann nicht die ganze Welt ernähren. Man muss auch erst mal die Ursachen für die Armut benennen: das ist Krieg und Klimawandel. Was will Bill Gates gegen den Krieg in afrikanischen Ländern machen?
Nun kommt dazu, dass Bill Gates auch sein Geld in Firmen steckt, die Impfstoffe herstellen. Könnte man ihm ein finanzielles Interesse unterstellen? Er ist doch so reich, braucht doch gar nicht mehr Geld!
Der „Tagesspiegel“: „Hochrangige Veteranen verurteilen Trumps Drohung, das US-Militär gegen Demonstranten einzusetzen.“
„Tausende trotzen Versammlungsverbot. Hongkonger gedenken des Tiananmen-Massakers vor 31 Jahren“
Am 4. Juni 1989 waren einige 100 Menschen am Tiananmenplatz ums Leben gekommen. „Die genaue Zahl der Opfer ist bis heute nicht bekannt.“
„In einem offenen Brief forderten die ‚Mütter von Tiananmen‘ die chinesische Regierung auf, ihr Schweigen zu brechen und die Ereignisse zu klären, die zum Tod ihrer Angehörigen geführt hätten.“
„Opec vor schwieriger Entscheidung. Wegen US-Konkurrenz soll Ölpreis nicht steigen.“
Gegen Fracking hatte Oda vor Jahren schon Schilder in Brandenburg gesehen. Da ging es darum, Gas aus der Erde zu fördern, wodurch es zu Einbrüchen der Erde kommen könnte, wie die Anwohner befürchteten.
Hier geht es um Öl: „Der Schieferölboom hat die USA in den vergangenen Jahren zum weltweit wichtigsten Ölförderer gemacht – beim sogenannten Fracking wird das Öl mit Druck und Chemikalien aus dem Boden gelöst … Viele Firmen haben sich hoch verschuldet, um neue Lagerstätten zu erschließen. Nun steht einigen von ihnen wegen der Coronakrise das Wasser bis zum Hals.“
Immerhin wurde gestern die Abwrackprämie für Autos mit Verbrennungsmotor nicht beschlossen. Kommt sie durch die Hintertür durch die Senkung der Mehrwertsteuer?

06.06.2020: Gestern sah die Schreiberin das „Poesiefestival“ per livestream.

Die Videos waren beeindruckend mit ihrer Kulisse und Geräuschen. Bei einer Lyrikerin waren die Vogelstimmen so laut, dass man fast nicht das verstand, was sie las. Die Naturaufnahmen zeigten die Schorfheide.
Lange Gedichte, teilweise auswendig vorgetragen von einem chilenischen Autor. Eine südkoreanische Autorin, die in einem Gedicht sagt: „Wenn ich noch einmal geboren werde, möchte ich Sänger oder Gärtner werden."
Eine albanische Autorin ging schon auf Corona ein. Ein österreichischer Autor hatte als Background fließende Zeichnungen, im Stil von van Gogh. Eine südafrikanische Autorin wurde immer wieder unterbrochen von einer Musikerin. Alles sehr eindrucksvoll!
„Der Tagespiegel": „Die Bürgermeisterin, Muriel Bowser, forderte Trump derweil zum Abzug des Militärs und anderen Sicherheitskräften seiner Regierung von den Straßen der Hauptstadt auf. Sie habe den Notstand wegen der Proteste aufgehoben, da diese inzwischen friedlich verliefen."
Der „Tagesspiegel" erinnert durch ein Gedicht von May Ayim an unseren Rassismus:
„im november 1990 wurde
Antonio amadeo aus angelo
in eberswalde
von neonazis erschlagen…"
Wunderbar dazu das Foto von Aktivisten, die das U-Bahn Schild „Mohrenstraße" in „Georg Floyd" Straße umbenannt haben!
Oda hatte sich nach der Wende sehr darüber geärgert, dass diese Straße ihren alten Namen wieder erhielt.
„Gewerkschaft empört über SPD." Es geht um die Blockade von Kaufprämien für Autos.
„Polizist soll Details zum Terroranschlag an AfD weitergereicht haben."
Der Terroranschlag des Islamisten Anis Amri auf dem Breitscheidplatz am 19. Dezember 2016.
„M. soll wenige Stunden nach dem Terroranschlag" … „und am Folgetag erste Erkenntnisse der Polizei in einer Chatgruppe von zwölf Neuköllner AfD-Mitgliedern und Rechtsextremisten geteilt haben." „Der Untersuchungsausschuss tagt am kommenden Freitag zu letzten Mal vor der Sommerpause."

„Hausarbeit ist Sport". „Durchschnittlich 320 Kalorien pro Stunde lassen sich verbrennen, wenn man die Bewegungen, die beim Fensterputzen gemacht werden, intensiv ausgeführt werden, erläutert die Verbraucher Initiative."
Oda erinnert sich daran, wie Kolleginnen sie fragten, ob sie eine Putzhilfe habe. Nein, antwortete sie. „Putzen ist für meinen Mann und mich Sport!"
Über die Schweinehaltung hat Oda schon öfter berichtet. Aber heute steht im „Tagesspiegel", dass Schweine bei guter Haltung 20 Jahre alt werden. Nach vier, fünf Jahren werden sie geschlachtet. Wieso meinen wir, das Recht zu haben, das Leben von Schweinen zu verkürzen? „8 bis 14 Ferkel wirft eine Sau, zweimal im Jahr kann eine Sau schwanger werden."
„Im Rahmen des Corona-Konjunkturpakets, auf das sich die Koalition gerade geeinigt hat, hat sich die Regierung darauf verständigt, Landwirte mit 300 Millionen Euro beim Stallumbau zu unterstützen …"
Ralf Remmert hat sich schon vorher dafür entschieden. Der Chef der Prignitzer Landschwein GmbH baut derzeit einen neuen Stall, in dem die Sauen mit ihren Ferkeln zusammenleben können. ‚Ein Schwein hat mehr Emotionen als Angst und Hunger', weiß Remmert. Ferkel haben Trennungsängste. Künftig dürfen die Kleinen in den ersten Monaten mit der Mutter und ihren Geschwistern zusammen in ihrem Geburtsstall bleiben. Eigentlich wollte Remmert im April fertig sein, doch Corona hat den Bau aufgehalten. Jetzt wird es wohl August…
In Schweden und Großbritannien sind Käfige bereits abgeschafft…
Am Freitag wollte der Bundesrat entscheiden, wie es bei der Käfighaltung weitergeht. Doch die Länderkammer hat sich vertagt.
Oda hört den Vortrag: Gerechtes Völkerrecht: dem Welt-Gemeinwohl verpflichtet – unter dem Titel: „On global justice – Gerechtigkeitsmaßstäbe der Völkerrechtsordnung".
„In Zeiten des Klimawandels, starker Flüchtlingsbewegungen und globaler Finanzkrisen ist die Gerechtigkeitsfrage im Völkerrecht aber aktueller denn je. Gerechtigkeitsmodelle anderer Religionen, Kulturen oder sogar Ideologien müssen berücksichtigt werden."
Wenn alle Menschen auf der Erde gleiche Lebenschancen bekommen sollten, dann müssten sie das Recht haben, an den Ort zu gelangen, wo sie diese

am besten durchsetzen können. Das hieße, die Grenzen müssten geöffnet werden.

Der Reichtum des Nordens wurde in der Hauptsache durch den Kolonialismus erwirtschaftet. Ist es nicht gerecht, davon ärmeren Ländern abzugeben? Steuerzahler fragen sich, warum sollen unsere Gelder in andere Länder gehen, wo wir noch nicht einmal im eigenen Land Gerechtigkeit haben? Gerechtigkeit muss auch geschaffen werden, damit wir nicht alle Ressourcen verbrauchen, sondern auch an die nachkommenden Generationen denken.

Wenn wir Brasilien dafür zur Rechenschaft ziehen wollen, weil sie den Amazonas-Urwald abholzen, dann hören wir von dort: Wir wollen auch so gut leben wie ihr. Wenn wir das erreicht haben, dann können wir über die Abholzung verhandeln. Aber dann ist es zu spät.

Wir dürfen bei der Gerechtigkeit nicht von unserem christlichen Maßstab ausgehen. Was heißt Gerechtigkeit bei anderen Kulturen und Religionen? Sind wir den „Entwicklungsländern" nicht eigentlich gegenüber nur barmherzig? Oder helfen wir ihnen, damit sie nicht zu uns kommen? China bezeichnet sich als „Entwicklungsland" zu einer Zeit, wo es schon längst keins mehr war.

Ist es gerecht, dass nur Flüchtlinge zu uns kommen können, die genug Geld dafür haben?

Ende dieses Jahrhunderts wird es 10 Milliarden mehr Menschen auf der Erde geben. Wie sollen da die Ressourcen verteilt werden?

Was ist mit Staatsschulden? Denken wir an Griechenland 2007 – 2009. War es gerecht, diesem Land zu helfen? Sollen wir solidarisch sein? Im Unglücksfall verhalten wir uns so, aber kann man auch solidarisch im Vorhinein sein?

Gibt es gemeinsame Interessen? Der Meeresboden, das Weltall und die Antarktis gehören der ganzen Menschheit. Aber es sind Begehrlichkeiten vorhanden, da unter der Eisdecke der Antarktis Bodenschätze liegen sollen. Wer darf davon profitieren? Nur die Anrainerstaaten, die Antarktis gehört auch der Menschheit, allen? Es wird darum Konflikte geben. Wer darf Weltraumschrott im All hinterlassen?

Der Vortragende sieht eine Möglichkeit für die Zukunft, wenn jedes Land nach seiner Leistungsfähigkeit anderen Staaten hilft.
Oda denkt an die Reichen dieser Erde. Ist es gerecht, dass sie nichts davon an Arme abgeben? Oder wenn, dann tun sie es nur, um Steuern sparen zu können. Man wird auch schwerlich anderen Regierungen vorschreiben können, ihre Bevölkerung gerecht zu behandeln. Religionen zu berücksichtigten findet Oda gefährlich. Was ist denn am Hinduismus gerecht? Für ihn ist das Kastensystem gerecht. Die Frauenverachtung. Aber viele Inder glauben doch gar nicht mehr an den Hinduismus. Sie sind modern und aufgeklärt. Trotzdem ist der Reichtum in Indien sehr ungerecht verteilt. Warum sollen wir armen Menschen dort helfen, wenn es die Reichen in Indien nicht tun? Es gibt so viel Ungerechtigkeit auf der Welt, wie zum Beispiel, Schwarze behandelt werden. Wir sollten uns vor Selbstgerechtigkeit hüten und meinen, nur wir wären gerecht. Nein, das sind wir nicht. Es ist ein Ziel, das wir uns stecken sollten.

An Tuberkulose starben 2020 weltweit 1.179 766 und an Covid 19 1.918.355 Menschen.

Oda hat „Die Pest in Bergamo“ von Jens Peter Jacobsen gelesen.
Der Mönch, der die wild feiernde Bevölkerung von Bergamo, die an der Pest leidet, mit seiner Anhängerschaft zur Vernunft bringen will, sagt in seiner Predigt zu ihr: „… es ist kein Jesus für uns am Kreuz gestorben.“
Was heißt das? Dass die „Sünder“ nicht von Jesus erlöst werden? In der Bibel heißt es ja, dass Jesus alle unsere Sünden auf sich genommen hatte. Also könnten die Menschen ja munter weiter „sündigen“, wobei man erst mal definieren müsste, was Sünde ist. Der Autor ist Atheist. Er schildert durch den Mönch die Kreuzigungsszene so, dass Jesus sich vom Kreuz befreite und in den Himmel auffuhr, also nicht, wie es im Neuen Testament steht, vom Kreuz abgenommen und in eine Grabhöhle gebracht wurde.
Will der Mönch darauf hinweisen, dass jeder seine Sünden selbst bearbeiten muss? Aber das wäre eine neue Lehre. Es entspricht der Karma-Lehre. Man muss die Suppe, die man sich eingebrockt hat, auslöffeln.

„Die Pest zu London" von Daniel Defoe: Oda findet es völlig unglaubwürdig, dass der Protagonist, ein Kaufmann, die genauen Zahlen der Toten aus den Stadtteilen von London kennen kann. Defoe war ja erst 4 oder 5 Jahre, als er die Pest erlebte. Er muss die Zahlen recherchiert haben. Nach Siegrid Löffler habe Defoe den Bericht nach den Aufzeichnungen seines Onkels geschrieben. Die Ähnlichkeit mit der Corona-Pandemie ist, dass die Regierung erst, obwohl sie von dem Ausbruch der Pest informiert war, ihr Wissen geheim hielt. Da ist eine Parallele zu China, obwohl die chinesische Regierung das sicher bestreiten würde. Das Verhalten von Adligen und Vornehmen bei der Pest in London 1664 ist genauso, wie im „Decameron" beschreiben: Sie ergriffen die Flucht.
Viele Dienstboten wurden entlassen. Bei uns ist die Arbeitslosenzahl auch in die Höhe geschnellt. Die Dienstboten damals verdingten sich dann als Pflegerwärterinnnen, Visitatoren, Wächter oder Leichenbeschauer, Totengräber oder Gassenkehrer.
„In gewisser Weise muss man, so traurig es klingt, es als eine Erlösung bezeichnet werden, dass die Pest in der schlimmsten Zeit 30.000 bis 40.000 dieser armen, arbeitslosen Leute hinwegraffte, die sonst eine unerträgliche Last bedeutet hätten. Die ganze Stadt hätte sie weder erhalten noch mit Nahrung versorgen können, und so wären sie dazu gezwungen worden, in der Stadt selbst oder der Umgebung zu plündern, um sich durchzubringen, was früher oder später das reinste Chaos herbeigeführt hätte."
Dass ist bei uns heute zum Glück nicht mehr so. Oda fallen die arbeitslos gewordenen Wanderarbeiter in Indien ein.
Ein Haus wurde abgesperrt damals in London, wenn einer der Bewohner Pest hatte. In der Coronazeit sollte man ja auch zu Hause bleiben, wenn man von der Krankheit befallen war.
Als dann die Krankheitszahlen fielen, wurden die Leute in London übermütig wie viele auch heute hier, und es konnte sein, dass sie dann doch noch von der Pest erwischt wurden.

Urania erhält fast keine Antwort auf ihre Briefe. Nur Oda schreibt ihr.
„Wir fahren heute nach Altenhof am Werbellinsee. Ich habe geträumt, dass es dort das Heilkraut gibt. Jonas und ich sind seit 1982 ein Paar. Wir haben

beide sehr viele Reinkarnationen hinter uns, teilweise zusammen. Ich könnte dir 20 meiner aufzählen. 13 hat Jonas von seinen geträumt. Wir müssen uns ja nicht vor Dir qualifizieren. Drück mir die Daumen, dass ich das Heilkraut finde!"
Fahrt nach Altenhof am Werbellinsee. Heute kämpft der Mann nicht mehr gegen einen anderen, sondern gegen das Navi. Mohnblumenfelder wie auf dem Bild, das im Zimmer der Besucher hängen wird. Am Parkplatz dort einige Touristen mit Mund-Nasen-Schutz. Oda und Jonas gehen mit Maske in die Pension. Die Gastwirtin sagt: „Maske brauchen Sie hier nicht." Sie desinfizieren sich die Hände am Automaten und entfernen die Mund-Nasen-Schutzmasken. Die Pensionswirtin fragt Oda: „Waren Sie schon mal hier?"
„Nee."
„Dann müssen Sie eine Doppelgängerin haben!"
„Na, bloß nicht!"
Jonas und Oda gehen runter zur Dampferanlegestelle. Es ist kühl. Holunderwind. Da steht ein „Kunstautomat". Oda zieht für 4,- € eine Schachtel, die aufgemacht ein Kunstwerk enthält. Mikado-Stäbchen-Spiegelung des Schilfes. Theodor Fontane war auch hier gewesen, 1862. Er sagt über Altenhof: „Es ist ein Märchenplatz, auf dem wir sitzen am Ufer des Werbellin." Im See gibt es Hechte, Barsche, Bleie, Plötzen, Aale und Moränen.
Oda isst zum Abendbrot in der „Alten Fischerhütte" einen Krautsalat mit Hering und gefärbten Lachs. Nein, den gefärbten Lachs isst sie nicht. Es raucht aus den Öfen.
Die Heckenrosen duften pink-süß. Schaukelnde Stille. Ein Mann vor ihnen im Wald mit Düsenjäger-Schritten. Fingerhüte. Amseln telefonieren miteinander. Graue Elefantenfüße der Buchen. Es gibt hier Heilkräuter wie Beinwell und Johanniskraut. Aber gegen Corona, das müsste doch eine Heilpflanze sein, die noch nicht entdeckt wurde!
Zurück zur Dorfstraße. Da stand links eine Werbellin-Burg, die 1308 urkundlich erwähnt wurde, aber vermutlich schon 1247 existierte. Das Kellergewölbe des Hauses, gegenüber der Pension, ist noch original von der Burg erhalten. Diese Stelle wurde später „beim ollen Hoff" genannt, wo-

durch der Name „Altenhof“ entstand. Siedler bauten schon im 13. Jahrhundert hier Pfahlbauten.
Ein Sonnenuntergang wie ein Mohnblumenfeld.

08.06.2020: Robinienblütenwolken. Die Bäume haben ihre Schatten nicht an den Teufel verkauft. Nein, der Himmel ist nicht blau-adrig, wie Oda in einem Buch gelesen hatte. Er ist kornblumenblau. Jagdschloss von Friedrich W. I. in Groß Schönbeck. In einer Ausstellung erfährt Oda, dass es 1936 tatsächlich Wildpferde in Carinhall, dem Anwesen von NS-Göring, gegeben hatte. Das interessierte sie wegen des Buches: „Die letzten ihrer Art“ von Maja Lunde. Göring siedelte allerhand exotische Tiere dort an: Wisente, Bisons, Elche. Aber dass Carinhall bombardierte worden wäre, stimmt nicht, wie von Maja Lunde beschrieben. Göring hat Carinhall in die Luft sprengen lassen, nachdem er es im April 1945 verließ.
Wolkenbäuche, die zu viel Wasser getrunken haben. Flüsterwind. Holzklang. Heu-Tierdung-Geruch. Die Bäume halten keinen Abstand von 1,5 Metern. Manche Kiefern sind schon erleuchtet. Auf den Straßen die Fata Morgana des Wassers. Gitarrenklänge hängen sich an Äste.
Die Wanderung nach Carinhall dauert zu lange. Sie sitzen am Döllnsee auf einer wackligen Bootsanlegestelle, die nur auf eigene Gefahr betreten werden darf. Das Schilf ist höher als sie selbst. Schierlingskraut-Wolken.
Der Gesang der Amseln schlingpflanzenartig. Geruch von frisch geschlagenem Gestrüpp. Straffierte Wellen. Skilla-blauer Himmel. Ein Steinchen springt in das Taxi von Odas Schuh. Schotterknirschen. Vogelchor singt von den Blättern der Bäume. Notenständer der Baumstämme. Unter den Sohlen die Steine. Ein Zeh-Nagel drückt sich in das Fleisch des Nachbar-Zehs. Libellenblauer Himmel. Der Frühling ist ein Verpackungskünstler. Nein, die Bäume sind Verpackungskünstler, denn sie verpacken sich mit grünen Blättern.
Klaviersonate Beethoven 8. Op.13 „Pathétique“ zum Autorütteln auf der Straße nach Friedrichswalde im Beethoven-Jahr.
Moossamtbezogene Wurzeln einer Buche.

09.06.2020: In Altenhof gibt es keine Buchhandlung! Oda hat kein Buch auf die Reise mitgenommen. Die Hotelleiterin empfiehlt ihr, auf die Badewiese zu gehen.
Dort stehe eine Telefonzelle, wo man Bücher mitnehmen könne und eigene ablegen.
Oda geht zur Telefonzelle, vorbei am Kneipp-Bad. Sie fischt heraus: „Die kleine Stadt" von Heinrich Mann. „Auch ich bin Amerika", übersetzt von Stephan Hermlin 1948 „Dichtungen amerikanischer Neger". Das würde man heute nicht mehr sagen. Aber sehr verdienstvoll, Lyrik von Schwarzen, die ehemalige Sklaven waren, herauszugeben.
Das Jagdschloss Hubertstock geschlossen. Kein Hinweis, wie man zur Silke-Buche kommt, die 600 Jahre alt ist.
Der Kiebitz ruft: „Komm' mit!" Frösche quaken nicht, es hört sich an, als ob sie gurgeln würden. „Zizibe" der Meisen. Wellenrauschen. Wildau: Im Restaurant müssen sie ein Gäste-Register wegen Corona ausfüllen. Später sagt die Gastwirtin in Altenhof, dass sie es nicht hätten machen müssen wegen des Datenschutzes. Die Serviererin trägt eine Nasen-Mund-Maske. Oda und Jonas sitzen draußen. Die Wellen klatschen Beifall den komischen Menschen zu, die aufrecht sitzen. Es wird kühl, windig. Die Kellnerin bringt eine Decke. Manche Wellen glitzern, andere verweigern der Sonne die Reflexion. Paradiesweg. Der Kaiserbahnhof geschlossen, obwohl er von 10 – 17 Uhr geöffnet sein sollte. Es ist 15.25 Uhr. Was ist mit den Hörspielen? Oda bemerkt nur, wie die Radreifen sich drehen. Die Schritte auf dem Boden. Es ist warm. Schweigende Stare auf der Wiese weidend.
Das Lyrikhaus Joachimsthal geschlossen.
Am Grimnitzsee ist keine freie Stelle am Wasser zu finden. Jonas und Oda setzen sich neben einem Fahrradweg zum Kaffee und Kuchen.

10.06.2020: Ein Storch stolziert auf einem Feld. Altkünkendorf. Im 14. und 15. Jahrhundert wohnten hier Waldenser, die von der Kirche als Ketzer verfolgt und von der Inquisition bedroht wurden.
Schwalben. Groß-Ziethen Besucher- und Informationszentrum Geopark. Maskenpflicht.
Geführte Wanderung zum UNESCO-Weltnaturerbe Buchenwald Grumsin.

Die Buche ist Oda nicht sympathisch. Sie verdrängt nach und nach alle anderen Bäume. Aber durch die Dürre wird sie auch einmal verdrängt werden. Die Förster wollen Douglasien anbauen. Der Ranger schwärmt vom Schwarzspecht, den sie hier öfter sehen. Er singt. Baut viele Baumhöhlen, die er gar nicht alle braucht. Eulen und andere Vögel lassen sich dann dort nieder. Sie sehen Rot-Milane in der Luft schweben. Oda lernt, dass es gar keine Silberbuchen in Deutschland gibt. Es sind alles Rotbuchen. Die Buchen mit den roten Blättern sind Züchtungen. Sie sehen Hainbuchen, die ein sehr hartes Holz haben und für Griffe, Werkzeuge genommen werden. Sie haben einen gemaserten Stamm. Eine Esche entdecken sie auch. Der Weiderich hat gerade gelbe Blüten. Waldmeister ist zu sehen. Er soll gar nicht krebserregend sein. An einer toten Buche wächst ein Zunderschwamm. Unter einer Gebüsch-Insel verbirgt sich ein Hünengrab aus der Bronzezeit. Wolkenhügel stehe auf dem Kopf.

11.06.2020: Über Nacht hat es geregnet. Ein kleiner Fuchs überquert die Straße. Jonas hält das Auto an. Der Fuchs bleibt dann stehen und lässt sich ruhig filmen. Im Autoradio hören sie einen Beitrag von der Leiterin des Insulaners in Berlin. Jetzt ist das Sommerdreieck zu sehen. Jupiter kann man am Nachthimmel erkennen, den Saturn mit einem Fernglas. Die Milchstraße entdeckt man eher im März und April. Der klare Himmel trübt sich nun wieder ein. Im Havelland am Fernrohr ist die Sternenwelt besser zu beobachten als in Berlin. Am 20. Juni ist Sonnenwende. Die Tage werden kürzer, aber nicht so rasant wie im Herbst.
Glambeck: Die Dorfkirche, der Taubenturm, das Museum – alles wegen Corona geschlossen. Am Taubenturm steht:
„Gefunden
Ich ging im Walde
So für mich hin“… Goethe
Parlow: Dort kann man das Museum in der alten Scheune nicht besichtigen. Vorher sind sie am Aussichtsturm Mellin und können zwei Kraniche in der Luft beobachten.
Biorama-Projekt. Vom Turm aus sehen die Blüten der Robinie wie weiße Weintraueben aus.

Seerundfahrt Werbellinsee: Der Kapitän macht auf einen Graureiher am Ufer aufmerksam.
Abends gehen Jonas und Oda noch im Wald spazieren in Höhe des Kriegsdenkmals aus dem 1. Weltkrieg. Auf einer Wiese oben sehen sie wieder einen Fuchs. Die Wirtin erklärt beim Abendbrot, dass jeden Tag ein Fuchs in Altenhof über die Dorfstraße ginge.

30.Kapitel

Am Hafen sind Stangen in der Erde, oben sind wie Segel Gedichte angeschrieben. F. Brunold:
„Die weiße Frau
Im Walde, tief im Grunde
Steht morsch und altersgrau
Ein Baum. Davon geht die Kunde,
Dort haust die weiße Frau.
Wer nachts sich dort lässt blicken
Und stört der Waldfrau Ruh,
Dem springt sie auf den Rücken,
Schnürt ihm die Kehle zu …“
Thomas Tranströmer:
„… Jeder Mensch eine halboffene Tür
Die führt zu einem Raum für Alle …“
Wilhelm Lehmann:
„… Das Laub der Pappel rauscht, als seinen Blätter Meer…“
Als seinen Blätter See, müsste man es hier ändern.

13.06.2020: Oda hat das Thema „Corona“ satt.
14.06.2020: Natürlich gibt es jetzt schon ein Buch mit dem Titel „Corona“ (Martin Meyer). Ich wollte nie ein Buch über Corona scheiben. Es ist auch kein „Corona-Buch“, auch wenn Corona eine wichtige Rolle spielt.
Ich verstehe auch nicht, wie man so schnell ein Buch über Corona schreiben kann. Noch ist Corona nicht vorbei. In Peking ist Covid-19 wieder ausgebrochen, in Berlin in einer Schule und einem Altenheim. Die Zahl der Infizierten geht wieder in die Höhe. Ich lasse mir Zeit für mein Buch.
Ich habe das Buch „Ich rede von der Cholera“ von Heinrich Heine gelesen. Wie auch in anderen Büchern über Seuchen wird geschildert, wie die Reichen 1832 Paris wegen der Cholera verlassen. Aber es gab auch Ausnahmen wie die von Rothschilds. „Auch Casimir Périer zeigte sich großartig und kühn, indem er nach dem Ausbruch der Cholera das Hôtel-Dieu besuchte;

sogar seine Gegner musste es betrüben, dass er in der Folge dessen, bei seiner bekannten Reizbarkeit, selbst von der Cholera ergriffen worden."
Typisch auch, dass der Erzbischof von Paris prophezeite, dass die Cholera das Strafgericht Gottes wäre. Dass das Wasser vergiftet wäre, kennen wir auch aus der Seuchen-Literatur, als Verschwörungsglaube.
Ein wichtiger Hinweis auf Thukydides „Der Peloponnesische Krieg" gibt Heine. Jonas hatte Thukydides im Gasthörer-Studium. Aber das war vor der Corona-Zeit. Thukydides berichtet über den Sommer 430 v. Chr., wo in Athen zum ersten Mal die Seuche ausbrach. An anderen Orten war sie auch schon, aber nie wurde ein solches Massensterben durch die Pest berichtet. „…zuerst ergriff sie die Menschen in Piräus, weshalb es auch hieß, die Peloponnesier hätten Gift in die Brunnen geworfen." „Alle Bräuche, an die sie sich früher bei Begräbnissen gehalten hatten, wurden in der allgemeinen Verwirrung erschüttert…"
Mir fallen die Leichensäcke ein, die Heine schilderte. Die Militärkolonnen in Bergamo/Italien mit den Särgen.
„Die schwarze Spinne" von Jeremias Gotthelf habe ich schon in der Schule gelesen. Sie hat mich damals stark beeindruckt. Aber ich habe die Erzählung damals nicht als „Seuchenbuch" verstanden. Gotthelf lässt die Pest in Form einer großen schwarzen Spinne als Gericht über die Schuldigen hereinbrechen.
Es gibt andere interessante Themen wie der Rassismus. Karamba Diaby, der einzige schwarze Abgeordnete im Bundestag, erzählt im „Tagesspiegel" heute, dass er in der Kantine, als er dort zum ersten Mal hinging, nicht bedient wurde.

16.06.2020: „Der Tagesspiegel": „In unserer Galaxis sollte es mindestens ein paar dutzend aktive Zivilisationen geben, wenn man davon ausgeht, dass es fünf Milliarden Jahre dauert, bis sich intelligentes Leben auf anderen Planeten in ähnlicher Weise entsteht, wie auf der Erde." … „Die durchschnittliche Entfernung zu diesen Zivilisationen beträgt etwa 17.000 Lichtjahre, sagen die Wissenschaftler."

Schreiberin: Sag' ich doch, die Entfernung kann man nur im Traum überwinden.

Oda hat mit Jonas nicht auf ihrer Reise das Wunderkraut gegen Corona gefunden. Vielleicht müssen sie es woanders suchen.

18.06.2020: „Der Tagesspiegel“: „Über 650 Mitarbeiter sind bei Tönnies infiziert.“
Diese Fleischfabrik, die bei den vorherigen Untersuchungen verschont geblieben war, wurde nun geschlossen. „Erst als niedergelassene Ärzte Alarm schlugen, weil sich bei ihnen Patienten mit Symptomen meldeten, kam es zum erneuten Massentest im Unternehmen. Als möglichen Fehler räumte das Unternehmen ein, dass sie zwar alle Urlauber nach der Rückkehr testeten, nicht aber die, die lediglich 96 Stunden weg waren.“
Werkverträge sind laut Kabinetts Beschluss erst im Neuen Jahr verboten. „Das Unternehmen selbst sieht derweil keinen Zusammenhang zwischen der Art der Beschäftigung und dem Virusausbruch. Schließlich hätten sich sowohl die eigenen als auch die externen Angestellten angesteckt, heißt es.“
Campact schickte Oda eine E-Mail, um einen Appell zu unterzeichnen, damit strengere Transparenz-Regeln für Politiker*innen und Lobbyist*innen geschaffen werden. Es geht dabei um den Vorfall des CDU-Bundestagsabgeordneten, der Lobbyarbeit für eine „dubiosen Firma aus den USA“ machte – für Gegenleistungen. „Tausende Lobbyist*innen versuchen, mit Geld und persönlichen Netzwerken politische Entscheidungen zu beeinflussen – ganz im Sinne derer, die sie bezahlen. Bisher müssen sie darüber keine Rechenschaft ablegen.“
Oda unterschreibt, Jonas auch.

19.06.2020: „Der Tagesspiegel“: „Vor dem Virus sind nicht alle gleich“. Bisher hatte man ja mit Genugtuung festgestellt, dass Corona auch Reiche befallen konnte. Aber: „Bei Armen ist die Wahrscheinlichkeit größer, dass eine Covid-19-Erkrankung tödlich verlaufe.“
Die 650 Infizierten bei Tönnis sollen nun doch nicht durch Rückkehrer aus einem Kurzurlaub angesteckt worden sein, sondern durch die schlechten Wohnbedingungen und durch die Kälte, die nötig ist, um das Fleisch haltbar zu machen. „Kälte hilft Viren eher“.

Jetzt gibt es die Corona-App. Es wird bemängelt, dass diese nur bei den neuesten Smart-Phones funktioniert und Senioren oft erst eine Anleitung brauchen, um sie benutzen zu können.

20.06.2020: Zum Friseur kann man nur noch mit Anmeldung. Die Friseuse trägt eine Maske. Oda muss sich in eine Liste der Kunden eintragen. Am Schaufenster hängt die Mitteilung, dass jede Leistung mindestens um 10 % wegen Corona teurer ist. Wenn man die Haare selbst föhnen will, muss der Fön hinterher desinfiziert werden.
Ihre Friseuse, die sie sonst hat, arbeitet als Springerin in der Filiale in Tempelhof.
Oda liest noch einmal „Der Tod im Venedig" von Thomas Mann. Das Buch hatte sie schon im Gasthörer-Studium. Aber nun, in Corona-Zeiten, versteht man es anders. Es geht um Cholera. Aus Indien nach Venedig gekommen, die auftretenden Fälle von der Behörde zuerst verheimlicht. Die Gestorbenen angeblich die Opfer von Anverwandten, die ihnen Gift verabreichten. Gustav von Aschenbach, der Protagonist des Romans, stirbt an der Seuche.

21.06.2020: Oda hört einen Vortrag von Deutschlandfunk Nova. Aber er ist enttäuschend. Das meiste kennt sie schon. Das Thema: „Natur im Stress. Wälder, Böden und Meere vor dem Burnout." Der Forscher sagt, dass wir nicht wissen, wie lange unsere Wälder und Grasränder noch unseren CO2-Ausstoß zwischenlagern. Was ist, wenn sie ihn plötzlich abgeben sollten? Verzicht ist für das Bruttosozialprodukt schlecht, aber für den Klimawandel gut. Wenn 60 % der Menschen Fahrrad fahren statt Auto, weniger Fleisch zu sich nehmen würden, dann wäre es für ihre Gesundheit und für das Klima besser.
Der Klimatologe sagt voraus, dass über die Jahrhunderte der Meeresspiegel aufgrund der Klimaerwärmung so steigen wird, dass der Kölner Dom dann am Meer liegt. Er rät, dass aller Bauschutt aus Europa an die Küste der Nordsee verlegt wird, um die Überschwemmung zu verhindern. Einerseits trocknen Seen und Flüsse aus, womit ein wirtschaftlicher Schaden entsteht, Firmen brauchen Kühlwasser für ihre Anlagen, so musste BSAF seinen Standort verlegen, weil dort kein Wasser mehr war – anderseits nimmt im

Norden von Deutschland der Niederschlag zu. In den Bergen wurde es kälter – bis zu minus 47 Grad, in anderen Regionen von Deutschland herrscht Dürre. Ein Grad Erwärmung bedeutet eine Zunahme des Niederschlags um 13-14 %. Israel gräbt Jordanien seit Jahrzehnten das Wasser ab. Die menschliche Vernunft hat geschafft, dass nicht wieder Atomwaffen eingesetzt werden. Es ist zu hoffen, dass sie auch den Klimawandel verhindern wird. So soll Deutschland bis 2050 klimaneutral werden.

Oda ist da nicht so optimistisch. Heute las sie im „Tagesspiegel“, dass in Sibirien aufgrund der Erwärmung auf 30 ° Motten die Blätter der Bäume abfressen.

22.06.2020: Die Schreiberin hört den Vortrag: „Autorenschaft als Skandal: Der Fall Salman Rushdie“.
Die Schreiberin hat einige Bücher von Rushdie gelesen: „Des Mauren letzter Seufzer“, „Das Lächeln des Jaguars“, „Mitternachtskinder“, „Scham und Schande“, „Golden House“ und „Harun und das Meer der Geschichten“. Die „Satanischen Verse“ las sie erstmal nicht. Sie weiß auch nicht genau, warum, aber ihr fiel die Situation ein, als die Mutter ein Engelbild über ihrer Schlafcouch anbringen wollte, das sie nicht mochte, zumal es von der Patentante war, die sie überhaupt nicht leiden konnte. Sie nahm das Bild ab und hielt es der Mutter entgegen. Diese sagte dann zu ihr: „Du Teufel!“
Nein, sie glaubt nicht an Teufel, hat auch noch nie einen gesehen.
Auf jeden Fall interessiert die Schreiberin der Vortrag, zumal Rushdie ebenfalls eine Figur darin hat, den Schreiber.
Die Schreiberin erinnert sich an die Fatwa, die am 11. Februar 1989 der iranische Staatschef Ajatollah Chomeini über Rushdie wegen seines Buches „Die satanischen Verse“ verhängte, da er meinte, der Autor beleidige die moslemische Welt.
Was war denn nun so beleidigend? Rushdie schildert, dass es vor Mohammed drei Göttinnen gab, die eine weibliche Version des Islams verkündeten. Mohammed, der im Roman als Mahmoud bezeichnet wird, habe die Botschaft männlich verfälscht.

Über 10 Jahre musste sich Rushdie mit wechselndem Wohnsitz, beschützt von Scotland Yard unter einem falschen Namen versteckt halten, da ein Kopfgeld weiter erhöht auf 3,3 Millionen Dollar, zuletzt nochmal um 600.000 Dollar, auf ihn ausgesetzt war. Die Fatwa wurde nie aufgehoben, aber Iran erklärte, dass sie die Ausführung nicht weiter verfolgen werde.
Großbritannien sagte, dass dies Buch freie Meinungsäußerung sei, die gesetzlich geschützt ist. 1000 Schriftsteller solidarisierten sich mit Rushdie. Die Vortragende geht dann auf die Bedeutung des Wortes „Skandal" ein, „Stein des Anstoßes" schildert die verschiedenen Stufen der Skandalentwicklung. Rushdie steht weiter zu seiner Autorenschaft dieses Buches, obwohl ihm von anderen geraten worden war, die Aussage des Textes zurückzunehmen. In seinem Exil schrieb er weiter Bücher. Zuletzt veröffentlichte er eine Autobiografie, wo der Protagonist seinen Decknamen trägt und sich zuletzt in Rushdie zurück verwandelt.
Der Vortrag weist daraufhin, dass der Übersetzter des Romans, ein Japaner, ermordet wurde, der dänische wurde schwer verletzt. Kein deutscher Verlag wollte das Buch herausbringen. Es wurde extra ein Verlag dafür gegründet. Die Vortragende weist auf die Zusammenhänge mit dem dänischen Karikaturisten hin, der Mohammed gezeichnet hatte, was im Islam verboten ist.
Auf andere Skandale weist die Vortragende hin wie zum Beispiel Peter Handke.
Helga Schubert, 80 Jahre, hat dieses Jahr den ersten Preis des Ingeborg Bachmann-Preises gewonnen. Die Schreiberin freut sich für sie. Sie durfte bei einer vorherigen Einladung zu diesem Preis nicht aus der DDR ausreisen, da ihr gesagt wurde, es gäbe keine deutsche Literatur, es gäbe nur eine DDR-Literatur.

23.06.2020: „Der Tagesspiegel" berichtet, dass 2015 die Schlachthofbetreiber eine Verpflichtung unterschrieben, dass sie den Wohnort und die Wohnbedingungen der Werkvertragsarbeitnehmer heben müssen. Als jetzt nachgefragt wurde, berief sich Tönnies auf den Datenschutz, sodass die Behörde per Durchsuchungsbeschluss sich die Daten besorgte.

Die 6650 getestete Personen, wovon 1553 positiv waren, mussten in Quarantäne. Aber halten sich die Mitarbeiter daran? „Offenkundig gibt es Versuche, Beschäftigte aus dem westfälischen Tönnies-Schlachthof an anderen Tönnies-Standorten unterzubringen." Deshalb hat der Burglandkreis ein Zutrittsverbot verhängt: „Tönnies-Beschäftigte aus Rheda-Wiedenbrück dürfen bis zum 3. Juli nicht den Schlachthof Weißenfels betreten."
Oda hört wieder einen Vortrag als Ersatz für ihr Gast-Studium an der FU. Internationale Gerechtigkeit. Der Internationale Strafgerichtshof – kein Weltgericht für alle.
Wenn wir in der Zeitung lesen, Bomben auf Krankenhäuser in Syrien, Umerziehungslager in China (Uiguren), Gewalt gegen Demonstranten in Venezuela, dann möchten wir, dass jemand dies international ahndet. Aber dem Internationalen Strafgerichtshof von Den Haag, der 2002 seine Arbeit aufnahm, traten per Vertrag von den 200 Staaten auf der Erde nur 122 bei. Zu denen, die nicht ratifizierten, gehören: USA, Russland, China, Jemen, Syrien, Venezuela.
Der Vortrag: „Das Ende der Straflosigkeit: der Internationale Strafgerichtshof und das Streben nach internationaler Gerechtigkeit".
Um welche Verbrechen geht es bei den Verhandlungen, denn jeder Staat soll erst mal selbst seine eigenen Verbrechen und die Verbrechen, die seine Bürger im Ausland verüben, ahnden. Hier bei dem Gerichtshof geht es um schlimmsten Völkermord, Verbrechen gegen die Menschlichkeit und Kriegsverbrechen. Aber: diese Taten können nur verfolgt werden ab dem Zeitpunkt, wo der Staat den Vertrag unterschrieb. Wenn Staaten plötzlich angeklagt werden, zum Beispiel der Staatspräsident von den Philippinen, dann kündigt er den Vertrag. Da er aber vorher die Verbrechen begangen hat, nützt ihm das nur für die Zukunft. Es gibt beim Internationalen Strafgerichtshof keine Immunität.
Zwar können auch Staaten durch die UNO angeklagt werden wie zum Beispiel Syrien, die nicht den Vertrag unterschrieben haben, aber wenn fünf Mitglieder der UNO ein Veto einlegen, was in diesem Fall Russland machen würde und mit ihm seine Verbündeten, kommt es nicht zu einer Anklage.
Was ist internationale Gerechtigkeit? Alle Täter werden gleich bestraft. Es gibt die Täter, die Opfer und die Gerechtigkeitsfrage ihnen gegenüber, aber

es gibt auch die Gerechtigkeitsfrage international. Wenn gegen die Grundrechte der Menschen verstoßen wird, so ist das auch eine Gerechtigkeitsfrage, die die ganze Welt angeht.
Was gibt es für Strafen? Keine Todesstrafe, bis zu 30 Jahren Gefängnis. Es kann außerdem eine Geldstrafe verhängt werden, die den Opfern ausgezahlt wird.
Es besteht ein hybrides Verfahren, wodurch eine Anklage auch für die Vergangenheit gilt, aber das muss dann national gelöst werden. So gab es ein Verfahren gegen die Roten Khmer in Kambodscha, die gewisse Völkergruppen unter anderem aus religiösen Gründen, auslöschten.
Dann aber wird das Strafrecht des jeweiligen Landes angewandt, das heißt, weil Kambodscha die Todesstrafe hat, werden die Täter aus den 70er Jahren zum Tode verurteilt.
Oda fragt sich: Hätte nicht auch der Internationale Gerichtshof wegen Rushdie tätig werden müssen? Nein, es gab ihn zu dieser Zeit ja noch nicht!

24.06.2020: „Der Tagesspiegel“: „NGO: Europa verletzt im Mittelmeer Völkerrecht.“ „Europa verstößt seit Jahren im Mittelmeer gegen Völkerrecht, gegen internationale Verträge, die die Gemeinschaft oder ihre Mitglieder unterschrieben haben, und gegen seine eigenen Vorschriften. Zu diesem Schluss kommt die Münsteranerin Nora Markard in einer Bewertung der Seenotrettung im Mittelmeer seit dem Sommer der Migration 2015.“
„Markard nannte unter anderem die Verletzung der UN-Seerechtskonvention von 1980 und der SAR-Konvention über die Einrichtung von Zuständigkeitszonen der Meeresanrainerländer. Auch EU-Regelungen wie die Frontex- und die Seeaußengrenzen-Verordnung würden nicht eingehalten. Dort sei die Pflicht artikuliert, Notfälle zu melden, einzugreifen und Gerettete aufzunehmen.“
„Gericht ordnet Maskenpflicht für Bolsonaro an“. „Eine Zuwiderhandlung wird übereinstimmenden Medienberichten vom Dienstag zufolge mit einer Strafe von 2000 Reales (340 Euro) am Tag geahndet.“
Auch in Berlin muss ab Sonnabend jeder eine Maske im ÖPNV, Einzelhandel oder Gastronomie tragen. „Das Bußgeld beträgt zwischen 50 und 500 Euro bei ‚dauerhafter Renitenz‘.“

Die Zahlen von Corona-Infizierten steigen wieder. Auch bei „Wiesenhof", einer Hähnchenschlachterei, sind jetzt Fälle aufgetreten. Dann gibt es die „Corona-Partys" von Jugendlichen in Parks. Beengter Wohnraum bei der Bevölkerung trägt auch zur Ausbreitung des Virus' bei. Es wird eine „Zweite Welle" befürchtet. Die Corona-Zeit ist noch lange nicht vorbei.
Oda hat „Der große Regen" von Louis Bromfield gelesen. Bisher kannte sie von diesem Autor nur „Kenny". Im „Großen Regen" geht es um den Cholera-Ausbruch im Monsun-Regen, aber auch um Fleckfieber, Typhus und Pest. Dabei verändern sich Menschen. Einige Engländer, – die Geschichte spielt vor der Unabhängigkeit Indiens – entdecken ihr Menschenliebe in einem bisher unnützen Leben. Das war ja bei Corona auch so. Viele Menschen halfen denjenigen, die wegen ihres Alters oder einer Infizierung zu Hause bleiben sollten, da sie gefährdet waren und andere gefährden konnten. Die Angst vor Ansteckung. Die Cholera-Erkrankten werden isoliert. „Auf dem Boden ruhten in langen Reihen die Leichen und warteten auf den Abtransport und die Einäscherung." Das erinnert sehr an die Sargtransporte in Bergamo bei Corona. Es geht um die Zahlen der Infizierten. „Von zehn, die man uns bringt, sterben neun."
„Die Bürgerschaft von Ranchipur beginne in die Landkreise und auf die Dörfer zu fliehen." Das erinnert doch sehr an das Decameron!
„Als man sie am Stadtrand nicht durchlassen wollte, habe es einen Aufruhr gegeben, bei dem sieben Männer, die mit Gewalt den Sicherheitskordon zu durchbrechen suchten, getötet wurden."
Oda denkt an Camus' „Die Pest." Da war die Stadt auch abgeriegelt, trotzdem versuchten es einige Leute, die Quarantäne zu durchbrechen.
Oda hört einen Geschichtsvortrag. Frühe Neuzeit: Wenn Routinen die Verwaltung lähmen. Der Bezug zur Corona-Zeit wird von der Moderatorin hergestellt, indem sie darauf hinweist, dass vieles, was wir in Routine bewältigten, nun aufgebrochen wurde zum Beispiel die Verlagerung des Arbeitsplatzes in das Homeoffice. Auch in der Neuzeit spielte die Routine eine Rolle. Sie musste durchbrochen werden, da die Akten von vielleicht 32 Seiten auf 3.000 Seiten für einen Vorfall anschwollen, wodurch sie nicht mehr lesbar waren. Reformvorschläge des Hofes wurden nicht mehr umgesetzt.

Oda denkt an die Position ihrer letzten Vorgesetzten, die nur noch für digitale Akten war. Oda war dagegen, denn was ist, wenn mal die Elektrizität ausfallen sollte?
Manchmal hatte sie es schon in ihrem beruflichen Alltag erlebt, Störungen am Computer. Dann konnte man einen halben Tag oder länger gar nicht arbeiten. Aber das ist ja noch harmlos gegen eine Zukunft, in der es vielleicht gar keinen oder sehr viel weniger Strom geben wird.

Die Schreiberin geht zu einer Krimilesung unter freiem Himmel. Der Abstand wird eingehalten. Getränke dürfen wegen Corona nur aus Flaschen getrunken werden. Die Lesung findet in einem Hof statt, wo überall Kästen mit Nutzpflanzen und Blumen stehen. Die Bewohner des daneben stehenden Hauses können so einen Kasten bepflanzen, dann können die Kinder sehen, wie Kohlrabi und Salat zum Beispiel wachsen. Die Leute gießen ihren kleinen Garten. Während der Lesung kamen öfter die Besitzer der Kästen mit Gießkannen vorbei. Hinten auf dem Gelände ist der Zirkus Cabuwazki, der im Augenblick wegen Corona nicht spielen darf.

25.06.2020: „Der Tagesspiegel“: „Den Haag – Das Kosovo-Kriegsverbrechertribunal“ … erhebt Anklage gegen den Präsidenten des Kosovo, Hashim Thaci, wegen Kriegsverbrechen und Verbrechen gegen die Menschlichkeit. Ihm wird unter anderem vorgeworfen, während des Unabhängigkeitskrieges 1999 für mehr als 100 Morde verantwortlich zu sein.“
Oda interessiert sich dafür, da sie am 23.06.2020 den Vortrag über den Internationalen Gerichtshof hörte. Da wurde auch gesagt, dass vor seiner Gründung es Kriegsverbrechertribunale gab und gibt.
Oda erhält eine E-Mail von Campact, die um eine Unterschrift bitten gegen die Tierfabriken. „Über 1.500 Mitarbeiter*innen haben sich mit dem Corona-Virus angesteckt.“ Schlachthof Tönnies, Rheda-Wiedenbrück ist gemeint. Oda unterschreibt.
Sie hört den Vortrag über Stadtökologie. Berlin: Der Mauerstreifen als Ökosystem unter dem Titel: „Der Mauerstreifen als Ökosystem für die Stadt“. 160 Kilometer ist der Mauerweg, der von Fußgängern und Radfahrern genutzt wird. Er entstand durch die Beseitigung der Berliner Mauer. 1989.

Leider ist er nicht durchgängig zu begehen, da es versäumt wurde, Grundstücke zu sichern. In drei Abschnitten wurden 236 Pflanzenarten gefunden. Ob es da auch noch unentdeckte Pflanzen gibt? Das Heilkraut gegen Corona? In Borneo wurden in den letzten 25 Jahren 422 neue Pflanzenarten entdeckt. Da diese im Dschungel leben und er abgeholzt wird – jede Minute eine Fläche von mehr als drei Fußballfeldern –, ist die Chance, unentdeckte Heilkräuter zu finden, gering. Zumal in der Corona-Zeit Oda da nicht hinreisen kann.
Der Steinmetzer-Vogel wurde in diesem Mauer-Areal entdeckt. Die Natur hat sich den Todesstreifen zurückerobert. Aber einige Abschnitte wurden auch künstlich gestaltet wie das „Parlament der Bäume" im Regierungsviertel, die Kirschbäume, die Japan spendete. Diese Pflanzenwelt kann uns helfen, den Klimawandel in Berlin besser zu überleben. Es gibt schattige Stellen. Die Hitze wird dadurch gemildert, die Luft von ihren CO^2 Werten etwas entlastet, der Lärm reduziert. Aufgabe sollte es sein, den Mauerweg durchlässig zu machen, sodass er voll begehbar ist.

26.06.2020: „Der Tagesspiegel": „Der Mauerpark in Prenzlauer Berg ist auf fast die Hälfte vergrößert worden." „Allerdings gibt es ein paar Probleme mit dem Wachstum. Unter anderem bedingt durch die Corona-Pandemie konnten bisher nicht alle Pläne umgesetzt werden."
Brandenburgs Schweinezüchter kommen aus dem Krisenmodus nicht heraus. Schon seit Monaten fürchten sie, dass die hoch infektiöse und für Schweine tödlich verlaufende Afrikanische Schweinepest zu ihnen eingeschleppt wird. Genauer gesagt: von Wildschweinen aus Westpolen über die Grenze getragen oder von Fernfahrern aus Südeuropa mitgebracht wird, die ihre kontaminierten Wurstbrote an den Autobahnraststätten (zu) achtlos entsorgen."
Es gibt zwar einen Elektrozaun, bisher sind noch keine infizierten Schweine entdeckt worden, aber die Absperrung ist noch nicht lang genug.
Jonas geht mit Oda in der Königsheide spazieren. Ein Schild ist an einer Eiche angebracht: „Achtung! Eichenprozessionsspinnen".
Oda hört einen Vortrag über den „Kalten Krieg", der wegen Corona per Video-Übertragung gehalten wurde.

Sie hat die Zeit des „Kalten Krieges“ zum Teil miterlebt. Aber eher so, dass sie die Position – wie so viele in ihrer Generation – nicht teilte. Das fing mit der politischen Bildung an, ein Seminar in Wannsee, wobei es darum ging, ob eine Wiedervereinigung Deutschlands möglich ist, das war 1967, was von der Mehrzahl der Teilnehmer verneint wurde.
Dann kamen die Proteste gegen den Vietnam-Krieg.
In ihrem privaten Bereich erlebte Oda, dass ein Onkel in Klein-Machnow viel besser lebte als ihre Mutter mit den Kindern. Der Wettbewerb der Systeme, wer gewann ihn? Ein Cousin der Mutter, Parteibonze in der DDR, tischte in Ost-Berlin bei einem Treffen so auf, dass sich die Tische bogen.
Ein Onkel der Mutter war in Wismar Grabredner, ein sehr gebildeter Mann, der Goethe verehrte und Kommunist war.
Wie sah es nun weltpolitisch aus? Der „Kalte Krieg“ begann 1947 mit der Truman-Doktrin. „US-Präsident Harry S. Truman erklärte darin den Willen der USA, ‚freien‘ Völkern beizustehen, die sich der angestrebten Unterwerfung durch bewaffnete Minderheiten oder durch äußeren Druck widersetzen.“ Damit war nicht Deutschland, sondern waren die Türkei und Griechenland gemeint. Durch die Politik Willy Brandts wurde der „Kalte Krieg“ aufgeweicht. Es gab den Warschauer Vertrag und den Ost-Vertrag. Die Oder-Neiße-Grenze wurde anerkannt.
Durch die Selbstauflösung der DDR 1990 verschwand spätestens der „Kalte Krieg“. Der Referent kommt zu dem Schluss, dass, weil Amerika sich nun zurückzieht – Trumpf will einen Teil seiner Truppen, die in Deutschland stationiert sind, nach Polen verlegen, weil Deutschland nicht 2 % seines Bruttosozialproduktes für die Verteidigung ausgibt –, müsste Deutschland die führende Rolle in Europa einnehmen. Oda ist nicht der Meinung. Vorher erklärte dieser Professor, warum Großbritannien den Brexit durchführt, und meint unter anderem, dass Deutschland in Europa eine Vormachtstellung hat, was Großbritannien nicht vertragen kann. Oda ist dafür, dass alle Länder in Europa gleichberechtigt agieren sollten. Außerdem ist ihr der Begriff „Europa“ zu eng. Sie findet, dass man auf die ganze Welt sehen muss.

27.06.2020: „Der Tagesspiegel“: Pfarrer Kossen berichtet von den Arbeitsbedingungen der Fleischarbeiter, teils davon, was sie ihm selbst erzählten, teils, was sein Bruder, ein Arzt hörte, wenn die Arbeiter zu ihm wegen ihrer Schnittverletzungen kamen. „Anfangs hätten viele erst mal Schulden, weil sie für Transport nach Deutschland, Schutzkleidung oder Vermittlung Geld zahlen müssten." Dadurch erhalten sie monatelang nicht ihren Lohn. Miete für ein Schlafplatz – auch wenn sie sich eine Matratze im Schichtbetrieb mit einem Kollegen teilen müssen – nicht selten 250,- € im Monat. Der Pfarrer engagiert sich seit Jahren gegen die Bedingungen in der Fleischindustrie und wird deshalb angefeindet.

Oda hat „Von Bagdad nach Stambul" von Karl May gelesen. Der Ich-Erzähler berichtet darin, dass er an Pest erkrankte, von seinem Diener-Freund gepflegt und errettet wurde. Dieser bekam dann selbst die Pest. Der Protagonist der Erzählung kümmerte sich um ihn, bis er genas.

Oda hatte als junges Mädchen mit einem – oder mit beiden Brüdern? – sie weiß es nicht mehr – den Film „Schatz im Silbersee" nach dem Buch von Karl May im Zeli-Kino in Zehlendorf gesehen. Dieses Kino existiert schon lange nicht mehr. Sie erinnert sich daran, dass die Vorführung unterbrochen wurde, weil die Technik nicht so klappte. Aber sie konnten den Film dann doch zu Ende sehen. Ja, es war anrührend mit der Indianerin, die dann auf den Armen von Winnetou stirbt. Trotzdem konnte sich Oda für die Bücher nicht erwärmen. Sie fand sie langweilig, eher etwas für Jungen. Die Mutter erzählte, dass Karl May im Gefängnis war und dort seine Bücher schrieb. Er war nie an den Orten, die er beschrieb. Die Mutter vermutete, dass er in einem früheren Leben dort gelebt habe. Aber an so vielen verschiedenen Orten? Da muss er viele Reinkarnationen gehabt haben!

Die „edlen Wilden", die Indianer. Der „edle Weiße" Old Shatterhand. Nach diesem Muster ist auch „Von Bagdad nach Stambul" gestrickt. Der Ich-Erzähler ist Christ, klug, stark, aber auch nicht unfehlbar. Wenn seine Hilfsbereitschaft angesprochen wird, kann er auch schon in eine Falle geraten. Differenziert schildert Karl May die verschiedenen arabischen, kurdischen und persischen Stämme. Ihre Mitglieder sind mal gut – mal schlecht. Auch die Deutschen kommen nicht unbedingt gut weg.

Die Schreiberin erinnert sich an eine E-Mail von Klaus Farin vom Hirnkost-Verlag, der viele Zitate aus Büchern von Karl May brachte, um seine antirassistische

Gesinnung zu belegen. Im Buch „Von Bagdad nach Stambul" hilft der Protagonist sogar einem jüdischen Ehepaar. Das war zu dieser Zeit im 19. Jahrhundert, nicht unbedingt die Regel.

31.Kapitel

Oda hört einen Vortrag über urbane Wildnis. Wildtiere erobern neue Lebensräume in Städten. Als sie ihrem Sohn erzählte, dass sie auf der Reise einen Fuchs gesehen hat, der über die Straße lief, berichtete er, dass er auch in Berlin einen Fuchs über die Straße laufen sah, ganz nah an der Stelle, wo er wohnt.

Die Moderatorin des Vortrags sagt, dass jetzt, besonders in der Corona-Zeit, wo die Plätze und Straßen leer sind oder waren, mehr Wildtiere in der Stadt gesehen wurden. Aber davor sind schon viele Wildtiere nach Deutschland eingewandert, meistens aus Polen. Wildtiere waren fast alle – bis auf die Wildkatze – ausgerottet worden. Wildkatzen fressen die Mäuse. Nun sind viele Arten eingewandert oder auch neu angesiedelt worden.

In der Presse war immer wieder von Wölfen die Rede, auch in Brandenburg. Oda erinnert sich an eine Veranstaltung zur Vollmondnacht in der Schorfheide, wo es um die Wölfe ging, die dort in einem Gehege gehalten werden. Es treffe nicht zu, dass Wölfe in einer Vollmondnacht mehr heulen als sonst, erfuhr sie. Die Expertin meinte, dass man um die Schafherden nur Wolfs-Kot verteilen müsste, dann würde ein Wolf wissen, da ist das Gebiet eines Artgenossen und würde die Schafe in Ruhe lassen.

Inwieweit das praktisch geht, weiß Oda nicht. Wandern nicht die Herden mit ihren Schäfern?

Wölfe reißen nur 1.000 Schafe im Jahr, angesichts der vielen Schafe, die es gibt, wäre diese Zahl wenig.

Warum kam nun der Wolf zu uns? Wölfe möchten vielleicht ein zweites oder drittes Weibchen haben. Sie werden von ihren Eltern aus dem Revier herausgeschickt, sollen sich ein eigenes suchen. Wölfe können über 1.000 Kilometer wandern, durch einen Fluss schwimmen. Es gibt einige Verkehrsunfälle mit Wölfen, aber auch mit Wisenten, Elchen, Bisons.

Man sollte, wie es in anderen Ländern wie Polen, den USA und Frankreich gemacht wird, „grüne" Brücken für die Wildtiere bauen, damit sie unbeschadet über die Autobahn laufen können. Wölfe fressen in Deutschland meistens Rehe.

Biber wurden wieder angesiedelt, die aber einen großen Schaden für die Landwirte anrichten können. Sie bauen Dämme, wodurch ein Feld geflutet werden kann. Es muss abgewogen werden: der Schaden für einen Bauern und der Nutzen des Tieres, denn wo der Biber lebt, gibt es plötzlich eine größere Artenvielfalt. Oda mag diese Position nicht. Haben nicht Tiere ein Recht zu leben, ohne die Beurteilung von Menschen, ob sie nützlich sind oder nicht?
Luchse wurden wieder eingeführt, die bis zum 18. Jahrhundert ausgerottet waren.
Es gibt keine Wildhüter wie in anderen Ländern, die sich um die Wildtiere kümmern. Das sollte geändert werden, denn es gibt immer wieder Probleme mit Wildtieren. So mag ein Privat-Waldbesitzer nicht, wenn Wildtiere die Baumrinden anfressen.
Der Wissenschaftler macht mit seinem Team Genproben von überfahrenen Wildtieren, um ihre Wanderungsbewegung festzustellen.
Es gibt keine Stelle, die die Wildtiere zählt. Ehrenamtliche Mitarbeiter kümmern sich darum.
Sie werden sich sicher schon fragen, wer die Schreiberin ist. Ich begleite sie.

Die Schreiberin fährt zum Hamerlingweg 5 in Zehlendorf, wo sie von 1952 – 1960 lebte. Dahlemer Weg. Die Schienen sind noch da. In ihrer Kindheit fuhr hier ein Zug. Es war spannend, wenn sie von der Mutter zum Bäcker geschickt worden war, um Kuchen für einen Besucher zu kaufen, auf den Schienen zu balancieren, sich ab und zu umsehend, ob ein Zug kam.
Hier dachte sich die Schreiberin ein Lied aus, dass sie zu Hause dann auf der Flöte ausprobierte und die Noten dazu aufschrieb: „Sonne, Sonne, aus dem Himmelsgrund, leuchte, leuchte, auf den Wiesengrund. Wir Menschen wollen zu dem Licht, das zu uns allen spricht."
Die Bäckereiverkäuferin saugte mit einem Staubsauger die Wespen vom Kuchen.
Gegenüber lag ein Kiosk, an dem die Schreiberin später einmal „Capri-Eis" kaufte – sie kannte es bisher nicht. Die Zunge klebte von der Kälte am Eis.
Den Hamerlingweg rein. Rechts wohnte „Mohrle", eine Freundin, die sie in ihrem ärmlichen Haus besuchte und zu sich einlud. Die Mutter hatte Kakao gekocht, Kerzen brannten, die Puppen bekamen aus dem Puppengeschirr, dass die Großeltern

aus Thale zu Weihnachten geschickt hatten, Kakao. Die Schreiberin hatte wunderschöne Stoffpuppen, die die Mutter gestrickt hatte, aber auch die „Köhlerliesel", eine Puppe aus Pappmaschee, und später Christine, eine Porzellanpuppe, als Ersatz für „Köhlerliesel", die von der Schreiberin gebadet, sich auflöste.
Ein paar Häuser weiter wohnte der Schuster, der eine Frau im Rollstuhl hatte, die unangenehm nach Urin roch.
Das Haus Hamerlingweg 5 gibt es noch. Jetzt darf die Schreiberin die Hausnummer verraten. Sie hatte diese in ihrem Buch geschrieben. Da hatte die Mutter empört reagiert. Nun ist sie tot.
Das Haus ist frisch geweißt worden. Das vorige Mal, als die Schreiberin mit Verwandten und ein anderes Mal, als sie dort mit ihrer Mutter und den Brüdern war, sah es noch ganz heruntergekommen aus.
Der lange Balkon hat nun Metallgitter, keine Steinmauer mehr. Die Glasveranda wurde durch stabile Wände ersetzt. Vorn gibt es nicht mehr den Kirschbaum, auch nicht den Apfelbaum rechts neben dem Balkon, der Walnussbaum auf der anderen Seite zur Küche existiert auch nicht mehr.
Über der Wohnung sind zwei Dachfenster zu sehen. Daran kann sich die Schreiberin nicht erinnern. Rechts steht jetzt eine Garage. Die gab es früher natürlich auch nicht.
Auf dem Dachfirst im Nebenhaus sang abends meist eine Amsel. Man sah die Sonne unter- und die Sterne aufgehen. Blauer Himmel. „Weiß du, wieviel Sternlein stehen, an dem blauen Himmelszelt?", sangen die Kinder.
Die Schreiberin weiß jetzt, dass das gar nicht alles Sterne sind, sondern auch Planeten wie die Venus und dass sie gar nicht alle „stehen". Am blauen Himmelszelt? Na ja, richtig sieht man die Sterne ja erst nachts, wenn der Himmel schwarz ist. Die Schreiberin erinnert sich an ihren älteren Bruder, der aus dem Badfenster oft lange nach den Sternen schaute und dadurch das Bad blockierte.
Sie selbst kann sich erinnern, wie sie mit der Mutter und den Brüdern einmal ganz spät nach Hause kam. Jänickestraße, Ecke Teichstraße – sie heißt jetzt Leo-Baeck-Straße – standen sie eine Weile an einem dunklen Haus mit unheimlichen wispernden Tannen, schauten in den schwarzen, lichtblitzenden Himmel.
Gegenüber borgte die Schreiberin, auf Anweisung der Mutter, Zucker. Sie schickte sie mit einer Zuckerdose los. Es gab zwar an der Ecke den Lebensmittelladen „Schlorf", aber es war ein Sonntag, wo er nicht geöffnet hatte. Früher hieß der

Laden „Spieß". Die Besitzerin heiratete den Straßenarbeiter, Herrn Schlorf, der den Hamerlingweg vom Buckelsteinpflaster in eine Teerstraße verwandelte. Die Schreiberin hat noch den Gestank des Teers in der Nase, sah die Teermaschinen rauchen, die Arbeiter, die auf den Knien, geschützt von Brettern, den Teer mit Schiebern verteilten. Der Arbeiter Schlorf half Frau Spieß beim Kartoffelverkauf. Sie hatte vor dem Laden eine Wage stehen, wo die Kartoffeln abgewogen wurden.

Sie heiratete ihn und wurde sehr unglücklich, was man ihrem Gesicht ansah, denn ihr Mann war ein Alkoholiker.

Die Besitzer des Hauses mit der Amsel auf dem Dachfirst mähten einmal ihren Rasen. Die Schreiberin sah es. Die geköpften Gänseblümchen taten ihr leid. Sie fragte, ob sie diese aufsammeln dürften.

Jetzt hat die Straße schwarze Steine. Der Gehweg ist mit Platten belegt, wie die Schreiberin ihn auch kennt. Da lief sie Rollschuh. Wie die Welt sich weitete, alles schneller wurde! Bis zur Finckenalle schwang sie mit den Rollschuhen hin und her. Ein Freiheitsgefühl!

Neben dem Haus, wo sie früher wohnte, steht nun ein neues Haus. Die Tischlerei gibt es nicht mehr, deren Kreissäge die Schreiberin als Geräusch aus der Kindheit begleitete. Sie durfte die Kaninchen, die der Tischler in engen Käfigen hielt, streicheln.

Die Mutter ließ das Küchenbüfett zum Teil als Kleiderschrank von ihm umbauen, als sie auszogen. Es war der Besenschrank, der eine Kleiderstange und ein Brett bekam, der dann die Schreiberin als ihren Kleiderschrank in der neuen Wohnung in ihr Zimmer gestellt wurde.

Nach der Tischlerei kommt ein altes Haus, das immer noch steht, da wohnten zwei junge Männer mit ihrer Mutter. Die Mutter hatte der Schreiberin mal Bücher der Jungen geschenkt, als diese schon zu alt dafür waren, das nächstes Haus war das von Elke, ihrer älteren Freundin, die in einer ärmlichen Hütte mit ihrer Familie lebte. Diese hatten kein fließendes Wasser.

Elke musste im Hemdchen stehend, als sie schon pubertierte, im Garten, über einer Blechschüssel gebeugt, sich die Haare von der Mutter einmal in der Woche waschen lassen. Die älteren Jungen vom Nebenhaus schauten aus dem Fenster. Elke schämte sich schrecklich.

Ecke Jänickestraße kam es einmal zu einem schrecklichen Unfall. Die Schreiberin erinnert sich, wie ein Motorradfahrer um die Ecke schoss und gegen die gegenüberliegende Mauer prallte. Das Blut lief ihm von Kopf. Er stürzte. War sofort tot.
Ein Mann aus dem Haus, wo früher die Tischlerei war, spricht die Schreiberin an, was sie denn hier suche. Sie erklärt ihm, dass sie hier mal gewohnt habe. Er lebe mit seiner Frau erst seit 1982 hier. Der Mann erzählt ihr von einem Kiezblättchen, indem eine Frau erzählt, dass sie hier mal im Hamerling Weg 5 lebte. „Ja, das bin ich. Das Kiezblättchen hatte aufgerufen, Erinnerungen aus Zehlendorf zu schicken mit einem Foto von damals. Ich schickte ein Foto von mir, auf dem ich ungefähr acht Jahre alt bin, im Dirndlkleid mit Zöpfen, wo ich auf einem Stein im Garten von Frau Bünger, unserer Vermieterin, sitze.“
Über die Jänickenstraße, wo die verhasste Englischlehrerin wohnte und eine Frau, die die Kinder „Tante“ nennen sollten. Sie arbeitete beim Rundfunk als „Märchentante“. Sie hatte die Kinder mit ihren Geigenkästen im Regen aufgesammelt und im VW nach Hause gefahren. Die Schreiberin malte ihr zum Dank ein Bild mit ihrem Auto, das ein „Krönchen“ auf dem Dach hatte.
Noch weiter hoch die Jänickestraße wohnte Melitta und Angela, die mit der Schreiberin und den Brüdern den Kindergarten besuchten. Sie mussten immer, wenn sie aus dem Hort kamen, die Wohnung staubsaugen, denn beide Eltern arbeiteten.

32.Kapitel

Die Schreiberin hatte vorher noch nie einen Staubsauger gesehen.
Ihre Mutter schüttete einmal in der Woche einen Eimer Wasser auf den Dielenfußboden und wischte ihn mit dem Schrubber und Wischlappen trocken. Links wohnte – die Schreiberin erinnert sich nicht mehr an ihren Namen – auch eine Freundin. Sie war einmal mit ihrem Puppenwagen losgezogen, um eine Freundin zu suchen. Da fand sie Kinder, an einer Klopfstange turnend. So lernte sie das blonde, kurzhaarige Mädchen kennen. Zu ihrem Geburtstag wurde sie eingeladen. Sie hatte ein Doktorspiel bekommen. Ananastorte gab es. Die Schreiberin hatte noch nie Ananas gegessen. Hinterher musste sie brechen. Seitdem aß sie keine Ananas mehr. Nun aber zum Teichpark hinein, der jetzt Heinrich-Laer-Park heißt, nach einem Nervenarzt, der ihn im 19. Jahrhundert anlegte.
Links den Robinienbaum gibt es nicht mehr.
Die Mutter hatte erklärt, dass wäre ein „Akazienbaum". Die Schreiberin hatte das so in einem Buch geschrieben. Ein Zuhörer bei einer Lesung erklärte ihr, dass es in Europa überhaupt keine Akazienbäume gebe.
Die Schreiberin liebte den Duft. Im Kindergarten gab es auch Robinien. Sie pflückte mit ihren Freundinnen die Blüten, legte sie ins Wasser und stellte so „Parfüm" her. Dann wunderte sie sich nach einer Weile, warum es zu stinken begann. Die Allee entlang. Lindenbäume mit vielen Bienen. Der Duft.
Die steinerne Schildkröte, wo sich der Onkel mit ihnen damals fotografieren ließ, gibt es nicht mehr. Der Taubenturm ist versetzt worden. Früher stand er rechts. Er hat heute auch keine Tauben mehr, keine Wasserstelle drum herum. Die Schreiberin erinnert sich, wie sie mit dem Kindergarten dort war und in das mit Taubenkot beschmierten Wasserbecken fiel. Weiter zum ersten Spielplatz, wo sie Kuchen aus Sand buk und einen Backofen in den Sandkasten grub. Am Eingang hängt ein Zettel, wie man sich in der Corona-Zeit verhalten sollte. Der nächste Spielplatz: Die beiden Schaukeln gibt es noch. Aber das Karussell, ein Pilz, an den man sich hängen konnte, mit dem Füßen abstoßen, existiert nicht mehr. Früher gab es hier auch noch ein anderes Karussell, wo man sich draufsetzen konnte, einer musste es anschieben. Zurück der Weg zur Teichstraße, jetzt Leo-Baeck-Straße. Die Teichstraße hieß so, weil beim Parkeingang zur Zeit der Schreiberin noch ein Teich lag. Da übte ihr

zweit-älterer Bruder Bogenschießen. Raus aus dem Park, die Straße entlang, zurück zum Hamerlingweg. Rechts die Rasenfläche vor den Bäumen, wo einmal ein Mann saß, die Kinder gingen gerade zum Kindergarten oder zur Schule, es war noch dunkel, die Mutter war nicht dabei. Der Mann lockte mit gekrümmtem Zeigefinger. Der ältere Bruder wollte schon zu ihm gehen. Sie hielten ihn zurück. Am nächsten Tag sahen sie an der Stelle, wo der Mann gesessen hatte, dunkle Haare, ein ganzes Büschel. Links kommt dann die Prinz-Handjery-Straße. Da lebte Fräulein Albrecht, eine nette Kollegin der Mutter, mit ihrer Familie in einem großen Haus. Sie waren dort einmal eingeladen. Der Tisch bog sich nur so von Essen. Die Schreiberin wagte, eine zweite Stulle zu nehmen. Der böse Blick der Mutter traf sie. Das war nicht vornehm. Das durfte man nicht. Die Schreiberin ließ das Brot liegen. Fräulein Albrecht lud die Kinder einmal zum Johannisbeeren-Pflücken in ihrem Garten ein. Die Schreiberin kostete die Johannisbeeren, sie waren ihr zu sauer.
Fräulein Albrecht verkleidete sich als Nikolaus und kam zum Hamerlingweg 5. Die Kinder merkten sofort, dass sie es war.
Links die Jänickestraße hoch, eine Seitenstraße rein. Da wohnte Thomas G., ein kleiner Junge, der ebenfalls im Kindergarten war. Die Schreiberin kämpfte einmal mit ihm auf dem Rasen und war erstaunt, dass er stärker war als sie. Seine Eltern heirateten nach der Scheidung ein zweites Mal. Die Schreiberin wunderte sich.
Zurück zum Hamerlingweg zum Auto.

Oda sieht mit Jonas eine Sendung auf YouTube, ZDF „Der Mars – Rätselhafte Wüstenwelt" von Alexander Gerst, Astronaut der ESA. Er stellt die Frage, ob wir weiter unsere Erde vernichten wollen, um dann den Mars als neues Domizil zu nutzen. Aber bis wir in der Lage sind, zum Mas zu fliegen, müssen wir erst die technischen Voraussetzungen schaffen, die trotz vieler Testflüge, dem Roboter auf dem Mars, der gute Bilder zur Erde funkt, noch nicht gegeben sind. Es gibt dort einen blauen Sonnenuntergang.
Wir müssten 6-7 Monate bis zum Mars fliegen. Es kommt zu einer Zeitverzögerung vom Mars zur Erde. Der Mars hatte früher ähnliche Bedingungen wie die Erde mit Wasser, das jetzt gefroren ist. Wie kommt es, dass sich hier kein Leben entwickelt hat, oder war hier Leben, das zugrunde ging? Vielleicht war der Mars einmal erdengleich. Was hat ihn verändert? Können wir aus diesem Vorgang für die Erde lernen? Der Mars hat einen 24-Stunden-

Tag wie die Erde. Er besitzt Krater, Gipsformationen, Vulkane. Er verlor seinen Magnetismus und fast seine ganze Atmosphäre. Der Sonnenwind trug dies weg. Es gibt Stürme auf dem Mars.
Im Augenblick, wenn wir jetzt eine bemannte Rakete zum Mars schickten, bestünde nur eine 5-7 % Wahrscheinlichkeit, dass die Astronauten zur Erde zurückkehren könnten. Sie würden vom Mars aus die Erde nicht mehr sehen.
Im Augenblick wäre auch so eine Expedition zu teuer, weil der Mars zu weit weg von der Erde ist. Aber 2048 gibt es eine Konjunktion, wo es billiger wäre, eine Rakete zum Mars zu schicken. Astronauten üben schon in der Antarktis bei einer Station, was sie dann auf dem Mars machen müssten: Bodenproben nehmen, Messungen durchführen. Aber es ist auch klar, dass es besser wäre, erst auf dem Mond eine Zwischenstation zu bauen. Von dort aus ist es nicht so weit zur Erde. Es muss auch sichergestellt werden, dass die entnommenen Proben nicht für die Erde schädlich sind. Auch die Raumanzüge könnten mit vielleicht andersartigem, biologischem Leben behaftet sein. Wie ist die Einsamkeit zu verkraften? Die Forscher sind am Südpol acht Monate im Dunklen, sehen nur den Sternenhimmel. Auf der Station sind meist Männer, nur wenige Frauen. Wie könnten Astronauten eine so lange Zeit ohne Frauen oder männlichen Liebhaber aushalten?
Die Schwierigkeit ist, auf dem Mars zu landen. Die Geschwindigkeit muss reduziert werden. Dabei entsteht eine Hitze von 2000 Grad Celsius, die die Rakete fast zum Schmelzen bringt. Die Rakete braucht mehrere, große Überschall-Fallschirme, um die Bremsung abzufedern.

29.06.2020: Oda und Jonas hören einen Vortrag über YouTube über Astrologie von Professor Harald Lesch. Sie wissen natürlich, dass Astrologie Quatsch ist, aber das war nicht immer so. Oda ließ sich einmal ein Horoskop erstellen. Sie fand sich da nicht treffend beschrieben.
Professor Lesch berichtet vom Präsidenten Reagan, der – obwohl Astrologie damals in den USA verboten war – daran glaubte. So wartete er 10 Minuten nach 12 Uhr, um seinen Amtseid abzuleisten, weil sein Astrologe es ihm riet. Er ließ ein Horoskop von Gorbatschow erstellen, der danach mitfühlend wäre. Reagan hielt eine Rede vor der Berliner Mauer mit dem Appell

an Gorbatschow „Öffnen Sie die Mauer!". Zwei Jahre später war tatsächlich die Mauer offen. Aber ob es mit den Ratschlägen des Astrologen zu tun hatte? Nein. Es ging dabei um den richtigen Zeitpunkt für diese Rede.
Babylon war der Pionier der Astrologie. Damals unterschied man noch nicht zwischen Astrologie und Astronomie. Dabei ging es um den Staat. Den „Turmbau-zu-Babel" errichtete man, um den Göttern näher zu sein. Man erfand die Sternbilder.
Aristoteles wiederum entnahm der Astrologie die verschiedenen Elemente, die er den Sternbildern zuordnete.
In Rom im 1. Jahrhundert nach Christus bestimmten die Damen ihre Friseurtermine nach dem Horoskop.
Als zu Neros Zeiten ein Komet erschien, sagte der Hofastrologe dem Herrscher, er müsste die Edlen seines Landes umbringen, dann würde es kein Unheil geben. Nero folgte dem Rat.
In China geht es nicht nach den Monaten, den verschiedene Sternbilder zugeordnet werden, sondern den Sternbildern werden die Jahre zugeteilt. Alle 12 Jahre wiederholen sich die Sternbilder. So wurden im Jahr 2012 besonders viele Kinder geboren, das das Sternbild des Drachen hat, es besitzt gute Eigenschaften. 90 % der Chinesen glauben an Horoskope. In der Architektur finden wir „Drachen-Tore", merkwürdige schiefe Türme.
Man holt sich beim Astrologen Rat, wann man heiraten, reisen oder eine neue Stelle antreten will.
Im 15. Jahrhundert glaubte Philipp Melanchthon an die Astrologie. Luther hielt nichts davon, denn er sagte, dass der Mensch einen freien Willen habe, sein Schicksal selbst zu bestimmen. Philipp Melanchthon erstellte ein Horoskop für Luther, das nicht schmeichelhaft für ihn ausfiel. Zuerst musste er sich das Geburtsjahr und die Stunde von der Mutter von Luther besorgen. Dann „bastelte" Philipp Melanchthon so lange an den Daten herum, bis sie „passten". Noch heute weiß niemand genau, wann Luther geboren wurde. Der Papst ließ ebenfalls ein Horoskop über Luther erstellen und jonglierte mit den Daten so lange, bis das Ergebnis herauskam, das er wünschte.
Im 4. Jahrhundert nach Christus wurden in Rom erstmals Horoskope verboten. In den Klöstern im Mittelalter erstellte man Horoskope. Kepler, der

in Geldnöten war, fertigte viele Horoskope an, obwohl er nicht daran glaubte.
So ließ sich einmal ein Mann anonym ein Horoskop erstellen. Das war Wallenstein. Er war nicht zufrieden damit. Aber Kepler hatte für den Kunden das Jahr 1608 als Gefahr vorausgesagt. In diesem Jahr wurde Wallenstein ermordet.
In „Hair“ gibt es ein Lied „Der Wassermann“. Man glaubte, dass im Jahr 2000 ein neues Zeitalter eintreten würde mit großen Veränderungen. Aber das geschah nicht.
Lesch ließ sich ein Horoskop erstellen und erklären. Danach waren die Aussagen so beliebig, dass sie auf fast jeden zutreffen könnten.
Der Wissenschaftler sieht einen psychologischen Faktor in der Astrologie. Nach der Astrologie bedeutet der Mars: Wille und die Venus steht für die Gefühlswelt.
Oda bedauert, dass Lesch nicht auf die indische Astrologie eingeht. Überall auf der Welt haben sich die Menschen schon immer Gedanken darüber gemacht, ob die Sterne Auswirkungen auf das Leben der Menschen haben könnten. Sie erhofften von den Sternen eine Antwort auf die Frage, was soll das alles? Warum leben und sterben wir?
Aber die Sterne schweigen. Oder verstehen wir nur nicht ihre Sprache?
Wir sollten Sternisch lernen!
Oda hat „Die Schöne von Avignon“ von Marianne Calmann gelesen. Hier geht es um die Pest im 14. Jahrhundert in Avignon. Wie ist der Roman im Vergleich zu dem Vortrag, den Oda dazu hörte?
… „die Position der drei Planeten am zwanzigsten März vor zwei Jahren, gefolgt vom Eintritt des unheilvollen Planeten Mars, in Konjunktion mit dem Sternzeichen des Löwen am sechsten Oktober dieses Jahres und seinem darauffolgenden Zusammentreffen mit dem Drachenkopf bedeutet summa summarum, dass die Sterne gegen die Menschen standen …“
Das kennen wir, eine Sternenkonstellation kündigt angeblich etwas Schreckliches an.
Die Pestilenz kam aus Italien. Es wurde geraten, die Gesunden von den Kranken zu trennen. Der Papst sollte fliehen. Zwei Tage nach der Er-

krankung starben meist die Infizierten. Als Grund, wurden die Sünden der Menschen angenommen, dann gab man den Juden die Schuld.
Die Juden verließen meist ihr Viertel. Auch der Papst floh an einen geheimen Ort in die Berge, nachdem er, unter ständigem Brennen von Kohlepfannen, erst im Palast geblieben war. Er erlaubte Autopsien der Pest-Leichen, damit Ärzte feststellen konnten, wie die Krankheit wirkt. Seine Heiligkeit schenkte den Juden ein Feld, wo sie ihre Pest-Opfer begraben konnten. Außerhalb der Stadt ließ er Hütten und Wohnstätten für die Kranken errichten. Bald standen in Avignon fünftausend Häuser leer, so viele Menschen waren gestorben.

01.07.2020: Im „Tagesspiegel“: „Sternenflecken dimmen Beteigeuze“. „Supernova findet vorerst nicht statt.“ „Der Riesenstern Beteigeuze im Sternbild Orion“ hatte 40 % seiner Leuchtkraft eingebüßt, sodass es Spekulationen gab, dass er bald explodieren könnte. Aber im April 2020 leuchtete er wie gewohnt. Liegt das an den Sternflecken? Auch die Sonne hat solche, die in einem 11-jährigen Zyklus zu- und abnehmen. Aber ob das bei Beteigeuze auch so ist, weiß man nicht.
„Das große Plus der großen Raubtiere“. Die Seeotter waren von den Menschen fast ausgerottet, da diese den Pelz haben wollten. Seeotter fressen am liebsten Seeigel, nun nahm der Bestand der Seeigel zu. Dadurch konnten die Tang-Wälder nicht mehr so wachsen, diese produzieren vor den Küsten von Vancouver Island 37 Prozent Biomasse. Die Tang-Wälder sind für die Kinderstube der Heringe wichtig. Nun sind die Fischotter zurückgekehrt – auch in Deutschland, so dass das ökologische Gleichgewicht wieder stimmt.
Campact schickte Oda eine E-Mail wegen Amazon, die ihren Umsatz aufgrund der Ausgangsbeschränkungen in der Coronakrise auf 26 %, also über 75 Milliarden US-Dollar steigerten, ohne dies an die Mitarbeiter*innen weiter zu geben. Im Gegenteil: Sie werden mit digitaler Leistungserfassung und Nachtschichten am Wochenende belastet. In Winsen/Niedersachsen haben sich 53 Mitarbeiter*innen mit Covid-19 angesteckt.
„Im Logistikzentrum Winsen (Luhe) bei Hamburg wurden bis Ende April mindestens 53 Fälle einer Ansteckung mit dem Coronavirus offiziell bestätigt.“

Der vorübergehende Lohnzuschlag von 2,- € pro Stunde wurden den Mitarbeiter*innen ohne Begründung gestrichen.
„Das alles kann sich Konzern nur erlauben, weil es keinen Tarifvertrag gibt. Seit Jahren versucht ver.di Verhandlungen aufzunehmen. Bisher hat sich die Konzernleitung erfolgreich geweigert."
Oda unterschreibt für bessere Arbeitsbedingungen für die Amazon-Mitarbeiter*innen. Bisher haben 2541 Menschen die Unterschrift geleistet.

04.07.20120: Im „Der Tagesspiegel" steht: „EU genehmigt Medikament gegen Covid-19". Remdesivir kommt vom US-Konzern Gilead.
„Der Chef der Arzteimittelkommission der Deutschen Ärzteschaft, Wolf-Dieter Ludwig, sieht die Zulassung allerdings kritisch." Es sei zweifelhaft, ob Todesfälle damit verhindert werden könnten, denn es gäbe bisher nur eine Studie darüber, die noch gar nicht ganz ausgewertet sei. „Die EU-Kommission hatte vor einigen Tagen erklärt, sie sei in Verhandlungen mit dem Hersteller Gilead, um das Medikament auch für 27 EU-Staaten verfügbar zu haben."
„Fabriken müssen Tierhaltung grundlegend verbessern". „... künftig darf die Haltung von Sauen in den engen Metallkäfigen höchstens fünf statt bisher 35 Tage im Abferkelbereich und acht Tage statt vier Wochen im Deckzentrum erlaubt sein." Die Betriebe haben 15 Jahre Zeit für den Umbau der Ställe.
Das findet Oda viel zu lange. Damit die Regierung dies finanziell unterstützen kann, wird ein Aufschlag von 40 Cent pro Kilogramm Fleisch und Wurst vorgeschlagen. (Das ist für Hartz IV-Empfänger natürlich nicht gut, aber dann sollte man den Satz von Hartz IV erhöhen. Dadurch, dass China Schweinefleisch aus Deutschland importierte, weil ihre Schweine die Afrikanische Schweinepest hatten, zog der Schweinfleischpreis von 1,36 pro Kilo 2019 an. Nun aber gibt es Konkurrenz durch US-Konzerne, die mit einem Kilopreis von 50 Cent ins Chinageschäft eingestiegen sind.) Viele Tiere aus dem Ausland werden in Deutschland geschlachtet, weil es hier billiger ist. Im März und April 2020 habe die Bio-Branche wegen der Tierhaltediskussion 60 Prozent mehr Schweinefleischumsatz gemacht.

Aber die Bio-Schweine werden genauso wie die anderen geschlachtet. Das liegt daran, dass man den Schweinen einen langen Transport zu den wenigen Höfen, die Bio-Fleisch schlachten, ersparen will.
Campact schickt Oda eine E-Mail mit einem Dankeschön für die Unterschrift zur Verbesserung der Lebensbedingungen von Schlachtvieh.
Mehr als 620.000 Menschen haben den Appell unterschrieben.
„Problematisch: Der Kastenstand in seiner jetzigen Form ist im Abferkelbereich noch 17 Jahre unverändert erlaubt."
„Hunderte junge Elefanten verenden seit einigen Wochen in Botswana."
„…Naturschützer McCann hält es für möglich, dass die Krankheit das zentrale Nervensystem der Elefanten angreift: Was auf ein Virus – womöglich sogar Sars-Co V-2 – schließen lässt."

05.07.2020: Gestern waren Oda und Jonas im Theater Adlershof zur Veranstaltung: „Sagte mal ein Dichter" über Holger Biege. Wolfgang Martin stellte dazu seine Biografie über Biege vor, begleitet von Manuel Schmid. Gesang und Keyboard.
Sie waren schon mal vor zwei Tagen bei einer Lesung im Bücherhändlerkeller gewesen, hatten sich angemeldet. Es wurde ihnen nicht abgesagt. Die Autorin war krank. Sie fuhren umsonst hin. Eine andere Zuhörerin stand auch ärgerlich vor der verschlossenen Tür.
Am nächsten Tag kam zwar ein Anruf vom Veranstalter, aber da war es ja zu spät.
Diesmal hatten sie Glück. Die Veranstaltung fand tatsächlich statt, draußen, Mundschutz an der Kasse, Hände desinfizieren, Stühle immer nur zwei zusammen, Abstand 1,5 Meter. Aber: es begann zu regnen. Oda hatte zwar einen Schirm dabei, jedoch hielten sie nur bis zur Pause durch. Es regnete immer mehr. Der Autor und der Musiker bekamen ein Zelt über sich, aber die Zuhörer mussten sehen, wie sie trocken blieben.
Oda wurde wieder einmal klar, wie verschieden die Kulturen der DDR und der BRD waren. Von Biege hatte sie noch nie etwas gehört. Biermann, ja den kannte und schätzte sie.

07.07.2020: Bei „Edeka“ gibt es wieder Hefe! Aber tiefgekühlte Erbsen befinden sich seit längerem nicht in der Truhe.
Im Autoradio hört Oda, dass die Krabben von der Nordsee, wenn sie gefangen wurden, sofort auf dem Kutter gekocht werden und dann nach Marokko geschickt werden. Dort werden sie ausgepult, um dann wieder die Rückreise von 3000 km, nachdem sie konserviert wurden, anzutreten.
Was ist das für ein ökologischer Wahnsinn?
Die Schreiberin liest im „Tagesspiegel“: „Das chinesische Sicherheitsgesetz für Hongkong wirkt sich bereits auf die Schulen in der Finanzmetropole aus. Am Montag wies Hongkongs Bildungsbehörde Lehrer an, alle Bücher und weitere Lehrmaterialien aus dem Unterricht zu verbannen, die gegen das umstrittene Gesetz verstoßen könnten.“
Geistige Kontrolle, was man lesen darf. Wie furchtbar. Fehlt nur noch eine Bücherverbrennung. Aber das darf man ja nicht mit dem Nazi-Regime vergleichen!
Oda liest den „Tagesspiegel“: „Sexstudios wehren sich gegen Arbeitsverbote“. „... Doch seit dem Lockdown Mitte März ist Prostitution verboten.“
Oda erinnert sich, dass am Anfang der Corona-Krise Prostitution erlaubt war. Da hatte sie sich gewundert.

08.07.2020: Im „Der Tagesspiegel“ steht, dass Präsident Bolsonaro mit dem Coronavirus infiziert ist. Oda ist nicht schadenfroh. Skandalös findet sie, dass er nach seiner Diagnose noch viel mit anderen Menschen, teilweise ohne Maske, Kontakt hatte.

Die Schreiberin liest im „Tagesspiegel“, dass Ute Erb den Georg-Büchner-Preis erhält. Sie freut sich für sie und erinnert sich an eine Lesung, die sie mit ihr und anderen Autoren hatte, es muss in den 80erJahren gewesen sein, als Ute Erb einen Prosa-Text vorlas und die Schreiberin zu ihr sagte: „Ich finde den Text zu moralisch.“ Daraufhin Ute Erb: „Was ist an Moral schlechtes?“
Die Schreiberin hat von Ute Erb „Mensch sein, nicht“ gelesen. Es fand keine Gnade vor ihren Augen. Darum sortierte sie das Buch aus. Die Schreiberin hat über 3000 Bücher. Mehr gehen in ihr Haus nicht rein. Deshalb spendet sie immer, wenn sie neue Bücher gelesen hat, die alten.

Oda hört wieder einmal einen Vortrag. Diesmal geht es um Roboter in der Pflege. Deutschland hat zu wenige Pflegekräfte, wie man in der Coronakrise gesehen hat. Der Pflegekräftemangel wird sich aus demoskopischen Gründen in den nächsten 10 - 20 Jahren verstärken. Der Pflegekräftemangel ist darauf zurückzuführen, dass die Bezahlung zu gering ist und der Arbeitsdruck zu groß (Schichtdienst).
„Roboter in der Pflege. Wer hilft uns, wenn wir hilflos sind?"
Es geht um die Frage, ob wir Pflegeroboter entwickeln sollten. In Japan wurden sie schon hergestellt. Sie haben ein bis zwei Arme, könnten den Patienten stützen und umarmen. Beim Einsatz muss man darauf achten, dass nicht Daten über den Patienten gesammelt werden, die dieser nicht preisgeben will.
Der Vortragende ist weder für noch gegen Roboter im Pflegebereich.
Armin Grünwald berichtet seit Jahren dem Deutschen Bundestag über die Folgen von Technologie. Grundlage seiner Berichte sind unzählige Gespräche mit den Betroffenen. Sein Team ist interdisziplinär besetzt. Er leitet das Büro Technikfolgeabschätzung, zu dem Sozial- und Politikwissenschaftler, Philosophen, Physiker, Chemiker und andere Wissenschaftler verschiedener Fakultäten gehören. Darüber hinaus werden Fachkräfte aus Bereichen hinzugezogen, wenn die dort arbeitenden Wissenschaftler dies mit ihrem Wissen nicht abdecken können.
Ist ein Roboter im Pflegebereich eine Entmenschlichung? Was ist mit der zwischenmenschlichen Kommunikation? Auch Demenzkranke wurden befragt, die es in verschiedenen Graden gibt. Kann ein Pflege-Roboter die verschiedenen Zustände von Demenzkranken erkennen? Da wird die Forschung noch zehn bis 20 Jahre brauchen, um das gewährleisten zu können. Es geht ja auch um Sicherheit, Verantwortung und Versicherungsfragen.
Jeder Mensch hat das Recht auf eine gute Pflege. Aber was ist das? Das Grundgesetz spricht von Würde des Menschen. Zu bedenken sind auch die kulturellen Unterschiede. So wird ein Pflegeroboter in Japan sicher andere Bedürfnisse erfüllen müssen als in Deutschland.
Wie kann ein Pflegeroboter Empathie ausstrahlen? Der Kostendruck auf das Pflegepersonal ist groß. Wie kann ein Roboter fürsorglich sein? Heidegger

sagte einmal: „Der Sinn der Technik ist nicht die Technik.“ Wie wollen wir in Zukunft leben? Das ist eine Wertfrage.
Oda weiß von ihrer Schwiegertochter, die Krankenschwester war und sich dadurch den Rücken ruinierte, dass es hilfreich wäre, Unterstützung zu bekommen, wenn man schwere Menschen aus dem Bett hieven muss.
Aber genauso wichtig ist mehr Personal. Sie war manchmal im Nachdienst ganz allein für 22 Patienten zuständig, konnte keine Pause machen.
Dann die Hierarchie in den Krankenhäusern, das Mobbing. Die Zuschläge für den Nachtdienst oder den Sonnabend- oder Sonntagdienst fielen weg.
Es ist auch keine Lösung, Personal aus anderen Ländern einzufliegen, die kommen, weil hier besser bezahlt wird als in ihren Heimatländern. Dort fehlt dann das Krankenhauspersonal.
Pflegeroboter kosten sicher sehr viel Geld. Zum Heben schwerer Patienten wären sie sicher hilfreich, aber ansonsten sollte man das Geld lieber für das Pflegepersonal ausgeben.
Oda denkt an ihre Mutter, als sie im Altersheim war. Sie hätte sicher keinen Roboter zum Umarmen haben wollen, zum Stützen schon. Zu Hause fiel sie ja öfter um, kam allein nicht wieder hoch. Da wäre ein Roboter gut gewesen. Aber wer soll denn für so viele Menschen Roboter bezahlen? Das würde die Krankenkasse nicht tun. Es wäre nur etwas für Reiche.

09.07.2020. Im „Der Tagesspiegel“ steht, dass Pflegekräfte von Covid-19 am stärksten betroffen waren. „Demnach fehlten in den Lockdown-Monaten von März bis Mai 1.283 von 100.000 Beschäftigten der Altenpflege, coronabedingt an ihrem Arbeitsplatz.“ „… Altenpflegekräfte mussten auch häufiger in Krankenhäuser wegen Covid-19. Von 100.000 Arbeitnehmern wurden 157 Personen mit dieser Diagnose in einer Klinik behandelt. Übertroffen wird dies nur noch durch Beschäftigte in der Fleischverarbeitung, sie kamen auf 173 Einlieferungen.“
„Der Bericht zeigt katastrophale Lage in der Fleischbranche. 1900 Mängel bei Unterkunfts-Check.“…
„Dabei seien fehlende Desinfektionsmittel und Überbelegungen festgestellt worden, aber auch Schimmelbefall, Einsturzgefahren, undichte Dächer,

katastrophale Sanitätseinrichtungen, Ungezieferbefall und Brandschutzmängel."
Oda liest mit Interesse den Artikel „Einsteins ‚glücklichster Gedanke'".
„…Ist die Anziehungskraft der Erde 400 Kilometer über der Oberfläche schon völlig verschwunden?
Zum Glück nicht. Denn sonst würden sich die Astronauten samt Raumstation schnell von der Erde entfernen. Die Gravitation der Erde hat sowohl die Raumstation als auch die Raumfahrer in ihr mit fast voller Stärke im Griff"… Trotzdem schweben die Astronauten in ihrem Raumschiff.
Die Relativitätstheorie von Einstein wird ständig in der Forschung überprüft. „‚Das zeigt klar und deutlich, dass auch Neutronensterne trotz ihrer extremen Gravitationsfelder ebenfalls den Gesetzen der Relativitätstheorie gehorchen', sagte Norbert Wex vom MPI für Radioastronomie"… „Dies sei umso erstaunlicher, wenn man bedenkt, dass Neutronensterne erst 60 Jahre nach Einsteins glücklichstem Gedanken entdeckt wurden."

Die Schreiberin liest im „Tagesspiegel": „Massive Corona-Einbußen: Buchbranche blickt nach vorne." „Aufgrund der Pandemie mussten in nahezu allen Bundesländern, mit Ausnahme von Berlin und Sachsen-Anhalt, die Buchläden zwischen dem 23. März und dem 19. April schließen."
Die Schreiberin ist froh, in Berlin zu wohnen. So konnte sie immer zu ihrem Buchladen gehen.

Oda hört einen Vortrag: „Wirtschaftskrisen – Geschichte und Gegenwart".
Der Vortragende sagt, dass es schon immer Wirtschaftskrisen gab und Konjunkturschwankungen, nur dass sie früher von äußeren Umständen abhingen, Kriege, Seuchen, schlechte Ernten.
Karl Marx hatte sich geirrt, als er prognostizierte, dass der Kapitalismus zusammenbrechen würde, denn er rechnete nicht mit dem innovativen Element, das durch Spekulationen dazu kommt. Spekulationen sind heute verrufen. Der Vortragende bricht eine Lanze dafür. Wenn man nicht das Risiko auf sich nimmt, zu spekulieren, wie es in Zukunft sein wird, kein Geld für die Zukunft investiert, dann gibt es eine Abwärtsblase. Natürlich wird

teilweise auch übertrieben spekuliert, dann platzt die Blase, aber das weiß man immer nur im Nachhinein.

Die Bundesregierung pumpt im Augenblick Milliarden Euro in die Wirtschaft, um sie anzukurbeln, da sie durch die Corona-Krise eingebrochen ist. Dadurch wächst aber die Staatsverschuldung. Wenn sich die Wirtschaft erholt, können auch wieder Schulden bezahlt werden, so hofft die Regierung. Deutschland hatte 2019 schon eine Abschwung-Phase, dann kam Corona dazu.

In der Geschichte gab es immer wieder Krisen, so im 17. Jahrhundert in Holland wegen der Tulpen einen Staatsbankrott. Die letzte Hungerkrise war in Irland 1840, als die Kartoffelkrankheit ein Drittel der Bevölkerung auslöschte.

Alle 6 - 10 Jahre gibt es eine Wirtschaftskrise. Das ist in der modernen Zeit so. 1848 herrschte in der vormodernen Zeit großes soziales Elend. Es kommt immer darauf an, wie die Betroffenen damit umgehen, ob sie sich wehren, wie die Politik reagiert. Früher sprach man vom Selbstreinigungsprozess der Wirtschaft.

Die Wirtschaftswissenschaftler sind teilweise verschiedener Meinung, ob der Staat eingreifen sollte oder nicht. Anderseits sind sich alle einig, dass im Augenblick es richtig war, dass die Regierung so viel Geld in die Wirtschaft pumpt.

Gibt es eine andere Möglichkeit, jetzt zu handeln? Ja. Nach dem 2. Weltkrieg hat Nordamerika eine schleichende Entschuldung bewerkstelligt. Das wäre für uns günstiger.

Ohne Corona hatten wir schon genügend Krisen: der Brexit, die Konkurrenz zwischen Amerika und China im Welthandel, die Migration, der Krieg im Nahen Osten. Dann kam Corona dazu. Die Lieferketten wurden unterbrochen. Wir merkten, wie wir abhängig sind vom Welthandel, besonders bei Medikamenten, die aus China und Indien kommen, weil sie dort billiger hergestellt werden. Sollte man nun auf die Globalisierung verzichten? Nein, sagt der Dozent.

33.Kapitel

Besteht nicht die Gefahr der Inflation? Nein, im Augenblick noch nicht. Nach dem 1. und 2. Weltkrieg wurden die Schulden gestrichen, es gab eine Währungsreform, die Sparer verloren ihr Geld, verlangten Kompensation. Oda erinnert sich, wie ihre Mutter erzählte, dass alles, was sie gespart hatte, weg war. Einen Ausgleich gab es nicht. Das Problem bei den Wirtschaftswissenschaften ist, dass sie eine Prognose erst stellen können, wenn sie eine Analyse gemacht haben. Wir sind aber in der Corona-Krise mittendrin. Das kann man jetzt noch nicht machen. Die Energiepreise sind in Deutschland höher als woanders. Vielleicht sollte man sie senken.
Die Ökologie bringt zusätzliche Kosten. Das ist in der Krise nicht zu bewältigen. Die Windkraft bringt nicht so viel Energie wie nötig und nur, wenn der Wind weht. Es muss Energie gespeichert werden. Der ökologische Wandel ist also ein zusätzlicher Kostenfaktor.

10.07.2020: Oda war gestern bei ihrer praktischen Ärztin. Hinter ihr standen vier Patienten an. Eine schrie eine andere, die keine Maske trug, an: „Das ist strafbar, setzen Sie eine Maske auf!"
Oda erinnert sich an das letzte Mal, als sie bei dieser Ärztin war. Sie sah ebenfalls eine Patientin ohne Maske und sprach sie deshalb an. Die Sprechstundenhilfe führte diese Frau weg, ohne zu antworten.
Gestern sah Oda einen Zettel an den Tresen hängen. „Wer aus gesundheitlichen Gründen keine Maske tragen kann, dem stellen wir für 17,- € ein Attest aus."
Jonas erklärt, dass gestern in der Zeitung gestanden habe, es wäre verboten, solche Atteste auszustellen.
Im „Tagesspiegel" heute steht: „Ein Heilkraut gegen Covid-19?"
Peter H. Seeberger, Chemiker und Direktor des Max-Planck-Institutes für Kolloid- und Grenzflächenforschung in Potsdam.
Beifuß dient seit 2000 Jahren als Heilpflanze gegen fiebrige Erkrankung und wird seit den 60er Jahren als Medikament gegen Malaria eingesetzt.

„Damals verloren die mit China verbündeten Nordvietnamesen, die gegen Südvietnamesen und die US-Amerikaner kämpften, viele Soldaten durch Malaria. Sie baten China um Hilfe und der große Führer Mao Tse-tung gab daraufhin den Befehl an die Wissenschaftler, neue Medikamente zu finden. Tatsächlich gelang es Anfang der 70er Jahre der Arzneimittelforscherin Youyou T, die 2015 dafür den Nobelpreis erhielt, mit einem Team von mehreren hundert Mitarbeitern aus dem einjährigen Beifuß eine Substanz zu extrahieren, die Arteminsinin genannt wurde."
Was hat nun Malaria mit Covid-19 zu tun?
„Bereits 2005 hatten chinesische Forscher berichtet, dass Artemisinin-Extrakte nicht nur gegen Malaria und Wurminfektionen wirken, sondern auch gegen das Virus SARS-Co V-1. Und das ist ja mit SARS-Co V-2, das Covid-19 verursacht, eng verwandt."
„Die Extrakte zeigten zu unserer eigenen Überraschung eine gute Wirkung, das heißt, sie hinderten das Wachstum des Covid-19-Virus deutlich."
„Gesteinsmehl soll Treibhausgas einfangen." „Der Ausstoß an Treibhausgasen ist hoch, auch während der Coronakrise." „...Man könnte die chemischen Reaktionen gezielt einsetzen, die das Treibhausgas Kohlendioxid aus der Luft aufnehmen, indem Gestein zerkleinert und auf landwirtschaftliche Nutzflächen ausgebracht wird."
Den natürlichen Prozess der Verwitterung von Stein könnte man durch das Mahlen von Basalt künstlich herstellen, müsste aber etwas Wasser hinzufügen, damit der Staub nicht wegfliegt.
„Man weiß noch nicht, in welchem Umfang dies wirklich machbar ist und zu welchen Kosten." „Nachteilig ist aus Streflers Sicht, dass enorme Mengen Gestein vonnöten wären, um einen nennenswerten Effekt zu erzielen."
„Neben dem Festland bietet sich auch das Meer für Klimaschutz per Gesteinsverwitterung an. Im Projekt Vesta beispielsweise wollen Forscher das vulkanische Mineral Olivin an Küsten schütten." „...Ob das wirklich funktioniert, wie erhofft und ob es schädliche Auswirkungen auf die Umwelt hat, wollen die Mitarbeiter alsbald an einem Strand in der Karibik testen – vorausgesetzt sie bekommen 1,5 Millionen Dollar über eine Crowdfunding-Kampagne zusammen. Es sieht gar nicht schlecht aus: Ein Viertel davon haben sie bereits."

Oda erhält eine E-Mail von Campact. Es geht um das Gesetz zum Kohleausstieg. Christoph Bautz, Vorstand von Campact, schreibt darüber:
2038 sollen erst die Kohlenmeiler bei uns abgeschaltet werden. Dies wird nicht ausreichen, um die Erderhitzung unter der kritischen 1,5-Grad-Schwelle zu halten.
Die Kohle-Konzerne bekommen mehr als vier Milliarden Euro für den Ausstieg.
„Dörfer im Rheinland sollen weiter für Braunkohle abgebaggert und Menschen zwangsweise umgesiedelt werden."
Stattdessen wird gefordert, die erneuerbaren Energien massiv auszubauen.
Die Kohlekraftwerke stoßen Quecksilber, Stickoxide und Feinstaub aus. Die EU hat 2017 schärfere Auflagen für Emissionen von Kohlekraftwerken beschlossen. Doch die deutsche Regierung hat sie bisher nicht in nationales Recht überführt!
Jonas und Oda gehen ins Kino, endlich wieder! Das letzte Mal waren sie vor Corona im Kino. Maske auf! Dann desinfiziert man sich die Hände. Man muss seinen Namen und Adresse oder E-Mail in eine Liste eintragen und den Zettel in eine Box werfen.
Am Platz darf man dann die Gesichtsmaske abnehmen. Sie sind die einzigen im Kino. Oda und Jonas sehen den Film: „Die größere Welt". Der Film handelt von einer Französin, Toningenieurin, deren Mann gestorben ist. Sie ist so davon mitgenommen, dass sie eigentlich gar nicht mehr arbeitsfähig ist. So wird sie in die Mongolei geschickt, um Tonaufnahmen zu machen.
Dabei trifft sie auf eine Schamanin, die ein Ritual durchführt, wobei die Französin in Trance gerät. Die Schamanin sagt zu ihr, dass sie selbst eine Schamanin ist, aber lernen muss, mit dieser Gabe umzugehen. Sie sollte dortbleiben, um Schülerin von ihr zu werden. Das will die Französin nicht und kehrt nach Paris zurück. Dort glaubt man ihr nicht. Sie hat die Hoffnung, ihrem verstorbenen Mann in Trance zu begegnen und kehrt in die Mongolei zurück. Dort wird sie Schülerin der Schamanin. Nach der Einweihung geht sie zu einem Fluss, ertrinkt fast und sieht endlich auf ihren verstorbenen Mann. Ein Mongole holt sie aus dem Wasser.
Die Französin kehrt nach Frankreich zurück und stellt sich der Wissenschaft zu Verfügung.

Dieser Film beruht auf einer wahren Geschichte.
Oda hat auch außersinnliche Kräfte, aber sie würde sich nie der Wissenschaft zur Verfügung stellen. Sie muss niemanden und auch nicht sich selbst beweisen, dass es so ist.

11.07.2020: „Der Tagesspiegel“:
„Tönnies hat die Exportlizenz für China verloren“. Aber auch Westfleisch in Coesfeld.
„Die Dokumentarfilmerin Yulia Lokshina hat Arbeiter in Schlachtbetrieben begleitet.“
Im zweiten Handlungsstrang des Films begleitet sie eine Theaterklasse eines Münchener Gymnasiums bei den Proben zu „Die heilige Johanna der Schlachthöfe.“ „Wie aktuell ist diese beinahe 100 Jahre alte Kapitalismuskritik?“
„Bei Brecht geht es auch um den Glauben, dadurch verschieben sich bestimmte Inhalte. Aber der Glaube an eine Belohnung, die in der Zukunft auf uns wartet, ist bis heute erhalten geblieben. Nur hat das mit Religion, die Brecht damals kritisierte, nichts mehr zu tun, eher mit ökonomischem Aufstieg.“
Oda weiß, dass Brecht „Der Dschungel“ von Upton Sinclair kannte, in denen die schlimmen Arbeitsverhältnisse in den Schlachthöfen in Chicago geschildert werden.
Sie liest gerade das Buch. „In seinen besten Jahren arbeitete er in einer Baumwollfabrik, aber dann bekam er Husten und musste aufhören, draußen auf dem Land war er gesund, aber jetzt arbeitet er bei Durham im Pökelraum, und da er dort den ganzen Tag kalte, feuchte Luft atmet, ist das Leiden wiedergekommen.“
„Kommt einer von ihnen auch nur eine Minute zu spät, wird ihm eine Stunde Lohn abgezogen, und kommt er mehrere Minuten zu spät, wird er wahrscheinlich seine Messingmarke zur Wand verkehrt vorfinden. Das bedeutet. Er ist entlassen.“
Oda hört einen Vortrag „Lunargender – über geschlechtlich codierte Mond-Diskussion“.

Frauen werden seit alters her, auch in anderen Kulturen, wie in China, wo es eine Mondgöttin gibt, mit dem Mond verglichen. Der Mond wäre weiblich. Frauen wären wankelmütig, unbeständig, untreu wie der Mond. Sie hätten kein eigenes Licht, da die Sonne sie bestrahle. Die Sonne wäre männlich. Angeblich hätten die Mondphasen Einfluss auf die Fruchtbarkeit der Frau. Der Anteil der Astronautinnen beträgt nur 10 %. Dabei haben die Rocket-Girls seit den 1940er Jahren durch ihr Mathematik-Genie die Voraussetzungen dafür geschaffen, dass Männer ins All fliegen konnten. So haben sie zum Beispiel die Flugbahnen und den Windwiderstand berechnet.
Frauen wären angeblich nicht in der Lage, ins All zu fliegen. Es bildete sich ein Frauen-Projekt von Astronautinnen, die die Tests, ob sie geeignet sind, zum Teil besser bestanden als Männer.
2024 soll es eine neue Mond-Mission von der NASA geben, bei der zwei Astronautinnen mitfliegen werden. Vielleicht wird sogar eine davon als erste den Mond betreten.
In der Sowjetunion ist das anders. Da gibt es schon länger Astronautinnen, die auch mit der Sojus fliegen.
Zurück zur Geschichte: Angeblich würden Hexen bei Vollmond den Hexensabbat feiern. Frauen wären gefährlich, hätten Zauberkraft. Mit abnehmendem Mond würden ihre Kräfte nachlassen.
Wieso hat der Mond im Deutschen einen männlichen Artikel, aber im Französischen und Spanischen einen weiblichen?
Isis, die ägyptische Mondgöttin, wurde in der römischen Zeit sogar androgyn dargestellt.
Heute identifizieren sich einige Frauen mit dem Mond, kaufen Mondkalender und lesen Bücher, die den angeblichen Einfluss des Mondes auf Frauen belegen sollen. Schon Aristoteles verband mit Mond und Frauen das Negative, das Minderbewertete, das Unnormale, die Fehlproduktion. Vermeintlich entspräche die Frau der Natur, der Mann der Wissenschaft. Francis Baken meinte 1602/03 in einem Buch, die Natur soll zur Sklavin des Menschen gemacht werden. Und da die Frau Natur wäre, entspricht dies der männlichen Vorstellung. Die Hexenverfolgung kostete 9 Millionen Menschen das Leben. 80 % davon waren Frauen.

Simone de Beauvoir weist in ihrem Buch „Das andere Geschlecht" darauf hin, dass die Frau aus ihrer jahrtausendalten Abhängigkeit von männlicher Vorherrschaft, der übermächtigen Tradition von Schwächegefühlen sich befreien muss.
Oda hat dieses Buch und „Die Mandarins von Paris" gelesen.
Jonas hatte in seinem Gasthörer-Studium Julia Butler, die hier im Zusammenhang zitiert wird. Es geht um Machtstrukturen.
Die angebliche Verbindung zwischen Mond und Frau hat sich nicht nur in der Mythologie eingeschrieben, sondern auch in der Astrologie und Tiefenpsychologie. Angeblich sind Frauen häuslich, empfindsamer. Bei den Babyloniern wurde Hektate, die Mondgöttin, auf einer Barke dargestellt, also einer Mondsichel.
Im Neuen Testament finden wir bei der Johannisoffenbarung die Mondsichel zur Heiligen Maria.
Die Frau wurde als Bedrohung des Patriarchats angesehen. Bei der Hexenverfolgung waren besonders Witwen und alte Frauen betroffen. Die letzte „Hexe", die verbrannt wurde, lebte in der Schweiz und zeigte ihre Vergewaltigung an. Da wurde der „Spieß" umgedreht und ihr die Schuld gegeben.
Als Trump im Februar 2017 Präsident von Amerika wurde, versuchte eine „Hexengruppe", moderne Frauen, die sich in positiver Weise Hexen nennen, ein Amtsenthebungsverfahren auf magische Weise an Trump zu vollziehen. Diese Gruppe hat 3.000 Mitglieder, hauptsächlich Frauen.
Sie belegte die Wallstreet mit einem Fluch.
Interessant ist das Beispiel, als eine Apollo-Rakete mit einer Sojus-Rakete zusammengekoppelt werden sollte, um in der Zeit des „Kalten Krieges" eine Versöhnung darzustellen. Weder die Russen noch die Amerikaner wollten den weiblichen Teil der Passivität übernehmen, dass bei ihnen „angedockt" wird.
Zuletzt einigte man sich auf ein neutrales Verfahren, wo beide Modelle aktiv und passiv waren.
Angeblich soll bei der ersten Mondladung 1969 ein Mondmuseum auf den Mond gebracht worden sein mit Abbildungen von Männern, die zuerst den Mond betraten.

12.07.2020: Im „Tagesspiegel“ steht, dass das Oberste Verwaltungsgericht der Türkei die Umwandlung der Hagia Sophia in eine Moschee gestattet hat.

Oda kennt die Hagia Sophia durch verschiedene Besuche. Auch damals war schon die Rede davon, dass dieses Museum, ehemals christliche Kirche, in eine Moschee umgewandelt werden sollte. Im Innenraum hingen moslemische Tafeln.

Jetzt wiederholt sich, was 1453 schon einmal passierte. Mehmed II. eroberte Konstantinopel und verwandelte die Staatskirche der Byzantiner in eine Moschee.

Atatürk erklärte die Hagia Sophia 1934 als Museum, um sie für alle Gläubige offen zu halten.

„Die UNESCO, die die Hagia Sophia zum Weltkulturerbe erklärt hat, wird protestieren.“

„Erdogans Populismus wird sie auch noch überstehen.“

Oda hört einen Vortrag zum Datenschutz und Corona.

Es gibt eine Verordnung, dass Gastwirte zum Beispiel verpflichtet sind, eine Anwesenheitsliste ihrer Gäste mit Ankunftszeit und Verweildauer zu führen, um im Corona-Fall Infizierte durch Gesundheitsämter nachvollziehbar zu machen. Anfangs haben Restaurantbesitzer große Listen herumgereicht, die zum Teil von Gästen fotografiert wurden. Das entspricht natürlich nicht dem Datenschutz. Dies wurde untersagt. Oda hat im Kino erlebt, dass sie einen einzelnen Zettel ausfüllen musste. Nach vier Wochen müssen die Daten vernichtet werden.

Polizisten wollten von den Gesundheitsämtern eine Liste von Infizierten, damit sie bei Einsätzen sich besser schützen könnten. Teilweise kamen Gesundheitsämter dieser Bitte nach, was ein schwerer Fehler war. Polizisten haben aber das Recht, wenn sie von einem Bürger angegriffen wurden, beim Gesundheitsamt nachzufragen, ob diese Person Corona hat.

Der Arbeitgeber könnte auch ein Interesse daran haben, zu erfahren, ob ein Angestellter Corona hat oder nicht. Aber der Angestellte ist nicht verpflichtet, darüber Auskunft zu geben. Im Rahmen seiner Fürsorgepflicht ist der Arbeitgeber angehalten, seine Beschäftigten über Corona aufzuklären, ihnen Unterstützung anzubieten zum Beispiel durch einen Betriebsarzt.

Dies muss aber freiwillig erfolgen. Wenn der Arbeitgeber den berechtigten Verdacht hat, dass sein Angestellter an Corona leidet, kann er das Gesundheitsamt um Hilfe bitten.
Der nächste Bereich ist die Schule. Die Lehrer haben in der Corona-Zeit, aber jetzt sind Ferien, festgestellt, dass nicht alle Schüler durch digitale Medien erreichbar sind. Sie griffen dann auf eine Videokonferenz durch die amerikanische Firma Sub zurück, aber das ging schief, weil sie die versammelten Schüler im Warteraum nicht alle überprüften und so sich welche einschlichen, die nicht dazu gehörten. Außerdem sandte die Firma pornografische Werbung in der Zwischenzeit. Die Lehrer meldeten dies den Datenschützern, die nun mit der Firma verhandeln.
Dann gibt es seit Juni die Corona-App. Wichtig ist, dass sie nur freiwillig auf das Smart-Phone geladen werden darf. Sie soll Kontaktpersonen ausfindig machen für den Fall, dass jemand an Corona erkrankte.
Bisher ist noch kein Fall bekannt geworden, wo dies passierte.

13.07.2020: Im „Tagesspiegel" erscheint ein Artikel über den Frauenanteil in politischen Parteien. „Die CDU plant eine Quote für weibliche Mitglieder in allen Funktionen …"
„1979 beschlossen die Grünen eine 50-Prozent-Frauenquote. 1988 beschloss die SPD eine 40-prozentige Frauenquote."
Die Schreiberin erinnert sich, wie sie 1988 mit Christiane Binder Gaspar eine Frauenquote im Verband der Deutschen Schriftstellerinnen und Schriftsteller für den Vorstand durchsetzen wollte. Sie scheiterte.
Die Aussage der FDP-Abgeordnete Katrin Heling-Plahr erinnert sie an eine ähnliche Erfahrung. Sie sagte: „‚Ich stehe hier, um 12 Uhr nachts, spreche zu Ihrem Antrag, und hoffe, dass mein knapp zweijähriger Sohn noch nicht wieder wachgeworden ist und nach seiner Mutter fragt.' Das wirft Fragen auf: Warum wird diese Debatte zur Geisterstunde angesetzt?" Es ging dabei um den 20. Tagesordnungspunkt „Verfassungsauftrag zur Gleichstellung erfüllen – Frauenanteil im deutschen Bundestag erhöhen".

1985 brachte die Schreiberin ebenfalls einen Punkt in eine Mitgliederversammlung des Verbandes Deutscher Schriftsteller und Schriftstellerinnen ein: „Schaffung von

*Stellen für Schriftsteller*innen zu Kulturarbeiter". Um 24 Uhr kam sie dran. Natürlich wurde nichts aus ihrem Antrag. Sie wusste nicht, wie sie nun nach Hause kommen sollte, wo ihre Kinder allein warteten. Busse fuhren nicht mehr. Der VS-Vorstand gab ihr Geld für ein Taxi! Strecke von Schöneberg Dudenstraße nach Lichtenrade. Es war für die Schreiberin nicht nur das Problem des Geldes. Sie war damals Studentin. Sie hatte auch Angst, nachts allein unterwegs zu sein.*

34.Kapitel

Oda liest den „Tagesspiegel“: „Der Himmel voller Trümmer.“
„Unfallgefahr. Satelliten und Trümmerteile kreisen mit hohen Geschwindigkeiten um die Erde und gefährden neue Missionen. Im vergangenen Jahr stießen sogar beinahe zwei aktive Satelliten zusammen.“
„Bisher kommen die meisten Daten aus den USA, doch in diesem Katalog sind aus taktischen Gründen US-Satelliten meist nicht zu finden.“
Es ist also wichtig, eigene Himmelsbeobachtung zu machen und unabhängig von den Amerikanern zu werden.
Eigentlich müsste es doch normal sein, dass der, der den Müll im All fabriziert, ihn auch beseitigt. Leider ist dies nicht der Fall. Jetzt überlegt man, ob man für die Benutzung des Orbits eine Gebühr nimmt und damit den Schrott beseitigt. „2025 soll die Mission starten und den Weg für Technologieentwicklung in diesem Feld vorbereiten.“ Dabei geht es um die Schweizer Start-ups „ClearSpace“.

Die Schreiberin hat „Der Dschungel“ von Upton Sinclair gelesen. Zuerst litt sie mit Jurgis Rudkus und seiner Familie mit, verglich die Zustände in den Schlachtbetrieben mit den heutigen. Natürlich ist es in der Gegenwart jetzt besser, trotz allen schlimmen Enthüllungen. Aber das heißt nicht, dass der Roman nicht mehr aktuell wäre. Aber die Antwort darauf, der Sozialismus? Das wäre ja schon, wenn er alle Probleme lösen würde! Wir haben ja gesehen, dass in der DDR, der Sowjetunion und China es auch Korruption, Ausbeutung und Ungerechtigkeiten gab und gibt.
Interessant ist die Vorstellung, wie im Sozialismus die Herstellungskosten für ein Buch sein sollen. „Es sind offensichtlich die Kosten für Papier, Druck und Binden des Buches – etwa ein Fünftel der gegenwärtigen Kosten.“
„Und wo bleibt der Autor?“
„... Goethe hat einmal gesagt, jedes Bonmot von ihm habe einen Beutel voll Gold gekostet.“

Wichtig ist, dass Sinclair durch sein Buch die Zustände in den Schlachthöfen veränderte. Die Amerikaner regten sich auf über die unhygienischen Zustände dort. Aber auch die Löhne wurden erhöht.

Oda hört einen Vortrag „Kapitalismus in der Science-Fiction. Kapitalismusfantasien" unter dem Titel: „Selling the Moon. Die Erfindung der Mondlandung in Futurologie und Science-Fiction."
1969 betrat Neil Armstrong als erster Mensch den Mond.
1949 schrieb der Schriftsteller Robert Heinlein das Buch „Der Mann, der den Mond verkaufte". Es erschein 1951, weil er erst den Film darüber abwarten musste.
Bereits 1962 wurde durch John F. Kennedy die Festlegung auf eine bemannte Mondlandung in einer Rede proklamiert. Fünf Jahre davor umkreiste die sowjetische Raumfähre die Erde. Es ging um das Wettrennen der Weltmächte, die sich ihre technologische Überlegenheit beweisen wollten. Aber es war auch ein Kampf der Ideologien. Welches System, der Kommunismus oder der Kapitalismus, wäre in der Weltraumerforschung das erfolgreichere? Nikita Chruschtschow sagte: „Juri Gagarin war im Weltraum. Er hat keinen Gott gesehen."
Im Buch „Mondfahrt" von Rosata, 2. Jahrhundert nach Christus, wurde schon die Möglichkeit einer Mondlandung beschrieben.
Heinlein hat in seiner Erzählung „Requiem" davor einen alten Mann beschrieben, der zum Mond fliegt, um dort zu sterben. Er wollte sich den Wunsch erfüllen, noch einmal auf dem Mond zu sein.
Diese Erzählung wird weiterentwickelt in „Der Mann, der den Mond verkaufte."
Heinlein ist Ingenieur. Er hört nicht gern, dass seine Bücher Science-Fiction wären. Er unterscheidet zwischen hard Science-Fiction und anderen Erzählungen und bezeichnet sein Schreiben als Specular-Fiction. Es geht ihm darum, was wissenschaftlich vorstellbar ist. Während seine Erzählung „Requiem" noch romantisch ist, ist das Buch „Der Mann, der den Mond verkaufte" anders. Es geht um einen alten Mann, der in 20.000 Jahren im Rückblick erzählt, was er in dieser Zeit erlebte, denn er hat die Erfindung gemacht, dass immer Menschen, die in ihrer Elterngeneration sehr alt wurden,

sich paaren, um genetisch lang lebende Menschen zu züchten. Diese werden von denen, die kürzer leben, verfolgt, denn sie kennen nicht das Geheimnis. Dabei kann es natürlich gar nicht sein, dass der alte Mann aus der ersten Generation der älteren Menschen stammt, wenn es ein Projekt ist, dass erst über lange Zeiträume hin wirksam ist. Heinlein weiß dies und hat es später auch zugegeben.

Heinlein geht es um die Möglichkeit, was könnte in der Zukunft kommen. Aber es ist auch seine persönliche Überzeugung. Er will immer Erfolg haben. Heinlein war bei der Navi beschäftigt und hatte immer Angst, dass er gekündigt wird. Später las keiner mehr seine Bücher. Er war darüber verzweifelt.

„For as living" schildert einen Ingenieur, der eine Maschine entwickelt, die das Sterbedatum eines jeden Versicherten ausrechnen kann, wodurch die Versicherungsfirma, die dies geheim hält, profitiert.

Heinlein hat nicht so das Interesse daran, die technischen Abläufe einer Raumfahrt in der Zukunft zu schildern, als eher die wirtschaftlichen Voraussetzungen dafür.

Auch John F. Kennedy spricht in seiner Rede von den enormen Kosten, die eine Landung auf dem Mond durch einen Astronauten verursachen wird. Er verbindet es mit dem ökonomischen Erfolg, den die Landung auf dem Mond bringen wird.

In einem weiteren Buch schildert Heinlein, wie ein Geschäftsmann, der in Konkurrenz zu einer anderen Cola-Firma steht, die Idee hat, sein Werbeplakat für seine Melck-Cola zuerst auf dem Mond anzubringen.

Heinlein steht also zum Kapitalismus. Er will Erfolg für seine Bücher und für sich selbst.

14.07.2020: Der „Tagesspiegel": „Immer mehr Menschen hungern."

Dies ist durch die Corona-Krise geschehen. „Es könnte 83 bis 132 Millionen Menschen zusätzlich geben, die ernste Not leiden." „2019" waren rund 690 Millionen Menschen unterernährt".

Oda erinnert sich, wie ihre Mutter sie bei Tisch aufforderte, alles aufzuessen, da so viele Menschen auf der Erde an Hunger leiden würden. Oda sagte: „Du kannst denen gern meinen Rest zuschicken!"

„Antikörper gesucht." „Wie lange können Corona-Genesene das Virus später bekämpfen? Die Studien sind sich uneins."
„Kein Code für alle Fälle." „Die Ämter können keinen QR-Code erzeugen." Der wäre nötig, um nicht die persönlichen Daten abfragen zu müssen bei der Corona-App. „Im Bezirk Neukölln hatten sich bis zum Montagnachmittag vier Personen nach einer Warnung durch die App beim Gesundheitsamt gemeldet und einen Termin vereinbart. In Charlottenburg-Wilmersdorf waren es bislang nur acht Menschen."
Oda springt von einem Kreidefelsen in die Wolken. Tief unten liegt das blaue Meer des Himmels. Aber sie kommt nicht im Wasser an. Es war eine Illusion. Die Schwerkraft lässt sie in drei Minuten zur Erde sausen. Der Luftwiderstand. Das Rauschen. Glücksgefühle. Wie bei dem Fallschirmsprung, den Oda mal machte. Aber sie will schweben. Will nicht so schnell zurück zur Erde. Die Arme ausbreiten wie in einem Traum. Flügelschlagen.
Sie hört von Gabriel Fauré „Mélodie op. 7: Aprés un rêve" (Bearbeitung für Violoncello und Klavier.) Was Fauré davor wohl träumte?

15.07.2020: Im „Tagesspiegel" steht: „Drohmail-Affäre: Polizeichef tritt zurück." Es geht um das mögliche rechte Netzwerk in der hessischen Polizei, das die Adressen von Politikern und Personen des öffentlichen Lebens in die rechte Szene übermittelte, wie die der Kabarettistin Idil Baydar wegen ihrer kritischen Darstellung der Politik, und dadurch die Todesdrohung ermöglichte.
„Klöckner will Kükentöten verbieten." „Bundeslandwirtschaftsministerin Julia Klöckner (CDU) will das Töten männlicher Küken bis Ende 2021 beenden."
„Da ich bislang nicht erkennen konnte, dass die Branche die bestehenden Alternativen nutzt, um das Kükentöten bis Ende 2021 flächendeckend zu beenden, lege ich ein Gesetz vor."
Männliche Küken werden vergast, weil sich die Aufzucht nicht lohne. Es gibt ein Verfahren, bei dem man im Ei sehen kann, ob es ein männliches Küken werden wird. Dieses Verfahren wurde vom Landwirtschaftsministerium mit Millionenbeträgen gefördert.

„Der Präsident des Zentralverbandes der Geflügelwirtschaft, Friedrich-Otto Ripke, warnte in der ‚Neuen Osnabrücker Zeitung' vor einem Verbot. Dieses ließe sich durch einen Import von Legehennen aus dem Ausland leicht umgehen."

16.07.2020: Im „Tagesspiegel" steht, dass die Weltbevölkerung ab 2064 schrumpfen wird. Das ist komisch für Oda, weil sie dann längst tot ist. Aber für ihre Enkelin ist es erfreulich. Gründe: Die Frauen haben mehr Zugriff zu Verhütungsmittel und ihre Bildung wächst weltweit. In einem anderen Artikel geht es um den Reichtum in Deutschland. „1% besitzen 35 Prozent des Gesamtvermögens, 9 % besitzen 32 Prozent, 90 % besitzen 33 Prozent." Die Reichsten 10% besitzen 60 Prozent des Gesamtvermögens. Angeblich soll eine Vermögenssteuer nicht helfen, die Ungleichheit in Deutschland zu verringern, wie CDU und FDP meinen. „Das Paritätsgesetz, das im vorigen Jahr vom Erfurter Landtag beschlossen wurde, sah einen simplen Mechanismus vor. Auf den Kandidatenlisten, die Parteien zur Wahl aufstellen, mussten die Plätze abwechselnd mit einem Mann und einer Frau besetzt werden. Das ist nun gescheitert. Das Urteil wurde in Weimar verkündet. Die Bestimmung würde die Grundrechte beschränken."
„Schlachten unter Auflagen". „An diesem Freitag um Mitternacht läuft die Verfügung des Landes zur Quarantäne aus."
„Alle Produktionsbeschäftigten werden zweimal wöchentlich am Werkseingang getestet." „In allen Gebäuden auf dem Tönnies-Gelände muss ein medizinischer, dreilagiger Mund-Nasen-Schutz getragen werden." „Die einzelnen Beschäftigten werden durch Vorhänge getrennt." „Schließlich werden die Wohnraumkontrollen verstärkt und die Wohnraumbewirtschaftung mittelfristig eine eigens dafür zu gründende Gesellschaft übernehmen."
Damit wird aber auch nicht mehr Wohnraum für die Arbeiter geschaffen, findet Oda.

35.Kapitel

17.07.2020: Gestern waren Oda und Jonas im Kino und haben: „Berlin Alexanderplatz“ gesehen. Immerhin waren diesmal 11 Leute da.
Oda kennt „Berlin Alexanderplatz“ von Döblin von einem anderen Film her, vom Theater, von früherer Lektüre und zweimaligen späteren Lesens im Studium als Gasthörerin unter verschiedenen Aspekten.
Der neue Film wurde ja sehr gelobt. Oda kann sich dem Lob nicht so ganz anschließen. Das letzte Bild, die Pietà, Franz, ehemals Francis, auf dem Schoß von Mieze, Franz ist nicht nur Opfer, sondern auch Täter, jedenfalls in diesem neuen Film. Diese Szene entspricht der, als Reinhold seinen Kopf auf Miezes Schoß legt.
Die Kreuze, was soll das? Auch sein Trauma durch die Flucht, wo er Ida im Meer von sich stößt, um nicht mit ihr zu ertrinken, ist als Schuldbelastung zu verstehen. Und der Stier, der öfter auftritt? Ein Symbol der Kraft und des Temperamentes, das Francis zügeln lernen muss?
Wunderbar spielt auch Reinhold, wie ein Teufel, eine Schlange, windet er sich, mit hängender Schulter, der Verführer.
Francis ist ein ganz anderer Typ als der deutsche Franz Biberkopf. Er ist aufbrausend, schlägt schnell zu. Die epische Erzählstimme, die teilweise original den Text von Döblin wiedergibt, ist angenehm und im Brecht'schen Sinne gut eingeführt. Aber dieses Schicksalhafte, er wolle gut sein, aber man lässt ihn nicht, stimmt zwar mit Döblin überein, aber Oda hat dazu eine andere Meinung. Natürlich hätte er auch anders handeln können. Das Alternativlos von Frau Merkel gibt es ja in Wirklichkeit gar nicht. Francis hätte den freien Willen des Arbeiters achten müssen, der nicht wollte, dass er ihn rettet.
Der Monolog von Mieze, dass alle Männer eigentlich nur zu ihrer Mutter wollen, indem sie Frauen bumsen, mag ihre Ansicht sein, Oda teilt sie nicht. Ja, es gibt Männer, die einen Mami-Typ suchen, aber manche Männer suchen auch genau das Gegenteil ihrer Mutter. An der Stelle, wo Reinhold zu Mieze sagt, dass er ihr Kind haben will als Preis dafür, dass er in Zukunft Francis in Ruhe lässt, erscheint das Rumpelstilzchen-Motiv.

Interessant war die Stelle, als Francis äußert, er wäre kein Flüchtling. Das hat Oda auch von einer serbischen Schauspielerin gehört, mit der sie sich im Theater einmal unterhielt.
Symbolträchtig, dass Mieze mit dem Hochzeitskleid, das ihr Francis schenkte, zu Reinhold geht.
Das Anbiedern der afrikanischen Hure an Francis: „Du bist etwas Besonders", wirkte auf Oda befremdlich, aber als sie darüber nachdachte, kam sie darauf, dass Francis, weil er so gut Englisch sprach, doch in Afrika eine gute Bildung bekommen haben muss.
Den Schluss findet Oda kitschig. Er hat von dieser Frau ein Mädchen. Als er aus dem Gefängnis entlassen wird, holt ihn die Afrikanerin mit dem Kind ab. Das Mädchen geht auf Francis zu und lässt sich umarmen. Oda kann sich nicht vorstellen, dass ein vielleicht fünfjähriges Mädchen sich von einem wildfremden Mann anfassen lässt.
Im „Tagesspiegel" steht, dass die Forscher nach dem Patienten Null-Null suchen, also dem, der zuerst Corona gehabt hat.
„Am 22. Dezember 2019 fühlte sich Amirouche Hammar unwohl." Das war in Paris. „Da damals Wuhan mit sechs Direktflügen pro Woche mit Paris verbunden war, liegt die Vermutung nahe, dass ein Reisender aus China das Virus eingeschleppt und entweder direkt oder indirekt über eine Infektionskette an Patient Null übertragen hatte."
Es stellte sich nämlich beim Patienten Null im Nachhinein heraus, der auf Lungenentzündung im Krankenhaus behandelt wurde, dass er Covid-19 gehabt hatte. Er wurde am 29. Dezember entlassen – „zwei Tage bevor die chinesische Regierung von einer neuen Art Lungenentzündung in der Stadt Wuhan berichtete." „Der zwölfte Patient in der Infektionskette wurde in Spanien als Covid-19-Fall erkannt, der 13. Patient in China."
„Zwischen Stufe 1 und Stufe 2 der Infektionskaskade sowie zwischen der dritten und vierten Übertragungsrunde hatte sich das Virus verändert: eine Punktmutation im Genom."
„Zwischen dem 23. Januar und dem 14. Februar erkrankten im deutschen Städtchen Stockdorf 16 Personen an Covid-19. Alle waren Mitarbeiter eines Autozulieferers, der auch in China fertigt."

„Alle Proben vom Markt in Wuhan wurden unter polizeilicher Aufsicht wenige Tage nach der Schließung vernichtet."

18.07.2020: Im „Tagesspiegel" steht: „Cyberangriffe auf britische Labore. London bezichtigt russische Geheimdienste der Spionage."
Es geht dabei um den Impfstoff gegen Covid-19.
Warum können nicht alle Wissenschaftler weltweit zusammen forschen und sich austauschen? Weil es um das Geschäft geht. Wer zuerst den Impfstoff hat, der kann das große Geld machen.
Oda hört mit Jonas einen Vortrag. Aufräumen mit Legenden. „Der wahre Sigmund Freud" unter dem Titel: „Freud und die Geschichte der Psychoanalyse. Jenseits der biografischen Illusion."
Freud war strikt dagegen, dass jemand über ihn eine Biografie schreibt. Trotzdem taten dies einige Schriftsteller. Freud war der Meinung, Biografien verfälschten das Leben der Porträtierten.
Die ersten Biografen von Freud näherten sich ihm psychoanalytisch, also über die Traumdeutung, der Selbstanalyse von Freud. Andreas Mayer geht da sozial und historisch heran.
Freud war es später nicht so angenehm, dass er in jungen Jahren Nietzsche verehrte, was er auch schriftlich fixierte, denn er schickte Nietzsche ein Manuskript. Freud war der Meinung, Biografien würden nur Lügen verbreiten. Es ging ihm um Wahrheitsfindung. Diese sei nur durch das Aufdecken des Unbewussten möglich. Den Ödipus-Komplex entwickelte Freud aus seiner Vaterbeziehung, anhand von Selbstbeobachtung und Beobachtung seiner Patienten. Interessant sind die Veränderungen in den verschiedenen Auflagen der „Selbstanalyse". In der 2. Auflage von 1909 wechselt das Plural der 1. Auflage in den Singular. Aus seinen Träumen kann man erkennen, dass Freud sehr ehrgeizig war und Professor werden wollte. Sein Judensein empfand er als Nachteil. Das Ideal war der Feldherr Hannibal.
Es gab viele Biografien über Freud, die voll Verehrung geschrieben sind von seinen Schülern. Fritz Wittels dagegen setzt sich kritisch auseinander in rein biografischer Lesart. Er trat aus der Gesellschaft der Psychoanalyse aus. Er bezeichnete Freud als Kaiser, der keine Kritik vertragen konnte.
Karl Kraus war ein noch schärferer Kritiker von Freud.

Später revidierte Wittels seine Kritik und trat wieder in die Gesellschaft der Psychoanalyse ein, obwohl sein Buch, das die Kritik an Freud formulierte, in den USA sehr erfolgreich war.
Ernest Jones gab in drei Bänden eine Biografie über Freud nach dem 2. Weltkrieg in den USA heraus. Er konnte kein persönliches Zeugnis ablegen. 2011 wurden dann die bisher unveröffentlichten Quellen vom Sigmund-Freud-Archiv in Washington schrittweise freigegeben.
Kurt R. Eissler führte 300 Interviews durch mit Menschen, die Freud gekannt hatten. Der „Kleine Hans", der „Wolfsmann" und weitere Fallgeschichten wurden der Anonymisierung enthoben. Anna Freud, die Tochter von Freud, ließ sich nicht von ihm interviewen.
Hellen Walker hob in ihrer Freud-Biografie, die voll Respekt geschrieben ist, aber auch einen autoritären Charakter von Freud zeigt, ein eher negatives Bild. Er habe sich aus der Politik zurückgezogen und in die Psychoanalyse geflüchtet. Die starke Mutterbindung wird hervorgehoben.
Fromm schildert Freud als gefühlskalt. Seine Gesellschaft der Psychoanalyse habe einen Sekten-Charakter. Schorschke schrieb „Politik und Vatermord" über Freud. Er liefert den historischen Kontext.
Die drei Rom-Träume von Freud werden als Rom-Phobie gedeutet. Es ist problematisch, wenn jemand, der kein Psychoanalytiker ist, die Begriffe aus der Psychoanalyse benutzt. Der „Vatermord", also die Verachtung, die Freud gegenüber seinem Vater fühlt, findet statt anstelle des politischen Königsmordes. Freud verdränge eigene politische Ansichten.
Schorschke deckt Widersprüche in der Psychoanalyse auf.
Freud hatte Goethe und Winkelmann als Ideale neben Hannibal.
Bei anderen Biografen geht es um die Mythen, mit denen sich Freud beschäftigte. Diese zerstören historische Fakten.
2017 erschien „Freud in Cambridge". Die britische Wissenschaftselite las das Buch „Traumdeutung" und meinte, nun in der Lage zu sein, psychoanalytisch zu arbeiten. Es ging um Theorie und Technik. Vorausgegangen war die Hypnose. Freud hat sich in seinen Schriften auch ungeniert anderer Autoren bedient und dies nicht gekennzeichnet.

20.07.2020 liest man im „Tagesspiegel“: „Tönnies gründet neue Tochterfirmen.“ Es ist fraglich, ob sich dadurch die Arbeits- und Wohnbedingung ihrer Arbeiter ändern werden.
„Clemens Tönnies will unterdessen trotz heftiger Kritik nicht darauf verzichten, Lohnkostenerstattung wegen der behördlichen Schließung seines Hauptwerkes geltend zu machen."

21.07.2020: Im „Tagesspiegel“ steht: „Forscher melden erste Test-Erfolge mit Impfstoffen.“ „AstraZeneca präsentierte am Montag Daten eines Tests an mehr als 1000 Freiwilligen. Diese zeigten, dass der Wirkstoff mit der Bezeichnung AZD1222 eine Antwort des Immunsystems hervorrufe und sicher sei, wie der britische Pharmakonzern mitteilte.“ Es geht natürlich um Corona. Haben sie das Heilkraut gefunden?
„Teenager verbreiten Covid-19.“ „Infizierte Kinder und Jugendliche im Alter von 10 - 19 Jahren könnten ihre Haushaltsmitglieder häufiger mit Covid-19 anstecken als Erwachsene.“ …
„Ein Forschungsteam hat mehr als 59.000 Kontakte von 5.706 Covid-19-Patienten analysiert.“ „… Dennoch zeigten die hohen Raten innerhalb von Haushalten, dass die Wiederaufnahme des Schulbetriebs und das Lockern von Infektionsschutzmaßnahmen wissenschaftlich begleitet werden sollten.“
Oda hat eine Enkelin, die gestern 18 Jahre alt geworden ist und somit zu der Gruppe zählt. Zum Glück hatte sie bisher nicht Covid-19.
„Kortison gegen Covid-19.“ „… Beatmete Covid-19-Patienten sterben seltener an Lungenversagen, wenn sie mit dem Entzündungshemmer Dexamethason behandelt werden.“
Jonas und Oda fahren zur Panierstraße 12 in Neukölln zur Jane Doe Bar, weil sie letzten Dienstag im „Tagesspiegel“ gelesen hatten, dass dort jeden Dienstag um 18 Uhr die Wahrsagerin Saboha Tasseography/Kaffeesatz-Lesen mache.
Oda kennt das Kaffeesatzlesen von Hatice, die es mal mit ihr machte und feststellte: „Du wirst viel reisen.“ Na, das war keine Kunst, Oda ist schon immer viel gereist und der Kollegin war bekannt, dass sie das auch in Zukunft machen würde. Es war mehr ein Spaß.

In Izmir wurde ihr auch Kaffeesatzlesen angeboten. Die Kaffeesatzleserin stellte fest, dass sie Schwierigkeiten mit ihren Eltern habe. Ja, das war richtig, aber welche Kinder haben denn das, so 50 % zu 50 % bestimmt. Also auch nicht überzeugend, eher ein Jux.

Oda war auch so zum Kaffeesatzlesen gefahren, um eine Unterhaltung zu haben. Sie glaubt nicht an das Kaffeesatzlesen.

Im Artikel vom „Tagesspiegel“ hieß es, die Wahrsagerin Sahoha, hier saß aber ein türkischer Mann am Tisch, der auf Kunden wartete. Er hatte ein Vollmondgesicht, wenig Haare, um den Hals trug er einen Kristall und ein Amulett, an den Fingern einen Türkis-Ring in Silber gefasst und an der Hand auch einen Ring. Am rechten Handgelenk hatte er viele Armbänder.

Er bat Jonas und Oda draußen auf der Bank zu warten, da er erst Kaffee kochen müsse. Nach einer Weile servierte er in Mocca-Tassen den süßen Kaffee. Sie tranken den Kaffee, die Untertasse wurde auf die Tasse gelegt, dann umgedreht. Nun hieß es warten. Der Wahrsager unterhielt sich mit einer Frau und rauchte dabei eine Zigarette. Oda und Jonas geduldeten sich. Da er gegenüber ein Stück entfernt saß, konnte er sie gut unauffällig beobachten.

Dann nahm er die Tassen auf den Untertellern, trug sie in die Kneipe, breitete eine blaue Tischdecke mit einer bunten Borte aus, stellte sie darauf. Es riecht nach rauchenden Räuberstäbchen; sie sind aber nicht zu sehen. Zwei Käfer, in innigem Sexualakt, schieben sich über das weiße T-Shirt des Wahrsagers.

„Wer will anfangen?“

„Das ist egal.“

Er fragte Jonas nach seinem Vornamen, dann den Vornamen seiner Mutter und nach seinem Alter.

Er hob die Tasse auf und sah hinein. Die Käfer sind am Hals des Wahrsagers angekommen. Oda will schon etwas sagen, dann unterlässt sie es, das könnte stören.

„Ich sehe da ein Ehepaar, eine Person beginnt mit dem Vornamen K., es ist neidisch auf Ihr Leben.“

Oda dachte, das kann sein. Seine Schwester fängt mit dem Vornamen mit K. an.

„Sie wollten eine Reise machen, das geht aber erst im Herbst, oder im nächsten Jahr."
Nun, das ist keine Kunst, so etwas vorauszusagen, in der Coronazeit konnte man keine Reise machen. Es trifft auch zu. Die Käfer sind auf das weiße T-Shirt zurückgekehrt.
„Im Herbst werden Sie Ihre Wohnung/Ihr Haus renovieren oder ausziehen."
Diese Aussage wird auch bei den meisten Kunden zutreffen. Eine Wohnung oder ein Haus ist ja fast immer renovierungsbedürftig. Trifft zu. Aber ausziehen? Nein, wirklich nicht! Es sei denn, der Vermieter kündigt ihnen.
„Sie haben zwei große Pflanzen in Ihrer Wohnung/im Haus. Die sollten sie umstellen." Es trifft zu, aber warum sollten sie sie umstellen?
„Sie haben ein, zwei Menschen in Ihrem Bekannten/Verwandtenkreis, die ihre Fehler einsehen werden. Es wird zu einer Aussöhnung kommen."
Das trifft zu. Jonas hat fast keinen Kontakt zu seinen Brüdern. Ob es zu einer Aussöhnung kommen wird, weiß Jonas nicht.
„Sie haben ein großes Wissen, eine große Verbindung zu Griechenland. Das hat Ihnen viel gegeben. Ich sehe da das Meer, Geröll, Felsen, ein Dreieck."
Oda nickt. Das stimmt. Es ist überraschend. Das konnte er nicht wissen.
„Sie haben viel Wissen, dass Sie an andere weitergeben wollen. Sie wissen aber nicht wie."
Oda ist überrascht. Jonas sagt ihr später, dass er das nicht gedacht hat.
„Sie werden Ende des Jahres eine größere Summe Geld erhalten. Sie werden etwas unterschreiben."
Das ist ja nun völlig unwahrscheinlich. Wer sollte Jonas Geld geben?
„Haben Sie noch Fragen?"
„Ich kann mir gar nicht vorstellen, was für ein Ehepaar das sein soll, das auf mich neidisch ist."
„Das werden Sie noch herausbekommen."
„Woher sollte ich denn Geld bekommen? Was soll ich denn unterschreiben?" „Das werden Sie schon noch sehen."
„Sie sollten mehr Wasser trinken."
Nun, das ist auch billig. Das sagt man ja allen älteren Menschen.
Der Wahrsager wendet sich nun an Oda.

„Diese Zeit ist Stagnation für Sie. Sie sind ein Gutmensch. Sie sollten nicht zu viel für andere tun. Die anderen glauben ihnen nicht, dass Sie es aus dem Herzen heraus machen. Aber ich weiß, dass es so ist. – Haben Sie viel beruflich mit Menschen zu tun?"
„Ja." Oda denkt, von Stagnation zu sprechen ist in der Coronazeit keine Kunst.
„Sie versuchen, den Streit zwischen Menschen auszugleichen."
Oda nickt.
„Sie sollten mehr auf ihre Intuition hören. – Sind Sie spirituell?"
„Ja, sehr."
„Ich sehe links von Ihnen den Erzengel Michael in blau, auf der anderen Seite steht ein grüner Engel. Sie sollten sie mehr um Rat fragen."
Oda hält nichts von Engeln. Außerdem: warum sollte der Erzengel Michael sich um sie kümmern? Sie, eine kleine unbedeutende Frau!
Was richtig ist, seit dem Gaststudium ist sie mehr wissenschaftlich orientiert. Sie hört nicht mehr so auf ihre Intuition.
„Sie sollten nicht so sehr in der Vergangenheit, sondern mehr in der Gegenwart leben."
Da ist was dran, aber alte Menschen denken doch alle mehr an die Vergangenheit.
„Sie sollten sich eine Wasserpflanze in die Wohnung/in Ihr Haus stellen. – Ich sehe Ihre Schilddrüse, sie steht für das Lebensalter. Sie ist in Ordnung, auch die von Ihrem Mann. Sie werden beide lange leben. Natürlich kann man das nicht immer so sagen. – Spielten Sie ein Instrument?"
„Ja, Flöte, Geige, Klavier und Gitarre."
„Sie sollten wieder mit Geige oder Gitarre anfangen."
Oda denkt, um Gottes willen. Sie hat nicht gern Geige gespielt und auch keine Lust, wieder eine Gitarre in die Hand zu nehmen.
„Ich sehe da eine Frau mit Unterleibs-Beschwerden, sie trägt einen Pferdeschwanz oder Dutt, sie schadet Ihnen."
„Ich kenne keine solche Frau."
„Dann werden Sie sie noch kennenlernen."
Der Wahrsager hebt die Tasse und schaut nun auf den Untersetzer.

„Sie werden im August oder September zwei Nachrichten erhalten, auf die Sie warten."
Das kann nicht sein.
„Sie werden sich ein Haus am Meer mieten oder kaufen. Ich sehe hier Strand und Palmen. Sie werden sich da länger aufhalten."
Oda denkt: Bestimmt nicht. Sie hätte gar kein Geld, um sich ein Haus am Meer zu kaufen oder zu mieten. Oda ist auch kein sesshafter Typ. Sie möchte lieber reisen.
Der Wahrsager zeigt die Innenseiten der Tassen. Der Grund sieht ganz ähnlich aus.
„Ich sehe da eine Person, Sternbild Waage."
„Kenne ich nicht, doch, mein Ex-Mann hat Sternbild Waage."
„Nein, nicht Ihr Ex-Mann: Dann werden Sie die Person noch kennenlernen. – Haben Sie noch Fragen?"
„Nein. – Wie teuer ist das?"
„40,- €."
Oda gibt das Geld.
„Sie haben tatsächlich spirituelle Fähigkeiten", stellt Oda fest.
„Na ja, sonst mache ich das zu Hause. Hier, bei der Atmosphäre ist das nicht so gut."
Jonas und sie gehen über die Straße. Da ist es so schön grün. Man kann die Gittertür öffnen, Stufen führen runter zu einer Gartenkolonie. Sie gehen den Weg runter und wieder zurück. Erinnert an eine Oase. So ein bisschen wild. Ein ausgeweidetes Klavier steht in einem Garten. Eine Frau beschneidet einen Birnenbaum.
Jonas und Oda unterhalten sich. „Gut, das war Herumstochern im Nebel. An unserer Reaktion, der Mimik, hat er ja gesehen, ob er richtig lag oder nicht. Aber das mit Griechenland war ja wirklich erstaunlich."
„Bei dir hat er gar nicht so viel gesagt."
„Ja, ich war nicht so offen. Ich wollte nicht, dass er meine Gedanken liest. Ich wollte ihn testen."

22.07.2020: Im „Tagessiegel" steht: „Es scheint ein Kopf-an Kopf-Rennen, China gegen Großbritannien, das chinesische Biotechnik-Unternehmen

Sivonac gegen das britisch-schwedische Pharmaunternehmen AstraZeneca und die britische Universität Oxford. Es sei ein sicherer Impfstoff gegen das neuartige Coronavirus Sars-CoV-2 gefunden worden, der eine Immunantwort hervorruft."
„Ein dritter Impfstoff, der in Deutschland entwickelt wird, ist fast genauso weit: Das Mainzer Unternehmen BioN-Tech.
Aber kann ein Impfstoff Covid-19 bremsen? Das ist noch ungeklärt. Deutschland hat sich mit Frankreich, Italien und den Niederlanden zur „Inklusiven Impfallianz" zusammengeschlossen. „AstraZeneca verpflichtet sich, 300 Millionen Dosen des Impfstoffes zu liefern. … Laut der Nachrichtenagentur Reuter zahlen die Staaten 750 Millionen Euro."
Wie viele Deutschland davon erhält, ist nicht bekannt.
Zuerst werden wahrscheinlich Ärzte und das Pflegepersonal damit geimpft.
„Darauf zu warten, dass ein ausreichend großer Anteil der Bevölkerung nach einer durchlaufenen Erkrankung immun wird, würde bedeuten, Todesfälle in Kauf zu nehmen. Herdenimmunität ließe sich stattdessen mit Impfprogrammen mit einem wirksamen Vakzin herbeiführen."
Vakzine bringen Teile von Krankheitserregern oder unschädlich gemachte ganze Erreger in den Körper, sodass das Immunsystem sich auf den Angriff des echten Erregers vorbereiten kann.
Der Wind hat beschwingt mit einem breiten Aquarellpinsel Federwolken auf eine blaue Leinwand gemalt. Nein, es muss Deckweiß sein.

23.07.2020: Heute liest Oda im „Tagesspiegel": „Das Mainzer Biopharma-Unternehmen BioNTech und der US-Konzern Pfister sollen Hunderte Millionen Impfstoffdosen gegen Covid-19 in die USA liefern."
Oda wundert sich, warum eine deutsche Firma es nicht für Deutschland herstellen kann. Wir ordern unseren Impfstoff in England.
„Verstöße bei Hygienekontrollen in Brandenburger Schlacht- und Erntebetrieben festgestellt."
„Etwa die Hälfte der 2.355 Mitarbeiter in den kontrollierten Fleischverarbeitungsbetrieben waren Leiharbeiter, meist aus Polen und Rumänien, aber auch aus Litauen, Lettland und Indien. In den inspizierten Erntebetrieben

waren 2.260 Saisonkräfte beschäftigt. Diese Mitarbeiter ohne Werkvertrag würden teils auf Campingplätzen oder in Bungalowsiedlungen, teils auch in Polen oder in Grenznähe zu Brandenburg untergebracht, sagte Pernack. Die Arbeitsstättenverordnung greift in diesen Fällen nicht."
„Beim Wiesenhof-Schlachtbetrieb in Niederlehme gibt es einen weiteren Infektionsfall – und alte Fragen."
„Eichler wird nicht müde, ihre Kritik zu formulieren: Die Tiere würden durch die sogenannte ‚Qualzucht' schreckliche Schmerzen leiden, würden in 28 bis 30 Tagen zur Schlachtreife gedopt und könnten sich kaum auf den Beinen halten."

24.07.2020: Im „Tagesspiegel" steht: „Die deutsche Corona-Warn-App hat nach einem ‚Bild'-Bericht auf Millionen Smartphones mit Android-Betriebssystem wochenlang nur schlecht oder gar nicht funktioniert."
„Das Gesundheitsministerium verwies dem Bericht zufolge auf eine neue Version der App, die am Mittwoch herauskam und das Problem beheben soll."
„Laut einer neuen Studie gilt jedes fünfte Kind in Deutschland als arm, in Berlin sogar jedes vierte."
„Als ‚arm' gelten Kinder, die in Familien leben, die Leistungen nach dem Sozialgesetzbuch zweites Buch – Grundsicherung für Arbeitssuchende (SGB II/Harzt IV) erhalten."
„Um die Situation für die Betroffenen zu verbessern, fordern die Macher der Studie (Bertelsmann-Stiftung) eine Kindergrundsicherung."
„Die Macher der Bertelsmann-Studie weisen darauf hin, dass arme Familien besonders stark von den wirtschaftlichen Folgen der Coronakrise und der damit verbundenen steigenden Arbeitslosigkeit betroffen sind."
„Als eines der ersten Bundesländer hatte Berlin im Zuge der Coronakrise auch 9.500 Tablets besorgt, die über die Klassenlehrerinnen und -lehrer an bedürftige Schülerinnen und Schüler leihweise ausgegeben wurden."
„Per Gesetz gegen die Fleischindustrie: Arbeitsminister Heil legt Entwurf zum Verbot von Werkverträgen und mehr Kontrolle vor."
„Mit der Generalunternehmerhaftung wurde 2017 das ‚Messergeld', mit dem das Werkzeug vom Lohn abgezogen wird, abgeschafft. Nun zahlen

viele ein ‚Matratzengeld' in Sammelunterkünften, wie Uwe Schummer von der Arbeitnehmergruppe der Union sagt." …
„Es wurden Fälle aufgedeckt, in denen Arbeitnehmer 16 Stunden an einem Tag gearbeitet haben. Künftig müssen die Betriebe der Fleischwirtschaft eine elektronische Zeiterfassung installieren."

25.07.2020: Im „Tagesspiegel" steht: „USA werfen Russland Waffentest im All vor." Beginnt nun doch bald „Der Krieg der Sterne"?
„Corona-Infektionen steigen sprunghaft an." … „Sie nahmen von Donnertag auf Freitag um 815 auf insgesamt 204.183 zu, wie aus den Daten des Robert-Koch-Institutes hervorgeht." … „Urlaubsrückkehrer sollen sich künftig kostenlos auf das Coronavirus testen lassen können. Für Heimkehrer aus Risikogebieten würden dazu an den Flughäfen Teststellen eingerichtet, sagte die Berliner Gesundheitssenatorin Dilek Kalayci (SPD) nach Beratungen der Gesundheitsminister am Freitag."
Jonas und Oda haben einige Folgen des Fernsehfilms „Sløborg" gesehen, der vor der Corona-Pandemie gedreht wurde. Dabei geht es um ein tödliches Virus, das überall auf der Erde ausbricht und die Folgen davon. Sehr eindrücklich werden die Veränderungen im Leben der Menschen gezeigt. Ein sehr guter Film! Zum Glück ist es mit Corona bisher noch nicht so weit, aber es könnte noch so kommen oder mit anderen tödlichen Infektionen in der Zukunft. Bis zum Bürgerkrieg!
Aber es gibt auch eine erfreuliche Meldung: „Achtzehn Familien aus Flüchtlingslagern angekommen. Weitere 83 Menschen aus griechischen Flüchtlingslagern sind in Deutschland angekommen. Grünen-Fraktionschefin Katrin Göring-Eckardt betonte, einige Länder und die Zivilgesellschaft seien bereit, mehr Migranten von den griechischen Inseln aufzunehmen als zugesagt."
Oda und Jonas haben neulich bei einer Kabarettistin im Fernsehen Katrin Göring-Eckardt erlebt. Sie kam sehr sympathisch rüber, lobte ihre evangelische Kirche, die ein Flüchtlingsschiff gechartert hat.

26.07.2020: Der „Tagesspiegel" berichtet: „Die zweite Welle ist schon da."

„Steigende Zahl der Corona-Fälle in Deutschland alarmiert die Politik/ WHO meldet weltweiten Rekord neuer Infektionen.“
„Behördenchef fordert Verzicht auf Fleisch. Der Präsident des Umweltbundesamtes, Dirk Messner, fordert die Deutschen auf, ihren Konsum zu überdenken. Jeder Einzelne könne im Kampf gegen den Klimawandel etwas ausrichten.“
„Mehr als 70 Politiker und Prominente haben ‚NSU 2.0‘-Drohmails erhalten.“ „Was wir gerade erleben, hat eine ganz andere Spur von Wahnsinn“, sagt Beck am Telefon. Zuletzt hatte ihn der vegane Kochbuchautor und Verschwörungsgläubiger Attila Hildmann in einem Telegram-Chat mit mehr als 65.000 Nutzern mit dem Tod bedroht. Beck erstattete Anzeige, trotzdem konnte Hildmann seine Äußerungen bei einer Demonstration in Berlin wiederholen: „Wenn ich Reichskanzler wäre, dann würde ich die Todesstrafe für Volker Beck wieder einführen, indem man ihm die Eier zertretet auf einem öffentlichen Platz.“ Das Publikum johlte und jubelte lautstark, die Polizei griff nicht ein.
„Die Fleischwirtschaft hält das von der Bundesregierung geplante Verbot von Werkverträgen und Leiharbeit in ihrer Branche für verfassungswidrig und prognostiziert deutlich steigende Fleischpreise.“
Na und? Dann essen wir eben kein oder nur noch wenig Fleisch!
Oda und Jonas hören den Vortrag „Fake Facts. Wo Verschwörungsmythen herkommen und was wir dagegen tun können.“
„Fake Facts. Wie Verschwörungstheorien unser Denken bestimmen“.
„Wir wissen aus der Forschung, dass Menschen in Situationen, in denen sie keine Kontrolle haben, stärker an Verschwörungstheorien glauben.
- Demnach sind Männer empfänglicher für solche Erzählungen als Frauen.
- Und ein formal niedrigerer Bildungsgrad macht anfälliger dafür als ein höherer.

36.Kapitel

„Keine Rolle (mehr) spielt, ob ich in Ost oder West geboren wurde, wie alt ich bin oder ob ich einen Migrationshintergrund habe."

Die Vortragenden verweisen darauf, dass das Wort „Verschwörungstheoretiker" nicht korrekt ist, wie die Leser schon beim Rezo-Video erfuhren. Es gibt drei Formen: der Verschwörungsmythos, die Verschwörungserzählung und die Verschwörungsmentalität. Erst in der Coronakrise hat der Verschwörungsglaube zugenommen. Davor gab es auch einige, zum Beispiel, wie eine Studie von 2013 belegt, dass die USA die Existenz von Ufos verheimlichen, was jeder 5. in den USA glaubte.

In Deutschland glaubten 2018 35 %, dass die Regierung die Impfschäden verschweige. 2019 meinten 33 %, dass Politiker nur Marionetten seien, die von einer Großmacht gesteuert werden. 5 % glaubten, dass es Aids gar nicht gäbe. Warum glaubten Menschen diese unwahren Sachen?

1. Existenzielle Gründe können zu solchem Irrglauben führen. Man hat das Gefühl, die Kontrolle über sein Leben verloren zu haben.
2. Soziale Motive. Personen wollen sich Gruppen zugehörig fühlen. Sie haben das Bedürfnis der Einmaligkeit.
3. Menschen wollen verstehen. Dinge können doch nicht zufällig geschehen, meinen sie. Sie brauchen eine Erklärung, die ihnen die Verschwörungsmythen liefern.

Das wäre ja alles nicht so schlimm, wenn es nicht Konsequenzen hätte. Schon im Mittelalter glaubte man, dass Juden unter anderem die Brunnen vergiften würden. Dadurch entstanden die Pogrome.

Heute hat der Glaube von 20 % Amerikanern, die Impfschäden würden verschwiegen werden, die Folgen, dass sich immer weniger Menschen impfen lassen zum Beispiel gegen Masern.

37 verschiedene Ansätze gibt es in der alternativen Medizin, denen geglaubt wird. Wenn jemand Krebs hat und eine Chemo-Therapie ablehnt und dafür Qi-Gong macht, wird er sterben.

Katharina Nocun, die publizistisch zu den Themen Bürgerrecht, Technologie und Datenschutz arbeitet, ergänzt das Beispiel: Wenn jemand glaubt, sein Krebs gehe durch Handauflegen weg, dann bedeutet es für ihn den Tod. Menschen, die meinen, dass Politiker Marionetten von anderen wären, dann gehen sie nicht wählen oder wählen die Partei, die ihren Verschwörungsglauben bestätigt. Aber es geht auch um anderes politisches Verhalten. In den USA unterstützen Republikaner eher Verschwörungsglauben. Rechtspopulisten und Rechtsextreme neigen nach, aber auch zum Teil Linke, die mit Esoterikern sympathisieren. Eine Radikalisierung passiert. Dazu gibt es drei Fakten:

1. Man glaubt an eine Verschwörung und fühlt sich gut, weil man die „Wahrheit" kennt. Man ist ein Held und hat ein Feind-Bild.
2. Emotionen entstehen, wenn diese Leute kritisiert werden. Sie glauben, dass das ganze System, die Presse, unterwandert ist. Darum informieren sie sich nicht in der Tagesschau oder in einer Zeitung, sondern in ihren Foren. Diskussionen mit diesen Verschwörungsglauben sind schwierig. Sollte man aber sofort tun.
3. Aus der Ideologie erwächst die Gewaltbereitschaft. Diese wird als Notwehr begriffen.

Es geht nicht um eine Vertrauenskrise gegenüber den Medien, sondern um Polarisierung. 25 % dieser Menschen sind gewaltbereit, 38,5 % der Bevölkerung glauben an Verschwörung. Dabei spielt Antisemitismus und Ausländerhass eine Rolle.

Eine Narration, der 20 % anhängen, besagt, nach einer Studie von 2019, dass die Deutschen durch Ausländer ausgetauscht werden sollen.

Eine Gruppe glaubt, dass die Funkmasten dazu da seien, die Gedanken von Menschen zu kontrollieren. Darum sägen sie die Masten ab.

Zum Verschwörungsglauben gehört auch, dass es Covid-19 gar nicht gibt, das glauben 17 % der Deutschen.

Die Auswirkungen sind, bei den Prepper, einer amerikanischen Gruppe, die sich auf eine Krise vorbereitet, dass sie Einweckgläser im Keller lagert, was belächelt wurde, aber sie horten auch Waffen.

Andere Auswirkungen sind, dass Virologen, Politiker und Prominente Morddrohungen per Shit-Storm gesendet werden, sobald sie zum Beispiel vor Corona warnen.

Was soll man also tun, wenn im Bekannten- oder Freundeskreis plötzlich von Personen wirre Verschwörungstheorien geäußert werden? Man soll sofort etwas dagegen sagen. Miloslaw berichtete, dass er das auch tat, als Gundula, seine Ex-Frau, solche kruden Äußerungen machte. Aber er kam nicht damit durch, zumal sie durch die drei Töchter unterstützt wurde. Er sagte dann auch nichts mehr dagegen, weil er Angst hatte, dass er seine Enkel nicht mehr sehen könnte.

Solange solche Meinungen noch nicht verfestigt sind, hat man die Chance, die Menschen wieder auf realistische Bahnen zu bringen. Schweigen bedeutet Zustimmung. Es beinhaltet die Gefahr, dass andere, die diese Narrative hören, davon „angesteckt" werden.

Es gibt Beratungsstelle, an die man sich bei diesen Fragen Hilfe holen kann. Aber es sind zu wenige, die zudem nur temporär mit Geld ausgestattet wurden. Es muss mehr in die Forschung investiert werden, denn wir verstehen noch längst nicht alles, was Menschen zur Radikalisierung treibt und wie man sie wieder da herausholt. Wir sind von diesen Radikalen bedroht.

27.07.2020: Oda und Jonas hören einen Vortrag zur Zwischenbilanz der Präsidentschaft von Jair Bolsonaro, dem Präsidenten Brasiliens seit dem 1. Januar 2019 unter dem Titel „Brasilien: Die Zerstörung der Demokratie und Jair Bolsonaro."

Er hat das Umweltministerium zerschlagen, die Indigene-Behörde geschwächt und die Pandemie als „kleine Grippe" bezeichnet.

Oda hat schon öfter über ihn berichtet, wie er sich weigerte, trotz Gerichtsanordnung, eine Maske zu tragen, selbst Corona bekam, über die Abholzung des Amazonas und die indigene Bevölkerung. Sie will sich nicht wiederholen. Darum nennt sie jetzt nur neue Fakten: „Die Regierung rief zu Brandrodungen auf, hat viele Pestizide legalisiert und erkannte Indigenen das Recht auf Schutzgebiete ab."

Brasilien verbot die Sklaverei erst 1888. „Es hat mehr Afrikaner verschleppt als die USA." Dadurch ist Rassismus entstanden.

„Bolsonaro hat die Waffengesetze gelockert. 2019 wurden 200.000 Lizenzen für Waffenbesitz vergeben."

Zwei Millionen Einwohner Brasiliens haben sich mit Corona infiziert. Eine reiche Dame, die in Italien Urlaub machte, steckte ihre Hausangestellte an. So begann die Pandemie. 21.000 Tote gibt es bisher. Besonders in den Favelas wütet Covid-19, denn die Bevölkerung ist zu arm, um sich Desinfektionsmittel leisten zu können. Aufrufe der Regierung, zu Hause zu bleiben, können sie nicht befolgen, denn wovon sollen sie sonst leben, wenn sie nicht arbeiten können?
In den sozialen Medien wird Verschwörungsglauben verbreitet und Hass geschürt. Leider gibt es Wissenschaftler, die sich kaufen ließen.
Die Kirche, ob nun die katholische oder die evangelikale, verbreitet, dass die Menschen durch Spenden an sie geheilt werden würden. Corona wäre die Strafe Satans.
Aber es gibt Hoffnung: die arme Bevölkerung organisiert sich, besorgt Schutz im Gegensatz zu den Empfehlungen der Regierung. Bolsonaro zeigt sich trotz Corona lächelnd in der Öffentlichkeit.

28.07.2020: Im „Tagesspiegel“ liest Oda: „Vorläufige Festnahmen im Fall von NSU 2.0-Drohmails“. „… Der Ex-Polizist und seine Frau seien womöglich nicht für alle Drohungen von NSU 2.0 verantwortlich, sagten Sicherheitskreise.“
Auch mal eine lustige Meldung: Ein Fuchs stahl über 100 Schuhe in Zehlendorf. Ein Mann vermisste seinen einen Schuh, den er auf die Terrasse gestellt hatte. Nachbarn erzählten, dass von ihnen auch Schuhe verloren gegangen wären. Hatte sie ein Schuh-Fetischist gestohlen? Ein Mann fotografierte einen Fuchs, der gerade Badelatschen in seiner Schnauze wegschleppte. Der Mann, der einen Schuh vermisste, folgte dem Fuchs durch das Gebüsch eine Stunde lang. Dann fand er sein Lager. Leider war der vermisste Schuh nicht dabei.

29.07.2020: *Gestern erhielt die Schreiberin eine E-Mail vom VS, da der „Vereinigung der Verfolgten des Naziregimes – Bund der Antifaschist*innen“, die Gemeinnützigkeit aberkannt werden soll. Die Schreiberin unterschreibt die Petition für den Erhalt der Gemeinnützigkeit. Der PEN solidarisiert sich mit der ältesten antifaschistischen Organisation.*

Oda liest im „Tagesspiegel“: Vor Christi Geburt wurde Tuberkulose, Diphterie und Cholera in Indien, Afrika, Konstantinopel oder Griechenland behandelt. Man erkannte, „dass Menschen nach dem Durchleben einer Infektionskrankheit vor weiteren Ansteckungen geschützt waren. Der gleiche Effekt trat ein, wenn man Gesunde gezielt mit abgeschwächten Formen des Erregers in Kontakt brachte. Die ältesten überlieferten Berichte dazu sollen aus China stammen. Demnach verrieb man dort bereits 1100 Jahre vor Christus eingetrocknete Pockenkrusten im Mörser und verabreichte den Staub als Schnupfmittel. In vielen Fällen schütze das vor einer Erkrankung.“
Oda erinnert sich, dass zur Zeit ihrer Kindheit die Ansicht herrschte, Kinderkrankheiten wie Masern, Windpocken sollen Kinder bekommen, damit sie Abwehrstoffe dagegen entwickeln. Ihre Mutter ließ bewusst die drei Kinder zusammen, damit sie sich gegenseitig ansteckten, um immun zu werden. Die Mutter war wie die meisten Anthroposophen Impfgegnerin. Zwar mussten die Kinder die gesetzliche Pockenimpfung mitmachen, aber ansonsten verwies sie auf die möglichen Impfschäden.
Im Deutschen Reich kam 1874 die gesetzliche Pflichtimpfung. 1930 starben 77 Kinder durch einen verunreinigten Impfstoff.
Wie begannen nun die Impfungen in Europa? Anfang des 18. Jahrhunderts starben 400.000 Menschen an den Pocken. Ein schottischer Arzt infizierte Gesunde mit Pockenmaterial. Die Immunisierung gelang nicht immer. „Erst Ende des 18. Jahrhunderts gelang dem englischen Landarzt Edward Jenner eine wesentliche Verbesserung: Da Landarbeiter, die sich mit dem für Menschen harmloseren Kuhpocken infiziert hatten, anschließend gegen die Menschenpocken immun waren, infizierte Jenner Menschen mit Kuhpocken.
1884 heilte Pasteur zum ersten Mal einen Patienten, der sich mit dem Erreger der Tollwut infiziert hatte, durch eine therapeutische Impfung.“ …
„Da man bei Covid-19 rascher denn je zum massenverfügbaren Impfstoff finden will, setzen viele Entwickler aktuell auf ein neues gentechnisches Verfahren, bei dem der Träger der Erbinformation des Virus eine entscheidende Rolle spielt.“

Oda erhielt eine E-Mail von „openPetiton“: „Mehrere Organisationen und Vereine haben ihre Gemeinnützigkeit verloren, weil sie einzelne politische Anliegen vertreten.“ Oda unterschreibt.
Sie träumte heute um 4.20 Uhr, dass die Banken aufgrund einer Wirtschaftskrise dauerhaft geschlossen sind.
Das hat sicher mit dem Film „Sløborn“ zu tun, den sie gesehen hat. Einer Freundin, mit der sie heute telefonierte und der sie diesen Traum erzählte, sagte: „Na, wer weiß, wie das alles noch kommen wird.“

30.07.2020: Oda hörte gestern einen Vortrag von der Urania digital. „Welchen Beitrag kannst du leisten, dass die Welt, wenn du sie verlässt, ein bisschen besser ist, als sie vorher war.“
Ein Sprichwort in Japan sagt: „Eine Vision ohne Handeln danach ist ein Albtraum.“ Es geht nicht darum, die Welt zu retten, das kann man natürlich nicht allein schaffen, aber für sich etwas zu finden, damit man einen kleinen Beitrag dazu leisten kann. Es geht um Zeitdruck.
So wurde ein Experiment mit Theologiestudenten gemacht, die zum Heiligen Lazarus eine Predigt ausarbeiten und diese dann im Studio aufnehmen sollten. Einer Gruppe wurde gesagt, nachdem sie die Predigt fertig hatten, sie sollten sich beeilen, da das Studio am anderen Ende der Stadt lag. Wenn sie zu spät kämen, könnte die Predigt nicht mehr aufgenommen werden. Den Weg, den sie nehmen sollten, war vorgegeben. Der anderen Gruppe wurde gesagt, sie hätten Zeit für den Weg zum Studio. Die Versuchsleiter hatten einen Schauspieler engagiert, der auf dem Weg der Studenten verletzt und ausgeraubt auf dem Weg lag – wie Lazarus. Von der ersten Gruppe, die unter Stress waren, blieben nur 10 % stehen, um dem Verletzten zu helfen. Von der zweiten Gruppe kümmerten sich 2/3 der Theologiestudenten. Jeder Mensch möchte gebraucht werden. Er hat das Bedürfnis, zu einer Gruppe dazu zu gehören. Das ist notwendig, um zu überleben. Wir wollen unser Leben gestalten. Wollen nicht in einem Hamsterrad laufen. Wenn man jemanden fragt: „Wie geht es dir?“, kommt oft die Antwort: „Muss ja.“ Warum sollte es „müssen“? Unsere Aufmerksamkeit ist auf das Ziel gerichtet, darum sehen wir nicht, was am Straßenrand passiert. Wenn wir die Gefahr erkennen, dann ist sie gebannt, sagt ein Sprichwort. Was ist

gut für uns? Das müssen wir erst mal eruieren. Wenn du deine Mitmenschen anschaust, denke mit Wertschätzung an sie. Durch Neid und Aggressionen können wir das Gute nicht sehen.

Im „Tagesspiegel“ steht: „Bundesinnenminister Horst Seehofer (CSU) verbietet dem Land Berlin offiziell die Aufnahme weiterer Geflüchteter.“
Nun überlegt der Sprecher von Senator Geisel Martin Pallgen, wie man die Geflüchteten trotzdem aufnehmen könnte. „Pallgen nannte dabei den Bund oder die Europäische Kommission.“
„Bei dem in der Affäre um die rechtsextreme Drohschreiben-Serie ‚NSU 2.0‘ beschuldigten Ex-Polizisten aus Landshut haben Ermittler mutmaßlich illegale Waffen gefunden.“
„Kranke, die wegen eines schweren Verlaufs von Covid-19 in einer Klinik beatmet werden mussten, haben nur eine knapp 50-prozentige Chance zu überleben.“
Das stand schon vorher mal im „Tagesspiegel“. Neu ist, dass „Der Anteil der beatmeten Männer“ mit 22 % fast doppelt so hoch war wie der von Frauen mit zwölf Prozent.
„In der Zeitschrift ‚Science Advances‘ erklären die Forscher …, dass von den 52 heute noch vorhandenen Stonehenge-Blöcken 50 aus einem ‚Wet-Woods‘ genannten Hügelland stammen, das nur 25 Kilometer nördlich der Kultstätte liegt. Die Herkunft dieser ‚Sarsen‘ genannten Steine war lange Zeit ein Rätsel.“ … „‚Möglicherweise könnten die vielen Tonnen schweren Steine von dort im Winter auf gefrorenem Boden rund zwei Kilometer hangabwärts transportiert worden sein‘, erklärt David Nash.“
Heute um 13.50 Uhr startet in Cape Canaveral der Mars-Rover ‚Perseverance‘ an Bord einer Atlas-Trägerrakete zum Mars.
Nicht nur die NASA, auch die Vereinigten Arabischen Emirate fliegen am 20. Juli, da die Reise zum Mars durch dessen Stellung zur Erde dann nur sieben Monate dauert.
„Drei Tage später nutzte auch die chinesische Raumsonde ‚Tiawen-1‘ das günstige Startfenster zum Mars.“
„Außerirdische Raumschiffe im Besitz?“ Im Internet erscheint der Artikel von Martin Holland. „Aktuell berichtet die US-Zeitung“ (New York Times)

„nun unter Berufung auf mehrere namentlich genannte Quellen, dass in den USA nicht nur das Militär, sondern möglicherweise sogar Privatfirmen Zugriff auf außerirdische Gefährte haben."
Jonas und Oda hören einen Vortrag auf YouTube: „Die Metapherlehre von Hans Blumenberg" von Otto A. Boehmer.
Blumenberg wurde 1920 geboren. „Metapher" kommt aus dem Griechischen und heißt „Woanders hintragen". Die Lichtmetapher suggeriert, dass zuerst Dunkelheit herrschte. Oda denkt: Diese Metapher wird von Hilary Mantel im Roman „Spiegel und Licht" öfter bemüht. Woher will sie wissen, dass es zuerst das Licht ohne Schatten gab? Im Roman sind viele missglückte Metaphern, ein Gesicht, das wie ein Schinken rot glüht. Oder hat es mit einer schlechten Übersetzung zu tun? Denis Scheck, der Literaturkritiker, lobte das Buch.
Zurück zum Vortrag: Die Philosophie habe die Metapher außer Acht gelassen. Blumenberg integriert sie nun, denn das Unsagbare lässt sich nicht mit wissenschaftlichen Definitionen beschreiben.
Denken wir an den „Klimawandel". Diese Metapher trägt nicht zur Klärung, sondern zum Verschleiern bei. Wandel assoziiert einen sanften Fortschritt, der planbar ist und stetig, er ist auf die Zukunft gerichtet. Wandel ist nicht einschneidend. Es müsste „Klimakatastrophe" heißen, um die Wahrheit zu benennen. Blumenberg schrieb u.a. „Schiffbruch mit Zuschauern". Er beschreibt darin das Leben als Schifffahrt, wie es Oda vom „Narrenschiff" von Sebastian Brant her kennt.
Die Kreuzfahrtschiffe heute suggerierten einen sicheren Ort, im Gegensatz zu dem Leben an Land. Aber dann gab es die Havarie mit der „Costa Concordia", aber davor sind ja auch schon einige Schiffe gesunken, Oda denkt an die Titanic. Heute sind Kreuzschiffe eher Fallen, wenn man an Corona denkt, wovon viele auf den Schiffen infiziert waren.
Metaphern verschleiern, machen ein Abfalllager von Radium, das noch in 10.000 Jahren Landschaften verseuchen kann, zu einem „Entsorgungspark". Oder wenn man an den „Friedenseinsatz" von Soldaten denkt, die darin umkommen. „Sisyphos -Arbeit" nannte Angela Merkel die Anstrengungen, die die Wirtschaft unternehmen müsste. Dabei bedachte sie wohl nicht, dass die Sisyphos-Arbeit ja nicht erfolgreich war.

Im „Faust“ von Goethe fragt Margarete Faust, wie er es mit der Religion halte. Er gibt eine ausweichende Antwort. Die „Gretchenfrage“ wurde so zur Aufforderung, geschickt zu lügen.
Auch der Begriff „Bankenrettungsfond“ assoziiert, dass es ein solidarischer Akt sei, den man unternehmen müsste, als ob jeder gleich viel eingezahlt habe. „Rettung“ heißt doch, dass man jemand rettet, der sich nicht selbst helfen kann. Dabei geht es um Zahlungsunfähigkeit.

„Soziale Netzwerke“ – da denkt man daran, dass einen das Netz auffangen wird. Das Gegenteil ist der Fall. Wer nicht im Internet ist, den gibt es eigentlich gar nicht. Das soziale Netz hat so viele Daten von uns, dass wir es nicht mehr durchschauen. Wenn ein Virus unser Netz befällt, dann können Firmen dabei pleitegehen.
Oda denkt dabei an das Gericht, das gehackt wurde. Die Richter waren gar nicht mehr, oder nur noch eingeschränkt arbeitsfähig. Das weltweite Netz vergisst dich nie, suggeriert Unendlichkeit wie das Weltall. Es erreicht mehr Leute als ein Bestseller. Als ob man nie sterben würde. Es ist der Jux der Unsterblichkeit.
Oda weiß, dass die Berliner Wasserwerke ungesichert sind. Da bräuchte sich nur ein Hacker einschleusen, schon würde die Abwässer- und Trinkwasserversorgung zusammenbrechen.
Ohne Metaphern sind Begriffe unvollständig. Leider ist ihre Bedeutung, etwas zu veranschaulichen, nun oft zum Gegenteil verkehrt worden.

31.07.2020: Der „Tagesspiegel“ berichtet, dass „Weit hinter der Bahn des Planeten Neptun“ wahrscheinlich ein neunter Planet um unser Zentralgestirn kurvt.
„Pluto war 76 Jahre lang ein Planet. Doch im August 2006 stufte die Internationale Astronomische Union ihn zu einem Zwergplaneten herab.“
„Theoretisch ist er“ (Planet 9) „also vielleicht bereits entdeckt, ähnlich wie Neptun vor 174 Jahren. Jetzt muss er nur noch gefunden werden – ein Lichtpünktchen, dessen langsame Bewegung vor dem Sternenhintergrund seine große Entfernung anzeigt, aber so hell, dass es sich um einen großen Him-

melskörper handeln muss. Dies kann jederzeit geschehen – zum Beispiel mit dem Subaru-Teleskop auf dem Mauna Kea auf Hawaii."
Oda denkt an ihre Reise mit Jonas nach Hawaii. Sie wollten damals auch zum Observatorium auf dem Mauna Kea, aber es regnete heftig, stürmte. Da sie nur diesen einen Tag dafür frei hatten, war es nicht möglich.
Oda interessiert sich sehr für Planeten, Sterne und das Universum.

01.08.2020: Im „Tagesspiegel" steht ein Interview mit dem Philosophen Markus Gabriel über den moralischen Fortschritt in Krisenzeiten. „Die Urszene der Philosophie ist Platons Höhlengleichnis. Die Leute in der Höhle sind verblendet, sehen nur Schatten in der Höhle als wirkliches Leben an. Davon will ich weg. Wir sind alle draußen und können das Licht sehen." Können wir das? Das Licht der Erkenntnis sehen? Urszene der Philosophie? Ja, der westlichen. Wie sieht die Urszene der östlichen Philosophie aus?
Interessant auch der Artikel: „Am Anfang war der Hahn".
Oda erinnert sich, wie sie sich über Taffy wunderte, der Hühner hält. Einmal hatte er auch einen Hahn. Er erzählte, dass dieser sich auf den Rücken der Hühner krallte und sie verletzte. Da schaffte er ihn ab.
Wozu sind also Hähne überhaupt gut? Feldmann plädiert dafür, „Hühner immer mit Hähnen zu halten. Alles andere sei nicht artgerecht. ‚Hähne geben eine Herdenstruktur vor und warnen die Hennen auch vor Gefahren, etwas durch Greifvögel aus der Luft. ‘"
Oda und Jonas hören den Vortrag: „Nur die Spanische Grippe? Grundzüge der Grippe-Geschichte im 20. Jahrhundert".
1918/19 starben weltweit 50 Millionen Menschen an der „Spanischen Grippe", also viel mehr als heute an Corona gestorben sind.
Der Name „Spanische Grippe" ist falsch, denn er stammt nicht daher, dass die Krankheit dort zuerst aufgetaucht ist. Die Presse berichtete von Spanien relativ offen, weil dieses Land nicht am 1. Weltkrieg beteiligt war. Damals wurde die Krankheit verharmlost, besonders im Deutschen Reich, oder es wurden Schuldzuweisungen ausgesprochen, wer sie eingeschleppt habe. So wurden die Briten von den Deutschen beschuldigt, die Franzosen meinten, sie komme aus Deutschland und so weiter.

Die „Spanische Grippe" trat in drei Wellen auf. Auffallend war, dass besonders junge Menschen, 20 - 25-Jährige daran starben. Es gab verschiedene Theorien darüber. Bisher weiß man es immer noch nicht. Ein akutes Lungenversagen trat ein.
Man versuchte mit Roter Beete, Gurgeln, Strychnin, Impfungen, Quarantäne, Gesichtsmasken dagegen vorzugehen. In den USA waren Gesichtsmasken in der Straßenbahn vorgeschrieben. Teilweise wurden Schulen mal für eine Woche geschlossen, heute weiß man, dass es das H1N1-Influenzavirus war.
Innerhalb von 1 - 7 Tage starb man daran. Impfungen hatten manchmal schlimme Nebenwirkungen wie Lähmungen.
Heute gibt es Grippe-Impfungen, die freiwillig sind. Natürlich treten ab und zu auch Nebenwirkungen auf. Es muss jeder selbst entscheiden, was schlimmer ist, eine womöglich tödliche verlaufende Grippe zu bekommen oder eventuelle eine Nebenwirkung durch die Impfung.
Wichtig ist auf jeden Fall, Krankheiten aus früheren Zeiten zu untersuchen, um, falls sie wieder auftauchen sollten, gewappnet zu sein.

02.08.2020: Gestern sahen Jonas und Oda „Die Nacht der Sterne" auf YouTube vom Zeiss-Großplanetarium von Martin Pössel. Sehr schöne farbige Bilder mit angenehmer Musik.
Am Anfang war das Nichts. Dann kam der Urknall vor 15 Milliarden Jahren. Warum? Das wissen die Astronomen nicht. Es gab nur eine helle Strahlung. Wasserstoff und Helium entstanden und weitere 90 Elemente. Schwerkraft und Materie. Sterne. Wasserstoff wird durch Reibung hell. Die Strahlentemperatur beträgt -270 Grad. Erst war es sehr heiß, dann kühlte es ab. Man kann heute noch das Echo des Urknalls hören durch das Weltraumrauschen. Dann gibt es die Leerstellen im All. Sterne wurden als Gruppen geboren. Die jungen Sterne sind blau. Das Weltall dehnt sich immer weiter aus.
Die Sonne ist so alt wie die Erde. Sie ist eine Gas-Kugel und besteht aus Wasserstoff und Helium, ist ständig in Bewegung. Magnetische Teilchen hat sie und Sonnenbeben. Sie ist 15 Million Kelvin heiß. Sie strahlt nicht nur das sichtbare weiße Licht aus, sondern auch elektromagnetische Ströme,

Röntgenlicht, Langwellen Infrarot, Radarlicht, also auch Ströme, die wir nicht sehen können. Die Sonne wurde geboren. Sie wird in 10 - 11 Millionen Jahren ihren Wasserstoff verbraucht haben und sterben. Zuerst bläht sie sich auf zu einem Roten Riesen und verschlingt erst die Venus, dann die Erde. Sie wird sich abkühlen und ein weißer Zwerg werden.
Was in einem Schwarzen Loch verschwindet, kommt nie wieder heraus.
Oda ist enttäuscht. Sie hat gehofft, dass sie etwas mehr über Planeten bringen.

03.08.2020: Im „Tagesspiegel“ kann Oda lesen, dass Russland eventuelle das Covid-19-Vakzin hat. „Doch für die Zulassung müsste ‚Gam-COVID-Vac‘ erst noch eine dritte Prüfphase durchlaufen, in der das Vakzin an mehreren Zehntausend Probanden getestet wird. … Selbst die am weitesten fortgeschrittenen Impfstoffprogramme in Großbritannien und den USA rechnen nicht vor Oktober/November mit ersten Ergebnissen dieser Zulassungsstudien. Verschiedenen Medienberichten zufolge soll der russische Impfstoff in diesen Tagen die Phase 2 der klinischen Prüfung abschließen und dann – entgegen den üblichen Verfahren – parallel zur Impfkampagne an medizinischem Lehrpersonal in die dritte Testphase starten. Trotz dieser riskanten Vorgehensweise hätten bereits mehr als 20 Länder, darunter Indien, Brasilien und Saudi-Arabien, Interesse an dem Vakzin angemeldet.“ … Kirill Dmitriev, Chef des „Russian Direct Investment Fund“, eines 10-Milliarden-Dollar-Staatsfonds der russischen Regierung, sagte: „Es ist ein Sputnik-Moment.“ „1957 brachte die Sowjetunion den ersten Satelliten ins All, jetzt habe Russland den Covid-19-Impfstoff zuerst.“

04.08.2020: Gestern hörten Jonas und Oda den Vortrag: Rechtspopulismus und Radikalisierung. Nationalradikalismus: Die Anfänge liegen schon lange hinter uns.
Der Vortrag mit dem Titel: „Der Begriff Rechtspopulismus ist angesichts der Aktivitäten der AfD völlig verharmlosend.“
Seit 2002 gibt es wahrnehmbare Prozesse hin zum Rechtsradikalismus, die von den politischen Instanzen unterschätzt wurden. Ein Vertrauensverlust in die Demokratie steht im Zusammenwirken sozial-ökonomischer Ent-

wicklung. Es geht aber auch um die individuelle Strukturentwicklung, die politischen Folgen für die Betroffenen.
Welche politischen Ereignisse fanden statt? Schleichende Prozesse zur Entsicherung der Lebensplanung. Eine „Demokratieentleerung" kann analysiert werden. Von der Regierung her hieß es: „Uns geht es doch gut!"
Aber es gab in einem Teil der Bevölkerung eine Verunsicherung.
2001 Islamischer Terrorismus
2005 Hartz IV – Einführung
2008/09 Finanzkrise
2015 Flüchtlingskrise.
Trotzdem hieß es: „Weiter so!" Manchen ging es schlecht, aber andere sagten: „Mir geht es gut!"
Dann kam es zu Schuldzuweisungen von denen, denen es nicht so gut ging. Feindbilder wurden produziert. Einige empfanden, dass wieder die Ordnung hergestellt werden müsste.
In den Jahren 2002 - 2011 gab es jedes Jahr eine Befragung. Schon am Anfang konnte man bei 20 Prozent der Bevölkerung Fremdenfeindlichkeit und Antisemitismus feststellen. Die Bankenkrise 2009 - 2011 verschärfte die Radikalisierung. Vor Pegida waren schon viele rechtsradikal, auch vor der Flüchtlingskrise. Meist waren es die sogenannten „Wechselwähler". Zwischen 2009 - 2011 gab es ein Abdriften von einigen gut-bürgerlichen Leuten, andere stiegen auf, es kam zur Spaltung der Gesellschaft. Das ist die Voraussetzung für Angst. Es wird mehr Kontrolle gewünscht. Die Politik soll eine rigide Führung übernehmen, eine geschlossene Gesellschaft schaffen. Das „Deutsche" wird betont und von Rechtsradikalen als das Höherwertige benannt gegenüber den Zugewanderten. Eine radikale emotionale Mobilisierung wird zelebriert, die menschenfeindlich ist. Daraus erwächst der Mobilitätswille, man will aus der „Opferrolle" heraus und die Verhältnisse herstellen, die ein starker Staat beinhaltet. Notfalls auch mit Gewalt.
Eine Verschiebung des „Sagbaren" fand statt. Ziel ist es, die Gesellschaft zu destabilisieren und einen Systemwechsel herbeizuführen. Die Partei AfD wertet andere Gruppen ab. Die Wählerschaft der AfD ist stabil.

37.Kapitel

Oda: Nein, in der Zeitung stand, dass die Mitgliedzahlen abnehmen.
Wer wählt die AfD? Arbeiter und Arbeitslose. Aber auch Intellektuelle.
Ist das autoritäre System ein Wachstumsmodell? Angeblich habe die AfD den Zenit überschritten. Sind das „Beruhigungspillen"?
Wenn politisch keine Reformen erfolgen, könnte der Erfolg rechtspopulistischer Parteien in der Zukunft zunehmen.
Eine Politwissenschaftlerin erklärt den Genderzusammenhang zum Rechtsradikalismus. Björn Höcke spricht von „wehrhafter Männlichkeit", die seine Partei vermittle. Viele Männer fühlen sich schon seit Langem in ihrer Rolle als Mann, als Ernährer der Familie, verunsichert, da immer mehr Frauen arbeiten und unabhängig von einem Mann sind. Die AfD bietet diesen Männern einen Raum, wo sie ihr Selbstbewusstsein „aufpäppeln" können.
Aber warum sind dann Frauen in rechtsradikalen Parteien? Auch in führenden Positionen? Einerseits gibt es eine Fernsehmoderatorin, die ein antiquiertes Frauenbild verkörpert – oder den Frauen rät, wieder „weiblich" zu sein, selbst aber berufstätig ist, anderseits sieht man Frauen auf den Demos, die männlich und stark wirken.
Es muss noch viel geforscht werden, was den Erfolg von rechtsradikalen Parteien ausmacht. Ist es die emotionale Kälte, die andere Parteien vermitteln? Hier kann man die Wut und Aggressionen, die man hat, ausleben.
Die, die nicht so leistungsfähig sind, kann man verachten. Aber in rechtsradikalen Parteien sind doch auch Hartz IV–Empfänger!
Im „Tagesspiegel" steht: „Sinovac" (privater chinesischer Impfstoffhersteller) „kooperiert mit Gesundheitsbehörden in Brasilien, wo knapp 9.000 Menschen an Tests mit dem vom chinesischen Unternehmen entwickelten Impfstoff beteiligt sind." „Neu entdeckte Opfergaben auf dem Grund des Titicacasees-Sees geben Aufschluss über religiöse Rituale der Inka-Kultur. Forscher fanden im größten Süßwassersee Südamerikas eine alte Steinkiste. Ihr Inhalt: Ein Lama, das aus einer Muschelschale geschnitzt wurde, und eine gerollte Goldfolie." Oda und Jonas waren mal dort und fuhren in einem Balsaboot zu einer Insel im Titicacasee-See. Sie wussten auch damals, dass

die Inkas den Göttern dort opferten, aber das ist nun ein neuer Fund. Es interessiert sie. Der Gott stieg ja mit der Göttin aus diesem See, nach dem Glauben der Inkas.

Jonas und Oda hören den Vortrag von YouTube über Hypatia – Eine außergewöhnliche Philosophin in Alexandria – von Sylvia Schop. Oda kennt Hypatia und hat einiges über sie gelesen. Neu war für sie, dass sie auch Astronomin und Mathematikerin war. Leider sind keine Bücher von ihr überliefert. Möglicherweise schrieb sie auch keine, denn sie war durch ihren Vater, einem Philosophen, der Platonischen Schule nahe und diese lehrte durch das Gespräch. Hypatia hielt Vorlesungen an der Universität in Alexandria über Platon und andere Philosophen. Ihre Schüler waren alles Männer, die in Bewunderung über ihr Wissen erfüllt waren. Sokrates Scholastikus schrieb über sie: „Sie verfügte über Kenntnisse zum astronomischen System." Zu dieser Zeit durften Frauen sich nicht unbegleitet in der Öffentlichkeit zeigen. Hypatia hielt sich nicht daran. Sie war nie verheiratet, hatte keine Liebhaber, war mit der Wissenschaft „verheiratet". Sie gehörte zur Oberschicht. Ende des 4. Jahrhunderts nahm das Christentum immer mehr Machtpositionen inne. Hypatia wurde auf dem Rückweg nach Hause von christlichen Fanatikern überfallen, aus der Sänfte gerissen, in eine nahe gelegene Kirche geschleppt, dort entkleidet, zerfleischt und verbrannt. Sie war keine Christin, hatte aber Kontakt zu Christen. Es ist schon merkwürdig, dass Christen, die zuvor verfolgt wurden, nun die Anhänger des „alten" Glaubens verfolgten. Hypatia war ja nicht die einzige. Sie entwickelte die Platonische Schule weiter zur Neuplatonischen Schule. Diese sagt aus, dass es ein höheres Wesen gibt, das jenseits unserer Erfahrung existiert. Aber auch das war schon „ketzerisch". Selbst Augustinus, Zeitgenosse von Hypatia, schreibt in seiner „Philosophie der Zeit", dass er sich der Platonischen Gedankenwelt zu sehr geöffnet habe und dies Gott sicher nicht gefallen würde. Offenbar hatte er Angst vor Verfolgung.

Oda erinnert sich an Platons „Staat". Sie kritisierte in einem Seminar seine Aussagen über die Künstler, die Literaten, die sich der Staatsideologie unterzuordnen hätten. Wo bleibt da die Freiheit der Kunst?

05.08.2020: Im „Tagespiegel" wird den Opfern von Hiroshima vor 75 Jahren gedacht. Jonas und Oda sahen gestern auch einen Film im Fernsehen, bei dem es um dieses Thema ging. Ein amerikanischer Offizier vertrat die Ansicht, dass der Abwurf auf Hiroshima notwendig und richtig war, denn sonst hätte es sehr viele Opfer von amerikanischen Soldaten im Kampf gegen die Japaner gegeben. Der Kaiser kapitulierte dann erst, nachdem die Plutonium-Bombe auf Nagasaki gefallen war. Die japanische Seite meint, dass es nicht notwendig gewesen wäre, die Bomben auf die beiden Städte zu werfen. Ein Marine-Offizier erklärte, die japanische Flotte war zerstört. Man hätte nur auf den Einmarsch der Russen warten müssen.
Oda denkt an das Engagement mit Jonas, als sie das „Atomwaffenfreie Kreuzberg" schufen. Schlimm war, dass die Amerikaner aus Hiroshima weggegangen waren. Ein rechtsfreier Raum trat ein. Mädchen, 9 – 11- jährige, erhielten Essen, was die anderen Kinder kaum bekamen, und wurden dann in die Prostitution gezwungen. Viele Kinder verhungerten. Die Mafia, Yakuze, regierte die Stadt. Hilfe von den Amerikanern bekamen nur Überlebende, um sie zu erforschen. Ein Opfer der Atombombe berichtete, dass ihm nach dem Abwurf die Ohren abfielen. Er hat nun künstliche.
Es durfte nicht über die Ereignisse berichtet werden. Später schrieb aber ein australischer Journalist doch darüber. Der Schrecken war groß, aber offenbar nicht so groß, dass es zu einer weltweiten Abrüstung gekommen wäre. Nach dem Bericht des „Tagesspiegels" (Schätzung) haben im Januar 2020 „Russland 6.375 (-125) atomare Sprengköpfe, die USA 5.800 (-385). China 320 (+30), Frankreich 290 (-10), UK 215 (+15), Pakistan 160 (+-0), Indien 150 (+10), Israel 90 (+-0), Nordkorea 40 (+10)."
„LESBOS – Nordrhein-Westfalens Ministerpräsident Armin Laschet (CDU) hat nach einem aus Sicherheitsgründen zwischenzeitlich abgebrochenen Besuch des mit Migranten überfüllten Camps Moria auf der griechischen Insel Lesbos von einem ‚Aufschrei der Verzweifelten' gesprochen."
Oda fragt sich, was Laschet da wollte. Meinte er, gegen Söder damit zu punkten? Nach der Einschätzung politischer Kreise ist er doch längst hinter Söder zurückgefallen. Außerdem konnte er den Migranten ja keine Hoffnungen machen. Und mit Einsatz für Migranten in seiner Partei, steht er ja ziemlich allein da.

„Umfrage: 47 Prozent der Deutschen für US-Truppenabzug"
Oda erinnert sich noch daran, als Trump diesen Plan verkündete, wie Gysi lächelnd im Fernsehen reagierte: „Je mehr Soldaten er abzieht, umso besser." Das findet Oda auch. Die Begründung von Trump, dass sie in den USA gebraucht werden würden, glaubt Oda nicht: bei der hohen Arbeitslosenzahl in den USA, den steigenden Ziffern von Infizierten mit Corona!
Es soll ja eine Strafaktion sein, weil wir nicht genügend für die Verteidigung ausgäben. Wozu sollen wir Geld für die Verteidigung ausgeben? Wer greift uns denn an? Das Einzige, was wir brauchen, ist eine mobile Terrorabwehr.

06.08.2020: Im „Tagesspiegel" steht: „Charité bereitet Corona-Tests für zu Hause vor. Selbstproben für Tausende Schulkinder in Planung/Mediziner stellen sich auf mehr Infektionen im Herbst ein."

07.08.2020: Im „Tagesspiegel" steht: „USA drohen Hafen auf Rügen". Worum geht es? „Drei US-Senatoren wollen den Fährhafen Sassnitz auf Rügen zwingen, die Arbeiten an der Ostseepipeline Nord Stream 2 umgehend einzustellen – und drohen andernfalls mit umfassenden Sanktionen." Sie schreiben: „Wenn sie weiterhin Waren, Dienstleistungen und Unterstützung für das Nord-Stream-2-Projekt bereitstellen, werden sie das zukünftige Überleben Ihres Unternehmens zerstören."
„... Die USA warnen vor einer wachsenden Abhängigkeit Deutschlands und Europas von russischen Gaslieferungen. Zugleich suchen sie nach Möglichkeiten, den Europäern verflüssigtes Erdgas aus den USA zu verkaufen"...
Oda erinnert sich an die Auseinandersetzungen der Ukraine mit Russland, die den Gashahn abdrehten, weil die Ukraine, die ihr Gas von Russland bekommt, nicht den hohen Preis zahlen konnte.
Also, die USA hat zum Teil Recht. Aber es ist doch absurd, dass die Deutschen und das restliche Europa verflüssigtes Erdgas aus den USA stattdessen kaufen. Allein der Transport! Das wäre ökologisch ein Wahnsinn! Und man wäre dann von den USA abhängig.
„Mecklenburg-Vorpommerns Ministerpräsidentin Manuela Schwesig (SPD) wies die Drohungen ebenfalls zurück" (wie Niels Annen, Staats-

minister im Auswärtigen Amt): ‚Diese Drohungen sind absolut inakzeptabel. Deutschland kann selbst entscheiden, woher und auf welchem Weg es seine Energie bezieht.'"

„Rechtsverkehr. Generalstaatsanwältin Koppers greift im Neukölln-Verfahren ein, gestützt von Justizsenator Behrendt." …

„Es geht um mehr als 70 Fällen, darunter Brandanschläge auf Autos, Drohungen auf Häuserwänden. Opfer sind Menschen, die sich in Neukölln gegen Rechtsextremismus engagieren." …

„Es geht um Tilo P. Er ist einer der Beschuldigten bei den seit Jahren erfolglosen Ermittlungen im Neukölln-Komplex." … „P. war einst im AfD-Kreisverband Neukölln aktiv." …

„Kurz nach der Vernehmung schreibt P. im Jahr 2017 einem anderen AfD-Mann eine Chat-Nachricht. Darin erklärt P., dass ihm wohl nichts passieren werde und der Staatsanwalt auf ihrer Seite stehe. Jedenfalls hatte P. den Eindruck, dass F. irgendwie ‚AfD-nahe' sei."

Oda erinnert sich gut daran, wie sie mit Jonas im Gemeinschaftshaus in Neukölln war, wo die Betroffenen schilderten, was ihnen passierte. Sie sammelten Unterschriften, dass diese Vorfälle in einem Untersuchungsausschuss behandelt werden würden, da sie den Verdacht hatten, dass es Netzwerke bei der Polizei gäbe, die offenbar die Aufklärung verhinderten. Jetzt scheint sich das zu bestätigen.

„Gegen P. und seinen Komplizen, den Neonazi Sebastian T., wird weiter wegen der Anschlagserie ermittelt. Einen Durchbruch gibt es bis heute nicht, aber Pannen. Der Verfassungsschutz erfährt im Januar 2018 von Anschlagsplänen, auch die Polizei wird informiert – das spätere Opfer aber nicht gewarnt." …

Über F. und S. heißt es, dass sie hart gegen Linksextreme ermitteln. S. gerät ins Visier von Justizsenator Behrendt, als er eine Durchsuchung bei der Umweltorganisation Greenpeace erwirkt. Aktivisten hatten im Sommer 2018 das Straßenrondell am Großen Stern mit gelber Farbe zugeschüttet, als Symbol für die Energiewende."

„Die Angst ist geblieben. Bergamo hatte weltweit die höchste Rate an Covid-19-Toten. Die Einwohner sind vorsichtig und wütend." …

„Auch Bergamo ist inzwischen vom Virus genesen, fast: Die Zahl der täglichen Neuansteckungen lässt sich an einer Hand abzählen."
Oda erinnert sich an die Bilder im Fernsehen, die endlos langen Leichenzüge, Särge auf Armeelastern. Eine Einwohnerin berichtete: „Die Stadt war leer, in den Straßen fuhren nur noch Leichenwagen und Ambulanzen, ununterbrochen heulten deren Sirenen." „Die wurden aus Rücksicht auf die Anwohner irgendwann abgestellt." „… und dann hörte man nur noch die Totenglocken."
„‚Warum', fragen sich die Bewohner, ‚haben die Behörden die Provinz nicht sofort zur ‚roten Zone' erklärt, obwohl hier die Zahl der Neuinfektionen und der Todesopfer schon Ende Februar zum Teil höher lag als in anderen Regionen'"…
Jedenfalls bildete sich nun eine Gruppe, die eine Sammelklage eingereicht hat. „Der Gruppe ‚Noi denunciamo' haben sich in ganz Italien schon 66.000 Personen angeschlossen." …
„Die Corona-Epidemie hat in Bergamo auch positive Energien geweckt. Pietro Bailo, Präsident eines lokalen Kulturvereins, hat gleich zu Beginn des Lockdowns 250 Freiwillige zusammengetrommelt, die für alte und vorerkrankte Mitbürger, die ihre Häuser nicht mehr verlassen konnten, die Einkäufe erledigten. Später begann die Gruppe, kleine Konzerte und Theateraufführungen aufzuführen – vor Krankenhäusern und Altersheimen – unter den Fenstern."

08.08.2020: Im „Tagesspiegel" steht ein Artikel über die 1.700 minderjährigen Flüchtlingskinder, die verschwunden sind.
Was sind nun die Gründe dafür, dass diese Kinder (ja nicht alle) aus den Heimen, in denen sie untergebracht werden, weglaufen?
Manche Jugendliche wollen zu Bekannten oder entfernten Verwandten weiterreisen. Das wird ihnen verwehrt, darum tauchen sie unter.
Es gibt einen Verteilerschlüssel auf die Bundesländer. Danach kommen die minderjährigen unbegleiteten Flüchtlinge in bestimmte Bundesländer. Wenn sich Kinder hier nun schon in Berlin eingewöhnt, Freunde gefunden haben, dann möchten sie nicht woanders hin.

Oda denkt, dass man in jedem Bundesland Ankunftsstellen einrichten müsste. Der Sozialpädagoge Daniel Jasch schlägt vor, die Gelder statt der Kinder zu verteilen.
Manche Jugendliche haben Angst vor einer Abschiebung, obwohl unbegleitete Minderjährige nicht abgeschoben werden dürfen.
Es gibt Länder, die keine Geburtsurkunde ausstellen. Wer ist nun ein Minderjähriger und nur so schutzberechtigt? Flüchtlingshelfer geben Flüchtlinge oft Papiere, auf denen sie älter gemacht wurden, damit sie in Deutschland arbeiten dürfen. Diese Papiere zu ändern, ist fast unmöglich. Die Altersbestimmung von Minderjährigen ist sehr kostspielig. Es gibt wenige Fachleute, die dies durchführen, und es ist extrem teuer. Das Jugendamt muss diese Kosten übernehmen und tut dies nur im Ausnahmefall.
Jugendliche, die nach Deutschland kommen, sind oft traumatisiert, lebten viele Jahre auf der Straße. Psychotherapien wollen die Jugendlichen oft nicht machen, sagen „ich bin doch nicht krank“, sind auch gar nicht in der Lage, Termine einzuhalten. Es gibt auch zu wenig arabisch und andere Sprachen sprechende Psychologen. Ins Traumzentrum bekommt man diese Jugendlichen nicht. Man könnte sie zwar eventuell mit Traum-Malen erreichen, aber es birgt die Gefahr der Re-traumatisierung.
Ein Jugendlicher sagte: „Nein, ich muss arbeiten, meine Mutter im Heimatland aus dem Gefängnis auslösen.“ Jede unbegleitete Minderjährige erhält einen Vormund. Aber ehe da eine Beziehung aufgebaut ist, das dauert. Und ob sich eine Beziehung aufbaut, ist fraglich. Vormünder haben bis zu 100 unbegleitete Minderjährige zu betreuen.
Was sind die Gründe für die Flucht? Zwangsrekrutierung als Kindersoldat, Kinderprostitution oder Verfolgung wegen homosexueller Einstellung, Krieg, Eltern verloren, Armut, Hunger.

Der „Tagesspiegel“ berichtet ebenfalls von den in China verfolgten Uiguren.
Merdan Ghappar, ein erfolgreiches uigurisches Model der E-Commerce-Plattform Taobao gelang es, aus dem Gefängnis, in das er ohne Anklage gebracht wurde, beziehungsweise unter der falschen Beschuldigung, in Besitz von Drogen zu sein, mit seinem Handy Fotos und Meldungen zum

chinesischen Social-Media-Kanal Web-Chat zu schicken. Darin heißt es, dass es immer noch uigurische Gefängnisse, beziehungsweise Umerziehungslager gäbe, wie das, in dem er zurzeit einsitzt, obwohl die chinesische Regierung behauptete, dass diese aufgelöst worden wären. Die Uiguren würden zu Zwangsarbeiten eingesetzt, gefoltert. Die Zahl der Coronainfektionen steige in den Lagern.
„In China leben schätzungsweise zehn Millionen Uiguren, die meisten in der Provinz Xinjiang im äußeren Westen des Landes." „Der Tagesspiegel". 1949 kam Ostturkistan zu China.

09.08.2020: Im „Tagesspiegel" steht, dass man sich draußen 19-mal weniger mit Corona ansteckt als drinnen. Die Empfehlung, möglichst zu Hause zu bleiben, ist also überholt, „solange die Bürgersteige nicht zu voll sind." Oder die Badestrände an Nord- und Ostsee, wie Oda im Fernsehen sah. Viele Besucher wurden abgewiesen. „Wie regelt Covid-19 das Verhältnis von drinnen und draußen dann wieder neu? Peter Sloterdijk spricht in den „Sphären" von der Immunität und der Kommunität, dem Ganz-bei-sich-Sein und der Teilhabe."
Es ist schwierig, besonders für junge Leute, immer nur zu Hause zu bleiben. Sie wollen sich mit Gleichaltrigen treffen, tanzen, Musik hören, Alkohol trinken. Das machen sie auch in den Parks. Aber leider nicht mit dem richtigen Abstand. Die Corona-Infizierten-Zahlen steigen. Aber auch Oda und Jonas haben Sehnsucht nach Normalität. „Die Heidegger-Schülerin Hannah Arendt unterschied das Welthaltige und das Weltlose, die Politik und das Intime, das in letzter Konsequenz den Schmerz und die Liebe ausmacht." Das zusammen gemixt, verdreht den Schmerz, der nun öffentlich wird, denn „die Krankheit ist in der Welt."
Damit müssen wir leben, bis ein Impfstoff gefunden wurde.

10.08.2020: Im „Tagesspiegel" liest Oda, dass Jens Spahn (CDU) Millionen Masken in China bestellte, deren Bezahlung er wegen ihrer Mängel ablehnte.
„48 Klagen wegen unbezahlter Rechnungen" sind eingegangen, „etliche Forderungen lägen im Millionenbereich".

11.08.2020: Der „Tagesspiegel“ berichtet, dass Menschen, die gegen Tuberkulose mit dem BCG-Impfstoff geimpft wurden, generellen Schutzeffekt vor verschiedenen Viren und Bakterien haben. „Bis zu ein Drittel aller Infektionskrankheiten könnten die Vakzine dort, wo sie konsequent eingesetzt werden, verhindert haben, schätzen verschiedene Studien.“ Auch Covid-19. 1.000 Freiwillige werden mit dem Bacillus Calmette-Guérin (BCG), einem Verwandten des Tuberkuloseerregers zurzeit geimpft, mit einer verträglicheren Variante von BCG „VPM 1002“, um zu beweisen, ob dies gegen eine Infektion mit Sars-CoV-2 hilft.
„Die EU will Schadstoffe in der Kabinenluft von Flugzeugen minimieren. Doch die geplante Norm ist nicht bindend.“
Es ist seit langem bekannt, dass aus den Verdichtern einiger Turbojet-Triebwerke die Luft verunreinigt wird, „weil intern Motoröl in die Verdichterluft austritt.“
Geschildert wird ein Vorfall am 16. Februar 2020, wo ein Pilot einen „seltsamen Geruch im Cockpit“ wahrnahm. Die Piloten fühlten sich müde, konnten sich nicht so konzentrieren. „Auch die Flugbegleiter wirkten erschöpft.“ In Madrid wurden alle 20 Minuten an eine Sauerstoffversorgung angeschlossen.
Und welche Auswirkungen hat es auf die Passagiere? Sie atmen doch auch die „Zapfluft“ ein, abgesehen davon, dass sie durch Müdigkeit der Piloten gefährdet sind. Oda und Jonas sind schon viel in ihrem Leben geflogen. Dieses Jahr wegen Corona nicht. Ob sie auch Schäden davongetragen haben? Jetzt kann man ja schon nicht mehr sagen, dass man gern wieder fliegen möchte. Man soll Flugscham entwickeln. Die Luftverschmutzung. Ist ja alles richtig. Aber Oda fliegt gern.

12.08.2020: Im „Tagesspiegel“ steht, dass Russland einen Impfstoff gegen Corona zugelassen hat. Der Impfstoff sei an 50 Soldaten erprobt worden, ebenfalls an Putins Töchtern. Phase-3-Tests, bei denen Zehntausende Testpersonen mit dem Impfstoff „Sputnik V“ geimpft werden, findet nicht statt.
„Mäuse fressen Felder leer – doch Landwirte dürfen nicht mit Gift gegen sie vorgehen.“ Die Hamster stehen unter Naturschutz. Und da diese in der Nähe der Mäuse leben, könnte das Gift sie treffen. „Der Bund für Umwelt-

und Naturschutz (BUND) schlägt vor, die Gänge der Mäuse mit dem Pflug oder Grubber zu zerstören." Die Bauern erwidern, dass dann auch die Hamsterbaue zerstört werden würden.
Oda erhält eine E-Mail von Campact und unterschreibt den Appell, dass die verbotene Brandrodung im Amazonas aufhört. „6.804 Feuer allein im Juli."

13.08.2020: Gestern haben Oda und Jonas zwei Sternschnuppen gesehen, als sie auf der Terrasse um 22:30 – 23 Uhr lagen. Eine ganz klein und schwach, die andere groß und kräftig.
Sie hatten vor Jahren schon mal im Garten auf den Liegestühlen gelegen, um Sternschnuppen zu beobachten. Leider kam keine.
Der „Tagesspiegel" meldet, dass es mehrere Corona-Fälle an Berliner Schulen gibt. Oda schaut nach: Zum Glück nicht an der Schule ihrer Enkelin.
„In Bayern ist es bei den Corona-Tests zu einer schweren Panne gekommen." Zehntausende Menschen warten auf das Ergebnis ihres Corona-Tests. 900 sind nachweislich mit Sars-CoV-2 infiziert und wissen es noch gar nicht.

14.08.2020: Im „Tagesspiegel" steht, dass die „Infektionsrate in Berlin-Mitte auf Rekordniveau" ist.
Die Neuinfizierten pro 100 000 Einwohner in den vergangenen 7 Tagen in Berlin 13,1.
„Kondom heimlich abziehen kann strafbar sein". Die Polizeimeisteranwärterin hatte dem Bundespolizisten gesagt, sie wolle auf gar keinen Fall ohne Kondom mit ihm schlafen. Er entfernte das Kondom und ejakulierte in ihr. Oda findet richtig, dass der Täter dafür bestraft wird. Schließlich hätte er Aids oder andere Geschlechtskrankheiten haben können. Die Polizeimeisteranwärterin hätte ja auch schwanger werden können.

16.08.2020:
Oda hört einen Vortrag:
Hühner stammen aus Ostostasien. Sie interessiert sich dafür, weil der Halbbruder von Jonas Hühner hat. Sie können nur wenig fliegen, aber das reichte

aus, um sie vor Mardern zu bewahren. Wenn diese angeschlichen kamen, flogen sie schnell auf einen Ast, denn sie lebten im Wald.
Wir denken, was Hühner mögen und liegen da ganz falsch. Die Forscher fanden heraus, dass Hühner am liebsten einen Sandplatz haben, einen Geschlechtspartner, eine Wiese mit Haus, wo sie sich schnell hin flüchten können. Dann würde ein Ei 7,70 € kosten.

17.08.2020: Im „Tagesspiegel“ steht, dass am Freitag ein Mitarbeiter von der Corona-Teststelle von einem Mann tätlich angegriffen wurde, nachdem er sich weigerte, seine Familie auf Corona zu testen, da diese schon eine Woche in Berlin waren und auch nicht aus einem Risikogebiet einreisten. Das Kind sollte am Montag in die Kita.
Daraufhin wurde die Teststelle um 18 Uhr geschlossen.
Andere Einreisende zwei Tage später berichteten, dass sie keine Möglichkeiten hatten, sich am Flughafen testen zu lassen. Ganz Spanien ist zum Risikogebiet erklärt worden.
Jonas und Oda hören einen Vortrag: „Zukunft gestalten. Utopie oder Dystopie. Zukunft geschieht durch uns.“
Dies ist nicht nur eine philosophische, sondern auch eine politische Frage.
Durch „Fridays for Future“ und andere Organisationen wurde die düstere Aussicht auf die Zukunft verändert. „The Shape oft Things to Come“, so der Titel eines Buches von Wells, auf der sich der Titel des Vortrages bezieht. „Hegemoniale Zukunft und die Möglichkeiten der Cultural Studies“.
Die Dystopie hat die Utopie abgelöst. Dann brachte die Klimakrise die öffentliche Gegenwehr. Man machte sich Gedanken über die Zeit, in der der Mensch ausgestorben ist. Es geht darum, Wahrscheinlichkeiten der Zukunft auszuloten wie in dem Buch: „Discover the future“ von H. G. Wells. Er hat seine Zukunftsversionen immer wieder überarbeitet.
Bei der gegen-hegemoniale Zukunft geht es um das Fremdmachen der Gegenwart. Aus der Vergangenheit und Gegenwart kann man Spuren für die Zukunft finden.
Das ist eine Archäologie. Beispiel sind die „Diggers“, die es in der Englischen Revolution 1588 - 1688 gab. Sie besetzten Felder, um gegen die Privatisierung zu protestieren. 1649 wurde der englische König geköpft. Oliver

Cromwell ging gegen die „Diggers“ gewalttätig vor. Er bezeichnete sie als Tiere. Dabei berief er sich auf das Alte Testament. Er war ein Puritaner. Es ging um das Eigentum. Er meinte, die Briten wären die Nachfahren der Israeliten.
Das älteste Skelett, das in Israel gefunden wurde, soll ein dunkelhäutiger Mensch gewesen sein. John schildert, dass er an einer Kreuzung den Teufel getroffen habe und dann den Blues, den Soul und Hipp Hopp schuf. Dafür habe er seine Seele verkauft.
Dunkelhäutige Menschen kommen nun im Film wie „Star Trek“ vor. Nickels war bei der Auswahl von afro-amerikanischen Astronautinnen dabei. Benjamin spricht vom „Engel der Geschichte“. Ein Sturm würde uns in die Zukunft wehen, das sei der Fortschritt. Künstler stellen unsere Gegenwart als Ruinen und Katastrophen dar. Beispiel: Detroit. Die Industriestädte werden zu Ruinen. Filme werden sepiagetränkt. Die Technik des Sampelns kommt auf. Der Postkapitalismus bringt eine Wende. Es muss nicht ein totalitäres Regime sein. Es gibt viele Zukunftsvisionen. Wir könnten die Zukunft gestalten.
Oda und Jonas waren oft bei „Fridays for Future“. Sie sehen es auch so, dass die Bürger durch ihr Verhalten eine Änderung in der Klimapolitik bewirken können. Aber nun kam Corona. Klimaziele rücken in den Hintergrund. Aber: gestern stand in der Zeitung, dass Deutschland wohl doch sein Klimaziel erreichen wird dank Corona.

18.08.2020: Im „Tagesspiegel“ steht, dass Trump gegen die Briefwahl ist, obwohl er selbst per Briefwahl wählt. Er unterstellt der Post, mit den Briefwahlbriefen nicht fertig zu werden. Anderseits will er aber die Post nicht finanziell unterstützen, damit sie ihre Aufgaben gut wahrnehmen kann.
„Vergewaltigt am Tegeler Flughafensee“. Eine 15-jährige soll dort, obwohl 1.000 Personen zu der Zeit an diesem Ort waren, vergewaltigt worden sein. Gestern stand in der Zeitung, dass Amazon Tönnies-Mitarbeiter abwirbt, indem sie Angebote in ihre Briefkästen wirft. Sie würden bei Amazon mehr verdienen und müssten dann nicht bei 6 Grad Fleisch zerlegen.
Oda hört mit Jonas einen Vortrag bei YouTube: „Expandierende Raumzeit und Dunkle Energie“.

Einstein hatte ein statisches Modell des Weltalls entwickelt. Henrietta Leavitt (1868-1921) sah sich die Fotoplatten von Sternen an und stellte fest, dass sich die Leuchtkraft der Sterne durch ihre Entfernung verringern, wie bei Kerzen, die immer weiter nach hinten vor einer vorn aufgestellten Kerze platziert werden. Sie entdeckte, dass es Klassen von Sternen gibt. Die Leuchtkraft verrückt periodisch. Das kann man sehen und messen.
Edwin Hubble (1898 - 1953) trug viele Objekte zusammen und maß, wie schnell sich die Objekte bewegen. Er stellte fest, dass es einen linearen Zusammenhang zwischen der Fluchtgeraden und der Entfernung gibt. Die Objekte bewegen sich schneller weg, je weiter sie entfernt sind. Er nahm ein zweidimensionales Modell. Wenn man ein Tuch nehmen würde und ein Objekt wegzöge, würden die anderen weiter weg ziehen, denn das Tuch ist elastisch. Wenn wir einen Hefeteig mit Rosinen haben, entfernen sich Rosinen auch immer weiter voneinander weg, wenn der Teig aufgeht. Es könnte „frischer“ Raum entstehen.
Subrahmanyan Chandrasekhar (1910 - 1995) rechnete aus, dass Weiße Zwerge, die 1,5 Sonnenmassen schwer, die Begleitsterne von den Roten Riesen sind, dort Energie abziehen, bis eine Grenze überschritten wird und eine Supernova 1 a entsteht. Der weiße Zwerg wird zerfetzt. Es gibt eine helle Detonation. Nach drei Wochen ist davon nur noch ein heller Punkt übrig. Wir können das messen, da diese Super-Nova Radioaktivität abgibt.
Nun stellte man fest, dass die Theorie der Standkerze nicht ganz stimmt, denn die Objekte dahinter sind nicht so hell wie gedacht, also weiter weg. Das Weltall dehnt sich aus. Die Weißen Zwerge wiegen nicht mehr als 1,5 Sonnenmassen.
In Chile wird zurzeit geforscht über Galaxien-Haufen, die 8 Millionen Lichtjahre entfernt sind. Zwischen den Galaxien gibt es wahrscheinlich ein Vakuum. Welche Zeit Cluster zusammenzieht und wann sich die Cluster entfernen, wird da erforscht. Oda ist fasziniert vom Weltraum, der noch so viele Rätsel enthält.

38.Kapitel

19.08.2020: Im „Tagesspiegel" ist zu lesen, dass der Rote Riese Beteigeuze nicht, wie erwartet, zu einer Super-Nova wurde, denn er hatte sich verdunkelt. Trotzdem: „Irgendetwas stimmt nicht mit Beteigeuze." „Im Corona-Lockdown ist die Nachfrage nach Pommes Frites eingebrochen." Oda fragt sich, warum die Leute fast keine Pommes Frites mehr kaufen. Jonas liebt sie. Oda nicht. Die Kartoffeln, die sich nicht vermarkten lassen, wandern nun in Biogasanlagen. Jeden Morgen lesen Jonas und Oda den „Tagesspiegel". Dabei regt sich Jonas viel auf und liest laut vor, was ihn so erregt. „Denk' an deinen Blutdruck", sagt dann Oda. „Bitte lies' nicht laut vor, sonst kann ich mich nicht konzentrieren."
Jonas hält sich nicht daran. „Du liest ja nicht alles." Das stimmt. Oda hat andere Interessen als Jonas. Das ist gut so, weil sie sich dadurch ergänzen. Manchmal macht Oda Jonas auf einen Artikel aufmerksam, den er übersehen hat. „Wo steht das?", fragt er dann. Machen wir uns nichts vor: was sollen Pensionäre den ganzen Tag denn sonst tun?

20.08.2020: Gestern haben Jonas und Oda über YouTube einen Vortrag gehört über die Spezielle und die Allgemeine Relativitätstheorie. Der Vorteil bei YouTube ist, dass man den Vortragenden sieht, nicht wie bei den anderen Sendungen, wo sie nur den Vortrag hören können.
Mit der Dilation der Zeit das wusste Oda schon, also, dass man im Weltraum jünger bleibt, weil die Zeit dort langsamer vergeht. Neu für sie ist, dass, wenn man so lange im Weltraum bleibt, man wahrscheinlich durch die radioaktiven Strahlen Schaden erleiden würde. Sie schreibt mit, als ob sie bei der FU bei einer Vorlesung wäre. Aber was soll sie dann mit diesem Material?

Die Schreiberin: „Und was sagt das für den Roman? Will ich die Protagonisten auf einen Neutronenstern schicken, der 1,2 Millionen Grad hat, die Sonne hat dagegen nur 6000. Ich müsste sie in einen radioaktiven Funken verwandeln. Wie kommt Fiktion und Wissenschaft zusammen?

Ist es nicht eher ein Unterhaltungsprogramm für dich Ersatz für das Studium?"

Oda: „Zugegebenermaßen. Es ist ein Wissen aus Dosen. Da ich nicht mehr arbeite, nur per livestream studieren darf, bleibt das Zeitungslesen, Fernsehen und Lesen von Büchern. Durch Corona kann ich nicht mehr so viel weggehen wie früher. "

„Jammern auf hohem Niveau. Was soll ich denn da sagen? Du erzählst nichts Spannendes, was soll ich also über dich schreiben?"

„Meine privaten Sachen gehen niemanden etwas an. Außerdem sind sie uninteressant. Fass' dir an die eigene Nase! Ich habe gehört, dass du auf der „Insel der Jugend" warst und bei „Texte von gestern" mitgemacht hast. Das hast du mir auch nicht erzählt!"

„Tja, das ist meine Privatsache. – Dann erzähle mir doch wenigstens etwas von deinen Träumen. Mein Buch heißt ja ‚Traumplaneten', also, was ist denn damit?"

„Ich träume oft vom Traumzentrum und höre Musik. ‚Es träumte mir', Singstimme mit *Klavier,* op 57 Nr. 3 von Brahms, gesungen von Fischer-Dieskau, Text von Georg Friedrich Daumier, dem Erzieher von Kaper Hauser. ‚Im Traum wusste ich, es sei ein Traum.' ‚Es träumte mir,/ Ich sei dir teuer; /Doch zu erwachen/Bedurft' ich kaum/Denn schon im Traume/ Bereits empfand ich,/ Es sei ein Traum.'"

„Du musst die Handlung vorantreiben. Was ist mit Ali Baba und seiner Todesliste? Seit letztem Jahr hat er ja keine Attacke mehr gefahren."

„Ich überlege ja ständig. Wie können wir Ali Baba vom Drachen Mahlzahn zu einem Goldenen Drachen der Weisheit umwandeln?"

„Wieso wir? Das kann er doch nur allein!"

„Ich habe gedacht, man könnte ein Tribunal einrichten und alle Schandtaten von Ali Baba dort verhandeln. Wir haben doch Rechtsanwalt Olaf Ludowitz, wer könnte wieder Anklage erheben."

„Aber er ist doch schon mal gescheitert. Die Dinge, die nach den Selbstmorden seiner Anhänger passierten, können wir ihm nicht nachweisen. Auch nicht, dass er seinen Sohn angestiftet hat, den Sattelschlepper auf den Breitscheitplatz zu fahren. Und die Entführung von den Außerirdischen auf einen Exo-Planeten ebenfalls nicht."

„Ja. Dann hatte ich die Idee, Bilhildis, die ja mal Pythia vom Orakel in Delphi war, um eine Wahrsagung zu bitten. Was sollen wir tun? Aber damit müssten natürlich auch die anderen einverstanden sein."

„Das ist doch eine gute Idee. Ihr könnt eine Traum-livestream-Schaltung zu Ali Baba machen. Argumentiert mit den Reinkarnierten, denen er etwas antat. Du liest doch gerade Marcel Proust: ‚Auf der Suche nach der verlorenen Zeit' Band 4. Da steht drin: ‚…so dass das Wesen, das sich mit ihnen vereint, ihnen schon vor der Geburt angehört und sie angezogen hat durch eine Macht, vergleichbar jener, die die Welten regiert, die der Schauplatz unserer früheren Existenzen gewesen sind.'"

„Ja, aber das steht dort in einem homosexuellen Kontext." „Na, da passt es ja zu Ali Baba. Sagt man ihm nicht nach, dass er hauptsächlich Interesse an jungen Männern hat? Auch wenn er einen Sohn hatte."
Australien will die Impfpflicht einführen, sobald ein Impfstoff gegen Covid-19 gefunden wurde, liest Oda im „Tagesspiegel".
Vitamin D soll eventuell die Immunabwehr stärken, kann sie auch hemmen.
„Impfstoff selbst gemacht". 20 Forscher haben sich den selbst entwickelten Impfstoff gegen Covid-19 gespritzt. Ob das geholfen hat, weiß man nicht. Der DIY-Impfstoff kann eventuell sogar die Covid-19-Erkrankung verstärken – wie etwa der Impfstoff gegen Katzencoronaviren.
Interessant ist der Artikel über Gips. Der Kohleausstieg bis 2038 bewirkt, dass die Gipsproduktion ausfällt, da das Schwefeldioxid aus den Abgasen

zu 90 Prozent aufgefangen und von der Gipsindustrie mit Kalkstein zu REA-Gips verarbeitet wird.
Vorher baute man Gips aus der Natur ab. Wenn man das wieder machen muss, „dann können wir den Harz abbaggern", sagte Ministerpräsident Bodo Ramelow. „Dann haben wir freie Sicht bis zur Nordsee."
Nun wird nach einem Substitut für den Gips gesucht.
Oda interessiert dies, da ihr einer Sohn im Innenausbau bei einer Baufirma arbeitet. Da wird ja viel Gips-Rigips usw. verwandt. Sie muss sich mal mit ihm darüber unterhalten. Kontakte sind jetzt selten in der Corona-Zeit. Und wenn mit Maske, Abstand. Da bleibt nur das Telefon. E-Mails. WhatsApp. Das macht alles keinen Spaß. Kunstseidene Kontakte. Immer Angst vor Ansteckung beim Einkaufen. Die Angst als Käfig.

21.08.2020: Gestern hörten Jonas und Oda einen Vortrag bei YouTube über Schopenhauer und Nietzsche. Darin sagte der Moderator, dass das Leben und die Lehre im Zusammenhang stehen. Oda erinnert sich an ihr Gasthörer-Literaturstudium, wo es hieß: „Der Dichter ist tot." Man sollte sich auf das Werk konzentrieren. Aber das wurde schon ein bisschen aufgeweicht während ihres Studiums. Hier ist nun interessant, dass Schopenhauers Vater früh verstarb – eventuell durch Selbstmord, der Sohn hatte Schwierigkeiten mit der Mutter. Als er in Berlin als Dozent arbeitete, kamen fast keine Studenten zu ihm. Er zog sich als Privatgelehrter zurück. Diese negativen Erfahrungen haben sicher auch zu seinem Weltbild beigetragen. Der vortragende Philosoph meinte, „ich weiß jetzt nicht, von welcher Literatur Schopenhauer sein Bild des Leidens in der Welt und dass man sich darauf erlösen muss, hat."
Jonas sagte: „Das ist ja schwach. Er hat es aus den Upanishaden, also der buddhistischen Lehre."
Oda ist stolz auf ihren Mann. Er hat Philosophie und Geschichte als Gasthörer studiert.
Oda geht einkaufen. Eine Frau im Laden trägt ihren Mundschutz am Oberarm. Oda spricht sie an. „Das ist ja ganz nett, dass Sie Ihren Mundschutz am Oberarm tragen, aber besser wäre es, sie trügen ihn auf Mund und Nase!"

Die Frau dreht sich grinsend um. Ein alter Mann schaut. Dann sagt die Kundin irgendetwas, was Oda nicht verstehen kann.
Die Fischverkäuferin hat wie immer gute Laune. Oda sagt zu ihr: „Wie kommt es, dass Sie immer so fröhlich sind?"
„Der Job hier macht mir Spaß!"
Im Autoradio hört Oda eine Sendung über ein neues Buch, das darüber berichtet, wie in Zukunft Roboter die Arbeit der Menschen übernehmen werden. „Denken Sie an die Lastwagenfahrer. Das ist doch kein schöner Beruf. Sie haben Schwierigkeiten, einen Parkplatz zu finden."
Oda denkt: Das ist doch noch das kleinste Problem. Sie müssen dauernd Überstunden machen, ihre Vignetten werden manipuliert.
„30.000,- € kostet ein Lastwagenfahrer im Jahr. Ein Roboter kann man für 40.000,- € erwerben. Aber auf die Jahre hin, rentiert sich das."
„Wenn ein Roboter diese Arbeit übernimmt, was passiert dann mit den Menschen?"
„Ja, die müssen natürlich aufgefangen werden. In Zukunft werden nur noch die Berufe überleben, die mit Menschen zu tun haben, also Ärzte, Krankenschwestern, Pfleger, Erzieher, Lehrer."
Oda hat in der Zeitung neulich einen Roboter gesehen, der im Altenbereich eingesetzt wird, Kaffee serviert und mit den alten Menschen redet.
„Aber es ist nicht jedermanns Sache, dort zu arbeiten."
Wohl wahr! Wenn sie sich Menschen vorstellt, die keine Empathie aufbringen und zwangsweise in diesen Bereichen arbeiten müssen, dann ist das schlecht für die betroffenen Menschen.
Was steht heute im „Tagesspiegel"? „Greta Thunberg, Luisa Neubauer und weitere Klima-Aktivisten reden der Kanzlerin ins Gewissen."
Merkel will die Investitionen in Klimaschutz-Technologien hochfahren im Rahmen der Corona-Pakete, für E-Autos gibt es etwa bis zu 10.000 Euro Kaufprämie.
Berlin bezahlt keine Schulhelfer mehr. Die Kinderpflegedienste, die die Krankenkasse bisher finanzierte, sollen die Aufgabe der Schulhelfer übernehmen. Aber im konkreten Fall stellte sich heraus, dass diese Dienste keine Kapazitäten frei haben. Was nun? Es ging hier um ein Kind mit Diabetes.

Die Schreiberin erhält eine E-Mail von einem Schriftsteller-Kollegen. Man soll die Petition von We Act an Seehofer unterschreiben, der die Aufnahme von 30 geflüchteten Menschen aus Griechenland verweigert. Die Schreiberin setzt ihre Unterschrift darunter.

Oda und Jonas hören ein Gespräch über YouTube mit einer Therapeutin, die Menschen von Besetzungen befreit. Sie selbst kommt aus einem katholischen Elternhaus und meint daher – so interpretiert Oda, Jesus Christus als ihren Helfer an der Seite zu haben. Diese Therapeutin korrigierte ihr katholisches Weltbild durch persönliche Nahtoderfahrungen und Poltergeister. Sie glaubt an Reinkarnation. Die Therapeutin schildert, dass sie genau unterscheiden kann, ob es ein Traum oder ein Nahtoderlebnis ist, denn ein Nahtoderlebnis sei viel realer.
Zu den Besetzungen befragt schildert sie, dass manche Menschen dieses Gefühl hätten und ihnen nicht durch Psychotherapien geholfen werden könnte wie bei ihr. Suchtprobleme zum Beispiel. Ein noch erdgebundenes Wesen, also ein Toter, kann, wenn es im Leben süchtig war, in eine Seele eindringen, die dafür empfänglich ist, vielleicht selbst leichte Suchtprobleme hat und kann die Sucht, zum Beispiel Alkoholsucht, verstärken.
Oda kannte eine Kommilitonin, die das schilderte. Sie wandte sich dann an Professor Bender, Parapsychologe.
Die Therapeutin schildert aus eigener Erfahrung, dass eine Art Nachtmahr auf ihrer Brust abends beim Schlafen hockte und ihr die Luft abschnitt. Diese Schilderung kennt Oda von ihrem Bruder Miloslaw.

22.08.2020: Im „Tagesspiegel“ steht, dass 38 allgemeinbildende Schulen in Berlin von Corona betroffen sind. Oda denkt: hoffentlich nicht die Schule meiner Enkelin.
Es regnet. Vorher war es sehr heiß gewesen. Aber wen interessiert das Wetter? Gedanken wie fliegende Teppiche.

Die Schreiberin fährt mit ihrem Mann zum Lyrikhaus in Joachimsthal zu der Veranstaltung: „Zugehörig – Lesung, Musik, Gespräch“.

Sie müssen tanken. In der Tankstelle werden sie gebeten, draußen zu essen und zu trinken. Also sitzen sie auf einer Bank und trinken Kaffee.
So zärtlich ist der Wind. „So zärtlich war Suleyken“ von Siegfried Lenz.
Dieses Buch hat die Schreiberin gelesen.
Wieder im Auto. Aus dem Autoradio tönt das Klarinettenkonzert von Mozart. Zärtliche Musik. Zwei Wolken im Profil zueinander, nähern sich, verschmelzen. Hinter den Bäumen die Arme von Windrädern, weiß-rot, wie Bahnschranken. Eine Drehtür. So schnell. Kommt man da heraus? Die Schreiberin erinnert sich, dass früher die Post in Zehlendorf, als sie ein Kind war, so eine Drehtür hatte. Dem Postamt näher kommend fragte der Opa: „Was steht da?“ Die Schreiberin ist noch nicht so weit, kann es nicht entziffern. Der Opa sagt: „Post.“ Oh, wie gern möchte sie lesen lernen!
„Opa“ sagt man nicht, rügt der Chef die Schreiberin. „Das heißt ‚Großvater‘.“ Die Schreiberin hat nie „Großvater“ zu ihrem Opa gesagt. „Großer Vater.“ Sie kennt ihren Vater nicht in dieser Zeit. Woher soll sie wissen, dass der Opa ein großer Vater ist? Außerdem: „groß“, muss es nicht heißen „lang“?
Gelbe Blütenbüschel ersetzen die Sonne. Ein Auto schneidet sie. Sind sie ein Brot? So eine blöde Formulierung! Die senkrechten Vollkornbrotstangen der Kiefernstämme mit Petersilienbüscheln darauf. Glühwürmchen der Autoscheinwerfer. Dalmatiner fleckige Birken. Die Harfensaiten der Brücke. „Über sieben Brücken musst du gehen“. Die Sonne auf der Heckscheibe eines Autos. Ihr Mann, der Skeptiker, brummelt gegen das Navi an.
In Joachimsthal grummelt es am Himmel. Das Postamt geschlossen. Frühstück gibt es morgen erst ab 12 Uhr. Die Kussmünder der Vogelbeerbüschel. Wachteleier werden angeboten. Schmecken gut, kennt die Schreiberin. Ein Gedicht auf einem Schild:
„Es ist ein schöner Frühlingstag,
die Lerchen singen – der Wachtelschlag ertönt aus der Saat –
der taufeuchten.“
Aus: „Die Eisenbahn-Gedichte“ von Paul Friedrich Meyerheim. August Ferdinand Meyer (Pseudonym: Brunold), Dichter, der ab 1834 40 Jahre in Joachimsthal als Lehrer lebte, nie befördert wurde aus politischen Gründen (1848/49 März-Revolution). In dieser Gemeindeschule war es nicht gestattet, Frühstück mitzubringen, weil schnell Neid zwischen den unterschiedlich gut gestellten Kindern aufgekom-

men wäre. Gibt es deshalb nirgends ein Frühstück in Joachimsthal? Sie fragten umsonst herum.
Teer-Tränen an einer Hauswand. Ein singender Leierkastenmann.
Im Garten von Gisbert Amm, dem Besitzer des Lyrik-Hauses, sind zwei Bäume erleuchtet. Einer bildet einen Baldachin über der Bühne. Herr Amm hat ihm den Pony geschnitten. „Den Garten haben wir hingerichtet", sagt Herr Amm und meint „hergerichtet." Alle lachen.
Zuerst ein Lied von Wolfgang Schnurre, der heute den 100. Geburtstag hat. Er war der Antipode zu Günther Grass in der Gruppe 47. Heute kennt ihn kaum noch jemand.
Die Schreiberin hat von ihm die Bücher: „Als Vaters Bart noch rot war" und „Was ich für mein Leben gern tue".
Es folgt das Lied: „Komm herein, Wind!". Dann die erste Dichterin: Anke Glasmacher mit „Ich trage die Wolke ins Haus". Sie erscheint mit Schiebermütze über der Brille, schwarze Hose, schwarze West, weiße Bluse, roter Schlips.
Der nächste Dichter Jones Hartmann liest: „Die Wand mit Fenster anstarrt".
Er übersetzt ein Gedicht von McLeas: „Drinnen der Klang des Windes."
Lina Bartel liest: „Wörter die auf Liebe hinweisen, haben wir dann durch Liebe ersetzt." Sehr schön!
Der Übersetzer Wolfgang Schiffer liest von einem isländischen Dichter vor: „Wörter verwandelt in Träume." Der Schreiberin sind diese Gedichte zu prosaisch.
Eine Fledermaus saust vorbei über ihren Köpfen. Die Musikerin spielt Klarinette. Mücken suchen sich ihr Abendblut. Bäume werden anfangen zu dichten.
„Willst du sitzen?", fragt Herr Amm Thorsten Klapper, den Dichter. Was hat er Schlimmes getan, dass er sitzen muss? Einige lachen. „Das Öffnen und Schließen der Türen sind dein Mantra."
„Wenn Ohren zu Türen werden" liest Monika Basel.
*Im Gespräch mit dem Verleger Dincer Gücyeter vom ELIF Verlag, der Herrn Amm fragt, warum er immer barfuß laufen. „Ja, wenn man erst mal damit anfängt, mag man keine Schuhe mehr." Die Bücher der Autor*innen sind alle in seinem Verlag erschienen.*
Es ist so dunkel, dass die Schreiberin nicht mehr sieht, was sie sich notiert. Motten schießen wie Kometen auf die Scheinwerfer zu. Die Schreiberin friert. Ihr Mann

holt ihr eine Decke aus dem Auto. Nach der Veranstaltung trägt er ihre Schleppe. Die Sterne sind sehr gut zu sehen, anders als in Berlin.
Am nächsten Morgen winkt das Windrad nach Berlin. Die blätterbehaarten Stämme der Pappeln haben nichts dagegen. Der Skeptiker wundert sich laut über das Navi, worauf dieses beleidigt schweigt. Sie fahren über die Schattenköpfe der Bäume. Pfützen auf Teer. Ihr Mann widersetzt sich dem Navi. Leute stehen in einer langen Schlange vor einem Frühstückslokal an.
23. August 2020: Oda liest den „Tagesspiegel". Ruth Westheimer, Sexualtherapeutin, 92 Jahre alt, sagt über Sigmund Freud, dass dieser meinte, Frauen seien unreif, bei denen während des Orgasmus' die Klitoris eine Rolle spiele. Sie würde Freund gern einen Kurs anbieten, denn er sei ignorant gewesen.
Zum Sex im Alter, sagt die Therapeutin, dass die Partner am besten morgens miteinander schlafen, weil der Testosteron-Spiegel dann bei Männern am höchsten ist. Ja, das hat Oda auch schon bemerkt. Sie mag Sex lieber am Abend. Aber da muss sie eben Abstriche machen. Mit einer Lotion sollte die trockene Scheide vorher eingerieben werden. Das machen sie schon lange.
Nett ist ihr Vorschlag, extra Zimmer in den Altenheimen einzurichten, wo man als Paar verschwinden kann und ein Schild an die Tür befestigt mit: „Bitte nicht stören."

Oda hat da eine bessere Idee. Sie nimmt im Altersheim ein Zimmer mit Doppelbett für Jonas und sich. Die Therapeutin sagt, dass das Bedürfnis nach Sex auch im Alter vorhanden ist. Na klar!
Oda und Jonas hören bei Deutschlandfunk Nova einen Vortrag über political correctness. Den Begriff gibt es seit den 90er Jahren. Er kommt aus Amerika. Es geht darum, dass man nicht andere wegen ihres Geschlechtes oder ihrer Hautfarbe diskriminiert. Die „Rechten" verwahren sich dagegen und behaupten, das würde die Meinungsfreiheit einschränken.

24.08.2020: Oda telefoniert mit Taffy. „Nein, ich will ihn töten!"
„Hast du mal von Michael Ende ‚Jim Knopf und die Wilde 13' gelesen?"
„Na, klar, habe ich für meine Töchter gekauft. Meine Frau hat ihnen das Buch vorgelesen. Wenn ich daran denke, dass sie tot sind, kommt mir der Hass rauf wie Sodbrennen."

„Tut mir leid. Das wollte ich nicht. – Du hast doch sicher die Geschichte mitgehört?"
„Klar."
„Und wird da der böse Drache Mahlzahn umgebracht?"
„Nein, er wird gefangen genommen. Dadurch wird er besiegt und wird zum Goldenen Drachen der Weisheit."
„Na, siehst du, so stell' ich mir das vor, wie wir vorgehen. – Also, bis demnächst bei der livestream-Traum-Verbindung mit Ali Baba!"
Im „Tagesspiegel steht, dass am 1. September ein Asteroid knapp an der Erde vorbeischießt. 2013 zischte ein Meteorit nahe an der russische Stadt Tscheljabinsk ein. Fast 1500 Menschen wurden verletzt, beinahe 3.700 Gebäude wurden beschädigt durch die Druckwelle.
Oda fällt Andrej Tarkowskis Film „Solaris" ein, nach dem Buch von Stanislaw Lem.

Die Schreiberin liest im „Tagesspiegel". Ein Artikel widmet sich dem Vater von Marcel Proust, der ein Seuchenexperte war. 1867 beobachtete er die Maßnahmen in Sizilien, die gegen die Cholera ergriffen wurden. Zwei Jahre später erforscht er in Russland und Persien die Verbreitung von Cholera. Adrien Proust schrieb in seiner Cholera-Studie, dass es gut wäre bei der Seuche, die Hauptverkehrsstraßen zu sperren. Das erinnert sie an das Buch „Der Wal und das Ende der Welt" von John Ironmonger.

Oda und Jonas hören einen Vortrag über Sprachregelungen im regionalen Unterschied. Schweizer und Alemannen sind umständlicher, auch Engländer, als Berliner.
Oda fügt in Gedanken hinzu: Süddeutsche, wie ihr Mann, sind umständlicher. Ehe Jonas herausbringt, was er eigentlich sagen will, dauert es. Oda ist dann schon ungeduldig und unterbricht ihn: „Was willst du denn nun sagen?" Jonas zieht eine riesige Schleife, bevor er auf den Kern kommt.

25.08.2020: Der „Tagesspiegel" berichtet, dass die Testpflicht für Urlauber aus Risikogebieten wegfällt. Dafür müssen sie mindestens fünf Tage in Quarantäne, die erst durch einen negativen Corona-Test beendet werden kann.

Oda meint, dass dies die Maßnahme ist, weil es nicht genügend Test-Kapazitäten gibt. Und: Wer überprüft das, ob die Leute wirklich zu Hause bleiben? Wie sieht die Versorgung der Menschen aus, die in Quarantäne sind?

26.08.2020: Im „Tagesspiegel“ steht, dass Markus Söder, der bayrische Regierungschef (CSU), dem Vorschlag, die Einreisenden nach Deutschland nicht mehr sofort auf Corona zu testen, nicht zustimmt.
Unterdessen wurde bewiesen, dass man sich ein zweites Mal mit Covid-19 anstecken kann. Man muss aber nicht daran erkranken. Unklar ist, ob man andere damit anstecken kann.
China impfte seit einem Monat Mitarbeiter im Gesundheitswesen.
2015 wurden erstmals Gravitationswellen vom Observatorium „LIGO“ gemessen, die entstehen, wenn zwei Schwarze Löcher verschmelzen. Aktuell gibt es mit diesem Observatorium und VIRGO in Italien 65 Verschmelzungen von Schwarzen Löchern, zwei von Neutronensternen. Die Gravitationswellen sind Kräuselungen der Raumzeit.

27.08.2020: Im „Tagesspiegel“ wird vor Medikamentenknappheit gewarnt. Alle Antibiotika zum Beispiel werden im Ausland hergestellt. Durch Corona gab es Engpässe. Wir müssen unsere Medikamente wieder möglichst zum Teil selbst herstellen.
Oda hat das Buch „Genesis“ von Claude Cueni gelesen. Es wurde vor Corona geschrieben, aber nahm unwissentlich dies voraus, nur mit einer Rattenpest. In Süd-Georgien, Antarktis, das Shackleton besuchte, wonach Georg Heym die wunderbare Erzählung „Das Tagebuch Shakelton“ geschrieben hatte – Oda lernte es beim Gasthörer-Studium kennen –, hätten Ratten, die vom Schiff kamen, überlebt, mutierten, zerbissen erst die Kabel der Forschungsstation 2011, töteten zwei Wissenschaftler, die im Flugzeug mit den zwei Überlebenden nach London flogen. Die Forscher wussten nicht, dass sich drei von den weißen Riesenratten mit in den Sargplanen befanden, die dann, sobald das Flugzeug sich öffnete, heraussprangen und sich mit den Londoner Ratten paarten. Oda will jetzt nicht die ganze Erzählung wiederholen. Nur so viel, dass die gleichen Maßnahmen von der Regierung ergriffen wurden wie auch in der Corona-Zeit: Temperatur-Test bei

Einreise. Die Seuche breitete sich auf der ganzen Welt aus, wurde eine Pandemie. Viele Menschen starben.
Jonas und Oda sahen im Kino mit acht anderen Personen den Film „Tenet.“ Dabei geht es darum, dass Leute aus der Zukunft glauben, die Vergangenheit ändern zu können. Ein russischer Oligarch, der mit Plutonium, wertvollen Bildern, Goldbarren handelt, sie auf steuerfreie Oasen transportiert, hat Bauchspeicheldrüsenkrebs und will mit seinem Plutonium die Menschen in die Flucht treiben. Das wollen die Menschen aus der Zukunft verhindern und der Geheimdienst der Gegenwart. Das ist unlogisch, denn wenn es Menschen in Zukunft geben sollte, dann bestünde keine Gefahr, dass der Oligarch sein Vorhaben ausführt. Interessant ist aber die Reise in die Vergangenheit, wenn alles rückwärts rollt, die Autos, die Flugzeuge, die Menschen rückwärtslaufen.
Georg Heym hat auch die Erzählung „Die Pest“ geschrieben, die in Charbin ausbricht. Die russischen Offiziere flohen mit ihren Kutschen.
Interessant ist die Erzählung „Der Besuch des Marsmenschen“. Wie würde er aussehen? „Und da stand Er, der erste Marsmensch, das erste Wunder seit der Erschaffung der Welt, auf sein Projektiv gelehnt, sanft, groß und schwermütig, ein zweiter Otto der Faule der Siegesallee.“
Oda liest: „Die drei Sonnen“ von Cixin Liu, wo auch die Frage behandelt wird, was vor dem Urknall war. Der Physikprofessor, der in der Kulturrevolution von einer seiner Peinigerinnen befragt wird, antwortet: „Nichts…“ Und später: „Diese Theorie lässt Raum für die Existenz Gottes.“
Auf den Einwurf der kleinen Rotgardistin, dass es Gott nicht gibt, antwortet er: „Wenn mit Gott etwas gemeint ist, was außerhalb unseres Kosmos liegt und unser Bewusstsein übersteigt, weiß ich nicht, ob es existiert oder nicht.“ Und später ergänzt er, dass es keinen Beweis für Gott gibt, aber auch keinen gegen ihn.
Oda gefällt dies.

30.08.2020: Im „Tagesspiegel“ steht, dass der US-Unternehmer Elon Musk drei Schweinen Neuralink-Chips einpflanzen ließ. „Über eine kabellose Bluetooth-Verbindung wurden Nervenimpulse aus dem Rüssel eines Schweines namens Gertrude auf einen Computer übertragen. Die Chips

sollen später Menschen eingepflanzt werden, zunächst zur Behebung neurologischer Erkrankungen und um die Beweglichkeit bei Rückenmarksverletzungen wiederherzustellen. Menschen, die ihre Gedanken miteinander teilen wollen, können sich die Chips einpflanzen lassen, die Erinnerungen werden gespeichert, die möglicherweise in einem anderen Körper oder Computer heruntergeladen werden können.
Oda fragt sich, warum Chips? Es gibt Menschen, die Telepathie beherrschen. Zum Beispiel alle, die auf der Schwarzen Liste von Ali Baba stehen und er selbst. Gestern demonstrierten die Corona-Maßnahmen-Gegner wieder mal, dabei sind die Impfgegner, obwohl es ja noch gar keine Impfpflicht gegen Corona gibt, geschweige denn, einen Impfstoff.
Auch vor 200 Jahren gab es schon Gegner gegen die Impfpflicht. Damals ging es um die Pocken. Der Berliner Arzt Markus Herz warnte 1801 vor der Impfung. 1871 gab es eine große Pocken-Epidemie in Europa. Das Deutsche Reich führte die Pflichtimpfung ein. Der Widerstand entstand.
„Der ‚Deutsche Bund der Impfgegner' forderte jahrelang die Rücknahme der Pflicht." 200 Jahre dauerte es, die Pocken zu besiegen. Wie lange wird es dauern, bis Corona der Vergangenheit angehört?
Oda hat das Buch „Die drei Sonnen" von Cixin Liu zu Ende gelesen. Die Chinesen auf der Abhorchstation empfangen eine Botschaft, nachdem sie selbst eine schickten, von Alpha Centauri, der in Wirklichkeit ein Doppelstern ist, bestehend aus zwei Sonnen. Eine dritte Sonne ist wahrscheinlich an diese beiden Sonnen schwerkraftmäßig gebunden. Von dort startete eine Raumschiffflotte, ohne die Antwort der Erde abzuwarten, um ausmessen zu können, woher der Sender kommt. Diese wird in vierhundertfünfzig Jahren hier landen, falls sie das Ziel unterwegs irgendwie erfährt.
Fazit des Buches ist, dass die Menschen nicht blauäugig nach Leben im All suchen sollten, denn falls sie es fänden, könnte das fatale Folgen für sie haben.

02.09.2020: Oda telefoniert mit Vanas: „Nein, ich will seinen Kopf", sagt Vanas. „Ich habe gerade ‚Salome' von Richard Strauss auf YouTube gehört! Ich will seinen abgeschlagenen Kopf küssen. Das macht mich geil. Ich bin unbefriedigt. Ali Baba hat unsere Träume, die sowieso schon geringer

erinnert wurden, geklaut. Wir mussten im Bergwerk arbeiten und Edelsteine abbauen. Dafür muss es einen Ausgleich geben. Soll ich auf ein Karma warten? Wie sollen wir ihn sonst rankriegen?"
Oda verschlägt es die Sprache. Sie legt auf. Um sich zu beruhigen, liest sie „Die Stadt der Blinden" von José Saramago und wurde dadurch noch depressiver, obwohl die Seuche doch nur fiktiv ist. Was Menschen anderen Menschen antun können – es erinnert sie an das Buch „Der Herr der Fliegen" von William Golding. Aber hier sind es Jungen, man könnte denken, nun ja, die Bosheit verwächst sich. Aber Erwachsene, die sich ohne Not in der Quarantäne noch das Essen anderer wegnehmen, die Frauen zu Huren machen? Ist es nicht schlimm genug, dass alle, bis auf eine Frau, blind sind? Zum Glück ist es bisher bei Corona noch nicht so weit gekommen.

39.Kapitel

Dann ruft Oda den Rechtsanwalt Olaf Ludowitz an. Er gehört ja auch zu den Feinden von Ali Baba und will hören, was er meint, was sie tun können. Aber er unterbricht sie sofort: „Ich denke immer an meine Frau, die gestorben ist. Sie hat sich umgebracht, weil sie kein Kind von mir bekam. Ich bin unfruchtbar. Neulich hörte ich das Lied von Hugo Wolf/Heinrich Heine:
‚Mir träumte von einem Königskind,
Mit nassen, blassen Wangen;
Wir saßen unter der grünen Lind,
Und hielten uns liebumfangen,
Ich will nicht deines Vaters Thron,
Und nicht sein Zepter von Golde,
Ich will nicht seine demantene Kron,
Ich will dich selber, du Holde,
Das kann nicht sein, sprach sie zu mir,
Ich liege ja im Grabe,
Und nur des Nachts komm ich zu dir,
Weil ich so lieb dich habe.‘
Wie konnte ich so verblendet sein und Anhänger von Ali Baba werden? Ich kümmerte mich nicht mehr um meine Frau. Dann das Erwachen. Die meisten Anhanger der Sekte starben. Ali Baba flüchtete mit 40 seiner Schüler. Ja, ich habe ein Buch darüber geschrieben, aber ich verstehe Ali Baba immer noch nicht. Ich möchte mit ihm darüber sprechen, um ihn zu verstehen. Ihr sagt, er wäre auf dem Sirius. Das glaube ich nicht. Aber egal, wo er ist, ich möchte so einen Livestream mit ihm, um ihn von seinen Racheplänen abzubringen."

Die Schreiberin besuchte mit ihrem Mann die Veranstaltung der Friedrich-Ebert-Stiftung zur Herausgabe der Anthologie: „Echoräume des Schocks", Hg. von Franziska Richter.
Die Schreiberin findet das Projekt verdienstvoll, Personen, die in der Anthologie veröffentlichten, wurden zum Teil per Livestream dazu geschaltet.

Aber berührt hat sie nur die persönliche Schilderung von Salome Dastmalchi, die ja auch Schauspielerin ist und ihren Text, ein Tagebuch aus der Corona-Zeit, sehr emotional vortrug.
Die anderen Beiträge waren zum Teil sehr abgehoben, kulturpolitisch, makrokosmisch. Auch die Frage: „Was lernen wir nun aus der Krise?“, ist ja sehr pädagogisch, die Schreiberin hat diese Frage schon oft in der Zeitung gelesen, eigentlich wurde sie nicht beantwortet, kann es wohl auch noch nicht, falls es überhaupt möglich sein sollte.
Anett Gröschner, Schriftstellerin, wies als einzige auf geschichtliche Pandemie-Fälle hin. Was haben die Menschen denn aus diesen Seuchen gelernt? Nun, das sagte sie nicht. Aber für die Schreiberin ist das klar: Quarantäne, einen Impfstoff finden gegen die Krankheit.
Bei uns in der Corona-Zeit wehren sich aber einige gegen eine Quarantäne, tragen keinen Mundschutz, negieren die Seuche. Aber das gab es bei früheren Seuchen auch. Die Kulturschaffenden konnten ja vom Staat finanzielle Hilfe beantragen, was sie auch machten. Sie wurden noch kreativer und starteten Projekte auf livestream. Wenn die Schreiberin an ihre Lyrik-Gruppe denkt, so war das für sie keine Alternative, weil eine der Schriftstellerin dies nicht wollte. Auch ältere Menschen sind meist von der Technik für diese Sachen überfordert. Nichts kann den persönlichen Kontakt zum Publikum ersetzen. Da sind sich alle einig. Die Politik hat aus der Krise gelernt, sich nicht mehr abhängig zu machen in der Medikamentenherstellung, der Masken und vielen Waren von anderen Ländern. Die Bertelsmanns-Stiftung hatte ja noch vor kurzem gefordert, die Krankenhausbetten-Kapazitäten abzubauen. Ein Glück, dass die Politik nicht darauf hörte. Italien hatte es gemacht wegen der Auflagen der EU. In der Corona-Krise zeigten sich die schlimmen Folgen. Sind wir gerüstet für die nächste Pandemie? Aber noch ist Corona nicht vorbei.
Die Schreiberin hat das Thema Corona auch satt. Es gibt so viele andere Themen auf der Welt!

03.09.2020: Oda ruft Bilhildis an. Es quält sie die Frage, wie sie und alle anderen, die auf der Todesliste von Ali Baba stehen, sich von der realen Bedrohung befreien können. Oda kann nicht mehr schlafen, solche Angst hat sie: „Du warst doch mal in einem früheren Leben eine Pythia. Kannst du uns nicht raten, was wir machen sollen, um den Verfolgungen von Ali Baba

zu entgehen? Taffy will ihn mit einer Waffe umbringen. Vanas möchte ihn geköpft wissen. Olaf Ludowitz sehnt sich danach, ihn fragen zu können, warum er diesem Wahn mit dem Untergang der Welt aufsaß. Ich habe noch nicht alle, die auf der Schwarzen Liste von Ali Baba stehen, gefragt, mich hat einfach nach den drei Telefonaten der Mut verlassen."
„Wie stellst du dir das vor? Um ein Orakel verkünden zu können, brauche ich schweflige Dämpfe aus einer Erdspalte, dann Priester, die mein rauschhaftes Stammeln übersetzen. – Vergiss es! Wir sollten den Traum-Livestream mit Ali Baba machen."

Im „Tagesspiegel" liest Oda, dass es den 15-Minuten-Test zum Nachweis von Corona schon in diesem Monat geben soll. Der „Tagesspiegel" setzt sich mit der Frage auseinander, was wir aus der Corona-Pandemie lernen können. Es gab eine Fehleinschätzung wegen des Masken-Tragens am Anfang. Nur: Wenn die Wissenschaft es noch nicht besser weiß, kann man auch nicht richtig handeln. In Alten- und Pflegeheime sollen keine Besuchsverbote mehr verhängt werden. Regionale Maßnahmen bei über 50 Neuinfektionen je 100.000 Einwohner in sieben Tagen von Massen-Quarantäne bis zu Kontaktbeschränkungen und eingeschränkte Öffnungszeiten. Ein Fehler war es auch, die Reiserückkehrer aus Risikogebieten nicht sofort in Quarantäne und dann zum Test zu schicken. Ab 1. Oktober beträgt die Quarantäne fünf Tage, dann wird getestet.
An sich ist bisher die Corona-Pandemie recht glimpflich verlaufen.
Kurios ist die Meldung, dass in Sutri in Italien der Bürgermeister das Tragen von Mund-Nasen-Schutz tagsüber verbietet mit der Begründung: „Nur Diebe und Terroristen verstecken ihr Gesicht." Es gibt sogar Strafen dafür!
Im „Tagesspiegel" steht, dass der Asphalt im Sommer mehr Luftschadstoffe in der Großstadt gast als der Autoverkehr. Was heißt das, fragt sich Oda. Sollten die Straßen jetzt alle mit Steinen gepflastert werden?
Oda und Jonas hören einen Vortrag: „Applaus allein genügt nicht." Über Solidarität. Als Corona die letzten Reserven der Krankenschwestern hervorzerrten, standen die Leute in den Fenstern und klatschten ihnen zu. Das Pflegepersonal reagierte geschmeichelt, es wäre ihm aber lieber gewesen, mehr Kollegen zu bekommen und einen anständigen Verdienst. Das Ein-

kommen ist nicht mehr als vorher, obwohl ihnen das versprochen wurde. Auch die 1500,- €, die jede Krankenschwester bekommen sollte, ist Schnee von gestern. Ja, es gab Solidarität in der Anfangszeit von Corona. Junge Leute erledigten die Besorgungen für Alte. Aber so ein Engagement ist auf Dauer nicht durchzuhalten. Oda erinnert sich an die Hilfsbereitschaft von vielen Menschen, als 2015 viele Flüchtlinge kamen. Auch ihr Mann und sie halfen in einem Flüchtlingslager. Oder als die Mauer geöffnet wurde. Solidaritätsbewegung mit Nicaragua. Jonas und Oda waren 1991 dabei in Nicaragua. Das kann immer nur sporadisch erfolgen. Horst Eberhard Richter schrieb 1974 das Buch „Lernziele Solidarität". Haben wir das nun wieder verlernt? Leider wird ehrenamtliche Hilfe oft ausgenutzt, um Stellen, die man schaffen müsste, einzusparen.

06.09.2020: Der „Tagesspiegel" meldet, dass der 1. Covid-19 Patient am 27. Dezember 2019 nahe Paris infiziert war. Der Virus muss schon viel länger kursieren, sodass der Fischmarkt in Wuhan eher nicht der Ort ist, wo Sars-Co-19 auf den Menschen übersprang. Am 17.11.2019 wurde in der Provinz Hubel in China der erste Covid-19-Fall dokumentiert.

Ein Sack Reis fiel um, platzte, eine Fledermaus setzte sich darauf. Den Bums hörte ein Hund, hechelte herbei, die Fledermaus biss ihn in den Hals.

28.7.2020: 150 Tausend Todesfälle in den USA. 28.6.2020: weltweit mehr als 10 Millionen bestätigte Covid-19-Fälle. Oda und Jonas fahren zum Zeiss-Großplanetarium und sehen „Die Planeten 360" nach der Musik von Gustav Holst. Sirius kommt nicht darin vor, aber Venus. Oda meint Vanas dort zu sehen, wie sie mit dem Fernrohr zum Sirius schaut. Mars, wo Taffy auch einmal stationiert war, wird mit einer Rakete angeflogen, der Orbit der NASA (USA) landet am 4. September 1976. Aber Taffy war hier viel früher. In einer der elf Dimensionen.
Die Venus steigt jetzt im September 2020 um 2:30 Uhr über den nordöstlichen Horizont. Sie ist bis in die helle Morgendämmerung zu beobachten. Mars geht gegen 22 Uhr im Osten auf. Er wandert dann in südliche Richtung und ist bis zum Sonnenaufgang zu erkennen.

Heute, am 28.7.2020 ist der Traum-Livestream für 24 Uhr Erdenzeit mit Ali-Baba und allen Betroffenen vereinbart. Nicole kann nicht mitmachen, weil sie durch ihren Schlaganfall nicht reden kann.
Olaf Ludowitz: „Ali Baba, ich war mal dein Anhänger. Durch die vielen Selbstmorde, die du anordnetest, bin ich aus diesem Wahn aufgewacht. Ich möchte wissen, warum du glaubtest, dass zu diesem Zeitpunkt die Welt untergehen und unsere Seelen sich dann auf dem Sirius reinkarnieren würden, um eine neue Menschheit zu begründen. Dann verstehe ich nicht, dass du dich nicht mit umbrachtest. Warum willst du verhindern, dass ein Liebespaar, das viele Reinkarnationen zusammen hatte, die Heilpflanze gegen Corona findet?“
Ali Baba: „Ich habe offenbar die Nachricht von Iris und Osiris falsch verstanden. Jedenfalls bin ich ja nun tatsächlich auf dem Sirius und Gotteskrieger für meine Götter. Ich züchte die neue Menschenrasse hier heran, denn die alte wird durch Corona sterben.“
Urania: „Ja, mit Zwang und Unterdrückung. Das sollen die neuen Menschen werden? Na, danke!“
Ali Baba: „Ihr habt kein Recht, mich zur Rechenschaft zu ziehen. Nur meine Götter!“
Vanas: „Es könnte uns ja egal sein, aber wir stehen auf deiner Todesliste. Du hast durch deinen Sohn Tobias Esther, Jolanthe und Kriemhild umbringen lassen. Wir haben durch unsere Träume herausgefunden, dass du in früheren Leben uns allen etwas angetan hast. So sind wir quitt. Du verübelst uns den Tod deines Sohnes, die rechtliche Verfolgung von dir durch Olaf auf der Erde, die Aufdeckung deiner Machenschaften auf der Venus, das Abfallen Deiner Anhänger, die Befehlsverweigerung von Bahram usw.“ Ali Baba: „Ich glaube nicht mehr an frühere Leben. Und selbst, wenn es sie gäbe, dann könnte es ja sein, dass ihr mir in noch weiter zurückliegenden Leben auch etwas angetan habt. Ihr sitzt einer Wahnvorstellung auf!“ Bahram: „Ich glaube nicht an die Wiedergeburt. Aber du musst doch zugeben, dass die Welt nicht an dem Tag unterging, als du es prophezeitest.“ Ali Baba: „Nicht ich. Meine Götter.“ Wubke. „Dann haben sich deine Götter geirrt. Wie kannst du da noch an sie glauben? Du hast Bahram und mich losgeschickt, Olaf Ludowitz zu töten, weil er dich wegen der Selbstmorde

deiner Sektenanhänger anklagte. Wir haben dafür die Bombe unter deinen Tisch montiert." Ali Baba (wütend): „Ihr habt meine Kaninchen getötet!" Miloslaw: „Wäre es dir lieber gewesen, wenn du gestorben wärst?" Ali Baba: „Dann wäre ich jetzt bei Isis und Osiris." Gabi: „Wie du weißt, habe ich einen Film über deinen Irrsinn gedreht. Hast du dir den mal angeschaut?" Ali Baba: „Nein, natürlich nicht. Ihr seid Ungläubige für mich. So ein Dreck schaue ich mir nicht an." Taffy: „Du hast meine Frau und meine Töchter töten lassen!" Ali Baba. „Das musst du mir erst mal beweisen. Aber Grund hatte ich genügend dazu. Deine Kriemhild hat Daria, meine Freundin und Mutter meines Sohnes Tobias, überredet, sich den Sprengstoffrucksack umzuschnallen. Dabei sollte Kriemhild den Job machen! Und bei dem Attentat auf dem Breitscheitplatz ist mein Sohn draufgegangen! Bin ich nicht genügend bestraft?"

Bilhildis: „Und du hast uns zum Exo-Planeten „Teegarden" von Außerirdischen entführen lassen!"

Ali Baba: „Das kannst du mir nicht beweisen!"

Mangolf: „Iris und Osiris sind längst in der ägyptischen Kultur verdämmert."

Euphrasia: „Du sagst, du seist Gotteskrieger. Wenn deine Götter so stark sind, dann brauchen sie auch keinen, der für sie kämpft."

Miloslaw: „Wir wollen einfach nur von deiner Todesliste verschwinden!"

Taffy: „Ich würde gern zum Sirius mit Nicole, meiner Frau, auch wenn sie jetzt nicht mehr sprechen kann, zurückkehren. Es ist unsere Heimat. Aber nicht, solange du dort herrschst."

Euphrasia: „Mangolf würden auch gern zum Sirius zurückkommen. Aber solange du die Träume kontrollierst, werden wir das nicht erwägen!"

Ali Baba: „Ich habe das Pharmanest ausgeräuchert, die Chemiker, die das Medikament gegen das Erinnern der Träume in das Trinkwasser leiteten. Die Träume verstopften ja das Abwasser, schwappten bis zu mir. Alle Sirianer träumen nun wieder und erinnern sich daran. Meine Traumkontrolleure melden mir, was sie träumen. So kann ich allen eventuellen Widerstand brechen."

Miloslaw: „Aber irgendwann wirst du sterben."

Ali Baba: „Tja, so ist das. Ihr seid auch schon alle alt und werdet bald sterben! Vielleicht erwischt euch noch Corona!“
Vanas: „Los, Leute, wir gehen vom Netz. Es hat keinen Zweck, mit einem Verrückten zu sprechen! Wir werden schon das Heilkraut finden!“

21. Dezember 2020: BioNTech hat durch das Forscherehepaar Ugur Sahin und Özlem Türeci einen Impfstoff gegen Covid 19 gefunden, der nun in der EU zugelassen ist. Am 2. Dezember wurde er schon vorläufig in England zugelassen und am 11. Dezember per Notfallzulassung in den USA. Nach nur 10-monatiger Forschung. Beide sind Einwanderkinder. Das Liebespaar forschte im Labor, dann ging es zum Standesamt heiraten, anschließend wieder ins Labor.

Am 06.04.2021 starb Taffy. Vor einem Jahr hatte er die Diagnose „Krebs“ erhalten. Er sagte keinem von der „Schwarzen Liste“ von Ali Baba etwas davon. Unter einem Arm wuchs ihm ein „Hörnchen“. Seine Tochter stellte es fest. Eigentlich wollte Taffy keine Chemotherapie machen. Dann entschied er sich aber doch dafür. Es half nichts. Er wollte auf gar keinen Fall ein Pflegefall wie Nicole werden. Wer hätte ihn auch pflegen können? Seine Tochter hatte einen Freund und ein Kind, das nun auch schon erwachsen war.
Oda und Jonas erfahren, dass die Beerdigung am 24.04. stattfindet.
Sie fahren hin. Wegen Corona dürfen nur ganz wenige in die Kapelle. Draußen sind Stühle aufgestellt. Die Feier wird per Lautsprecher nach draußen übertragen. Alle von der „Schwarzen Liste“ sind da: Miloslaw, Gabi, Mangolf und Euphrasia, Bahram und Wubke, Bilhildis, Olaf, Vanas, Urania und Bernd.
Nicole im Rollstuhl, geschoben von Silvia mit Tochter. Tanja, die längst eine erwachsene Frau ist, aus dem Kinderheim. Heiner, der Freund von Jolanthe, der Tochter von Taffy.
Der Pfarrer spricht von der Freude und Last des Lebens, nachdem ein Friedhofsdiener oft an einem Seil zog, dass eine Glocke immer wieder anschlug. Der Pfarrer trägt eine schwarze Soutane und ein gleichfarbiges Barett. Bevor er in die Kapelle geht, verneigt er sich. Eine Kondolenzliste liegt aus, in die

sich Oda und Jonas eintragen. Ein Specht klopft den Sonnenschein in einen Baumstamm. Der Wind ist kalt. Wolken. Vogelgezwitscher.
„Eingegangen in die Ewigkeit", sagt der Pfarrer. Wer soll das glauben? Taffy jedenfalls nicht.
Der Pfarrer berichtet aus dem Leben von Taffy. Was weiß er schon von ihm!
„Eines Tages wurde er von der Polizei mit seiner Frau und Tochter Jolanthe vor ‚Reichelt' entdeckt. Alle drei hatten keine Erinnerung, woher sie gekommen wären und keine Papiere. Nach einem Aufenthalt in der Psychiatrie wurden sie entlassen mit der Empfehlung, dass Taffy und Esther zum Kontaktzentrum für psychisch kranke Menschen und Jolanthe in das Traumtherapiezentrum gehen sollten. Ist jemand vom Kontaktzentrum gekommen?"
„Ja", „Ja", schreien mehrere Personen. Es melden sich: Sophie Arnd, Regina Mehring, Frau Stein, Frau Anan, Karin Solve, Herr Turbo.
„Die Frau von Taffy ging nicht ins Kontaktzentrum, denn sie arbeitete als Hilfs-Krankenschwester im Schichtdienst. Jolanthe machte eine Traumtherapie.
Es war, als ob die Familie vom Himmel gefallen wäre. Vielleicht war es auch eine Krankheit, denn anschließend tauchten noch andere Personen auf, die an Gedächtnisschwund litten."
Mangolf und Euphrasia grinsten.
„Sein größtes Glück war dann, als Kriemhild, seine Tochter aus seiner ersten Ehe – wir wissen nichts davon – auftauchte, ebenfalls verwirrt und ohne Erinnerung.
Taffy wurde die Familie entrissen durch den Anschlag auf den Weihnachtsmarkt am Breitscheitplatz. Taffy hatte unterdessen eine Erzieherausbildung gemacht. Wegen seiner Hautfarbe wurde er verfolgt. Aber Gott hielt immer schützend über ihn die Hände. Wir wissen nicht, ob er getauft wurde und wo. Wir wissen nicht, ob er evangelisch oder katholisch war. Taffy bekam sein Gedächtnis nicht zurück. Aber er fand neues Liebesglück durch Nicole, seiner dritten Frau, die nun leider im Rollstuhl sitzt. Aber sie schenkte ihm vorher noch die Tochter, die nun erwachsen ist.
Taffy arbeitete in einem Kinderheim, bis er dort seine Arbeit verlor. Er wirkte immer etwas gehetzt, als ob er vor etwas Angst hätte. Wer weiß, was war, bevor er von der Polizei entdeckt wurde."

Blumen und elektrische Kerzen in der Kapelle. Die Fenster sind grün/grau. Fast alle Gäste tragen eine Gesichtsmaske.
„Ich lese jetzt aus dem 1. Johannisbrief 14 vor: ‚Wer in der Liebe bleibt.' Der gewinnt den Preis Jesus Christi."
Die Musik von Edvard Elgar: The dream of Gerontius. 2. Teil Gesang eines Engels: „Take me away, that I will see my Lord …" erklingt. Ah, denkt Oda. „Die Göttliche Komödie" Dante. Hat sie gerade im Gasthörer-Studium. Das ist genau der Text.
Der Pfarrer spricht das Gebet „Vater unser", die meisten Gäste fallen ein. Oda nicht. Sie hört die Finken schlagen.
Ein Beerdigungs-Bediensteter tritt mit einer beigen Urne mit grünen Blumenstreifen in den Händen heraus. Alle Leute, die draußen im richtigen Abstand sitzen, erheben sich. Der Pfarrer trägt seine silberne Brille, unter dem Arm hält er eine schwarze Mappe. Nun setzt er sein Barett wieder auf. Es wird gebimmelt. Langsamen Schrittes läuft er hinter dem Urnenträger. Die Trauergemeinschaft folgt. Die Urne wird an einer silbernen Kette in das Grab, das mit Kunstrasen ausgelegt ist, runtergelassen. Der Pfarrer nimmt sein Barett ab. Verneigt sich. „Er wird aufwachen am Jüngsten Tag." Oda stellt sich vor, wie dann alle Gestorbenen aus ihren Gräbern steigen. Was für ein Gedrängel wird es da geben! Sie schmunzelt.
Hinter dem Grab an einer Taxushecke steht ein Blasorchester, das nun Lieder spielt, die Oda nicht kennt. Posaunen, Trompeten und Waldhörner. Zwei Frauen sind dabei. Nun wird Sand über die Urne geschüttet. Manche nehmen drei Hände voll, Oda nur eine Hand voll Sand. Die Musiker haben Notenständer. Einer nimmt sein Mundstück aus dem Instrument, schüttet die Spucke auf die Erde. Meisen schilpen.
Der Pfarrer bedankt sich, wofür? „Ich würde Sie alle gern zum Kaffee einladen, aber durch Corona geht das ja nicht. Ich wünsche Ihnen einen guten Heimweg."
Tochter und Enkelin stehen am Grab und weinen. Inwieweit Nicole die Beerdigung von ihrem Mann mitbekommt, ist ungewiss.
Oda kämpft gegen die Tränen. Sie nickt allen zu.
Das Blasorchester ist noch eine Weile zu hören, als sie mit Jonas zum Auto geht.

Reinhild Paarmann

wurde 1950 in Berlin geboren und lebt dort.
Diplom Sozialarbeiterin/Sozialarbeiterin/Sozialpädagogin im Ruhestand.
Gasthörerin an der FU im 13. Semester Germanistik und Vergleichende Literaturwissenschaften.
Seit 1977 veröffentlichte sie in verschiedenen Anthologien und Zeitschriften Lyrik und Prosa.
Mitglied im Verband Deutscher Schriftstellerinnen und Schriftsteller in ver.di seit 1988.
Leiterin der Lyrik-Gruppe im VS seit 2015.

Veröffentlichungen u.a.:

„Komm zwischen die Schmetterlingsflügel", Lyrik
Sonnenreiter Verlag, Langenhorn 1993

„Nacht der Kornblumen", Lyrik
Turmhut Verlag, Mellerichstadt 2003

„Auf 128 Seiten durch die Welt", Lyrik
Verlag Die Scheune, Dresden 2004

„Weg der Seelen", Roman
trafo –verlag, Berlin 2006

„99 Gedichte Aufbruch"
Wolfgang Hager Verlag, Stolzalpe 2007

„Der blaue Atlantisstein", Roman
Wolfgang Hager Verlag, Stolzalpe 2008

„Muttermuseum", Roman
Wolfgang Hager Verlag, Stolzalpe 2011

„Shio", Roman
Wolfgang Hager Verlag, Stolzalpe 2013

„...während mein Herz weit wie die Erde wird", Lyrik
Wolfgang Hager Verlag, Stolzalpe 2014

„Die magischen Schaukelstühle", Roman
Wolfgang Hager Verlag, Stolzalpe 2017

„Reinkarnationsreisen"
Wolfgang Hager Verlag, Stolzalpe 2017

„Katharina Faustina", Fragmente einer wahren Geschichte
Wolfgang Hager Verlag, Stolzalpe 2020

„Der Annedoto", Roman
Wolfgang Hager Verlag, Stolzalpe 2020

„Der Storymaker", und andere Neuköllner Geschichten
Wolfgang Hager Verlag, Stolzalpe 2021